KB211357

요재지이

聊 齋 志 異

3

요재지이

聊 — 齋 — 志 — 異

포송령 지음

김혜경 옮김

3

민음사

요 | 재 | 지 | 이 | 3 차례

田七郞

전칠랑 ― 사나이 의리

무승휴(武承休)는 요양(遼陽) 지방 사람이다. 친구 사귀기를 좋아했는데, 그와 사귀는 사람들은 모두가 명망 있는 인사들뿐이었다. 어느 날 밤 무승휴의 꿈에 어떤 사람이 나타나더니 이렇게 훈계했다.

"당신이 사귄 친구들이 천하에 널려 있지만 그들은 단지 함께 놀기에나 적합한 술친구들일 따름이오. 오직 한 사람, 당신과 환난을 같이할 사람이 있건만, 어째서 그와는 사귀지를 않는 거요?"

"그가 누굽니까?"

무승휴가 물었더니,

"전칠랑이 아니면 누구란 말이오?"

하는 대답이었다. 무승휴는 잠에서 깨어난 뒤 자신의 꿈이 자못 심상치 않다고 생각했다.

다음날 그는 이른 아침부터 일어나 평소 사귀던 친구들에게 전칠랑이 누구인지를 알아보았다. 무승휴의 손님 중에 마침 그를 아는 사람이 있어서 마을 동쪽에 사는 사냥꾼이라고 알려주었다. 무승휴는 사뭇 정중한 자세로 그의 집을 찾아갔다. 그가 말채찍으로 사립문을 두드리자, 잠시 후 스물댓 살 남짓한 젊은이가 안에서 나왔다. 그의 눈매는 이리처럼 부리부리했고 허리는 벌처럼 가늘었으며 때가 잔뜩 낀 둥근 모자를 쓴 차림새였다. 허리에는 검정색 앞치마를 두르고 있었는데 군데군데 흰 천으로 기운 흔적이 역력했다. 젊은이는 두 손을 이마까지 모아 올려 절을 하면서 손님에게 어디서 왔느냐고 물었다. 무승휴는 자신의 이름을 알려 준 뒤 지나가던 차에 몸이 불편해서 그러니 잠시만 쉬어가게 해달라고 부탁했다. 그리고 또 한편으로는 전칠랑에 대해서 물었다.

"제가 바로 전칠랑입니다."

젊은이는 대답과 아울러 손님더러 안으로 드시라고 청했다. 그가 사는 집은 다 쓰러져가는 몇 칸짜리 누옥이었는데, 기울어진 벽이 무너지지 않도록 양갈래 난 통나무를 세워서 받쳐놓고 있었다. 좁다란 방으로 들어서자 온 방안에 호랑이나 이리 같은 짐승의 가죽이 널려 어지러웠고, 의자고 침상이고 간에 앉을 만한 가구는 아무것도 없었다. 칠랑은 방안에 호랑이 가죽을 한 장 깔더니 손님을 거기에 앉혀 쉬도록 하였다. 무승휴가 칠랑과 이야기를 나누어보니 말하는 투가 매우 성실하면서도 순박했다. 그는 지기를 만난 듯 몹시 기뻐하다가 돈을 건네주며 생계 밑천으로 삼으라고 일렀다. 칠랑은 받으려 하지 않았지만 무승휴가 한사코 들이밀자 급기야는 받아 챙겨서 자기 어머니에게 가지고 갔다. 얼마간 시간이 흐른 뒤 그는 다시 나타나 무승휴에게 돈을 돌려주며 절대로 받을 수 없다고 거절했다. 무승휴가 그래도 몇 번이나 받아넣기를 강요하자, 다 늙은 칠랑의 어머니가 불편한 걸음걸이로 안에서 나오더니 정색을 하고 따졌다.

"이 늙은이에게 자식이라곤 이 아이 하나뿐입니다. 우리 아들로 하여금 높으신 손님을 섬기게 할 수는 없어요!"

무승휴는 그 말을 듣고 얼굴이 벌게져서 그 집을 나왔다. 돌아오는 길에 곰곰이 생각해 봤지만 도대체 그들 모자의 뜻을 헤아릴 수가 없었다. 그런데 무승휴의 하인이 마침 그 집 뒤켠에 있다가 칠랑 어머니의 말을 들었다면서 주인에게 자기가 들은 이야기를 보고했다. 애당초 칠랑이 돈을 가져가 어머니에게 사정을 전했더니, 그녀는 이렇게 말했다는 것이었다.

"내가 방금 우리 집에 온 공자의 모습을 관찰했더니 얼굴에 불길한 운수가 가득 드리워 있더라. 이 다음에 틀림없이 큰 재앙을 만날 상이었어. 사람들이 항용 이르는 말로 '누군가의 인정을 받았으면 그 사람과 근심 걱정을 나눠야 하고, 은혜를 입었으면 은인의 위급함에 몸을 던져야 한다'고 하지 않더냐? 부자들이야 재물로 은혜에 보답할 수 있다지만, 가난뱅이는 의리를 지키는 것만이 보답하는 길인 것이야. 아무런 이유도 없이 남의 귀중한 재산을 받는다는 것은 불길한 일이다. 장차 너의 목숨으로 그것을 갚아야 할지도 모르지 않느냐?"

무승휴는 그 말을 듣고 칠랑 어머니의 현명함에 깊이 감탄했고, 동시에 칠랑에 대한 사모의 정이 더욱 두터워지는 것을 느꼈다.

다음날 무승휴는 술자리를 벌이고 칠랑을 초대했지만, 그는 사양하고 오지 않았다. 무승휴는 그래도 단념하지 않고 직접 그의 집까지 찾아가서 칠랑에게 함께 술을 마시자고 제의했다. 칠랑은 술자리에서 자작으로 술을 부어 마시면서도 말린 사슴 고기를 상 위에 올려놓는 등 손님을 극진하게 대접했다. 이튿날 무승휴가 어제 일에 대한 답례로 칠랑을 초대했더니, 이번에는 그도 사양하지 않고 찾아왔다. 두 사람은 서로가 기꺼운 마음으로 유쾌하게 담소하면서 술을 마셨다. 무승휴는 또 돈을 꺼내 칠랑에게 선사했고, 그는 여전히 받으려 하지 않았다. 무승휴가 호피를 구입하는 값이라고 둘러대자, 그는 비로소 은자를 집어넣었다. 칠랑은 집으로 돌아와 보관해 두었던 호피를 보고 무승휴가 준 값에 미치지 못한다는 것을 알자 다시 사냥을 나가 좀더 가죽을 마련해야겠다고 결심했다. 그는 산으로 들어가 사흘을 헤맸지만 도대체 걸려드는 놈이 한 마리도 없었다.

그 무렵 마침 그의 아내에게 병이 났다. 칠랑은 간호를 하고 탕약을 달이느라 사냥하러 다닐 겨를이 없어졌는데, 열흘 뒤에는 아내가 별안간 세상을 떴다. 그녀를 위해 제사를 지내고 장례를 치러주다 보니 무승휴

부자에게 은혜를 입어 목숨을 담보 잡히지 말라 이르는 전칠랑의 어머니

가 준 돈은 어느덧 땡전 한 푼 남지 않고 지출되었다. 무승휴는 몸소 문상을 와서 장지까지 따라가는 예의를 보였으며 아울러 장례 용품과 조의금도 넉넉하게 보태주었다. 장례가 끝나자마자 칠랑은 다시 활을 메고 산속으로 들어갔다. 무승휴에게 진 빚을 하루라도 빨리 갚고 싶었던 것이다. 하지만 어찌 된 일인지 도무지 걸려드는 짐승이 없었다. 무승휴는 소식을 전해 듣자 칠랑에게 조급해하지 말라고 권유하며 자기 집에 한 번만 와달라고 간절하게 부탁했다. 하지만 칠랑은 그에게 진 빚이 시종 유감이었던지 전혀 찾아올 기색이 없었다. 그러자 무승휴는 칠랑이 원래 보관하고 있던 호피를 가져다 달라는 핑계를 대며 집으로 와달라고 독촉했다. 칠랑은 자신이 원래 갖고 있던 호피들을 밖으로 끌어내 조사해 보았다. 하지만 가죽은 좀벌레가 슬어 털이 죄다 빠져 있었으므로 그는 낙심천만이었다. 무승휴는 이 말을 듣자 말을 타고 칠랑의 집으로 달려가서 성심껏 그를 위로하고 달래주었다. 그리고 한편으론 털 빠진 호피를 가리키며 말했다.

"이것도 괜찮군 그래. 내가 원래 사고 싶었던 것이 바로 털이 필요없는 가죽이었네."

그는 털 빠진 호피를 말아 가지고 칠랑의 집을 나서면서 다시금 그에게 동행을 부탁했다. 하지만 칠랑이 따라나서지 않았으므로 무승휴는 혼자서 돌아갔다. 칠랑은 몇 장의 좀 슨 호피로는 무승휴에게 보답할 수 없다고 생각하다가 비상 식량을 갖고 산으로 들어갔다. 며칠 밤을 새워 호랑이 한 마리를 잡게 되자 그는 통째로 무승휴의 집에 갖다주었다. 무승휴는 기분이 좋아 술상을 차려내며 칠랑에게 사흘만 머물러달라고 부탁했다. 하지만 그가 완강하게 거절하자, 무승휴는 대문의 빗장을 지르면서 칠랑이 나갈 출구를 막아버렸다. 무승휴의 집에 온 손님들은 모두 칠랑의 남루한 차림새를 보고 무 공자가 친구를 잘못 사귀고 있다고들 수군댔다. 하지만 무승휴는 이에 아랑곳 않고 더욱 각별하게 칠랑을 대접하며 다른 손님들과는 사뭇 다르게 대우했다. 또 칠랑을 위해 새 옷을 준비시키고 헌 옷과 갈아입게 했지만, 정작 당사자는 한사코 거절뿐이었다. 그가 잠든 틈을 타 옷을 몰래 바꿔치기하고서야 칠랑은 하는 수 없이 새 옷을 걸쳤다. 그가 자기 집으로 돌아간 다음 칠랑의 아들이 할머니의 분부라면서 새 옷을 무승휴의 집에 가져오더니 아버지가 예전에 입었던 헌 옷을 돌려달라고 요구했다. 무승휴는 아이의 말에 껄껄 웃으면서 응수했다.

"돌아가거들랑 할머니께 말씀드려라. 그 헌 옷은 이미 찢어서 신발 안창감으로 써버렸다고 말이다."

이때부터 칠랑은 수시로 토끼와 사슴 같은 사냥감들을 무승휴의 집으로 보내왔다. 무승휴가 거듭해서 그를 집으로 초대했지만, 칠랑은 더 이상 나타나려 들지 않았다.

어느 날 무승휴는 칠랑을 방문했다. 하지만 그는 공교롭게도 사냥하러 나가 아직 돌아오지 않은 참이었다. 대신 그의 어머니가 나오더니 대문 안쪽에 서서 무승휴에게 쏘아붙였다.

"다시는 내 아들을 불러내지 마십시오. 보아하니 당신은 좋은 마음을 먹고 그 애를 대하는 것이 전혀 아닙니다!"

무승휴는 그 말에 공손하게 대답했지만 가뜩이나 비참한 심경으로 발길을 돌려야 했다.

반년쯤 지난 어느 날, 하인이 갑자기 달려들어와 무승휴에게 아뢰었다.

"칠랑이 사냥한 표범 한 마리를 놓고 다투다가 사람을 때려죽여 관부로 압송되어 갔답니다."

무승휴는 깜짝 놀라 당장 말을 달려 칠랑을 만나러 갔다. 그는 이미 차꼬에 채워져 감옥 안에 수감되어 있었다. 칠랑은 무승휴를 보더니 아무 언급 없이 그저 이렇게만 말할 뿐이었다.

"이후로 저희 노모를 돌봐주실 것을 부탁드리겠습니다."

무승휴는 서글픈 심정이 되어 감옥에서 나왔다. 그는 즉시 다량의 뇌물로 현령을 매수하고, 또 백 냥의 돈을 죽은 사람의 가족들에게 보냈다. 달포가 지나 사태가 웬만큼 수습되자 현령은 칠랑을 석방시켜 집으로 돌려보냈다. 칠랑의 어머니는 무승휴의 은혜에 감격하여 아들에게 단단히 훈시했다.

"네 생명은 무 공자께서 내려주신 것이니, 내가 아끼려 해도 그럴 수가 없게 되었구나. 그저 공자께서 오래오래 만수무강하시며 평생토록 아무런 환난도 당하지 않기를 비는 수밖에 없겠다. 그것이 곧 네 복이기도 하려니."

칠랑이 무승휴를 찾아가 목숨을 구해 준 은혜에 감사를 나타내려 하자, 그의 어머니는 또 이렇게 일렀다.

"가기는 가되 공자를 뵙더라도 고맙다는 말일랑은 하지 말거라. 작은 은혜에 대해서는 고맙다고 할 수 있을지언정 큰 은혜에는 감사하다 말하는 법이 아니란다."

칠랑은 무승휴를 만나러 갔다. 무승휴가 따뜻한 말로 그를 위로했더니, 칠랑은 그저 '예예' 대답만 할 따름이었다. 무씨 집안 사람들은 하나같이 그를 은혜도 모르는 놈이라고 욕했지만, 무승휴만은 도리어 그의 성실성과 충직함을 사랑하여 더욱 후하게 대접했다. 이로부터 칠랑이 무승휴의 집에 오면 사나흘씩 머물다 가는 일이 종종 생겨나게 되었다. 무승휴가 그에게 선물을 하면 더 이상 사양하지 않고 받아넣었고 이 다음에 갚겠다는 말도 하지 않았다.

한번은 무승휴의 생일을 맞아 사방에서 손님들이 몰려들었다. 집안이 온통 들썩이는 난리판이 벌어졌고 밤이 되어도 손님은 줄지 않았다. 무승휴는 칠랑과 함께 구석진 작은 방에서 잠을 자게 되었고, 하인 세 명도 그들이 자는 방에서 침상 아래 마른풀을 깔고 누웠다. 이경이 거의 다할 무렵이 되자 하인들은 모두 잠들어 버렸는데, 무승휴와 칠랑은 그때까지도 여전히 도란도란 이야기꽃을 피우고 있었다. 어느 순간 벽에 걸어놓은 칠랑의 패도가 갑자기 칼집 밖으로 몇 치나 튀어나오며 윙윙소리를 내더니 번갯불처럼 서늘한 빛을 깜빡깜빡 사방에 길게 비추었다.

무승휴가 놀라서 몸을 일으키자, 칠랑도 뒤따라 일어나며 웅얼거렸다.

"여기 있는 이놈들 중에 반드시 악당이 있습니다."

무승휴가 무슨 까닭에 하는 소리인지 물었더니, 칠랑의 다음과 같은 설명이 이어졌다.

"이 칼은 외국에서 사들여 온 것인데 사람을 죽여도 피 한 방울 묻은 적이 없습니다. 지금까지 삼대를 전해 내려오면서 이 칼에 목이 달아난 자가 천 명을 헤아리지만 여태까지도 숫돌에서 막 갈아낸 듯 예리하기 짝이 없지요. 악인을 보게 되면 울면서 튀어오르는데, 그것은 사람을 죽일 시각이 머지않았다는 뜻입니다. 공자께서 군자를 가까이하고 소인을 멀리하신다면 의외의 재난을 막을 수도 있겠습니다만."

무승휴는 고개를 끄덕이면서 그렇게 하겠다고 대답했다. 칠랑은 그래도 기분이 언짢은지 침대 위에서 계속 뒤척이며 잠을 이루지 못했다. 무승휴가 그것을 보고 말했다.

"인생의 길흉화복은 모두 팔자소관인데, 어찌하여 이다지도 심각하게 걱정을 하는가?"

"저는 무서울 것이 아무것도 없습니다. 다만 노모가 계시기 때문이죠."

"어찌 그리도 빨리 그런 지경까지 걱정을 하누?"

그 말에 칠랑이 대꾸했다.

"아무 일도 없다면 그야말로 다행한 일이겠지요."

침대 밑에서 잠을 자던 세 명의 하인들 중 한 명은 임아(林兒)라는 이름이었는데, 주인의 환심을 사는 데 능해 매우 신임을 받는 사람이었다. 하나는 이제 겨우 열두어 살 남짓한 어린아이로서 무승휴가 늘상 심부름을 시키는 동복이었다. 나머지 하나인 이응(李應)은 고집이 세고 우둔한 데다 조그만 일에도 주인에게 눈을 부릅뜨고 대들어서 무승휴는 일찍부터 그를 못마땅하게 여기고 있었다. 그날 밤 무승휴가 곰곰 생각해 보니 셋 중에 악인이 있다면 반드시 이놈일 것 같았다. 이튿날 아침 무승휴는 이응을 불러들인 다음 좋은 말로 구슬려서 그를 내보냈다.

무승휴의 큰아들인 무신(武紳)은 왕씨 성을 가진 여자에게 장가든 상태였다. 어느 날 무승휴는 외출을 하고 임아가 남아서 집을 지키고 있었다. 그 당시 서재 앞 정원에는 국화가 한창 만발해 있었는데, 며느리는 시아버지가 출타했기 때문에 정원에 아무도 없을 것으로 여기고 뜰에 나와 꽃을 따며 거닐었다. 그런데 별안간 임아가 나타나더니 그녀를 잡아채면서 낯 뜨겁게 희롱했다. 왕씨는 도망치려 했지만, 임아는 두 팔로 그녀를 끌어안더니 당장 방안으로 끌고 갈 태세였다. 왕씨는 울면서 반항하다가 얼굴색이 파랗게 질렸고 목소리는 쉬어서 갈라질 지경이었다. 무신이 소리를 듣고 달려오자, 임아는 그제야 여자를 놓아주고 줄행랑을 놓았다. 무승휴는 귀가한 다음 이 일을 보고받고 대단히 분개했다. 서둘러 임아를 찾았지만 그는 어디로 도망쳤는지 이미 행방이 묘연한 참이었다. 이삼 일이 지나고 나서야 무승휴는 그가 아무개 어사의 집에 하인으로 들어간 사실을 알게 되었다. 어사는 서울에서 벼슬을 살고 있기 때문에 집안의 대소사는 모두 그의 동생이 맡아서 처리하고 있었다. 무승휴는 피차가 같은 마을에 사는 대갓집이기 때문에 양해하리라 생각하고 어사댁에 편지를 써 임아를 돌려달라고 부탁했다. 그런데 뜻밖에도 어사의 동생은 그의 요청을 완전히 묵살하며 임아를 돌려주지 않았다. 무승휴는 더한층 화가 났고 급기야는 현령에게 소장을 써 사건을 고발하기에 이르렀다. 결국 임아를 체포하라는 공문이 발송되었지만 관아의 어느 누구도 죄인을 체포하지 않았고 현령도 더 이상은 추궁하려 들지 않았다. 무승휴가 이 일에 대해 분노하고 있을 때, 마침 칠랑이 찾아왔다. 무승휴는 그에게 반색을 하며 말을 건넸다.

　"자네 말이 틀리지 않았네."

　그는 시종 열띤 어조로 이번 일의 상황을 설명해 주었다. 칠랑은 낯색이 침통하게 변하더니 줄곧 입을 다물고 있다가 맥없이 돌아가 버렸다. 무승휴는 믿을 만한 하인들을 사방으로 풀어 임아를 정찰하도록 분부했다. 어느 날 밤 임아는 집으로 돌아가다가 염탐꾼들에게 붙들려 무승휴

앞으로 끌려왔다. 무승휴가 그에게 매질을 가하자, 임아는 감히 방자한 주둥이를 놀려 그를 욕하며 달려들었다. 무승휴의 숙부인 무항(武恒)은 본래 덕망 높은 어른이었다. 그는 조카의 분노가 하늘을 찌르자 잘못하여 화근을 만들까 걱정하다가 임아를 관아에 넘겨 법대로 처리하는 것이 좋겠다고 달랬다. 무승휴는 숙부의 권고를 받아들여 임아를 포박한 다음 관아로 압송시켰다. 하지만 어사의 집에서 임아를 넘겨달라는 서찰이 당도하자 현령은 또 그를 석방하여 어사네 집사에게 그를 데리고 가도록 조처했다. 임아는 더욱 으쓱해져 사람들이 모인 자리면 어디서나 주인의 며느리가 그와 사통했다고 함부로 떠들고 다녔다. 무승휴는 답답한 나머지 분노가 머리끝까지 치밀면서 죽고 싶은 생각마저 들었다. 그는 마침내 말을 타고 어사의 집 문전으로 달려가 입에서 흘러나오는 대로 실컷 욕지거리를 퍼부었다. 이웃 사람들은 그 광경을 보고 무승휴를 거듭 위로하고 충고하여 집으로 돌아가게 하였다. 그로부터 하룻밤이 지났을 때, 갑자기 하인이 달려와 주인에게 보고했다.

"임아가 간밤에 누군가에게 난자당해 죽었는데, 놈의 머리통은 들판에 버려져 있더랍니다."

무승휴는 그 소식에 놀라면서 기뻐했고 답답했던 심정도 점차로 가라앉았다. 하지만 어사의 집에서 무승휴와 그의 숙부를 고발하는 바람에 그들 숙질간은 나란히 관아로 불려가 대질 심문을 받게 되었다. 현령이 사실을 밝힐 기회도 주지 않은 채 무항에게 곤장을 치려 들자, 무승휴는 소리 높여 부르짖었다.

"살인이라 함은 완전히 모함입니다! 벼슬아치 집으로 가서 욕질을 한 것은 사실이지만 그것은 분명히 소생이 한 짓이고, 숙부님은 이 일과 무관합니다."

현령은 그의 말에 귀 기울이지 않았다. 무승휴는 두 눈을 찢어져라 부릅뜨고 앞으로 뛰쳐나가면서 숙부를 구하려 했지만, 나졸들이 앞을 가로막고 그를 잡아당겼다. 태형을 맡은 아전은 모두 어사의 주구들인 데다 무항은 나이마저 많았기 때문에 매를 절반도 맞기 전에 벌써 숨이 끊어졌다. 현령은 무승휴의 숙부가 죽은 것을 보자 더 이상 추궁하지 않았다. 무승휴가 통곡을 하면서 책망해도 현령은 그저 못 들은 체하는 자세로 일관했다. 무승휴는 숙부를 둘러업고 집으로 돌아왔다. 슬픔과 분노가 하늘을 찔렀지만 어찌해 볼 방법이 없었다. 한편 칠랑을 불러 상의해 볼까 하는 생각도 들었지만, 칠랑은 그동안 한번도 그를 찾아와 위로한 적이 없었다. 속으로 곰곰 생각해 보니, 칠랑에 대해 결코 각박하지 않았는데 왜 이렇게 갑작스럽게 낯모르는 사람처럼 구는지 이상할 따름이었다. 그러나 또 한편으로는 임아를 죽인 사람이 바로 칠랑일 거라는 의심도 들었다. 만약 그렇다면 어째서 자기와 사전에 상의하지 않았는지 궁금하기도 하였다. 마침내 그는 칠랑의 집으로 사람을 보내 사정을 탐문하기에 이르렀다. 심부름꾼이 그의 집에 당도했더니, 대문은 잠겨 있고 집안에서는 아무 소리도 들리지 않았다. 이웃 사람들도 그들 일가가 어디로 갔는지 모른다는 소리뿐이었다.

어느 날 어사의 동생이 관아에서 현령에게 잘 봐달라는 사정 이야기를 하고 있었다. 때마침 아침나절이라 장작이 배달되고 물이 들어오는 시각이었는데, 한 나무꾼이 그들 앞으로 다가와 나뭇짐을 내려놓더니 날이 시퍼런 칼을 빼들고는 곧장 어사의 동생에게 달려들었다. 놀란 피습자는 당황한 나머지 손으로 칼날을 막다가 손목을 바닥에 떨구고 말았다. 다시 한번 칼을 휘두르자 이번에는 그의 목이 떨어져 나갔다. 현령은 대경실색하면서 그사이 황급하게 도망을 쳤다. 나무꾼은 사방으로 그를 찾아 헤맸다. 하지만 수많은 나졸과 아전들이 얼른 현청의 대문을 걸어 잠그고 몽둥이를 꼬나 쥐며 가쁜 고함을 내지르자, 나무꾼은 별안간 자신의 목을 긋고 자살해 버렸다. 사람들이 와자지껄 모여들었고 누군가가 그를 전칠랑이라고 알아보았다. 현령은 놀란 가슴을 진정시킨 다음에야 밖으로 나와 시체를 검색했다. 칠랑은 그때까지도 피바다 속에서 뻣뻣이 누운 채였는데 손에는 여전히 칼을 꼭 붙들고 있었다. 현령이 걸음을 멈추고 그를 자세히 들여다보는 순간, 시체가 벌떡 일어나더니 현령의 목을 내리치고 다시 고꾸라졌다.

아전들은 칠랑의 어머니와 아들을 체포하려 했지만, 그들은 벌써 여러 날 전에 도망치고 없었다. 무승휴는 칠랑이 자신을 위해 죽었다는 말을 듣자 곧바로 현장으로 달려가 통곡하며 슬퍼했다. 많은 사람들이 그가 칠랑을 사주했다고 말했기 때문에 그는 전 재산을 기울여 당대의 권세가들에게 연줄을 댄 뒤에야 한바탕의 재난을 모면할 수 있었다. 칠랑의 시체는 삼십여 일 동안이나 들판에 버려져 있었는데, 날짐승과 들개들이 번갈아 지키면서 시체를 보호했다. 무승휴는 시체를 운반해서 정중하게 장례를 치러주었다. 칠랑의 아들은 산동성의 등주(登州)까지 흘러들어 갔고, 그 사건 이후로 성을 동씨(佟氏)로 바꾸었다. 그는 군대에 투신하여 전공을 계속 쌓았고 관직이 동지장군(同知將軍)에까지 이르렀다. 그가 요양에 돌아왔을 때, 무승휴는 이미 팔순이 넘은 나이였지만 그를 데리고 부친의 묘소에 참배하러 갔다.

이사씨는 말한다.

한 푼이라도 경솔하게 받지 않는 사람이야말로 밥 한 끼의 은혜를 잊지 않고 갚는 사람일 것이다. 칠랑의 모친은 정말로 현명하신 분이었다! 칠랑이란 이는 원수를 깨끗하게 갚지 못하자 죽은 몸인데도 일어나 설욕했으니, 또 얼마나 신통한 사람이던가! 만약 형가(荊軻)¹⁾도 그럴 수만 있었다면 천년 만년에 걸친 한은 응당 없었을 것이다. 칠랑 같은 사람이 정말로 존재한다면 하늘이 빠뜨리신 응징을 죄다 보완할 수도 있을 것이다. 사회가 어둡고 캄캄하니, 칠랑 같은 이가 너무 드문 것이 원망스러울 따름이다. 슬프고 슬픈 일이로다!

羅利海市
나찰해시

마기(馬驥)의 자는 용매(龍媒)로서 장사치의 아들이었다. 그는 어려서부터 풍류가 넘치고 멋을 즐겼으며, 노래와 춤을 좋아하여 늘 극단의 연극 배우들과 어울리곤 하였다. 그가 비단 수건으로 머리를 동여매고 나서면 마치 어여쁜 여자처럼 보여 '잘난 사내〔俊人〕'라는 별명도 있었다. 열네 살에 수재가 되어 고을의 학교에 들어가고부터는 글 잘한다는 명성까지 떨치는 판이었다. 당시 그의 아버지는 이미 늙고 기력이 쇠약해져 더 이상 장사에 나서지 않고 집안에 들어앉은 상태였다. 그는 어느 날 아들을 부르더니 이렇게 타일렀다.

"낡아빠진 책 몇 권 읽어봐야 밥이 나오기를 하나, 옷이 나오기를 하나, 다 쓸데없는 짓이다. 너는 내 뒤를 이어 앞으로 장사나 하거라."

마기는 아버지의 명에 따라 그때부터 차츰 장사를 배우기 시작했다.

그가 한번은 몇몇 장사꾼을 따라 바다 건너로 물건을 팔러 갔다가 뜻밖의 태풍을 만났다. 배는 방향을 잃어 뱃길을 이탈했고 그 바람에 마기는 몇 날 며칠을 표류하다가 요행 어떤 큰 도회지에 이르게 되었다. 그런데 그곳의 사람들은 하나같이 기괴하고 추악한 몰골들뿐이었다. 하지만 그들은 이상하게도 마기를 보기만 하면 다들 괴물이라도 본 것처럼 고함을 지르면서 도망치기에 바빴다. 마기는 처음에 사람들의 흉측스런 모습을 보고 공포에 떨었지만, 나중에는 그 나라 사람들이 도리어 자신을 무서워한다는 사실을 알고 이를 이용하여 그들을 골탕 먹이게 되었다. 즉 음식을 먹고 있는 사람을 발견하면 일부러 그 방향으로 달려가곤 했던 것이다. 그리하여 놀란 사람들이 사방으로 흩어져 달아나면 그들이 먹다 남긴 음식을 거둬 자신의 허기진 배를 채울 수 있었다. 그럭저럭 세월을 보내던 마기는 어떤 산간 마을로 흘러들어가게 되었다. 그 마을 사람들의 외모는 그래도 약간 사람 꼴이 났지만 의복은 남루하여 거지나 다름없는 행색들뿐이었다.

동네의 나무 아래서 마기가 발길을 멈추고 휴식을 취하고 있노라니, 한 촌사람이 차마 가까이 접근은 못하고 멀리서 자꾸만 그를 바라보았다. 한참 시간이 흐르자 그는 마기가 사람을 잡아먹는 괴물은 아닌 듯하다고 느꼈던지 차츰차츰 곁으로 다가들었다. 마기는 웃으면서 그와 대화를 나누기 시작했다. 피차간에 말은 통하지 않았지만 그래도 절반 정도 서로의 뜻을 알아들을 수는 있었다. 마기가 자신이 어디서 왔는가를 설명하자, 그 사람은 매우 기뻐하면서 온 마을 사람에게 새로 온 나그네는 사람을 잡아먹지 않는다고 알려주었다. 그들은 흉악하게 생긴 사람일수록 멀찌감치서 마기를 구경하다 곧바로 자리를 피했고 도무지 가까이 다가오지 않았다. 그에게 접근하는 사람들은 입이며 코 같은 오관(五管)이 그래도 중국인과 비슷한 자리에 놓여 있는 사람들뿐이었다. 그들은 또 술과 음식을 내어 마기를 대접하는 선심도 베풀었다. 마기가 왜 그렇게 자기를 무서워하는지 까닭을 물었더니, 그들의 대답은 다음과 같았다.

"일찍이 여기서 서쪽으로 이만육천 리를 가면 중국이라는 나라가 나오는데 그곳 사람들은 생김새가 괴이하다는 말씀을 조상님으로부터 들은 적이 있습니다. 예전에는 그저 한 귀로 듣고 흘려넘겼는데, 이제 직접 눈으로 보게 되니 그 말이 사실이란 걸 알겠군요."

마기가 다시 당신들은 왜 이렇게 가난하냐고 물었더니,

"우리 나라에서 중시되는 것은 학문이 있느냐 없느냐가 아니라 용모

미남 마기가 나찰국에서 흉측한 괴물 취급을 당하다

가 얼마나 잘생겼는가입니다. 잘난 사람들은 조정에서 가장 높은 자리를 차지하게 되고, 그 다음 사람은 지방관으로 임명되며, 좀더 떨어지는 사람이라도 귀인의 총애를 얻어 그들이 베푸는 은전으로 처자를 먹여 살릴 수가 있지요. 저처럼 못생긴 사람은 태어날 때부터 부모가 불길하다고 여겨 내다버리기가 일쑤랍니다. 당장 내버리지 않는다면 그것은 모두 대를 잇게 하기 위해서지요."

하는 대답이었다. 마기가 다시 물었다.

"이 나라의 이름은 무엇이라 하오?"

"대나찰국(大羅刹國)입니다. 수도는 여기서 북쪽으로 삼십 리 떨어진 곳에 있지요."

마기는 그들에게 자신을 서울로 데려가 구경시켜 달라고 부탁했다.

다음날 새벽닭이 울자마자 그들은 잠자리에서 일어나 길을 나섰고, 날이 밝을 무렵에는 서울에 도착했다. 수도의 성곽은 온통 검은 돌로 꾸며졌는데 흡사 먹물처럼 새까만 빛깔이었다. 궁전의 누각은 또 백 자에 가까운 높이로 기와를 거의 사용하지 않고 대부분 붉은색 돌로 지붕을 이어놓았는데, 마기가 그 부스러진 조각을 주워 손톱에다 문질러보니 주사(朱砂)처럼 새빨간 색이 묻어나왔다. 그때는 마침 백관이 조회를 마치고 퇴궐하는 중이었다. 대궐에서 어떤 고관이 수레를 타고 나오자, 촌사람은 손가락으로 그를 가리켰다.

"저 사람이 재상입니다."

지목된 재상의 생김새를 보았더니, 두 귀는 거꾸로 뒤집혀 달려 있고 콧구멍이 세 개였으며 눈썹은 마치 주렴처럼 축 늘어져 두 눈을 뒤덮고 있었다. 이어서 몇 명의 관리가 말을 타고 나오자, 촌사람이 또다시 일렀다.

"저 사람들은 대부(大夫)지요."

이렇게 궁궐에서 나오는 차례대로 하나하나 그들의 관직을 가르쳐주는데, 관리들은 하나같이 머리카락이 쑥대처럼 산발이었고 모습도 끔찍

하도록 흉악했다. 하지만 관직이 낮아질수록 못생긴 정도도 차츰 줄어드는 추세였다. 이런 식으로 한바탕 구경을 한 다음 마기와 촌사람은 다시 길을 돌이켰다. 문득 거리에 있던 사람들이 마기를 보더니 무슨 괴물이라도 만난 것처럼 한꺼번에 비명을 지르며 넘어지고 부딪치면서 우르르 달아났다. 촌사람이 연거푸 해명하고 나서야 사람들은 비로소 멀찌감치 떨어진 채 마기를 구경하는 것이었다.

마기가 산촌에 돌아간 다음, 온 나라 사람들은 그 마을에 괴물이 나타난 사실을 알게 되었다. 관료나 사대부들은 그를 구경함으로써 자신들의 견식을 넓힐 수 있다고 생각하여 촌사람에게 마기를 데려와 달라고 다투어 요청했다. 하지만 마기가 어느 집을 찾아가든 문지기는 놀라서 대문을 잠가버렸고, 집안에 있는 사내와 여자들은 문틈으로만 그를 훔쳐보고 쑥덕거릴 뿐이었다. 결국 하루 온종일을 돌아다녔지만 어디에서도 그를 집안에 들여놓는 집은 없었다. 급기야 촌사람은 마기에게 이렇게 제안했다.

"이곳에는 왕년에 대궐의 경비를 맡았던 시위관(侍衛官) 어른이 살고 계신데, 일찍이 선왕의 명을 받들어 외국에 사신으로 나가신 적도 있습니다. 그 어른은 많은 사람을 겪어보았을 테니 당신을 보더라도 무서워하지 않을지도 모르죠."

마기는 즉시 그 사람을 찾아갔다. 과연 시위관은 대단히 기뻐하며 그를 귀빈으로 대접했다. 마기가 그의 생김새를 살폈더니, 대략 팔구십 세는 된 듯한데 눈알이 불쑥 튀어나온 데다 수염은 고슴도치처럼 위쪽으로 말려서 뻐드러진 상태였다. 시위관이 마기에게 말했다.

"나는 예전에 국왕의 명을 받들어 외국에 사신으로 나간 적이 여러 차례지만 유독 중국에만 가보지를 못했습니다. 이제 내 나이 백이십이 넘었는데 천행으로 대국에서 온 인물을 만나게 되었으니, 이 일은 불가불 천자에게 알려드리지 않을 수가 없군요. 저는 이미 관직에서 물러나 칩거한 상태라 십년이 넘도록 대궐의 계단을 밟아보지 못한 상태입니다.

하지만 내일 아침 그대를 위해 한번 다녀오기로 하지요."

그는 곧 주안상을 차리게 해 마기를 극진하게 대접했다. 술이 몇 순배 돌고 나자 주인은 열댓 명의 기생을 불러들여 돌아가며 춤을 추고 노래를 부르게 하였다. 기생들의 얼굴은 야차처럼 흉측했는데 모두들 흰 비단수건을 머리에 두르고 땅바닥에 질질 끌리는 기다랗고 붉은 옷을 입고 있었다. 그들이 부르는 노래는 무슨 내용인지 알 수도 없거니와 곡조며 박자조차 야릇하기 짝이 없었다. 그런데도 주인은 그것을 듣고 즐거워하면서 마기에게 물었다.

"중국에도 이런 음악이 있습니까?"

"있고말고요."

주인이 몇 소절만 배우게 해달라고 부탁했으므로 마기는 탁자를 두드려 박자를 맞춰가며 한 곡조 불렀다. 노래가 끝나자 주인은 몹시 흥겨운 어조로 감탄을 연발했다.

"미묘하도다! 이 노래는 마치 봉황의 울음, 용의 휘파람과도 같으니, 이전에는 전혀 들어보지 못했던 소리일세."

다음날 시위관은 궁궐로 가서 마기를 국왕에게 천거했고, 왕은 흔쾌히 접견하겠다는 명령을 내렸다. 하지만 그때 두세 명의 대신이 마기의 괴상한 생김새를 설명하면서 그가 옥체를 놀라게 할지도 모른다는 우려를 표명하자, 왕은 접견하려던 계획을 다시 취소한다는 명령을 내렸다. 시위관은 집으로 돌아와 마기에게 그 이야기를 전하면서 무척이나 애석해하였다.

마기는 시위관의 집에서 한참을 머물렀다. 하루는 주인과 함께 술을 마시다가 취기가 오르자 그는 얼굴에 석탄 가루를 잔뜩 묻혀 장비(張飛)로 분장하고 칼을 꼬나 쥔 채 춤을 추기 시작했다. 주인은 그가 너무나 아름답다고 찬탄하여 마지않았다.

"손님이 장비로 분장하여 재상을 뵙게 되면, 그분께서는 흡족한 나머지 반드시 당신을 중용하려고 들 것입니다. 그리 되면 높은 벼슬에 후한 봉록도 어렵잖게 손아귀에 넣을 수 있을 게요."

마기는 그 말을 듣고 어이가 없었다.

"에이! 어쩌다가 장난 삼아 노는 것이야 괜찮지만, 어떻게 얼굴까지 바꿔가며 부귀영화를 도모할 수 있겠습니까?"

하지만 주인이 한사코 주장을 굽히지 않자 마기도 어쩔 수 없이 그 말에 동의했다. 주인은 잔칫상을 준비하여 당대의 권세가들을 초대하면서 마기에게는 먼저 분장을 하고 손님을 기다리라고 일렀다. 얼마 후 손님들이 도착하자 주인은 마기를 불러내 손님들에게 인사를 시켰다. 그를 만난 손님들은 모두가 놀라며 감탄했다.

"거참, 이상한 일일세! 지난번에는 그토록이나 추악한 모습이더니, 오늘은 어찌하여 이다지도 아름답단 말인가?"

그들은 마기와 어울려 술을 마시며 더없는 흥겨움에 빠져들었다. 마기가 너울너울 춤을 추며 익양곡(弋陽曲)[1]을 불렀더니, 그 자리에 있던 사람들은 누구 하나 그에게 매료되지 않는 이가 없었다. 다음날 연회에 참석했던 대관들은 일제히 국왕에게 마기를 천거했다. 왕은 대단히 기뻐하며 정중하게 예의를 갖춰 그를 불러들였다. 그리고 접견에 임하자 중국의 상황에 대해 이것저것 여러 가지로 물었다. 마기는 성심껏 질문에 대답했고, 이에 왕은 그를 크게 칭찬하면서 별궁에서 연회를 베풀어 환대했다. 술이 얼근하게 오른 왕이 그에게 말했다.

"듣자 하니 경은 아악에 매우 능하다고 하던데, 과인에게 한번 들려줄 수 없겠소?"

마기는 즉시 몸을 일으켜 춤을 추었고, 또 나찰국의 기생을 흉내 내어 흰 비단수건으로 머리를 동여매고 간드러지게 노래를 불렀다. 왕은 너무나 기뻐 그 즉시 마기를 하대부(下大夫)로 임명했고, 그 후로는 수시로 술자리를 함께하며 총애를 아끼지 않았다.

그러나 시간이 흘러가면서 조정의 관리들은 마기의 얼굴이 분장한 가짜라는 사실을 눈치 채게 되었다. 그가 어디를 가더라도 사람들은 등 뒤에서 수군수군 귓속말을 주고받았고, 어느 누구도 그와 친해지려고 하지 않았다. 마기는 외로움을 느끼게 되었고 마음조차 불안해져 마침내는 사직하겠다는 상소를 올렸다. 하지만 왕은 허락하지 않았다. 그가 다시 휴가를 달라고 아뢰자, 왕은 그에게 석 달의 말미를 주었다. 그는 수레에다 왕이 하사한 금은보화를 싣고 다시 산촌으로 돌아갔다. 마을 사람들은 모두 마중 나와 꿇어앉은 채 그를 영접했다. 마기가 재물들을 예전에 그와 친했던 사람들에게 나누어주자 온 동네는 순식간에 환호성으로 뒤덮였다. 촌사람이 그에게 말했다.

"저희 같은 시골 무지렁이들에게 대부께서 큰 은혜를 내려주셨으니, 며칠 지나 해시(海市)가 열리면 진기한 노리갯감들을 구해 와 대부님의 은혜에 보답하겠습니다."

"해시라니, 그것이 어디에 있단 말인가?"

"바다 속에서 열리는 시장이지요. 사해의 교인(鮫人)[2]들이 그곳에서 진주와 보물을 팔기 때문에 사방 열두 개 나라에서 사람들이 몰려와 무역을 한답니다. 그곳에는 또 수많은 신선들이 놀러 와 유희를 즐기기도 하지요. 바다 위는 구름에 가려 컴컴해지기도 하고 또 수시로 하늘을 찌를 듯한 거센 파도가 일어나기도 하니, 귀인께서는 스스로를 아끼시고 이런 위험을 무릅쓰실 필요가 없겠습니다. 저희에게 돈을 주시면 대신 진귀한 보물들을 사다 드리지요. 이제 해시가 열릴 날짜가 얼마 남지 않았군요."

마기가 다시 장이 열릴 날짜를 어떻게 아느냐고 물었더니 그들은,

"바다 위에 붉은 빛깔의 새가 이리저리 날아다니고 난 이레 후면 장이 열린답니다."

라고 대답했다. 마기는 출발 날짜를 물으면서 자신도 그들을 따라가 구경하고 싶다고 졸랐다. 촌사람이 그에게 자중하라고 권했지만, 마기의 결심은 확고했다.

"나는 강호를 떠도는 일개 객상에 불과하다오. 바람이나 파도가 뭐 그

리 무섭겠소."

얼마 후부터는 사람들이 찾아와 그에게 돈을 맡기면서 물건을 사다 달라는 청탁까지 넣었다. 마기는 돈을 챙겨서 배에 올랐다. 배는 대략 열댓 명 정도 탈 수 있는 크기였는데, 밑바닥은 평평하고 난간이 높았다. 열 명의 사람이 노를 젓자 배는 화살처럼 빠르게 물살을 가르며 앞으로 나아갔다. 사흘이 지난 뒤에는 저 멀리 물과 구름이 한데 섞여 흔들리는 가운데 층층이 겹쳐진 누대와 전각들이 눈에 들어왔다. 장사차 들어온 배들도 마치 개미떼처럼 바글바글 한곳에 운집한 상태였다. 잠시 후 배는 성 아래에 닿았다. 성곽의 벽돌은 사람의 키만큼이나 길었고, 성의 누각은 구름 속까지 뚫고 올라가 있었다. 그들은 배를 정박시키고 육지에 올라 성안으로 들어갔다. 시장에 진열된 물건들은 모두 진기한 보물뿐으로 찬란한 광채가 사람의 눈을 부시게 했는데, 대부분 인간 세상에서는 구경도 할 수 없는 것들이었다.

갑자기 어떤 젊은이가 준마를 타고 지나쳐가자 시장 안의 사람들은 일제히 몸을 피해 길을 열면서 떠들었다.

"동양국(東洋國)의 셋째 왕자다."

왕자는 그곳을 지나치다 마기가 눈에 띄자 호기심 어린 눈길을 던졌다.

"이 사람은 외국 사람 아닌가?"

그는 당장 앞쪽에서 길을 열던 사람을 시켜 마기의 국적이 어디인지 탐문했다. 마기가 길가에 서서 절을 하고 자신의 국적과 집안을 자세하게 소개하자, 왕자는 기뻐하여 마지않았다.

"여기까지 왕림해 주셨으니 우리의 인연도 작다고는 할 수 없겠군요."

그는 마기에게 말 한 필을 내주어 태우더니 자신과 말 머리를 나란히 하고 길을 달리게 하였다. 마기는 왕자를 따라서 성의 서쪽 문을 벗어났다. 바야흐로 섬의 해변에 이르렀을 때, 그가 탄 말은 목청을 높여 히히힝 울면서 바닷물로 뛰어들었다. 마기가 깜짝 놀라 엉겁결에 큰소리를 지르자 바다가 갑자기 양쪽으로 쫙 갈라지고 바닷물이 담벼락처럼 우뚝

멈춰 서면서 널따란 큰길이 눈앞에 펼쳐졌다. 그들은 바닷길을 달려 이 윽고 궁전에 도착했다. 궁전의 기둥은 대모(玳瑁)[3]로 장식을 했고, 방어 비늘을 기와 삼아 지붕을 이었으며, 사방의 벽은 그림자가 훤히 비치는 투명한 수정으로 눈부시게 빛났다. 마기가 말에서 내리자, 왕자는 그를 궁전 안으로 인도했다. 그가 고개를 들어 용왕이 앉은 윗자리를 올려보는 사이, 왕자가 용왕에게 아뢰었다.

"신이 시장에 놀러 나갔다가 우연히도 중국에서 온 학자를 한 분 만나게 되었기에 특별히 그를 모셔와 대왕께 배알하나이다."

마기는 앞으로 나아가 황제께 행하는 대례로서 절을 했다. 용왕이 그에게 말을 건넸다.

"선생은 학자라고 하시니, 반드시 굴원(屈原)이나 송옥(宋玉)보다도 나은 글재주를 지니셨을 게요. 그 큰 재주를 빌려 해시를 읊은 문장을 한 편 얻었으면 하니 부디 사양하지 않았으면 좋겠소."

마기는 고개를 조아려 명을 받았다. 사람들은 곧 그에게 수정으로 만든 벼루며 용의 수염으로 만든 붓, 백설처럼 새하얀 광택이 나는 종이와 난초 향기가 풍기는 먹 등을 가져다주었다. 마기는 그 자리에서 즉시 일천 자가 넘는 문장을 지어 용왕에게 바쳤다. 용왕은 글을 읽더니 손바닥으로 무릎을 치면서 탄복했다.

"선생은 정말로 큰 인재로군요. 선생의 걸작이 우리 수국(水國)을 크게 빛나게 했습니다그려!"

이윽고 용왕은 자기의 직계 가족들을 여럿 불러 채하궁(彩霞宮)에서 큰 잔치를 베풀었다. 술이 몇 순배 돌고 나자 용왕은 마기를 향해 술잔을 들면서 제의했다.

"과인이 가장 사랑하는 딸자식이 아직까지 좋은 배필을 만나지 못했다오. 선생과 맺어주고 싶은데, 의향이 어떠하시오?"

마기가 급히 자리에서 일어나 한편 수줍고 한편 감격한 어조로 응낙하니, 용왕은 좌우 수하를 둘러보며 나직하게 몇 마디 명령을 내렸다.

잠시 후 몇 명의 궁녀가 용왕의 딸을 부축해서 나왔는데, 공주의 옷자락에 매달린 패옥이 흔들리며 짤랑짤랑 맑은 소리가 사방으로 울려퍼졌다. 이윽고 풍악 소리가 일제히 울리며 두 사람의 혼례가 거행되었다. 천지에 대한 절을 끝낸 마기가 공주를 힐끗 훔쳐보았더니 선녀처럼 아름다운 미인이었다. 용녀는 혼례를 마친 뒤 먼저 안으로 들어갔다. 마침내 연회가 끝나자 두 명의 시녀가 꽃등불을 받쳐들고 마기를 측면에 세워진 궁전으로 인도했다. 용녀는 화려하게 단장한 채 앉아서 마기를 기다리고 있었다. 방안에는 여덟 가지 보석으로 장식을 한 산호 침대가 놓여 있었고, 휘장 밖으로는 말처럼 큰 구슬이 꿰매어진 오색 술이 늘어졌으며, 이불과 요는 모두 향기롭고도 부드러웠다.

날이 밝아서는 아름다운 궁녀들이 방안으로 밀려들어와 온갖 시중을 들었다. 마기는 자리에서 일어나자마자 황급히 달려가 용왕의 조회에 참석했다. 용왕은 마기에게 부마도위(駙馬都尉)를 제수하면서 그가 지은 해시에 관한 문장을 서둘러 여러 해역으로 돌리게 하였다. 각 바다의 용왕들은 모두 축하 사절을 보내와 경축했고, 마기에게는 연회에 참석해 달라는 초청장을 다투어 발송했다. 마기가 수놓인 비단옷을 입고 푸른색 규룡(虯龍)[1]이 끄는 수레를 탄 채 앞뒤로 호위를 받으면서 궁전을 나서자, 수십 명의 말 탄 무사들이 무늬를 새긴 활을 메고 손에는 흰 몽둥이를 든 채 위풍당당한 모습으로 그의 경호를 맡았다. 악대 또한 말을 탄 채로 고쟁(古箏)을 뜯고 수레 안에서 옥피리를 불면서 뒤를 따라왔다. 그는 사흘에 걸쳐 각 바다를 두루 순시했고, 이때부터 마용매(馬龍媒)의 명성은 사해에 크게 떨쳐졌다.

용궁 안에는 옥으로 된 나무가 한 그루 자라고 있었는데 둘레는 대략 한 아름쯤 되었다. 줄기와 뿌리는 마치 흰 유리처럼 반짝반짝 빛이 나면서 투명했고, 나무의 속은 연노랑색이었으며, 줄기는 사람 팔뚝보다도 가늘었다. 나뭇잎은 마치 청록색의 보석 같았고 동전만 한 두께였는데 빽빽하게 우거져 시원한 그늘을 드리우고 있었다. 마기와 용녀는 언제나 그 나무 그늘 아래서 노래를 하고 시를 읊조리곤 하였다. 나무에 꽃이 활짝 피면 마치 울금화가 피어난 모습과도 흡사했는데, 꽃잎이 바닥에 떨어질 때마다 맑고 경쾌한 소리가 났다. 주워서 살펴보면 마치 붉은색 마노를 조각하여 만든 것처럼 예쁘고 빛이 났다. 그곳에는 또 기이하게 생긴 새가 항상 날아와 나뭇가지에 앉아 지저귀곤 하였다. 새의 깃털은 금빛 나는 청록색이었고 꼬리는 몸뚱이보다도 길었는데, 울음소리가 마치 옥피리를 부는 듯 구슬프면서도 아름다워 사람의 애간장을 태웠다. 마기는 그 새의 울음소리를 들을 때마다 고향 생각을 하다가 마침내 용녀에게 속맘을 털어놓았다.

"내가 집을 떠난 지 벌써 삼 년이나 된다오. 부모님을 뵌 지도 벌써 오랜 세월이 흘렀구려. 나는 이곳에 오면 언제나 눈물이 옷깃을 적시고 등에는 식은땀이 흐르곤 한다오. 당신, 나와 함께 고향으로 돌아가지 않겠소?"

하지만 용녀의 의사는 그와는 달랐다.

"선계와 속세는 서로 길이 통하지 않으니, 제가 당신을 따라 고향으로 돌아갈 방법은 없답니다. 그렇지만 저 또한 우리 부부의 금실만을 생각하여 부자지간의 정을 빼앗을 수는 없겠지요. 천천히 방법을 생각해 보기로 해요."

마기는 그 말을 듣자 눈물을 비오듯 쏟으면서 그칠 줄을 몰랐다. 용녀 또한 탄식하다가 어쩔 수 없다는 듯 중얼거렸다.

"이런 상황이라면 두 가지 다 만족시키기는 어렵겠군요!"

그 다음날 마기가 외출에서 돌아오자 용왕이 그에게 인사를 건넸다.

"듣자 하니 부마가 고향 생각이 간절하다면서? 내일 아침 행장을 꾸려 출발하도록 하게나."

마기는 용왕에게 감사의 절을 올리며 아뢰었다.

"이역을 떠돌던 외로운 몸이 과분한 환대와 총애를 받았으니, 은혜를 갚으려는 굳은 마음 가슴속 깊이 새겨놓았습니다. 잠시 고향에 들러 부모님을 뵙도록 허락해 주신다면, 이후 다시 돌아와 함께 살도록 하겠습니다."

저녁이 되자 용녀는 주안상을 차려놓고 마기와 작별 인사를 나눴다. 마기가 나중에 다시 만날 기약을 정하려 들었더니 용녀는,

"우리 두 사람의 연분은 이미 끝났습니다."

하고 대꾸했다. 그 말을 듣고 더없이 비통해하는 마기에게 용녀가 다시 말을 이었다.

"돌아가 양친을 봉양하려는 당신의 효성은 충분히 알겠어요. 인생에는 만남과 헤어짐이 있게 마련이고 백년의 세월도 마치 하루처럼 순식간에 지나가 버릴 따름이니, 아녀자처럼 훌쩍거릴 필요가 뭐 있겠어요? 이후로 제가 당신을 위해 정절을 지키고 당신이 저를 위해 신의를 지킨다면 몸은 서로 떨어져 있지만 마음은 하나로 연결되는 것이니, 이것이 바로 아름다운 부부지간인 것입니다. 어째서 꼭 아침저녁으로 붙어 앉아 있은 다음에라야 해로했다고 일컬어지는 것이겠어요? 만약 당신이 지금의 맹세를 어기고 다시 결혼한다면 그것은 좋지가 않습니다. 집안을 돌봐줄 사람이 필요하다면 여종을 사서 첩으로 들이셔도 되겠지요. 또 하나 말씀드릴 사안이 있답니다. 아무래도 제 몸에 태기가 있는 듯해요. 그러니 당신은 먼저 이름을 지어놓고 떠나도록 하세요."

"만약에 딸을 낳으면 용궁(龍宮)이라 부르고, 아들을 낳으면 복해(福海)라고 하시오."

용녀가 신표를 달라고 요구하자, 마기는 예전에 나찰국에서 얻은 한 쌍의 옥련화(玉蓮花)를 꺼내 그녀에게 넘겼다. 용녀가 다시 그에게 일렀다.

"삼 년 뒤 사월 초파일 배를 타고 남쪽의 섬으로 나와주시면, 당신에게 자식을 돌려드리겠습니다."

그녀는 또 물고기 가죽으로 만든 자루에 갖가지 보물을 가득 채워 담더니 마기에게 건네주었다.

"잘 간직하세요. 이것들은 당신이 몇 대에 걸쳐 쓰더라도 모자라지 않

을 금액입니다."

날이 희미하게 밝아올 때, 용왕은 마기를 위해 전별연을 베풀었고 또 많은 예물을 선사했다. 마기는 용왕에게 절을 하고 용궁을 떠났다. 용녀는 흰 양이 끄는 수레를 타고 그를 해변까지 전송해 주었다. 마기가 육지에 올라 말에서 내리자, 용녀는 부디 몸조심하라는 당부를 남기고 수레를 돌렸다. 잠시 후 그녀의 수레가 저만큼 멀어지자 양쪽의 바닷물은 도로 하나로 합쳐졌고 수레는 다시 보이지 않았다. 마기는 그제서야 고개를 돌리고 집으로 향했다.

마기가 바다에서 실종된 이래 사람들은 모두 그가 이미 죽었다고 생각하고 있었다. 때문에 그가 집으로 돌아오자 누구 하나 놀라지 않는 사람이 없었다. 다행히도 부모는 모두 무고했지만 아내는 벌써 다른 곳으로 개가한 다음이었다. 마기는 그제서야 용녀가 그에게 '지조를 지켜달라'고 했던 말이 무슨 뜻이었는지 깨달았다. 그녀는 미리부터 아내의 재혼을 알고 있었던 것이다. 마기의 부모는 아들에게 다시 아내를 얻어주려 했지만, 그는 거기에 동의하지 않고 여종을 들여 첩으로 삼는 것에 그쳤다.

그는 용녀가 말한 삼 년의 기약을 가슴속에 새겨놓고 있다가 약속한 날이 되자 배를 띄워 섬으로 향했다. 가는 도중 그는 바다 위에 두 명의 어린애가 둥둥 떠서 까르륵거리며 물장구를 치고 있는 것을 발견했다. 아이들은 물결에 이리저리 휩쓸리는 일도 없었고 가라앉지도 않았다. 마기가 그들에게 다가가 손을 내밀었더니, 아이는 까르륵 웃으면서 마기의 팔을 잡고 그의 품으로 뛰어들었다. 순간 나머지 한 아이가 갑자기 울음을 터뜨렸는데 아마도 마기가 자기를 잡아주지 않은 것을 원망해서 그러는 것 같았다. 마기는 그 아이도 붙잡아 배에 끌어올렸다. 아이들을 자세히 살펴보니 하나는 계집애고 하나는 사내애였는데, 둘 다 매우 잘생긴 얼굴이었다. 두 아이는 머리에 옥으로 장식한 화관을 쓴 차림새였는데, 그가 예전에 용녀에게 신표로 주었던 붉은색 연꽃 장식도 그 위에 박혀 있었다. 어린애의 등 뒤쪽에 비단 주머니가 매달려 있기에 열어보았더니 편지 한 통이 나왔고, 내용은 다음과 같았다.

시부모님 두 분은 모두 안녕하시겠지요? 헤어진 이래 어느덧 삼 년의 세월이 지났을 뿐이지만, 선계와 속세의 구분이 영원히 우리를 갈라놓고 있군요. 끝없는 망망대해는 소식을 전하기도 어렵게만 합니다. 날마다 생각이 맺히니 꿈에서 나타나고, 목을 늘여 빼고 기다려보지만 몸만 수고롭게 할 뿐입니다. 끝없이 펼쳐진 쪽빛 물결을 바라보자니 가슴속을 가득 메운 이 한은 어떻게 풀어야 할까요! 그러나 달 속으로 도망친 항아(姮娥)가 아직도 월궁 속에서 고독하게 세월을 보내고 베틀에 앉은 직녀가 수심에 잠겨 은하수를 바라보고 있다고 생각하면, 제가 무슨 대단한 인물이라고 부부가 영원히 함께 살기를 바라겠습니까? 생각이 여기에 미치면 언제나 눈물을 거두고 웃음을 짓게 됩니다. 헤어지고 나서 두 달 뒤에 쌍둥이를 낳았습니다. 지금은 품안에서 지저귀며 웃고 떠들 줄도 알고 간식거리로 대추나 배를 찾아 먹기도 하니, 어미 품을 떠나서도 살아갈 수 있을 듯합니다. 그래서 저는 아이들을 당신에게 돌려보내기로 작정하였습니다. 당신이 남겨두었던 붉은 옥련화를 아이들 관에 장식하여 신표로 삼았습니다. 당신이 아이들을 안고 어를 때면 저도 당신 곁에 있는 것입니다. 당신이 옛날의 맹세를 굳게 지킨 줄 알았을 때 제 마음도 적이 위안이 되더군요. 저는 일평생 다른 사람에게는 절대로 시집가지 않을 것이며 죽을 때까지 딴마음을 품지 않을 것입니다. 저의 화장품 그릇에는 이미 머릿기름이나 향수가 담겨 있지 않으며, 거울을 보고 단장을 할 때도 분을 바르거나 눈썹을 그리지 않은 지가 오래되었습니다. 당신은 마치 출정 나간 사내와 같고, 저는 독수공방하는 아낙네 같군요. 비록 함께 살 수는 없다지만, 그 누가 우리를 두고 또한 의좋은 부부가 아니라고 말하겠습니까? 다만 시부모님께서 손자를 안아보게는 되었어도 이 며느리의 얼굴은 한번도 대하지 못했음을 상기하면 도리상으로도 크나큰 유감이 아닐 수 없군요. 일년 뒤 시어머님을 안장시킬 때 저도 반드시 무덤으로 찾아가 며느리의 도리를 다하도록 하겠습니다. 이후로 용궁이 별탈 없이 자라나면 이 어미와 만날 기약이 없지는 않을 것이고, 복해가 장성하면 바다 속으로 돌아올 길이 있을지도 모르겠군요. 엎드려 바라옵건대 부디 보중하소서. 할 말은 많지만 다 쓸 수가 없군요.

마기는 편지를 몇 번이고 다시 읽으면서 끊임없이 흐르는 눈물을 훔쳤다. 두 아이가 그의 목에 매달리면서,

"집으로 돌아가요!"

하고 보채자 그는 더욱 목이 메었다. 그는 아이들을 어루만지면서 속삭였다.

"얘들아, 너희들 집이 어디 있는지 알기나 하니?"

그 말에 아이들은 울음을 터뜨리며 옹알대는 소리로 돌아가자고만 소리쳤다. 마기는 끝없이 펼쳐진 바다로 눈길을 돌렸지만 용녀는 그림자도 보이지 않고 안개가 자욱한 수면만이 길을 가로막고 있을 뿐이었다. 마기는 몹시 낙심하여 아이들을 안고 뱃머리를 돌려 집으로 돌아왔다.

마기는 용녀의 편지를 읽고 난 뒤 어머니의 수명이 얼마 남지 않았음을 알았다. 그는 장례 도구들을 미리 준비해 놓고 좋은 묘자리를 골라 소나무와 가래나무를 백여 그루나 심는 등 만반의 준비를 갖추고 때를 기다렸다. 일년이 지나자 과연 어머니가 세상을 떴다. 영구를 실은 수레가 무덤에 도착했을 때, 상복을 입은 어떤 여인이 무덤 가까이 있는 것이 눈에 들어왔다. 모두들 놀라면서 그녀를 쳐다보고 있는데 갑자기 돌풍이 일면서 뇌성이 요란하게 귓전을 때렸다. 이어서 장대비가 퍼붓더니 여자는 순식간에 사라지고 보이지 않았다. 무덤가에 새로 심은 소나무며 잣나무들은 말라 죽은 것들이 상당히 많았는데 이날 내린 비로 모두 되살아날 수가 있었다.

복해는 자라면서 어머니를 더욱 그리워하더니, 어느 날 문득 바다 속

으로 뛰어들었고 며칠이 지난 다음에야 되돌아왔다. 용궁은 여자이기 때문에 갈 수가 없어 늘 방문을 걸어 잠그고 울기만 할 따름이었다. 하루는 대낮에 하늘이 어둠침침해지더니 갑자기 용녀가 방안으로 들어섰다. 그녀는 용궁에게 그만 울라고 타이르며 일렀다.

"너는 시집가도 될 만한 나이야, 무슨 울 일이 그리 많더냐!"

이어서 그녀는 딸에게 키가 여덟 자나 되는 산호 한 그루, 용뇌향(龍腦香) 한 봉지, 진주 구슬 백 개, 여덟 가지 보석으로 꾸민 금상자 한 쌍을 주면서 시집갈 때 가져갈 혼수로 삼게 하였다. 마기는 용녀가 왔다는 소식을 듣자마자 당장 뛰어와 그녀의 손을 붙잡고 울었다. 그때 갑자기 우레 소리가 집 전체를 흔들더니 용녀는 순식간에 사라지고 더는 보이지 않았다.

이사씨는 말한다.

거짓으로 꾸민 얼굴로 아부하는 일만은 인간 세상과 귀신 세계가 전혀 다름이 없고, 상처 딱지를 떼어 먹으면서 맛있다고 하는 괴벽[嗜痂之癖)[5]도 온 세상이 똑같기만 하구나! 스스로 약간 부끄러운 문장은 남들도 약간만 좋다고 하고, 매우 부끄러운 문장에 대해서는 대단히 좋다고들 칭찬을 한다. 만약 수염과 눈썹을 매달고 큰 도시를 공공연히 돌아다닌다면 놀라서 달아나지 않을 자가 거의 없으렷다! 저 능양(陵陽)의 바보가 만약 초나라 문왕을 만나지 못했더라면 연성옥(連城玉)을 안고 어디로 가서 울어야 했단 말인가?[6] 오호라, 출세와 부귀영화는 저 신루해시(蜃樓海市)[7]로나 가서 찾아야 할까 보다!

公孫九娘

공손구낭

　우칠(于七)의 난[1]에 연루되어 죽은 사람들 중에는 서하(栖霞)와 내양 (萊陽) 두 고을의 사람들이 가장 많았다. 어떤 때는 하루에 수백 명씩 잡아다가 연병장에서 한꺼번에 처형했기 때문에 억울하게 죽은 사람의 피가 온 땅을 물들였고 시신이 산을 이루었다. 그 당시 관아에서는 자비 심을 발휘하여 한 무더기의 관재를 마련해 죽은 사람들을 매장시켜 주 었다. 이 때문에 제남부(濟南府)의 성안에서 관곽을 만드는 공방과 장의 사에 있던 관들은 모두 동이 났다. 하지만 그 덕분으로 살해당한 서하와 내양 사람들은 대부분 제남부의 남쪽 교외에 묻힐 수가 있었다.

　강희 13년 갑인년(1674)에 내양의 어떤 서생이 제남에 왔다. 그의 친 구 두세 명도 우칠의 난에 연루되어 죽은지라 그는 많은 지전을 사서 남쪽 교외로 나가 황량한 들판에서 술을 뿌리며 제사를 지냈다. 그런 뒤 그는 근처의 작은 암자로 가서 중에게 방을 빌려 그곳에 묵었다.

　이튿날 서생은 성안으로 들어가 사무를 처리하느라고 해질 무렵까지 돌아오지 않았다. 바로 그 시간 어떤 젊은이가 서생이 빌린 방으로 오더 니 방 임자를 찾았다. 그리고 서생이 그때까지 돌아오지 않은 줄 알게 되자 모자를 벗고 침대 위로 올라가더니 신발을 신은 채 벌렁 누워버렸 다. 하인이 누구냐고 물었지만, 그는 눈을 감은 채 거들떠보지도 않았다.

이윽고 서생이 돌아왔을 때는 날이 완전히 저문 무렵이라 방안이 어두 컴컴해 사물이 잘 분간되지 않을 때였다. 서생이 곧장 침대맡으로 나아가 낯선 사람에게 누구냐고 물었더니, 젊은이는 도리어 두 눈을 희번덕거리며 짜증스럽게 소리쳤다.

"나는 네 주인을 기다리는 사람이야. 이렇게 사람을 성가시게 괴롭히다니, 내가 무슨 강도라도 된단 말이냐!"

그 말에 서생이 웃음을 흘리며 대꾸했다.

"주인이 바로 당신 면전에 있소이다."

젊은이는 황급하게 일어나 모자를 둘러쓰더니 두 손을 맞잡아 인사하며 정중하게 안부를 물었다. 그의 목소리를 듣는 순간, 서생은 매우 귀에 익은 말투라는 느낌이 들었다. 다급하게 등불을 가져다 비춰보니 한 동네에 살던 주생(朱生)으로서 그도 우칠의 난에 연루되어 죽은 사람 중의 하나였다. 놀란 서생이 뒷걸음질치며 도망가려 하자, 주생이 그를 잡아당기며 말했다.

"자네와 나는 동문수학한 친구 사이인데 어찌 이다지도 박정하게 구는가? 내가 비록 귀신이라지만 옛 친구의 정리만큼은 가슴에 새겨 늘 잊지 않고 있었다네. 지금 자네에게 소청이 있어 왔으니, 나를 귀신이라고 해서 의심하거나 내치지 말아주게."

서생이 자리에 앉으면서 무슨 부탁이든지 서슴지 말라고 이르자, 주생은 이렇게 말을 꺼냈다.

"자네의 생질녀가 과부가 된 후 아직까지 다른 배필을 맞지 않았다네. 내가 그녀를 아내로 삼고 싶어 여러 차례나 매파를 보내 청혼했지만, 그녀는 번번이 집안에 어른이 계시지 않는다는 이유로 거절한단 말일세. 자네가 가서 몇 마디 말만 거들어주면 이 일은 무난히 성사될 것 같은데 말야."

서생에게는 원래 생질녀 하나가 있었는데, 어려서 어머니를 여의게 되자 외삼촌에게 보내진 아이였다. 서생은 이 조카딸을 열다섯 살 때까지

키워 시집을 보냈다. 우칠의 난 때 그녀도 제남에 포로로 잡혀갔는데, 아버지가 사형당했다는 말을 듣고 비통해하다가 자신도 죽어버린 비운의 주인공이기도 했다. 서생이 주생에게 물었다.

"그 아이에게는 아버지가 계신데 왜 나를 찾아왔는가?"

"그 부친의 영구는 조카가 벌써 고향으로 모셔가고 지금은 여기 없다네."

"그러면 우리 생질녀가 그동안 누구한테 의지하여 살았는가?"

"이웃집 할머니와 함께 살고 있다네."

산 사람이 귀신을 중매 서기는 어렵지 않겠느냐고 서생이 걱정을 늘어놓자 주생은,

"자네가 이 일을 허락한다면 한번 왕림해 주시게나."

라고 응수하더니 몸을 일으키며 서생의 손을 붙잡고 밖으로 나가자고 졸랐다. 서생이 거듭 꽁무니를 빼면서 물었다.

"어디를 가자는 말인가?"

"나만 따라오게나."

서생은 하는 수 없이 그를 따라나섰다. 북쪽으로 일 리 남짓 걸어가자 대략 수십에서 백 가구는 되어 보이는 커다란 촌락이 나타났다. 주생이 그중의 한 집으로 가서 대문을 두드리자, 즉시 어떤 할머니가 나와 대문의 빗장을 열며 무슨 일이냐고 물었다. 주생이 말했다.

"아씨에게 외삼촌이 오셨다고 전해 주게."

할머니는 즉시 몸을 돌려 안으로 들어갔다가 바로 나와 서생을 모셔들였다. 그러면서 주생에게는,

"두 칸짜리 초가집이라 안이 너무 협소하니 공자께서는 잠시 밖에 앉아 기다리시지요."

라고 말했다. 서생이 할머니를 따라 대문 안으로 들어섰더니, 백 평 남짓한 황량한 정원에 가로놓인 두 칸짜리 오막살이가 눈에 들어왔다. 생질녀는 문간까지 나와 눈물을 흘리며 외삼촌을 맞았고, 그도 역시 눈물

을 참을 수가 없었다. 방안의 불빛은 흐릿했지만 조카딸은 생전의 모습 그대로 수려하고 깔끔했다. 그녀는 눈물을 머금은 채 서생을 주시하며 외가와 시댁의 안부를 두루 물었다.

"그 양반들은 모두 안녕하시단다. 다만 우리 집사람은 벌써 세상을 떴지."

서생의 답변에, 그녀는 또다시 흐느끼며 말을 이었다.

"외삼촌과 외숙모님이 저를 어려서부터 키워주셨지만 아직까지 아무런 보답도 못했는데 뜻밖에도 제가 먼저 이 황량한 땅에 묻히게 되었으니 정말로 원통하기 그지없네요. 작년에 큰아버님 댁의 큰오빠가 찾아와 아버님의 영구를 옮겨 가면서 저만 혼자 여기에 내동댕이치고 갔답니다. 여기는 고향 땅에서 수백 리나 떨어진 곳이라 저는 마치 가을날 무리에서 벗어난 제비처럼 외로운 신세랍니다. 외삼촌께서는 저같이 타향을 떠도는 혼백마저 잊지 않으시고 지난번에는 또 지전을 살라 많은 돈까지 보내주셨더군요. 그 돈은 벌써 잘 받았어요."

서생이 다시 주생의 뜻을 전했더니, 그녀는 고개를 숙인 채 아무 말이 없었다. 할머니가 곁에서 말을 거들었다.

"주 공자는 벌써 지난번에 양(楊) 노파를 서너 차례나 보내와 부탁을 했답니다. 이 늙은이는 잘된 일이라고 생각했지만, 아씨께서는 경솔하게 대답하려 들지 않더군요. 이제 외삼촌께서 나서서 혼사를 주관하게 되었으니, 그리 하면 서로가 흡족할 수 있겠지요."

말하는 사이 갑자기 열일곱이나 열여덟쯤으로 보이는 아가씨 하나가 시녀 한 명을 거느리고 경쾌한 걸음으로 방안에 들어왔다. 그녀는 낯선 사내가 앉은 것을 발견하자 몸을 되돌려 곧장 달아나려 했지만, 조카딸은 그녀의 옷자락을 잡아당기며 만류했다.

"그럴 필요 없어! 이분은 우리 외삼촌이시니 외간 남자가 아니야."

서생이 아가씨에게 인사를 하자, 그녀도 옷깃을 여미면서 답례했다. 조카딸이 그녀를 소개했다.

"이름은 구낭이고 내하현의 공손 가문 따님이랍니다. 부친은 원래 명망 있는 집안의 자손이신데, 지금은 가세가 예전만 못하게 됐지요. 영락한 처지이기 때문에 다른 사람과의 내왕은 별로 달가워하지 않지만 저와는 조석으로 오가는 사이예요."

서생이 그녀를 훔쳐보았더니, 웃음을 머금은 아미는 마치 가을달 같았고 수줍어 붉게 물든 뺨은 아침 노을처럼 보이는, 그야말로 하늘의 선녀나 다름없는 미인이었다.

"한번 뵈니 대갓집 규수인 줄 금방 알겠습니다. 보통 사람 집에 어떻게 이런 꽃 같은 분이 태어난단 말이오?"

서생의 찬사에 조카딸이 웃으면서 말을 거들었다.

"게다가 여류 문장가이기도 하답니다. 지어낸 시사(詩詞)가 모두 고명할 뿐이어서 어제도 제가 그녀에게 한 수 배운걸요."

구낭은 그 말을 듣고 미소를 지으면서 입을 열었다.

"요 못된 여편네가 이유 없이 사람을 망신 주네. 외삼촌이 그 말을 듣고 비웃지 않으시겠어?"

그러자 조카딸이 다시 웃으면서 재잘거렸다.

"외삼촌은 숙모가 돌아가신 다음 아직 재취하지 않으셨으니, 이 아가씨는 어떠세요? 마음에 들지 않으세요?"

구낭은 웃으면서 바깥으로 나가다가 그 말을 듣더니,

"못된 것이 환장을 했나 봐!"

하는 욕설을 남기고 곧장 돌아가버렸다. 나눴던 이야기들은 비록 농담 같았지만 서생은 마음속 깊이 그녀를 좋아하게 되었다. 조카딸도 그런 기미를 눈치 채고 거들며 나섰다.

"구낭의 재주와 용모는 천하제일입니다. 외삼촌이 만일 황천의 귀신이라고 주저하지만 않으신다면, 제가 가서 그녀의 어머니에게 부탁해 보지요."

서생은 그 말에 대단히 기뻐했지만 사람이 귀신과 결혼하기는 어렵지 않겠느냐는 걱정은 여전히 그치지 않았다. 조카딸이 다시 그를 위로하며 나섰다.

"상관없어요. 그녀는 원래부터 삼촌과 전생의 인연이 있답니다."

서생은 그제야 작별을 고하며 밖으로 나왔고, 조카딸은 그를 문밖까지 배웅하면서 약속을 정했다.

"닷새 후 달이 뜨고 인적이 끊어지면 사람을 보내 삼촌을 마중하겠어요."

서생이 대문 밖으로 나와보니 주생은 어디로 갔는지 보이지 않았다. 그는 고개를 쳐들고 서쪽을 향해 걸었다. 반달이 허공에 걸려 몽롱한 빛을 흘리고 있었으므로 어렴풋이나마 아까 왔던 길을 식별해 낼 수는 있었다. 그가 남향으로 들어선 어떤 집을 지나치다 보니 주생이 대문 앞 돌계단에 앉아 있는 모습이 눈에 띄었다. 그는 서생을 보자 얼른 몸을 일으키며 반색을 했다.

"한나절을 기다렸다네. 잠시 우리 집에 들렀다 가지."

그는 서생의 손을 잡아당겨 대문 안으로 들어서며 연신 고맙다는 인사를 되풀이했다. 그리고 금술잔 한 개와 산서성에서 생산한 구슬 백 개를 들고 나오면서 말했다.

"이것 말고는 다른 값나가는 물건이 없다네. 이걸로 납채를 대신하지."

이어서 그는 또 말을 이었다.

"집안에 박주가 좀 있긴 하지만 저승의 물건이라 귀한 손님을 대접하기에는 적당치 않으니, 이를 어쩐다지?"

서생은 정중하게 사양하고 밖으로 나왔다. 주생은 도중까지 바래다준 다음 비로소 작별을 고했다. 서생이 원래의 거처로 돌아오자 중과 하인 모두가 어디 갔었느냐고 물었지만, 그는 진상을 감추고 다음과 같이 둘러댔다.

"아까 그 사람이 자기를 귀신이라고 했던 것은 농담이었어. 나는 방금 예전 친구 집에 들러 한 잔 하고 왔지."

닷새 뒤 과연 주생이 찾아왔는데, 말쑥한 차림새에 부채를 흔들어대는 품이 신수가 매우 훤해진 모습이었다. 그는 안으로 들어서자마자 땅바닥에 넙죽 엎드려 절을 하더니, 잠시 후 웃으면서 입을 열었다.

"자네의 혼인이 이미 결정되었네. 오늘 밤에 예식을 치르기로 했으니 어서 출발하자고."

"상대방의 대답을 듣지 못해서 아직 납채도 보내지를 않았는데, 어찌 이리 성급하게 혼례를 치르는가?"

"내가 벌써 자네 대신 납채를 보냈다네."

서생은 그에게 충심으로 감사를 나타내고 함께 길을 떠났다. 주생의 집에 도착했더니 조카딸이 깔끔하게 단장하고 나와서 서생을 맞이했다.

"언제 시집을 왔느냐?"

서생의 질문에 주생이 대신해서 응수했다.

"벌써 사흘이나 된다네."

서생이 지난번 주생에게 받았던 구슬을 꺼내며 생질녀에게 주는 예물이라고 인사를 차리자, 그녀는 거듭 사양하다가 마지못해 받아넣었다. 그리고 서생에게 그간의 경위를 설명했다.

"제가 삼촌의 뜻을 공손 부인께 전했더니, 노부인은 대단히 기뻐하셨어요. 하지만 그분은 연세가 많으신 데다 가까운 친척도 없어 구낭을 먼 곳으로 시집보내고 싶지 않으시대요. 그래서 오늘 밤 그 댁에 가서 삼촌이 데릴사위로 들어가기로 약조했어요. 그 집에 사내라곤 한 사람도 없으니, 제 남편더러 삼촌을 모셔가게 하지요."

이리하여 주생이 서생을 안내하여 구낭의 집으로 가게 되었다. 마을 끝머리에 거의 다 이르자 어떤 저택의 대문이 활짝 열려 있었다. 두 사람은 안으로 들어가 곧장 대청으로 올라갔다. 잠시 후,

"노마님께서 나오십니다."

하는 소리가 들리면서 두 명의 계집종이 어느 노부인을 부축하여 계단으로 올라왔다. 서생이 꿇어앉아 절을 하려 했더니, 노부인이 황급히 그

를 제지시켰다.

"나는 늙어서 거동이 자유롭지 못한 관계로 답배를 할 수가 없군요. 그러니 서로 격식 차리지 말기로 합시다."

그녀는 곧 여종들을 지휘하여 성대한 잔칫상을 차리게 하였다. 주생도 자기 하인을 불러 따로이 음식을 날라오게 하더니 하나하나 서생 앞의 탁자에 늘어놓았다. 그리고 또 술을 한 병 꺼내 손님에게 잔을 돌렸다. 잔칫상에 올라온 음식들은 인간 세상과 조금도 다르지 않았지만 스스로 알아서 먹고 마실 뿐, 다른 사람에게 음식이나 술을 권하는 일은 없었다. 이윽고 잔치가 끝나고 주생이 돌아가자, 계집종이 서생을 인도하여 대청을 나섰다. 신방에 들어섰더니 구낭은 화촉등잔 아래 곱게 단장한 모습으로 그를 기다리고 있었다. 서생과 구낭은 서로 첫눈에 반한 사이였으므로 부부간의 사랑도 매우 애틋했다.

원래 구낭 모녀는 우칠의 난에 연루되어 서울로 압송될 예정이었다. 하지만 제남에 이르렀을 때 고생을 못 이긴 그녀의 어머니가 먼저 세상을 떠나자, 구낭도 목을 그어 자살했던 것이다. 구낭은 베개맡에서 과거의 일들을 술회하다가 상심하여 잠을 이루지 못하더니 입에서 흘러나오는 대로 절구(絶句) 두 구절을 읊었다.

> 지난날 입던 비단 치마 썩어 먼지가 되니,
> 슬픈 운명에 그저 스스로를 원망할 뿐이라네.
> 찬 이슬 내리는 쓸쓸한 가을 숲에 십년을 누웠다가
> 오늘 밤은 처음 맞는 화촉동방 봄날이라네.
> 昔日羅裳化作塵, 空將業果恨前身. 十年露冷楓林月, 此夜初逢畵閣春.
>
> 외로운 무덤가에 비바람 치니 백양나무 쓸쓸해라.
> 부부의 즐거움, 그 누가 생각이나 했으랴?
> 문득 금으로 아로새긴 옷궤를 열었더니,

예전 입던 비단 치마에 피비린내 아직도 생생하네.

白楊風雨繞孤墳, 誰想陽臺更作雲? 忽啓鏤金箱裏看, 血腥猶染舊羅裙.

날 밝을 무렵이 되자 구낭은 서둘러 서생을 깨웠다.

"하인들이 놀라지 않도록 어서 거처로 돌아가십시오."

이로부터 서생은 낮에는 돌아가고 밤이면 찾아오는 생활을 계속하게
되었는데, 구낭에 대한 그의 총애와 탐닉은 매우 각별한 것이었다. 어느
날 밤 그는 구낭에게 물었다.

"이 동네 이름은 뭐라고 하오?"

"내하리(萊霞里)입니다. 여기 주민들은 내양과 서하 두 고을에서 온
귀신이 많기 때문에 그런 이름이 붙여졌지요."

서생이 그 말을 듣고 길게 한숨을 내쉬었더니, 구낭도 슬픔에 잠기며
하소연을 펼쳤다.

"천 리 먼 곳에 떨어진 연약한 원혼이야 바람에 나부끼는 쑥대처럼
정처 없는 신세겠지요. 저희 모녀의 외로운 처지를 말하려니 벌써부터
눈물이 앞을 가리는군요. 당신이 우리 부부의 정분을 소중히 여기신다면
저와 어머니의 유골을 거둬 고향 땅 조상님 곁에 묻어주세요. 그러면 저
희는 영원한 안식을 얻게 되며 죽어도 잊혀지지 않을 수가 있답니다."

서생은 그러마고 응낙했다. 구낭이 다시 말을 이었다.

"인간과 귀신은 서로 길이 다르니 당신도 여기서 오래 머물 수는 없
습니다."

그녀는 곧 한 켤레의 명주 버선을 꺼내 서생에게 건네더니 눈물을 닦
으면서 어서 돌아가라고 재촉했다. 서생은 그녀의 뜻을 좇아 밖으로 나
왔다. 하지만 가까운 누가 죽기라도 한 것처럼 서글픈 심정을 억누를 수
없었다. 그는 시름에 겨워 차마 돌아가지 못하고 있다가 주생의 집으로
건너가 대문을 두드렸다. 주생은 신발을 꿸 겨를도 없이 맨발로 뛰어나
와 문을 열고 손님을 맞이했다. 조카딸 역시 자리에서 일어나 헝클어진

머리채 그대로 삼촌을 맞더니 놀라면서 무슨 일인지 물었다. 서생은 한참 동안 시름에 잠겼다가 구낭의 말을 그들에게 전했다. 그러자 조카딸도,

"외숙모가 말씀하지 않으셨대도 저 역시 밤낮으로 그 일을 생각하고 있었습니다. 여기는 인간 세상이 아니니 확실히 삼촌이 오래 머무르실 데가 아니에요."

라고 말을 돕더니 눈물을 흘리며 가슴 아파하였다. 서생도 결국 눈물을 머금고 그들과 작별했다. 그는 처소의 문을 두드려 열고 방안으로 돌아와 누웠지만 새벽까지 줄곧 뒤척이며 잠을 이룰 수가 없었다. 구낭의 무덤을 찾아가려고 마음먹는 순간, 그는 깜빡 잊고 무덤의 위치를 묻지 않았음을 깨달았다. 밤이 되어 다시 그곳으로 갔지만 수없이 많은 무덤들만 총총하여 마을로 가는 길은 도무지 찾을 수가 없었다. 그는 한숨을 쉬고 가슴을 치면서 되돌아섰다. 구낭이 주었던 명주 버선을 꺼내 바람을 쐬었더니 한 올 한 올 바스러지면서 순식간에 먼지로 변해 후르륵 날아갈 뿐이었다. 마침내 그는 행장을 꾸려 고향으로 돌아갔다.

반년가량 세월이 흘렀다. 서생은 그래도 구낭의 일을 잊을 수 없어 다시 한번 제남으로 길을 뜨면서 오직 그녀와 마주치기만 희망했다. 그가 제남부의 남쪽 교외에 다다랐을 때는 해가 이미 서산으로 뉘엿뉘엿 기우는 무렵이었다. 그는 거처의 정원수에 타고 온 말을 매어놓고 황급히 무덤들이 몰려 있는 들판으로 달려나갔다. 하지만 눈에 들어오는 것이라곤 다만 줄지어 늘어선 무덤과 총총이 우거진 덤불숲뿐이었다. 게다가 도깨비불은 여우 우는 소리를 내면서 날아다녀 보는 사람의 간담을 서늘하게 만들었다. 서생은 두려움과 슬픔에 겨워 맥없이 숙소로 돌아왔다. 더 이상 사방을 돌아다니며 구경할 흥도 나지 않았으므로 그는 말머리를 돌려 고향으로 돌아가기로 작정했다.

그가 일 리 남짓 길을 갔을 때, 저 멀리에서 어떤 아가씨가 혼자 무덤가를 거니는 모습이 눈에 들어왔다. 표정이며 자태가 이상하게도 구낭과 흡사하기에 서생이 말을 채찍질해 달려갔더니 과연 구낭이었다. 그는 말

공손구낭이 사라진 공동묘지, 달빛만 쓸쓸히 비추는구나

에서 내려 구낭에게 이야기를 걸었지만, 그녀는 낯모르는 사람이라도 대한 듯 그저 묵묵히 자기 갈 길만 갈 뿐이었다. 서생이 다시 그녀에게 접근하려고 하자, 여자는 얼굴에 노기를 띠더니 소맷자락을 들어 얼굴을 가려버렸다. 서생은 순간적으로 고함을 질렀다.

"구낭!"

하지만 그녀는 순식간에 연기처럼 사라져버리고 다시는 보이지 않았다.

이사씨는 말한다.

굴원은 원한을 품고 멱라수에 투신했지만 우국충절의 뜨거운 마음만은 가슴속에 넘쳐흘렀고, 신생(申生)이 그의 부친 진(晉) 헌공(獻公)과 결별하며 흘린 눈물은 땅위의 모든 흙을 적셨다.[2] 옛날의 효자와 충신은 죽음에 이르러서도 여전히 아버지와 군왕의 이해를 얻지 못했던 것이다. 공손구낭은 유골을 고향으로 모셔달라는 자신의 부탁을 저버렸기 때문에 원망스런 나머지 서생을 가슴속에서 지워버렸던 것일까? 사람의 마음은 가슴속에 있다지만 열어 보일 수도 없는 노릇이니, 서생은 참말로 억울하겠다.

狐聯
호련 — 여우의 대련

　　초생(焦生)은 장구현(章丘縣)에 사는 석홍(石虹) 선생의 사촌동생이
다. 그가 화원 안에서 글을 읽고 있는데, 한밤중에 갑자기 두 명의 미인
이 찾아왔다. 둘 다 용모나 피부가 아름답기 짝이 없는 절세가인이었다.
한 명은 열일고여덟 살쯤 되었고 다른 하나는 열대여섯 살 정도였는데,
손을 내밀고 탁자에 기대더니 그를 바라보며 미소를 던졌다. 초생은 그
들이 여우라는 것을 알고 표정이 굳어지며 내쫓으려 했지만, 나이 많은
여자는 벌써 그 눈치를 채고 재빨리 입을 놀렸다.
　　"당신의 구레나룻은 마치 창날처럼 뻣뻣하군요. 어찌 이리도 사나이의
기백이 없을까?"[1]
　　"내 한평생 아내 말고 다른 여자는 가까이하지 않으려오."
　　초생의 대꾸에 여자는 웃음을 터뜨리며 그를 비웃었다.
　　"어리석을진저! 당신은 아직도 저 썩어빠진 규범을 지킬 작정입니까?
하원절(下元節)[2]에는 귀신마저도 검은 것을 가리켜 희다고 일컫거늘, 함
께 동침하는 자질구레한 일에 그다지도 얽매일 필요가 있나요?"
　　초생은 다시 소리를 지르면서 그들을 물리쳤다. 여자는 그의 마음을
움직일 수 없음을 알자 다시 말을 이었다.
　　"당신은 이름난 선비시죠. 저에게 대련(對聯)의 앞 구절이 있는데 당

신이 만약 그 뒤를 이어주신다면 저희는 알아서 물러가죠. '무와 술은 똑같이 생겼는데, 뱃속에 점 하나가 빠졌을 뿐이로다[戊戌同體, 腹中止 欠一點].'"

초생은 온 정신을 집중하여 생각했지만 다음 구절을 이을 수가 없었다. 그러자 여자는 미소를 지으며,

"이름난 선비님께서 고작 이 정도인가? 제가 당신 대신 그 뒤를 이어 보죠. '기와 사가 잇따라 나오는데, 마지막 획을 어째서 위로부터 내려긋지 않으시는가[己巳連踪, 足下何不雙挑]?'"[3]

라고 짝을 맞추더니 한바탕 깔깔 웃고 가버렸다. 이 이야기는 장산현(長山縣)의 이사구(李司寇)가 들려준 것이다.

翩翩

편편 — 구름옷 짓는 선녀

나자부(羅子浮)는 섬서성의 빈주(邠州) 사람이다. 부모를 일찍 여의고 어려서 고아가 되는 바람에 그는 여덟아홉 살 무렵부터 숙부인 나대업(羅大業)에게 몸을 의탁했다. 대업은 국자좌상(國子左庠)[1] 벼슬을 지낸 인물로 집안은 부유했지만 아들이 없었기 때문에 조카를 친자식처럼 아끼고 사랑했다.

나자부는 열네 살 때부터 불량배들의 꼬임에 넘어가 유곽을 들랑거리기 시작했다. 그러다 빈주성 안에 머물고 있는 금릉(金陵)의 기생을 만났는데 나자부는 한번 보자마자 그녀에게 흠뻑 빠져들고 말았다. 나중에 그 기생이 금릉으로 돌아가자 나자부도 그녀를 따라 함께 도망쳤다. 금릉의 기생방에서 반년가량 머무는 동안 수중의 돈은 바닥이 났다. 이리하여 기생 친구들의 멸시와 구박이 자심해졌는데, 그녀는 서둘러서 그와의 관계를 정리하지는 않았다. 얼마 뒤에 나자부는 매독에 걸렸다. 온몸에서 지독한 냄새가 나고 고름이 흘러 잠자리마저 더럽힐 지경이 되자 기생도 마침내 그를 쫓아내지 않을 수 없었다. 나자부는 저잣거리를 돌아다니며 구걸을 했는데 사람들은 그가 눈에 띄기만 하면 곧 멀리멀리 내빼곤 하였다.

나자부는 타관 객지에서 죽는 것이 무서웠으므로 걸식을 하며 서쪽으로 발길을 옮겼다. 매일 삼사십 리씩 걷다 보니 어느덧 빈주의 경계에 이를 수 있었다. 하지만 그는 더러운 누더기를 걸친 데다 악취를 풍기는 종기가 온몸에 덕지덕지해서 차마 마을 안으로 들어갈 낯짝이 없었다. 그는 줄곧 빈주의 끝자락만 뱅뱅 맴돌면서 선뜻 앞으로 나아갈 용기를 내지 못했다.

어느덧 날이 저물자 그는 산속의 절을 찾아가 잠자리를 부탁해 보자고 마음먹었다. 길 가는 도중 그는 선녀처럼 아름다운 한 여자와 마주쳤다. 그녀는 나자부에게 다가와 이렇게 물었다.

"어디로 가는 중이세요?"

나자부는 모든 것을 사실대로 털어놓았다.

"저는 출가인(出家人)이라 산속의 동굴에 살고 있어요. 당신이 그곳에서 주무신다면 호랑이나 이리 같은 사나운 짐승도 전혀 무서워할 필요가 없지요."

여자의 말에 나자부는 좋아라 그녀를 따라갔다. 깊은 산속에 접어드니 동굴 하나가 눈에 띄었고 안으로 들어서자 시냇물이 가로로 흐르는 문 앞으로 돌다리가 걸려 있었다. 다시 앞으로 몇 걸음을 옮겼더니 돌로 지은 두 칸짜리 집이 나타났는데 사방에서 빛이 흘러나와 등불을 켤 필요가 없었다. 여자는 나자부에게 다 떨어진 헌 옷을 벗고 시냇물에 들어가 목욕하라고 시키면서 이렇게 설명했다.

"그 물로 씻고 나면 당신의 부스럼 상처가 당장 나을 거예요."

여자는 또 휘장을 치켜들고 침상에 이불을 깔며 그에게 얼른 누우라고 재촉했다.

"어서 주무세요. 제가 곧 당신을 위해 옷을 지어드리죠."

말을 마치자 그녀는 곧 파초잎처럼 생긴 커다란 나뭇잎을 뜯어와 가위질에 시침질을 더해 옷을 만들기 시작했다. 나자부는 침상에 누워 여자가 바느질하는 광경을 내내 바라보았다. 얼마 뒤 옷이 완성되자 그녀는 잘 개켜서 침상맡에 올려놓더니 그에게 일렀다.

"내일 아침에는 이 옷을 입으세요."

말을 마치자 그녀는 곧 맞은편에 놓인 침상에 누워 그대로 잠들어버렸다. 나자부는 목욕을 한 뒤부터 부스럼 난 부위가 전혀 아프지 않았다. 문득 그 사실을 깨닫고 자기 몸을 한번 만져보니 상처 났던 부위에는 벌써 두꺼운 딱지가 앉아 있었다.

이튿날 아침 일어난 나자부는 그때까지도 파초잎을 어떻게 몸에 걸칠 수 있을까 하는 의구심을 버리지 않고 있었다. 하지만 어젯밤 갖다 놓은 옷을 자세히 들여다보니, 그것은 벌써 매끄럽기 이를 데 없는 초록색의 비단이 되어 있었다. 조금 뒤 여자는 아침상을 차리기 시작했다. 산에서 뜯어온 나뭇잎을 떡이라고 하기에 나자부가 입에 댔더니 과연 틀림없는 떡이었다. 여자는 또 나뭇잎을 물고기나 닭 모양으로 오려 솥에 넣고 삶았는데 먹어보니 진짜와 전혀 다름없는 음식이었다. 집안 한구석에는 커다란 질항아리가 놓여 있었는데 그 안에는 향기로운 술이 가득 담겨 있어 몇 번이고 퍼다 마실 수가 있었다. 술이 차츰 줄어들어 문 앞에 흐르는 시냇물을 퍼다가 들이부으면 또 맛있는 술로 변했다.

며칠 지나는 사이 나자부의 온몸을 덮었던 부스럼 딱지가 완전히 떨어져 나갔다. 그는 슬금슬금 여자에게 접근하여 동침을 요구했다.

"음탕한 사내 같으니라고! 몸이 낫자마자 금방 또 못된 생각을 품어요!"

여자의 꾸지람에 나자부가 응수했다.

"그저 당신 은혜에 보답하고 싶을 따름입니다!"

두 사람은 마침내 한 잠자리에 들었고 사랑의 환희에 더없이 만족하게 되었다.

하루는 모르는 젊은 여자가 까르르 웃음을 터뜨리며 안으로 들어오더니 구변 좋게 사설을 늘어놓았다.

"편편(翩翩), 요 쬐끄만 요물이 즐거워 죽을 지경이구나! 언제 좋은 꿈 꾸고 화촉동방을 차렸니?"

여자도 웃음을 띤 채 그녀를 맞으면서 대꾸했다.

"화성 낭자(花城娘子), 어서 오시게! 그 도도하신 걸음 오랫동안 꿈쩍도 않더니, 오늘은 서남풍이 세차게 불어 그 바람에 실려왔나! 도련님은 낳았나, 어쨌나?"

"또 계집애야."

화성의 볼멘 대꾸에 편편은 활짝 웃음을 터뜨렸다.

"화성 낭자는 알고 보니 기왓장만 구워내는 가마로구먼!²⁾ 어째서 아이는 데려오지 않았지?"

"방금까지도 계속 보채다가 이제야 겨우 잠들었는걸."

화성은 입을 다물며 자리에 앉았고, 편편은 술상을 차려 손님을 대접했다. 화성이 다시 나자부를 돌아보며 말했다.

"서방님은 비싼 향을 사르면서 기도를 잘하셨나 보구려. 이렇듯 운이 좋으니."

나자부는 찬찬히 그녀를 주시했다. 화성은 스물서너 살가량의 뛰어난 미인이었으므로 그는 내심 그녀를 좋아하게 되었다. 과일 껍질을 벗기던 나자부는 일부러 과일을 탁자 아래로 떨어뜨린 뒤 허리를 굽혀 줍는 체하다가 슬쩍 화성의 죽순처럼 뾰족한 발을 쓰다듬었다. 화성은 딴청을 부리면서 웃기만 하는 품이 흡사 아무 느낌도 없는 것 같았다. 황홀해서 얼이 다 빠졌던 나자부가 문득 정신을 차렸더니 자신이 입었던 저고리나 바지가 전혀 따뜻하지 않았다. 걸쳤던 옷을 확인하니 제각기 누렇게 시든 나뭇잎으로 변해 있었으므로 그는 기절할 듯이 놀라지 않을 수 없었다. 이리하여 한참을 꼿꼿하게 앉아 있으니 나뭇잎은 서서히 원래의 옷이 되었다. 그는 두 여자가 이 광경을 보지 못한 것을 속으로 다행스럽게 여겼다.

얼마 뒤 손님과 주인이 서로 술을 권하며 수작하기 시작하자, 나자부는 또 기회를 틈타 슬그머니 화성의 손바닥을 간지럽혔다. 그러나 화성은 여전히 웃고만 있을 뿐 조금도 눈치 채지 못한 것 같았다. 나자부의 심장 박동이 빨라져 쿵쾅쿵쾅 요란스럽게 뛰는 사이, 그의 의복은 나뭇잎으로 변하더니 한참이 지나서야 원상으로 회복되었다. 이로 말미암아 나자부는 얼굴이 화끈거리도록 부끄러움을 느끼다가 잡념을 가라앉히고 다시는 헛된 망상을 품지 않았다. 화성 낭자는 낄낄대며 비아냥거렸다.

"너희 집 젊은 서방님은 바람기가 넘쳐나는구나! 질투심 많고 성깔 사나운 마나님이 단속 잘하지 않으면 구름에라도 올라갈 것 같은데."

편편도 미소 지으며 대꾸했다.

"이런 바람둥이는 얼려 죽여서 본때를 보이고 말아야지!"

두 사람은 말을 마치자 손뼉을 치면서 깔깔깔 큰소리로 웃었다. 이윽고 화성 낭자가 자리에서 일어서며 주절거렸다.

"우리 집 꼬마 계집애가 깨어났을 거야. 아마 창자가 끊어져라 울고 있을걸."

편편도 그녀를 따라 일어서며 입을 놀렸다.

"네가 남의 남정네를 꼬여보려고 한눈을 팔 동안 불쌍한 어린 강성(江城)이야 울다가 죽든 말든 생각이나 났겠어!"

화성 낭자가 가버린 뒤 나자부는 편편이 자신을 책망할 줄 알고 잔뜩 긴장했지만, 그녀의 태도는 평소와 전혀 다름이 없었다.

다시 세월이 흐르는 동안 계절은 벌써 깊은 가을이 되어 찬바람이 불기 시작했다. 서리가 내리고 낙엽이 흩날리자 편편은 떨어진 이파리를 주워 한겨울을 날 양식으로 비축했다. 그녀는 또 추위 때문에 손발이 곱은 나자부를 보더니 보자기를 들고 동굴 입구로 나가 흰 구름을 주워 담았고 그것을 목화로 삼아 두꺼운 솜옷을 지었다. 걸쳐보니 비단옷처럼 따뜻할 뿐 아니라 마치 갓 타낸 햇솜으로 지은 것처럼 언제나 가볍고 부드러웠다.

한 해가 지난 뒤 그들 사이에는 사내아이가 태어났다. 아들은 총명하면서도 몹시 잘생긴 아이였다. 나자부는 동굴 속에서 날마다 아이를 어르고 놀면서도 항시 고향을 잊을 수가 없었다. 그가 편편에게 자신과 함

이파리를 잘라 옷을 짓는 편편

께 돌아가자고 부탁하면 그녀의 대답은 언제나 한결같았다.

"저는 당신을 따라갈 수 없어요. 정 고향 생각이 나면 당신 혼자 돌아가시구려."

그렇게 이삼 년이 지나는 사이 아들이 점차 자라났으므로 화성의 딸과 혼약을 맺어주었다. 늙으신 숙부가 걸려 마음이 편치 않아하는 나자부의 모습을 볼 때마다 편편은 늘 이렇게 말하곤 하였다.

"숙부님이 연세가 많으시긴 하지만 다행히 아직 건강하시니 그 때문에 당신이 걱정할 필요는 없어요. 우리 아들이 자라서 혼인하게 되면 그때는 떠나든지 아니면 이곳에 눌러 살든지 당신이 알아서 결정하세요."

편편은 동굴에 살면서도 나뭇잎 위에 글자를 써서 늘 아들을 가르쳤다. 아이는 한번 본 것은 잊는 법이 없었으므로 편편은 언제나 아들을 자랑스러워했다.

"이 아이는 복을 타고났어요. 당신이 인간 세상에 데리고 돌아가게 되면 재상이 되는 것쯤은 걱정할 필요가 없을 거예요."

또 세월이 흘러 아들의 나이 열네 살이 되자 화성 낭자는 자신이 직접 딸을 데리고 왔다. 화려하게 단장한 며느리의 모습은 눈부실 정도로 아름다웠다. 나자부 부부는 대단히 기뻐하면서 온 집안 식구를 불러모아 크게 연회를 베풀었다. 편편은 잔칫상을 마주하자 비녀를 두드리며 노래를 불렀다.

나에게 잘생긴 아들 있으니,
고관대작 부럽지 않네.
또 어여쁜 며느리 보았으니,
능라 비단이 다 무엇이더냐.
오늘 밤 한자리에 모였으니
다 같이 즐거이 노닐자꾸나.
당신들을 위해 술을 따르고

맛있는 안주까지 장만하였소.

我有佳兒, 不羨貴官. 我有佳婦, 不羨綺紈.

今夕聚首, 皆當喜歡. 爲君行酒, 勸君加餐.

이윽고 화성이 자리를 뜨자 나자부 부부는 이때부터 아들 내외와 한 집에서 살게 되었다. 새로 들어온 며느리는 매우 효성스러웠다. 그녀는 항시 시부모의 곁을 떠나지 않으면서 며느리가 아닌 친딸처럼 곰살스럽게 시중을 들었다. 나자부가 또 귀향을 언급하자 편편도 결국 손을 들고야 말았다.

"당신은 타고난 속물이라 끝내 신선의 자질은 되지 못하는군요. 아들 또한 부귀영화를 누릴 사람이니 당신이 데리고 가도록 하세요. 제가 우리 아이의 앞날을 그르칠 수야 없지요."

떠나기에 앞서 며느리가 친정어머니와 작별 인사를 하고 싶어했는데 그 말이 떨어지자마자 화성은 벌써 문 안에 들어서 있었다. 아들 부부가 슬픔을 이기지 못해 눈에 눈물이 그렁그렁 고이자, 두 어머니는 자식들을 이렇게 달랬다.

"잠시 떠나는 것뿐이란다. 다시 돌아올 수 있어."

편편은 나뭇잎을 오려 노새를 만들었고 세 사람을 태워 고향 땅으로 출발시켰다.

그 당시 나대업은 이미 퇴직하고 고향에 돌아와 은거하는 중이었다. 그는 조카가 벌써 오래전에 죽었거니 여기고만 있다가 잘생긴 손자며 아름다운 손부까지 한꺼번에 만나게 되자 뜻밖의 보물이라도 얻은 듯 기뻐서 어쩔 줄 몰랐다. 나자부의 가족들이 대문 안으로 들어서는 순간 서로를 쳐다보니 입었던 옷이 어느새 파초잎으로 변하더니 곧 이파리가 갈라지면서 솜처럼 생긴 흰 구름이 허공으로 날아가는 것이었다. 이리하여 세 사람 모두 옷을 갈아입지 않을 수 없었다.

훗날 나자부는 편편을 잊지 못해 아들과 함께 산으로 들어갔다. 하지만 아무리 찾아 헤매도 예전에 살던 동굴로 가는 길은 누런 낙엽으로 뒤덮였을 뿐이라 결국은 길을 찾지 못하고 눈물을 흘리며 되돌아서고 말았다.

이사씨는 말한다.

편편과 화성 낭자는 정녕 신선이란 말인가? 나뭇잎을 먹고 구름을 입다니, 이 얼마나 신기한 노릇인가! 하지만 규방에서 낄낄거리며 장난치는 모습이나 부부지간에 희롱하고 자식 낳아 기르는 일은 인간과 또 무엇이 다를까? 나자부가 산속에서 십오 년을 사는 동안 인간 세상에는 커다란 변화가 없었다. 하지만 구름이 동굴 입구를 가려 지난날의 흔적을 찾을 수 없었다니, 그 상황은 정녕 유신(劉晨)과 완조(阮肇)가 발길을 되돌리던 일과도 흡사하구나.[3]

促織
촉직 — 귀뚜라미 싸움

선덕(宣德) 연간 궁중에서 귀뚜라미 놀이가 유행하는 바람에 매년 민간에서 귀뚜라미를 징발하게 되었다. 이놈은 원래 섬서 지방의 특산물이 아니었다. 하지만 화음현(華陰縣)의 어떤 현령이 상관에게 아첨하기 위해 바쳤던 귀뚜라미 한 마리가 유달리 싸움을 잘하자 이 지방에는 매년 상납 명령이 떨어지게 되었다. 현령은 그 일을 이정(里正)[1]들에게 맡기고 빨리 바칠 것을 독촉했다. 별달리 할 일이 없는 시정의 건달들은 튼튼한 귀뚜라미를 잡아 조롱 속에 넣고 키우다가 때가 되면 가격을 높이 매겨 폭리를 취하곤 하였다. 교활한 아전배들은 이 명목으로 주민들에게 비용을 분담시켰기 때문에 한 마리가 상납될 때마다 몇 가구가 파산지경에 이르렀다.

그 고을에 성명(成名)이란 사람이 살았다. 그는 오랫동안 과거를 준비했지만 아직 수재에도 합격하지 못한 동생(童生)[2]이었다. 사람됨이 성실하고 말주변이 없었기 때문에 마침내 간사한 지방 관리들에게 얕보여 이정이 되는 비운을 맞게 되었다. 그는 백방으로 애썼지만 결국 몸을 빼낼 수는 없었다.

채 일년도 지나지 않아 얼마 안 되는 그의 재산은 남의 돈을 물어주다 모두 바닥이 났다. 하지만 귀뚜라미를 징수하라는 명령은 예년과 다름없이 또다시 떨어졌다. 성명은 가구별로 액수를 할당해 돈을 추렴할 수 없었을 뿐 아니라 자신이 대신 물어줄 돈도 없었다. 그가 고민하면서 죽고 싶다고 푸념하자 곁에 있던 그의 아내가 참견하고 나섰다.

"죽는다고 무슨 소용이 있답니까? 차라리 당신이 나가서 직접 귀뚜라미를 찾아보는 게 낫지요. 혹시 알아요, 한 마리 걸려드는 놈이 있을지?"

성명도 그 말이 옳다고 생각했다. 그는 이튿날부터 아침 일찍 밖으로 나왔다가 해가 저문 뒤에야 귀가했다. 대나무 바구니와 철사로 짠 조롱 하나를 손에 들고 무너진 담장이나 우거진 풀숲을 돌아다니며 돌도 뒤집어보고 구멍도 파헤치면서 갖가지 수단을 다 동원했지만 걸려드는 놈은 없었다. 두세 마리 잡힌 놈도 너무 열등한 종자라 규격에 맞지를 않았다. 관리는 기한을 엄격하게 정해 놓고 납품을 다그쳤다. 열흘 기한이 지난 뒤 그는 곤장을 백 대나 맞았다. 양쪽 허벅지가 다 터지고 피고름이 흘러 귀뚜라미를 잡으러 나갈 엄두조차 낼 수 없게 되자 그는 침상에서 이리저리 뒤척이며 오직 죽고 싶어할 따름이었다.

그 무렵 마을에 한 곱사등이 무당이 나타났는데 귀신처럼 용하게 맞힌다는 소문이 돌았다. 성명의 처는 복채를 준비하여 점을 치러 찾아갔다. 무당이 거주하는 집 문전에는 홍안의 처녀아이에서 머리가 하얗게 센 노파에 이르기까지 사람들이 바글바글 들끓고 있었다. 집안으로 들어서니 사방이 막힌 방안에는 휘장이 길게 드리워졌는데 그 밖으로 향로가 얹힌 탁자가 놓여 있었다. 점치러 온 사람은 세발향로에 향을 사른 뒤 두 번 절을 올렸다. 무당은 곁에서 그들을 대신하여 허공에 대고 기도를 드리면서 입술을 끊임없이 열었다 닫았다 했는데 무슨 말을 하는지 전혀 알 수가 없었다. 점을 보러 온 사람들은 제각기 엄숙한 모습으로 자리에 선 채 분부가 떨어지기만 기다렸다. 그렇게 얼마간 시간이 흐르면 휘장 안에서 종이쪽지가 튕겨져 나왔는데 바로 사람들이 묻고 싶었던 사안과 털끝만큼도 차이가 없었다.

성명의 처는 탁자 위에 돈을 올려놓고 앞사람이 하던 대로 향을 사르고 절을 올렸다. 한참이 지나자 휘장이 약간 움직이면서 종이쪽지 한 장이 떨어져 내렸다. 주워보니 글씨가 아닌 그림이었다. 종이 한가운데에는 절처럼 보이는 커다란 전각이 그려져 있는데 그 뒤쪽의 야트막한 산 아래에는 기괴하게 생긴 바위들이 어지러이 널린 가운데 우거진 가시덤불 사이로 청마두(靑麻頭)[3] 한 마리가 엎드려 있었다. 근처에는 당장이라도 뛰어오를 듯한 자세를 취한 두꺼비 한 마리도 그려져 있었다. 성명의 처는 아무리 들여다보아도 무슨 뜻인지 알 수가 없었다. 하지만 그림 속의 귀뚜라미를 보니 자기의 걱정거리를 맞힌 것도 같았으므로 그림을 접어 품속에 고이 간직하고 집으로 돌아와 남편에게 보였다.

성명은 그림이 말하는 뜻이 무엇인지 거듭 곱씹어보다가 그곳이야말로 자신이 귀뚜라미를 생포할 장소일지도 모른다는 생각이 퍼뜩 머릿속에 떠올랐다. 그림 속의 풍경을 자세히 들여다보니 마을 동쪽에 있는 대불각(大佛閣)의 전경과 매우 흡사했다. 이리하여 그는 아픔을 무릅쓰고 지팡이에 몸을 의지한 채 그림을 지니고 대불각 뒤편으로 걸음을 옮겼다. 우거진 덤불 사이로 오래된 무덤 하나가 불쑥 나타나자 성명은 무덤을 끼고 돌아서 올라갔다. 그러자 물고기 비늘처럼 촘촘하게 널린 바윗돌들이 눈에 들어왔는데 정녕 그림 속의 풍경과 다름이 없었다. 그는 쑥넝쿨 사이에서 바늘 한 개, 풀씨 한 톨을 찾는 듯한 자세로 귀를 쫑긋세우고 천천히 걸음을 옮겼다. 급기야 귀가 먹먹해지고 눈앞이 노래져 온몸의 기운이 쭉 빠져나갔지만 귀뚜라미는 그림자도 볼 수가 없었다. 그래도 그는 포기하지 않고 조심스럽게 수색을 계속했다.

별안간 두꺼비 한 마리가 눈앞에서 펄쩍 뛰어오르자 성명은 깜짝 놀라 황급히 녀석을 뒤쫓아갔다. 두꺼비는 풀숲 사이로 사라졌고, 성명은 넝쿨을 헤치면서 놈을 찾다가 가시덤불 밑동에 엎드려 있는 귀뚜라미 한 마리를 발견하게 되었다. 후다닥 덮쳤지만 귀뚜라미는 벌써 바위에 팬 구멍 안으로 들어간 다음이었다. 가느다란 풀줄기를 들이밀어 안쪽을 더듬어도 귀뚜라미는 나오지 않았다. 다시 대나무통에 든 물을 구멍 안으로 들이부었더니 귀뚜라미는 그제야 밖으로 기어 나왔다. 생김새가 대단히 건장하고 잘생긴 놈이었다. 성명은 재빨리 쫓아가 결국 놈을 생포하고야 말았다. 다시 찬찬히 뜯어보니, 귀뚜라미는 우람한 몸집에 기다란 꼬리, 푸른색 목덜미에 금빛 날개를 지니고 있었다. 성명은 환희에 들떠 귀뚜라미를 조롱에 넣고 집으로 돌아왔다. 온 집안 식구가 기뻐 어쩔 줄 몰랐는데, 비록 연성지벽(連城之璧)⁴⁾을 얻었다 하더라도 그보다 더 기뻐할 수는 없을 정도였다. 그들은 커다란 화분에 귀뚜라미를 넣고 게살과 알밤을 먹이로 주면서 애지중지 키웠다. 그러면서 정해진 날짜가 닥치면 관가에 바치고 추궁을 면하게 되기만 고대했다.

성명에게는 아홉 살 난 아들이 하나 있었다. 아이는 아버지가 없는 틈을 타 몰래 귀뚜라미가 담긴 화분의 덮개를 열었다. 순간 귀뚜라미가 팔짝 뛰어올라 달아났는데 어찌나 빠른지 도무지 잡을 수가 없었다. 손바닥으로 덮쳐 잡고 나니 녀석은 이미 다리가 부러지고 내장이 터져 잠깐 사이에 죽어버렸다. 아이는 공포에 떨며 어머니에게 울면서 사실을 실토했다. 이야기를 들은 어머니도 얼굴이 새파랗게 질리면서 큰소리로 욕설을 퍼부었다.

"이 말종아, 너는 이제 다 살았다! 네 아버지가 돌아오시면 호되게 경을 치러야 할걸!"

아이는 그 말을 듣고 울면서 밖으로 나갔다.

얼마 뒤 성명이 집으로 돌아왔다. 그는 아내의 말을 듣자 얼음물이라도 뒤집어쓴 듯 부들부들 떨다가 화가 머리끝까지 뻗쳐 아들을 찾았다. 하지만 아이의 행방은 묘연해서 어디로 갔는지 알 수가 없었다. 급기야 우물에 빠져 죽은 아이의 시체를 찾기에 이르자 노여움은 비탄이 되었고 당장이라도 숨이 끊어질 듯한 울부짖음만 남았다. 성명 부부는 담장 모서리를 향해 멍청하게 앉아 있거나 할 뿐 밥 지을 생각도 하지 못했다. 두 사람은 서로 마주 본 채 한마디 말도 나누지 않았고 더 이상 살

귀뚜라미를 죽인 아이, 우물에 뛰어들어 다시 한번 아버지를 울리는구나

아나갈 엄두를 낼 수가 없었다.

　해 저물 무렵이 되어서야 그들은 겨우 아이의 시체를 거적에 말아 묻을 생각이 났다. 그런데 가까이서 어루만지니 아이는 아직 실낱같이 가는 숨을 몰아쉬는 중이었다. 기뻐서 아이를 안아 침상에 뉘었더니 한밤중이 되자 다시 소생하는 기미가 보였다. 부부의 마음도 그제야 약간 위로가 되었다. 하지만 비어 있는 귀뚜라미 조롱에 눈길이 가면 곧 숨이 막히고 목이 메이면서 말이 나오지 않아 더 이상 아이를 들여다볼 홍도 일지 않았다. 저물녘부터 새벽이 될 때까지도 성명의 두 눈꺼풀은 감기지 않았다. 동녘에서 햇빛이 비치기 시작했지만 그때까지도 성명은 침상에 드러누운 채 한숨만 내쉬고 있었다.

　그때 갑자기 문밖에서 귀뚜라미 울음소리가 들려왔다. 깜짝 놀라 몸을 일으킨 성명이 울음소리가 난 곳을 살펴보았더니, 자신이 잡았던 귀뚜라미가 마치 산 놈처럼 원래 있던 자리에 그대로 놓여 있었다. 그는 기쁨에 겨워 얼른 귀뚜라미를 덮쳤다. 놈은 '귀뚤' 하고 울다가 펄쩍 뛰어 달아났는데 대단히 재빠른 동작이었다. 성명은 얼른 손으로 놈을 덮쳤다. 하지만 손바닥 아래가 허전해서 살짝 위로 들어올리는 순간, 귀뚜라미는 또 번개처럼 튀어 달아났다. 성명은 다급하게 뒤쫓아갔지만 담장 모퉁이를 돌아서면서 끝내 간 곳을 잃어버리고 말았다. 왔다갔다하면서 사방을 둘러보던 그는 벽 위에 엎드려 있는 귀뚜라미 한 마리를 발견했다. 자세히 관찰하니 크기가 작고 검붉은 빛깔이 먼젓번 놈과는 전연 딴판이었다. 성명은 귀뚜라미가 작았기 때문에 열등한 종자로 치부해 버리면서 다시 아까의 귀뚜라미를 잡기 위해 두리번거리기 시작했다.

　문득 벽에 달라붙었던 녀석이 갑자기 그의 옷깃 사이로 뛰어내렸다. 다시 녀석을 살펴보았더니 생김새가 마치 땅강아지 같았다. 매화꽃 무늬의 날개며 네모나게 각진 대가리, 기다란 다리가 어쩌면 그리 모자라는 놈은 아니지 싶기도 했으므로 성명은 기분이 좋아져 귀뚜라미를 잡아들였다. 관가의 납품 날짜를 기다리던 그는 귀뚜라미가 합격 기준에 못 미치면 어쩌나 하고 걱정하다가 귀뚜라미 싸움을 붙여 놈의 역량을 미리 관찰해 보자고 마음먹게 되었다.

같은 마을의 할 일 없는 어떤 젊은이가 귀뚜라미 한 마리를 키우면서 훈련을 시키고 있었다. 이름을 '해각청(蟹殼靑)'이라 붙여주고 날마다 다른 젊은이들의 귀뚜라미와 싸움을 붙였는데 한번도 이기지 못한 적이 없었다. 그는 이 귀뚜라미를 이용하여 큰돈을 벌 궁리였기 때문에 가격을 대단히 높게 매겨 줄곧 임자를 만날 수가 없었다. 이 젊은이가 어느 날 성명의 집을 방문했다. 그는 성명이 키우는 귀뚜라미를 보더니 손으로 입을 가리며 낄낄 웃음을 터뜨리다가 자기 귀뚜라미를 꺼내 조롱 속으로 집어넣었다. 성명이 보기에도 그 귀뚜라미는 몸뚱이가 대단히 우람해서 자신도 모르게 위축감이 들었으므로 감히 겨뤄보자는 생각은 들지 않았다. 하지만 젊은이는 한사코 달려들며 싸움을 걸었다. 성명도 내심 품질 나쁜 종자야 어차피 쓸모가 없을 테니 차라리 싸움이나 붙여 한때의 즐거움이나 취하자는 생각이 들었다. 마침내 두 마리의 귀뚜라미는 싸움터 대용의 넓적한 대접 속으로 밀려 들어갔다.

작은 귀뚜라미가 마치 목각 인형처럼 엎드린 채 꼼짝도 하지 않자, 젊은이는 또다시 너털웃음을 터뜨렸다. 시험 삼아 뻣뻣한 돼지털로 귀뚜라미의 더듬이를 건드렸지만 놈은 그래도 움직임이 없었다. 젊은이가 다시 웃기 시작했다. 그렇게 두세 번이나 집적거리고 나서야 작은 귀뚜라미는 벌컥 성을 내며 앞쪽으로 돌진했다. 두 마리가 서로 뒤엉켜 엎치락뒤치락 싸우게 되면서 놈들의 날개 치는 소리가 사방으로 윙윙 울려 퍼졌다. 잠시 후 작은 귀뚜라미가 펄쩍 뛰어오르면서 꼬리를 늘여 빼고 모가지를 길게 뽑더니 앞쪽으로 달려들며 상대방의 목을 물어뜯었다. 순간 젊은이가 질겁하면서 둘을 갈라놓아 싸움을 중지시켰다. 작은 귀뚜라미는 날개를 흔들며 득의에 찬 울음을 토해 냈는데 그 모습은 마치 자신의 승리를 주인에게 보고하는 것처럼 보였다. 성명은 좋아 어쩔 줄 몰랐다. 모두들 그 귀뚜라미를 감상하고 있는데 수탉 한 마리가 힐끗 눈길을 던지더니 곧장 앞으로 쫓아와 쪼는 시늉을 했다. 성명은 너무 놀라 순간 외마디 비명을 질렀을 뿐 미처 손쓸 겨를이 없었다. 불행 중 다행으로 수탉은 귀뚜라미를 쪼지 못했고 귀뚜라미는 팔짝 뛰어 한 자쯤 날아갔다. 수탉은 다시 잽싸게 귀뚜라미를 쫓아갔고 귀뚜라미는 어느새 적의 발톱 아래 놓이게 되었다. 성명은 너무나 갑작스레 당한 일이라 어쩔 줄을 모르고 발만 동동 구르며 얼굴이 새파랗게 질렸다. 곧이어 수탉이 모가지를 길게 늘여 빼고 양 날개를 퍼덕이는 모습이 보였다. 다가가서 관찰하니 바로 귀뚜라미가 닭의 벼슬 위에 꽉 달라붙어 깨문 채 놓아주지 않고 있었다. 성명은 더더욱 놀라고 기뻐하며 서둘러 귀뚜라미를 조롱 속으로 잡아 넣었다.

다음날 성명은 귀뚜라미를 현령에게 바쳤다. 현령은 귀뚜라미 크기가 작다는 구실로 벌컥 화를 내며 성명에게 꾸지람을 퍼부었다. 아무리 귀뚜라미의 비범함을 설명해도 현령은 도통 믿으려들지 않았다. 결국 다른 귀뚜라미와 싸움을 붙여 기량을 시험해 보게 되었는데, 성명의 귀뚜라미는 싸우는 족족 적을 쓰러뜨렸다. 또 수탉을 데려와 싸움을 붙였더니 모든 것이 성명이 말한 그대로였다. 현령은 성명에게 상을 내리고 귀뚜라미를 섬서성의 순무(巡撫)에게 갖다 바쳤다. 순무는 대단히 기뻐하며 금으로 만든 조롱에 넣어 황제에게 바쳤고 아울러 귀뚜라미의 출중한 능력에 대해서도 상세한 설명을 곁들였다. 귀뚜라미는 궁궐로 들어간 이후 천하 각처에서 진상된 호접(蝴蝶), 당랑(螳螂), 유리달(油利撻), 청사액(靑絲額) 등등, 일체의 비범한 귀뚜라미와 겨루게 되었는데 그에게 굴복하지 않는 놈이 없었다. 게다가 이 귀뚜라미는 거문고며 비파 같은 악기 소리가 들리면 박자에 맞춰 춤을 출 줄 알았으므로 더욱더 사람들의 찬탄을 자아냈다. 황제는 더없이 흡족해하며 순무에게 명마와 비단옷을 하사했다. 순무는 귀뚜라미의 출처를 잊어버리지 않았다. 얼마 뒤 화음현의 현령은 '탁월하고 비범함[卓異]'5)이라는 평가가 매겨져 중앙에 보고되었다. 현령은 기분이 좋아 성명의 이정 역을 면제시켜 주고 또 시험관에게 부탁하여 그를 현학(縣學)에 입학시켜 생원이 되도록 주선했다.

일년여가 지난 뒤에야 성명의 아들은 다시 정신이 들었다. 그는 자신이 귀뚜라미로 변했었는데 몸이 민첩해 싸움을 잘하다가 지금에야 겨우 정신이 돌아온 거라고 설명했다. 섬서성의 순무도 성명에게 후한 상을 내려 은혜에 보답하였다. 채 몇 년이 지나지 않아 그는 일만 마지기가 넘는 토지에 처마가 끝없이 이어진 대궐 같은 집을 소유하게 되었으며 제각기 이백 마리가 넘는 소와 양을 거느리게 되었다. 식구들이 한번 대문을 나섰다 하면 몸에 걸친 갖옷과 타고 다니는 말이 고관대작 부럽지 않을 정도였다.

이사씨는 말한다.

천자가 어쩌다 한번 관심을 둔 물건이라도 때가 지나면 곧 잊혀지기 마련이다. 그러나 황제를 모시는 이들은 이를 꼭 상례로 정해 놓아야만 직성이 풀린다. 거기에 탐욕무도한 관리들이 가세하면 백성들은 날마다 처자식을 내다 파는 지경이 되며 숨 돌릴 틈조차 없어지게 된다. 때문에 천자의 일거수일투족은 하나같이 백성들의 명줄과 직결되니 절대 소홀히 여겨서는 아니 될 바인 것이다. 유독 성명만은 아전배의 농간으로 가산을 탕진했다가 귀뚜라미 덕분에 부자가 되어 온갖 호강을 누리게 되었다. 당초 그가 이정에 임명되어 고초를 겪고 매질을 당할 적에야 어찌 이런 결과를 상상이나 했겠는가! 하늘이 어질고 성실한 사람을 도우려 하니 순무며 현령까지도 덩달아 귀뚜라미의 은총을 입기에 이르렀구나. 어느 날 한 사람이 득도하면 그 집의 개와 닭까지도 신선이 되어 날아간다고 하였다.[6] 위의 경우가 어찌 그렇다고 말하지 않을 수 있으랴!

向杲
향고 ─ 복수의 집념

향고의 자는 초단(初旦)으로 태원(太原) 사람이다. 그는 서형(庶兄)[1]
향성(向晟)과 우애가 대단히 깊었다.

향성은 파사(波斯)라고 하는 기생과 서로 좋아하다가 할비지맹(割臂
之盟)[2]을 맺었지만 파사의 포주 어멈이 요구하는 몸값이 너무 높아 약
속을 실행할 수 없었다. 나중에 파사의 포주 어멈도 기적(妓籍)에서 벗
어나 시집을 가게 되었는데 자기보다 파사를 먼저 내보내고 싶어하였다.
마침 파사에게 평소 눈독을 들이던 장씨(莊氏) 성의 공자(公子)가 그녀
를 속량(贖良)시켜 첩으로 삼고 싶다고 제의해 왔다. 파사는 그의 어머
니에게 부탁했다.

"우리 모녀는 둘 다 이 끔찍한 생활을 청산함으로써 지옥에서 벗어나
천당에 올라가길 바라고 있습니다. 만약 저를 딴 사람의 첩으로 파신다
면 기생 노릇보다 더 나을 게 무엇이겠습니까! 제 소망을 들어주시려거
든 향씨에게 시집보내 주세요."

포주도 승낙하고 이런 의사를 향성에게 전했다. 당시 향성은 처가 죽
고 아직 새장가를 들지 않았던 참이라 그 말을 듣자 기뻐 어쩔 줄 몰랐
다. 그는 가진 돈을 모두 털어 파사를 속량시킨 후 집으로 데려왔다. 장
공자는 그 소문을 들은 뒤 자신이 좋아하던 여자를 빼앗은 향성에게 깊

은 원한을 품게 되었다.

하루는 장 공자가 길을 가다가 우연히 향성과 마주쳤다. 그가 마구 욕설을 퍼붓자 향성도 지지 않고 맞서 대들었다. 장 공자는 데리고 있던 종자들을 사주하여 무자비하게 몰매를 가했고 향성이 거의 죽을 지경이 되어서야 팽개치고 그 자리를 떠났다. 향고가 소식을 듣고 서둘러 사고 지점으로 달려갔을 때는 형이 벌써 죽은 다음이었다. 향고는 슬픔과 분노를 이기지 못하고 고소장을 써서 관가로 달려갔다. 하지만 장 공자가 두루 뿌려놓은 뇌물 때문에 사건은 심리조차 이뤄지지 않았다. 향고는 억울함이 목구멍까지 차올랐지만 하소연할 곳도 마땅치 않았다. 그는 길목을 지키고 서서 장 공자를 기필코 찔러 죽이고 말겠다며 단단히 별렀다. 그리고 날마다 날카로운 칼을 가슴에 품은 채 으슥한 산길에 숨어 장 공자를 기다렸다.

시일이 흐르면서 향고가 장 공자를 노린다는 소문이 차츰 새어나가 결국 당사자까지 그 사실을 알게 되었다. 장 공자는 외출할 때마다 경계를 철저히 해 향고의 습격에 대비했다. 아울러 분주(汾州)에 사는 초동(焦桐)이란 자가 용맹하고 활을 잘 쏜다는 소문을 듣자 많은 돈을 들여 그를 경호원으로 초빙했다. 향고는 손댈 여지가 없었지만 그래도 날마다 기회가 오기만 기다렸다.

하루는 향고가 잠복하던 중 갑자기 폭우가 쏟아졌다. 그는 온몸이 흠뻑 젖어 한기를 이기지 못하고 부들부들 떨었다. 이윽고 매서운 바람이 사방에서 불어닥치더니 이어 우박마저 쏟아져 내리자 향고는 별안간 온몸이 뻣뻣해지며 더 이상 감각을 느낄 수가 없었다. 불현듯 산꼭대기에 있는 산신각이 머리에 떠오른 그는 억지로 몸을 일으켜 그곳으로 달려갔다. 사당으로 들어서자 평소 면식이 있던 도사 한 명이 그를 반겨주었다.

이전에 도사가 마을로 동냥을 나오면 그때마다 향고는 그에게 밥을 먹여주곤 하였다. 때문에 도사도 향고를 잘 알고 있었다. 그는 향고의 의복이 흠뻑 젖은 것을 보더니 무명 두루마기 한 벌을 꺼내 주며 말했다.

"잠시 이 옷으로 갈아입으시지요."

향고는 옷을 갈아입고 추위에 언 몸을 녹이기 위해 개처럼 웅크리고 앉았다. 잠시 뒤 그가 자신의 몸을 내려다보니 어느새 숭숭 돋아난 털이 온몸을 뒤덮은 호랑이로 변해 있었다. 게다가 도사는 벌써 어디론가 사라져 찾을 길이 없었다. 그는 속으로 놀라고 기가 막혔다. 그러나 한편으로는 기왕 호랑이가 되었으니 원수를 찾아내 그 고기를 씹는 것도 좋겠다는 생각이 들었다. 이리하여 산을 내려와 전에 숨었던 장소로 돌아갔더니 자신의 시체가 풀섶 사이에 가로누워 있었다. 그는 비로소 자신의 원래 몸뚱이는 이미 죽었다는 사실을 깨달았다. 문득 까마귀나 소리개 같은 날짐승들이 뜯어먹을지도 모른다는 걱정이 든 그는 수시로 그곳을 순찰하며 자기 시체를 지켰다.

하루가 지나니 그곳을 지나가는 장 공자의 모습이 눈에 들어왔다. 호랑이는 순간적으로 달려들어 말 위에 있는 장 공자를 앞발로 때려 넘어뜨린 뒤 머리를 깨물어 삼키고 말았다. 초동이 그 광경을 보고 급히 말머리를 되돌리며 활을 쏘았고 화살은 호랑이의 뱃구레에 명중했다. 결국 호랑이는 그대로 뻗어 널브러졌다. 풀섶 사이에 누워 있던 향고가 순간 꿈에서 깨어난 듯 번쩍 눈을 떴다. 다시 그곳에서 하룻밤을 지새고 나니 차츰 걸음도 옮길 수 있게 되었으므로 지치고 피곤한 모습으로 발길을 움직여 집으로 돌아갔다.

식구들은 향고가 며칠씩이나 들어오지 않자 모두들 걱정하던 참에 그가 무사히 돌아오자 기뻐하며 안부를 물었다. 그러나 향고는 침상에 누워만 있을 뿐 도무지 입을 놀리지 못했다. 그로부터 얼마 후 가족들은 장 공자가 호랑이에게 물려 죽었다는 소식을 듣게 되었다. 모두들 다투어 향고에게 달려와 이 기쁜 소식을 전하자 가까스로 그가 입을 열었다.

"그 호랑이는 바로 나였어."

그러면서 향고는 자신이 겪었던 신기한 경험을 남김없이 설명해 주었다. 소문은 날개 돋친 듯 빠르게 퍼져나갔다. 장 공자의 아들은 부친의 참혹한 죽음을 매우 애통해하던 참이었으므로 소문을 듣자 향고를 증오하여 관가에 그를 고발했다. 관가에서는 사안이 너무나 황당한 데다 증거도 없었기 때문에 고소장을 한켠에 치워두고 심리하지 않았다.

이사씨는 말한다.

장사가 복수하기로 한번 뜻을 정하면 결코 살아서 돌아가지 않기 때문에 천고의 사람들은 줄곧 눈물을 흘리며 한탄하여 마지않았다. 향고는 초동의 화살을 빌려 새 생명을 얻었으니 이 얼마나 신묘한 선인(仙人)의 도술인가! 세상에는 머리털 솟구치는 기막힌 일들이 참으로 많기도 하련만 원한에 사무친 많은 이들은 언제나 그냥 사람일 뿐이로구나. 그들이 잠시라도 호랑이가 되어 복수할 길이 없는 것이 참으로 안타깝다!

합이 — 비둘기 애호가

비둘기는 그 종류가 대단히 많다. 산서에는 곤성(坤星)이란 품종이 있고 산동에는 학수(鶴秀)가 있다. 귀주(貴州)에는 액접(腋蝶), 하남에는 번도(翻跳), 절강에는 제첨(諸尖)이란 비둘기가 있는데 모두 진귀한 품종들이다. 다시 화첨(靴尖), 점자(点子), 대백(大白), 흑석(黑石), 부부작(夫婦雀), 화구안(花狗眼) 등등, 그 명칭이 손으로 다 꼽을 수 없을 정도로 많은데 오직 비둘기 애호가만이 어떤 품종인지 분간할 수 있다.

산동의 추평현(鄒平縣)에 장유량(張幼量)이라는 공자(公子)가 살았는데 비둘기를 광적으로 좋아했다. 그는 비둘기 전문 서적인 『합경(鴿經)』에 근거하여 각 품종을 찾아 헤맸고 갖고 싶은 새는 기어이 손에 넣어야만 직성이 풀렸다. 장 공자의 비둘기 사육은 흡사 어린아이를 돌보는 것과도 비슷했다. 날씨가 차가우면 감초(甘草) 가루로 추위를 다스려주고 더우면 소금을 먹였다. 비둘기들은 습성상 잠자기를 좋아하는데 자는 시간이 너무 길어지면 몸에 피가 돌지 않아 마비되어 죽는 놈도 생겨날 수 있었다. 장 공자는 광릉(廣陵)에서 열 냥을 주고 비둘기 한 마리를 사들였는데 몸뚱이는 왜소했지만 동작이 매우 재빨랐다. 이 비둘기를 땅바닥에 풀어놓으면 잠시도 쉬지 않고 왔다갔다 맴도는데 지쳐 죽을 때까지도 멈추지 않았다. 그래서 이 비둘기는 항시 사람들이 붙들어 매어

둘 필요가 있었다. 밤에 이놈을 비둘기떼 사이에 풀어놓으면 다른 새들을 놀라게 하여 잠자기 좋아하는 비둘기들의 다리가 마비되는 병통을 막을 수가 있었다. 그래서 이 비둘기에게는 '야유(夜游)'라는 이름이 붙었다. 산동 일대에서 비둘기를 키우는 사람들 중 장 공자를 따라올 이가 없었고, 그 또한 자신의 비둘기를 대단한 자랑거리로 생각했다.

어느 날 밤 장 공자가 서재에 홀로 앉아 있는데 문득 흰 옷 입은 젊은이 한 명이 문을 두드리며 안으로 들어왔다. 쳐다보니 생판 모르는 사람이었으므로 장 공자는 그에게 누구냐고 물었다.

"정처 없이 떠도는 사람의 이름은 알아 무엇하시렵니까. 당신이 기르는 비둘기들이 대단하다는 소문을 먼 곳에서부터 듣고 찾아왔습니다. 저역시 비둘기는 나면서부터 좋아하는 바이니 한번 구경시켜 주십시오."

청년의 부탁에 장 공자는 자신이 기르는 비둘기를 전부 내어놓았다. 오색 빛깔 영롱한 갖가지 새들이 한자리에 모이자 마치 비단을 펼쳐놓은 듯 아름답고 화려한 광경이 전개되었다. 젊은이가 웃으면서 찬탄했다.

"사람들이 하는 말이 과연 거짓이 아니었군요. 공자의 비둘기 사육은 대가의 경지에 들었다고 해도 과언이 아니겠어요. 저도 한두 마리 기르고 있는데 구경해 보시렵니까?"

장 공자는 대단히 기뻐하며 젊은이를 따라나섰다. 어슴푸레한 달빛을 밟고 황량한 들판을 걸어가노라니 장 공자는 무섭고 떨려 심장이 얼어붙는 것만 같았다. 젊은이가 앞쪽을 가리키며 그를 달랬다.

"조금만 더 가시면 됩니다. 저 사는 곳이 멀지 않았어요."

얼마간 더 걷고 나니 겨우 두 칸에 불과한 도관(道觀) 한 채가 눈에 띄었다. 젊은이는 장 공자의 손목을 잡고 등불도 없는 칠흑같이 캄캄한 집안으로 들어서더니 마당 한가운데 서서 입속으로 비둘기 울음소리를 흉내 냈다. 문득 비둘기 두 마리가 날아왔는데 생김새는 여느 비둘기와 전혀 다를 바 없지만 깃털만은 눈처럼 새하얀 빛깔이었다. 새들은 처마와 일직선상에서 날며 울기도 하고 한편으론 깃 싸움도 벌였다. 특이한 검은 새들이 날갯짓을 할 때마다 반드시 공중제비를 한번씩 돈다는 것이었다. 젊은이가 손을 흔들어 물러가라는 시늉을 하자 새들은 날개를 나란히 한 채로 날아갔다.

젊은이가 입술을 오므리고 또 이상한 소리를 내자 다시 두 마리의 비둘기가 나타났다. 큰 놈은 들오리만 했고 작은 놈은 겨우 주먹만 한 크기였는데 둘 다 계단 위로 모여들어 학춤을 흉내 내기 시작했다. 큰 비둘기는 모가지를 길게 빼고 제자리에 서서 날개를 병풍처럼 펼치고 꾀꼬리처럼 아름다운 목청으로 울음을 토하더니 동시에 작은 비둘기를 유인이라도 하는 듯 팔짝팔짝 뛰었다. 작은 비둘기는 위아래로 날아다니며 우짖는 한편 수시로 큰 비둘기의 대가리에 날아와 앉았는데 경쾌하게 나풀거리는 그 모습이 마치 제비가 창포잎을 향해 날아드는 것만 같았다. 작은 새의 목청은 가늘고도 자잘해서 땡땡이북〔鼗鼓〕[1] 두드리는 소리와 흡사했다. 큰 비둘기는 목을 쭉 빼고 선 채로 전혀 움직임이 없었지만 우짖는 소리는 갈수록 빨라져서 흡사 경쇠 치는 소리처럼 들렸다. 두 비둘기의 노랫소리는 높낮이도 서로 어우러지고 박자까지 정확하게 들어맞는 훌륭한 음악이었다. 이윽고 작은 비둘기가 날아오르자 큰 비둘기는 다시 몸을 되돌려 그를 불러들였다.

장 공자는 이 광경을 보고 찬탄을 그치지 못하면서 자신의 견식이 짧았던 것을 한탄했다. 그는 마침내 두 손을 맞잡고 젊은이에게 절을 올리면서 자기에게도 비둘기를 나눠달라고 애걸했다. 젊은이는 허락하지 않았지만 장 공자의 간곡한 사정은 멈추지 않았다. 젊은이는 비둘기 두 마리를 모두 날려보내고 먼젓번과 같은 소리를 내 아까의 흰 비둘기 두 마리를 불러들이더니 손안에 새들을 움켜쥔 채로 말했다.

"만약 허물하지 않으신다면 이 두 마리로 추궁을 면하고 싶습니다만."

장 공자는 새들을 건네받고 자세히 살폈다. 비둘기의 눈동자는 달빛이 어려 호박(琥珀)과 같은 빛깔이었다. 눈은 유리알처럼 투명해서 아무 것도 가로막는 것이 없는 것 같았고 안구에 박힌 새까만 눈동자는 산초

씨보다 둥글었다. 날개를 들췄더니 겨드랑이 살이 수정처럼 맑아 내장이 훤히 들여다보일 정도였다. 장 공자는 이런 품종이 있다는 사실에 대해 대단히 놀랐지만 그래도 성이 차지 않아 갖은 수단으로 사정하길 그치지 않았다. 하지만 젊은이는 단호하게 거절할 뿐이었다.

"제게는 아직도 보여드리지 않은 품종이 두 종류나 더 있습니다. 당신이 이러시면 저는 더 이상 비둘기를 보여드릴 수가 없어요."

두 사람이 한창 실랑이를 하는데 갑자기 장 공자의 하인이 횃불을 밝히고 나타나 주인을 찾았다. 장 공자가 젊은이를 돌아보았더니 그는 어느새 장닭만큼 커다란 흰 비둘기로 변해 곧장 하늘로 날아가고 있었다. 다시 눈길을 돌리니 눈앞의 집들은 모두 사라지고 조그만 무덤 하나만 남았을 뿐인데 무덤가에는 잣나무 두 그루가 자라고 있었다. 장 공자와 하인은 각자 흰 비둘기 한 마리씩을 껴안고 놀라움과 감탄을 연발하며 집으로 돌아왔다.

시험 삼아 비둘기를 날려보니 길이 얼마나 잘 들었는지 젊은이가 시키던 그대로 묘기를 부렸다. 비록 젊은이의 비둘기 중에서 가장 좋은 품종은 아니었지만 데려온 놈도 세상에 드문 희귀한 새였기 때문에 장 공자는 그야말로 보물처럼 새들을 애지중지했다. 이 년이 지난 뒤 이 한 쌍의 비둘기들은 암수 각기 세 마리씩 새끼를 깠다. 장 공자는 새들을 너무나 사랑하여 아무리 가까운 친척이나 친구가 한 마리 얻자고 부탁해도 절대 나눠주지 않았다.

장 공자 아버지의 친구인 아무개 공은 벼슬이 매우 높은 고관이었다. 그가 하루는 장 공자를 보더니 뜻밖의 질문을 했다.

"비둘기는 몇 마리나 기르느냐?"

공자는 그저 애매모호하게 대답을 얼버무리고 그 자리를 물러나왔다. 그는 아무개 공도 비둘기 애호가일지 모른다고 추측하면서 '몇 마리 보내줄까' 하고 생각했다. 하지만 자기 살을 베어내는 듯 아까워서 차마 그럴 수는 없었다. 그렇지만 또 한편으론 어르신의 요구를 거역해선 안

될 듯한 생각도 들었다. 그렇다면 보통의 평범한 비둘기로는 그 뜻을 맞출 수 없다는 판단이 들어 마침내는 흰 비둘기 두 마리를 골라 조롱에 넣어 보내게 되었다. 그는 이 한 쌍의 비둘기가 천금을 바치는 것보다 더 대단하다는 자부심을 갖고 있었다.

훗날 장 공자가 아무개 공을 뵙는 자리가 있었다. 장 공자는 공치사를 받을까 싶어 잔뜩 기대에 부풀었지만, 공은 웬일인지 아무런 감사 표시도 나타내지 않았다. 참다못한 장 공자가 그에게 물었다.

"저번에 보내드린 비둘기가 마음에 드셨는지요?"

"응, 살이 통통하게 쪄서 맛이 괜찮던걸."

장 공자는 깜짝 놀라 다시 물었다.

"삶아 잡수셨단 말입니까?"

"그렇다네."

그 말에 장 공자는 경악하며 소리쳤다.

"아이고, 그 새들은 보통 비둘기가 아니올시다. 바로 세간에서 말하는 '단달(靼韃)'이란 희귀한 새예요!"

아무개 공은 기억을 더듬어가며 심드렁하게 대꾸했다.

"맛은 그다지 대단치 않던데."

장 공자는 더 이상 어쩌지 못하고 가슴을 치면서 되돌아왔다

그날 밤, 장 공자의 꿈에 흰 옷 입은 젊은이가 나타나더니 호되게 그를 나무랐다.

"나는 당신이 잘 보살펴줄 거라고 믿었기 때문에 내 자손들을 맡겼던 거요. 그런데 어쩌자고 그런 무지하고 용렬한 작자에게 귀한 아이들을 보내 가마솥에서 삶아져 죽게 했단 말이오! 이제 나는 내 아이들을 모두 데리고 떠나겠소"

말을 마치자 그는 비둘기로 변했고 장 공자가 기르던 흰 비둘기들도 모두 그 뒤를 따라 목청껏 울면서 날아갔다.

날이 밝은 뒤 비둘기떼를 들여다보니 흰 비둘기는 과연 한 마리도 보

비둘기의 신이 장유랑한테서 자손들을 거두어 데려가다

이지 않았다. 그는 원통해서 어쩔 줄 몰라하다가 급기야 기르던 새를 친구들에게 전부 나눠주고 말았다. 새들은 며칠 만에 모두 흩어졌다.

이사씨는 말한다.

세상의 어떤 물건도 결국은 그것을 아끼는 사람의 수중에 떨어지게 된다. 그래서 섭공(葉公)이 용을 좋아한다는 소문에 진짜 용이 그의 집을 찾아간 것이 아니겠는가![2] 하물며 학문을 닦는 선비가 좋은 벗을, 어진 임금이 훌륭한 신하를 지성으로 찾는다면 그 일이 어찌 어려울 리 있겠는가! 다만 아도(阿堵)[3] 한 가지만은 좋아하는 사람이 특별히 많은 데 반해 모으는 사람은 너무나 적다. 이를 보면 귀신은 수전노를 혐오하지만 한 가지 일에만 몰두하는 바보는 미워하지 않음을 알 수가 있다.

예전에 한 친구가 빨간 붕어를 손우년(孫禹年)[4] 공자에게 보낸 적이 있었다. 집안에 영리한 하인이 없던 그는 늙은 종에게 심부름을 시켰다. 손씨 집의 문간에 다다른 늙은 종은 방구리의 물을 쏟아버리고 고기를 꺼낸 뒤 쟁반을 내달라고 부탁하여 고기를 거기에 올려 바쳤다. 쟁반이 손 공자에게 도달했을 즈음에는, 물고기가 벌써 말라 죽은 다음이었다. 공자는 그 광경을 보고 웃으면서 아무 말도 하지 않았다. 다만 종에게 술을 내려 치하하고 아울러 가져간 물고기를 요리해서 그에게 먹이라고 분부했을 뿐이었다.

늙은 종이 집으로 돌아오자 주인이 그에게 물었다.

"공자께서 고기를 받고 기뻐하시더냐?"

"매우 기뻐하셨습니다."

종의 대답에 주인이 다시 물었다.

"네가 그걸 어찌 아느냐?"

"공자께서 고기를 보시자 흐뭇하신지 웃는 낯을 하시던 걸입쇼 그 자리에서 당장 소인에게 술을 하사했을 뿐만 아니라 몇 마리는 지져서 저한테 먹으라고 내주시기까지 한걸요."

주인은 그 말을 듣고 깜짝 놀라 속으로 곰곰 생각해 보았다. '내가 보낸 물고기는 보통 고기가 아닌데 어찌 종놈한테까지 먹으라고 내줄 수가 있단 말인가.' 이리하여 그는 종을 책망하며 추궁했다.

"네놈이 멍청하고 버릇없이 군 것이 틀림없구나. 그래서 공자가 물고기에다 화풀이를 하신 게지."

종은 두 손을 내저으며 항변했다.

"제가 멍청한 것은 사실이고말고요. 하지만 제가 아무 일도 못하는 천치 등신이라고 깔보지는 마십쇼! 공자 댁에 도착해서 제가 얼마나 신경을 썼는지 한번 들어보시라니까요. 저는 물고기를 담은 방구리가 너무 초라한 것 같아서 일부러 쟁반까지 하나 달라고 했단 말입니다. 그리고 고기를 한 마리씩 가지런히 올려놓은 뒤에야 어르신께 바쳤어요. 이래도 제가 예의를 모른다고 말씀하실 수 있겠습니까?"

주인은 이야기를 듣자 화가 머리 꼭대기까지 치밀어 한바탕 욕지거리를 퍼부은 뒤 그를 내쫓고 말았다.

영은사(靈隱寺)에 사는 승려 아무개는 다도(茶道)로 유명했다. 그는 차를 끓이는 주전자에서 덩어리차를 바수는 조그만 절구에 이르기까지 그야말로 온갖 정성을 다 기울이는 사람이었다. 그런데 그는 자신이 갖고 있는 차를 몇 등급으로 분류한 뒤 찾아오는 손님의 신분에 따라 골라 대접하는 버릇이 있었다. 물론 가장 상등품의 차는 귀한 손님이나 차맛을 제대로 아는 사람이 아니면 절대 맛보여 주지 않았다.

하루는 어떤 고관대작이 영은사를 찾아왔다. 중은 대단히 공손한 태도로 그를 맞아 인사하고 상등품의 차를 꺼낸 뒤 직접 물을 끓여 찻물을 우려냈다. 찻잔을 바치면서 그는 찬사가 떨어지길 기대했지만 고관은 입을 꽉 다문 채 아무 말도 꺼내지 않았다. 중은 그에게서 왜 반응이 없는지 까닭을 알 수 없어 다시금 최고급품의 차를 꺼내 우린 뒤 그에게 바쳤다. 고관은 차를 다 마실 때까지도 전혀 칭찬의 말이 없었다. 중은 조바심이 나서 더 이상 기다리질 못하고 고관에게 허리를 굽혀 절을 하며 물었다.

"차맛이 어떠하신지요?"

고관은 찻잔을 들어올려 답례하며 말했다.

"너무 뜨겁구려."

위의 두 가지 일화는 장 공자가 비둘기를 선사한 이야기와 똑같이 사람들의 웃음을 자아낸다.

江城

강성 — 악처

임강(臨江) 사람 고번(高蕃)은 어려서부터 총명한 데다 용모와 풍채가 더없이 수려했다. 열네 살이 되어 현학(縣學)에 들어가자 이때부터 그를 사위로 삼겠다는 부잣집들의 청혼이 끊이지 않았다. 그런데 고번은 배우자에 대한 기준이 매우 까다로워 여러 차례 부친의 뜻을 어기면서 고집을 세웠다. 그의 아버지 고중홍(高仲鴻)은 나이 예순 줄에 자식이라곤 고번 하나뿐이었으므로 애지중지하여 아들의 뜻을 차마 거스르지 못하고 있었다.

같은 시기에 번(樊) 노인이란 사람이 동촌(東村)에 살고 있었다. 그는 저자의 아이들을 거둬 가르치는 훈장이었는데 식구들을 거느리고 고번의 집에 세 들어 산 적이 있었다. 그에게는 강성(江城)이라는 이름의 딸이 하나 있었으며 고번과는 바로 동갑내기였다. 같은 집에 살 무렵 둘은 아직 여덟아홉 살가량의 어린아이였는데 사이가 좋아 날마다 어울려 함께 놀았다. 훗날 번 노인네는 다른 곳으로 이사를 갔고 사오 년 동안 소식을 몰라 왕래가 없었다.

하루는 고번이 좁은 골목길을 지나치다가 눈부시게 아름다운 한 여인과 마주쳤다. 그녀의 뒤를 졸졸 따라가는 어린 계집종은 겨우 예닐곱 살에 불과한 나이였다. 고번은 차마 똑바로 바라볼 수 없어 가늘게 실눈을 뜨고 여자를 훔쳐보았는데, 아가씨도 뭔가 할 말이 있다는 듯 그에게서 눈길을 떼지 않았다. 유심히 바라보니 여자는 다름 아닌 강성이었다. 고번은 뜻밖의 만남이 놀랍기도 하고 한편으론 기쁘기도 하였다. 그러나 두 사람은 아무 말도 할 수가 없어서 제자리에 선 채로 묵묵히 상대방을 주시할 따름이었다. 한참이 지나서야 둘은 서로를 스치듯 지나쳤다. 그러나 미련 때문에 발길은 차마 떨어지지 않았다. 고번이 일부러 붉은 손수건을 땅바닥에 떨어뜨리고 그 자리를 떠나자 어린 계집종은 그것을 주운 뒤 좋아라 하며 자기 아가씨에게 내밀었다. 강성은 소맷자락 안에 집어넣어 자기 손수건과 바꾼 뒤 다시 계집종에게 내주면서 짐짓 시치미를 떼고 말했다.

"고 수재(高秀才)는 모르는 분이 아니란다. 그가 흘린 물건을 우리가 감출 수 없는 노릇이니 어서 달려가 돌려드리거라."

계집종은 시키는 대로 쫓아가 고번에게 손수건을 건네주었다. 그는 강성의 손수건을 받고 뛸 듯이 기뻐하다가 집으로 돌아와 어머니를 뵙자마자 번씨 집과 혼인을 하자고 졸랐다.

"그 집은 반 칸짜리 집 한 채도 없는 가난뱅이야. 정처 없이 남북으로 떠도는 그런 사람들이 어떻게 우리 집안과 혼인을 맺을 수 있겠니?"

어머니가 딱 잘라 거절해도 고번은 결코 물러서지 않았다.

"제가 원하는 바입니다. 절대로 후회할 일은 없을 거예요."

어머니는 혼자 결정을 내릴 수 없었으므로 남편에게 상의했다. 고중홍의 태도 역시 완강하기는 마찬가지였다.

고번은 부모님의 말씀을 듣자 가슴이 답답하여 음식을 넘길 수가 없었다. 어머니는 아들이 걱정된 나머지 결국 남편에게 말을 꺼내기에 이르렀다.

"번씨네가 가난하긴 해도 시장 바닥에서 뒹구는 거간꾼이나 무뢰배에 비할 바는 아니지요. 제가 한번 건너가서 그 집 딸이 과연 우리 아들의 배필이 될 만한지 살펴보고 오겠어요. 그래도 우리에게 손해날 것은 없으니까요."

"그러시오."

고중홍의 허락이 떨어지자 어머니는 흑제사(黑帝祀)[1]에 향을 사르러 왔다는 핑계를 대고 번씨의 집을 방문했다. 그리고 강성의 또렷한 눈매며 가지런하고 하얀 이빨, 단아한 자태를 보자 몹시 흡족한 기분이 되어 돈과 비단을 풍성하게 내놓으며 자신이 찾아온 뜻을 실토했다. 번씨 부인은 한 차례 겸손하게 사양한 뒤 마침내 자식들의 혼사에 동의했다. 어머니가 집으로 돌아와 번씨 집에 갔던 상황을 설명하자 고번은 비로소 얼굴을 활짝 펴고 웃음을 지었다. 그해가 지난 뒤 그들은 길일을 골라 혼례를 치렀다.

부부는 서로를 매우 사랑했다. 그러나 강성은 걸핏하면 화를 내며 눈을 까뒤집고 사람을 상대하지 않기가 일쑤였다. 그녀의 혓바닥은 잠시의 쉴 틈도 없이 언제나 남편의 귓전을 시끄럽게 만들었다. 고번은 그녀를 사랑했기 때문에 모든 것을 포용하며 참아 넘겼다. 하지만 그의 부모는 이 말을 듣게 되자 심기가 몹시 불편해져 몰래 아들을 불러 뒷전에서 야단을 쳤다. 이 일이 강성에게 알려지자 그녀는 불같이 화를 내며 전보다 몇 갑절 더 욕을 퍼붓고 소란을 피웠다. 고번이 강성의 악다구니를 몇 마디 맞받아치자, 그녀는 길길이 날뛰며 매질을 하다가 남편을 바깥으로 내쫓고 대문을 잠갔다. 고번은 문밖에서 추위에 부들부들 떨었다. 하지만 차마 대문을 두드릴 수 없었으므로 무릎을 껴안고 처마 밑에서 밤을 새웠다. 이때부터 강성은 남편을 원수처럼 대하게 되었다.

처음에는 고번이 무릎을 꿇고 빌면 강성의 화도 어느 정도 누그러졌지만 그것도 차츰 효험이 사라져 남편 노릇은 갈수록 고달파질 뿐이었다. 시부모의 가벼운 나무람에도 며느리가 대거리하는 광경은 이루 형언할 말이 없을 정도였다. 시부모도 결국 분노를 이기지 못해 아들을 종용하여 며느리를 친정으로 쫓아보냈다. 번 노인은 부끄럽기도 하고 두렵기도 했으므로 친한 친구를 중간에 내세워 고중홍에게 통사정했다. 그러나

남편 고번을 패고 학대하는 왈패 새댁 강성

고중홍은 절대로 며느리를 다시 받아들이지 않았다.

일년여가 지난 어느 날, 고번은 길을 가다가 우연히 장인을 만났다. 장인은 사위를 자기 집으로 끌고 가더니 온갖 미사여구로 딸의 잘못을 사죄하는 한편 강성을 곱게 단장시켜 고번과 만나게 하였다. 서로를 물끄러미 쳐다보는 사이 고번은 불현듯 가슴이 미어지는 듯한 심정을 느꼈다. 번 노인은 술과 안주를 마련해 사위를 대접하며 정성스럽게 술을 권했다. 이윽고 날이 저물자 노인은 한사코 사위를 눌러앉히며 보내주지 않았다. 그리고 침대 하나를 깨끗이 치운 뒤 부부가 함께 잠자리에 들도록 조처했다.

날이 밝은 뒤 고번은 집으로 돌아왔다. 그러나 감히 사실대로 말할 수는 없었으므로 다른 구실을 둘러대어 부모에게는 외박한 사실을 얼버무리고 넘어갔다. 이로부터 사나흘에 한번씩은 처갓집에서 밤을 보내게 되었지만 그의 부모는 이 사실을 까맣게 모르고 있었다.

하루는 번 노인이 직접 고중홍을 찾아왔다. 처음에는 만나지 않으려고 했지만 번 노인이 한사코 우겨대는 바람에 고중홍은 마지못해 그를 접견하게 되었다. 번 노인이 무릎을 꿇고 딸을 다시 받아달라고 사정하자, 고중홍은 딱 잘라 거절하며 아들이 원치 않기 때문이라는 핑계를 댔다.

"사위는 어젯밤에도 저희 집에서 묵었지만 딴말은 전혀 듣지 못했습니다."

번 노인의 말에 고중홍은 깜짝 놀라며 물었다.

"우리 아들이 언제 당신 집에서 잤다고요?"

번 노인은 저간의 사정을 고중홍에게 들려주었다. 고중홍은 난처하기도 하고 겸연쩍기도 해서 그에게 사과했다.

"나는 정말 그런 줄은 몰랐소이다. 그 애가 기왕 좋다고 한다니 내 어찌 혼자 반대하겠소이까?"

번 노인이 가버리자 고중홍은 아들을 불러 한바탕 야단을 쳤다. 고번은 고개를 아래로 꺾고 숨도 쉴 수가 없었다. 이야기하는 사이 번 노인이 딸을 데리고 집안으로 들이닥치자 고중홍은 이렇게 선언했다.

"나는 자식들 일에는 더 이상 책임질 수 없소이다. 차라리 각자 따로 사는 것이 뱃속 편하겠어. 수고스럽겠지만 사돈 양반이 우리 집 분가에 대한 증인이 되어주시구려."

번 노인은 백방으로 달랬지만 고중홍은 전혀 귀담아듣지 않았다. 결국 고중홍은 아들 부부를 딴 집으로 내보내고 따로 계집종 하나를 보내 그들의 시중을 들게 하였다. 달포가 지나도록 두 사람은 아무 문제 없이 잘사는 것처럼 보였다. 고번의 부모도 그제야 잠시 시름을 놓을 수 있었다. 그러나 얼마 뒤부터 강성은 다시 제멋대로가 되어 고번의 얼굴에는 수시로 손톱자국이 나타나게 되었다. 시부모는 그런 사실을 잘 알면서도 꾹 참고 내색하지 않았다.

하루는 고번이 아내의 매질을 견디다 못해 아버지의 거처로 도망을 왔는데 그 허둥지둥한 꼬락서니란 마치 송골매에게 쫓기는 참새 새끼 같았다. 부모가 괴이하게 여겨 무슨 일인지 막 물어보려는 찰나, 강성이 몽둥이를 꼬나들고 뒤쫓아오더니 시아버지 면전에서 남편을 붙잡아 사정없이 두들겨 팼다. 시부모가 울며불며 제발 매질을 멈추라고 사정해도 그녀는 전혀 상관하지 않았다. 강성은 결국 수십 번이나 몽둥이를 휘두른 뒤 가쁜 숨을 몰아쉬며 기세등등하게 물러갔다. 고중홍은 아들을 쫓아내며 호통쳤다.

"나는 시끄러운 일을 피하려고 네놈과 따로 사는 것이다. 너는 원래 이런 꼴을 당하고 싶었던 놈 아니냐? 왜 여기까지 도망을 왔어?"

고번은 아버지에게서 쫓겨나자 아무 데도 갈 데가 없어 여기저기를 기웃거리는 신세가 되었다. 어머니는 아들이 좌절한 나머지 죽기라도 하면 큰일이라고 여겨 그에게 따로 거처를 마련해 주고 먹을 것을 보내주었다. 또 번 노인을 불러 딸자식 교육을 다시 시켜달라고 요구했다. 번 노인은 딸네 집을 찾아가 백방으로 타일렀지만, 강성은 줄곧 아버지의 말을 무시하다가 도리어 악을 바락바락 쓰며 대들었다. 번 노인도 화가 나 옷자락을 떨치고 일어서면서 이후 부녀의 인연을 끊겠다고 맹세했다. 그로부터 얼마 후 번 노인은 화병이 나 부인과 더불어 연달아 세상을 뜨고 말았다. 강성은 부모를 증오하여 문상조차 가지 않았다. 그녀는 날마다 담장을 사이에 두고 시부모의 귀에 들리도록 악다구니 퍼붓는 것만이 일과였다. 하지만 고중홍은 모든 것을 덮어두며 그녀를 전혀 상대하지 않았다.

고번은 혼자 지내게 되자 지옥에서 벗어난 것 같았지만 한편으론 처량하고 적막해서 견딜 수가 없었다. 그는 슬그머니 중매쟁이 이 노파에게 부탁하여 기생을 자기 서재로 끌어들였다. 기생은 언제나 밤에만 왔다가 새벽 전에 나갔다. 하지만 시간이 흐르면서 강성도 어렴풋이 소문을 듣게 되었다. 그녀가 고번의 서재로 찾아와 소란을 피우자 그는 사실을 극구 부인하며 하늘의 해까지 걸고 맹세했다. 강성은 물러갔지만 날마다 고번을 주시하며 덜미 잡을 기회만 노리게 되었다.

하루는 이 노파가 서재에서 나오다가 강성과 정면으로 마주쳤다. 강성이 다급하게 이 노파를 불러 세우자, 그녀는 놀라서 얼굴이 하얗게 질렸다. 강성은 그녀의 모습이 더욱 수상쩍다고 여겨 노파를 다그쳤다.

"무슨 짓을 했는지 사실대로 밝힌다면 용서해 줄 수도 있겠지. 만약 조금이라도 숨기거나 거짓말을 한다면 자네의 머리털을 죄다 뽑고야 말겠어."

노파는 사시나무 떨듯 전율하며 입을 열었다.

"반달쯤 되었습죠. 기생방의 이운낭(李雲娘)이란 아이가 겨우 두 번 이곳을 다녀간 것뿐이랍니다. 방금 전에 이 댁 공자께서 말씀하시더구먼요. 예전에 옥사산(玉筍山)에서 도씨(陶氏)네 며느리를 보았는데 그녀의 조그만 두 발이 너무나 마음에 드신다며 쇤네더러 불러오라고요. 그 여자가 정숙한 여자는 아니지만 사내와 하룻밤을 즐기는 창녀는 아니기 때문에 성패 여부는 아직 모르겠사와요."

강성은 노파의 말이 미더운 것 같았으므로 그녀를 용서해 주기로 하였다. 노파가 발길을 옮기려고 하자 강성은 또다시 그녀를 붙잡아 주저 앉혔다. 이윽고 날이 저물자 강성은 이 노파에게 호령했다.

"자네가 먼저 공자에게 가서 촛불을 끄게나. 그리고 바로 도씨네 며느리가 왔다고 아뢰게."

이 노파는 강성이 시킨 대로 했다. 강성이 방안으로 들어서자 고번은 기뻐 어쩔 줄 모르며 그녀의 팔을 잡아당겨 곁에 앉혔다. 그리고 자신이 그간 얼마나 그녀를 그리워했는지 절절했던 심정을 토로했다. 강성은 사뭇 죽은 듯이 입을 열지 않았다. 고번은 어둠 속에서 그녀의 발을 어루만지면서 고백했다.

"산 위에서 당신의 선녀 같은 자태를 한번 본 적이 있었소. 그런데 유독 당신의 두 발이 눈앞에 어른어른하며 사라지지 않더란 말이오."

강성은 끝끝내 입을 떼지 않았다.

"오랫동안의 소망이 오늘에야 이루어졌구려. 어찌 얼굴을 맞대고 자세히 보지 않을 수 있으리오?"

고번이 직접 등불을 켜고 여자를 비추자 강성의 얼굴이 눈앞에 드러났다. 그는 깜짝 놀라 얼굴이 노랗게 질리더니 촛불을 땅바닥에 떨어뜨리고는 꿇어앉아 목에 칼이 들어온 사람처럼 바들바들 떨었다. 강성은 고번의 귀때기를 잡아당겨 집으로 끌고 돌아간 뒤 수놓는 바늘로 그의 양 허벅지를 거의 빈틈없이 마구 찔렀다. 그리고 남편을 침상 아래 발판에 재우면서 잠에서 깨어날 때마다 욕을 한 바가지씩 퍼부어댔다. 고번은 급기야 자기 아내를 호랑이나 이리처럼 무서워하게 되었다. 어쩌다 강성이 웃는 낯을 보일 때도 있었지만 한 잠자리에 들기만 하면 고번은 벌벌 떨면서 사내 구실도 해내지 못했다. 강성은 몇 차례 귀뺨을 후려친 뒤 그를 내쫓았고 남편을 더욱 혐오하며 사람으로 간주하지 않았다. 고번은 날마다 아내의 방에 갇혀 지내면서 흡사 감옥 안의 죄수가 간수를 떠받들듯 아내의 비위를 거스르지 않으려 애썼다.

강성에게는 언니가 둘 있었는데 모두 공부하는 선비에게 시집을 갔다.

큰언니는 성품이 온화하고 말수가 적은 사람이라 강성과는 평소 뜻이 잘 맞지 않았다. 둘째 언니는 갈씨(葛氏)에게 시집을 갔는데 사람됨이 교활하고 말주변이 뛰어났으며 교태를 부리고 아양 떨기를 좋아했다. 용모는 비록 강성보다 못했지만 사납고 질투심 강하기로는 서로가 막상막하였다. 자매는 만나기만 하면 다른 화제에는 관심이 없고 각자 자기 서방을 얼마나 잘 제압하고 사는지 자랑하기에만 바빴다. 이런 연고로 두 사람의 관계는 더없이 친밀했다. 고번이 친척이나 벗을 찾아갈 때면 강성은 번번이 눈을 흘기며 성깔을 부렸지만, 갈씨의 집을 찾아간다고 말하면 가로막지 않았다.

하루는 고번이 갈씨의 집에서 술을 마시게 되었다. 술이 얼근하게 오르자 갈씨가 그에게 농담을 던졌다.

"자네는 왜 그렇게 마누라를 무서워하는가?"

고번도 웃으면서 그의 말을 맞받아쳤다.

"이 세상에는 불가사의한 일들이 허다합니다. 제가 집사람을 겁내는 것은 그녀의 미모가 무섭기 때문이지요. 그러나 생김새도 우리 집사람만 못한 마누라를 두고 저보다 더 두려워하는 사람이 있으니 그렇게 해괴한 일이 어디 있겠어요?"

갈씨는 톡톡하게 창피를 당하자 순간 뭐라고 말을 잇지 못했다. 그런데 그 집의 계집종이 이 말을 엿듣고 둘째 언니에게 달려가 사실을 고해바쳤다. 언니는 성질이 뻗쳐 몽둥이를 잡자마자 맹렬한 기세로 뛰쳐나왔고 고번은 그녀의 흉흉한 기세에 눌려 신발을 꿰어차고 달아나기 시작했다. 언니가 몽둥이를 치켜드는가 했더니 어느새 그것은 고번의 허리에 명중하고 있었다. 언니가 휘두른 몽둥이질에 고번은 세 번 고꾸라진 뒤 다시 일어서지 못했다. 게다가 한 번은 몽둥이를 잘못 휘둘러 그의 머리통을 맞히는 바람에 피가 샘물처럼 콸콸 쏟아졌다. 언니는 그제서야 자리를 떠났고 고번은 엉금엉금 기어 집으로 돌아왔다.

강성은 남편의 처참한 꼴에 깜짝 놀라 얻어맞은 까닭을 물었다. 고번도 처음에는 자신이 처형에게 잘못했기 때문에 냉큼 고해바치지는 않았다. 그러나 거듭 다그쳐 묻는 강성에게 경위를 낱낱이 실토하지 않을 도리가 없었다. 강성은 고번의 머리에 수건을 감아준 뒤 분노에 떨며 소리쳤다.

"왜 그년이 나서서 남의 집 사내를 패는 수고를 하누!"

그녀는 소매가 짤막한 옷으로 갈아입고 나무 몽둥이를 꼬나들더니 계집종을 앞장세워 곧장 언니 집으로 건너갔다.

그들이 갈씨 집에 이르자 둘째 언니가 활짝 웃는 얼굴로 동생을 맞아들였다. 강성은 아무 말 없이 다짜고짜 몽둥이를 휘둘러 언니를 쓰러뜨렸다. 이어 바지가 뜯어지고 고통에 신음하는 소리가 연달아 터져나왔다. 언니는 이빨이 떨어져 나가고 입술이 터졌으며 바지에 오줌까지 질금거리는 형편이었다. 복수를 마친 강성이 자기 집으로 돌아가자 언니는 부끄럽고 원통한 나머지 갈씨를 고번에게 보내 자신이 당한 고초를 일러바치게 하였다. 고번은 버선발로 쫓아나와 손윗동서를 위로하며 여러 가지 좋은 말로 사죄하기에 바빴다. 하지만 갈씨는 도리어 슬그머니 딴소리를 늘어놓는 것이었다.

"내가 여기 온 것은 다른 도리가 없어서야. 사나운 여편네가 사람 사는 이치를 전혀 깨닫지 못하더니 요행 처제의 손을 빌려 그 못된 버르장머리를 손볼 수 있었네. 우리 둘 사이야 무슨 감정이 있겠나?"

그러나 강성은 벌써 그 말을 듣고 뛰쳐나와 형부를 손가락질하며 욕을 퍼붓고 있었다.

"이 더럽고 잔인한 놈! 마누라가 얻어맞고 뻗은 마당에 남몰래 딴 사람의 비위나 맞추고 있어! 이런 사내라면 의당 때려죽여야 마땅하렷다!"

그녀는 고함을 지르며 몽둥이를 낚아챘다. 갈씨는 난처하고 당황해서 절절매다가 마침내 대문 쪽으로 줄행랑을 쳤다. 이때부터 고번은 마음 놓고 갈 수 있는 곳이 완전히 없어졌다.

한번은 동창인 왕자아(王子雅)가 집으로 찾아왔기에 고번은 그를 충동질해 눌러앉히고 같이 술을 마셨다. 술잔을 기울이는 사이 그들은 규방의 일을 두고 농담을 주고받다가 자못 외설스런 경지에까지 이르렀다. 강성은 마침 손님을 엿보기 위해 문밖에 숨었다가 그들이 나누는 음담패설을 하나도 빼놓지 않고 엿듣게 되었다. 그녀는 곧 파두(巴豆)[2]를 슬쩍 국에 섞어 안으로 들여보냈다. 그로부터 얼마 뒤 손님은 구토를 하고 설사를 쏟는 등 한바탕 난리를 치다가 숨결마저 차츰 가늘어지게 되었다. 이때 강성이 계집종을 들여보내 손님에게 물었다.

"앞으로 다시는 무례한 소리가 안 나오겠지요?"

왕자아는 그제야 병이 난 이유를 깨닫고 신음하며 살려달라고 애원했다. 그러자 이미 준비되어 있던 녹두죽이 당장 눈앞에 대령했다. 그리고 이를 들이켜자마자 그토록 심하던 구토와 설사는 곧바로 멈췄다. 이때부터 친구들은 서로 조심하고 경계하여 다시는 고번의 집에서 술을 찾지 않게 되었다.

왕자아는 술집을 하나 갖고 있었는데 그곳의 홍매화가 소담하게 꽃을 피우자 술자리를 벌여놓고 친구들을 초대했다. 고번은 문사(文社)의 활동에 참석한다는 핑계를 대고 잔치에 참석했다. 날이 저물어 모두들 술이 얼근하게 올랐을 때, 왕자아가 입을 열었다.

"마침 남창(南昌)에서 온 명기 하나가 이곳에 머물고 있다네. 불러와 우리와 함께 술을 마시게 하지."

모두들 좋아라 손뼉을 치는 판에 유독 고번만은 자리에서 일어나 작별 인사를 했다. 모두들 그를 눌러앉히며 만류했다.

"네 처의 눈과 귀가 얼마나 발달했던지 간에 여기서의 일까지 알 수야 없겠지."

다들 입을 꼭 다물고 아무 말 않기로 맹세하고 나서야 고번은 다시 주저앉았다.

잠시 뒤 기생이 모습을 드러냈다. 나이는 열일고여덟 살가량인데 몸에 찬 패옥에서 잘랑잘랑 맑은 소리가 울렸고 삼단 같은 머리채는 곱게 빗겨져 있었다. 그녀에게 이름을 물었더니 이렇게 대답하였다.

"성은 사씨(謝氏)이옵고 이름은 방란(芳蘭)이라 하지요."

그녀의 말하는 태도며 언사가 지극히 우아하고 풍류가 넘쳤으므로 좌중의 사람들은 저마다 미칠 듯이 흥분했다. 하지만 방란은 유독 고번에게만 특별한 관심을 나타내며 그에게 여러 번 눈길을 보내는 것이었다. 모두들 그 눈치를 채고 일부러 두 사람을 끌어다 어깨가 나란히 되도록 앉혔다. 방란은 살그머니 고번의 손을 잡더니 자신의 손가락으로 그의 손바닥에 자고 가라는 의미의 '숙(宿)' 자를 썼다. 사태가 여기에 이르자 고번은 아쉬워서 그 자리를 떠날 수가 없었다. 하지만 계속해서 앉아 있자니 그럴 만한 뱃심도 없었으므로 얼크러진 실타래 같은 마음을 형용할 길이 없었다. 방란이 계속해서 고개를 기대고 귓속말을 속삭이자 고번은 더욱 취기가 올라 집에 있는 암호랑이 한 마리는 까마득히 잊고 말았다.

잠시 뒤 바깥에서 초경(初更)을 알리는 야경 딱따기 소리가 울렸다. 술청의 손님들도 차츰 자리를 떠 좌석이 듬성듬성해졌다. 오직 멀찌감치 떨어진 자리에 한 미소년이 등불을 마주하고 앉아 혼자 술잔을 기울일 뿐이었는데 나이 어린 시동 하나가 수건을 받들고 선 채로 그의 시중을 들고 있었다. 사람들은 저마다 소년의 풍채가 고상하고 아취가 있다고 수군거렸다. 얼마 뒤 소년은 술을 다 마셨는지 바깥으로 나갔는데 곧이어 시동이 되돌아와 고번에게 아뢰었다.

"저희 주인님께서 잠시 뵙고 말씀을 나누자고 하십니다."

모두들 무슨 소린지 어안이 벙벙한 사이 고번은 얼굴이 파랗게 질리며 인사할 틈도 없이 허둥지둥 그 자리를 떴다. 미소년은 다름 아닌 강성이었고 시동은 집에서 부리는 계집종인 까닭이었다. 고번은 아내를 따라 집으로 돌아온 뒤 무릎이 꿇린 채로 매타작을 당했다. 그리고 이때부터는 감시가 더욱 엄격해져 문상을 가거나 경축 행사에 참가하는 일조차 모두 금지되었다. 나중에 학정(學政)이 내려와 시험을 보게 되었을

때 고번은 답안지를 잘못 기입했다 하여 수재의 공명(功名)을 박탈당하는 불운도 겪어야 했다.[3]

하루는 고번이 계집종과 이야기를 나누는 광경을 강성이 목격하게 되었다. 그녀는 남편과 종이 사통한다는 의심을 품고 계집종의 머리에 술독을 뒤집어씌운 뒤 호된 매질을 가했다. 또 고번과 종을 꽁꽁 묶은 채 바느질 가위로 그들의 뱃살을 한 점씩 떼어내 서로 맞바꿔 붙인 뒤 결박을 풀어주고 각자 자기의 배를 동여매게 하였다. 달포가 지나자 바꿔 붙인 살점은 원래의 살에 눌어붙어 혹처럼 신체의 일부분이 되었다. 강성은 언제나 땅바닥에 떡을 내던지고 맨발로 짓밟고 나서야 남편에게 주워 먹으라고 호령했다. 이와 같은 일들은 일일이 거론할 수 없을 정도로 많았다.

고번의 어머니는 아들이 보고 싶었기 때문에 때때로 그의 집을 찾았다. 하지만 장작개비처럼 마른 아들의 몰골을 보고 나면 집에 돌아와 슬피 통곡하며 죽고 싶은 마음만 더할 뿐이었다. 하루는 그녀의 꿈속에 어떤 노인이 나타나 그녀를 위로했다.

"근심할 필요 없소이다. 이 모두가 전생의 업보라오. 강성은 원래 정업 화상(靜業和尙)이 키우던 늙은 쥐였지요. 당신 아들은 전생에 선비였는데 우연히 그곳에 놀러 갔다가 잘못해서 늙은 쥐를 밟아 죽이고 말았다오. 지금의 온갖 악랄한 보복은 사람의 힘으로는 돌이킬 수 없는 것이지요. 하지만 당신이 매일 아침 일찍 일어나 경건한 마음으로 관세음보살을 백 번씩만 부르면 틀림없이 효험을 볼 수 있을 게요."

어머니는 잠에서 깨어난 뒤 남편에게 그 이야기를 들려주었다. 꿈이 심상치 않았으므로 부부는 꿈속의 노인이 가르쳐준 대로 마음가짐을 경건히 하면서 두 달이 넘도록 불경을 암송했다. 하지만 이 기간 동안에도 강성의 만행은 여전했고 갈수록 제멋대로가 될 뿐이었다. 그러는 와중에 강성이 문밖에서 징이나 북을 치는 소리만 나면 머리를 빗다가도 쫓아나가 목을 길게 뺀 멍청한 모습으로 구경하는 일이 생겨났다. 구경꾼들 모두가 손가락질해도 그녀는 상관하기는커녕 도리어 태연할 따름이었다. 시부모는 며느리가 창피스러웠지만 그것을 막을 도리가 없었다.

하루는 한 노승이 고번의 집 문밖에서 불교의 교리를 설파하자 구경꾼들이 그를 담장처럼 빙 둘러쌌다. 노승이 북 가죽 위로 후욱 숨을 불면서 '음매음매' 소 울음소리를 내자 강성이 곧바로 쫓아나왔다. 그녀는 구경꾼들 때문에 비비고 들어갈 틈이 없는 것을 알고 계집종에게 등받이 없는 의자를 날라오게 한 뒤 위에 올라가 까치발을 하고 안쪽을 넘겨다보았다. 사람들의 이목이 모두 그쪽으로 집중되었지만 강성은 전혀 눈치 채지 못한 듯 아랑곳하지 않았다. 한참 시간이 흘렀다. 노승은 설법을 거의 마칠 즈음이 되자 별안간 맑은 물 한 사발을 찾더니 강성에게 다가가 선언했다.

"성내지 말아라, 성내지 말아! 전생(前生)도 거짓이 아니고 금생(今生)도 진짜가 아니니라. 퉷! 쥐새끼야, 모가지를 움츠려 고양이가 너를 찾아내지 못하게 하거라."

말을 마치자 노승은 입속 가득 물을 머금더니 강성의 얼굴을 향해 힘껏 내뿜었다. 강성의 화장기 짙은 얼굴은 물기 때문에 엉망이 되었고 옷깃이며 소맷자락에까지 물이 흘러내렸다. 모두들 깜짝 놀라며 강성이 벼락같이 성깔을 부릴 거라 생각했지만 그녀는 아무 말 않고 얼굴을 닦으며 조용히 집으로 돌아갔다. 이어 노승도 그 자리를 떠났다.

강성은 자기 방에 돌아온 이래 흡사 넋이 나간 듯 우두커니 앉은 채 하루 종일 밥도 먹지 않더니 침상을 깨끗이 치우고 잠자리에 들었다. 한밤중에 그녀는 갑자기 잠자던 고번을 소리쳐 깨웠다. 그는 아내가 오줌을 누려는 줄 알고 요강을 받들고 안으로 들어갔다. 하지만 강성은 요강을 물리치고 살짝 고번의 팔을 당겨 이불 속으로 남편을 끌어들이는 것이었다. 고번은 아내가 시키는 대로 이불 속에는 들어갔지만 흡사 황제의 칙서를 받아든 사람처럼 사지를 부들부들 떨었다. 강성은 그의 이런 모습에 한숨을 몰아쉬며 탄식했다.

"당신을 이 지경으로 만들다니, 내가 어찌 사람이라 하리까!"

그녀는 고번의 온몸을 어루만지다가 칼이나 몽둥이 자국을 발견하면 그때마다 소리 죽여 흐느껴 울었다. 그리고 손톱으로 스스로를 꼬집으며 자신이 당장 죽지 않는 것을 한탄했다. 고번은 아내의 이런 모습을 보자 측은한 마음이 들어 부드러운 말로 그녀를 위로했다. 강성이 다시 입을 열었다.

"저는 그 노승이 관세음보살의 화신이라고 생각해요. 그가 내뿜는 물벼락을 한번 맞자 오장육부가 다 뒤바뀐 듯하더군요. 이제 과거의 일을 돌이켜 생각하니 모두가 한 세상 전의 일인 것만 같아요. 지난날의 저는 인간도 아니었지요? 남편과 사이좋게 지내지 못했고 시부모가 계셔도 받들지 않았으니 도대체 무슨 심보였을까요! 내일은 이사를 가서 부모님과 함께 살도록 합시다. 아침저녁으로 받들어 모시기 수월해지도록 말예요."

두 사람은 도란도란 이야기를 나누며 밤을 새웠는데 마치 십년은 떨어져 있다가 다시 만난 부부처럼 할 말이 많았다. 날이 어슴푸레 밝아올 무렵부터 강성은 몸을 일으켜 옷을 개키고 그릇을 챙겼다. 계집종더러는 상자를 나르게 하고 자신은 직접 보따리를 꾸리면서 한편으로 고번을 재촉하여 어머니에게 달려가 자신들의 이사를 알리게 하였다. 어머니는 새벽 댓바람에 쫓아온 아들을 보자 깜짝 놀라 영문을 물었고, 고번은 강성의 의사를 전달했다. 그래도 미심쩍은 어머니가 우물쭈물하는 사이 강성은 벌써 계집종을 대동한 채 집안으로 들어서고 있었다. 어머니가 따라들어서자 강성은 땅바닥에 무릎을 꿇고 슬피 울면서 다만 용서를 빌었다. 어머니도 그녀의 뜻이 진정인 줄 알자 역시 눈물을 흘리면서 위로했다.

"우리 며늘아기가 갑자기 왜 이렇게 변했니?"

고번은 아내를 대신하여 전날 있었던 일들을 자세히 설명했다. 어머니도 비로소 꿈속의 예언이 들어맞은 줄 깨닫고 기뻐 어쩔 줄 몰라하다가 급히 하인들을 불러 전에 아들 내외가 살던 집을 깨끗이 청소하라고 일렀다.

강성은 이때부터 온 정성을 다해 시부모의 뜻을 받들면서 효자보다도 더 세심하게 그들을 보살폈다. 그녀는 낯선 사람만 보면 곧 새색시처럼 얼굴을 붉혔다. 어떤 사람이 지난 일을 들추며 농담을 던졌더니 강성은 곧 두 뺨을 새빨갛게 물들이며 부끄러워 몸 둘 바를 모르는 것이었다. 그녀는 또 근검절약이 몸에 배어 재산을 불리는 능력도 뛰어났다. 삼 년이 지난 뒤 시부모는 살림에서 완전히 손을 뗐지만 이미 재산이 수만 냥을 헤아리는 거부로 일컬어지고 있었다. 이해에 고번은 향시에 급제하여 거인이 되었다.

강성은 틈만 나면 고번에게 이르곤 하였다.

"그때 한번 보았던 방란이가 아직까지 기억이 나요."

고번은 매 맞지 않고 사는 것만으로도 흐뭇하여 다른 욕심은 엄두도 내지 않는 형편이었다. 때문에 그는 강성의 말에 언제나 그렇다고 맞장구를 치며 넘어가곤 하였다. 한번은 고번이 시험에 참가하기 위해 서울에 갔다가 몇 달 만에 집으로 돌아오게 되었다. 그가 집안에 들어서는 순간 뜻밖에도 방란과 강성이 정답게 바둑을 두는 모습이 눈에 들어왔다. 깜짝 놀라 어찌 된 일인지 자초지종을 물었더니 바로 강성이 수백 냥을 주고 그녀를 기적에서 빼냈다는 설명이었다. 이 이야기는 절중(浙中)의 왕자아가 상세히 들려준 것이다.

이사씨는 말한다.

사람이 전생에 뿌린 업보는 아무리 작은 한 방울도 반드시 결과가 있기 마련이다. 그런데 유독 안방에 나타나는 인과응보만은 뼛속의 종기처럼 그 해독이 유난히 참혹하다. 내가 보기에 세상에 어진 부인이 열에 하나라면 사납고 독한 여편네는 아홉이나 된다. 이런 결과를 놓고 보면 이 세상에는 선업(善業)을 쌓은 사람의 숫자가 대단히 적다는 걸 알 수가 있다. 관자재보살은 인간의 구원을 발원하셨고 불력 또한 엄청나신 분인데 왜 바리의 물을 이 광대무변한 세계에 뿌리지 않으시는 것인가?

八大王

팔대왕 — 자라대왕

임조현(臨洮縣)에 사는 풍생(馮生)은 몰락한 가문의 후예였다. 어떤 자라잡이가 풍생에게서 돈을 꾸고 갚지 못하자 자라를 잡는 족족 그에게 가져다준 일이 있었다. 하루는 자라잡이가 몸집이 대단히 크고 이마에는 흰 점이 박힌 자라 한 마리를 보내왔다. 풍생은 놈의 생김새가 하도 특별했기 때문에 그대로 방생시키고 말았다.

한번은 풍생이 사위네에 들렀다가 집으로 돌아가게 되었다. 항하(恒河) 강변에 이르니 날은 어느덧 뉘엿뉘엿 저물고 있었다. 그때 한 취객이 하인 두셋을 거느리고 비틀거리며 앞쪽에서 걸어오다가 멀찌감치서 풍생을 보고 소리쳐 물었다.

"너는 누구냐?"

"길 가는 사람이오."

풍생이 건성으로 대꾸하자, 취객은 벌컥 화를 내면서 언성을 높였다.

"네놈은 설마하니 이름도 없단 말이냐? 찢어진 게 입이라고 길 가는 사람입네 하고 함부로 주둥이를 놀려?"

풍생은 갈 길이 바빴으므로 취객을 상대하지 않고 서둘러 그곳을 지나쳐갔다. 그러자 취객은 더욱 성깔이 돋아 풍생의 옷소매를 붙잡고 놓아주지 않는 것이었다. 술기운이 확 풍겨오자 풍생도 더 이상은 참을 수가 없었다. 하지만 아무리 용을 써도 몸을 뺄 수 없었으므로 취객에게 우선 질문을 던졌다.

"당신 이름은 무엇이오?"

취객이 웅얼웅얼 입속말로 대답했다.

"나는 남도(南都)의 전임 영윤(令尹)이시다. 너는 뭣하는 놈이냐?"

"세상천지 어디에 이따위 영윤이 있어! 진정 이 세상의 수치고말고! 옛날 영윤이기에 망정이지, 만약 지금 영윤이라면 길 가는 사람은 모두 잡아다 죽일 뻔하지 않았는가?"

풍생의 비아냥에 취객은 화가 머리끝까지 치밀어 당장이라도 완력을 휘두를 태세였다. 풍생이 큰소리로 외쳤다.

"나 풍 아무개는 아무 이유 없이 매 맞는 사람이 아니다!"

취객은 그 소리를 듣더니 갑자기 노기를 거둬들이고 만면에 미소를 띠면서 휘청거리는 자세로 그에게 절을 올렸다.

"알고 보니 저의 은인이셨군요. 무례를 범한 점 너무 탓하지 말아주십시오."

말을 마치자 그는 몸을 일으켜 따라오던 하인들에게 먼저 돌아가 술상을 봐놓으라고 지시했다. 풍생은 어떻게든 그에게서 벗어나려고 안간힘을 썼지만, 취객은 그의 손을 붙잡고 놔주지 않았다. 몇 리쯤 걸어가자 별로 크지 않은 마을이 나타났다. 그러나 동네로 들어서니 집들이 대단히 크고 화려해 어느 대단한 권세가의 저택처럼 보였다. 그 무렵에는 취객의 술도 웬만큼 깬 것 같았으므로 풍생은 비로소 그의 이름을 물었다.

"사실대로 말씀드릴 테니 놀라지나 마십시오. 저는 조수(洮水)에 사는 팔대왕(八大王)이올시다. 방금 전에는 서산(西山)에 사는 청동(靑童)의 초대로 술을 마시고 오는 길이었지요. 고작 몇 잔 술에 만취해서 당신께 실례를 저지르고 말았으니 부끄럽고 죄송하기가 한량없습니다."

풍생은 그가 물속에 사는 요물인 줄 알았지만 그의 표정과 언사가 너무나 간절하고 진실해서 두려움을 느끼지는 않았다. 이윽고 풍성한 주안상이 차려져 나왔고 두 사람은 무릎을 맞댄 채 술잔을 주고받게 되었다. 팔대왕은 대단한 호주가라 술잔만 들었다 하면 연거푸 몇 잔씩 들이켜곤 하였다. 풍생은 그가 또 취하면 자기에게 엉겨 붙을 것 같았으므로 취한 척하며 잠자리에 들고 싶다고 둘러댔다. 하지만 팔대왕은 벌써 그 눈치를 채고 웃으면서 그를 달랬다.

"당신은 제가 주정이라도 부릴까 걱정이십니까? 조금도 염려하지 마십시오. 보통 행실 나쁜 주정뱅이들은 하룻밤 지나면 간밤의 일을 더 이상 기억하지 못한다고 둘러대는데, 그건 모두 새빨간 거짓말입니다. 술꾼 중에서 못된 놈들은 열에 아홉이 꼭 그런 식으로 발뺌하고 넘어가려 들지요. 제가 비록 멸시당하는 처지이긴 하나 당신처럼 후덕한 어른한테까지 버릇없이 굴지는 않습니다. 왜 이리 매정하게 저를 상종 못할 놈으로 취급하십니까?"

풍생은 별 수 없이 도로 주저앉으며 정색을 하고 그에게 충고했다.

"그렇게 잘 알면서 어째서 행실을 고치지 않으시오?"

"제가 영윤을 지내던 시절에는 지금보다 주사가 더 심했습니다. 덕분에 옥황상제의 심기를 건드려 섬으로 귀양까지 가게 되었지요. 저는 예전의 전철을 밟지 않으려고 무진 노력했고 그로부터 벌써 십여 년이 지났습니다. 이제는 늙어서 죽을 날도 얼마 남지 않았는데 계속 섬 구석에 처박혀 있자니 옛날의 병통이 다시 도진 거지요. 저로서도 어떻게 벗어날 방법이 없더군요. 오늘 당신 말씀을 듣고 보니 깨우치는 바가 실로 많습니다."

두 사람이 정담을 나누는 사이 멀리서 새벽 종소리가 울려 퍼졌다. 팔대왕은 몸을 일으키더니 풍생의 손을 부여잡으며 말했다.

"만나자마자 이별이로군요. 제가 가진 어떤 물건으로 당신의 크신 은혜를 약간이나마 보답고자 합니다. 이 물건은 오래 지니면 아니 되오니 소원이 이뤄지고 나면 즉시 저한테 돌려주십시오."

말을 마치자 그는 입속에서 겨우 한 치 남짓한 꼬마 난쟁이 한 명을

풍생에게 땅속의 보물을 알아내는 신기한 능력을 부여하는 자라대왕

토해 냈다. 그리고 손톱으로 풍생의 팔뚝을 꼬집었는데 어찌나 아픈지 살점이 다 떨어져 나가는 것 같았다. 팔대왕이 재빨리 난쟁이를 풍생의 피부 위에 올려놓고 있는 힘껏 누른 뒤 손을 떼자 그것은 벌써 살 속으로 파고 들어가 있었다. 살갗에 남은 손톱자국도 그대로였다. 잠시 뒤 그곳은 마치 혹처럼 붕긋하게 솟아올랐다. 풍생이 깜짝 놀라 뭣하는 짓이냐고 따졌지만 팔대왕은 빙그레 웃기만 할 뿐 대답이 없다가 겨우 한마디만 입을 뗐다.

"이제 가셔도 좋습니다."

풍생의 배웅을 마친 팔대왕은 혼자 되돌아갔다. 풍생이 고개를 돌렸더니 마을은 전혀 보이지 않고 커다란 자라 한 마리만이 엉금엉금 기어 물속으로 사라질 따름이었다. 풍생은 넋을 잃고 한참을 그 자리에 서 있었다. 그리고 속으로 팔대왕이 자신에게 선사한 것은 틀림없이 자라의 보물일 거라고 생각했다.

그때부터 풍생의 눈은 이상하게 밝아져서 보물이 숨겨진 곳이면 설사 땅속 깊은 데라 하더라도 모두 훤히 볼 수가 있었다. 그리고 예전에는 몰랐던 물건들도 입에서 나오는 대로 술술 그 명칭을 말할 수도 있었다. 풍생은 자신의 침실에 숨겨져 있던 은덩어리 수백 개를 파내 씀씀이가 매우 넉넉해졌다. 훗날 어떤 사람이 낡은 집 한 채를 팔려고 내놓은 일이 있었다. 풍생은 그 안에 이루 헤아릴 수 없이 많은 은이 숨겨진 것을 보고 후하게 값을 치른 뒤 그 집으로 들어갔다. 이때부터 풍생은 제후에 버금가는 재력가가 되었다. 화제(火齊)나 목난(木難) 같은 귀한 보석까지도 손에 넘쳐 켜켜이 쌓아둘 정도였다.

한번은 그가 거울 하나를 얻었다. 뒷면에는 봉황새 모양의 손잡이가 달렸고 그 둘레에는 구름과 상수(湘水)의 여신이 새겨진 것이었다. 거울이 비추는 빛은 일 리가 넘게 뻗쳤으며 또 어찌나 밝은지 사람의 수염과 눈썹 숫자까지 일일이 셀 수가 있었다. 게다가 아름다운 여자를 비추면 그 잔상이 거울에 남아 아무리 문질러도 없어지지 않았다. 그러나 화장을 고치고 다시 거울을 대하거나 다른 미인을 비추면 앞서의 잔영이 곧 사라졌다.

그 당시 숙왕부(肅王府)의 셋째 공주는 대단한 미인이란 소문이 자자했는데, 풍생도 일찍부터 그 명성을 흠모하던 터였다. 마침 공주가 공동산(崆峒山)에 소풍을 나왔기에 풍생은 산속에 매복하고 있다가 공주가 수레에서 내리는 틈을 타 거울을 비췄다. 그는 집으로 돌아와 거울을 책상 위에 올려놓고 물끄러미 바라보았다. 미인은 거울 속에서 손수건을 매만지며 미소 지었는데 입술은 당장이라도 말을 건넬 듯 살짝 벌어져 있었고 물기를 머금어 촉촉이 빛나는 눈길은 추파를 던지는 것 같았다. 풍생은 좋아 어쩔 줄 모르며 거울을 소중히 간직했다.

일년이 넘는 세월이 흘렀다. 풍생의 아내는 남편이 거울 속에 공주를 담아둔 사실을 눈치 채고 남들에게 발설했고 소문은 숙왕부에까지 흘러들어갔다. 숙왕은 격노하여 풍생을 잡아들이고 거울을 몰수하면서 그에게 참수형의 판결을 내리려고 하였다. 풍생은 왕을 모시는 우두머리 환관에게 많은 뇌물을 주고 다음과 같이 왕을 설득하게 하였다.

"왕께서 그를 용서하신다면 천하의 진귀한 보물은 모두 수중에 넣으실 수 있습니다. 만약 그게 아니라면 인명 하나를 없애는 데 그칠 뿐, 왕께 보탬 되는 일은 전혀 없을 것입니다."

그러자 숙왕은 풍생의 재산을 모조리 몰수하고 그를 다른 곳으로 쫓아버릴 작정을 했다. 그때 셋째 공주가 나서며 아뢰었다.

"그 사람이 벌써 저를 훔쳐보았으니 이 치욕은 제가 열 번을 죽어도 씻어낼 수 없을 것입니다. 차라리 그에게 시집을 가겠어요."

숙왕은 허락하지 않았다. 그러자 공주는 방문을 걸어 잠그고 음식을 입에 대지 않았다. 왕비는 이 일을 걱정하다가 사력을 다해 숙왕을 설득했다. 숙왕은 하는 수 없이 풍생을 석방하고 환관을 시켜 공주의 의사를 전달했지만, 그는 일언지하에 왕의 제안을 거절했다.

"본디 조강지처는 내쫓는 법이 아니라고 했습니다. 차라리 죽을지언정

대왕의 말씀에는 복종할 수 없습니다. 하지만 돈으로 죄를 대신할 수 있다면 전 재산을 모두 바치겠습니다."

숙왕은 분통이 터져 풍생을 다시 잡아 가두려 했고, 왕비는 풍생의 처를 궁궐로 불러들인 뒤 독살하려고 생각했다. 그러나 왕비가 풍생의 처를 접견했더니 그녀는 산호 경대 하나를 왕비에게 바칠 뿐만 아니라 말하는 정상도 온화하고 측은했다. 왕비는 그녀가 마음에 들었으므로 다시 공주를 만나보게 하였다. 공주도 풍생의 처를 좋아하여 서로 자매가 되기로 약속했고 그녀로 하여금 다시 풍생을 설득하게 하였다. 풍생은 아내에게 다음과 같이 일렀다.

"왕가의 딸은 시집온 순서에 따라 적서(嫡庶)가 가려지지 않는다오."

풍생의 처는 남편의 말을 귀담아듣지 않았다. 그녀는 집으로 돌아와 예물을 준비한 뒤 왕부로 보냈는데 운송하는 사람만 천 명을 헤아렸다. 온갖 진귀한 보물과 보석들 중에는 왕가의 사람들조차 그 이름을 알 수 없는 것들이 허다했다. 숙왕은 대단히 흡족하여 풍생은 집으로 돌려보내고 공주를 그에게 시집보냈다. 공주는 거울도 함께 지닌 채 시집을 왔다.

어느 날 밤 풍생은 홀로 잠자리에 들었다가 꿈속에서 위풍당당한 모습으로 집안에 들어오는 팔대왕을 보았다.

"제가 드렸던 물건을 이제는 돌려주셔야 하겠습니다. 오래 지니고 계시면 사람의 정기를 손상시켜 목숨이 단축되게 됩니다."

팔대왕의 말에 풍생은 그러마 허락하고 그를 붙잡으면서 술상을 차리게 하였다. 그러나 팔대왕은 이를 사양했다.

"당신의 훈계를 들은 이후로 저는 술을 끊었습니다. 벌써 삼 년이나 되었지요."

이어 그는 자신의 입을 풍생의 팔뚝에 갖다 댄 뒤 사정없이 물어뜯었다. 풍생은 아픔을 이기지 못하고 잠에서 깨어났다. 팔뚝을 내려다보니 혹덩어리는 벌써 사라진 다음이었고 그 뒤로는 남들과 똑같은 보통 사람이 되고 말았다.

이사씨는 말한다.

정신이 멀쩡할 때는 사람 같다가도 일단 취했다 하면 자라처럼 되는 것이 일반 술주정뱅이의 특징이다. 유독 이 글의 자라는 날마다 술기운을 빌려 주정은 부렸을망정 옛날의 은혜를 잊지 않았고 존경하는 이에게는 예의를 저버리지 않았으니 그 품덕이 사람을 훨씬 뛰어넘지 않는가. 세상에는 은혜도 모르고 신의도 지킬 줄 모르는 인간들이 허다한데, 그들은 깨었을 때도 사람이 아니지만 취했을 적에는 자라보다도 못한 꼴불견들이다. 옛날에는 『귀감(龜鑑)』이 있었다던데 지금 사람들은 어째서 『별감(鼈鑑)』을 짓지 않는 것인가? 이에 「주인부(酒人賦)」 한 수를 읊고자 하며 내용은 대략 아래와 같다.

여기 기분을 돋우어주고 입에 쩍쩍 붙는 무언가가 있다네.
마시면 얼근하게 피어오르는 기분, 그 이름 술이라 하지.
이름도 많지만 공덕을 쌓은 지도 오래로구나.
반가운 손님 모실 때나, 장인어른 오셨을 때나,
무릎 맞대고 마주 앉아 즐거움 나눌 때나,
화촉동방 첫날밤 님 앞에 앉아서나.
어떤 이는 '시를 낚는 낚싯바늘[釣詩鉤]'이라 부르고,
또 어떤 이는 '근심을 쓸어내는 빗자루[打愁帚]'라고도 하지.
그래서 아무리 자주 만나도 시인은 늘 진실한 벗으로 반겼던 게로구나.
술 향기 그윽한 곳은 근심 걱정 많은 이들 몰려들기 마련이지.
지게미가 쌓여 누각을 이루니
술 담은 가죽 부대 공덕도 한량없네.
순우곤(淳于髠)은 능히 한 섬을 마시고,[1]
유영(劉伶)도 다섯 말로 해장을 한다 했지.[2]
사람을 이름나게 하는 것도 술,
추하게 하는 것도 술이란 놈일세.

모자를 떨어뜨린 맹가(孟嘉),[3]

삽을 둘러메고 나다닌 유영(劉伶),[4]

흰 모자를 거꾸로 쓰고 귀가하는 산간(山簡),[5]

삼베 두건으로 술을 거른 도연명(陶淵明),[6]

미인 곁에서 달게 자는 완적(阮籍)이여

아무리 관찰해도 흑심 품은 기미가 보이지 않는구나.[7]

먹물에 머리 적시고 글씨 쓰는 장욱(張旭)은

그래야만 신들린 듯 글씨가 써진다 했지.[8]

취중에 탄 말은 풍랑 속의 배처럼 흔들리니

길 가다 우물에 빠져 곯아떨어진 하지장(賀知章),[9]

술 도둑질하다 덜미 잡힌 필탁(畢卓)도 있구나.[10]

심지어는 멍석으로 온몸을 둘둘 말고 머리만 빠끔 내놓은 채

자라처럼 술 마시는 희한한 사람마저 있으니,[11]

술이란 꼭 사람을 망치고 인성을 해치는 것만은 아니렷다.

비 오는 저녁이나 눈 내리는 밤,

달 뜨는 아침과 꽃 피는 새벽,

바람 잦고 공기 맑은 그런 날이나

단골손님 오셨는데 기생은 새 얼굴일 때,

신발들이 어지럽게 뒤섞인 떠들썩한 장소에서나

너울너울 춤사위에 난초 사향 향기가 너풀거릴 때,

거문고 가락 맞춰 나지막한 노랫소리 어우러질 제

술잔 기울이며 온갖 시름 잊는구나.

문득 울려 퍼지는 청상곡(淸商曲)[12] 가락에

좌중은 숨죽인 듯 고요하구나.

점잖은 농담 한마디에 웃음은 쏟아지고

낭랑한 노랫소리는 은쟁반에 옥구슬 구르는 듯하구나.

줄곧 흐뭇한 심정이 결국 만취로 이어지니

참 이상도 해라, 정신은 맑은데 현실이 꿈으로 변하는구나.

정말로 그런 거라면 설령 아침마다 취하더라도

명교(名敎)가 노여워할 바 또한 전혀 아니렷다.

이윽고 시끄러운 음악 소리 귓전을 때리고

저속한 가사도 덩달아 한몫 거드는구나.

앉았다 일어섰다 어수선할 제

재잘재잘 지껄이는 소리 도대체 끝이 없구나.

벌주 강권한답시고 당장 칼이라도 뽑을 듯하니

마지못해 술잔 당기는 모습 마치 독약이라도 대한 것 같구나.

마지막 한 방울까지 다 비운 뒤에라야

비로소 등불 끄고 잠자리에 들 채비하네.

빛깔 고운 맛있는 포도주 질펀하게 마시자꾸나!

술 취해서 쓰러져 자든 주정으로 시끄럽게 굴든

모두 다 주령(酒令)으로 엄격히 금하는 바라네.

그러한 심사로는 차라리 안 마시는 것이 좋겠지.

다시 보니 술과 목구멍 사이는 고작 한 치도 떨어진 게 아니더군.

끊임없이 주절대는 소리 인색한 집주인을 욕하고 있었구나.

가만히 앉아서도 혀가 꼬부라지는 판에

술잔을 연달아 비우니 더욱 감당 못할밖에.

술손님의 개망신은 여기서 더욱 낯이 뜨겁네.

게다가 그놈의 술 미친 듯 들이붓자니

손님의 가쁜 숨이 갈수록 거칠어지는구나.

눈썹은 치켜올라가고 수염은 흐트러지고

옷자락 흘러내려 양 어깨가 벗겨지고

두 발은 제각기 따로따로 움직이네.

낯짝에는 개칠을 했는지 오물이 얼룩덜룩

꾸역꾸역 옷자락에 토하는 모습 참말로 가관이로다.

되는대로 퍼붓는 욕설이니 미친개 짖는 소리 따로 없고
쑥대처럼 헝클어진 머리칼은 종놈 꼬락서니 그 짝일세.
땅에다 탄식하고 하늘 보며 울부짖으니,
영락없이 이하(李賀)가 애간장 끓이던 그대로 아닌가.[13]
두 손을 내저으며 발바닥 구르는 모습이
어쩌면 그렇게도 사지가 찢겨 죽은 소진(蘇秦)과 똑같을까![14]
혓바닥 아래서도 연꽃이 핀다더니
웬 놈의 구변은 또 그렇게 좋은지 도무지 끝이 없구나.
귀신처럼 잘 그린다는 오도자(吳道子)라 하더라도
그러한 진풍경은 그려낼 수 없을 걸세.[15]
부모님 면전에서도 말대꾸가 예사이니,
연약한 부인네는 말리기도 어려워라.
위아래도 모르는지 아버지뻘 되는 벗도
무도한 술꾼에게 욕벼락을 뒤집어쓰네.
부드럽게 타일러도 소용없고
현기증은 갈수록 더해만 가는구나.
이를 두고 '술주정'이라 한다는데,
그 누구도 말릴 재간이 없네.
오직 하나 술 깨는 수밖에는 도리 없는 병일세.
그 방법은 무엇일까?
다만 몽둥이 하나가 필요할 뿐이라네.
손발을 묶어놓고 돼지 잡듯 치는 거야.
그런데 조심할 것은 엉덩이만 아프게 해야지
머리통을 다치게 하면 절대로 아니 될 일.
한 백 번쯤 때리다 보면
정신이 번쩍 들어 저절로 깨어날 걸세.

邵九娘

소구낭 — 첩살이

시정빈(柴廷賓)은 태평부(太平府) 사람이다. 그의 처 김씨는 아이를 낳지 못했을 뿐 아니라 투기가 남달리 심했다. 시정빈이 백 냥으로 첩을 사들이자 김씨가 온갖 수단을 동원해 학대하는 바람에 첩은 결국 일년 만에 죽어버리고 말았다. 이에 화가 난 시정빈은 안채에 발길을 끊고 몇 달을 혼자서만 지냈다.

한번은 시정빈의 생일이 돌아왔다. 김씨는 목소리를 낮추고 큰절을 하면서 남편의 무병장수를 빌었다. 시정빈은 인정상 아내를 모른 체할 수가 없어 다시 웃는 낯을 보이며 말을 트게 되었다. 김씨는 안채에 술상을 차려놓고 남편을 불렀지만 시정빈은 벌써 취했다고 핑계를 대며 가지 않았다. 김씨는 화려하게 단장한 모습으로 직접 시정빈의 처소로 나아가 사정했다.

"제가 종일토록 정성을 다해 마련했습니다. 서방님이 아무리 취하셨더라도 안채에서 한 잔만 드시고 처소로 돌아오시지요."

시정빈은 그제야 안방으로 들어가 술잔을 기울이며 이야기를 나눴다. 김씨가 나긋나긋한 어조로 입을 열었다.

"지난번에는 실수로 첩을 죽였지만 지금은 그 일을 몹시 후회하고 있어요. 당신은 무슨 원한이 그리 사무쳤기에 부부간의 정리를 딱 끊어버리고 그저 몰라라 하십니까? 이다음부터는 당신이 열두 명의 미녀를 첩으로 들인다 해도 저는 결코 트집 잡지 않겠습니다."

시정빈은 그 말을 듣고 더욱 신이 났다. 촛불이 거의 다 사그라지자 시정빈도 그날 밤은 안채에서 묵었다. 이로부터 부부는 갓 결혼했던 시절과 마찬가지로 서로를 사랑하고 존경하게 되었다.

김씨는 곧바로 매파를 불러 예쁘장한 첩을 물색해 달라고 부탁했다. 하지만 뒷전으로는 시일을 질질 끌며 통보하지 말라고 매파에게 은밀히 당부하며 겉으로만 독촉하는 시늉을 지었다. 이런 식으로 일년여의 세월이 흘렀다. 시정빈은 더 이상 기다릴 수 없었으므로 친척이나 친구들에게 첩을 소개시켜 달라고 두루 청탁을 넣었고 마침내 임씨(林氏)의 수양딸을 첩으로 맞아들이게 되었다.

김씨는 그녀를 보자마자 얼굴에 곧 화색이 돌았다. 그리고 먹고 마시는 일체를 임씨와 똑같이 하며 화장품이나 패물 따위는 그녀가 원하는 대로 가질 수 있도록 배려를 아끼지 않았다. 그런데 임씨는 원래 북방 사람이라 바느질에 익숙하지 않았으므로 신발을 깁는 일 외에는 모든 것을 다른 사람에게 의지하는 형편이었다. 김씨는 상황을 파악한 뒤 그녀에게 일렀다.

"우리 집안은 본디 부지런하고 검소하단다. 왕후장상의 집안처럼 그림으로 감상하려고 첩을 사들인 게 아니란 말이다."

그녀는 곧 임씨에게 좋은 비단을 내주고 의복 짓기를 배우게 하면서 마치 엄한 선생이 제자를 다루듯 바느질을 가르쳤다. 처음에는 서툴러도 꾸짖고 욕하는 정도에 그쳤지만 나중에는 회초리까지 들게 되었다. 시정빈은 그 모양을 보고 가슴이 미어지듯 아팠지만 달리 손쓸 방도가 없었다. 그런 상황에서도 임씨에 대한 김씨의 사랑은 이전보다 몇 갑절이나 더했다. 그녀는 늘 스스로 나서서 임씨의 옷을 골라 입혀주고 화장도 대신 매만져 주었다. 그러나 신발에 주름 흔적이라도 약간 잡혔다 하면 곧 쇠몽둥이로 임씨의 자그만 두 발을 짓찧었고 머리채가 흐트러져 있으면

따귀를 후려갈겼다. 임씨는 결국 김씨의 학대를 견디지 못하고 목을 매어 죽고. 말았다. 시정빈이 찢어지는 듯한 슬픔을 주체하지 못하고 김씨를 향해 분노와 원망의 말을 쏟아내자 김씨도 화가 치밀어 맞받아쳤다.

"내가 당신 대신 계집을 가르친 것도 죄가 됩니까?"

시정빈은 비로소 김씨의 간악함을 깨닫고 다시 반목하면서 이번에는 부부간의 정리를 완전히 끊어버릴 작정을 했다. 그는 남몰래 별장을 수리했다. 그리고 예쁜 여자를 사들여 김씨와는 따로 살기로 마음을 굳혔다.

시간은 쉼 없이 흘러 그럭저럭 반년의 세월이 지났지만 시정빈은 그때까지도 적당한 사람을 찾아내지 못하고 있었다. 하루는 그가 우연히 친구의 장례식에 참석했다가 열여섯 살가량의 눈부시게 아름다운 소녀 한 명을 보게 되었다. 눈길을 돌리지 못하고 소녀를 주시하는 사이 시정빈은 그녀에게 흠뻑 빠져들었다. 소녀는 그의 도발적인 눈길을 의식하자 이상하다는 듯 곁눈질로 그를 훔쳐보았다. 사람들에게 탐문했더니 소녀의 성은 소씨(邵氏)라고 하였다. 아버지는 가난한 선비로서 자식이라곤 그 딸 하나뿐인데 어려서부터 대단히 총명하여 아버지가 직접 글을 가르쳤고 무엇이든 한번 보기만 하면 당장 깨쳐버리는 영재라는 것이었다. 그녀는 특히 의학 서적과 빙감서(氷鑑書)[1]를 즐겨 읽었다. 아버지는 딸을 사랑한 나머지 누가 혼담을 꺼내면 그때마다 본인더러 스스로 고르게 했는데 부자든 가난한 이든 누구를 막론하고 그녀의 성에 차는 사람이 없어 나이가 열일곱이나 되도록 정혼한 사람이 없다고 하였다. 시정빈은 자초지종을 알게 되자 그녀를 손에 넣기는 어렵겠다고 판단했지만 그래도 마음 한구석에는 미련이 남았다. 한편으로 그녀의 집이 가난하다는 데 생각이 미치자 어쩌면 돈으로 일을 성사시킬 수 있겠다는 기대가 생기기도 하였다. 시정빈은 매파를 몇 명이나 불러 이 일을 상의했지만 중매를 서겠다고 나서는 사람이 없었으므로 마침내 포기하면서 더 이상 희망을 갖지 않았다.

어느 날 가씨(價氏) 성의 노파가 시정빈의 집으로 구슬을 팔러 왔다. 시정빈은 가 노파에게 자신의 염원을 솔직하게 털어놓은 뒤 아울러 후한 사례금을 지급하겠노라 약속하며 부탁했다.

　"그저 내 진심을 그 집에 전달해 주면 족하오. 성공 여부는 따지지 않겠소이다. 만에 하나 성사될 가망이 있기만 하다면 천금이라도 아끼지 않을 것이오."

　가 노파는 시정빈이 부자인 것을 좋게 보고 그의 부탁을 수락했다. 그녀는 소씨의 집을 찾아가 안주인과 잡담을 나누다가 딸을 보자 부러 호들갑을 떨며 감탄을 아끼지 않았다.

　"아이고, 예쁘기도 하셔라! 소양원(昭陽院)에 살던 조비연(趙飛燕) 자매라도 어찌 아가씨 발끝엔들 미칠 수 있겠어요!"[2]

　가 노파는 너스레를 떨다가 다시 질문을 던졌다.

　"사위는 보셨나요?"

　"아직 정하지 못했다오."

　소씨 처의 대답에 노파가 다시 말을 이었다.

　"이런 아가씨라면 왕후장상인들 사윗감이 없을까 걱정이겠어요!"

　그 말에 소씨의 처가 한숨을 내쉬며 입을 열었다.

　"왕후장상이야 우리가 감히 올려다볼 수 없겠지만 뼈대 있는 선비 가문의 자식이기만 하면 바랄 나위가 없겠어요. 우리 집 애물단지 여식은 요모조모 따지고 고르기만 해서 열 사람을 놓고도 그중 하나가 성에 차지를 않는답니다. 나도 그 애의 심사가 뭔지 도통 모르겠어요."

　"마님, 걱정하실 필요가 전혀 없어요. 이런 미인은 반드시 전생에 수행을 쌓아 복을 타고난 사람만이 차지할 수 있는 법이랍니다! 어제 저는 한바탕 웃긴 일을 당했지요. 글쎄 시씨네 서방님이 저더러 이렇게 말씀하시는 거예요. 아무개네 묘지 근처에서 먼발치로 아가씨를 뵌 적이 있는데 천 냥을 들여서라도 꼭 장가들고 싶으시다고요. 이 어찌 굶주린 올빼미가 백조를 삼키려고 넘보는 격이 아니겠어요? 저는 진작에 헛소리

말라면서 쫓아버리고 말았답니다!"

소씨의 처가 은은하게 미소 지으며 대답하지 않자, 노파는 계속해서 수다를 떨었다.

"수재(秀才) 집안만을 고르신다니 시씨네와는 이야기가 어렵겠군요. 만약 다른 집 중매라면 저는 작은 걸 잃고 큰 걸 얻는 혼사니 의당 한 번 고려해 봄직하다고 말씀드리겠어요."

소씨의 처가 여전히 웃기만 하면서 아무 말이 없자, 노파는 또 손뼉을 치면서 너스레를 떨었다.

"마님도 그렇게 생각하신다면 이 늙은이가 혼삿말을 잘못 꺼낸 것이 로군요. 저는 날마다 마님의 두터운 사랑을 받았어요. 찾아만 오면 곧 안방에 들여 속맘을 털어놓으시고 차와 술까지 대접해 주셨지요. 만약 부인께서 천 냥의 거금을 받게 되신다면 외출할 때마다 수레를 타고 고 대광실 좋은 집에서 사시게 되겠지요. 그때가 되면 이 늙은이가 찾아와 도 문지기가 가로막고 쫓아내겠군요."

소씨의 처는 한동안 생각에 잠겼다가 몸을 일으켜 안으로 들어가더니 남편과 이 일을 상의했다. 한참 뒤 그들은 딸을 불렀고 또 한참이 지나 서는 세 사람이 나란히 밖으로 나왔다. 소씨의 처가 웃으면서 말했다.

"우리 딸년은 정말 이상한 애라오. 그렇게 많은 좋은 신랑감을 다 마 다하더니만 이번 이야기를 듣고 굳이 천해 빠진 첩으로 가겠다는군요. 유림(儒林)의 웃음거리나 되지 않을지 참으로 걱정이군요!"

"그 집 문전에 들어가 아들 하나만 낳아주면 큰마님도 어쩔 수 있을 라고요!"

노파는 말을 마치자 시정빈이 큰부인과 따로 살려 한다는 계획까지 들려주었다. 소씨는 더욱 기뻐하면서 딸을 불러놓고 다짐했다.

"네 스스로 가씨 할머니한테 확실히 말해라. 이 혼사는 네가 주장해서 이루어진 것이니 절대로 후회하거나 부모를 원망해선 안 된다."

소씨녀는 부끄럼을 타며 나직한 어조로 말했다.

"부모님을 편안하게 모실 수만 있다면 딸을 키운 것도 보람 있다고 하겠지요. 게다가 저는 팔자가 기박해서 만약 좋은 신랑을 얻게 되면 반드시 수명이 깎이게 됩니다. 그러니 시집간 뒤 약간의 고난을 당하더라도 꼭 좋은 일이 아니라고만은 할 수 없어요. 앞서 시 서방님의 모습을 뵌 적이 있는데 관상이 매우 좋더군요. 자손 중에 반드시 출세하는 사람이 나올 거예요."

가 노파는 기쁨에 겨워 달음박질해 이 일을 알렸다. 시정빈은 뜻밖의 낭보에 기쁨을 감추지 못하며 당장 천 냥을 마련했고 수레와 말을 준비하여 소씨녀를 별장으로 데려왔다. 하인들은 이 일에 대해 누구 하나 입도 뻥끗하지 않았지만, 소씨녀는 먼저 나서서 시정빈을 설득했다.

"당신의 꾀는 이른바 제비가 천막 위에 둥지를 트는 격으로 내일을 기대할 수 없는 계책입니다. 입을 봉하고 비밀이 새나가지 않기를 바란다 한들 이것이 가당키나 한 말이에요? 차라리 일찌감치 집으로 들어가 빨리 이 일을 공개하고 재앙을 줄이는 편이 나을 거예요."

시정빈이 소씨녀가 구박받을 일을 걱정하자, 그녀는 다시 남편을 설득했다.

"이 세상에 교화되지 않을 사람은 없다고 했습니다. 내게 아무 잘못이 없다면 무엇 때문에 화를 내겠어요?"

"그렇지 않아. 우리 집사람은 보통 사나운 게 아니라고. 인정이나 이치로는 움직일 수 없는 사람이지."

"저 자신이 천한 첩년이니 시달림을 당해도 그저 팔자소관일 뿐이에요. 그렇게 안하면 그저 하루하루 목숨 부지하는 것에 그칠 뿐인데 그런 상황이 어찌 오래갈 리 있겠어요?"

시정빈도 소씨녀의 말이 옳다고 여겼지만 시종 망설이다가 결단을 내리지 못했다.

하루는 시정빈이 외출을 했다. 소씨녀는 계집종의 복장으로 갈아입더니 하인을 불러 늙은 암말을 몰게 하고 할멈에게는 보따리를 들린 뒤 곧장 본부인의 집으로 찾아갔다. 그리고 김씨를 만나게 되자 땅바닥에 무릎을 꿇고 저간의 사정을 모두 설명했다. 처음에는 김씨도 화가 났지만 나중에 곰곰 생각해 보니 먼저 자수한 소씨녀의 얼굴을 보아서라도 용서하지 않으면 안 될 것 같았다. 게다가 소씨녀의 복장과 태도가 모두 겸손했으므로 김씨의 성깔도 어느 정도 누그러졌다. 그녀는 비단옷을 내와 소씨녀에게 입혀주도록 계집종에게 분부하며 이렇게 말했다.

"저 박정한 남자가 사방에 내 욕을 하고 다니는 바람에 나는 억울한 구설수에 휘말리고 말았어. 사실 이 모두는 남편이란 작자가 돼먹지 않은 데다 그 두 명의 첩년들 행실이 못됐기 때문이란다. 나도 다 까닭이 있어 화를 냈던 거야. 너 한번 생각해 봐라, 아내를 속이고 따로 계집을 들여 집을 꾸미다니, 이러고도 아직 사람이라 할 수 있겠니?"

"제가 자세히 눈여겨보니 그분은 어느 정도 후회하시는 것 같았습니다. 다만 고개 숙여 사과하고 싶지 않을 따름이지요. 속담에 이르기를, '큰 것은 작은 것에 굴복하지 않는다〔大者不伏小〕'라고 했어요. 예절상 논하더라도 남편에 대한 아내의 위치는 아버지와 자식, 본부인과 첩의 관계와 같다고 했습니다. 부인께서 만약 얼굴과 말씨를 온화하게 바꾸신다면 그동안의 원한도 봄눈 녹듯 사라질 게 분명해요."

소씨녀의 말에 김씨는 시큰둥한 표정을 지었다.

"저 사람이 스스로 찾지 않는데 내가 어떻게 간섭하겠느냐?"

김씨는 곧 계집종을 불러 소씨녀가 살 집을 치우게 하였다. 마음은 비록 마뜩찮았지만 잠시 동안은 그녀를 받아들일 심산이었다.

시정빈은 소씨녀가 집으로 들어갔단 말을 듣자 가슴이 뛰고 살이 떨리는 걸 억제할 수 없었다. 그는 속으로 새끼양이 호랑이 소굴로 들어갔으니 필시 사단이 났겠거니 생각하며 서둘러 집으로 돌아갔다. 그러나 온 집안은 쥐 죽은 듯 고요하기만 했으므로 그도 비로소 약간은 진정되었다. 그때 소씨녀가 문간까지 마중을 나오더니 시정빈에게 본부인의 처소로 건너가길 권고했다. 그가 난색을 보이자 소씨녀는 눈물을 흘렸다.

시정빈의 마음이 어느 정도 움직이는 듯하자, 소씨녀는 김씨에게 달려가 아뢰었다.

"서방님이 방금 전에 돌아오셨습니다. 하지만 부끄러워 뵐 낯이 없다 하시니 마님께서 건너가시어 그분을 한번 비웃어주시지요."

김씨는 가지 않으려 했지만, 소씨녀는 계속 그녀를 달랬다.

"제가 벌써 말씀드렸잖아요. 남편과 아내 사이는 본부인과 첩의 관계나 마찬가지라고요. 맹광(孟光)은 밥상을 눈썹에 맞춰 들었지만[3] 사람들은 누구도 그녀가 남편에게 아부한다고 여기지 않았습니다. 그 이유가 무엇일까요? 명분상 응당 그래야 하기 때문이지요."

김씨는 그제서야 소씨녀를 따라나섰고 시정빈의 얼굴을 보자마자 욕설을 퍼부었다.

"이 교활한 인간아, 토끼새끼처럼 숨을 곳을 잘도 만들어놓더니 여기가 어디라고 되돌아왔어?"

시정빈은 고개를 떨군 채 대답하지 않았다. 소씨녀가 팔꿈치로 툭툭 건드리고 나서야 시정빈은 억지로 웃는 낯을 보였다. 김씨의 얼굴도 약간 밝아지면서 자기 방으로 돌아갈 차비를 했다. 소씨녀는 시정빈을 떠밀어 그녀를 따라가게 했고 한편으론 요리사에게 술상을 보라고 분부했다. 이때부터 부부는 다시 화목한 사이가 되었다.

소씨녀는 매일 아침 일찍 일어나 하녀의 복장을 하고 김씨에게 문안을 여쭈었다. 그리고 김씨가 세수를 마치면 수건을 대령하며 매사 계집종의 범절에 맞춰 공손하게 행동했다. 시정빈이 자기 방으로 들어오면 한사코 마다하며 십여 일에 한번씩만 받아들였으므로 김씨도 그녀가 현숙하다고 여기지 않을 수 없었다. 하지만 자신이 그녀보다 못한 것이 부끄러웠고 그것이 날로 쌓이다 보니 질투심이 모락모락 피어나게 되었다. 그러나 소씨녀가 매사 정성껏 시중을 들었으므로 김씨는 트집을 잡을 수 없었다. 어쩌다 꾸지람을 내릴 때도 있었지만 소씨녀는 그저 온순하게 받아들일 따름이었다.

어느 날 밤 시정빈 부부는 약간의 말다툼을 벌였다. 김씨는 아침이 되어 화장을 할 때까지도 성이 풀리지 않아 씨근거리고 있었다. 때마침 소씨녀가 거울을 들고 시중을 들다가 손이 미끄러지는 바람에 거울을 깨뜨리고 말았다. 김씨는 더욱 화가 치솟아 소씨녀의 머리채를 잡아당기고 두 눈이 찢어져라 노려보았다. 소씨녀가 두려움에 떨면서 맨바닥에 엎드려 용서를 빌었지만, 김씨는 그래도 화가 풀어지지 않아 회초리를 몇십 번이나 휘둘렀다. 시정빈도 김씨의 횡포를 더 이상 참지 못하고 기세등등하게 뛰어들어와 소씨녀를 밖으로 끌어냈다. 김씨는 그래도 숨을 씩씩거리며 쫓아가서 매질을 계속했다. 시정빈도 분노가 치밀어 회초리를 빼앗아 김씨를 패다가 그녀의 얼굴이 터진 다음에야 물러갔다. 이 일로 말미암아 부부는 서로를 원수처럼 여기게 되었다.

시정빈은 다시는 김씨 근처에 얼씬도 말라고 명령했지만 그녀는 듣지 않고 새벽같이 일어나 김씨의 침실 휘장 밖에 꿇어앉아 용서를 빌었다. 김씨는 자신의 침상을 쾅쾅 짓찧으며 물러가라고 고함을 질러 그녀의 접근을 막았다. 김씨는 밤낮으로 이를 갈면서 시정빈이 외출만 하면 그 틈을 타 소씨녀를 잡아다 설욕하려고 작정했다. 시정빈도 낌새를 눈치챘다. 그가 일체의 내왕을 사절하며 대문을 닫아걸고 일반적인 경조사에도 참석하지 않자 김씨도 어찌할 방도가 없었다. 그녀가 날마다 계집종들을 두들겨 패는 것으로 자기의 원한을 삭이자 하인들은 너나 할 것 없이 그 고역을 감당할 수 없을 지경이었다.

시정빈 부부의 사이가 틀어진 다음부터 소씨녀도 남편을 방에 들이지 않았으므로 시정빈은 혼자서 잠을 잤다. 상황을 전해 들은 김씨도 사납던 마음이 어느 정도 누그러졌다. 원래 시정빈의 집에는 바탕이 간악하고 교활한 어른 계집종 하나가 있었다. 어느 날 그녀가 우연히 시정빈과 몇 마디 이야기를 나누게 되었는데 그 광경을 목격한 김씨는 남편이 계집종과 바람이 났는가 의심하여 그녀에게만 유달리 혹독하게 굴었다. 계집종은 사람이 없는 곳에서는 언제나 이빨을 갈며 김씨에 대한 저주를 퍼부었다.

하루는 그 계집종이 야간 당직을 서게 되었다. 소씨녀는 시정빈에게 그녀를 김씨의 곁에 보내지 말도록 당부하며 아울러 이렇게 말했다.

"그 계집의 얼굴에 살기가 떠돌고 있어요. 무슨 일이 벌어질지 예측하기 어려운 상황입니다."

시정빈은 소씨녀의 말대로 처리한 뒤 그 계집종을 불러들여 짐짓 속내를 떠보았다.

"너, 무슨 짓을 하려고 했지?"

계집종은 놀라 당황하면서 말을 잇지 못했다. 시정빈은 의구심이 더욱 짙어져 그녀의 속옷을 뒤졌고 마침내 날이 새파랗게 선 칼 한 자루를 찾아냈다. 계집종은 할 말을 잊고 그저 땅바닥에 엎드려 목숨만 살려 달라고 빌 따름이었다. 시정빈이 그녀에게 매질을 하려 들자, 소씨녀가 만류하고 나섰다.

"이러면 마님께서도 아시게 될 테니 이 여종은 살아날 길이 없어집니다. 그녀의 죄는 물론 용서할 수 없지만 차라리 팔아치우는 게 낫지 싶어요. 그리하면 여종도 목숨을 보전할 수 있고 우리 역시 몸값을 챙길 수 있겠지요."

시정빈도 그녀의 말이 그럴싸하다고 여겼다. 때마침 첩을 사려는 사람이 있었으므로 그는 서둘러 계집종을 그쪽에 팔아넘겼다.

김씨는 여종을 팔면서 자신과 상의하지 않았다고 남편을 닦달하다가 소씨녀에게 노여움을 전가시켜 이전보다 더 독하게 욕설을 퍼부었다. 시정빈은 터무니없는 바가지에 분노가 치밀었으므로 소씨녀를 돌아보며 불평을 늘어놓았다.

"이 모두 네가 자초한 일이다. 저번에 이 여자를 죽이게 그냥 놔뒀더라면 어찌 오늘 같은 사단이 벌어졌겠느냐?"

말을 마친 그는 자리를 떠났다. 김씨는 그의 말이 수상쩍었으므로 좌우의 사람들에게 두루 까닭을 물었지만 아무도 아는 이가 없었다. 소씨녀를 추궁했지만 그녀는 대답하지 않았다. 김씨의 의혹은 눈덩이처럼 불어나 걷잡을 수 없는 지경이 되었다. 성깔이 돋은 그녀가 소씨녀의 옷자락을 잡아당기며 욕을 하고 있을 때, 시정빈이 되돌아와 비로소 사실을 알려주었다. 김씨는 순간 소스라치게 놀랐고 곧 소씨녀에게 부드러운 위로의 말을 건넸다. 하지만 돌이켜 생각하니 소씨녀가 일찌감치 자신에게 이 일을 알려주지 않은 것이 또 괘씸하기 짝이 없었다. 그러나 시정빈은 이번 일로 과거의 원한은 모두 사라졌다고 생각하여 처첩간의 갈등에 대해 더 이상 방비하지 않게 되었다.

하루는 시정빈이 먼 곳으로 출타하자 김씨는 곧 소씨녀를 불러들여 죄를 따졌다.

"주인을 살해하려 한 죄는 용서할 수 없는 법이다. 네가 그년을 놓아준 것은 도대체 무슨 심보지?"

소씨녀는 졸지에 일을 당하게 되자 미처 설명할 말을 찾아낼 수 없었다. 김씨가 벌겋게 달군 쇠로 소씨녀의 얼굴을 지져 그녀의 미모를 망가뜨리려 했더니 온 집안의 계집종들이 하나같이 그녀의 억울함을 호소하고 나서는 것이었다. 그들은 소씨녀가 고통 때문에 한번씩 소리 지를 때마다 일제히 통곡하며 자신이 대신 벌을 받아 죽기를 원했다. 김씨는 도리없이 단근질을 멈추고 대신 소씨녀의 옆구리를 바늘로 스물댓 번이나 찌른 다음에야 그녀를 풀어주었다.

시정빈은 집으로 돌아와 소씨녀 얼굴에 난 상처를 발견하자 끓어오르는 분노를 참을 수가 없었다. 그가 김씨에게 쫓아가 분풀이를 하려들자, 소씨녀는 그의 옷자락을 잡아당기며 설득했다.

"저는 이곳이 불구덩이 속인 줄 뻔히 알면서도 일부러 뛰어들었습니다. 제가 당신께 시집올 때 이 집을 천당으로 알고 온 줄 아십니까? 제 팔자가 기박한 줄 잘 알고 있기에 애오라지 조물주의 노여움이 풀어지기만 기다릴 따름이지요. 제가 편안한 마음으로 모든 것을 참아내면 고난도 끝날 때가 있을 것입니다. 만약 조물주를 거슬러 노엽게 만든다면

이는 메운 구덩이를 또다시 파헤치는 격이 됩니다."

시정빈은 하는 수 없이 상처에 가루약을 발라주었다. 며칠이 지나자 상처도 더 이상 덧나지 않고 웬만큼 좋아졌다.

하루는 소씨녀가 거울을 든 채 기쁨에 들뜬 목소리로 시정빈을 불렀다.

"당신, 오늘은 의당 저를 위해 축하해 주세요. 부인의 단근질 덕분에 제 얼굴을 덮었던 어두운 그림자가 말끔히 가셔졌어요."

그 뒤로도 소씨녀는 아침저녁으로 변함없이 김씨의 시중을 들었다. 김씨는 소씨녀를 단근질할 때 모두가 그녀를 위해 우는 모습을 본 이래 자신의 신세가 홀아비처럼 외롭다는 것을 알게 되었다. 그러면서 어느덧 부끄럽고 후회하는 마음이 싹텄고 수시로 소씨녀를 불러 함께 가사일을 돌보는 일까지 생겨났다. 김씨의 얼굴과 말씨는 예전과는 다르게 온화한 기색이 넘쳤다.

달포쯤 지난 뒤 김씨는 돌연 숨이 막히는 병에 걸려 음식을 넘길 수가 없게 되었다. 시정빈은 그녀가 죽지 않는 것이 원통했으므로 아픈 사람을 전혀 돌봐주지 않았다. 며칠이 지나자 배는 장구통처럼 부풀어올랐고 병은 하루하루 위중한 상황으로 접어들었다. 소씨녀는 병간호에 여념이 없어 잠자고 먹는 것조차 돌아보지 않았다. 김씨도 그녀에게 감격했다. 소씨녀는 의학적인 견지에서 자신의 의견을 개진하며 병을 고쳐보겠다고 자원했지만, 김씨는 자신이 예전에 너무 악독하게 굴었던 터라 그녀가 이 기회를 빌려 복수할지도 모른다는 의구심에 사양하고 말았다.

김씨는 집안 살림을 거두는 데 있어 매우 엄격하고 조리 있는 사람이었다. 그녀의 감독 아래서는 계집종과 사내종들이 조금의 착오도 일으키지 않았는데 병이 난 이후로는 종들이 산만하고 해이해져 제대로 일을 하는 사람이 없었다. 시정빈은 몸소 나서 살림을 꾸리느라 고생이 이루 말할 수 없었다. 게다가 집안의 쌀이니 소금 따위들이 먹지도 않았는데 어느새 바닥이 드러나는 경우가 다반사였다. 이로 말미암아 그는 아내의 고마움을 새롭게 인식하고 의사를 불러 진맥을 시켰다. 김씨는 사람들에게 늘 자신이 화병을 앓고 있다고 말했기 때문에 맥을 짚은 의사들도 울화가 쌓여 만들어진 속병이라고 진단하지 않는 이가 없었다. 이렇게 해서 의사를 몇 명이나 바꿔가며 치료했지만 끝내 효험은 없었고 병은 위독한 지경에 이르렀다.

어느 날 계집종이 또 약을 달이려고 하는데 소씨녀가 자신의 의견을 말했다.

"이런 약은 백 첩을 드셔도 소용이 없습니다. 그저 병만 더욱 가중시킬 뿐이지요."

김씨가 그 말을 믿지 않았으므로 소씨녀는 약봉지를 바꿔쳐서 다른 약을 달이게 했다. 이 약을 먹였더니 잠깐 사이 설사가 세 번이나 쏟아지면서 김씨의 병은 씻은 듯이 사라졌다. 김씨는 결국 소씨녀의 말이 헛소리였음을 비웃게 되었고 아파 신음하는 와중에도 그녀를 불러 조롱했다.

"여자 화타(華陀)⁴⁾ 선생님, 이제 보니 어떻습니까? 내가 이 약을 먹으면 낫지를 않는다고요?"

그 말에 소씨녀와 여러 계집종들은 일제히 웃음을 터뜨렸다. 김씨는 그들이 웃는 까닭을 물었고 사실을 알게 되자 눈물을 흘리며 말했다.

"나는 날마다 자네의 보살핌을 받으면서도 까맣게 몰랐으이! 이제부터는 모든 집안일을 자네가 시키는 대로 함세."

얼마 뒤 김씨의 병이 완전히 쾌차하자 시정빈은 이를 경축하기 위해 잔치를 벌였다. 소씨녀가 술병을 받들고 시중드는 모습이 보이자 김씨는 자리에서 일어나 술병을 빼앗고 그녀를 옆자리에 앉히더니 평소보다 유난히 곰살맞게 굴었다. 밤이 깊어 소씨녀가 핑계를 대고 자리를 뜨니 김씨는 계집종 둘을 시켜 그녀를 끌고 오게 한 다음 자신과 침상을 나란히 한 채 잠을 자야 한다고 우겨댔다. 이때부터 김씨는 무슨 일만 있으면 반드시 소씨녀와 상의했고 밥 먹을 때도 그녀의 곁을 떠나지 않았다.

설령 친자매간이라 하더라도 그보다 더 친할 수는 없을 정도였다. 얼마 뒤 소씨녀는 아들을 낳았다. 산후 허약으로 몸에 병이 많아지자 김씨는 늙으신 어머니를 받들듯 자신이 직접 그녀의 병수발을 들었다.

훗날 김씨는 가슴앓이를 앓게 되었다. 발작만 났다 하면 얼굴이 온통 새파래지며 당장 죽고 싶을 정도로 고통스러운 병이었다. 소씨녀는 서둘러 은으로 만든 침 여러 개를 사들였다. 침이 도착했을 때, 김씨는 숨을 할딱거리며 겨우 명줄만 붙들고 있는 상황이었다. 소씨녀가 경혈을 따라 하나씩 침을 꽂아나가자 신기하게도 아픔이 금방 멈췄다. 그러나 십여 일이 지난 뒤 병은 다시 발작했고 김씨는 또 침을 맞았다. 그로부터 육칠 일 뒤에도 마찬가지 상황이 벌어졌다. 비록 침을 꽂으면 당장 효과를 보았고 대단한 고통도 없었지만 마음만은 언제 또다시 발작이 일어날까 항상 조마조마한 심정이었다.

어느 날 밤 김씨는 꿈속에서 절처럼 보이는 한 장소에 이르렀다. 대전 안의 귀신들은 모두 분주히 움직이고 있었는데 그중의 어떤 신이 그녀에게 호령했다.

"네가 김씨렷다? 지은 죄가 하도 다양해서 네 수명은 진작에 다 없어졌지. 하지만 지금은 네가 회개하고 있는 점을 참작해서 약간의 재난을 내리는 정도로 가볍게 견책하게 되었다. 지난날 너는 두 명의 첩을 죽였지만 이는 그들이 지은 전생의 업보 때문이니 문제 삼지는 않겠다. 그러나 소씨는 무슨 잘못이 있어서 그토록 악독하게 대했더란 말이냐? 네가 그녀를 때린 것은 시정빈이 벌써 되갚았으니 서로 비긴 것으로 치겠다. 하지만 그녀에게 빚진 한 번의 단근질과 스물세 번의 바늘뜸은 이제 겨우 우수리 세 번만을 갚았을 뿐인데 벌써 병의 뿌리를 뽑아낼 생각을 해? 내일 또 발작을 일으켜주지!"

김씨는 잠에서 깨어나자 두려워 떨면서도 그저 지나가는 악몽이기만을 고대했다. 그러나 아침밥을 먹자마자 또 발작이 일어났는데 아픔은 전보다 갑절이나 더했다. 소씨녀가 와서 침을 놓자 손길 닿는 대로 고통은 사라졌다. 그녀는 뭔가 미심쩍다는 듯 자신의 의구심을 토로했다.

"제 기술은 겨우 요 정도예요. 하지만 병이 왜 낫지를 않는지 까닭을 모르겠군요. 다시 쑥뜸을 놓아보기로 하지요. 보아하니 이 병은 살을 태워야만 낫지 그렇지 않으면 뿌리 뽑을 수가 없겠어요. 다만 마님께서 고통을 감내하지 못할까 그것이 걱정되네요."

김씨는 꿈속에서 들은 말이 떠올라 아무런 난색도 표명하지 않았다. 하지만 고통을 참으며 신음하는 와중에도 곰곰 생각해 보니 아직도 열아홉 번의 바늘뜸이 빚으로 남아 있었다. 앞으로 무슨 병통이 되어 나타날지 모르는 마당이니 차라리 한꺼번에 다 받아서 이후의 고통을 더는 것이 낫겠다는 생각이 들었다. 쑥의 심지가 모두 타들어간 뒤, 그녀는 소씨녀에게 또 침을 놔달라고 부탁했다.

"침을 어떻게 아무렇게나 찌를 수 있겠어요?"

소씨녀가 웃으면서 거절했지만 김씨는 막무가내였다.

"경혈은 따질 것 없이 그저 열아홉 번만 바늘로 찔러주면 된다네."

소씨녀는 여전히 웃으면서 그 말을 무시했다. 김씨는 아무리 사정해도 소용이 없자 마침내 몸을 일으켜 침상 위에서 무릎을 꿇었다. 소씨녀가 그래도 침을 들지 않았으므로 김씨는 하는 수 없이 자신의 꿈을 사실대로 털어놓았다. 소씨녀는 그제서야 경락을 세어가며 꼭 열아홉 번만큼만 침을 놓았다. 이후로 김씨의 몸은 완전히 회복되었고 다시는 발작 때문에 시달리는 일도 없어졌다. 김씨는 자신의 행실을 더욱 참회하면서 하인들을 대할 때조차 성내는 모습을 보이지 않았다.

시정빈의 아들은 준(俊)이라고 이름 지었는데 누구와도 비교가 안 될 정도로 잘생기고 총명한 아이였다. 소씨녀는 언제나 자기 아들을 두고 이렇게 자랑했다.

"이 아이는 한림(翰林)이 될 관상입니다."

준은 여덟 살이 되자 신동이란 말을 들었고 열다섯 살에는 진사가 되어 한림을 제수받았다. 그 당시 시정빈 내외는 마흔 살이었고 둘째 부인은 겨우 서른두셋에 불과한 젊은 나이였다. 수레를 타고 친정에 다니러 가면 동네 사람들은 모두 그녀를 마을의 자랑으로 여겼다. 소 노인은 딸을 팔아치운 뒤 벼락부자가 될 수 있었지만 유림에서는 그를 경멸하여 모두들 왕래를 끊은 상태였다. 하지만 이때에 이르자 그의 집안과 왕래하는 사람이 다시 생겨나게 되었다.

이사씨는 말한다.

여자의 교활함과 강한 투기는 바로 그들의 천성이다. 그런데 첩 노릇을 하는 주제에 자신의 미모를 뽐내고 잔꾀를 부린다면 타오르는 불에 기름을 붓는 격이 아닌가? 오호라! 재앙은 원래 유래가 있는 법이렷다. 만약 자신의 운명에 복종하여 본분을 지킬 줄 알고 온갖 고난을 무릅쓰면서도 뜻을 바꾸지 않는다면 몽둥이와 칼날이 어찌하여 자기 몸으로 날아올 리 있겠는가?

김씨의 경우만 보더라도 두 번이나 죽을 고비를 구해 주고 나서야 비로소 참회의 싹이 돋았다. 오호라! 그런 여인을 어떻게 사람의 반열에 올릴 수 있으랴! 그런데 희한한 것은 원래의 숫자대로 한 번의 단근질에 스물세 번의 바늘뜸만을 되돌려받았을 뿐 거기에 이자는 보태지지 않았으니, 이는 조물주도 그녀를 용서하셨기 때문이리라. 다만 인술을 펴서 악행을 보상했으니 이 또한 시비가 잘못 뒤집어진 꼴이렷다!

내가 늘상 보아온 일이 한 가지 있다. 우매한 사내와 계집들이 병을 앓게 되면 의사를 부르지 않고 오랫동안 병을 키우다가 무식하기 짝이 없는 무당을 찾아가서 그들이 하자는 대로 침을 맞고 뜸을 뜨며 감히 신음 소리도 내지 못하는 경우가 바로 그것이었다. 마음속으로 그들이 왜 고통을 달게 감수하는지 이상하게만 여겼는데 이제서야 그것이 모두 업보 때문임을 깨닫게 되었다.

복건에 사는 어떤 사람이 첩을 들였다. 저녁에 부인의 방으로 들어간 그는 금방 나가기가 뭐해 신발을 벗고 침대에 오르는 척하며 눈치를 살폈다. 부인이 기미를 알아채고 먼저 입을 열었다.

"가세요! 흉물 떨지 말고!"

남편이 그래도 뭉그적거리자, 부인은 정색을 하며 쏘아붙였다.

"나는 다른 집 여자들처럼 투기하는 것도 아닌데 왜 이러세요?"

남편은 그제서야 첩의 방으로 자러 갔다.

부인은 혼자 누웠지만 엎치락뒤치락 잠을 이룰 수가 없었다. 그녀는 마침내 자리에서 일어나 첩의 처소 근처로 가서 몰래 방안의 동정을 살폈다. 첩이 뭐라고 지껄이는 소리가 희미하게 들려왔지만 무슨 말을 하는지는 똑똑히 분간되지 않았다. 오직 '낭파(郎罷)'라는 두 음절만 알아들었을 뿐이었다. 낭파는 복건 사람들이 아버지를 호칭하는 말이다.

부인은 한동안 엿듣다가 갑자기 가래가 끓어올라 숨이 막히면서 그대로 혼절했다. 넘어지는 순간 그녀의 머리통은 문짝을 들이받았고 그 바람에 요란한 소리가 사방에 울려 퍼졌다. 남편이 깜짝 놀라 문을 열어젖히자 순간 사람의 몸뚱이가 안으로 쏟아져 들어왔다. 첩을 불러 불을 비추게 했더니 다름 아닌 자기 부인이었다. 그는 얼른 아내를 부축해 일으키면서 물을 먹였다. 부인의 눈동자가 가늘게 열리더니 곧 다음과 같은 신음 소리가 났다.

"누구네 낭파를 네 따위가 부르는 거야!"

질투하는 심정이 정말 가소롭기만 하다.

鞏仙

공선 — 소맷자락 안의 세상

공씨(鞏氏) 성을 가진 도사가 있었는데 이름도 없고 어디 출신인지도 알려지지 않았다.

언젠가 그는 노왕(魯王)에게 알현을 청했지만 문지기가 그를 가로막으며 안쪽으로 통보를 해주지 않았다. 마침 왕부(王府)에 근무하는 환관 한 사람이 밖으로 나오기에 도사는 그에게 인사하며 왕을 뵙게 해달라고 부탁했다. 환관은 그의 꾀죄죄한 몰골을 보고 내쫓으며 상대하지 않았다. 잠시 뒤 도사가 또다시 따라붙자 화가 난 환관은 그를 때려서 쫓아내게 하였다. 아무도 없는 장소까지 쫓겨간 도사는 빙그레 웃으면서 황금 이백 냥을 꺼내더니 그를 뒤쫓던 사람을 시켜 환관에게 전하게 했다.

"대신 말씀 좀 전해 주십쇼. 저는 왕을 뵙고자 하는 것이 아니라 후원의 화초와 누각이 세상에 드문 절경이란 말을 들었을 뿐입죠. 만약 저를 인도하여 한번만 구경시켜 주신다면 평생 소원을 이루는 것이라고 말입니다."

도사는 또 은덩어리 한 개를 꺼내 뒤쫓아오던 사람에게도 선사했다. 돈을 받은 사람은 신이 나 곧 환관에게 그대로 보고했다. 환관도 돈을 보자 두 눈이 번쩍 뜨여 당장 도사를 데려오게 한 뒤 하인들이 드나드는 출입문을 통해 그를 안으로 데려갔다. 그리고 자신이 직접 안내하여 모든 경치를 일일이 구경시켜 주고 또 누각에까지 데리고 올라갔다. 환관이 바야흐로 난간에 기대려던 찰나, 도사가 그를 바깥으로 떠다밀었다. 환관은 누각 아래로 떨어지는 순간 가느다란 등나무 덩굴이 자신의 허리춤에 감겨 허공에 매달리는 듯한 느낌이 들었다. 아래를 굽어보니 누각은 까마득히 높고 땅바닥은 아득하여 어찔어찔 현기증이 나는 판에 빠드득빠드득 등나무 줄기 부러지는 소리까지 들려왔다. 그는 공포감에 사로잡혀 큰소리로 고함을 질렀다.

얼마 뒤 몇 명의 내시가 달려와 그를 쳐다보고 모두 깜짝 놀랐다. 사람들의 눈에는 환관이 까마득히 높은 곳에 매달린 것처럼 보였던 것이다. 다들 누각으로 올라가 상황을 살폈더니 등나무 줄기의 한쪽 끄트머리가 누각 창문의 격자에 매어져 있었다. 덩굴을 잡아당겨 환관을 구하려 해도 줄기가 너무 가늘어 힘을 쓰면 감당할 수 있을 것 같지 않았다. 사람들은 도처로 도사를 찾아다녔지만 그는 이미 종적이 묘연했다. 다들 속수무책인지라 노왕에게 보고할 수밖에 없었다. 왕도 직접 나와 상황을 살피는 한편 내심 기이한 느낌을 이기지 못했다. 그는 누각 아래에 짚단과 솜을 두툼하게 깔아 덩굴이 끊어질 것에 대비하라고 명령했다. 준비가 끝나자마자 등나무 줄기가 우두둑 소리와 함께 저절로 끊어졌는데 환관이 떨어져 내린 높이는 땅바닥에서 겨우 한 자 남짓에 불과했다. 모두들 서로를 돌아보며 실소하지 않을 수 없었다.

노왕은 도사의 행방을 알아보라고 명령했고 마침내 그가 상 수재(尙秀才)의 집에 머문다는 사실을 알아냈다. 사람들이 찾아가 탐문하니, 그는 나가서 아직 돌아오지 않았다는 대답이었다. 하지만 심부름 갔던 사자가 돌아오는 길에 우연히 그와 마주쳤고 마침내 왕의 앞으로 데려가 알현을 시켰다. 왕은 그를 위해 연회를 베풀었다. 흥이 한창 무르익었을 즈음, 왕은 그에게 도술을 부려달라고 부탁했다.

"소신은 초야에 묻힌 미천한 백성인지라 별다른 재주나 능력이 없습니다. 그러나 이제 대왕의 두터운 은총을 입고 보니 대왕의 만수무강을 비는 춤과 노래를 헌상하지 않을 수 없군요."

말을 마치자 도사는 입고 있던 도포의 소매 안을 더듬어 미인 한 명을 꺼내 땅바닥에 내려놓더니 왕께 큰절을 올리게 하였다. 인사가 끝나자 도사는 그녀에게 왕의 천수를 기원하는 의미에서 『요지연(瑤池宴)』[1] 극본을 상연하라고 명령했다. 여자가 조장(弔場)[2] 몇 마디를 공연하고 나자 도사는 또 한 여자를 꺼냈는데, 그녀는 자칭 '서왕모(西王母)'라고 자신을 소개했다. 잠깐 사이에 동쌍성(董雙成)이니 허비경(許飛瓊)이니 하는 선녀들이 줄줄이 쏟아져 나오더니 마지막으로 직녀(織女)가 나타나 금빛 찬란한 하늘옷 한 벌을 왕에게 바쳤다. 옷은 얼마나 눈부신지 온 방안을 환하게 비췄다. 가짜 옷일 거라고 생각한 왕이 가까이 날라오게 해 찬찬히 살펴보려 하자 도사가 다급히 제지하며 소리쳤다.

"안 됩니다!"

왕은 끝내 그의 말을 귀담아듣지 않고 옷을 샅샅이 훑어보았다. 그것은 과연 바느질 자국이 전혀 없는 옷으로, 사람 손길로 만들어진 물건이 아니었다. 도사는 매우 불쾌한 기색으로 투덜거렸다.

"소신은 대왕을 받들려는 정성스런 마음에서 잠시 직녀로부터 그 옷을 빌려왔던 것입니다. 이제 혼탁한 기운이 옷을 더럽혀버렸으니 어떻게 주인에게 돌려줄 수 있겠습니까?"

왕은 또 노래를 부른 여자들이 필시 선녀일 거라고 짐작하며 그중 한두 명은 자기 곁에 붙잡아두려고 생각했다. 하지만 자세히 뜯어보니 그들은 모두 궁중에서 부리는 가기(歌妓)들이었다. 하지만 방금 전 연주했던 음악은 평소 들어보지 못한 것이었으므로 무슨 곡조인지 물었더니, 여자들도 자신이 방금 무슨 노래를 불렀는지 전혀 기억이 안 난다는 것이었다. 도사는 하늘옷에 불을 붙인 뒤 자신의 소맷자락에 집어넣었는데 다시 그 옷을 찾았을 때는 이미 사라지고 보이지 않았다. 왕은 도사에 대한 존경심이 우러나 그를 왕부에 머물도록 했지만 도사는 단호히 거절했다.

"저같이 돼먹잖은 성품을 지닌 사람에게는 궁중이 한낱 새장으로 보일 뿐입니다. 차라리 상 수재의 집에서 자유롭게 기거하고 싶습니다."

그는 매일같이 한밤중이 되면 반드시 수재의 집으로 되돌아갔다. 하지만 때때로 자고 가라고 붙잡으면 그대로 궁중에 머무는 적도 없지 않았다. 그는 연회가 열릴 때마다 도술을 부려 계절에 맞지 않는 꽃과 나무를 피워내는 재주를 선보이곤 하였다.

하루는 왕이 도사에게 물었다.

"듣자 하니 신선도 사랑을 잊을 수는 없다고 하던데 과연 그러한가?"

"신선이라면 혹 그럴 수도 있겠지요. 하지만 소신은 신선이 아니기 때문에 마음이 말라 죽은 고목과 같습니다."

어느 날 밤 도사가 왕부에서 자게 되었을 때, 왕은 그를 시험할 요량으로 기생 한 명을 파견했다. 기생은 방안으로 들어가 몇 번이나 소리쳐 불렀지만 그는 도무지 응답이 없었다. 촛불을 켰더니 도사는 눈을 감고 침상에 앉아 있는 중이었다. 기생이 그의 몸을 흔들자 도사는 번쩍 눈을 떴다가 다시 내리감았다. 또다시 흔들었더니 이번에는 코 고는 소리까지 들렸다. 몸뚱이를 밀쳐보니 손길 따라 그대로 쓰러지면서 코 고는 소리가 천둥처럼 요란하게 울려 퍼졌다. 손가락으로 이마빡을 톡톡 두드렸더니 또 무쇠솥을 두드리는 것 같은 소리가 났다. 기생은 되돌아와 왕에게 상황을 보고했다. 왕은 그녀에게 바늘을 내주며 찔러보게 했지만 그의 몸에는 바늘도 들어가지 않았다. 떠밀어도 무거워서 전혀 움직일 수 없을 지경이었다. 마침내 십여 명이나 되는 장정들이 일제히 합세하여 그를 침상 아래로 내던졌더니 마치 천 근이나 되는 바윗덩어리가 땅바닥에 떨어지는 것처럼 요란한 굉음이 울렸다. 아침이 될 때까지도 그는 땅바닥에서 내처 잠만 자더니 나중에 깨어나 웃으면서 지껄였다.

"잠도 참 험하게 잤네그려, 침대에서 떨어지고도 까맣게 몰랐으니!"

그 뒤로 궁중의 여자들은 도사가 앉거나 누우면 곧잘 그의 몸을 주무르며 장난을 쳤다. 맨 처음 주무르면 그때는 아직 부드러운 살이지만 다음번에 만지면 틀림없이 쇠나 돌처럼 딱딱하게 변해 있는 것이었다.

도사는 수재의 집에 기거하면서 한밤중이 되도록 귀가하지 않는 일이 다반사였다. 상 수재가 대문을 잠갔다가 아침에 문을 따고 들여다보면 도사는 어느새 방안에 들어와 쿨쿨 잠을 자고 있기가 예사였다.

예전에 상 수재는 혜가(惠哥)라고 하는 가기와 좋아지내다 서로 부부가 되기로 굳게 맹세한 적이 있었다. 혜가는 원래 노래를 잘할 뿐 아니라 연주 또한 당대의 최고라는 평가를 받고 있었다. 노왕은 그녀의 소문을 듣고 왕부로 불러들여 시중을 들게 했으므로 두 사람의 사랑은 결국 맺어지지 못하고 말았다. 상 수재는 언제나 혜가를 그리워하며 그녀와 소식을 주고받지 못함을 안타까워했다.

하루 저녁은 상 수재가 도사에게 물었다.

"왕부에서 혜가를 보셨는지요?"

"그 안의 가기라면 빠짐없이 보았지요. 하지만 누가 혜가인지는 모르겠소이다."

상 수재가 그녀의 생김새며 나이를 자세히 설명했더니 도사는 비로소 기억이 나는 모양이었다. 상 수재는 그녀에게 한마디만 전해 달라고 부탁했지만, 도사는 웃으면서 거절했다.

"저는 세상 밖의 사람이라 당신을 위한 새홍(塞鴻)³⁾이 될 수 없습니다."

상 수재는 그래도 애원을 그치지 않았다. 도사는 결국 자기의 소매를 펼치면서 제안했다.

"꼭 한번 보아야 직성이 풀리겠다면 이 안으로 들어오십시오."

상 수재가 소매 안자락을 엿보니 안이 방처럼 넓었다. 몸을 구부리고 들어가는 순간 갑자기 사방이 환하게 밝아지며 공간이 시원스럽게 펼쳐지는 것이 흡사 대청 같기도 했다. 책상이며 침대 같은 가구까지 없는 물건이 없었고 한참을 그 안에 있어도 전혀 답답하거나 괴롭지 않았다.

도사는 왕부로 들어가 왕과 바둑을 두다가 혜가가 온 것을 발견하자 짐짓 먼지를 터는 척하며 소맷자락을 휘둘렀다. 순간 혜가는 소매 안으로 빨려들어갔지만 아무도 그 광경을 본 사람은 없었다.

상 수재가 바야흐로 홀로 앉은 채 명상에 잠겨 있는데 별안간 어떤 미인이 추녀 끝에서 떨어져 내렸다. 바라보니 다름 아닌 혜가였다. 두 사람은 서로 놀라고 기뻐하다가 마침내 환락의 극치에까지 이르게 되었다. 상 수재는 그 감격을 이렇게 표현했다.

"오늘의 이 기이한 인연은 기록하지 않으면 안 될 것이오. 내가 한 구절 부르면 당신이 그 다음을 받는 식으로 우리 시나 한 수 지읍시다."

그는 벽 위에 다음과 같이 써내려갔다.

> 왕부의 대문 안은 바다처럼 깊어라, 한번 들어가니 소식이 없네.
> 侯門似海久無踪.

혜가가 그 다음을 이었다.

> 그 누가 알았으랴, 오늘 소랑(蕭郎)[1]을 다시 만나게 될 줄.
> 誰識蕭郎今又逢.

상 수재가 다시 그 뒤를 이어 읊었다.

> 소맷자락 안쪽에 펼쳐진 신천지여, 그 세계 정말 무궁무진이로다.
> 袖裡乾坤眞個大.

마지막으로 혜가가 이렇게 마무리를 지었다.

> 집 떠난 사내며 그리움에 휩싸인 여인, 외로운 연인들을 모두 감싸주누나.
> 離人思婦盡包容.

도사의 도포 자락 안에서 사랑을 나누는 상 수재와 혜가

글씨 쓰기가 막 끝났을 때, 갑자기 팔각형의 모자를 쓰고 담홍색 옷을 걸친 사람들이 다섯 명이나 밀려들어왔다. 아무리 들여다봐도 평소 안면 있던 이들은 아니었다. 그들이 아무 설명 없이 다짜고짜 혜가를 잡아가자 상 수재는 깜짝 놀랐지만 무슨 이유인지는 알 수 없었다.

　도사는 집으로 돌아오자 상 수재를 소매 밖으로 불러내 혜가를 만났을 때의 정황을 물었다. 상 수재가 우물우물하면서 바른 대로 실토하려 들지 않자, 그는 빙그레 미소 지으며 옷을 벗더니 소매를 뒤집어 내보였다. 상 수재가 그 안자락을 자세히 들여다보니 마치 서캐처럼 자잘하기 짝이 없는 글씨 자국이 가물가물 눈에 들어왔는데 바로 자신이 혜가와 함께 읊은 시구들이었다.

　십여 일이 지난 뒤 상 수재는 다시 도사를 졸라 소매 안으로 들어갔다. 이렇게 해서 그는 도합 세 차례나 혜가를 만났다.

　"뱃속에서 태아가 꿈틀거리고 있어요. 저는 너무 걱정이 되어 언제나 허리춤을 비단으로 꼭 졸라매고 있답니다. 왕부 안에 이목이 대단히 많은데 이러다 해산날이 닥치면 어디서 아이를 낳는다지요? 부디 공 신선과 상의하시어 제 배가 눈에 띨 정도로 불러오면 바로 구해 주시길 간청드립니다."

　혜가의 울음 섞인 하소연에 상 수재도 고개를 끄덕였다.

　그는 집으로 돌아와 도사를 보자 땅바닥에 꿇어 엎드린 채 일어나지 않았다. 도사는 그를 일으켜 세우면서 위로했다.

　"당신들의 대화 내용은 저도 이미 잘 알고 있습니다. 전혀 걱정할 필요가 없어요. 당신네 집안은 이 아이에 의지하여 명맥을 잇게 될 터이니 제가 어찌 미력이나마 돕지 않을 수 있겠습니까? 다만 지금부터는 더 이상 소매 안에 들어갈 수 없습니다. 제가 당신의 소원을 들어드린 까닭은 사사로운 정분 따위를 맺어주는 데 있지 않았으니까요."

　몇 달이 지난 뒤, 도사가 밖에서 들어오더니 웃으면서 말했다.

　"도련님을 모시고 왔습니다. 빨리 아이들 덮는 강보를 가져오시오!"

상 수재의 처는 대단히 현숙한 사람이었다. 나이는 서른에 가까웠는데 몇 번이나 아이를 낳았지만 겨우 아들 하나만이 살았을 뿐이었다. 얼마 전에는 딸을 낳았다가 한 달 만에 요절한 일도 있었다. 그녀는 상 수재의 말을 듣자 한편 놀라고 한편 기뻐하며 한달음에 쫓아나왔다. 도사는 소매 안을 뒤적여 한창 곤히 잠든 갓난아이를 꺼냈는데 탯줄도 아직 끊지 않은 상태였다. 상 수재의 처가 받아서 품에 안자 아이는 그제야 '응애응애' 울음을 터뜨렸다.

그때 도사가 자기의 도포를 벗으면서 말했다.

"해산할 때 흘린 피가 옷자락에 묻었는데 이는 도가에서 가장 꺼리는 바입니다. 이제 당신 때문에 이십 년이나 입었던 정든 옷을 하루아침에 내버려야겠군요."

상 수재가 다른 옷으로 바꿔 입히자, 도사는 이렇게 당부했다.

"헌 옷일랑 버리지 마십시오. 한 돈쭝 정도 태워 복용하면 아무리 어려운 출산도 치료할 수 있고 뱃속에서 죽은 태아도 떨어지게 됩니다."

상 수재는 그의 말대로 옷을 잘 간수했다. 도사는 다시 한동안 그 집에서 머물다가 어느 날 갑자기 이상한 말을 꺼냈다.

"당신이 간직하고 있는 헌 도포를 약간은 남겨둬야 합니다. 당신 자신에게 필요한 날이 반드시 있을 것입니다. 내가 죽은 다음에도 절대 이 말을 잊어서는 안 됩니다."

상 수재는 그의 말이 뭔가 불길하다는 느낌을 받았지만 도사는 더 이상 설명하지 않고 밖으로 나가버렸다. 그리고 곧장 왕부로 들어가 왕을 알현했다.

"소신은 이제 죽습니다!"

도사의 뜬금없는 말에 왕은 깜짝 놀라 무슨 영문인지 물었다.

"이는 정해진 운명인데 무슨 말이 더 필요하겠습니까?"

왕은 황당한 말로 치부하며 억지로 그를 붙잡았다. 바둑 한 판 두는 사이 도사가 다급히 몸을 일으키자 왕은 또 그를 가로막았다. 도사가 다른 방으로 옮겨 가게 해달라고 부탁해 오자, 왕은 마지못해 이를 허락했다. 도사는 서둘러 자리를 옮긴 뒤 잠이 들었는데 다시 그를 쳐다보았을 때는 벌써 죽은 다음이었다. 왕은 관을 준비하여 격식대로 장례를 치러 주었다. 상 수재도 조문을 가 슬피 울며 애도했다. 그리고 비로소 도사가 지난번에 한 말은 자신의 죽음에 대한 예언이었음을 깨달았다.

도사가 남긴 도포는 출산을 돕는 데 메아리처럼 효험이 있었으므로 이를 얻으러 오는 사람들이 상 수재의 집 문전에 줄을 이었다. 처음에는 피가 묻은 소매 부분을 나눠주다가 나중에는 깃고대나 옷자락까지 잘라 주게 되었는데 그럼에도 효과는 여전히 좋았다. 도사가 자신의 용도는 남겨놓으라고 당부했으므로 상 수재는 자기 아내에게 반드시 산고가 닥칠 거라고 예상하고 피가 묻은 부분을 손바닥만큼 잘라내어 잘 간직해 두었다.

훗날 노왕이 사랑하는 비빈이 출산을 하게 되었는데 사흘이 지나도록 아이가 나오지 않았다. 의사들이 온갖 처방을 다 썼지만 효험은 전혀 나타나지 않았다. 그때 어떤 사람이 상 수재의 이야기를 고했고 왕은 즉시 그를 왕부로 불러들였다. 겨우 약 한 첩을 먹이자마자 아이는 무사히 세상에 태어났다. 왕은 대단히 기뻐하며 돈과 비단을 풍성하게 하사했지만 상 수재는 일절 사양하고 받지 않았다. 원하는 것을 묻는 왕의 질문에도,

"소신은 감히 말씀드릴 수가 없습니다."

하는 대답만 되풀이할 따름이었다. 왕이 거듭 말해 보라고 요구하자, 상 수재는 비로소 고개를 조아리며 입을 열었다.

"굳이 천은을 베푸시겠다면 그저 늙은 가기 혜가 한 사람만으로 족합니다."

왕은 그녀를 불러들여 나이를 물어보았다.

"저는 열여덟 살에 왕부에 들어왔고 지금까지 십사 년의 세월이 흘렀습니다."

왕은 혜가의 나이가 너무 많다는 생각이 들어 궁중 안의 가기를 모두 불러 모은 뒤 상 수재에게 내키는 대로 한 명을 고르게 했지만 그의 눈에는 어느 누구도 들어오지 않았다. 왕이 웃으면서 농담을 던졌다.

"어리석은 서생 같으니라고! 십년 전에 혼약이라도 맺은 사이더란 말이냐?"

상 수재는 더 이상 감추지 못하고 비로소 혜가와의 인연을 이실직고했다. 이에 왕은 말과 수레를 준비시키고 상 수재가 사양했던 비단을 혜가의 혼수감으로 하사한 뒤 그녀를 왕부에서 내보내 주었다.

혜가가 낳은 아들은 수생(秀生)이라는 이름이었는데――수(秀)는 소맷자락이란 의미의 수(袖)에서 따온 말이다――이때는 벌써 열한 살이 되어 있었다. 상 수재는 날마다 공 신선의 은혜를 기리며 청명절이 되면 반드시 그의 무덤을 찾아가 성묘를 빠뜨리지 않았다.

사천(四川)을 오랫동안 여행하던 어떤 사람이 길에서 우연히 공 도사를 만났다. 도사는 그에게 책 한 권을 맡기면서 부탁했다.

"이것은 왕부의 물건인데 떠나올 때 너무 급하게 서두는 바람에 미처 돌려줄 겨를이 없었다네. 수고스럽겠지만 좀 갖고 가게."

그 사람은 고향에 돌아온 뒤 도사가 벌써 죽었다는 소문을 듣게 되자 감히 왕에게 찾아갈 수 없어 상 수재에게 대신 아뢰어달라고 부탁했다. 왕이 책을 펼쳐보니 과연 도사가 빌려갔던 물건이었다. 의구심이 난 왕이 도사의 묘를 파헤치게 했더니, 무덤에는 과연 시체가 들지 않은 빈 관만 덜렁 놓여 있을 뿐이었다. 훗날 상 수재의 아들은 어려서 요절했고 수생이 가업을 잇게 되었다. 상 수재는 공 도사의 선견지명에 대해 더욱 탄복하지 않을 수 없었다.

이사씨는 말한다.

소매 안에 또 다른 천지가 펼쳐져 있다는 말은 옛사람이 지어낸 이야기에 불과하다. 어찌 그런 일이 참말로 존재할 수 있겠는가? 그렇다 쳐도 공 도사의 소매 속 세상은 참으로 기이한 이야기로다! 소맷자락 안에 천지가 있고 해와 달이 있으며 아내를 맞아들이고 아들을 낳는다니, 게다가 또 세금 독촉이 없고 인간사의 여러 번뇌도 없으니 그 안에 사는 이나 서캐들은 도화원(桃花源)의 개나 닭과 무엇이 다르리오! 만약 소매 안 세상에서 살 수만 있다면 그곳에서 늙어 죽어도 좋으련만.

梅女

매녀 ─ 이승과 저승 사이

봉운정(封雲亭)은 태항산(太行山) 근방의 사람이다. 한번은 그가 우연한 일로 성안에 들어갔다가 대낮에 여관방에서 낮잠을 잤다. 당시 그는 혈기왕성한 젊은이였지만 갓 상처를 한 직후였기 때문에 썰렁하고 적막한 상황에 놓이자 밀려드는 상념을 물리칠 수가 없었다.

그가 정신을 가다듬고 앞쪽을 똑바로 응시하고 있을 때, 별안간 방안의 벽에 여자의 그림자가 한 폭의 그림처럼 희끄무레하게 나타났다. 그는 잡념 때문에 틀림없이 허깨비를 본 거라고 생각했다. 그러나 시간이 한참 흘러도 그림자는 움직이지 않았고 또 없어지지도 않았다. 이상한 느낌에 휩싸인 그가 몸을 일으켜 좀더 유심히 바라보니 그림자는 갈수록 선명해지기만 했다. 다시 가까이 다가갔더니 그림자는 또렷한 소녀의 모습이 되었다. 하지만 고통에 겨운 표정이었고 입 밖으로 혀를 빼물었으며 아름다운 목덜미에는 굵은 밧줄까지 걸린 상태였다. 그가 놀라면서 정신없이 쳐다보는 사이, 그림자는 아래쪽으로 천천히 움직였다. 봉운정은 그녀가 목매달아 죽은 귀신임을 깨달았다. 하지만 백주대낮인지라 담력이 커져 무섭거나 겁난다는 느낌은 별로 들지 않았으므로 귀신에게 말을 걸었다.

"아가씨, 무슨 특별한 원한이라도 있으십니까? 만약 그런 일이라면 소생이 있는 힘을 다해 설욕해 드리겠습니다."

그림자는 놀랍게도 아래로 내려오더니 이렇게 말했다.

"오다가다 만난 처지에 어찌 그런 무거운 책임을 지울 수 있겠습니까? 다만 구천에 누운 해골로서 빼물린 혓바닥이 거둬지지 않고 목에 걸린 새끼줄을 풀 수가 없군요. 바라건대 당신이 대들보를 들어내 불살라 주신다면 그 은혜를 태산처럼 알겠습니다"

봉운정이 그러마고 대답하자 그림자는 곧 사라졌다.

그가 집주인을 불러 자신이 방금 전에 보았던 상황을 설명하며 까닭을 물었더니, 주인의 답변은 다음과 같았다.

"이 집은 원래 십년 전까지만 해도 매씨(梅氏)네 저택이었지요. 어느날 밤 도둑놈이 집안에 침입했다가 식구들에게 붙잡히는 바람에 전사(典史)[1]에게 끌려갔어요. 그런데 그 전사란 놈이 도둑한테 삼백 푼의 뇌물을 먹고 매씨의 딸이 도둑과 간통했다고 누명을 씌운 뒤 그녀를 잡아다 대질심문을 벌이려고 했답니다. 매씨의 딸은 그 소리를 듣자 목을 매 자살하고 말았지요. 나중에 매씨 부부가 연달아 세상을 뜨자 집은 저에게 넘어왔습니다. 이곳에 묵은 손님들이 종종 괴이한 일을 보았다고 말씀하시지만 저로서는 어찌해야 그런 일을 물리칠 수 있을지 방도가 없군요."

봉운정은 귀신의 말을 주인에게 전달했다. 하지만 그는 집을 허물고 기둥을 새로 갈려면 적지 않은 비용이 들 거라고 계산하면서 난색을 표했다. 봉운정은 돈을 꺼내며 자신이 주인을 돕겠다고 나섰다. 그는 공사가 끝난 뒤에도 여전히 그곳에 묵었다.

밤이 되자 매녀(梅女)가 그를 찾아오더니 줄줄이 감사 인사를 늘어놓았다. 그녀는 만면에 희색이 넘쳤고 자태나 용모도 몹시 고왔다. 봉운정은 그녀를 보자 곧 사랑에 빠졌으므로 함께 잠자리에 들고 싶어했지만, 그녀는 부끄러운 듯 몸을 사리며 말했다.

"제 몸에는 음산한 기운이 떠돌고 있어요. 당신에게 이로울 리 없을뿐더러 만약 그런 행위를 하게 되면 제가 생전에 당한 치욕은 장강의 물을 다 쏟아 붓더라도 씻어낼 수 없을 것입니다. 우리가 함께 지낼 날이 반드시 오겠지만 아직은 때가 아닙니다."

"언제라야 그때란 말이오?"

봉운정의 애타는 질문에 매녀는 웃기만 할 뿐 대답하지 않았다. 봉운정이 다시 입을 열었다.

"술 마시겠소?"

"마실 줄 몰라요."

"미인과 마주 앉아 답답하게 보고만 있자니 이게 또 무슨 맛이람?"

"제가 살아생전 즐기던 놀이는 오직 쌍륙(雙陸)[2]뿐이에요. 다만 두 사람이 놀기에는 너무 썰렁하고 밤이 깊어 대국을 벌이기에는 어려운 점도 있네요. 이제 긴긴 밤을 그냥 보낼 수는 없으니 잠시나마 당신과 실뜨기 놀이를 할게요."

봉운정은 그녀의 뜻에 따랐다. 두 사람은 서로 무릎을 맞대고 손가락을 벌려 한동안 실뜨기 놀이를 했다. 봉운정은 눈앞이 어찔어찔해서 어떻게 실을 거는지도 몰랐지만 매녀는 그때마다 설명과 아울러 아래턱으로 뒤집을 방향을 지시해 주곤 하였다. 걸면 걸수록 온갖 다채로운 모양이 나타났고 매녀의 뒤집는 기술은 도대체 끝이 없었다.

"이는 진정 규방 아가씨의 절묘한 묘기로구먼."

봉운정이 웃으면서 말하자 매녀의 응수가 이어졌다.

"이건 저 혼자 궁리해 낸 거예요. 그저 실 두 줄만 있으면 바로 갖가지 무늬를 만들어낼 수 있답니다. 사람들은 스스로 관찰하려 들지 않을 뿐이지요."

밤이 깊어가자 봉운정은 피로가 몰려왔다. 그가 매녀를 강제로 침대 속에 끌어들이려 하자 가벼운 실랑이가 벌어졌다.

"저는 저승 사람이라 잠을 잘 필요가 없으니 혼자 주무세요. 제가 안마 기술을 약간 알고 있답니다. 원컨대 모든 재주를 다 발휘해서 당신이 편안하게 잠들도록 도와드리고 싶네요."

긴긴 밤, 매녀와 더불어 실뜨기 놀이를 즐기는 봉운정

봉운정은 그녀의 요구에 따랐다. 매녀는 손바닥을 포개더니 정수리에서 발뒤꿈치까지 온몸을 가볍게 주무르기 시작했는데 그녀의 손길이 닿은 곳은 흡사 술에라도 취한 것처럼 뼛속이 노글노글해졌다. 이윽고 그녀는 또 손가락을 모으고 주먹을 쥐더니 가볍게 두드리기 시작했다. 그녀의 안마는 마치 솜방망이로 두드리는 것 같았고 시원하기가 이루 형언할 수 없었다. 매녀가 봉운정의 허리춤을 두드리자 눈과 귀가 저절로 감겼고, 허벅지에 이르렀을 즈음에는 벌써 깊은 잠에 곯아떨어져 있었다. 이튿날 그가 눈을 떴을 때는 해가 벌써 중천에 올라와 있었다. 온몸의 뼈와 관절은 상쾌하기 이를 데 없어 이전과는 상태가 달랐다. 매녀를 사랑하고 흠모하는 그의 마음은 더욱 깊어졌다. 이리하여 온 집안을 맴돌면서 그녀의 이름을 불렀지만 소식은 감감이었다.

저물녘이 되어서야 매녀가 비로소 모습을 드러냈다.

"당신은 어디 살고 있기에 내가 사방으로 돌아다니며 불러도 나타나지 않는 게요?"

봉운정이 묻자 매녀의 대답이 이어졌다.

"귀신은 일정한 주소가 없어요. 단지 땅속인 것만은 확실하지요."

"땅속의 틈이 얼마나 넓기에 사람 몸뚱이가 다 들어가는 게요?"

"귀신이 땅을 보지 못하는 것은 물고기가 물을 느끼지 못하는 것과 매한가지 이치랍니다."

봉운정은 매녀의 손을 잡으면서 다짐했다.

"당신이 만약 되살아나기만 한다면 내 온 재산을 다 팔아서라도 당신에게 장가들고 말겠어."

매녀는 웃으면서 받아넘겼다.

"파산 지경에까지 이르실 필요는 없고요."

그들은 한밤중까지 함께 놀았다. 봉운정이 한사코 동침을 요구하자 매녀는 이렇게 제안했다.

"저를 너무 괴롭히지 말아주세요. 절강(浙江) 출신의 애경(愛卿)이란 기생이 요사이 북쪽의 이웃집으로 새로 이사를 왔습니다. 자태가 제법 수려하지요. 내일 밤 그녀를 불러 함께 올 테니 제 대신 잠시 당신 시중을 들게 하면 어떠할지요?"

봉운정도 그녀의 말에 찬동했다.

이튿날 밤 매녀는 정말로 젊은 여자 한 명을 데리고 나타났다. 나이는 대략 서른에 가까웠는데 끊임없이 추파를 던지는 품이 자못 바람기가 다분한 여자였다. 세 사람은 가까이 다가앉아 스스럼없는 자세로 쌍륙을 하면서 놀았다. 판이 끝났을 때, 매녀가 몸을 일으키며 말했다.

"아름다운 만남에 바야흐로 흥이 올랐군요. 저는 잠깐 자리를 비켜드리겠어요."

봉운정은 만류하려 했지만 그녀는 벌써 바람에 날린 듯 사라지고 보이지 않았다. 두 사람은 침대에 올랐고 꿈결처럼 즐거운 시간을 보냈다. 봉운정은 애경에게 집안 형편을 물었지만, 그녀는 얼버무리며 확실하게 대답해 주지 않았다. 그러면서 다만 한다는 말이 다음과 같았다.

"서방님께서 제 생각이 날 때면 손가락으로 북쪽 벽을 두드리면서 가볍게 '호로자(壺虜子)' 하고 부르세요. 그러면 제가 곧 찾아오겠습니다. 세 번을 불러도 응답이 없으면 제게 시간이 없는 줄 아시고 더 이상 부르지 마십시오."

날이 밝자 애경은 북쪽 벽에 난 틈새로 들어갔다.

이튿날은 매녀가 찾아왔다. 봉운정이 애경은 왜 오지 않았느냐고 물었더니 이렇게 답했다.

"그 여자는 고 공자(高公子) 댁에 술 시중을 들러 갔기 때문에 올 수가 없습니다."

두 사람은 등잔의 심지를 잘라가면서 함께 이야기를 나눴다. 매녀는 줄곧 뭔가 할 말이 있는 듯했는데 입술을 열다가도 곧 다물기가 일쑤였다. 봉운정이 까닭을 다그쳐 물었지만 그녀는 끝내 입을 열지 않으면서 흐느낌으로 말을 막았다. 봉운정은 그녀를 들쑤셔 억지로 놀이를 했다.

매녀는 사경(四更)이 지나서야 돌아갔다. 이때부터 두 여자는 봉운정을 자주 찾아왔다. 그들의 웃음소리는 항상 새벽까지 이어졌으므로 사방의 이웃들은 모두 그들의 왕래를 알게 되었다.

전사(典史)인 아무개 역시 절강성의 양반가 출신인데 그의 첫번째 부인은 종놈과 간통하는 바람에 쫓겨나고 말았다. 이어 그는 고씨(顧氏)에게 새로 장가를 들었다. 두 사람은 서로를 깊이 사랑했지만 결혼한 지 불과 한 달 만에 고씨가 세상을 떠나고 말았다. 전사는 그녀를 잊을 수가 없었다. 그런데 소문에 듣자 하니 봉운정의 거처에 매우 영험한 귀신이 나타난다는 것이었다. 저승에서의 인연을 알아보고 싶었던 전사는 말을 타고 그를 방문했다. 처음에는 봉운정도 승낙하지 않았지만 전사는 매달리면서 사정을 그치지 않았다. 봉운정도 하는 수 없이 술상을 차려 그와 마주 앉으면서 귀신 기생을 부르기로 승낙했다.

해가 서산으로 기울자 봉운정은 북쪽 벽을 두드리며 애경을 불렀다. 세번째 부르는 소리가 미처 끝나기도 전에 애경이 성큼 방안으로 들어서다가 고개를 들어 손님 얼굴을 보더니 안색이 새파랗게 질리며 달아나려 하였다. 봉운정은 자기 몸으로 그녀를 가로막았다. 전사는 애경을 유심히 보더니 별안간 화를 벌컥 내며 커다란 사발을 그녀에게 내던졌다. 애경은 순식간에 사라지고 보이지 않았다. 봉운정이 깜짝 놀라면서 무슨 영문인지 사정을 들어보려는 찰나, 어두컴컴한 방안 한구석에서 어떤 할멈이 나타나더니 큰소리로 욕설을 퍼부었다.

"이 더럽고 욕심 사나운 놈, 우리 집의 돈줄을 망가뜨려놓다니! 서른 꿰미의 동전으로 당장 손해를 보상해!"

할멈이 지팡이를 집어 들어 전사를 후려치자 정면으로 머리통에 명중했다. 전사는 머리를 감싸 안으며 죽는 소리를 냈다.

"그 고씨란 여자는 나의 아내요. 젊어서 세상을 떠난지라 바야흐로 애통절통하던 참인데 천만뜻밖으로 귀신이 되어 정절을 지키지 않더란 말이오. 할멈과 도대체 무슨 상관이 있다고 이러시오?"

할멈은 여전히 노발대발하면서 말을 이었다.

"너는 본래 절강의 일개 무뢰배가 아니더냐? 하찮은 벼슬자리 하나를 돈으로 사고 나니 콧구멍이 하늘로 향하면서 보이는 게 없었던 모양이지! 네놈이 벼슬하면서 옳고 그름이나 가릴 줄 알았어? 누구라도 주머니에 삼백 푼 동전이 들었으면 그 사람이 곧 네 애비 아니었느냐! 하늘이 노하시고 백성들의 원한이 사무쳐 네놈이 죽을 날도 이제 멀지 않았다. 네놈의 부모가 저승에서 애걸복걸하여 사랑하는 며느리를 청루(靑樓)[3]로 보냈어. 네놈의 탐욕으로 생긴 빚을 대신 갚으라고 말이다. 아직도 내 말을 못 알아듣겠냐?"

말을 마친 할멈은 전사를 또 두들겨 팼다. 전사는 매질을 피하면서 죽는다고 비명을 질러댔다. 봉운정은 너무나 놀라 어떻게 말려야 좋을지 손을 쓰지 못하고 있는데 순간 매녀가 방안에서부터 걸어나왔다. 별안간 그녀는 눈을 있는 대로 부릅뜨더니 혓바닥을 입술 바깥으로 빼물고 얼굴색까지 완전히 변했다. 그들 곁으로 가까이 다가온 매녀는 기다란 비녀로 전사의 귀를 찌르기 시작했다. 봉운정은 놀라 기겁하며 자신의 몸으로 손님을 가로막았다. 매녀는 그래도 분이 풀리지 않아 씩씩거렸고, 봉운정은 그녀를 말리며 애원했다.

"저 사람에게 설령 죄가 있더라도 이곳에서 죽으면 그 죄는 온통 내가 뒤집어쓰게 되오. 부디 생쥐를 잡으려다 장독까지 깨는 일은 없었으면 좋겠소"

매녀는 그제야 할멈을 잡아당기며 말했다.

"잠시 그놈을 살려둡시다. 제 얼굴을 봐서라도 봉 서방은 배려해 주셔야지요."

전사는 황망히 쥐구멍을 찾으며 그 자리를 빠져나갔다. 그는 관아로 돌아간 뒤 두통을 앓다가 한밤중에 결국 죽고 말았다.

이튿날 밤 매녀가 나타나더니 웃으면서 말했다.

"아유, 시원해라! 묵은 원한이 한꺼번에 다 씻겨나갔네!"

봉운정은 궁금했던 바를 묻지 않을 수 없었다.

"그 사람과 무슨 원한이 있었는데?"

"지난번에 벌써 말씀드렸잖아요. 그놈은 뇌물을 받고 제가 간통했다고 뒤집어쐬운 작자예요. 참으로 오랫동안 그 원한을 가슴에 품고 있었지요. 원수를 갚아달라고 항상 부탁하고 싶었지만 저 자신 당신께 베푼 것이 터럭만큼도 없기 때문에 그것이 부끄러워 말하려다가도 늘 입이 다물어졌지요. 어제는 마침 이곳에서 소동이 벌어졌단 말을 듣고 슬그머니 정탐을 왔더니 글쎄 뜻밖에도 그 원수놈이더라고요."

봉운정이 깜짝 놀라면서 물었다.

"그가 바로 당신을 무고한 작자란 말이오?"

"그놈은 이곳에서 십팔 년 동안이나 전사로 있었어요. 제가 원한을 품고 죽은 지는 십육 년이 흘렀고요."

"그 노파는 누구요?"

"늙은 기생이지요."

봉운정이 또다시 애경에 관해 물었더니 이렇게 말했다.

"병이 나 드러누워 있어요."

곧이어 매녀가 살포시 미소 지으며 말했다.

"제가 지난번에 당신과 함께 살 날이 올 거라고 말씀드렸는데 이제 그날이 멀지 않았습니다. 당신은 전에 가산을 팔아서라도 저와 결혼하고 싶다고 하셨지요. 아직도 그 말을 기억하십니까?"

"지금도 여전히 나의 소원이지."

"이제 사실대로 말씀드리죠. 제가 죽던 그날, 저는 벌써 연안부(延安府)의 전 효렴(展孝廉) 댁에 다시 태어났답니다. 다만 너무나 큰 원한을 미처 설욕하지 못했기 때문에 제 영혼은 여태까지도 이곳을 떠돌며 떠나지 않았던 거예요. 부디 새 비단으로 귀신 담는 주머니를 만들어서 저를 데리고 떠나주세요. 전 효렴 댁에 닿은 뒤 청혼하면 반드시 허락이 날 거예요."

봉운정은 자신과 그 집은 신분상 격차가 너무 크기 때문에 일이 성사되기 어렵다는 우려를 나타냈다.

"당신은 그저 가기만 하세요. 아무 걱정 마시고요."

봉운정은 매녀의 격려에 힘입어 떠나기로 결정했다. 매녀가 다시 한 번 당부했다.

"여행 도중에는 절대로 저를 불러내선 안 됩니다. 혼례식을 올린 첫날밤 비단주머니를 신부의 머리에 씌우고 얼른 '잊지 마! 잊지 마!' 하고 소리를 지르세요."

봉운정은 모두 승낙했다. 그가 주머니를 벌리자마자 매녀는 벌써 그 안으로 몸을 날리고 있었다.

연안에 도착한 봉운정이 사방으로 수소문했더니 과연 전 효렴이란 사람이 그곳에 살고 있었다. 그에게는 딸이 하나 있었는데 용모는 대단히 아름다웠지만 치매 증세가 있었고 또 언제나 뜨거운 태양 아래 헐떡이는 강아지처럼 혀를 쭉 빼물고 있었다. 그래서 나이는 열여섯이나 되었지만 누구 하나 혼삿말을 꺼내는 사람이 없었고 부모는 이것이 마음에 걸려 화병이 날 지경이었다.

봉운정은 그 집을 방문하여 명함을 들이밀고 자신의 문벌을 두루 소개했다. 그리고 물러나온 뒤 매파를 통해 청혼했다. 전 효렴은 대단히 기뻐하며 그를 데릴사위로 인정하고 곧 혼례를 치러주었다. 하지만 그 집 딸은 절도 할 줄 모르는 바보천치였으므로 효렴은 두 명의 계집종에게 신부를 부축하고 잡아끌라고 지시하여 겨우겨우 신방으로 들여보내야 했다. 계집종들이 물러가자 신부는 풀린 앞섶 사이로 젖가슴을 드러낸 채 봉운정을 향해 바보처럼 씨익 웃었다. 봉운정은 그녀의 머리 위에 주머니를 씌우고 큰소리로 고함을 질렀다. 여자는 순간 눈동자를 고정하고 뭔가 미심쩍고 의아스럽다는 듯 그를 유심히 바라보았다. 봉운정이 웃으면서 말했다.

"당신, 나를 못 알아보겠소?"

그가 주머니를 집어 들어 신부에게 보여주자 그녀는 비로소 모든 것을 깨닫고 황급히 앞자락을 여몄다. 두 사람은 즐겁게 웃고 이야기하면서 밤을 새웠다.

　이튿날 아침 봉운정이 장인을 뵈러 가니, 전 효렴은 사위를 위로하여 마지않았다.

　"아무것도 모르는 바보 딸이 자네의 과분한 사랑을 받게 되었네. 자네에게 그럴 의향만 있다면 우리 집에 영리한 계집종이 적지 않으니 자네 맘대로 골라보게나. 이런 일에는 나도 절대 인색하게 굴지 않겠네."

　봉운정은 신부가 절대 바보가 아니라며 극구 변호하며 나섰고, 전 효렴은 사위의 태도에 의아한 표정을 지었다. 얼마 뒤 딸이 나타났는데 낱낱이 얌전한 그녀의 행동거지에 아버지는 깜짝 놀라지 않을 수 없었다. 하지만 딸은 소맷자락으로 입을 가린 채 가만히 웃기만 할 따름이었다. 전 효렴이 아무리 추궁해도 그녀는 난처한 기색만 지을 뿐 도통 입을 열려고 하지 않았다. 하는 수 없이 봉운정이 나서서 아내를 대신하여 그간의 경과를 설명했다. 이야기를 들은 전 효렴은 뛸 듯이 기뻐하며 평소보다 갑절이나 딸을 아끼고 사랑하게 되었다. 그리고 사위에게는 아들 대성(大成)과 함께 글공부를 시키면서 필요한 모든 것을 넉넉하게 제공해 주었다.

　일년여가 지나는 동안 대성은 차츰 봉운정을 경멸하고 박대하게 되었다. 이리하여 처남 매부 사이는 완전히 틀어지고 말았는데, 그러다 보니 집안의 하인들마저 툭하면 봉운정을 헐뜯고 단점을 찾아내려 혈안이 되었다. 전 효렴마저도 그들의 고자질에 판단이 흐려져 봉운정에 대한 대우가 차츰 뜨악해졌다. 딸은 상황을 알아차리자 대뜸 남편에게 제안했다.

　"장인 집에서는 오래 머무는 법이 아닙니다. 처갓집에 눌러 사는 치들은 모두 가망 없는 못난이들뿐이지요. 사이가 완전히 벌어지기 전에 속히 당신 고향으로 돌아가십시다."

　봉운정도 그렇다고 여겨 자신들의 출발을 전 효렴에게 알렸다. 장인은 딸을 붙잡으려 했지만 소용이 없었다. 아버지와 오빠는 모두 화가 치밀어 떠나는 그들에게 수레와 말도 내주지 않았다. 딸은 자신의 지참금으로 말을 세내어 타고 봉운정의 집으로 돌아갔다. 훗날 전 효렴은 사람을 보내 딸을 친정으로 불러들이려 했지만 그녀는 여전히 사양하며 한사코 친정을 멀리했다. 그러다 나중에 봉운정이 효렴에 합격하고 나서야 비로소 문안을 하고 친정집에 드나들기 시작했다.

　이사씨는 말한다.
　관직이 낮을수록 더 탐욕스럽다더니 이것이 일반적인 상황인가? 고작 삼백 푼의 돈에 간통 누명을 씌웠으니 양심이라곤 눈곱만큼도 찾아보기 어려운 지경이로다. 하늘이 그의 사랑하는 아내를 빼앗아 기생방에 집어넣고 마침내는 그 자신도 이 때문에 폭사했구나. 아아! 그 말로가 참으로 무서울 뿐이다!

　강희 갑자(甲子)년[4]의 일이다. 당시 패구(貝丘)[5]의 전사(典史)는 사람됨이 지나치게 탐욕스럽고 교활해서 백성들의 원성이 자자했다. 어느 날 그의 아내가 사기꾼의 꼬임에 넘어가 별안간 줄행랑을 놓고 말았다. 어떤 사람이 그를 대신하여 사람 찾는 광고를 내걸었는데, 내용은 다음과 같았다.

　아무개 관리는 자기 단속이 소홀하여 부인 한 명을 잃어버렸다. 도망간 사람은 수중에 다른 물건은 지니지 않았고 다만 일곱 자의 붉은 비단에 싼 원보(元寶)[6] 한 개를 가졌을 뿐이다. 원보는 가장자리가 올라갔고 가느다란 꽃무늬가 새겨진 것으로 아무 흠집도 없는 물건이다.

　이런 풍류스런 추문도 전사의 악행에 대한 조그만 응징으로 보아야 할 것이다.

郭秀才

곽 수재 — 어깨 밟기

　　광동(廣東)에 사는 선비 곽 아무개가 해 저물녘 친구 집에서 자기 집으로 돌아가고 있었다. 산속에서 그는 길을 잃고 헤매다가 수풀 깊숙이 들어서게 되었다.

　　초경(初更)이 지났을 무렵, 갑자기 산꼭대기에서 웃고 떠드는 소리가 들려왔다. 급히 소리 나는 곳으로 쫓아갔더니 십여 명의 사람이 땅바닥에 둘러앉아 술을 마시는 중이었다. 그들은 곽생의 모습을 보자 왁자지껄하게 떠들며 환영했다.

　　"마침 자리가 하나 비어 있던 참인데, 참 잘되었소! 어서 오시구려!"

　　곽생이 자리에 앉고 나서 사람들을 둘러보니 그들 중 절반은 유생(儒生) 차림새였다. 곽생이 길을 가르쳐달라고 부탁하자, 어떤 사람이 웃으면서 야유했다.

　　"당신은 정말 답답한 친구로군! 이렇게 밝은 달빛을 팽개쳐두고 감상하지 않을 거요? 길은 물어서 무엇하자는 게요?"

　　그는 곧 술잔을 곽생에서 건네며 술을 부었다. 막상 술잔을 받아드니 향기로운 냄새가 코를 찔렀으므로 곽생은 단숨에 술을 들이켰다. 이어 또 한 사람이 술병을 들어 그의 잔을 채웠다. 곽생은 원래 술을 좋아하는 데다 급히 달리느라 목까지 컬컬하던 참이었으므로 대번에 열 잔을 들이켰다. 좌중에 있던 사람들은 하나같이 찬탄을 아끼지 않았다.

"어 참, 호쾌하다! 당신은 진정 우리의 벗이외다!"

곽생은 성격이 호탕할 뿐만 아니라 우스갯소리도 잘했다. 또한 새 우는 소리를 진짜와 똑같이 흉내 내는 재주도 갖고 있었다. 그가 잠시 자리를 떠 소변을 보러 갔다가 몰래 제비 우는 소리를 내자 모두들 의아함을 감추지 못했다.

"한밤중에 웬 제비 우는 소리람?"

곽생이 또 두견새 소리를 흉내 내자 사람들의 의구심은 더욱 깊어졌다. 곽생은 자리에 돌아와서도 웃기만 할 뿐 전혀 입을 열지 않았다. 사람들의 의론이 분분히 오가는 사이, 곽생은 고개를 돌리고 앵무새 지저귀는 소리로 말했다.

"곽 수재는 취했어. 그를 돌려보내!"

모두들 깜짝 놀라 귀를 기울였지만 사방에는 정적만이 감돌 뿐 아무 소리도 들리지 않았다. 잠시 후 곽생은 또 한번 앵무새 우는 소리를 흉내 냈다. 사람들은 그제야 새소리가 곽생의 장난임을 깨닫고 너털웃음을 터뜨렸다. 다들 입술을 오므리고 곽생의 흉내를 내보려고 애썼지만 누구 하나 제대로 따라하는 사람은 없었다. 그중의 어떤 사람이 말했다.

"애석하게도 청 낭자(靑娘子)가 오지 않았군."

또 한 사람이 말했다.

"중추절에 또 여기 모일 텐데 곽 선생께서도 그때 꼭 오셔야 합니다."

곽생은 공손하게 제안을 받아들였다. 그때 어떤 사람이 일어서며 말했다.

"손님에게 이런 기막힌 묘기가 있었구려. 그 답례로 우리도 손님께 '어깨 밟기 놀이〔踏肩之戲〕'를 보여드리면 어떻겠소?"

그 말에 모두들 시끌벅적하게 자리를 털고 일어났다. 맨 앞의 한 사람이 등줄기를 펴고 꼿꼿이 서자 곧이어 또 한 사람이 그의 어깨 위로 날아올라가 역시 빳빳한 자세로 섰다. 계속해서 차곡차곡 네 사람이 그렇게 날아올라갔다. 하지만 날아오를 수 있는 높이를 넘어서자 그 다음 사람부터는 어깨와 팔뚝을 밟아 마치 사다리를 타듯 위쪽으로 올라갔다. 순식간에 십여 명의 사람이 마치 구름을 뚫고 하늘 속까지 뻗어나간 것처럼 까마득하게 올려다보였다. 곽생이 놀라 쳐다보는 사이, 그들은 갑자기 일자형 그대로 땅바닥에 엎어지더니 잘 닦인 길로 변했다. 곽생은 놀란 나머지 한참을 우두커니 서 있다가 그 길을 따라 집으로 돌아왔다.

다음날 곽생은 심한 배앓이를 했다. 오줌 빛깔도 마치 구리처럼 청동색이었는데 무엇이든 묻기만 하면 곧 퍼렇게 물이 들었다. 하지만 지린내 같은 오줌 냄새는 나지 않았고 사흘이 지나자 그런 현상도 없어졌다. 곽생이 지난번 술 마시던 장소로 찾아갔더니 고기 뼈다귀 같은 음식 찌꺼기가 지저분하게 널렸고 사방에는 초목이 무성하게 우거져 있었지만 자기가 밟고 돌아온 도로는 전혀 보이지 않았다.

중추절이 돌아오자 곽생은 약속을 지키려 했지만 친구들이 뜯어말리는 바람에 그대로 주저앉고 말았다.

그가 담력을 키우고 약속을 지켜 청 낭자와 회동했더라면 틀림없이 더 기막힌 사건이 벌어졌을 것이다. 바람에 날리듯 잘도 뒤바뀌는 그의 식견이 참으로 아쉽기만 하구나!

阿英

아영 — 앵무새의 보은

감옥(甘玉)의 자는 벽인(璧人)이며 여릉(廬陵) 사람이다. 그의 부모는 일찍 세상을 뜨면서 아우 감각(甘珏)을 그에게 남겼다. 감각은 자가 쌍벽(雙璧)이었는데 당시 겨우 다섯 살에 불과하여 형의 보살핌을 받으며 성장했다. 감옥은 형제애가 두터운 사람이었으므로 아우를 마치 친아들처럼 돌보았다. 훗날 감각이 자라 어른이 되니 외모도 출중하려니와 머리가 좋아 글까지 잘 지었다. 감옥은 그를 더욱 애지중지하면서 매양 이렇게 말하곤 했다.

"내 아우는 보통 사람이 아니니 좋은 배필이 아니면 짝 지을 수 없어."

하지만 너무 까다롭게 고르다 보니 도무지 혼처를 결정할 수가 없었다.

한번은 감옥이 광산(匡山)의 한 절간에서 글을 읽게 되었다. 한밤중이 되어 감옥이 자리를 펴고 갓 잠이 들려던 순간, 문득 창밖에서 여자들의 말소리가 들려왔다. 몰래 바깥을 엿보았더니 서너 명의 여자들이 땅바닥에 빙 둘러앉았고 또 몇 명의 시녀가 술과 안주를 차리고 있었다. 여자들은 하나같이 천하일색이었다. 그중의 한 여자가 입을 열었다.

"진 낭자(秦娘子), 아영(阿英)이는 왜 안 나왔어요?"

바로 아랫자리에 앉은 여자가 대답했다.

"어제 막 함곡관(函谷關)에서 돌아오다 나쁜 놈에게 걸려 오른팔에 상처를 입었어요. 안 그래도 함께 놀지 못하는 것이 원통해서 집에서 속을 끓이고 있을걸요."

또 다른 여자가 말했다.

"어젯밤 꿈자리가 어찌나 사납던지 지금까지도 식은땀이 나고 가슴이 두근거리네."

그 말에 아랫자리에 앉았던 여자가 두 손을 내저으며 만류했다.

"말하지 말아요! 말하지 말라니까요! 오늘 밤 여러 자매들이 한자리에 모여 모처럼 즐거운 시간을 보내는데 그런 말을 하면 사람이 놀라고 기분을 잡치게 되잖아요."

꿈을 꾸었다는 여자는 웃으면서 말했다.

"계집애도 참, 그렇게 겁이 많아서 어떻게 살아! 어디 호랑이나 이리가 나타나 물고 가기라도 한단 말이냐? 나보고 얘기를 하지 말라니, 그럼 네가 한 곡조 뽑으려무나. 그렇게 해서 우리 자매들의 주흥을 돋우란 말이다."

지적을 당한 여자는 나지막한 음성으로 노래를 부르기 시작했다.

> 한적한 댓돌가에 복사꽃 흐드러지게 피었으니,
> 어제 한 봄나들이 약속 지키지 않을 수 없어라.
> 동쪽 이웃집의 동무야, 재촉하지 말고 잠깐만 기다려주렴.
> 봉황새 수놓은 신발 꿰는 대로 즉시 나올 테니까.
> 閑階桃花取次開, 昨日踏青小約未應乖.
> 囑付東鄰女伴少待莫相催, 着得鳳頭鞋子卽當來.

노래가 끝나자 자리에 있던 사람들은 누구 하나 감탄하지 않는 이가 없었다. 모두들 웃고 떠드는 와중에 갑자기 몸집이 커다란 사내 하나가 바깥에서 들이닥쳤다. 그의 눈빛은 독수리처럼 날카로웠고 생김새는 흉악하기 짝이 없었다. 여자들이 요란하게 비명을 질렀다.

"요괴가 나타났다!"

모두들 다급해하며 부산스레 달아나는 광경은 새들이 흩어지는 것과도 흡사했다. 사내에게 붙잡힌 사람은 노래를 부르다가 뒷전에 처진 그 여자뿐이었다. 여자가 비명을 지르며 몸을 빼려 몸싸움을 벌이자 사내는 버럭 성을 내며 소리를 지르더니 여자의 손을 물어뜯고 떨어진 손가락을 와드득와드득 씹어 먹었다. 여자는 죽은 듯이 땅바닥에 나뒹굴고 있었다. 감옥은 안타깝고 불쌍해서 더 이상 견딜 수 없었으므로 급히 칼을 빼어 들고 빗장을 풀며 밖으로 뛰쳐나갔다. 감옥이 휘두른 칼은 사내의 허벅지에 맞았다. 다리가 떨어져 나간 그는 상처를 감싸 안으며 도망쳤다.

감옥은 여자를 부축하여 방안으로 들어왔다. 그녀의 얼굴은 흙빛이었고 피가 사정없이 흘러 옷소매를 붉게 물들이고 있었다. 여자의 손을 살펴보니 오른손의 엄지손가락이 떨어져 나가고 없었으므로 감옥은 비단 옷감을 찢어 상처를 잘 동여매 주었다. 여자는 그제서야 신음을 토하며 말문을 열었다.

"목숨을 구해 주신 은혜를 장차 어떻게 보답할까요?"

감옥은 당초 여자를 처음 보았을 때부터 동생의 혼인을 염두에 두고 있던 터였다. 자신의 뜻을 밝히는 그에게 여자는 이렇게 답변했다.

"저 같은 병신은 집안일을 돌볼 수가 없습니다. 제가 꼭 아우님을 위해서 다른 좋은 사람을 찾아보지요."

감옥이 여자에게 성씨를 물었더니 이렇게 대답했다.

"진(秦)가랍니다."

감옥은 이부자리를 깔아 우선 그녀가 쉴 수 있도록 조처해 주고 자신은 이불을 안고 다른 방으로 건너갔다.

이튿날 날이 밝은 뒤 감옥이 방안을 들여다보니 침상은 이미 텅 비어 있었다. 그는 여자가 혼자서 집에 돌아갔다고만 여기면서 인근 마을을 돌며 진씨를 수소문했다. 하지만 근동에는 그런 성을 가진 사람이 전혀 없었다. 친척과 친구들에게 두루 부탁도 했지만 확실한 소식을 가져오는 사람은 없었다. 감옥은 집으로 돌아와 아우에게 이 일을 이야기하면서도 뭔가를 잃어버린 사람처럼 허전한 심정을 가눌 길이 없었다.

어느 날 감각은 우연히 들판에 나가 놀다가 열여섯 살가량의 한 아가씨와 마주쳤다. 맵시 있는 자태에 고운 얼굴의 그녀는 감각을 돌아보며 미소 짓는 품이 마치 할 말이라도 있는 듯한 태도였다. 이어 가을 호수처럼 맑은 눈길로 사방을 둘러보던 그녀는 감각에게 말을 걸었다.

"당신은 감씨 집안의 둘째 도령이 아니신가요?"

"그런데요?"

감각이 그렇다고 대답하자, 소녀가 계속해서 말했다.

"당신 아버님은 일찍이 저를 당신의 아내로 삼겠다는 혼약을 맺으셨지요. 그런데 왜 이제 와서 예전의 맹세를 어기고 진씨와 정혼을 하셨나요?"

"소생은 어려서 부모님을 여의었기 때문에 아가씨가 말하는 혼사에 대해서는 전혀 들어본 적이 없소이다. 집안과 문벌을 말씀해 주신다면 제가 돌아가 형님께 여쭤보지요."

"자질구레한 이야기는 할 필요가 없어요. 그저 말씀만 한마디해 주시면 제가 알아서 당신 집으로 찾아가겠어요."

감각이 형에게 알리지 않고서는 어렵다는 이유를 들어 사양하자, 여자는 웃음을 터뜨렸다.

"어리석은 서방님! 당신은 형님이 그렇게도 무서운가요? 저는 육(陸)가인데 동산망촌(東山望村)에 살고 있어요. 사흘 동안은 당신의 회신을 기다리기로 하지요."

말을 마치자 그녀는 곧 그와 헤어져 떠나갔다.

감각은 집으로 돌아오자마자 형과 형수에게 그 일을 낱낱이 들려주었다. 하지만 형은 코웃음을 치며 비웃기나 할 따름이었다.

"그런 황당한 말이 어디 있어! 아버님이 돌아가셨을 때 나는 스물이 넘었다. 만약 그 여자의 말이 사실이라면 내가 어찌 모를 리가 있겠니?"

그는 또 여자가 혼자 들판을 거닐고 남자에게 스스럼없이 말을 걸었다는 사실을 들며 그녀를 더욱 천박한 쪽으로 몰아붙였다. 그사이 아가씨의 용모를 묻는 질문에 이르자 감각은 목덜미까지 빨개지며 아무 말도 하지 않았다. 형수가 그 모양을 보고 웃으면서 말했다.

"생각건대 미인일 성싶군요."

감옥이 그 말을 받았다.

"아직 어린 녀석이 예쁘고 밉고를 어떻게 분간해? 설사 예쁘다 치더라도 진씨의 미모에는 미치지 못할 게 틀림없어. 진씨네 아가씨와 혼인이 성사되지 않으면 그때 가서 이야기를 꺼내도 늦지 않아."

감각은 아무 말도 않고 그 자리에서 물러나왔다.

며칠이 지난 어느 날 감옥은 길을 가다 울면서 앞으로 걸어가는 한 여자를 보았다. 그가 채찍을 내려놓고 말고삐를 잡아당기면서 흘깃 곁눈질했더니 그녀는 세상에 둘도 없는 미인이었다. 감옥이 하인을 시켜 우는 까닭을 묻자 다음과 같은 답변이 돌아왔다.

"저는 원래 감씨네 둘째 도령과 혼약을 맺은 적이 있지요. 하지만 집안이 가난해서 먼 곳으로 이사를 가는 바람에 그 후 서로간의 소식이 두절되고 말았답니다. 그런데 최근에 돌아와 보니 감씨 집안은 딴마음을 품어 예전의 혼약을 저버리고 말았더군요. 저는 지금 시아주버니 되시는 감벽인께 물어보러 가는 길이에요. 장차 저를 어찌할 작정이냐고요."

이야기를 전해 들은 감옥은 놀라는 한편 기뻐하여 마지않았다.

"감벽인이라니, 그 사람이 바로 나라오. 돌아가신 아버님께서 예전에 맺은 혼약이 있었다지만 나는 정말 그 사실을 모르고 있었소이다. 우리 집이 예서 멀지 않으니 부디 나와 함께 돌아가 상의해 봅시다."

그는 스스로 말에서 내려와 고삐를 여자에게 건네주고 자신은 도보로 집까지 돌아왔다. 여자는 자신을 이렇게 소개했다.

"제 이름은 아영입니다. 집안에 형제가 전혀 없기 때문에 외사촌 언니 진씨와 함께 살고 있지요."

감옥은 그제야 진씨가 말하던 혼처가 바로 이 아가씨임을 깨달았다.

감옥은 진씨의 집으로 전갈이라도 한마디 보내려고 했지만 아영은 한사코 그를 만류했다. 감옥은 아우가 아름다운 아내를 얻게 된 것을 몹시 다행하게 여기고 기뻐하면서도 한편으론 그녀가 경망스럽거나 안팎에 물의라도 일으키면 어쩌나 하는 염려를 놓을 수가 없었다. 하지만 시간이 흐르면서 알게 된 아영의 행동거지는 단정하기 이를 데 없었다. 그녀는 또 온화한 성품에 말까지 재치 있게 잘하는 나무랄 데 없는 규수였다. 아영은 큰동서를 마치 시어머니처럼 받들었고, 동서 역시 그녀를 몹시 사랑하며 아껴주었다.

중추절이었다. 술상을 차려 즐기던 감옥 내외는 아우와 손아랫동서 생각이 나서 그들을 불러오라고 사람을 보냈다. 그런데 감각은 그때 마침 심기가 대단히 언짢던 참이었다. 아영은 심부름 온 사람을 먼저 보내면서 자기도 곧 뒤따라가겠다고 약속했다. 그렇지만 그녀는 단정히 앉은 채 웃고 이야기할 뿐 한참이 지나도록 자리를 뜨려고 하지 않았다. 감각은 형수가 너무 오래 기다릴 것이 염려되어 아영에게 빨리 가라고 재촉했지만, 그녀는 웃기만 할 뿐 끝내 자리를 비우지 않았다.

이튿날 새벽 댓바람에 아영이 화장을 끝내자마자 큰동서가 몸소 찾아와 그녀를 위로했다.

"어젯밤 나랑 대작할 때 왜 그렇게 기분이 좋지 않았나?"

아영은 빙그레 웃기만 했다. 감각은 이상한 느낌이 들어 형수에게 상황을 알아보았고 서로의 진술이 엇갈림을 확인하게 되었다. 형수는 소스라치게 놀라면서 말했다.

"만약 그녀가 요물이 아니라면 어떻게 분신술을 쓸 수 있겠어요?"

감옥도 두려움을 느꼈으므로 창문 밖에서 아영에게 호소했다.

"우리 집안은 대대로 공덕을 쌓아왔고 일찍이 누구와도 원수를 맺은 적이 없소이다. 당신이 만약 요물이라면 속히 이곳을 떠나 우리 아우를 해치지 말아주시오."

그 말에 아영은 수줍게 답변했다.

"저는 본디 사람은 아니에요. 하지만 아버님께서 예전에 혼약을 맺은 것은 틀림없는 사실이고 그런 연고로 사촌 언니 진씨가 저를 이 댁에 들어가도록 권유한 것이랍니다. 저 자신 아들딸을 낳을 수 없음을 잘 알기 때문에 언제고 말씀드린 뒤 떠나려고 했지요. 하지만 오늘까지 차일피일 미루게 된 것은 형님과 형수님께서 제게 너무나 잘해 주셨기 때문입니다. 이제는 저를 이상한 눈으로 보시니 영영 이별이군요."

눈 깜짝할 사이 아영은 앵무새로 변했고 날개를 가볍게 펄럭이며 날아가 버렸다.

원래 감옥 형제의 아버지는 살아생전 대단히 영리한 앵무새 한 마리를 키운 적이 있었다. 감 노인은 언제나 직접 새에게 모이를 챙겨주곤 했는데 그 당시 감각은 아직 서너 살에 불과한 어린 꼬마였다. 한번은 감각이 아버지에게 물었다.

"왜 앵무새에게 먹이를 줘서 키우나요?"

아버지는 장난삼아 대답했다.

"나중에 네 색시 삼으려고 그러지."

그는 또 때때로 앵무새의 먹이가 떨어지기라도 하면 곧 감각에게 소리를 질렀다.

"모이 안 가져오겠니? 네 색시가 굶어 죽겠다!"

식구들 또한 이를 두고 놀림감으로 삼곤 하였다. 나중에 그 앵무새는 발목에 매달린 쇠사슬을 끊고 도망치고 말았다. 감옥은 비로소 예전의 혼약이란 바로 이 일을 두고 했던 말임을 깨달았다. 그렇지만 감각은 아영이 사람이 아닌 줄 확실히 알면서도 여전히 그녀를 그리워하며 잊지 않았고, 큰동서도 아영에 대한 그리움이 더욱 간절해져 아침저녁으로 울음을 그치지 않았다. 감옥은 아영을 떠나보낸 것이 후회스러웠지만 어찌할 방도가 없었다. 이 년이 지난 뒤 그는 다시 아우를 위해 강씨(姜氏) 성의 여자를 맞아 혼인을 시켰지만 그래도 마음은 내내 편치가 않았다.

감옥에게는 광동에서 사리(司李)[1] 벼슬을 하는 사촌형이 하나 있었다.

158

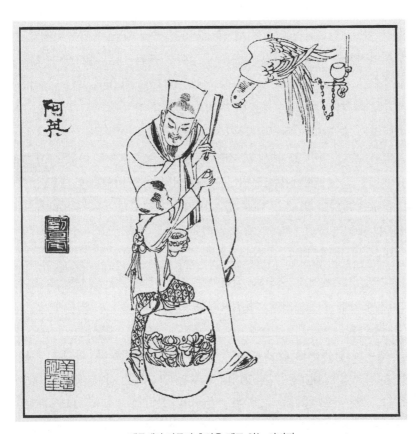

앵무새와 아들의 혼약을 맺고 있는 아버지

감옥은 그를 방문하기 위해 길을 떠나서 한참이 지나도록 돌아오지 않았다. 때마침 도적들이 난리를 일으켜 인근 부락의 절반은 폐허로 뒤바뀌는 사태가 벌어졌다. 감각은 공포에 떨며 식구들을 이끌고 산골짜기로 피난을 갔다. 산에는 난리를 피해 도망친 남녀들로 들끓었지만 그들이 어디서 온 사람들인지는 전혀 알 수 없었다. 문득 어떤 여자가 나지막하게 이야기하는 소리가 들렸는데 그 음성이 아영과 매우 흡사했다. 감각의 형수가 시동생을 재촉하여 가까이에서 살피게 했더니 과연 아영이었다. 감각이 기뻐 어쩔 줄 모르며 아영의 팔목을 잡고 놓아주지 않자, 그녀는 하는 수 없다는 듯 동행하던 여자에게 일렀다.

"언니, 잠깐 먼저 가 계세요. 저는 큰동서를 뵙고 다시 돌아올게요."

이윽고 그들이 피난처에 도착하자 감각의 부인은 아영과의 해후에 슬피 울면서 한마디 말도 잇지 못했다. 아영은 그녀를 거듭 위로하다가 또 이렇게 말했다.

"이곳도 안전한 땅은 못 되는군요."

그녀는 사람들에게 집으로 되돌아갈 것을 권유했다. 모두들 도적이 쳐들어올 것을 걱정했지만, 아영은 잘라 말했다.

"괜찮아요."

마침내 그들은 서로를 부축하여 다시 집으로 돌아갔다. 아영은 흙을 한 줌 움켜쥐고 대문을 가로막더니 모두들 안심하고 살되 절대로 대문 밖으로 나와선 안 된다고 당부했다. 그녀가 앉은 채로 몇 마디 이야기하다가 곧 몸을 돌이켜 떠나려 하자 동서는 황급히 그녀의 손을 붙잡았고 다시 두 명의 계집종을 시켜 아영의 두 다리를 꽉 잡고 매달리게 하였다. 아영은 하는 수 없이 그곳에 머물렀지만 예전의 거처로 돌아가려는 마음은 별로 없었다. 감각이 서너 차례쯤 만남을 약속하면 겨우 한번 그를 위해 응하는 정도였다. 동서는 늘 새신부가 시동생의 성에 차지 않는다고 종알거리곤 했는데 이 때문에 아영은 아침 일찍 일어날 때마다 강씨의 화장을 보살펴주게 되었다. 빗질이 끝나면 그녀는 또 분가루를 펴서 강씨의 얼굴에 공들여 발라주었는데, 사람들이 강씨를 쳐다보니 아름다움이 전보다 몇 곱절이나 더해 있었다. 이렇게 사흘이 지나자 강씨는 뜻밖에도 보기 드문 미인이 되었다. 큰동서는 이 일을 몹시 기이하게 여기다가 아영에게 물어보았다.

"나도 아들이 없지. 첩을 사들이고 싶었지만 그동안 경황이 없어 아직 그 일을 추진하지 못했다네. 우리 집 계집종들 중에서 화장으로 예뻐질 만한 아이가 있는지 모르겠구먼?"

"예뻐지지 못할 사람은 없어요. 다만 본바탕이 원래부터 아름다우면 좀더 쉽게 손을 쓸 수 있을 뿐이죠."

아영은 모든 계집종을 불러놓고 일일이 관상을 보다가 그중에서 시꺼멓고 못생긴 계집종 하나만이 아들을 낳을 상이라고 말했다. 그녀는 계집종을 불러 자기와 함께 얼굴을 씻게 한 뒤 화장품에 가루약을 섞어 얼굴에 발라주었다. 이런 식으로 사흘이 지나자 얼굴색이 먼저 빨갛게 되었다가 점점 노란색으로 바뀌었고 스무여드레가 지난 다음에는 분가루가 피부 깊숙이 스며들어 누가 보아도 진정 아름다운 얼굴이 되었다.

아영은 감씨의 집에서 날마다 대문을 걸어 잠근 채 우스갯소리만 늘어놓을 뿐 도적들과 관련된 일을 털끝만큼도 거론하지 않았다. 어느 날 밤 사방에서 함성이 일었다. 온 집안 식구들이 어찌할 바를 모르고 있는데 잠시 후에는 문밖에서 사람과 말들이 시끄럽게 와글거리며 물러가는 소리가 들려왔다. 날이 밝아서야 그들은 비로소 도적들이 온 마을에 불을 지르고 노략질을 자행하여 아무것도 남아나지 않았다는 사실을 발견했다. 도적들은 무리를 모두 풀어 샅샅이 뒤졌기 때문에 산이나 동굴 속에 숨어 있던 사람들은 남김없이 화를 입어 어떤 이는 죽임을 당했고 또 누구는 포로로 끌려가기도 하였다. 이 때문에 감씨네 모든 식구들은 아영의 은혜에 감격하여 그녀를 신처럼 받들게 되었다.

어느 날 아영이 문득 큰동서에게 말을 꺼냈다.

"제가 이번에 여기 온 까닭은 오로지 형님의 은혜를 잊기 어려워 난리통에 당할 근심을 잠시나마 덜어드리고 싶어서였습니다. 아주버님이 곧 돌아오시게 될 텐데 그때까지도 제가 여기 있으면 속담에서 말하는 '오얏도 아니고 복숭아도 아닌(非李非桃)' 형국이 되지 않겠습니까? 이는 실로 사람들의 비웃음이나 살 노릇입니다. 저는 일단 떠났다가 시간 나는 대로 한번씩 찾아뵙기로 하겠습니다."

"길 떠난 분은 무사하신가?"

큰동서의 물음에 아영은 다음과 같이 대답했다.

"최근에 큰 어려움을 겪으셨을 거예요. 이 일은 다른 사람과는 상관이 없지만 사촌 언니 진씨는 그분께 입은 은혜가 대단히 크니 틀림없이 어떤 방법으로든 보답을 했으리라 믿어요. 추측건대 아무 일 없으실 겝니다."

동서는 그녀를 만류하여 다시 하룻밤을 재웠지만 아영은 날도 밝기 전에 벌써 떠나가고 없었다.

감옥은 광동에서 돌아오던 중 고향에 도적이 들끓는다는 소문을 듣자 밤낮을 가리지 않고 길을 재촉했다. 그도 중도에 도적을 만나게 되었다. 주인과 노복은 모두 말을 버리고 각자 허리춤에 은덩이를 차고 가시덤불 사이로 몸을 숨겼다. 그때 갑자기 진길료(秦吉了)[2] 한 마리가 덤불 위로 날아오더니 날개를 펼쳐 그들을 덮었다. 새의 발에 발가락 한 개가 없는 것을 본 감옥은 순간 이상한 느낌이 들었다. 잠시 뒤 도적놈들이 사방에서 포위해 들어오며 가시덤불을 샅샅이 뒤졌는데 마치 그들을 찾으려는 의도 같았다. 두 사람은 숨도 크게 내쉴 수가 없었다. 이윽고 도적들이 뿔뿔이 흩어지자 새는 비로소 날개를 펼치고 날아갔다. 집으로 돌아온 감옥은 식구들과 그동안 겪은 일들을 이야기하다가 그 진길료가 자신이 목숨을 구해 준 미인이었음을 비로소 깨닫게 되었다.

그 뒤로도 감옥이 외출해서 돌아오지 않게 되면 아영은 저녁나절쯤 반드시 동서를 찾아왔다. 그리고 감옥이 돌아올 때를 계산하여 적당한 시기에 일찌감치 자리를 비켰다. 감각은 때때로 형수의 거처에서 아영을 만날 수가 있었다. 그는 기회가 날 때마다 아영을 집으로 불렀지만, 그녀는 언제나 가겠다고 대답하면서도 약속은 지키지 않았다.

하루는 감각이 일이 있어 외출을 했다. 감각은 아영이 반드시 찾아올 거라 계산하여 잠복하고 그녀를 기다렸다. 오래지 않아 과연 아영이 나타났으므로 감각은 불쑥 몸을 일으켜 그녀의 앞을 가로막고 자기 방으로 끌고 갔다.

"저와 당신의 인연은 벌써 끝났습니다. 억지 결합을 강요하다가 조물주의 시기를 살까 걱정되네요. 조금만 여유를 갖고 가끔 한번씩 얼굴을 보는 것이 어떻겠습니까?"

감각은 아영의 만류에도 불구하고 끝내 그녀를 겁탈했다.

이튿날 날이 밝자마자 아영은 큰동서를 찾아갔다. 동서가 간밤에 찾아오지 않은 일을 탓하자, 아영은 웃으면서 변명했다.

"오던 도중 강도를 만나 일을 당했어요. 밤새도록 쓸데없는 걱정을 끼쳐드렸군요."

그녀는 몇 마디 이야기를 나눈 뒤 서둘러 밖으로 나갔다. 그로부터 얼마 뒤 커다란 들고양이 한 마리가 주둥이에 앵무새를 물고 침실 앞을 지나쳐갔다. 큰동서는 소스라치게 놀랐고 순간적으로 앵무새가 아영일지도 모른다는 의구심이 들었다. 그녀는 마침 머리를 감던 중이었지만 급히 씻기를 멈추고 큰소리로 사람들을 불러 모았다. 사람들이 몰려와 고함을 지르며 고양이를 때리기 시작해서야 앵무새는 겨우 풀려날 수 있었다. 앵무새의 왼쪽 날개에는 벌써 피가 흥건했고 숨도 거의 끊어져 가는 중이었다. 큰동서가 앵무새를 무릎 위에 올려놓고 한동안 주무르자 새는 비로소 서서히 깨어났다. 앵무새는 자신의 부리로 다친 날개를 가다듬었다. 다시 얼마가 지나자 앵무새는 날아올라 방안을 한 바퀴 맴돌더니 이렇게 부르짖었다.

"형님, 안녕히 계세요! 저는 감각을 원망합니다!"

말을 마치자 새는 날개를 펄럭이며 날아갔고 그 뒤로는 다시 찾아오지 않았다.

牛成章

우성장 — 부정(父情)

　우성장(牛成章)은 강서(江西)의 포목상이었다. 정씨(鄭氏)에게 장가들어 아들과 딸 하나씩 낳고 살던 그는 서른셋의 젊은 나이에 갑자기 병들어 죽었다. 당시 아들 충(忠)은 갓 열두 살이었고 딸은 겨우 여덟아홉 살에 불과했지만 그들의 어머니는 수절하지 않고 우성장의 재산을 모두 챙겨 다른 곳에 시집가고 말았다. 남겨진 어린 두 고아는 의지할 데가 없어 살 길이 막막할 따름이었다.

　우성장에게는 이미 육순을 넘긴 사촌 형수가 한 명 있었는데, 사람들은 가난한 과부인 그녀에게 두 고아를 데려다주고 함께 살도록 하였다. 몇 년 뒤 할머니가 죽자 집안은 더욱 몰락했다. 충은 어른이 되면서 아버지의 유업을 잇고 싶었지만 안타깝게도 자본이 없었다. 다행히도 여동생과 결혼한 모씨(毛氏)는 돈 많은 부자 상인이었다. 그녀가 남편을 졸라 몇십 냥의 돈을 빌린 뒤 오빠에게 밑천을 대주었으므로 충은 다른 상인을 따라 금릉(金陵)으로 떠났다. 하지만 도중에 강도를 만나 가진 돈을 홀랑 빼앗기고 타지를 떠돌다 보니 고향으로 돌아갈 수도 없었다.

　하루는 충이 우연히 어떤 전당포에 들렀다가 집주인의 모습이 자기 아버지와 몹시 흡사하다는 사실을 발견했다. 밖에 나와 암암리에 탐문했더니 이름까지도 아버지와 똑같은 것이었다. 그는 놀랍기도 하고 이상한

164

느낌도 들었다. 하지만 어떻게 그런 일이 있을 수 있는지 까닭을 알 수 없었으므로 날마다 주변을 배회하며 은밀히 집주인의 동향을 살폈다. 하지만 그는 충의 행동에 전혀 관심을 두지 않았다.

이렇게 사흘을 보내면서 주인의 행동거지며 웃고 말하는 모습을 관찰한 충은 그가 자신의 아버지임에 틀림없다고 확신하게 되었다. 하지만 성급하게 자기 아버지라고 주장할 수는 없었으므로 상점 안의 점원들에게 자신을 소개하고 동향의 인연을 내세워 고용인으로 써달라고 부탁했다.

계약서 작성이 끝난 뒤 충의 본적과 이름을 본 주인은 뭔가 움찔하면서 그에게 어디서 왔느냐고 물었다. 충이 울면서 아버지의 이름을 말하자 주인은 얼어붙은 듯 아무 말이 없었다. 한동안 망연자실하던 그가 마침내 입을 열었다.

"자네 어머님은 별고 없으신가?"

충은 또 아버지가 벌써 죽은 사람이란 말은 할 수가 없었으므로 에둘러 응답했다.

"저의 아버님이 육 년 전 장사를 떠난 뒤 돌아오지 않자 어머니는 개가를 하셨습니다. 다행히도 몇 년 동안은 큰어머님이 키워주셨지요. 그렇지 않았더라면 벌써 일찌감치 죽어 골짜기에 나뒹굴고 있을 것입니다."

그 말을 들은 주인은 표정이 참담하게 일그러지며 선언했다.

"내가 바로 네 애비니라."

두 사람은 서로의 손을 맞잡고 슬픔에 젖어 그동안의 회포를 나눴다. 주인은 또 그를 데리고 안채로 들어가 계모에게 인사를 시켰다. 계모인 희씨(姬氏)는 나이 서른이 넘도록 소생이 없는 터였으므로 충을 만나자 대단히 기뻐하며 집안에 즉시 잔칫상을 차렸다. 우성장은 줄곧 기분이 가라앉아 우울한 기색이더니 당장 고향에 한번 다녀와야겠다고 나서는 것이었다. 처가 상점의 일손이 부족함을 염려하여 그의 귀향을 만류하자 우성장은 아들을 데리고 다시 업무를 보았다. 하지만 석 달이 지나자 그는 모든 장부를 아들에게 넘겨주고 자신은 행장을 꾸려 고향을 향해 서쪽으로 길을 떠났다.

아버지가 출발한 뒤 충은 그가 벌써 죽은 사람이란 사실을 계모에게 이야기했다. 희씨가 깜짝 놀라며 말했다.

"그분은 이곳에 장사하러 오셨더랬지. 예전의 친한 친구가 그이를 이 땅에 눌러앉혀 전당포를 열게 했다더구나. 나하고 결혼한 지 벌써 육 년이나 되었다. 그 양반이 죽은 사람이라니, 도대체 무슨 말인지 모르겠네?"

충은 또 당시의 사정을 자세히 들려주었다. 두 사람은 서로 의혹과 추측이 엇갈려 도무지 무슨 사정인지 가늠할 길이 없었다.

우성장은 떠난 지 하루 만에 되돌아왔는데 머리카락이 쑥대처럼 헝클어진 부인네 한 명을 거느리고 있었다. 충이 유심히 살폈더니 바로 자신의 생모였다. 우성장은 그녀의 귓불을 잡아당기며 욕설을 퍼부었다.

"왜 내 아들을 내버렸느냐!"

부인은 엎드린 채로 바들바들 떨면서 꿈쩍도 하지 않았다. 우성장이 다시 그녀의 목덜미를 물어뜯자, 부인은 충을 향해 고함을 질렀다.

"아들아, 날 좀 살려다오! 아들아, 나 좀 살려줘!"

충은 차마 내버려둘 수가 없어 둘 사이에 끼어들며 자신의 몸으로 어머니를 가로막았다. 우성장의 분노는 여전히 가시지 않았지만, 부인은 어느 틈에 사라졌는지 더 이상은 모습이 보이지 않았다. 사람들은 모두 놀라 기겁하며 귀신이 나타났다고 와글와글 소리쳤다. 그들이 몸을 돌이켜 다시 우성장을 쳐다보는 순간, 그는 돌연 얼굴색이 꺼멓게 죽으면서 옷자락이 땅바닥에 흘러내리더니 검은 연기로 변해 순식간에 사라지고 말았다. 희씨와 충은 둘 다 놀라고 한탄하여 마지않다가 우성장의 의관을 수습하여 장례를 치렀다.

충은 부친의 유업을 계승한 뒤 점차 부유해져 나중에는 갑부라는 소리까지 들었다. 훗날 고향에 돌아가 탐문했더니 개가한 어머니는 바로 그날 죽었으며 온 집안 식구들이 빠짐없이 우성장의 모습을 보았다고 말하는 것이었다.

青娥
청아 — 신기한 호미

　곽환(霍桓)의 자는 광구(匡九)이며 산서 사람이다. 아버지는 현위(縣尉)[1] 벼슬을 지냈지만 일찍 고인이 되었다. 뒤에 남겨진 곽생은 어렸을 때부터 누구 못지않게 총명하여 열한 살에 신동이란 칭찬을 들으며 현학에 들어갔다. 그런데 곽생의 어머니는 아들에 대한 사랑과 관심이 지나친 나머지 그가 평소 정원을 거니는 것조차 허락하지 않았다. 곽생은 나이 열세 살이 되도록 누가 삼촌이고 큰아버지며 조카이고 외삼촌인지도 분간하지 못하고 있었다.

　같은 마을에 무씨(武氏) 성의 평사(評事)[2]가 살고 있었다. 그는 도교를 숭상하는 사람이었는데 산으로 들어가 다시는 집에 돌아오지 않았다. 그에게는 청아(青娥)라는 딸이 하나 있었다. 당시 나이가 열네 살이었고 일반적인 상상을 뛰어넘는 미인이었다. 그녀는 어릴 적에 부친의 책을 몰래 훔쳐보다가 하선고(何仙姑)[3]의 행적을 흠모하게 되었다. 아버지가 입산한 이후 그녀는 결혼하지 않겠다고 뜻을 굳게 세웠는데 어머니도 뜻을 꺾을 재간이 없었다.

　하루는 곽생이 대문 밖을 지나치다가 힐끗 청아의 모습을 넘겨보게 되었다. 소년은 비록 아무것도 몰랐지만 사랑의 감정만큼은 넘치도록 느낄 수 있었다. 하지만 표현할 길이 막막했으므로 그 길로 어머니에게 달려가 매파를 보내달라고 졸랐다. 그러나 이 일이 성사될 수 없는 줄 뻔히 아는 어머니로서는 난색을 보이지 않을 수 없었다. 이로 말미암아 곽생은 침울한 기분을 이겨내지 못하고 자나깨나 안절부절못하게 되었다. 어머니는 아들의 뜻을 거스르기 어려웠으므로 가깝게 지내는 친한 사람을 무씨네로 보내 자기 쪽의 의사를 전달했다. 하지만 예상했던 대로 허락을 받아낼 수는 없었다. 곽생은 걸으면서도 그 일을 생각했고 앉아서도 궁리했지만 도무지 뾰족한 방법이 떠오르지 않았다.

하루는 어떤 도사가 곽생의 집 문간에 이르렀는데 길이가 한 자쯤 되는 호미 한 자루를 손에 쥐고 있었다. 곽생은 그에게서 호미를 빌려 구경하다가 물었다.

"무슨 용도로 쓰는 물건입니까?"

"이건 약초를 캐는 도구지요. 하찮은 물건이긴 하나 아무리 단단한 바위라도 뚫고 들어갈 수 있답니다."

곽생이 도사의 말을 믿지 않자, 그는 당장 호미를 사용하여 담장의 돌덩이를 파들어갔다. 과연 그의 손길이 닿는 대로 돌멩이가 마치 썩은 물건처럼 우수수 부스러져 내렸다. 깜짝 놀란 곽생이 호미를 이리저리 돌려보며 손에서 떼어놓지 못하자, 도사가 웃으면서 말했다.

"도련님께서 호미를 그토록 좋아하시니 삼가 선물로 드리지요."

곽생은 기뻐 어쩔 줄 모르며 물건 값을 치르려 했지만 도사는 굳이 사양하고 그대로 떠나버렸다.

곽생은 호미를 갖고 집안으로 들어와 벽돌이고 바위고 할 것 없이 닥치는 대로 시험했는데 어느 것도 걸리거나 막힘이 없었다. 그는 문득 담장을 뚫고 들어가면 미인을 볼 수 있겠다는 생각이 들었다. 하지만 그런 행위가 불법인 줄은 전혀 알지 못했다.

그날 밤 곽생은 담을 넘어 밖으로 나간 뒤 곧장 무씨의 저택으로 발길을 옮겼다. 두 번이나 담장을 뚫고 나서야 그는 겨우 안마당에 도착할 수 있었다. 자그만 상방(廂房)[4] 안에서 아직도 불빛이 흘러나오기에 가까이 다가가 엎드린 채 안쪽을 훔쳐보니 청아가 저녁 화장을 지우는 중이었다. 얼마 후 촛불이 꺼졌고 사방에는 정적만이 감돌았다. 곽생이 벽을 뚫고 안으로 들어가니 아가씨는 벌써 곤히 잠들어 있었다. 그는 날쌔게 신발을 벗고 살그머니 침상 위로 기어올랐다. 하지만 아가씨가 놀라 깨어나면 반드시 꾸지람과 더불어 쫓겨나게 될 거라는 조바심이 들었으므로 조심조심 비단 이부자리 곁에 웅크리고 누웠다. 그녀가 내쉬는 향기로운 숨소리를 듣는 것만으로도 그의 마음은 적이 위안이 되었다. 하지만 한밤중에 담장을 뚫느라 몹시 피곤했던지라 잠시 눈을 감은 사이 자신도 모르게 잠들어 버리고 말았다.

청아가 깨어나서 보니 어디선가 쿨쿨 코 고는 소리가 들려왔다. 화들짝 눈을 뜬 그녀는 벽 틈새로 빛줄기가 새어드는 것을 보고 소스라치게 놀랐다. 어둠 속에서 더듬더듬 계집종을 깨우고 문빗장을 따 살금살금 밖으로 나간 그녀는 하인들이 잠자는 방으로 달려갔고 창문을 두드려 사람들을 깨웠다. 모두들 횃불을 밝히고 몽둥이를 손에 든 채 아가씨의 방으로 향하고 보니 웬 떠꺼머리 총각아이가 아가씨의 침상에서 달게 잠을 자는 중이었다. 자세히 들여다보니 다름 아닌 곽생이었다. 사람들이 흔들어 깨우자 곽생은 비로소 잠이 깨는지 벌떡 몸을 일으켰다. 하지만 눈빛은 흐르는 별똥처럼 반짝거렸고 두려워하는 기색도 별로 없었다. 다만 수줍음을 몹시 타며 한마디도 입을 떼지 못할 따름이었다. 모두들 그를 도둑으로 지목하며 으름장을 놓으니 곽생은 그제야 눈물을 흘리며 입을 열었다.

"나는 도둑이 아닙니다. 사실은 아가씨를 너무 좋아하기 때문에 한번 가까이서 뵙고 싶어 그랬을 뿐이에요."

사람들은 그가 몇 겹이나 되는 담장을 뚫었다는 사실에 의구심을 품다가 이 일은 나어린 소년 혼자서 해낼 수 있는 바가 아니라는 결론을 내렸다. 그러자 곽생은 호미를 꺼내며 그것이 보통 호미가 아님을 설명했다. 모두들 호미를 시험해 보고 깜짝 놀라면서 이야말로 신이 내린 물

청아의 방에 침입했다가 하인들에게 붙잡힌 곽생

건이라고 추측하다가 무씨 부인에게 사건을 아뢰려고 하였다. 그런데 그 와중에 청아만은 고개를 푹 수그린 채 내키지 않는다는 표정으로 골똘히 생각에 잠기는 것이었다. 사람들은 아가씨의 심사를 눈치 채고 이렇게 말했다.

"이 아이의 명성과 가문은 모두 나무랄 데 없습니다. 차라리 일단 풀어주어 돌려보냈다가 다시 매파를 보내오도록 하는 것이 낫겠어요. 내일 아침에 도둑이 들었다는 핑계를 꾸며 부인께 아뢰면 어떻겠습니까?"

청아가 대답하지 않자 사람들은 곽생을 떠밀며 어서 나가라고 재촉했다. 곽생이 호미를 돌려달라고 요구하자 모두들 와르르 웃음을 터뜨리며 한마디씩 던졌다.

"정말 미련한 녀석이군! 아직도 흉기를 잊어버리지 않았나?"

곽생은 베갯머리에 떨어진 봉황잠 하나에 힐끗 눈길을 보내더니 슬그머니 주워 소맷자락 안에 집어넣었다. 눈치 빠른 계집종 하나가 그것을 눈치 채고 얼른 아가씨께 고했지만 청아는 아무 말이 없었고 화도 내지 않았다. 할멈 하나가 곽생의 목덜미를 두드리며 말했다.

"이 사람더러 바보라고 하지 말아라. 마음 씀씀이가 영리하기 짝이 없구나."

할멈은 또 곽생을 이끌어 그가 뚫은 개구멍으로 내보내주었다.

곽생은 집으로 돌아온 뒤 어머니께 감히 사실을 아뢸 수 없었으므로 그저 한번만 더 매파를 보내 혼삿말을 넣어달라고 부탁했다. 그의 어머니는 차마 딱 부러지게 거절하기가 어려웠으므로 여러 곳에 매파를 놓아 급히 다른 좋은 혼처를 물색했다. 청아는 그런 상황을 전해 듣자 자신도 모르게 다급한 심정이 되어 암암리에 심복을 보내 자기의 뜻을 곽생의 어머니에게 알렸다. 곽생의 어머니도 대단히 기뻐하며 당장 매파를 불러 무씨네로 보냈다.

그런데 공교롭게도 나어린 계집종 하나가 지난번에 있었던 곽생의 무단 침입을 소문내는 바람에 청아의 어머니 무 부인까지 그 일을 알게 되었다. 부인이 이를 치욕스럽게 여기며 분노를 삭이지 못하고 있을 때 마침 매파가 찾아와 화를 더 부채질하고 말았다. 부인은 마구 삿대질을 하면서 곽생을 욕하다가 급기야는 그의 어머니까지 걸고넘어지게 되었다. 쥐구멍을 찾으며 되돌아온 매파가 그런 사정을 모두 고해바치자 곽생의 어머니 역시 화가 머리 꼭대기까지 치밀었다.

"불초한 자식놈이 그런 짓을 저질렀을 줄은 꿈에도 몰랐네. 그렇다고 나한테까지 이런 무례를 저지르다니! 엉켜 잠잔 것이 발각났다면 왜 직후에 그 음탕한 연놈들을 한꺼번에 잡아 죽이지 않았단 말인가?"

이때부터 곽생의 어머니는 무씨네 친척들을 만나기만 하면 그 일을 까발리며 분노를 터뜨렸다. 청아는 소문을 듣자 부끄러워 다만 죽고 싶을 따름이었다. 무 부인도 자신의 경망한 입놀림을 몹시 후회하게 되었지만 이미 엎질러진 물이라 곽생의 어머니가 퍼뜨리는 소문을 막을 재간이 없었다. 청아는 남몰래 곽생의 어머니에게 사람을 보내 당시의 상황을 설명하면서 아울러 다른 사람에게는 절대 시집가지 않겠다고 맹세했다. 그 말이 얼마나 슬프고 간절하던지 곽생의 어머니도 감동하여 다시는 다른 사람에게 그녀의 욕을 하지 않게 되었다. 하지만 곽생의 혼사에 대한 논의도 그로 말미암아 자연스레 중단되고 말았다.

그 무렵 섬서 출신의 구공(歐公)이 그 고을의 현령으로 부임했는데 마침 곽생의 글을 보고 그를 대단한 인재로 여기게 되었다. 그는 수시로 곽생을 내아(內衙)로 불러들여 이야기를 나누면서 극구 총애하여 마지않았다. 어느 날 구공이 곽생에게 물었다.

"혼인은 했는가?"

"아직 미혼입니다."

곽생의 대답에 구공은 좀더 자세하게 알고 싶다며 사정을 물었다.

"예전에 제가 어릴 때 무 평사의 딸과 혼약을 맺은 적이 있습니다. 하지만 나중에 작은 오해가 생겨 중도에 일이 결딴났지요."

"아직도 그녀와 혼인하길 원하는가?"

곽생은 얼굴을 발갛게 물들이며 대답하지 않았다. 이에 구공이 웃으면서 장담했다.

"내가 꼭 자네 소원을 이뤄주고야 말겠네."

그는 즉시 현위와 교유(敎諭)를 파견하여 무씨 집안에 폐백을 들이도록 명령했다. 무 부인도 기뻐하여 마지않았고 마침내 혼인 결정이 났다. 해가 바뀐 뒤 곽생은 청아에게 장가를 들었다. 그녀는 곽씨 집안의 대문에 들어서자마자 곧 문제의 호미를 땅바닥에 내동댕이치며 말했다.

"이 도적놈의 물건, 당신이나 가져가세요!"

곽생은 웃으면서 말했다.

"중매쟁이를 잊어선 안 되지!"

그는 호미를 보물처럼 간수하며 한시도 몸에서 떼놓지 않았다.

청아는 사람됨이 온순하면서도 말수가 적었다. 그녀는 하루에 세 번 시어머니께 문안드리는 일을 빼고는 줄곧 방문을 닫아걸고 조용히 앉아 있기나 할 뿐 가사일에는 그다지 관심을 두지 않았다. 곽생의 어머니가 가끔 가다 문상이나 생일 잔치에 가게 되면 청아는 집안일을 경우마다 잘 처리했으며 어느 하나 법도에서 어긋나는 일이 없었다. 일년여가 지난 뒤 그녀는 아들을 낳았고 이름을 맹선(孟仙)이라 붙였다. 청아는 아이에 관한 일체를 유모에게만 맡기고 자신은 전혀 돌보지 않았으므로 자식을 별로 사랑하지 않는 어머니처럼 보이기도 하였다.

다시 사오 년이 지난 어느 날, 청아가 별안간 곽생에게 작별 인사를 했다.

"우리 두 사람의 인연은 오늘로 벌써 팔 년이나 되었군요. 이제 만남은 짧고 이별은 끝이 없게 되었으니 장차 어쩌면 좋을까요!"

곽생은 깜짝 놀라며 그 말이 의미하는 바가 무엇인지 물었으나 청아는 더 이상 대답하지 않고 입을 닫아버렸다. 그녀는 정성껏 화장을 하고 어머니를 뵙더니 다시 자기 방으로 들어갔다. 곽생이 뒤따라 들어갔더니 청아는 침상 위에 반듯이 누웠는데 벌써 숨이 끊어져 있었다. 어머니와 아들은 애통함을 이기지 못하면서도 좋은 관을 사들여 그녀의 장례를 치렀다.

　당시 곽생의 모친은 이미 나이가 들어 기력이 쇠한 상태였다. 그녀는 언제나 어린 손자를 껴안고 며느리를 그리워하면서 슬픔으로 애간장을 녹이다가 마침내 병을 얻어 몸져눕고 말았다. 어떤 음식도 구역질이 나 목구멍으로 넘길 수 없었지만 그래도 어죽만은 먹고 싶어 미칠 지경이었다. 하지만 공교롭게 하인들까지 죄다 먼 곳으로 심부름을 나가 집안에는 아무도 없는 상태였다. 곽생은 본래 효성이 지극한 성품이었으므로 하인들이 돌아올 때까지 기다릴 수 없어 돈을 챙겨 혼자서 길을 떠났다. 그는 밤낮을 가리지 않고 부지런히 걸어 마침내 물 좋은 생선을 손에 넣을 수 있었다.

　귀로에 오른 그가 산속에 이르자 해는 어느덧 서산으로 뉘엿뉘엿 기울고 있었다. 두 발에 물집이 잡힌 곽생은 절룩절룩 한 걸음이 천근만근이었다. 문득 뒤편에서 노인 한 사람이 다가오더니 그에게 물었다.

　"다리에 물집에 생긴 게 아니오?"

　곽생이 그렇다고 대답하자, 노인은 그를 길가에 앉히고 부싯돌로 불을 붙였다. 그리고 종이봉지에 싼 가루약을 태워 곽생의 두 발에 연기를 쐬더니 다시 걸어보라고 시켰다. 그러자 발은 더 이상 아프지 않을뿐더러 걸음걸이마저 더욱 빨라지고 가벼워져 있었다. 감사 인사를 늘어놓는 곽생에게 노인이 물었다.

　"무슨 일이 이리도 급한 게요?"

　곽생은 어머니가 와병중임을 밝히고 아울러 병을 얻은 원인까지 상세하게 설명해 주었다. 노인이 다시 물었다.

　"왜 새장가를 들지 않소?"

　"아직 좋은 사람을 찾지 못했습니다."

　곽생의 답변에 노인은 산속의 마을을 가리키며 말했다.

　"저기 좋은 처자가 한 명 있다오. 나를 따라갈 수 있다면 내 꼭 당신을 위해 중매를 서드리리다."

곽생은 어머니가 병중이라 생선을 기다리고 있다고 말하면서 지금은 혼인을 논할 겨를이 없다고 사양했다. 노인은 두 손을 모아 곽생에게 작별 인사를 하면서 다른 날 자기 마을에 오게 되면 왕씨를 찾으라고 일러주며 가버렸다.

곽생은 집으로 돌아오자 곧 생선을 요리해서 어머니께 드렸다. 어머니는 약간의 죽을 목에 넘겼고 며칠이 지나자 병도 점차 차도를 보였다. 집안 사정이 좋아지자 곽생은 말을 준비시킨 뒤 하인을 데리고 노인을 찾아나서게 되었다.

곽생은 이전에 노인과 만났던 장소에 이르렀지만 그가 일러준 마을이 어디인지 도무지 찾을 길이 없었다. 한참을 헤매는 사이 해는 벌써 서산으로 기울었고 주변의 산골짜기는 첩첩해서 더 이상 멀리 내다볼 수도 없었다. 그는 하인과 헤어져 각기 다른 산꼭대기로 올라간 뒤 근처에 마을이 있는지 살펴보기로 하였다. 하지만 산길이 가팔라서 더 이상 말을 타고 가기도 어려웠다. 그가 도보로 길을 헤치며 겨우겨우 꼭대기까지 올라갔을 때는 이미 저녁 어스름이 자욱이 깔린 다음이었다.

곽생은 산 정상에서 사방을 내려다보았지만 마을이라곤 전혀 발견할 수 없었다. 내려가려 했더니 이번에는 돌아가는 길을 찾을 수가 없었다. 그의 마음이 조급하고 답답한 나머지 장작불이 활활 타오르는 것 같았다. 가시덤불을 헤치며 전진하던 곽생은 그만 발을 헛디뎌 절벽 아래로 추락하고 말았다. 그런데 몇 척 아래께에 흙으로 쌓은 제단 비슷한 것이 있어 그는 천만다행으로 전혀 다치지 않을 수 있었다. 제단은 사람 몸하나 겨우 받아들일 정도의 넓이에 불과했는데 아래를 굽어보니 까마득해서 밑이 보이지 않았다. 곽생은 무섭고 떨려 조금도 몸을 움직일 수 없었다. 그러나 또 하나 다행스러운 일은 절벽 근처에 작은 나무들이 촘촘히 자라고 있어 흡사 난간처럼 그의 몸을 받쳐준다는 사실이었다.

한참이 지난 뒤 그는 발아래에서 아주 작은 동굴의 입구를 발견했다.

그는 기쁨을 이기지 못하며 등짝을 바위에 밀착시키고 굼벵이처럼 기어 동굴 안으로 들어갔다. 그러자 마음도 약간 진정되면서 날이 밝으면 구조될 수 있을 거란 희망도 생겨났다.

얼마간 시간이 흐르고 나니 동굴 깊숙한 곳에서 별처럼 반짝이는 불빛이 보였다. 곽생은 천천히 그곳으로 다가갔다. 삼사 리쯤 되는 거리에 이르렀을 때, 갑자기 널따란 집 한 채가 나타났는데 등불 없이도 주변은 대낮처럼 환하게 밝았다. 그때 한 아름다운 여인이 집안에서 걸어나왔다. 곽생이 유심히 바라보니 그녀는 뜻밖에도 자신의 아내 청아였다. 청아도 곽생을 보자 깜짝 놀라면서 물었다.

"서방님, 어떻게 여길 오셨어요?"

곽생은 청아를 보자 뭐라 설명할 겨를도 없이 그녀의 소맷자락을 껴안고 슬피 오열하기 시작했다. 청아는 그를 달래면서 시어머니와 아들의 안부를 물었다. 곽생이 어려웠던 사정을 낱낱이 들려주니 청아 역시 상심을 가누지 못했다.

"당신은 죽은 지 벌써 일년도 넘었는데, 그럼 여기가 저승이란 말이오?"

곽생의 물음에 청아는 이렇게 대답했다.

"아니에요. 이곳은 신선이 사는 동굴이랍니다. 예전에 저는 죽은 게 아니었어요. 당신들이 파묻은 것은 그저 대나무 지팡이 한 자루였을 뿐이지요. 서방님이 이곳에 오신 것을 보면 신선이 될 인연을 타고났나 봐요."

그녀는 곧 자기 아버지에게 곽생을 인도했다. 청아의 부친은 수염이 길고 훤칠하게 생긴 노인으로 마루 위에 앉아 있었다. 곽생이 황급히 절을 올리는 사이, 청아가 아버지께 아뢰었다.

"곽 서방이 왔어요."

노인은 깜짝 놀라 일어서더니 곽생의 손을 잡고 집안일들을 두루 묻다가 이렇게 말했다.

"사위가 와서 참 잘되었네. 자네도 물론 여기서 살 테지?"

곽생은 늙으신 어머니가 아들을 기다린다는 이유를 들어 오래 머물 수 없다고 사양했다.

"나도 그 상황을 안다네. 하지만 사나흘 늦어지는 것쯤이야 무슨 상관 있겠나."

노인은 말을 마친 뒤 술과 안주를 차려 사위를 대접했고 또 계집종에게 서쪽 사랑채를 치워 잠자리를 마련하고 비단이불을 깔아주라고 지시했다. 술자리가 파해 물러나온 곽생은 청아와 함께 잠자리에 들려 했지만, 그녀는 완강하게 거부했다.

"여기가 어디라고, 어찌 그런 난잡한 짓이 용납되겠어요?"

곽생은 그녀의 팔을 잡은 채 놓아주지 않았다. 창문 밖에서 계집종들의 키득거리는 웃음소리가 들려오자 청아의 부끄러움은 갈수록 더해만 갔다. 두 사람이 바야흐로 서로 밀고 당기면서 실랑이를 벌이는 사이, 노인이 갑자기 방안으로 들어서며 호통쳤다.

"이 속물이 우리 동굴을 온통 더럽히고 있구나! 냉큼 떠나지 못할까!"

곽생은 원래가 지기 싫어하는 성미인 데다 꾸지람까지 듣고 나니 수치심을 가누기 어려워 얼굴을 붉히며 대거리했다.

"남녀간의 사랑은 사람이라면 누구나 헤어날 수 없는 것입니다. 어른이 되어서 우리를 몰래 엿보시다니요! 당장 떠나는 것은 어렵지 않지만 청아는 제가 꼭 데려가야 하겠습니다."

노인은 할 말이 없었던지 딸에게 곽생을 따라가라고 하면서 뒷문을 열어 그들을 전송했다. 그러나 노인의 속임수에 넘어간 곽생이 먼저 문밖에 나서자마자 아버지와 딸은 즉시 합심하여 같이 문을 닫고 그 자리를 떠났다.

곽생이 뒤를 돌아보니 깎아지른 듯한 절벽만이 눈앞에 가로놓여 있고 틈새라곤 전혀 찾을 길이 없었다. 외로운 그림자가 자신을 벗하고 있을 뿐 어디로 가야 할지 그 또한 막막할 따름이었다. 하늘을 우러르니 기우는 달은 허공에 높이 걸렸고 별도 이미 성글었다. 그는 서글픔에 휩싸여 한참을 우두망찰 그 자리에 선 채로 시간을 보냈다. 슬픔이 다하자 이번에는 원한이 사무쳐올라 절벽을 향해 큰소리로 울부짖었지만 응답하는 이라곤 전혀 없었다. 곽생은 분노가 머리끝까지 치솟아 허리춤에서 호미를 빼어 들고 안간힘을 다해 바위를 깎기 시작했다.

곽생이 안쪽을 향해 맹렬하게 파헤쳐 들어가자 순식간에 서너 자 깊이로 돌이 깎여나가면서 사람 말소리가 희미하게 들려왔다.

"정말 골칫덩이로군!"

곽생은 더욱 힘을 내서 서둘러 바위를 깎았다. 갑자기 동굴 아래쪽에서 사립문 두 짝이 활짝 열리며 청아가 떼밀려 나오더니 이런 말이 들려왔다.

"빨리 가라! 빨리 가!"

절벽은 곧 다시 합쳐졌고 청아는 그에게 원망 섞인 푸념을 늘어놓았다.

"나를 사랑하여 아내로 삼았다면서 장인을 이런 식으로 대하는 법이 어디 있어요? 어디서 굴러먹다 온 늙은 도사가 당신에게 이런 흉기를 내줘 사람을 성가시게 만들었을까?"

곽생은 청아를 손에 넣자 소원을 이룬 것이 흡족해서 더 이상은 따지지 않았다. 하지만 길이 험해 돌아갈 일이 걱정이었다. 청아는 나뭇가지 두 개를 꺾어 들었고 둘은 각자 그 위에 올라탔다. 순간 나뭇가지가 말로 변하면서 바람처럼 달렸고 그들은 잠깐 사이 집에 도착했다. 그때는 곽생이 집을 나간 지 벌써 이레나 지난 다음이었다.

당초 곽생이 종과 헤어지고 난 뒤, 종은 주인을 찾아 사방을 헤맸다. 하지만 아무리 산을 뒤져도 사람을 찾을 수 없자 그는 일단 집으로 돌아와 곽생의 어머니께 사실을 아뢰었다. 어머니는 사람을 보내 산골짜기 곳곳을 샅샅이 뒤졌지만 실낱같은 단서도 발견되지 않았으므로 당황하고 초조해하던 참이었는데 별안간 아들이 돌아왔다는 소식이 들리자 반갑고 기쁜 마음에 황급히 마중을 나갔다. 고개를 드는 순간 며느리의 모습이 보이자 어머니는 너무 놀라 거의 기절할 지경이었다. 곽생이 그간의 사정을 대강 설명했더니 어머니도 기뻐 어쩔 줄을 몰랐다. 청아는 자신의 기이한 행적이 이웃 사람들의 입방아에 오를 것을 염려하여 다른 지방으로 이사를 가자고 졸랐고 어머니도 그녀의 말에 따르기로 하였다. 마침 다른 군(郡)에 곽씨 집안의 별장이 있었으므로 그들은 날을 받아 그곳으로 이사를 갔고 덕분에 청아가 돌아온 사실을 아는 이는 단 한 명도 없게 되었다.

그들은 십팔 년 동안을 함께 살았고 그동안 딸도 하나 낳아 같은 고을에 사는 이씨에게 시집을 보냈다. 그 뒤 어머니가 천수를 누리고 생을 마치자 청아는 곽생에게 이렇게 말했다.

"우리 집안의 밭 가운데 꿩이 여덟 개의 알을 품은 곳이 있는데 그 땅이 묏자리로 아주 적합합니다. 당신네 부자 두 사람이 관을 지고 가 그곳에 하관을 하세요. 아들이 벌써 성인이 되었으니 그 아이로 하여금 여막을 지키게 하고 시묘살이를 시킵시다. 그러면 다시 이곳으로 돌아올 필요가 없지요."

곽생은 그녀의 말에 따라 장례를 치른 뒤 혼자서 돌아왔다. 달포쯤 지난 뒤 맹선이 집으로 돌아와 부모님을 뵈려 하니 그들은 이미 간 곳이 없었다. 집을 지키던 늙은 노복에게 물었더니 이렇게 대답할 뿐이었다.

"장례를 치르러 떠나신 뒤 아직 돌아오지 않으셨습니다."

맹선은 뭔가 변고가 생겼음을 알았지만 찾을 방도가 없었으므로 그저 한숨만 내쉴 따름이었다.

맹선은 원래 문명(文名)을 크게 떨쳤으나 시험장에 들어가기만 하면 운이 따르지 않아 나이 마흔이 되도록 급제를 못하고 있었다. 훗날 그는 발공(拔貢)[5]의 자격으로 순천부(順天府)에서 실시하는 향시를 치르게 되었다. 그런데 같은 방에서 시험을 보게 된 열일고여덟 살가량의 동호생(同號生)[6]이 풍채가 준수하고 태도가 시원스러워 맹선의 마음에 흠뻑 들었다. 홀낏 그의 답안지를 넘겨보았더니 순천부의 늠생(廩生) 곽중선(霍仲仙)이라고 씌어 있었다. 맹선이 깜짝 놀라 눈을 둥그렇게 뜨면서 자기의 성명을 소개하니 상대방 역시 신기하게 여기며 그의 고향과 관적을 묻는 것이었다. 맹선이 일일이 대답하자 중선은 몹시 기꺼운 모습으로 이렇게 말했다.

"제가 시험을 치러 서울로 올라올 때 아버님께서는 시험장에서 만약 산서성 출신으로 곽씨 성을 가진 사람을 만나게 되면 우리 일족이니 의당 친하게 잘 지내야 한다고 당부하셨습니다. 지금 과연 그 말씀이 맞아떨어졌군요. 하지만 이름자가 이렇게 똑같은 이유가 무엇일까요?"

맹선은 중선의 고조부며 증조부에서부터 부모의 성명까지 하나하나 따져 묻다가 대답을 듣고 나자 깜짝 놀라며 소리쳤다.

"그분들은 우리 부모님이시네!"

중선이 나이가 걸맞지 않는다며 의아한 표정을 짓자 맹선이 대신 설명했다.

"우리 부모님은 두 분 다 선인(仙人)이시라네. 어떻게 생김새를 두고 그분들의 연세를 헤아릴 수 있겠나?"

이리하여 그들의 지난날 행적을 모두 들려주니 중선도 그제야 사실인 것으로 믿게 되었다.

시험이 끝나자 그들은 쉴 틈도 없이 수레를 준비하여 함께 중선의 고향으로 달려갔다. 문간에 도착한 그들을 하인이 영접하며 어젯밤부터 나으리와 마님이 모두 사라져 보이지 않는다고 아뢰자 두 사람은 또다시 놀라지 않을 수 없었다. 중선이 안에 들어가 부인에게 사정을 물었더니, 그녀의 대답은 다음과 같았다.

"어제 저녁에도 모시고 함께 술자리를 했는데 글쎄 어머님께서 이렇게 말씀하시는 거예요. '너희 부부는 나이도 어리고 세상사도 별로 겪어보지 못했지. 내일 큰형이 오게 되면 나도 적이 안심이다' 하고 말입니다. 오늘 아침 일찌감치 방에 들어가 봤더니 두 분 다 안 계시고 방이 텅 비어 있더라고요."

형제는 그 말을 듣자 발을 구르고 통곡하며 애통함을 이기지 못했다. 중선은 그래도 사방으로 사람을 풀어 찾아보려 했지만, 맹선은 그런 짓이 전혀 소용없음을 잘 알고 있었으므로 동생을 만류해 중지시켰다. 이해의 과거에 중선은 거인에 합격했다. 그는 산서가 조상님의 산소가 모셔진 땅이라 하여 형을 따라 고향으로 돌아갔다. 그리고 부모님이 아직 인간 세상에 계실 것을 기대하며 도처로 수색을 계속했지만 끝내 종적을 찾지 못했다.

이사씨는 말한다.

담장을 뚫고 들어가 아가씨의 침대에서 잠을 잤다니, 이는 치정에 눈이 먼 행위렷다. 게다가 절벽을 깎아 장인을 혼냈으니, 이 얼마나 미친 짓거리인가? 선인이 그들을 부부로 맺어준 이유는 단지 곽생의 효심을 불로장생으로 보답하심이었다. 하지만 인간 세상에 섞여들어 부부 생활을 하고 아들딸을 낳으며 죽을 때까지 살았다 한들 또 안 될 바가 무엇이겠는가? 그런데 삼십 년을 살면서 자기 자식을 두 번이나 버린 것은 또 무슨 연고에서였을까? 기이하고 또 기이할 뿐이다!

鴉頭
아두 ─ 기생이 된 여우

　　제생(諸生)[1] 왕문(王文)은 동창부(東昌府) 사람이었다. 그는 젊었지만 사람됨이 몹시 성실하고 차분했다. 한번은 그가 초(楚) 땅으로 유람을 떠나 육하(六河)라는 곳을 지나다가 여관에서 쉬게 되었다. 문밖을 한가로이 산보하던 그는 우연히 같은 동네에 살던 조동루(趙東樓)와 마주쳤다. 그는 장사를 크게 하는 거상으로 몇 년씩 집에 돌아오지 않기가 예사였는데 왕문을 보자 반색을 하면서 손을 잡아당겨 자신의 숙소로 데려갔다. 하지만 그의 방안에는 벌써 어떤 미인이 자리하고 있는 중이었다. 왕문이 깜짝 놀라 뒷걸음질치자 조동루는 그의 옷자락을 잡아당기며 창문 너머로 여자에게 자리를 피하라고 고함을 질렀다. 왕문은 비로소 주춤주춤 안으로 들어섰다. 조동루는 술상을 준비시키며 그에게 안부를 물었다.

　　"여기는 무엇하는 곳입니까?"

　　왕문의 질문에 조동루가 대답했다.

　　"이곳은 기생방이라네. 내가 오랫동안 객지 생활을 하다 보니 잠시 이곳을 빌려 거처로 삼게 되었지."

　　두 사람이 대화를 나누는 동안에도 아까의 그 여자는 끊임없이 들락거렸다. 불편해진 왕문이 안절부절못하다 자리를 뜨며 작별 인사를 했지

182

만, 조동루는 그를 붙잡고 놓아주지 않았다. 잠시 뒤 한 소녀가 문 앞을 지나쳐갔는데 멀리서 왕문을 보더니 자꾸만 눈길을 던졌다. 어여쁜 눈매에는 정이 담뿍 담겼는데 자태며 용모가 아담하고도 수려하여 진정 선녀와 다름없는 미인이었다. 왕문은 평소 단정하면서도 꼿꼿한 사람이었지만 이때에 이르러서는 마치 넋이라도 나간 듯 정신이 없었다. 그가 물었다.

"저 예쁜 여자는 누굽니까?"

"이 집 노파의 둘째 딸일세. 이름은 아두(鴉頭)라 하고 올해 열네 살이지. 그녀를 사모하는 사내들이 몇 번이나 노파에게 큰돈을 주면서 차지하려 했지만 아두는 한사코 고집을 부리며 거절했다네. 그 때문에 노파에게 회초리로 얻어맞기까지 한걸. 아두가 자기 나이가 어리다는 핑계를 대며 애걸하는 바람에 지금까지 적당한 임자를 만나지 못한 걸세."

왕문은 조동루의 설명을 들은 뒤부터는 고개를 숙인 채 입을 다물고 멍하니 앉아 있을 뿐이었다. 묻는 말에 제대로 대꾸도 못하는 그를 두고 조동루가 농담을 걸었다.

"자네, 그녀에게 마음이 기운다면 내가 중매쟁이가 되줌세."

왕문은 여전히 망연자실한 채 대답했다.

"제가 언감생심 그럴 처지이기나 한가요."

그러나 왕문은 해가 서녘으로 기우는데도 돌아가겠다는 말을 입밖에 내지 않았다. 조동루가 또다시 중매를 자청하며 농을 던지자 왕문은 이렇게 응수했다.

"당신의 호의는 정말 감사합니다. 하지만 전대가 텅텅 비었으니 이를 어쩌면 좋답니까?"

조동루는 아두의 성격이 보통이 아님을 잘 알고 있었기 때문에 그녀가 틀림없이 허락하지 않을 거라 지레 짐작하고 시치미를 뗀 채 열 냥의 돈을 부조하겠다고 약속했다. 왕문은 절을 올리며 감사를 표한 뒤 서둘러 돌아갔다. 그리고 지닌 돈을 몽땅 털어 다섯 냥을 마련한 뒤 노파에게 자신의 의사를 전해 달라고 조동루를 졸랐다. 포주 노파는 과연 액수가 적다고 거들떠보지도 않았지만 곁에 있던 아두가 어머니를 설득하고 나섰다.

"어머님은 제가 돈벌 궁리를 안한다고 날마다 야단치셨잖아요. 이제는 저도 어머님의 뜻을 받들어 그 길로 나서렵니다. 저는 이제 막 손님을 받아 접대를 배우는 처지이니 앞으로야 틀림없이 어머님께 보답하게 되겠지요. 액수가 적다고 해서 굴러온 돈줄을 차버리지 말아요."

노파는 딸의 성격이 워낙 고집불통이었던지라 그녀가 손님을 받는 데 동의하고 나서자 뛸 듯이 기뻐하며 승낙한 뒤 계집종을 시켜 왕문을 불러오게 하였다. 조동루는 이미 한 약속을 물리기가 어려웠으므로 왕문의 돈에 약속한 액수를 보태 노파에게 건네주었다.

왕문과 아두는 꿈같이 즐거운 시간을 보낼 수가 있었다. 이윽고 일을 다 치르고 난 아두가 왕문에게 말했다.

"저는 화류계의 천한 계집이라 당신의 짝이 되기에는 모자라요. 오늘 당신의 두터운 사랑을 받고 보니 그 은혜가 태산처럼 무겁기만 하군요. 당신은 가진 돈을 다 털어 하룻밤의 환락을 사버렸으니 당장 내일부터는 어쩔 작정이신가요?"

목이 멘 왕문이 눈물을 흘리며 말을 잇지 못하자, 아두는 계속해서 말했다.

"슬퍼하지 마세요. 저는 이런 곳에 몸을 의탁하고 있지만 진정 원해서 그런 것은 아니랍니다. 다만 당신처럼 충직하고 성실하여 몸을 맡길 만한 사람을 만나지 못했던 것뿐이에요. 부디 밤을 틈타 함께 도망가도록 해요."

왕문은 그 말에 너무 기쁜 나머지 몸을 벌떡 일으켰고 아두도 뒤따라 자리에서 일어났다. 창밖에 울리는 북소리는 벌써 삼경을 가리키고 있었다. 아두가 다급하게 남자 옷으로 갈아입고 변장을 마치자 두 사람은 서둘러 밖으로 빠져나와 왕문이 머물던 여관으로 가 대문을 두드렸다. 왕문은 원래 노새 두 마리를 끌고 온 터였는데 급한 일이 생겼다고 둘러대며 종을 재촉해 길을 떠났다. 아두는 종의 허벅지와 노새의 귀에 부적을 붙이더니 말고삐를 잡아채 전속력으로 질주했다. 달리는 속도가 어찌나 빨랐던지 감은 눈을 뜰 수가 없었고 귓전에는 바람 소리만 윙윙 울릴 뿐이었다. 날 밝을 무렵 그들은 한강(漢江) 어구에 다다랐고 그곳에서 집을 빌려 살기로 하였다. 왕생이 그녀의 신통력에 놀라움을 감추지 못하자, 아두는 자신의 정체를 이렇게 실토했다.

"사실대로 말씀드리면 무섭지 않으시겠어요? 저는 사람이 아니라 여우랍니다. 어머니의 지독한 탐욕 때문에 날마다 학대받다 보니 가슴속 가득 원한만 품게 되었지요. 이제 다행히도 고해(苦海)에서 벗어나게 되었습니다. 백 리 밖의 지역은 어머니의 손길이 미치는 곳이 아니니 우리에겐 아무 탈도 없을 거예요."

왕문은 그 말을 듣고도 두렵거나 의아한 마음이 전혀 생기지 않았으므로 조용한 어조로 입을 열었다.

"안방에서 아름다운 부인을 마주 대하니 실로 꿈만 같소이다. 다만 집 안이라곤 사방 둘러 벽밖에 없으니 나로서는 위안을 찾기가 어렵구려. 종당에는 당신에게 버림받지나 않을지 모르겠소."

"그런 염려 따윌랑 하지 마세요. 이제 우리가 정착하고 장사를 하면 서너 식구쯤이야 어렵더라도 너끈히 살아갈 수 있을 거예요. 우선 나귀를 팔아 장사 밑천을 마련토록 해요."

왕문은 그녀의 말에 따라 즉시 문전에 조그만 점포를 열었다. 그리고 하인과 더불어 온갖 잡일을 직접 처리하며 안에서 술과 마실 것을 팔았다. 아두 역시 삯바느질에 나서 저고리를 짓고 염낭 따위를 수놓아 팔아 날마다 약간의 돈을 벌어들였다. 덕분에 형편은 갈수록 좋아졌고 일년이 지나자 점차로 계집종도 부릴 수 있게 되었다. 이때부터 왕문은 직접 일하지는 않고 그저 하인들을 감독하는 일만을 돌보았다.

하루는 아두가 한동안 말이 없더니 갑자기 얼굴이 일그러지며 입을 열었다.

"오늘 밤 크나큰 재앙이 일어날 텐데, 어쩌면 좋아요?"

무슨 일이냐고 묻는 왕문에게 그녀는 이렇게 대답했다.

"어머니가 벌써 저의 소식을 알고 계세요. 틀림없이 찾아와 저를 끌고 가려 하실 거예요. 만약 언니를 보낸다면 무서울 게 전혀 없어요. 걱정인 것은 어머니가 직접 찾아오는 경우지요."

밤이 깊었을 무렵, 아두는 스스로 축하의 말을 꺼냈다.

"다행이네요. 언니가 오는군요."

얼마 뒤 기생 차림의 한 여자가 대문을 밀치며 안으로 들어섰다. 아두는 만면에 웃음을 띠고 맞아들였지만, 그녀는 도리어 욕부터 퍼부었다.

"이년이 부끄러운 줄 모르고 사내를 따라 도망을 쳐! 어머님이 날더러 네년을 끌고 오라 하셨다."

그녀는 곧 새끼줄을 꺼내며 아두의 목에 결박을 지으려 했다. 아두 역시 성을 내며 소리쳤다.

"한 남자를 좇아 일부종사하는 것이 무슨 죄야?"

여자는 더욱 화가 치밀어 아두를 잡아채려 달려들었고 그 바람에 옷깃이 찢어지고 말았다. 소란통에 집안의 계집종들이 일제히 모여들자 여자는 겁에 질려 밖으로 달려나갔다. 아두가 상황을 설명했다.

"언니가 돌아가면 어머니가 반드시 쫓아올 거예요. 큰 변고가 눈앞에 임박했습니다. 빨리 모면할 방법을 찾아야 해요."

그들은 서둘러 짐을 꾸리며 또 한번 다른 곳으로 이사 가기로 결정했다. 그때 노파가 별안간 안으로 들이닥치며 노기에 차서 소리 질렀다.

"내 진작부터 예의도 모르는 네년 때문에 고생하게 될 줄 알고 있었느니라!"

아두는 무릎을 꿇고 울면서 애걸복걸했지만, 노파는 입을 다물고 그녀의 머리채를 움켜쥔 채 끌고 나갔다. 왕문은 어찌할 바를 모르고 오락가락하며 애를 태우느라 잠자고 먹는 것조차 모두 뒷전이었다. 그는 급히 육하로 길을 떠나면서 돈을 주고 아두를 되찾을 수 있기만 고대했다. 그러나 도착하고 나니 집은 옛날 그대로인데 살고 있는 사람들은 벌써 다른 이들이었다. 아무리 물어봐도 어디로 이사 갔는지 모르겠다는 대답밖에 들을 수 없자 왕문은 슬픔에 겨워 되돌아오고 말았다. 결국 그는 종들을 흩어버리고 재산을 수습하여 고향으로 돌아갔다.

몇 년이 지난 뒤 그는 우연한 일로 수도인 북경에 갔다가 육영당(育嬰堂)[2) 앞을 지나치면서 일고여덟 살가량의 사내아이 하나를 보게 되었다. 그런데 왕문의 하인이 아이가 주인과 너무 닮은 것이 신기해서 자꾸만 돌아보며 눈길을 떼지 못했다.

"아이에게 무슨 구경거리라도 있느냐?"

왕문의 질문에 하인은 웃으면서 사실대로 아뢰었다. 왕문도 따라 웃으며 아이를 자세히 들여다보았다. 아이의 생김새는 매우 귀여웠다. 그는 자신에게 후사가 없고 또 자신을 닮은 아이가 사랑스럽기도 했으므로 육영당에 돈을 주고 아이를 빼냈다. 이름을 묻는 왕문에게 아이는 자신을 왕자(王孜)라고 소개했다.

"너는 강보에 싸여 버려졌다면서 어떻게 본명을 알고 있느냐?"

왕문의 질문에 아이는 이렇게 대답했다.

"육영당에서 저를 키운 분이 이런 말을 해준 적이 있어요. 제가 발견되었을 당시 가슴팍에 '산동(山東) 사는 왕문의 아들'이라고 씌어 있었다고요."

왕문은 소스라치게 놀라 소리쳤다.

"내가 바로 왕문이란다. 그런데 내게 무슨 아들이 있더란 말이냐?"

그는 내심 자신과 이름이 같은 다른 사람일 거라고 넘겨짚었다. 그러나 한편으로는 흐뭇한 기분도 들면서 아이에 대한 사랑이 더욱 각별해지는 것을 느낄 수 있었다. 그들이 고향으로 돌아온 이래 아이를 본 사람들은 모두 묻지 않고도 그가 왕문의 아들임을 알아보았다.

왕자는 어려서부터 체구가 훤칠하고 기운이 장사였다. 사냥을 좋아해

서 농사짓는 일에는 관심조차 두지 않았고 그저 싸우고 사람을 다치게
하는 것만을 즐겼는데 왕문도 그를 제어할 도리가 없었다. 왕자는 또 자
신이 귀신이나 여우를 볼 수 있다고 큰소리치곤 하였다. 사람들은 아무
도 그 말을 믿지 않았지만 마침 같은 마을에 여우에게 홀린 사람이 생
기자 그를 불러 상황을 알아보게 하였다. 왕자는 그 집에 도착하자마자
곧 여우가 숨어 있는 장소를 짚어내면서 동시에 몇 명의 장정에게 지목
된 장소를 두들겨 패라고 지시했다. 사람들이 그의 말대로 몽둥이를 휘
두르자 곧 깽깽거리며 우는 여우의 비명이 들려왔고 이어 털과 피가 뒤
섞여 마구 흩날리더니 그 뒤로는 다시 변괴가 일어나지 않았다. 이로 말
미암아 사람들은 그를 더욱 기이한 눈으로 바라보게 되었다.

하루는 왕문이 시장에 나갔다가 별안간 조동루와 마주쳤다. 그는 다
떨어진 의관을 걸친 초라하기 짝이 없는 행색이었다. 깜짝 놀라 어디서
오는 길인지 묻는 왕문에게 조동루는 얼굴을 일그러뜨리며 잠깐 틈을
내달라고 부탁했다. 왕문이 그를 데리고 집으로 돌아와 술상을 차리게
한 뒤에야 조동루는 비로소 말문을 열었다.

"노파는 아두를 끌고 돌아와 무자비할 정도로 매질을 했지. 북방으로
이사를 간 다음부터 또다시 그녀의 뜻을 꺾으려고 갖은 방법을 다 동원
했지만 아두는 죽기를 맹세코 두 마음을 품지 않았네. 마침내 그녀는 감
금당하고 말았어. 그러던 어느 날 아두가 아들을 낳자 노파는 아이를 길
바닥에 내버리고 말았다네. 듣자 하니 아이는 육영당에 있다고 하던데
아마 벌써 장성했을 거야. 그 아이는 바로 자네의 친혈육일세."

그 말에 왕문은 눈물을 뿌리지 않을 수 없었다.

"하늘이 보우하사 제 아들은 벌써 애비 곁으로 돌아와 있습니다."

그는 자초지종을 조동루에게 들려주면서 궁금했던 것을 물어보았다.

"어르신은 어쩌다 이 지경으로 몰락하셨습니까?"

조동루는 한숨을 내쉬면서 말했다.

"내가 이제야 유곽의 계집한테 너무 진지하면 안 된다는 걸 깨달았다

네. 자업자득이지. 내가 더 무슨 말을 할 수 있겠나!"

당초 노파가 북쪽으로 이사를 가자 조동루도 장사 짐을 옮겨 그들을 따라나섰다. 무거워서 갖고 가기 어려운 물건은 모두 헐값에 팔아넘긴 데다 도중의 운반 비용과 여비도 만만찮았으므로 그는 본전을 크게 까먹게 되었다. 데리고 있는 계집이 그에게서 갈취해 가는 돈은 끝이 없을 지경이었다. 그렇게 몇 년이 지나자 그의 돈은 모두 탕진되고 말았다. 노파는 조동루가 가진 돈을 모두 홀랑 날린 줄 알게 되자 조석으로 눈을 흘기며 그를 구박했다. 계집도 다른 돈 많은 사내와 차츰 정분이 나더니 나가서 몇 밤씩 자고 돌아오지 않기가 예사였다. 조동루는 참을 수 없을 정도로 격분했지만 어쩔 도리가 없었다.

하루는 노파가 외출을 했다. 그 틈에 아두는 창문 너머로 소리쳐 조동루를 부르더니 이렇게 말했다.

"화류계에는 원래 진정한 사랑이 없답니다. 그들이 아끼고 사랑하는 것은 그저 돈밖에 없어요. 당신이 여기서 머뭇거리고 떠나지 않는다면 장차 크나큰 화를 입게 될 것입니다."

조동루는 그 말을 듣자 마치 꿈에서 깨어난 것처럼 처음으로 두려움을 느꼈다. 떠나기에 앞서 그는 살그머니 아두를 만나러 갔다. 그녀는 편지 한 통을 건네주며 왕문에게 전해 달라고 부탁했고 조동루는 그 즉시 고향으로 길을 떠났다. 왕문에게 이런 상황을 모두 설명한 조동루는 곧바로 아두의 편지를 꺼냈다. 편지의 내용은 다음과 같았다.

저는 이미 우리 자아(孜兒)가 당신의 슬하에 있는 것을 알고 있습니다. 제가 겪은 액운은 동루 선생께서 상세히 말씀해 주실 거예요. 이 모두가 전생에 지은 업보 때문이니 더 이상 무슨 말을 하겠습니까! 제가 갇혀 있는 방은 깜깜해서 하늘의 태양도 보이지 않습니다. 날마다 회초리로 얻어맞은 상처가 터지고 배고픔의 불길은 심장을 지지는 것 같네요. 하루 해 바뀌는 것이 마치 일년을 보내는 것만 같고요. 당신은 우리가 한강 근처에 살던 시절 홑이불 한 장으로 눈 내리는 겨울밤을 지새우며 서로를 꼭 껴안고 추위를 녹이던 일을 아직도 기억하시나요? 만약 잊지 않으셨다면 아들과 상의하여 저를 꼭 곤경에서 구해 주세요. 어머니와 언니가 비록 잔인하기는 하지만 그래도 저의 혈육이니 그들을 상하게 하지 말라고 아들에게 당부해 주세요. 이는 제 소원이에요.

왕문은 편지를 읽고 나자 흐르는 눈물을 주체할 길이 없었다. 그는 곧 조동루에게 돈과 비단을 주어 사례한 뒤 돌려보냈다.

그 당시 왕자는 벌써 열여덟 살의 장성한 젊은이였다. 왕문이 아들에게 전후 사정을 들려주며 아울러 모친의 편지를 보이자, 그는 두 눈을 찢어지리만큼 부릅뜨더니 그날로 당장 수도를 향해 길을 떠났다. 오씨(吳氏) 할멈의 거처를 수소문하여 찾아가니 문전에는 수레와 말이 들끓고 있었다. 왕자는 망설이지 않고 곧장 안으로 뛰어들었다. 아두의 언니는 마침 호주(湖州)에서 온 객상과 더불어 술을 마시다가 별안간 왕자의 모습을 보자 넋을 잃으며 얼굴이 새파랗게 질렸다. 왕자는 앞으로 달려나가 그녀를 단칼에 베어 넘겼다. 손님들은 강도가 든 것으로 오해하고 기겁을 하며 놀라다가 문득 여자의 시체에 눈길이 갔는데, 웬걸 그녀는 벌써 여우로 변한 다음이었다. 왕자는 칼을 들고 곧장 내실로 진격했다. 노파는 마침 계집종이 국 끓이는 일을 감독하는 중이었다. 왕자가 방문 쪽으로 달려드는 순간, 그녀는 홀연히 사라져 더 이상 보이지 않았다. 사방을 휘휘 둘러보던 왕자가 급히 화살을 빼 대들보를 겨냥하고 쏘자 여우 한 마리가 심장이 관통된 채 밑으로 떨어져 내렸다. 그는 마침내 칼로 여우의 목을 잘랐다. 그리고 어머니가 갇힌 장소를 찾아내 돌로 빗장을 깨뜨렸다. 어머니와 아들은 서로 얼굴을 마주 대하자 순간 울음이 터져 말문이 열리지 않았다. 가까스로 정신을 추스른 어머니가 노파의 행방을 물었다.

"벌써 죽여버렸습니다."

아들의 대답에 어머니는 원망스런 어조로 그를 나무랐다.

"네가 내 말을 듣지 않았구나!"

그녀는 다시 시체를 들판으로 옮겨 잘 묻어주라고 지시했다. 왕자는 짐짓 응낙한 체하다가 여우의 가죽을 벗겨 깊숙이 간직했다. 그런 뒤 노파의 상자와 궤를 뒤져 돈을 전부 챙긴 다음 어머니를 모시고 집으로 돌아왔다. 왕문 부부는 오랜만의 만남에 슬픔과 기쁨이 서로 엇갈리는 심정이었다. 이윽고 왕문이 오씨 할멈의 행방을 물었더니, 왕자는 이렇게 대답했다.

"제 주머니 안에 있지요."

놀란 왕문이 무슨 뜻인지 묻자, 그는 두 장의 여우가죽을 꺼내 아버지에게 보여주었다. 이를 본 어머니는 노여움이 치받혀 아들에게 욕설을 퍼부었다.

"이 천하의 불효막심한 놈 같으니, 네가 어찌 이럴 수 있단 말이냐!"

그녀는 애통한 나머지 자신의 가슴팍을 있는 힘껏 짓찧으면서 안절부절못하다가 죽겠다는 시늉까지 했다. 왕문은 그녀를 위로하고 극구 달래는 한편, 아들에게 여우가죽을 갖다 묻으라고 명령했다. 왕자는 벌컥 화를 내면서 소리쳤다.

"이제 신세가 좀 편해졌다고 해서 금세 매 맞던 고초를 잊었단 말입니까?"

그 말에 어머니는 더욱 화가 치밀어 울음을 그치지 않았다. 왕자는 가죽을 묻을 수밖에 없었다. 그가 집으로 돌아와 부모에게 사실을 아뢰자 아두도 차츰 평정을 되찾았다. 왕문은 아두가 돌아온 이후 집안이 날로 번창하자 편지를 전해 준 조동루가 몹시 고맙게 느껴졌다. 이리하며 막대한 돈으로 은혜에 보답했는데, 조동루도 그제야 오씨 할멈 모녀가 여우였다는 것을 알게 되었다.

왕자는 부모에 대한 효성이 몹시 극진했다. 하지만 누구라도 그를 거스르면 당장 큰소리가 나기 일쑤였는데 아두는 그런 아들을 두고 보다 마침내 왕문에게 말을 꺼냈다.

"우리 아들의 몸에는 쇠힘줄이 들어 있어요. 만약 그것을 잘라내지 않는다면 결국 살인이 나서 가산을 다 말아먹게 될 거예요."

그들은 아들이 잠들기를 기다렸다가 몰래 그의 손발에 포승을 묶었다. 왕자는 잠에서 깨어나는 순간 깜짝 놀라며 소리 질렀다.

"저는 죄가 없어요."

어머니는 아들에게 찬찬히 설명했다.

"우리는 너의 잔인한 습성을 고치려는 것뿐이다. 너무 괴로워하지 말거라."

왕자는 고함을 지르며 발버둥을 쳤지만 자신을 묶은 결박에서 벗어날 수는 없었다. 아두가 커다란 침 하나를 왕자의 복숭아뼈 옆으로 서너 푼가량이나 찔러 넣고 있는 힘을 다해 근육을 후벼파 잘라내자 순간 요란하게 뭔가 터지는 소리가 들렸다. 그녀는 또 팔꿈치와 머리통에서도 똑같은 방법으로 근육을 잘라내더니 이윽고 결박을 풀고 아들을 가볍게 두드려준 뒤 편안히 잠자게 하였다.

이튿날 날이 밝자마자 왕자는 부모에게 달려와 아침 문안을 드리면서 눈물로 과거를 참회했다.

"제가 어젯밤 지난날의 소행을 곰곰 돌이켜보니 정말로 사람이 할 짓들이 아니었습니다!"

부모는 그 말을 듣고 더없이 기뻐했다. 이때부터 왕자는 마치 처녀아이처럼 수줍음을 타고 온순해져 동네 사람들의 칭송을 한 몸에 받게 되었다.

이사씨는 말한다.

기생은 모두 여우라는 말이 있지만 여우가 기생이 됐다는 말은 일찍이 들어보지 못했다. 급기야 기생 어멈 노릇까지 했다니, 이 여우는 짐승 중에서도 천한 상것으로 취급해야 마땅하리라. 결국 천륜을 어긴 외

손자의 손아귀에 죽어 나자빠졌다 한들 무어라고 탓할 게 있으랴? 아두는 백절불굴의 의지로 죽음 앞에서도 절개를 굽히지 않았다. 인간에게서도 보기 드문 미담이 어쩌다 여우에게서 발견된단 말인가? 예전에 당나라 태종(太宗)은 위징(魏徵)이 다른 사람보다 더 어여쁘다고 말했다는데,[3] 나에게는 아두가 바로 그러하구나.

余德

여덕 — 용궁의 물독

　무창(武昌) 사람 윤도남(尹圖南)이 빈 별장을 어느 수재(秀才)에게
세주었다. 그로부터 반년이 지나도록 수재는 주인을 한번도 찾아오지 않
았다.

　어느 날 윤도남은 별장의 대문 앞을 지나다가 때마침 밖으로 나오던
수재와 마주쳤다. 그는 대단히 젊었고 용모와 풍채가 수려했으며 의복과
타고 있는 말의 차림새까지도 우아했다. 윤도남이 쫓아가 말을 걸었더
니, 그는 온화하면서도 교양이 넘치는 사람이었다. 윤도남은 그가 범상
한 사람이 아니라고 느꼈고 집으로 돌아와 아내에게 그를 만난 이야기
를 들려주었다. 그의 처는 선물을 보낸다는 구실로 계집종을 시켜 그 집
을 살펴보게 하였다. 별장에는 선녀보다 아름다운 미인이 있었고 집안
곳곳에 널린 화초며 수석, 의복, 골동품들은 하나같이 예전에는 듣도 보
도 못한 물건들뿐이었다. 윤도남은 그가 어떤 사람인지 가늠할 수가 없
었다. 이리하여 직접 방문해서 만나기를 청했더니 수재는 마침 외출 중
이었다.

　이튿날 그 수재가 어제의 방문에 대한 답방을 왔다. 윤도남은 그가 내
민 명함을 읽고 나서야 그의 이름이 여덕(余德)임을 알게 되었다. 이야
기를 나누는 사이 윤도남이 여덕의 직함과 가문 따위를 꼬치꼬치 캐묻

194

자, 그는 말끝을 흐리며 확실하게 대답하지 않았다. 그래도 거듭 추궁하는 윤도남에게 여덕은 정색을 하고 선언했다.

"당신이 저와 교분 쌓기를 원하신다면 물론 거절할 수 없겠지요. 그러나 이 점 하나는 분명히 알아두십시오. 저는 강도나 도망 다니는 죄인이 아닙니다. 왜 그렇게 꼬치꼬치 제 내력을 알려고 드십니까?"

윤도남은 황급히 사과했고 술상을 차리게 하여 그를 환대했다. 두 사람은 매우 즐겁게 담소를 나눴다. 저물녘이 되자 두 명의 노복이 말을 끌고 등롱을 밝혀 든 채 마중을 와 여덕을 모시고 돌아갔다.

이튿날 여덕은 편지를 보내 집주인을 초청했다. 윤도남이 그의 집에 들어서니 집안의 벽은 온통 빛이 나는 종이로 도배를 해 거울처럼 밝고 깨끗했으며, 사자 모양의 금빛 향로에서는 기이한 향내가 스며나오고 있었다. 또 벽옥으로 만든 어떤 화병에는 제각기 두 자가 넘는 길이의 봉황새의 꼬리 깃털과 공작의 깃털이 두 가지씩 꽂혀 있었다. 다탁 위에 놓인 수정병에도 무슨 이름인지 알 수 없는 분홍색 꽃이 핀 꽃나무가 한 그루 심어져 역시 두 자쯤 되는 높이로 가지와 잎사귀들이 탁자 아래까지 드리워져 있었다. 이파리는 성글었지만 빼곡히 매달린 꽃들은 막 터질 듯 봉오리를 머금은 상태였다. 꽃송이 모양은 마치 물에 젖은 나비가 날개를 살포시 접은 듯했고 꽃자루는 가느다란 더듬이 같았다. 상 위에는 음식 접시가 여덟 개뿐이었지만 그 기막힌 맛이란 이루 형언할 길이 없었다.

각자 자리에 앉고 나자 여덕은 시중드는 동자에게 북을 두드리라 명령하면서 꽃이 피면 이를 주령(酒令)으로 삼자고 제안했다. 북소리가 울리자 수정 화병에 꽂힌 꽃들이 당장이라도 부러질 듯 일제히 흔들렸다. 잠시 뒤부터 나비의 날개가 조금씩 벌어지기 시작했다. 이윽고 북소리가 잦아들더니 갑자기 짧고 깊은 북소리가 한번 '둥' 하고 울렸다. 순간 털처럼 가느다란 꽃자루 하나가 갑자기 부러지더니 금세 나비가 되어 윤도남의 옷자락으로 떨어져 내렸다. 여덕은 웃으며 몸을 일으켰고 커다란 술잔을 윤도남에게 건넸다. 술잔이 채워지자 나비는 나풀나풀 날갯짓하며 날아갔다. 얼마 뒤 북소리가 또다시 울리더니 이번에는 두 마리의 나비가 한꺼번에 여덕의 모자 위로 날아와 앉았다.

"내가 만든 법에 내가 걸려들었군."

여덕은 웃으면서 이렇게 말하고 두 잔의 술을 거푸 들이켰다. 다시 북소리가 세 번 울리자 꽃들이 어지럽게 흩날리더니 두 사람의 옷깃이며 소맷자락으로 날아와 앉았다. 북을 치던 동자가 웃으면서 손가락으로 숫자를 헤아리니 윤도남은 아홉 송이, 여덕은 네 송이였다. 윤도남은 벌써 얼근하게 술이 오른 참이라 규정대로 숫자를 다 채울 수가 없었다. 그는 잔을 들어 억지로 석 잔을 마신 뒤 도망치듯 그 자리를 떠났다. 그리고 이때부터 여덕을 더욱 기이한 눈으로 바라보게 되었다.

하지만 여덕은 다른 사람과의 내왕을 즐기지 않았기 때문에 늘 대문을 닫아걸고 틀어박힌 채 이웃집의 경조사에도 아랑곳하지 않았다. 윤도남은 만나는 사람 모두에게 여덕의 신기한 능력을 과장스레 선전했다. 소문을 들은 사람들마다 다투어 여덕과 사귀고 그의 환심을 사려 하는 바람에 대문 밖은 찾아온 손님들로 항상 인산인해였다. 여덕은 번거로움을 견디지 못하고 어느 날 훌쩍 이사를 가고 말았다.

여덕이 떠난 뒤 윤도남은 그가 살던 집에 들어가 보았다. 아무것도 없는 빈 뜨락은 먼지 한 점 없이 깨끗했고 푸른 돌로 쌓은 계단 아래에는 타다 남은 초 토막이 버려져 있었다. 창문 틈새에 낀 찢어진 비단 조각에는 손가락 자국이 아직 또렷했다. 다만 집 뒤켠에 흰 돌로 만든 자그마한 물항아리 하나가 버려져 있었는데 대략 한 섬들이쯤 되는 크기였다. 윤도남은 물항아리을 갖고 집으로 돌아온 뒤 거기에 물을 채우고 금붕어를 길렀다. 일년이 넘도록 항아리 안의 물은 처음 담았을 때와 마찬가지로 맑고 신선했다.

훗날 돌덩이를 나르던 한 일꾼의 실수로 이 물항아리가 깨지고 말았다. 그런데 이상한 일은 항아리 안에 든 물이 바깥으로 흩어지지 않고

북소리 따라 꽃잎은 나비 되어 날아와 앉네

그대로 담겨 있는 것이었다. 외관상 물항아리는 아무 손상 없이 완전했지만 만져보면 허공을 짚는 것처럼 손이 헛돌았다. 독 안으로 주먹을 들이밀자 손 가는 대로 물이 새어나왔고 다시 주먹을 빼면 물도 합쳐졌다. 이 물은 한겨울에도 얼지 않았다.

하루는 항아리 안에 든 물이 갑자기 응고되어 투명한 결정체가 되었다. 그런데도 금붕어는 여전히 자유자재로 헤엄쳐 다니고 있었다. 윤도남은 다른 사람들이 이 보물의 존재를 알까 봐 늘 밀실에 놓아두고 자식이나 사위 같은 친족이 아니면 절대로 보여주지 않았다. 그러나 세월이 흐르면서 소문도 차츰 새어나가 구경하자고 찾아오는 사람들이 문전성시를 이루게 되었다.

납일(臘日)[1] 저녁 물항아리 안의 결정체가 갑자기 풀어지며 물이 되더니 사방으로 흘러 온 땅을 축축하게 적셨다. 금붕어도 어디로 갔는지 행방이 묘연했다. 다만 물항아리가 깨진 파편이 흩어진 채 남았을 뿐이었다.

하루는 홀연히 나타난 한 도사가 물독을 구경하자고 부탁하기에 윤도남은 깨진 쪼가리를 보여주었다.

"이것은 용궁(龍宮)에서 물을 담을 때 쓰던 그릇입니다."

도사의 말에 윤도남은 항아리가 깨진 뒤에도 물이 흩어지지 않더라는 이야기를 들려주었다.

"그것은 항아리의 혼이랍니다!"

도사는 설명을 마친 뒤 항아리 파편 약간을 간절하게 구걸했다. 무슨 용도로 쓰려는지 까닭을 물었더니 이렇게 대답했다.

"이것을 가루로 빻아 약 속에 넣어 먹으면 장수할 수 있지요."

윤도남이 한 조각을 건네주자 그는 기쁨에 겨워 감사 인사를 연발하며 떠나갔다.

封三娘

봉삼낭 — 규방 동무

  범십일낭(范十一娘)은 균성(鄇城) 지방 국자감 좨주(祭酒)의 딸이었다. 그녀는 어려서부터 미모가 뛰어났는데 특히 시 짓는 재주가 빼어나 부모의 사랑을 독차지하며 자라났다. 청혼하는 사람이 나타날 때마다 부모는 딸에게 선보이고 스스로 선택하게 했는데 그녀의 눈에 차는 이는 아무도 없었다.

  상원일(上元日)[1]을 맞아 수월사(水月寺)에서는 여러 비구니가 우란분회(盂蘭盆會)[2]를 거행하게 되었다. 이날 구경하는 여자들이 사방에서 구름처럼 몰려들었는데 십일낭도 그중의 한 명이었다. 바야흐로 사원 곳곳을 돌며 구경하고 있을 즈음, 한 여자가 종종걸음으로 십일낭을 계속 따라다니며 그녀의 얼굴을 쳐다보았다. 무슨 할 말이라도 있는가 싶어 십일낭이 유심히 살폈더니 그녀도 열여섯 살가량의 매우 아름다운 아가씨였다. 십일낭은 그녀가 매우 마음에 들었다. 그리하여 그쪽으로 빈번히 눈길을 보냈더니, 여자는 빙그레 미소 지으면서 물었다.

  "아가씨는 범십일낭이 아니신가요?"

  "그래요."

  십일낭의 대답에 그녀가 다시 말을 붙였다.

  "꽃다운 명성은 익히 듣고 있었어요. 사람들이 전하는 말이 과연 헛된 과장만은 아니었군요."

십일낭도 그녀에게 사는 동네를 물었다.

"저는 성이 봉(封)이고 항렬은 세번째지요. 인근 마을에 살고 있어요."

대답하는 사이 그녀는 십일낭의 팔을 잡아당기며 활짝 웃었는데 말투와 태도가 모두 다정하고 사랑스러웠다. 두 사람은 서로 의기투합하여 도무지 헤어지고 싶은 생각이 들지 않았다.

"어째서 동무하는 이가 아무도 없지요?"

십일낭의 물음에 봉삼낭은 이렇게 대답했다.

"부모님은 일찍 세상을 뜨셨고 집안에는 늙은 할멈 하나뿐이에요. 집을 지키라고 남겨둔 까닭에 함께 오지 못했답니다."

십일낭이 집으로 돌아가려고 채비를 하자 봉삼낭은 눈물까지 글썽이며 서운한 기색을 나타냈다. 십일낭도 마음이 애잔하여 급기야는 자기와 함께 집으로 가자고 제안했다.

"아가씨는 부잣집의 금지옥엽이시고 저는 평소 댁내와 아무 관계도 없던 사람입니다. 물색없이 따라갔다 조롱거리나 되지 않을지 염려스럽네요."

삼낭의 거절에도 불구하고 십일낭은 한사코 그녀를 잡아끌었다. 마침내 삼낭의 입에서도 대답이 흘러나왔다.

"그럼 다른 날 다시 얘기하기로 해요."

십일낭이 자신의 머리에서 금비녀 한 개를 뽑아 그녀에게 선물하자, 삼낭도 트레머리 가장자리에 꽂혔던 비녀를 빼서 답례했다.

십일낭은 집으로 돌아오고 나서도 삼낭이 보고 싶어 견딜 수가 없었다. 그녀가 선물한 비녀를 꺼냈더니 소재가 금도 아니고 옥도 아니었다. 식구들도 무엇으로 만든 물건인지 아무도 알지 못했으므로 십일낭은 그저 기이한 느낌뿐이었다. 십일낭은 날마다 그녀를 기다렸지만 끝내 소식이 없자 마침내 몸져눕고 말았다. 부모는 딸에게 병이 난 원인을 알자 사람을 보내 인근 마을을 두루 수소문하게 했다. 하지만 어디에서도 삼

아름다운 두 소녀, 삼낭과 십일낭의 각별한 우정이여!

낭을 안다는 사람은 나타나지 않았다.

시간은 사정없이 흘러 어느덧 구월 구일 중양절(重陽節)이 되었다. 십일낭은 살이 홀쭉하게 빠져 기운이라곤 전혀 없었지만 그래도 시녀를 졸라 정원까지 부축하게 한 뒤 울타리 동쪽 아래에 자리를 펼치고 앉았다. 문득 한 여자가 울타리 바깥에서 안쪽을 넘겨다보는데 자세히 살펴보니 바로 봉삼낭이었다.

"나를 좀 잡아당겨 줘요."

봉삼낭의 고함에 시녀가 그녀를 향해 손을 내밀었다. 삼낭은 훌쩍 담장을 넘어 안쪽으로 뛰어내렸다. 십일낭은 놀라운 한편 기쁘기도 하였으므로 벌떡 몸을 일으켜 그녀를 자신의 옆자리 방석에 앉혔다. 그리고 그녀가 약속을 어긴 것을 책망하면서 다른 한편 어디서 오는 길이냐고 물었다.

"저희 집은 여기서 상당히 멀어요. 저는 외삼촌 댁에 자주 놀러 오는데 저번에 말씀드렸던 인근 마을은 바로 외갓집을 두고 이야기한 거랍니다. 헤어진 이래로 그리운 심정은 저도 간절했지요. 하지만 가난하고 미천한 사람이 귀한 분과 사귀려니 찾아뵙기 전부터 벌써 부끄럽고 겁이 나지 뭐예요. 계집종에게 구박이라도 당할 것 같은 걱정 때문에 찾아올 수가 없었어요. 방금 전에 담장 밖을 지나가는데 안쪽에서 여자의 말소리가 들리기에 담벼락에 올라가 안을 넘겨다보았지요. 내심 아가씨이기를 바랐는데 뜻밖에도 소원이 이루어졌군요."

십일낭은 병이 난 연유를 그녀에게 들려주었다. 이야기를 들은 삼낭은 눈물을 비 오듯 쏟으면서 말했다.

"제가 이곳에 온 것은 반드시 비밀로 해주세요. 괜스레 말 만들어내기 좋아하는 작자들이 이러쿵저러쿵 지껄여대기 시작하면 정말 감당하기 어렵거든요."

십일낭은 철썩같이 약속하고 함께 방안으로 들어갔다. 그리고 한 침대에서 잠을 자며 가슴에 쌓인 이야기들을 풀어놓자 병도 순식간에 좋아졌다. 두 사람은 자매가 되기로 약속했고 의복과 신발은 서로 바꿔서 입고 신었다. 누구라도 사람이 나타나면 삼낭은 늘 휘장 사이로 몸을 숨기곤 했지만 오륙 개월이 지나자 범공과 부인도 대략적인 상황을 소문으로 들어 알게 되었다.

하루는 두 사람이 바둑을 두느라 골몰한 사이 부인이 슬그머니 안으로 들어섰다. 그녀는 삼낭을 유심히 관찰하다가 깜짝 놀란 표정이 되었다.

"이 아가씨는 진정 우리 딸의 동무로구나!"

그녀는 또 십일낭에게 힐난조로 말을 건넸다.

"규방에 이렇듯 좋은 벗이 있었다니 우리 내외도 몹시 반기는 바란다. 왜 일찍이 말하지 않았니?"

십일낭이 삼낭의 의사를 어머니에게 전달하자, 부인은 그녀를 찬찬히 뜯어보았다.

"우리 딸과 어울려주니 내 마음도 몹시 흐뭇하구나. 왜 우리들한테까지 그 일을 감추려고 하지?"

삼낭은 수줍음 때문에 얼굴을 빨갛게 물들이며 허리띠만 만지작거릴 뿐 전혀 말이 없었다. 부인이 물러가자 삼낭은 작별을 고했다. 하지만 십일낭이 울며불며 매달리는 바람에 그녀는 도로 주저앉지 않을 수 없었다.

하루는 삼낭이 문밖에서 황망히 뛰어들더니 목 놓아 울었다.

"내 한사코 더 이상 머물 수 없다고 말했건만 이제 정말 큰 욕을 당하고 말았어요!"

십일낭이 놀라 무슨 일인지 물었더니,

"방금 전 화장실에 갔는데 어떤 젊은 남자가 갑자기 뛰어들더니만 저를 가로막잖아요. 다행히 도망치기는 했지만 이래서야 제가 무슨 낯으로 살아요!"

하는 대답이었다. 십일낭은 남자의 생김새를 자세히 캐물은 뒤 거듭하여 사과했다.

"너무 놀라지 말아요. 그 사람은 바로 나의 바보 오라비랍니다. 좀 있다가 어머님께 말씀드려 오빠한테 매질을 하라고 이를게요."

삼낭은 그래도 계속 떠나야겠다고 고집을 부렸다. 십일낭이 날이나 밝거든 떠나라고 애원했지만, 그녀는 자신의 주장을 접지 않았다.

"외갓집이 여기서 지척이에요. 그저 사다리를 걸쳐 제가 담장을 넘어가면 그만인걸요."

십일낭은 더 이상 그녀를 만류할 수 없음을 알고 시녀 두 명에게 담장 너머까지 배웅해 주라고 일렀다. 반 리쯤 걸어간 삼낭은 시녀에게 작별을 고하고 혼자서 가버렸다. 시녀가 돌아와 보니 십일낭은 침상 위에 엎드린 채로 흐느끼며 금실 좋은 배우자라도 잃은 듯 슬퍼하는 중이었다.

몇 달이 지났을 때 십일낭의 시녀 하나가 일 때문에 동촌(東村)에 다녀오게 되었다. 황혼 무렵 집으로 돌아오던 그녀는 어떤 노파의 뒤를 따르는 삼낭과 마주쳤다. 시녀가 반가워하며 그녀에게 인사하자, 삼낭도 몹시 서글픈 기색으로 십일낭의 안부를 물었다. 시녀는 다짜고짜 삼낭의 소맷자락을 붙들며 통사정했다.

"삼낭 아씨, 어서 우리 집으로 가십시다. 우리 아가씨가 당신 때문에 다 죽게 되었단 말이에요!"

그 말에 삼낭이 대답했다.

"나 또한 아가씨를 뵙고 싶어. 하지만 다른 식구들에게는 이 일을 알리고 싶지 않구나. 돌아가서 화원의 문을 열어놓아 줘. 그러면 내가 알아서 찾아갈 테니까."

시녀가 돌아와 그 말을 아뢰자 십일낭도 매우 기뻐했다. 삼낭이 시킨 대로 조처하자 그녀는 어느새 화원 안에 들어와 있었다. 두 사람은 오랜만의 만남에 각자 그리웠던 심정을 털어놓으며 밤새도록 조잘조잘 수다를 떨었다. 깊이 잠든 시녀의 모습을 본 삼낭은 몸을 일으켜 십일낭의 침대로 자리를 옮겨 누운 뒤 귓속말을 건넸다.

"저는 아가씨가 아직 정혼하지 않은 것을 잘 알고 있어요. 아가씨의 재주와 용모로 치자면 어디 귀한 댁 자제분이 없을까 봐 걱정이겠어요? 하지만 부잣집의 바람둥이 망나니들은 올려놓고 이야기할 대상이 못 돼요. 만약 좋은 신랑감을 찾고 싶다면 부디 빈부를 따지지 마세요."

십일낭이 옳다고 동의하자, 삼낭은 다시 말을 이었다.

"예전에 우리가 만났던 장소에서 지금 또 불사가 열리는 중이라는군요. 내일 다시 한번 그곳에 가보기로 해요. 제가 꼭 아가씨의 마음에 흡족한 낭군감을 만나게 해드릴게요. 저는 어려서부터 관상에 대한 책을 즐겨 읽었는데 여태까지 틀려본 적이 없답니다."

날이 밝자마자 삼낭은 길을 떠나면서 절에서 다시 만나자고 약속했다. 십일낭이 약속한 장소로 나갔더니 삼낭은 벌써 와서 기다리는 중이었다. 절을 돌며 구경을 마치자 십일낭은 삼낭을 자신의 수레에 태웠다. 손을 잡고 문밖으로 나서던 그들은 마침 지나가던 수재와 마주치게 되었다. 대략 열일고여덟 살가량으로 보이는 그는 아무 장식이 없는 수수한 무명 두루마기 차림이었지만 풍채가 훤칠하고 생김새가 남자다웠다. 삼낭은 슬그머니 수재를 가리키며 말했다.

"저 사람은 장차 한림원에 들어갈 인재로군요."

그 말에 십일낭도 그에게로 힐끗 눈길을 던졌다. 삼낭은 곧 그녀와 작별하면서 말했다.

"아가씨, 먼저 돌아가세요. 저는 곧 뒤따라갈게요."

날이 저물자 삼낭이 과연 뒤따라오더니 자기가 알아낸 사정을 보고했다.

"제가 방금 그 사람에 관해 상세히 탐문하고 왔어요. 그이는 같은 동네에 사는 맹안인(孟安仁)이라 하더군요."

십일낭은 그의 가난을 익히 알고 있었으므로 자신과는 혼인할 수 없겠다고 생각했지만, 삼낭은 설득을 멈추지 않았다.

"아가씨, 어쩌자고 그런 속된 안목으로 사람을 평가하세요! 그 사람이 만약 언제까지나 가난하고 미천할 것 같으면 저는 제 눈깔을 후벼 파고 다시는 세상 선비들의 관상을 보지 않겠어요."

그 말에 십일낭이 입을 열었다.

"그럼 이제 어떡할까요?"

"아가씨의 물건 하나를 주시면 가져가서 그 사람과 혼약을 맺을게요."

"아이고, 언니! 무슨 일을 그렇게 서둘러요? 부모님이 멀쩡히 살아 계신데 만약 허락하지 않으시면 어쩌려고요?"

"제가 이러는 것은 바로 그분들이 동의하기 어려운 일이기 때문이에요. 아가씨의 의지만 꿋꿋하면 죽음이라도 그 뜻을 앗아갈 수 없지 않겠어요?"

십일낭은 한사코 안 된다고 했지만, 삼낭의 고집은 꺾이지 않았다.

"아가씨 혼인의 인연이 벌써 움직이고 있어요. 하지만 운명에 부여된 액운이 아직 다 소멸되지는 않았답니다. 제가 이러는 까닭은 예전에 베풀어주신 은혜에 보답하고 싶어서일 뿐이에요. 저를 곧 출발하게 해주세요. 한걸음에 달려가 예전에 제게 주셨던 금비녀를 아가씨의 뜻이라고 전하며 그 사람에게 선사하겠어요."

십일낭은 좀더 상의하고 싶었지만 삼낭은 벌써 문밖으로 나가고 있었다.

그 당시 맹생은 가난했지만 다재다능한 젊은이로 명성이 높은 편이었다. 마음에 흡족한 배우자를 고르려다 보니 나이가 꽉 찬 열여덟이 되도록 정혼을 못한 처지이기도 했다. 같은 날 그 역시 홀연 눈앞에 나타난 두 미녀를 보고 집으로 돌아와서까지 그들에 대한 생각을 머릿속에서 떨쳐내지 못하고 있었다. 초경이 거의 지났을 무렵, 봉삼낭은 문을 두드리면서 안으로 들어섰다. 등불에 비친 모습을 본 맹생은 그녀가 바로 낮에 보았던 여자임을 깨닫고 몹시 흥분하며 정체를 캐물었다.

"저의 성은 봉이에요. 범씨 댁 아가씨 십일낭의 규방 친구지요."

삼낭의 대답에 맹생은 몹시 기뻐하며 찾아온 이유를 미처 따질 겨를도 없이 그녀를 와락 품안에 껴안았다. 하지만 삼낭은 그를 밀쳐내며 말했다.

"저는 모수(毛遂)가 아니라 바로 다른 이를 추천하러 온 조구생(曹丘生)이랍니다.[3] 십일낭께서 당신과 백년가약을 맺고 싶어해요. 부디 매파를 보내 청혼하여 주시지요."

맹생은 너무나 뜻밖의 말에 소스라치게 놀라며 그 말을 믿지 않았다. 그러자 삼낭은 금비녀를 빼서 그에게 보여주었다. 맹생은 기쁨을 이기지 못하며 스스로 하늘에 대고 맹세했다.

"이렇듯 큰 사랑과 관심을 받게 될 줄이야. 십일낭과 혼인할 수 없다면 차라리 한평생을 홀아비로 마칠 것이오."

삼낭은 그제야 맹생의 곁을 떠났다.

이튿날 아침 맹생은 이웃집 노파에게 범씨 부인을 찾아가 달라고 부탁했다. 하지만 범씨네는 그의 가난을 얕잡아 보고 급기야는 딸과 상의도 않은 채 즉석에서 거절하여 되돌려보냈다. 십일낭은 그 일을 알자 실망을 감추지 못하면서 삼낭이 자신의 앞날을 그르쳤다고 몹시 원망했다. 하지만 금비녀를 회수할 길이 막막했으므로 죽음 외에는 약속을 지킬 도리가 없었다.

다시 며칠이 지났을 때, 그 지방의 한 세력가가 십일낭을 며느리로 삼겠다고 청혼해 왔다. 그는 혼담이 성사되지 않을 것을 염려하여 현령에게 따로 부탁해 그를 중매인으로 내세우기까지 하였다. 당시 그 세력가는 대단한 지위와 권세를 누리고 있었으므로 범공은 그의 비위를 거스를까 싶어 벌벌 떠는 상황이었다. 이리하여 딸에게 의사를 타진했더니, 십일낭은 전혀 기꺼워하는 기색이 아니었다. 어머니가 까닭을 캐물었지만, 그녀는 입을 꾹 다문 채 구슬 같은 눈물만 뚝뚝 떨어뜨릴 따름이었다. 그러다 사람을 시켜 어머니께 암암리에 아뢰길, 맹생이 아니면 죽어도 시집가지 않겠노라고 다짐했다. 범공은 그 말을 전해 듣자 한층 노발대발하다가 마침내 세력가 집안과의 혼인을 허락하고 말았다. 그는 또 십일낭이 맹생과 사사로이 정분을 통했을지도 모른다는 의심이 들어 부랴부랴 날을 잡고 혼인을 서둘렀다. 십일낭은 분한 마음에 먹지도 않고 날마다 자리에 누워 잠만 잘 뿐이었다. 그런데 혼례가 하루 앞으로 닥쳐오자 그녀는 문득 자리에서 일어나 거울 앞에서 정성 들여 곱게 단장을 했다. 어머니 범 부인은 딸의 모습에 내심 기뻐하여 마지않았는데 얼마가 지난 뒤 시녀가 달려와 보고했다.

"아가씨께서 목을 매셨어요!"

온 집안이 발칵 뒤집히며 통곡 소리가 일었다. 범공은 애통하고 후회스런 심정에 가슴을 쳤지만 이미 엎질러진 물이라 사태를 되돌릴 수는 없었다. 사흘 뒤에는 십일낭의 장례가 모두 끝났다.

맹생은 이웃 노파에게 청혼이 거절당했다는 답변을 듣자 분하고 원통해서 죽고만 싶을 뿐이었다. 하지만 여전히 소식을 알아보며 다시 만회할 꿈을 버리지 않던 참에 아가씨가 다른 곳으로 정혼했다는 소문을 듣게 되었다. 그는 분노에 가슴을 끓이며 모든 희망이 사라졌다고 단념했다. 그런데 또 얼마 지나지 않아 이번에는 아가씨가 죽어 이미 장례까지 끝났다는 소식이 들려오는 것이었다. 그는 슬픔에 목이 메었고 아가씨를 따라 당장 죽지 못하는 것이 한스러울 지경이었다.

황혼 무렵 그는 집을 나섰다. 야밤을 틈타 십일낭의 무덤으로 가서 한바탕 통곡이나 할 작정이었던 것이다. 그런데 갑자기 어떤 사람이 그가 있는 쪽으로 다가왔다. 가까워진 뒤 확인하니 다름 아닌 봉삼낭이었다. 그녀가 맹생에게 말을 걸었다.

"축하합니다. 아름다운 인연이 곧 맺어지게 되었군요."

맹생은 눈물을 흘리면서 대꾸했다.

"당신은 십일낭이 벌써 죽은 것도 모르시오?"

"제가 말한 혼인의 인연은 바로 그녀가 죽었기 때문에 이루어질 수 있는 거예요. 당장 하인을 불러 무덤을 파세요. 저에게 신기한 영약이 있는데 그것으로 아가씨를 소생시킬 수가 있어요."

맹생은 그녀의 말대로 무덤을 파고 관을 깨뜨린 뒤 묘지의 흙을 다시 잘 덮어놓았다. 그리고 직접 십일낭의 시체를 짊어지고 삼낭과 함께 집으로 돌아왔다. 십일낭을 침상에 눕히자 삼낭은 그녀의 입에 약을 쏟아 부었다. 대략 두 시간쯤 지났을 때, 십일낭이 정신을 차리더니 삼낭을 올려다보며 물었다.

"여기가 어디지요?"

삼낭은 맹생을 가리키며 말했다.

"이 사람이 바로 맹안인이랍니다."

그녀가 앞뒤 사정을 낱낱이 설명해 주는 동안, 십일낭은 흡사 한바탕 꿈이라도 꾼 듯한 표정이었다. 삼낭은 비밀이 새나갈 것을 염려하여 그들을 이끌고 오십 리 밖으로 옮겨 산간 마을로 숨어들었다.

삼낭은 그들과 헤어져 떠나려고 했지만, 십일낭은 울며불며 그녀를 붙잡은 뒤 따로 별채에 기거하게 하였다. 십일낭은 자신이 죽었을 때 무덤에 부장된 장식품들을 팔아서 생활비로 썼는데 그럭저럭 먹고살기에는 충분한 액수였다. 삼낭은 맹생과 부딪힐 때마다 번번이 자리를 피하곤 하였다. 어느 날 십일낭은 조용한 어조로 삼낭에게 권유했다.

"우리 자매 사이는 친동기간에 못지않아요. 하지만 언제까지나 함께 살 수는 없는 법, 차라리 아황(娥皇)과 여영(女英)을 본받는 게 어떻겠어요?"

"저는 어려서 특별한 구결(口訣)을 얻었고 단전 호흡으로 불로장생할 수 있기 때문에 시집가길 원치 않아요."

삼낭의 대답에 십일낭은 웃음을 터뜨렸다.

"세상에 전하는 양생술은 모두 제각각이면서 종류는 또 이루 헤아릴 수 없이 많다고 하더군요. 그걸 실천해서 효과를 본 사람이 몇이나 되겠어요?"

"내가 얻은 구결은 보통 사람이 모르는 거예요. 세상에 나도는 것은 결코 진짜 구결이 아니랍니다. 오직 화타(華陀)의 오금도(五禽圖)[4]만이 거의 진짜에 가까워 사기가 아니랄 수 있지요. 수련하는 사람들은 모두 혈기의 순행을 원활하게 만들려 하지요. 예컨대 딸꾹질이 났을 때 호랑이 자세를 취하면 당장 딸꾹질이 멎지요. 이 어찌 효험이 없다 하겠어요?"

십일낭은 몰래 맹생과 의논하여 그가 오랫동안 출타하는 것처럼 가장한 뒤 저녁이 되자 삼낭에게 억지로 술을 먹였다. 이윽고 삼낭이 만취하여 몸을 가누지 못하게 된 사이, 맹생은 슬그머니 방으로 잠입하여 그녀를 범했다. 삼낭은 정신이 들자 비통한 어조로 소리쳤다.

"동생이 나를 죽이고 말았네! 금욕의 계율만 깨뜨리지 않았더라면 도가 완성된 후 제일천(第一天)[5]으로 올라갈 수 있었을 것을. 이제 너희들의 간계에 빠지고 말았으니, 이것도 운명이로구나!"

그녀는 곧바로 몸을 일으키면서 작별 인사를 했다. 십일낭은 자신의 진심을 토로하며 용서해 달라고 애원했지만 삼낭은 완강하기만 했다.

"사실대로 말하자면 나는 여우랍니다. 당신의 아름다운 모습에 이끌려 자신도 모르게 연모의 정을 느끼게 되었죠. 그러다 보니 누에가 고치를 짓듯 스스로를 얽매는 꼴이 되었고 마침내는 오늘 같은 불상사가 생기고 말았습니다. 이는 사랑이란 마귀가 일으킨 장난이니 사람의 힘으론 어찌할 수 없는 것이죠. 더 머물게 되면 또다시 재앙이 발생하여 끝간데가 없을 거예요. 아가씨, 당신의 복된 미래는 아직도 멀기만 하답니다. 부디 은인자중하세요."

말을 마치자 그녀는 곧 사라지고 보이지 않았다. 부부는 오랫동안 그저 놀라고 감탄할 뿐이었다.

일년이 지난 뒤 맹생은 향시와 회시에 연달아 급제하여 한림을 제수받았다. 여기에 이르자 그는 범공을 찾아가 명함을 들이밀었다. 그러나 부끄럽고 후회스런 심정뿐이던 범공이 그를 만나려 하지 않았으므로 맹생은 사뭇 간청한 다음에야 겨우 접견실로 들어설 수 있었다. 안으로 들어간 맹생은 대단히 공손한 태도로 사위의 예절로서 절을 올렸다. 범공은 부끄러운 한편 울화가 치밀었고 맹생이 자신을 조롱한다고만 여겼다. 맹생은 다른 사람을 물리쳐달라고 부탁한 뒤 전후의 사정을 낱낱이 이야기했다. 범공은 그의 말을 별로 믿지 않다가 사람을 시켜 맹생의 집을 찾아본 다음에야 비로소 놀라며 기뻐하게 되었다. 그는 맹생에게 비밀을 지켜 소문이 새나가지 않게 해달라고 당부했다. 혹시라도 발생할지 모르는 재앙이 염려스러웠던 것이다.

다시 이 년이 지났다. 예전에 청혼을 했던 그 세력가는 관리에게 뇌물을 바친 죄가 발각나 부자가 함께 요해(遼海)로 귀양을 떠났다. 십일낭은 그때가 되어서야 겨우 친정집을 방문할 수 있었다.

狐夢
호몽 — 꿈속의 여우

　내 친구 필이암(畢怡庵)은 남달리 풍류스럽고 호탕하며 성격이 낙천적이었다. 생김새가 훤칠하면서도 살집이 좋았고 또 수염이 무성했다. 선비들 사이에서도 제법 지명도가 높은 편이었다.

　한번은 그가 일 때문에 숙부 필 자사(畢刺史)의 별장에 갔다가 누각에서 쉬게 되었다. 그 누각은 본래부터 여우가 많이 꼬인다는 소문이 도는 장소였다. 필생은 「청봉전(靑鳳傳)」[1]을 읽을 때마다 매번 동경을 금치 못하면서 또 그런 사랑을 나눠보지 못한 자신을 한탄하던 터였으므로 누각에 올라 깊은 상념에 빠져들었다. 그가 서재로 돌아왔을 때는 해가 벌써 서녘으로 기울 무렵이었다. 마침 찜통더위가 기승을 부리는 한여름이었으므로 그는 문 쪽으로 머리를 두고 잠이 들었다.

　어렴풋이 잠 속에 빠져들던 그를 누군가가 흔들어 깨웠다. 깜짝 놀라 올려다보니 한번도 보지 못한 낯선 부인네인데 나이는 마흔이 넘었지만 왕년의 고운 자태가 아직 시들지 않고 남아 있었다. 필생이 소스라치게 놀라 벌떡 일어나면서 누구냐고 소리치자, 부인은 웃으면서 대답했다.

　"저는 여우랍니다. 당신의 관심을 흠뻑 받고 보니 내심 감격스럽기 그지없군요."

　그 말에 필생이 몹시 기뻐하면서 부인을 희롱하려 들자, 그녀는 터지는 웃음을 감추지 않으며 말했다.

"저는 나이가 너무 많아요. 남들이 보고 혐오감을 느낄 정도는 아니라 해도 제 자신이 먼저 부끄러운걸요. 저에게 시집갈 나이의 딸이 하나 있는데 당신의 시중을 들기에 적당합니다. 내일 밤 집안에 사람을 두지 않으시면 저희가 알아서 찾아오지요."

말을 마치자 그녀는 서둘러 자리를 떠났다.

이튿날 밤 필생은 향을 사르고 앉은 채로 그들을 기다렸다. 부인은 약속한 대로 딸을 데리고 왔는데 아가씨의 자태나 용모는 세상에 필적할 이가 없을 만큼 우아하고 아름다웠다.

"너와 필 서방은 전생의 인연이 있으니 이제는 여기에 머물도록 하여라. 내일 아침에는 일찌감치 돌아오렴. 늦잠 자지 말고."

부인은 아가씨에게 신신당부하더니 혼자서 돌아갔다. 필생은 아가씨의 손을 잡고 함께 휘장 안으로 들어가 더할 수 없이 극진한 사랑을 나누었다. 정사가 끝나자 아가씨는 웃으면서 그에게 농담을 던졌다.

"뚱보 서방님, 당신 무게 때문에 깔려 죽을 뻔했어요!"

그녀는 날도 채 밝기 전에 떠나갔다.

저녁이 되자 아가씨는 제 발로 필생을 찾아오더니 이렇게 말했다.

"저희 자매들이 제게 신랑이 생긴 것을 축하해 주겠대요. 내일 저와 함께 가주셔야겠어요."

"어디로?"

필생의 질문에 그녀는 이렇게 대답했다.

"큰언니가 잔치를 열겠대요. 여기서 멀지 않은 곳이랍니다."

다음날 필생은 약속대로 아가씨를 기다렸지만 한참이 지나도록 그녀는 나타나지 않았다. 몸이 차츰 노곤해진 그가 책상 위에 엎드려 깜박 조는 사이, 아가씨가 별안간 안으로 들어서며 말했다.

"오래 기다리시게 했군요."

아가씨는 필생의 손을 잡고 길을 나섰다. 그들은 금방 커다란 정원이 있는 어떤 장소에 도착했고 곧장 중앙의 건물로 올라갔다. 떨어져서 바라보니 그곳에는 마치 별이 깜빡이듯 등불이 희미하게 빛나고 있었다.

이윽고 주인이 밖으로 나왔다. 나이는 스무 살가량인데 엷은 화장에도 불구하고 미모가 눈부시게 빛나는 여자였다. 그녀는 옷깃을 여미면서 필생에게 축하 인사를 늘어놓았다. 그들이 막 자리에 앉으려고 할 무렵, 시녀가 들어와 아뢰었다.

"둘째 아가씨께서 도착하셨습니다."

곧이어 열일고여덟 살가량의 한 여자가 들어오더니 웃으면서 아가씨를 향해 농을 걸었다.

"동생, 벌써 바가지가 터졌다면서? 그래, 신랑님은 마음에 드니?"

아가씨는 부채로 그녀의 등짝을 후려갈기며 눈을 하얗게 흘겼다. 하지만 둘째는 전혀 아랑곳 않은 채 계속해서 입을 놀렸다.

"어렸을 때 동생과 싸우며 장난치던 일이 기억나는구먼. 동생은 겨드랑이에 간지럼 태우는 걸 유난히 무서워했지. 멀찌감치 손가락으로 가볍게 어루만지기만 해도 터지는 웃음을 도무지 참지 못했으니 말야. 웃고 나서 화가 나면 내게 난쟁이 나라의 막내 왕자한테나 시집가라고 욕을 해댔지. 그러면 나도 덩달아 너는 나중에 털보에게 시집가서 그 조그만 입이 수염에 찔리기나 하라고 맞받아치곤 했었는데, 지금 과연 그 말대로 되었네."

큰언니가 웃으면서 말했다.

"셋째가 네게 화를 내고 저주를 퍼부어도 싸! 신랑을 곁에 두고 어쩌면 버르장머리 없이 이렇듯 함부로 지껄이니!"

잠시 뒤 술잔에 술이 채워지면서 모두들 가까이 다가앉았다. 다 같이 먹고 마시며 즐거운 시간을 보내는데 문득 어린 소녀 하나가 고양이 한 마리를 껴안고 나타났다. 나이는 열두어 살쯤 되었을까, 아직 젖내가 가시지 않은 어린아이였지만 생김새는 가슴이 서늘할 정도의 미인이었다.

"넷째도 형부를 보고 싶었니? 그런데 여기에 자리가 없구나."

큰언니는 이렇게 말하더니 그녀를 껴안아 무릎 위에 앉혔다. 그리고 안주와 과일을 집어 그녀에게 먹여주었다.

　　한참이 지난 뒤 큰언니는 소녀를 둘째의 품으로 옮겨 앉히면서 말했다.

　　"허벅지랑 무릎이 눌려서 아파 죽겠구나!"

　　하지만 둘째는 언니의 뜻에 따르지 않고 종알거렸다.

　　"이렇게 큰 계집애라면 몸무게가 삼천 근은 나갈 거야. 내 뼈는 너무 약해서 감당할 수 없어요. 기왕에 형부를 보러 나왔으니 저 사람더러 책임지라고 해. 재 형부는 원래 우람하고 풍채가 좋잖아. 그 살찐 넓적다리는 무게를 견뎌내고도 남을 거야."

　　둘째는 냉큼 소녀를 안아다 필생의 품에 앉혔다. 품안의 소녀는 향기롭고 말랑말랑했으며 마치 빈자리처럼 무게가 전혀 느껴지지 않았다. 필생이 그녀를 껴안고 같은 잔으로 술을 마시자 큰언니가 걱정스럽게 참견했다.

　　"꼬맹아! 너무 많이 마시지 마라. 취해서 추태라도 보이게 되면 형부에게 비웃음을 살지도 몰라."

　　소녀는 킥킥거리고 웃으면서 손으로 고양이를 어루만졌다. 고양이가 '야옹' 하고 울자, 큰언니가 다시 말했다.

　　"아직도 고양이를 내다버리지 않았니? 벼룩이 다 옮아오겠구나."

　　그때 둘째가 입을 열었다.

　　"우리, 고양이를 갖고 주령(酒令)을 해요. 젓가락을 돌리다가 고양이가 울 때 순서에 걸린 사람이 술을 마시는 걸로요."

　　모두들 그녀의 제안에 찬성했다. 그런데 고양이는 젓가락이 꼭 필생의 손에 놓일 때에만 기승을 부리며 울었다. 필생은 원래 호주가였으므로 큰 잔으로 연달아 몇 잔이나 들이켜다가 비로소 소녀가 일부러 고양이를 울린 것을 눈치 채고 너털웃음을 터뜨렸다.

　　"막내는 그만 돌아가 쉬려무나! 자기 신랑을 짓눌러 죽였다고 셋째 언니한테 원망 듣지 않도록 말야!"

둘째의 권유에 소녀는 고양이를 안고 자리를 떴다.

큰언니는 필생의 주량이 대단한 것을 알자 머리꽂이를 뽑아 술을 붓더니 그에게 마시라고 권했다. 머리꽂이에는 겨우 한 되가량의 술만 담긴 듯했지만 일단 마시기 시작하니 몇 말이나 되는 양으로 느껴졌다. 가까스로 잔을 비운 필생이 다시 잘 살펴보니 그것은 쟁반만큼이나 커다란 연잎사귀였다. 둘째까지 술을 권하려 들자 필생은 더 이상 마실 수 없다면서 사양했다. 그 말에 둘째는 입술 연지를 담는 조그만 상자를 꺼냈는데 크기가 탄환보다 약간 커다란 정도였다. 그녀는 상자에 술을 따르며 말했다.

"술은 더 이상 못 마신다니, 그럼 이 정도로 성의 표시나 하세요."

필생이 상자를 보았더니 한 모금이면 충분할 것 같았다. 그러나 웬일인지 백 모금을 마셔도 도대체 잔이 비워지지 않는 것이었다. 셋째가 곁에 있다가 연꽃 모양의 조그만 술잔으로 상자를 바꿔치기하면서 거들었다.

"저 간사한 인간에게 농락당하지 마세요."

연지 상자를 탁자 위에 내려놓고 보니 원래는 커다란 사발이었다. 둘째가 따지듯 덤벼들었다.

"왜 네가 상관하고 나서는 거야! 고작 사흘 서방으로 모셨다고 이토록 감싸고 돌다니!"

필생은 술을 받아 한 모금에 잔을 비웠다. 그런데 손안에 쥔 술잔이 매끄럽고 물컹거리기에 유심히 살폈더니 그것은 잔이 아니라 자수와 장식이 몹시 정교한 비단 신발 한 짝이었다. 둘째는 신발을 빼앗으며 욕지거리를 퍼부었다.

"교활한 계집애 같으니, 남의 신발은 언제 도둑질해 간 거야! 어쩐지 발이 몹시 시리더라니!"

그녀는 몸을 일으켜 안으로 들어가더니 신발을 바꿔 신었다. 아가씨

216

는 필생을 일으켜 작별 인사를 시키고 마을 밖까지 배웅한 뒤 혼자서 돌아가게 하였다.

순간 필생은 번쩍 눈을 뜨면서 자신이 꿈을 꾸었음을 깨닫게 되었다. 하지만 코며 입속에서는 여전히 술 냄새가 풀풀 풍겨나왔고 술기운도 한창이었으므로 기이한 느낌은 내내 가시지 않았다. 그날 저녁 아가씨가 찾아오더니 그에게 물었다.

"어제 저녁 정신없이 취하지는 않으셨나요?"

"나는 꿈인가 싶었는데."

필생의 대답에 그녀가 대신 설명했다.

"저희 자매들이 당신의 경거망동을 걱정하여 꿈을 칭탁한 거랍니다. 사실은 꿈이 아니었어요."

아가씨와 필생이 바둑을 두게 되면 패배는 언제나 필생 차지였다.

"당신이 날마다 바둑을 즐기시기에 저는 무슨 대단한 고수나 되는 줄 알았어요. 이제 보니 그저 평범할 뿐이로군요."

아가씨가 웃으면서 빈정거리자 필생은 그녀에게 가르침을 청했다.

"바둑 기술은 두는 사람이 저절로 깨치는 것이니 제가 어떻게 당신을 도울 수 있겠어요? 아침저녁으로 갈고 닦으면 혹 실력이 향상될 수도 있겠지만요."

몇 달이 지나자 필생은 자신의 바둑이 약간 늘었다는 느낌이 들었다. 하지만 아가씨는 그와 대국하고 나더니 여전히 웃으면서 말했다.

"아직 멀었네요. 아직도 멀었어요."

하지만 필생이 집밖으로 나가 예전의 바둑 친구들과 대국하면 사람들마다 그의 바둑이 많이 달라진 것을 느끼면서 몹시 신기하게 여기는 것이었다.

필생은 사람됨이 담백하고 솔직해서 평소 가슴에 묻어두는 비밀이 없었으므로 여우 낭자에 관한 일도 서서히 입 밖에 흘리게 되었다. 아가씨는 어느새 그 눈치를 채더니 몹시 화를 내며 그를 책망했다.

"우리 동료들이 심지 없는 사람과는 사귀지 말란 것도 다 이유가 있었군요. 비밀을 지키라고 그토록 여러 번 당부했는데, 왜 이러시죠!"

발끈 성을 내며 떠나려던 그녀는 필생이 손이 발이 되도록 빌며 사죄하자 간신히 화를 가라앉히는 눈치였다. 하지만 이때부터는 전처럼 자주 찾아오지 않고 발길이 점차로 뜸해졌다.

그렇게 일년여의 세월이 흘러갔다. 어느 날 밤 아가씨가 찾아왔으므로 두 사람은 별 말 없이 얼굴을 맞대고 마주 앉았다. 바둑을 두자 해도 두지 않았고 함께 잠자리에 들자 해도 내내 거부하며 말을 듣지 않았다. 그렇게 한참을 처연히 앉아 있던 그녀가 문득 침묵을 깨면서 입을 열었다.

"당신이 보기에 저와 청봉을 비교하면 누가 나아요?"

"당신이 청봉보다야 훨씬 낫고말고."

필생이 과장스레 너스레를 떨자 그녀는 도리질쳤다.

"저 스스로는 그녀만 못함을 부끄러워하고 있어요. 그렇지만 요재(聊齋)[2] 선생은 당신과 문장으로 사귀는 친구이시니 그분께 저의 전기를 짤막하게 지어달라 부탁해 주세요. 당신처럼 여우를 아끼고 사랑하는 사람은 천년이 지나도 다시 없을 거예요."

"나도 전부터 그런 생각을 해왔소. 하지만 당신의 당부를 지키느라 그동안 비밀로 하고 있었지."

"전에는 그래 달라 부탁했지만 이제 곧 헤어질 마당이니 더 이상 무엇을 감추겠어요?"

뜻밖의 선언에 필생이 얼른 그녀가 가는 곳을 물었다.

"어딜 가는데?"

"저와 넷째는 서왕모(西王母)[3]의 부름을 받고 그분의 잔칫상을 차리는 화조사(花鳥使)[4]가 되었답니다. 그래서 다시는 당신을 찾아올 수 없게 되었지요. 예전에 우리 자매들 중 한 사람이 당신의 사촌 형제와 좋아지낸 적이 있습니다. 헤어질 무렵에는 이미 딸을 둘이나 두었던 참이라 지금까지도 시집을 못 가고 있지요. 저와 당신 사이에는 그런 부담이 없어서 참으로 다행이에요.”

필생이 자신에게 무슨 할 말이 없느냐고 물었더니, 이렇게 대답하였다.

“일을 당했을 때 마음을 가라앉히면 허물이 저절로 줄어들 거예요.”

그녀는 말을 마치자 몸을 일으키더니 필생의 손을 붙잡고 당부했다.

“당신이 저를 좀 바래다주세요.”

일 리쯤 걷고 난 뒤 두 사람은 눈물을 흩뿌리며 헤어졌다.

“서로가 가슴 깊이 새기고 있으면 다시 만날 날이 아주 없진 않을 거예요.”

마지막 말을 남긴 그녀는 필생의 곁을 떠났다.

강희 21년(1682) 섣달 열아흐레, 필이암은 작연당(綽然堂)에서 나와 함께 자면서 그 기이한 이야기를 상세히 들려주었다.

“그렇게 멋있는 여우라면 나 요재의 필묵도 영광스러울 걸세.”

나는 기꺼운 어조로 대답하고 그 일을 잘 기록해 두었다.

章阿端

장아단 — 귀신의 죽음

위휘(衛輝)에 사는 척생(戚生)은 풍류를 즐기는 멋스러운 젊은이로
무슨 일을 당해도 겁내지 않는 담력까지 지니고 있었다.

당시 어느 명문가의 큰 저택에서 대낮에도 귀신이 나타나 죽는 사람
이 꼬리를 물자 집주인은 헐값에 집을 팔려고 내놓았다. 척생은 집값이
터무니없이 싼 데 혹해 자신이 사들인 뒤 옮겨 가 살았다. 하지만 집은
넓은 데 반해 식구가 적었기 때문에 동쪽 정원의 정자에 잡초가 무성히
자라 숲을 이루는데도 손을 쓸 수가 없었다. 식구들은 밤만 되면 종종
깜짝깜짝 놀라면서 번번이 귀신을 보았다고 소란을 떨곤 하였다.

그 집으로 들어간 지 두 달 정도 지났을 때 계집종 하나가 죽었다. 또
얼마 뒤에는 척생의 아내가 해질 무렵 정원의 정자에 다녀오더니 병이
들어 며칠 만에 세상을 떠났다. 더욱 겁에 질린 식구들이 다른 곳으로
이사하자고 졸랐지만 척생은 아랑곳하지 않았다. 다만 짝 없는 외로운
신세가 처량하고 한심스러워 스스로 상심할 따름이었다.

시간이 흘러도 귀신을 보았다는 남녀 하인들의 아우성은 도무지 그칠
줄을 몰랐다. 척생은 화가 치밀어 내친 김에 이불 보따리를 싸갖고 허물
어져 가는 정자에 홀로 잠자러 갔다. 그는 촛불을 켜고 대체 무슨 일이
벌어지나 살펴보려 했지만 한참이 지나도록 아무 기척이 없자 마침내

잠 속으로 빠져들었다.

갑자기 누군가가 이불 속으로 손을 뻗더니 척생의 몸을 더듬었다. 설핏 잠이 깬 척생이 올려다보니, 웬 늙수그레한 여종 하나가 눈앞에 서 있었다. 그녀는 귓불이 오그라들었고 머리는 쑥대처럼 헝클어졌으며 허리가 굽고 뚱뚱해서 차마 사람으로 쳐주기가 어려운 몰골이었다. 척생은 그녀가 귀신인 줄 알고 팔목을 붙잡아 냅다 밀치는 한편 웃으면서 말했다.

"자네 꼬락서니를 보아하니 가르침을 받들기는 어렵겠는걸!"

여종은 창피했던지 얼른 손을 빼며 슬금슬금 꽁무니를 뺐다.

잠시 뒤 또 다른 여자가 서북쪽 모서리로부터 모습을 드러냈는데 얼굴과 자태가 앞서의 여종과는 달리 몹시 아름다웠다. 여자는 훌쩍 등불 앞으로 다가들며 성난 목소리로 그를 꾸짖었다.

"어디서 온 겁없는 녀석이기에 무엄하게 여기 누워 있단 말이냐!"

척생은 일어나 앉으며 껄껄 웃음을 터뜨렸다.

"소생은 이 집의 주인 되는 사람이오. 당신한테 방세를 받으려고 기다리던 중이었소."

말을 마치자 그는 벌떡 일어나 벌거벗은 몸으로 그녀를 낚아챘다. 여자는 황급히 달아났지만 척생이 그보다 먼저 서북쪽 모서리로 달려가 그녀의 도주로를 차단했다. 여자는 달아날 길이 막히자 척생이 잠자던 침상 위에 그대로 털썩 주저앉았다. 사내는 여자에게 가까이 다가갔다. 등불 아래서 바라본 그녀의 모습은 마치 선녀처럼 아름다웠다. 척생이 그녀를 서서히 품안에 끌어안자, 여자가 웃으면서 입을 열었다.

"이 정신 나간 양반아, 당신은 귀신이 무섭지도 않나요? 저는 당신을 해칠 수도 있어요."

척생이 강제로 치마를 벗겨도 그녀는 별로 저항하는 기색이 아니었다. 정사가 끝나자 여자는 스스로 자기의 신세를 밝혔다.

"저는 성이 장(章)이고 이름은 아단(阿端)이라 해요. 잘못해서 바람둥이한테 시집을 갔는데 남편이란 작자는 성질이 고약하고 사나웠지요. 제멋대로 저를 폭행하고 못살게 구는 바람에 속을 끓이다가 일찍 요절해서 이곳에 묻힌 지 벌써 이십 년이 넘었답니다. 이 집의 땅 밑은 원래가 전부 무덤이에요."

"아까 그 늙은 여종은 어떤 사람인가?"

"그녀도 오래전에 죽은 귀신인데 저의 시중을 들고 있지요. 위쪽에 산 사람이 살면 지하에 있는 귀신들도 편안히 지낼 수가 없어요. 방금 전의 사단도 당신을 쫓아보내라고 제가 시킨 짓이었지요."

"그 여자가 왜 이불 속에 손을 넣어 나를 주물럭거렸지?"

그 말에 아단은 까르르 웃음을 터뜨리며 설명했다.

"그 여종은 나이 서른이 넘도록 사내를 경험해 보지 못했거든요. 그 사정도 참으로 딱하긴 하지만 고것이 너무 제 분수를 모르는군요. 결론적으로 말해 나약하고 겁이 많은 사람은 귀신의 더할 나위 없는 노리개가 되지만 담력이 센 사람에겐 감히 덤벼들지 못한답니다."

아단은 근처에서 울리는 새벽종 소리를 듣자 주섬주섬 옷을 챙겨 입고 침상을 내려서며 말했다.

"제가 싫지 않으시다면 저녁에 다시 올게요."

그날 밤 아단은 약속대로 다시 찾아왔고 두 사람의 사랑은 갈수록 무르익었다. 척생이 문득 입을 열었다.

"내 집사람이 불행히도 일찍 세상을 떴다네. 그립고 애통한 마음이 가슴속에서 못내 떠나지 않으이. 당신이 나를 위해 그녀를 불러올 수는 없겠소?"

아단은 그 말에 몹시 서럽다는 듯 표정이 일그러졌다.

"제가 죽은 지도 이십 년이 되지만 누가 한번만이라도 저를 그리워하며 보고파 했을까요? 당신은 정말 다정한 분이시군요. 저도 가능한 한 있는 힘을 다해 도와드리겠어요. 하지만 듣자니 그분은 다시 태어날 곳이 정해졌다던데 아직 저승에 계시기나 할지 모르겠군요."

이튿날 밤 아단이 척생에게 알려왔다.

"아씨는 곧 어떤 부잣집에 태어나게 되었대요. 하지만 생전에 잃어버린 귀걸이를 추궁하느라 계집종에게 매질을 한 적이 있는데 매 맞은 여종이 그만 목을 매 자살하고 말았다지요. 이 사건이 아직 해결되지 않은 바람에 지금까지 환생하지 못했다고 하더군요. 지금은 약왕전(藥王殿)[1]의 낭하에 수감되어 간수가 지키고 있답니다. 제가 여종을 시켜 간수에게 뇌물을 주면 바로 데려올 수 있을 거예요."

"당신은 어떻게 해서 자유롭게 돌아다닐 수 있소?"

척생의 질문에 그녀는 이렇게 대답했다.

"억울하게 죽은 귀신은 스스로 자수하지 않으면 염라대왕도 알지 못하는 법이지요."

이경(二更)을 알리는 북소리가 울리자 늙은 여종이 과연 척생의 처를 데리고 나타났다. 척생은 아내의 손을 부여잡으며 비통함을 감추지 못했고, 그의 처도 울음을 삼키느라 말을 잇지 못했다. 아단은 작별 인사와 더불어 자리를 비키면서 말했다.

"두 분이 오랜만에 상봉하셨으니 말씀들 나누세요. 저는 다른 날 밤에 다시 뵙기로 하지요."

척생이 아내를 위로하며 계집종의 자살에 얽힌 자초지종을 물었더니 그녀는 이렇게 대답했다.

"괜찮아요. 거의 다 해결되었어요."

두 사람은 침상에 올라가 서로를 끌어안았는데 그 정겨움이나 즐거움은 처가 살아 있었을 때와 별반 다르지 않았다. 그들은 이때부터 예전의 생활로 되돌아갔다.

그런데 닷새가 지나자 척생의 처는 갑자기 엉엉 울음을 터뜨렸다.

"저는 내일 산동으로 가서 다시 태어나야만 해요. 이번에 헤어지면 다시는 얼굴을 볼 수 없을 테니, 어쩌면 좋아요?"

척생이 그 말을 듣고 통곡하며 슬픔을 이기지 못하자, 아단이 그들을 위로하고 나섰다.

"저한테 한 가지 계책이 있어요. 두 분이 잠시나마 함께 계실 수 있을 거예요."

두 사람은 눈물을 거두고 그녀에게 바짝 다가들어 방법을 물었다. 아단은 지전 열 꿰미를 남쪽 집의 살구나무 아래에서 태우면 환생을 전담하는 차역에게 뇌물이 전달되고 그러면 환생 시일을 늦출 수 있다고 일러주었다. 척생은 아단이 시키는 대로 따랐다. 그날 저녁 척생의 처는 즐거운 표정으로 모습을 드러냈다.

"아단 낭자의 덕을 많이 봤어요. 이제부터 열흘간은 떨어지지 않을 수 있답니다."

척생은 너무나 기뻐 돌아가는 아단을 만류하여 자신들의 침상 곁에 또 하나의 침상을 잇대어놓고 거기서 잠을 자게 하였다. 그리고 밤낮없이 함께 지내며 환락이 곧 끝날 것만을 걱정했다. 그렇게 칠팔 일이 지났다. 정해진 기한이 거의 돌아오자 척생 내외는 밤새도록 통곡을 그치지 않으며 아단에게 또 다른 방법을 알려달라고 매달렸다.

"상황을 보아하니 더 이상은 손을 쓰기가 어려워요. 하지만 시도야 한 번 해볼 수 있겠지요. 이 일은 저승 돈으로 백만 냥을 쓰지 않으면 안 돼요."

척생은 아단이 말한 액수만큼 지전을 살랐다. 얼마 뒤 아단이 나타나더니 흡족한 표정으로 설명했다.

"제가 사람을 보내 담당자에게 사정 이야기를 했어요. 처음에는 난색을 표하다가 많은 돈을 보더니 마음이 움직이는 눈치더군요. 이제는 다른 귀신이 벌써 부인을 대신하여 환생했지요."

이때부터 두 사람은 낮에도 척생의 곁을 떠나지 않게 되었다. 아단은 척생에게 문과 창문을 모두 틀어막게 한 뒤 밤낮으로 등불을 켠 채 생활했다.

그렇게 일년여의 세월이 흐른 어느 날, 아단은 갑작스럽게 머리가 어지럽고 눈앞이 캄캄해지는 이상한 병에 걸렸다. 속이 언짢고 괴로우면서도 정신이 오락가락하는 병세를 보면 사람이 귀신을 보았을 때의 증상과도 흡사했다. 척생의 아내가 아단을 어루만지며 말했다.

"이건 귀신한테 홀려서 난 병이야."

그 말에 척생이 의아해하며 물었다.

"아단은 이미 귀신인데 또 무슨 귀신이 병을 냈다고 그러나?"

"그렇지 않아요. 사람이 죽으면 귀신이 되고 귀신이 죽으면 적(聻)[2]이 되지요. 귀신이 적을 무서워하는 것은 사람이 귀신을 겁내는 거나 매한가지랍니다."

척생이 무당을 불러 아단의 병을 치료하자고 제안하자 그의 처는 수긍하지 않았다.

"귀신의 병을 사람이 어떻게 낫게 할 수 있겠어요? 우리 이웃에 사는 왕 노파는 지금 저승에서 무당 일을 보고 있으니 그 사람을 불러옵시다. 하지만 여기서 십여 리나 가야 하는데 저는 다리가 약해서 먼 길은 갈 수가 없어요. 번거롭겠지만 당신이 짚으로 엮은 말 한 마리만 불살라 주세요."

척생은 아내가 시키는 대로 했다. 짚으로 만든 말이 재가 되는가 싶자 곧바로 늙은 여종이 붉은 빛깔의 말 한 마리를 끌고 와 마당에서 말고삐를 척생의 처에게 건네주었다. 말 위에 올라 탄 척생의 처는 곧 어디론가 사라졌다.

얼마간 시간이 흐른 뒤 노파와 나란히 말 잔등에 걸터앉은 채 나타난 척생의 처는 먼저 말을 낭하의 기둥에 매어놓았다. 노파는 안으로 들어와 아단의 열 손가락을 모두 짚어보더니 꼿꼿하게 앉아 머리를 이리저리 흔들며 온갖 작태를 골고루 지어 보였다. 그리고 한참 동안 땅바닥에 엎어져 있다가 갑자기 벌떡 일어서더니 다음과 같이 소리쳤다.

"나는 흑산대왕(黑山大王)이시다. 낭자의 병이 위독하지만 요행으로 나를 만났으니 그 복이 적지만은 않구나! 이는 흉악한 귀신이 내린 재앙

이나 대단치는 않아, 상관없단 말이다! 하지만 병이 나으면 반드시 나에
게 풍성한 공양을 바쳐야 하느니, 은덩어리 백 개와 지전 백 꿰미, 그
리고 호화로운 잔칫상을 차리되 그중 어느 한 가지라도 빠지면 아니되
렷다."

척생의 처는 큰소리로 일일이 그러겠노라고 응낙했다. 그러자 노파는
또 땅바닥에 엎어졌다가 정신을 차렸고 다시 병자를 향해 고함을 지른
뒤 푸닥거리를 끝냈다. 곧이어 노파가 돌아간다고 작별 인사를 하자, 처
는 그녀를 정원 밖까지 배웅하면서 타고 온 말을 그녀에게 선사했다. 노
파는 좋아라 하며 말을 타고 돌아갔다.

그들이 방으로 들어왔더니 아단은 약간 정신이 드는 모양이었다. 부
부가 몹시 기뻐하며 함께 위로하는데 아단이 갑자기 말문을 열었다.

"저는 아마도 인간 세상을 다시 볼 수 없을 것 같아요. 눈만 감으면
원귀들이 보이니, 이것도 운명이겠죠!"

그리고 눈물을 쏟는 것이었다. 하룻밤이 지나자 병세는 더욱 악화되
었다. 그녀는 허깨비라도 본 듯 온몸을 자벌레처럼 꼬부리고 사시나무처
럼 부들부들 떨었다. 그리고 척생을 이불 속으로 잡아당기며 그의 품에
머리를 파묻었는데 마치 누군가 자신을 잡아가기라도 할까 봐 무서워서
그러는 것 같았다. 이런 상태로 육칠 일이 지나갔지만 부부는 속수무책
이라 그저 마음만 졸일 뿐이었다.

때마침 척생에게 일이 생겼다. 그가 외출했다가 반나절 만에 돌아왔
더니 처의 통곡 소리가 들렸다. 놀라 까닭을 물었더니 아단이 벌써 죽었
다는 이야기였다. 침상 위에는 뱀이 허물을 벗은 듯 옷가지만 남아 있었
으므로 척생이 들춰보니 백골 한 무더기만 소복이 쌓여 있을 뿐이었다.
척생은 한바탕 통곡하고 나서 사람이 죽었을 때와 똑같이 예의범절을
갖춰 그녀를 조상의 무덤 곁에 장사 지냈다.

어느 날 밤, 척생의 처가 꿈을 꾸면서 서러운 흐느낌을 그치지 않았
다. 척생이 그녀를 흔들어 깨우며 왜 우는지 까닭을 물었더니 이렇게 대

226

답하였다.

"방금 전 꿈속에 아단 낭자가 나타나 하는 말이, 그녀의 남편이 적귀(讁鬼)가 되었다는군요. 그녀가 죽은 뒤 수절하지 않았다고 화를 내면서 앙심을 품고 목숨을 빼앗으려 한대요. 자기를 위한 불공을 올려달라고 저한테 애걸하더군요."

이튿날 척생은 아침 일찍 일어나 아단이 부탁한 대로 불사를 벌일 채비를 서둘렀다. 하지만 그의 처가 남편을 만류하고 나섰다.

"귀신을 구제하는 것은 당신의 힘으로 될 일이 아닙니다."

그녀는 몸을 일으켜 밖으로 나가더니 한참 만에 되돌아왔다.

"제가 벌써 스님들을 모셔오라고 사람을 보냈어요. 당신은 먼저 지전을 태워 재를 지낼 비용을 만드셔야 합니다."

척생은 아내가 시키는 대로 따랐다. 해가 서산으로 기울 무렵, 승려들이 하나둘씩 모여들었는데 그들이 사용하는 바라며 법고는 인간 세상의 것과 전혀 다르지 않았다. 척생의 처는 시끄러운 소리가 귀에 쟁쟁 울린다고 말했지만, 척생의 귀에는 아무 소리도 들려오지 않았다. 법회가 끝난 뒤 척생의 처는 또다시 아단이 찾아와 감사의 말을 전하는 꿈을 꾸었다.

"덕분에 저의 원업(冤業)이 모두 풀려 이제는 성황신의 딸로 다시 태어나게 되었습니다. 제 대신 서방님께도 감사하단 말씀을 전해 주세요."

척생 부부는 삼 년 동안 내내 함께 살았다. 처음에는 식구들도 생소한 이야기에 무서워 떨었지만 차츰 시간이 흐르면서 그런 상태에 익숙해질 수 있었다. 그들은 척생이 집에 없을 때면 창문 너머로 마님의 지시를 받기도 하였다.

하루는 척생의 처가 남편을 향해 울면서 말했다.

"예전에 저의 압송을 맡았던 차역에게 뇌물을 준 일이 발각났어요. 지금 조사가 진행 중인데 상황이 매우 급박하게 돌아가고 있으니 당신과 오래도록 함께하지는 못할 것 같아요."

며칠 뒤 척생의 처는 과연 병이 들었다.

"우리 부부의 금실이 워낙 좋기 때문에 저는 언제까지나 죽은 상태로 있기를 원하며 다시 태어나길 바라지 않았지요. 이제 영원히 헤어지게 되었지만, 이 어찌 정해진 운명이 아니라 하겠습니까!"

척생이 황급하게 대책을 물었지만, 그의 처는 살래살래 고개를 흔들었다.

"이번은 손쓸 방도가 없습니다."

"벌 받으면 어쩐다지?"

"약간의 가벼운 벌은 받아야 하겠죠. 하지만 삶을 훔친 죄는 커도 죽음을 훔친 죄는 아주 작답니다."

말을 마친 그녀는 더 이상 움직이지 않았다. 자세히 살펴보려 하는 사이, 그녀는 얼굴과 형체가 차츰 사라져서 보이지 않게 되었다.

그 뒤로도 척생은 밤마다 정자에서 혼자 잠자며 다시 귀신을 만날 수 있길 기대했다. 하지만 어떤 기미도 끝내 나타나지 않았고 식구들의 마음도 차츰 안정되어 갔다.

花姑子

화고자 — 향기로운 연인

안유여(安幼興)는 섬서의 발공(拔貢)[1]이었다. 그는 돈 씀씀이가 무척 시원시원했고 의리를 중시했다. 또 방생을 즐겨 사냥꾼이 포획한 짐승을 보기만 하면 제아무리 비싼 값을 치르더라도 돈을 아끼지 않고 사들여 놓아주곤 하였다.

하루는 그의 외삼촌 댁에 초상이 났다. 안생도 가서 상두꾼 노릇을 하며 도와주다가 날이 다 저물어서야 집으로 돌아오게 되었다. 도중에 화산(華山)을 지나던 그는 깊은 산골짜기에서 길을 잃었다. 겁에 질려 마음을 졸이는 참인데 문득 저만치 떨어진 곳에서 반짝이는 등불이 눈에 띄었다. 그는 한달음에 그곳으로 달려갔다.

그런데 몇 발짝 채 떼기도 전에 그는 어디선가 갑자기 나타난 노인과 마주치게 되었다. 노인은 구부정한 허리에 지팡이를 짚고 몹시 다급한 걸음으로 샛길을 질러오는 중이었다. 안생이 걸음을 멈추고 길을 알아보려 하자, 노인은 도리어 먼저 안생에게 누구냐고 물었다. 안생은 노인에게 길을 잃고 헤매는 중이라고 말하며 아울러 앞에 보이는 등불은 반드시 산간 마을일 테니 그곳에 하룻밤 유숙할 작정이라고 알려주었다. 노인이 그를 만류했다.

"그곳은 편안한 장소가 아니라오. 다행히 내가 왔으니 이 늙은이를 따라오시구려. 누추한 초가집이나마 하룻밤 손님으로 모셔드리리다.”

안생은 기쁨에 겨워 그를 따라갔다. 일 리쯤 걷고 나니 눈앞에 조그만 마을이 나타났다. 노인이 사립문을 두드리자, 노파가 나와 빗장을 따면서 물었다.

“서방님을 모시고 오셨어요?”

“그렇소.”

노인은 짤막하게 대꾸하며 안으로 들어섰다. 집안은 대단히 비좁았고 또 습기가 차 눅눅했다. 노인은 등불을 켜고 안생을 자리에 앉히자마자 식사 준비를 이르면서 노파에게 말했다.

“이분은 남이 아니라 나의 은인이라오. 당신은 거동이 빠르지 못하니 화고자(花姑子)를 불러와 서방님께 술을 드리도록 하오.”

잠시 후 어떤 아가씨가 음식 쟁반을 받쳐 들고 들어와 노인 곁에 서더니 호수처럼 맑은 눈으로 안생을 곁눈질했다. 안생이 그녀를 쳐다보니 꽃 같은 얼굴에 새하얗게 반짝이는 이빨이 마치 선녀가 아닌가 착각을 일으킬 정도였다. 노인은 아가씨를 돌아보며 술을 데우라고 분부했다. 내실의 서쪽 귀퉁이에 화로가 놓여 있었으므로 아가씨는 즉시 안으로 들어가 불을 지폈다.

“저 아가씨는 노인장과 어떻게 되는 사이입니까?”

안생의 질문에 노인은 이렇게 답변했다.

“이 늙은이의 성은 장(章)이올시다. 칠십 평생에 겨우 저 딸아이 하나만 두었습죠. 시골집이라 노복을 두기 어려운 데다 당신은 낯선 분이 아니기 때문에 처와 딸년을 불러내 시중을 들게 한 것이랍니다. 부디 비웃지나 마십시오.”

“사위의 집은 어느 마을에 있습니까?”

“아직 정혼한 데가 없습니다.”

안생은 아가씨의 총명한 자질과 미모를 입에 침이 마르게 칭찬했다. 노인이 바야흐로 겸손한 태도로 부인하는데 갑자기 찢어질 듯한 아가씨의 비명이 들려왔다. 노인이 황급히 뛰어들어갔더니 술이 끓어 넘치는 바람에 불꽃이 순간적으로 하늘 높이 치솟고 있었다. 노인은 바로 불을 끄는 한편 아가씨를 나무랐다.

"이토록 나이를 먹고도 술이 끓어 넘치도록 몰랐단 말이냐!"

고개를 돌리던 노인은 화로 옆에서 수수깡으로 만들다 완성시키지 못한 자고(紫姑)[2] 하나를 발견하고 또 꾸중을 멈추지 않았다.

"다 큰 계집아이가 아직도 어린애처럼 이런 장난질을 치다니!"

노인은 자고 인형을 들어올려 안생에게 보이며 말했다.

"이 짓거리에 열중하다가 술이 다 끓어 넘치게 만들었구려. 그런데도 당신에게 분에 넘치는 칭찬을 들었으니 어찌 부끄럽지 않겠소이까!"

안생이 인형을 자세히 들여다보니 제작된 얼굴과 의상이 모두 정교하기 이를 데 없었다. 그는 칭찬을 계속했다.

"비록 아이들 놀이에 가깝다지만 아가씨의 총명한 심지를 엿볼 수 있군요."

안생은 한참 동안 술을 마셨다. 그사이 아가씨는 수시로 그의 잔을 채웠는데 연신 함박웃음을 머금으며 도무지 부끄러운 기색이 없었다. 안생은 그녀에게서 눈을 떼지 못하고 주시하다가 문득 터질 듯 끓어오르는 사랑을 느꼈다.

갑자기 노파가 남편을 부르는 바람에 노인이 자리를 떴다. 안생은 주위에 아무도 없는 것을 확인하자 아가씨에게 말을 건넸다.

"선녀처럼 아리따운 모습을 뵈니 내 혼백이 다 날아가는 것 같소. 중매쟁이를 보내 청혼하고 싶소이다. 만약 부모님의 허락을 받지 못하면 어쩌지요?"

아가씨는 술주전자를 안고 화롯가로 향했는데 아무 소리도 듣지 못한 듯 전혀 말이 없었다. 몇 번이나 거듭 물어도 줄곧 대답이 없자 안생은 천천히 내실로 들어섰다. 아가씨는 그를 보고 황급히 몸을 일으키며 정색을 했다.

"이 넋 빠진 사람이 내실까지 들어오다니, 도대체 뭘 하려는 거예요?"

안생은 무릎을 꿇은 채 자신의 사랑을 받아달라고 간절히 애원했다. 아가씨가 문 쪽으로 달아나려는 찰나, 안생은 벌떡 일어나 그녀의 앞을 가로막으면서 재빨리 껴안고 입을 맞췄다. 아가씨는 놀라 비명을 질렀고 그 바람에 노인이 황급히 뛰어들어와 무슨 일인지 까닭을 물었다. 안생은 아가씨를 놓아주며 밖으로 나왔지만 부끄럽고 겁이 나 오금을 펼 수가 없었다. 아가씨는 조용한 어조로 부친에게 아뢰었다.

"술이 또다시 끓어 넘쳤어요. 서방님이 달려왔기에 망정이지 하마터면 주전자가 다 녹아내릴 뻔했어요."

안생은 그 말을 듣고 비로소 안심하며 그녀의 기지를 더욱 고맙게 생각했다. 하지만 놀라서 넋이 다 달아날 지경이었으므로 그녀에 대해 품었던 음탕한 생각도 깡그리 사그라들었다. 그가 거짓으로 취한 체하며 자리에서 일어서자 아가씨 또한 자리를 떠났다. 노인은 그에게 이불을 깔아주고 문을 닫은 뒤에야 밖으로 나갔다. 안생은 잠을 이루지 못하고 뒤척이다가 날도 밝기 전에 노인을 불러 작별 인사를 했다.

집으로 돌아온 그는 당장 친한 친구에게 부탁하여 노인의 집을 찾아 청혼 의사를 전하게 하였다. 친구는 날이 저물어서야 돌아왔는데 아가씨가 사는 동네를 끝내 찾아내지 못했다는 것이었다. 안생은 급기야 말과 하인을 대령시켜 자신이 직접 그 집을 찾아나섰다. 마침내 동네가 있던 장소에 다다랐지만 눈앞에 보이는 것은 험준한 산과 깎아지른 듯한 절벽뿐, 마을은 그림자도 보이지 않았다. 그는 다시 인근 마을을 돌며 탐문했지만 장씨 성을 가진 사람은 끝내 찾아낼 수 없었다. 그는 실망하면서 집으로 돌아왔다.

그 뒤부터 안생은 음식을 넘기지 못하고 잠도 이룰 수가 없었다. 결국 그는 눈앞이 어지럽고 정신이 오락가락하는 착란 증세로 시달리게 되었는데 억지로 멀건 미음이라도 마시면 곧 가슴이 답답해지면서 구역질이 났다. 그는 혼수 상태에 빠져서도 늘 화고자를 목 놓아 불렀다. 식구들은 그가 무슨 말을 하는지 알 수 없었지만 밤새워 안생의 곁을 지키며 간호했다. 하지만 시간이 흐를수록 그의 병은 위급한 지경으로 접어들 뿐이었다.

어느 날 밤, 간호하던 사람들은 모두 피곤에 절어 잠이 들었다. 안생은 몽롱한 의식 속에 누군가 자신의 몸을 어루만지고 있다는 느낌이 들었다. 감았던 눈을 가늘게 뜨는 순간, 침상 아래쪽에 서 있는 화고자의 모습이 어렴풋이 눈에 들어왔다. 그는 자신도 모르는 사이 '번쩍 정신이 들어 아가씨를 뚫어지게 쳐다보다가 구슬 같은 눈물을 뚝뚝 떨어뜨렸다. 화고자는 고개를 갸우뚱하며 웃다가 입을 열었다.

"바보 같은 사람, 어쩌다 이런 지경에 이르렀나요?"

그녀는 곧 침상으로 올라와 안생의 넓적다리에 걸터앉더니 두 손으로 태양혈(太陽穴)을 짚어가며 안마를 시작했다. 안생은 용뇌향(龍腦香)이나 사향(麝香)처럼 기이한 향내가 코를 거쳐 뼛속 깊숙이 스며드는 것을 느꼈다. 화고자는 한참 동안 안마를 계속했다. 안생은 문득 양미간이 땀에 흠씬 젖어들다가 점차 팔다리로까지 퍼져나가는 것을 느꼈다. 화고자가 속삭이는 듯한 어조로 말했다.

"집안에 이목이 많기 때문에 제가 머물기엔 적당치 않습니다. 사흘 뒤에 다시 찾아와 뵙지요."

그녀는 또 수놓은 소맷자락 안에서 찐만두 몇 개를 꺼내 침상맡에 올려놓고는 소리도 없이 가버렸다.

한밤중이 되니 땀은 더 이상 나지 않았지만 대신 시장기가 불같이 일어났다. 안생은 손을 더듬어 만두를 찾아낸 뒤 그것을 입에 넣었다. 무엇으로 속을 채웠는지는 몰라도 혓바닥에 맴도는 감칠맛이 기막히게 좋았으므로 그는 순식간에 세 개를 해치웠다. 안생은 또 나머지 만두를 옷으로 잘 덮어놓은 뒤 혼곤히 단잠에 빠져들었다.

이튿날 그는 해가 서 발이나 올라서야 잠에서 깨어났는데 마치 무거운 짐이라도 벗어놓은 듯 몸이 가벼웠다. 사흘이 지나 남겨둔 만두가 다

없어졌을 즈음에는 정신이 이전보다 갑절이나 상쾌했으므로 시중들던 사람들을 모두 내보냈다. 한편으로 아가씨가 다시 오더라도 대문 안에 들어설 수 없을 거라는 걱정이 들자 그는 슬그머니 서재를 빠져나가 모든 빗장과 자물쇠를 따놓고 들어왔다.

얼마 뒤 과연 화고자가 나타나더니 웃으면서 말했다.

"바보 같은 서방님! 병을 고쳐준 의사에게 고맙다고 인사할 줄도 몰라요?"

안생은 기뻐 어쩔 줄 모르며 그녀를 껴안고 어우러져 함께 끝없는 사랑을 확인했다. 이윽고 정사가 끝나자 화고자가 다시 입을 열었다.

"저는 위험과 치욕을 무릅쓰고 당신을 찾아왔습니다. 바로 당신의 태산 같은 은혜에 보답하고 싶었기 때문이에요. 사실 우리는 부부가 되어 함께 살 수 없는 처지랍니다. 그러니 어서 빨리 다른 부인을 찾아보세요."

안생은 그 말을 듣고 한동안 묵묵히 입을 다물고 있다가 물었다.

"나와 당신은 전에 일면식도 없었소. 그런데 어디서 당신네 집안과 교분을 쌓았다는 말인지 도대체 기억이 없구려."

화고자는 대답하지 않고 다만 이렇게 말했다.

"당신이 스스로 잘 생각해 보세요."

안생은 한사코 혼인을 졸랐지만, 화고자의 답변은 요지부동이었다.

"절더러 밤이슬을 맞으며 사통하라시면 이는 불가능한 일이고, 함께 부부가 되자는 말씀 또한 받들 수가 없습니다."

안생이 그녀의 말에 슬픔을 이기지 못하자, 화고자가 다시 입을 열었다.

"만약 저와 함께 살고 싶으시다면 내일 밤 저희 집으로 와주세요."

안생은 그제야 눈물을 거두고 기쁜 표정을 지으며 물었다.

"당신 집은 여기서 굉장히 멀잖소. 그런 약하디약한 발로 어떻게 예까지 올 수 있었지?"

"저는 원래 집으로 돌아가지 않았더랬어요. 이 마을 동쪽에 사는 귀머

거리 노파는 저의 이모뻘 되는 분이랍니다. 오직 당신 때문에 오늘까지 이곳에 머물렀던 거예요. 집에서 무슨 의심이나 하지 않을지 걱정이로 군요."

두 사람은 한 잠자리에 누웠다. 안생의 코끝에 스치는 화고자의 숨결이며 피부는 신기하게도 향그럽지 않은 데가 없었다.

"당신은 무슨 향수를 뿌리기에 향기가 피부와 뼛속까지 스며 있소?"

"저는 태어나면서부터 그랬어요. 향수를 뿌리기 때문이 아닙니다."

안생은 그 말에 더욱 기이한 생각이 들었다. 화고자는 일찌감치 일어나 작별 인사를 하고 돌아갔다. 안생이 길을 잃을지도 모르겠다고 걱정을 늘어놓자, 그녀는 자신이 직접 마중을 나와 중도에서 기다리겠노라고 약속했다.

안생은 저녁이 되기만 학수고대하다가 시간이 되자 약속한 장소로 달려갔다. 화고자는 과연 길가에서 기다리고 있다가 그를 자신의 집으로 안내했다. 두 부모도 반가워하며 그들을 맞았다. 하지만 차려낸 술과 안주는 평범하기 짝이 없어 그저 간단한 나물 등속뿐이었다. 식사를 마치자 그들은 손님을 침실로 모시며 쉬도록 권유했다. 그러는 동안 화고자는 안생에게 눈길 한번 주지 않았으므로 안생은 자못 의아한 마음을 가눌 수가 없었다. 그녀는 밤이 깊어서야 나타났다.

"부모님이 계속 말씀을 나누시며 주무시지 않으셔서요. 당신을 오래 기다리게 했군요."

두 사람은 다시 밤새도록 사랑을 나누었다.

"오늘 밤의 만남은 바로 영원한 이별의 기념이에요."

화고자의 뜻하지 않은 선언에 놀란 안생이 까닭을 물었다.

"아버지는 이 작은 마을이 외롭고 적막하다며 곧 먼 곳으로 이사할 작정이세요. 당신과의 즐거운 만남은 오늘 밤이 마지막입니다."

안생은 차마 화고자를 품에서 떼어놓지 못하고 북받쳐오르는 슬픔을 추스르지 못했다. 두 사람이 껴안고 서로 울먹이는 사이 점차로 밤이 물러가고 새벽이 다가왔다. 갑자기 노인이 방안으로 뛰어들며 고함을 질렀다.

"이 계집년이 우리 깨끗한 가문을 더럽히다니, 남부끄러워 죽을 지경이로구나!"

화고자가 파랗게 질려 황급히 밖으로 뛰쳐나가자, 노인도 뒤따라가며 계속 욕지거리를 퍼부었다. 안생은 놀라서 간이 콩알만 하게 오그라들었다. 한편 부끄럽기도 하여 어찌할 바를 모르던 그는 슬그머니 그곳을 빠져나와 자신의 집으로 돌아왔다.

그 뒤로 안생은 며칠 동안이나 마음을 진정시킬 수가 없었다. 그는 화고자가 걱정스러워 거의 미칠 지경이다가 야밤이 되면 다시 그 집을 찾아간 뒤 담장 너머로 상황이나 훔쳐봐야겠다고 마음먹었다. 노인이 자신에게 은혜를 입었다고 말한 적도 있으니 설사 일이 발각나더라도 큰 꾸중은 없을 거라는 뱃속 편한 생각도 들었다. 이리하여 밤길을 혼자 걸어 화고자의 집을 찾아나섰던 그는 산길에 익숙지 않아 이리저리 헤매다가 그만 방향을 잃고 말았다. 한창 겁에 질려 돌아갈 길을 찾을 즈음, 멀리 골짜기 안에 들어선 건물의 모습이 흐릿하게 눈에 잡혔다. 그는 기쁨을 이기지 못하고 한달음에 그곳으로 달려갔다.

문전에 닿고 보니 굉장히 크고 화려한 저택으로 대단한 세도가의 집인 듯한데 대문에는 아직 빗장도 걸려 있지 않았다. 안생이 문지기에게 장씨네가 어디 사는지 알려달라고 부탁하자, 푸른 옷을 입은 하인 하나가 나타나 물었다.

"이 캄캄한 밤중에 누가 장씨네를 찾소?"

"그 사람은 우리 친척입니다. 공교롭게도 방향을 잃는 바람에 그 집을 찾을 길이 없군요."

안생의 답변에 하인은 이렇게 응수했다.

"장씨네까지 찾아갈 필요가 없습니다. 여기는 그의 외갓집이라오. 화고자도 마침 여기 있으니 제가 들어가 통보해 드리지요"

하인은 안으로 들어갔다 곧바로 나오더니 안생에게 길을 인도했다. 막 건물 안으로 들어서려는 찰나, 화고자가 쫓아나와 그를 맞이하며 하인에게 일렀다.

"안 서방님은 한밤중에 산속을 헤매고 다녔으니 매우 피곤하실 게다. 네가 가서 편히 쉬시도록 잠자리를 돌보아 드리거라."

잠시 뒤 그녀는 안생의 손을 잡은 채 휘장을 걷고 침상에 올랐다.

"외갓댁에 왜 다른 사람은 하나도 없나?"

안생의 질문에 그녀가 대답했다.

"외숙모님이 마침 외출하면서 저더러 대신 집을 지키게 했어요. 요행으로 당신을 만나게 되었으니 이 어찌 전생의 인연이 아니겠습니까?"

그러나 가까이 다가오는 화고자의 몸에서는 이상한 비린내가 심하게 풍겨나왔다. 안생은 뭔가 이상한 느낌이 들었다. 화고자가 목덜미를 끌어안으며 별안간 혓바닥으로 콧구멍을 핥자 순간 안생은 굵은 바늘로 머릿속이 찔리는 것만 같았다. 그는 소스라치게 놀라며 급히 몸을 빼 달아나려 애썼다. 하지만 어찌 된 일인지 굵은 밧줄에 꽁꽁 동여매인 것처럼 꼼짝할 수가 없었다. 잠시 후 그는 정신을 잃고 말았다.

안생이 집을 나간 뒤 돌아오지 않자 그의 집에서는 사방으로 사람을 보내 그가 갈 만한 곳을 찾아보았는데, 어떤 사람이 저녁나절 그를 산길에서 보았다고 일러주었다. 식구들은 산으로 들어갔다가 절벽 아래에서 벌거벗은 채 죽어 있는 그를 발견했다. 모두들 놀라고 괴이하게 여겼지만 그가 왜 이런 모습으로 산속에서 죽었는지 알 길이 없었다. 시체를 떠메고 돌아온 뒤 모두들 모여 통곡하고 있을 때, 어떤 여자가 문상을 왔다. 그녀는 대문 밖에서부터 울며 들어오더니 안생의 시체를 어루만지며 그의 코를 찍어 눌렀다. 그리고 자신의 눈물을 방울방울 안생의 콧속으로 흘려 넣으며 이렇게 울부짖었다.

"하늘이여, 하늘이여! 당신은 왜 이다지 어리석고 캄캄하신가요?"

그녀는 처절하게 통곡했고 그 바람에 목소리까지 다 갈라질 지경이었다. 한참을 울던 그녀는 잠시 정신을 추스르며 식구들에게 일렀다.

"이레 동안 지금처럼 놓아두어야지 절대로 입관시켜서는 안 됩니다."

모두들 아가씨가 누구인지 몰랐기 때문에 까닭을 물으려던 찰나, 그녀는 아무에게도 인사하지 않고 눈물을 머금은 채 곧장 밖으로 나갔다. 사람들이 가지 말라고 만류해도 그녀는 전혀 거들떠보지 않았다. 사람들이 뒤를 밟았지만 여자는 한순간 눈앞에서 사라지며 더 이상은 보이지 않았다. 모두들 그녀가 신일지도 모른다고 생각하면서 조심조심 분부를 받들어 시행했다.

한밤중에 여자는 또다시 찾아와 지난번과 마찬가지로 목 놓아 울었다. 이렇게 이레가 지났을 때, 안생은 홀연 정신을 차리고 몸을 뒤척여 신음을 내뱉었다. 식구들이 다 같이 기겁하고 있을 즈음, 여자가 들어오더니 안생을 바라보며 오열을 그치지 못하는 것이었다. 안생은 손을 들어 다들 자리를 비키라고 손짓했다. 여자는 푸른 풀을 한 묶음이나 꺼내 달이더니 한 사발 가득 담아 침상에 누워 있는 안생에게 먹였다. 그러자 당장 말을 할 수 있을 정도로 혓바닥이 돌아갔으므로 안생은 탄식과 함께 입을 열었다.

"당신은 나를 두 번 죽였소. 그러나 나를 다시 살려낸 이 또한 당신뿐이구려!"

이어 그는 자신이 어떻게 해서 죽게 되었는지 경과를 설명해 주었다.

"이는 뱀의 요물이 저인 척한 거예요. 일전에 당신이 길을 잃고 헤맬 때 보았던 불빛은 바로 놈의 장난이었지요."

화고자의 설명에 안생이 다시 물었다.

"당신은 어떻게 죽은 사람을 다시 살려내고 해골에 새살이 돋아나게 할 수가 있소? 혹시 신선이 아니시오?"

"오래전부터 말씀드리고 싶었지만 당신이 놀라실까 봐 쭉 주저하고 있었습니다. 당신은 오 년 전 화산에서 사냥꾼에게 포획된 사향노루 한 마리를 사서 풀어준 일이 있으시지요?"

"그렇소. 그런 일이 있었지."

"그 노루는 바로 저희 아버님이십니다. 저번에 말씀드린 태산 같은 은혜란 바로 이 일을 두고 한 말입니다. 당신은 며칠 전 이미 서촌(西村)의 왕 주정(王主政)³⁾ 댁에 다시 태어났습니다. 저와 아비는 염라대왕께 그 요물을 고발했지만, 그분은 자신이 내린 결정을 바꾸려들지 않더군요. 아비는 자신이 닦아온 수행을 허물더라도 당신을 위해 대신 죽게 해달라고 이레 동안이나 애원해서 겨우 승낙을 받아냈습니다. 오늘 이렇게 다시 만나게 된 것은 실로 천행이지요. 그러나 당신은 되살아나긴 했어도 온몸이 마비되어 활동이 자유롭지 못할 거예요. 당신을 죽인 뱀의 피를 술에 타서 마셔야만 비로소 병이 나을 수 있어요."

안생은 요물에 대한 원한으로 이를 갈면서도 놈을 잡을 방법이 없어 걱정이었다.

"그 일은 어렵지 않아요. 다만 많은 생명을 죽여야 하니 거기에 연루된 제가 앞으로 백년 동안 승천할 수 없어 그것이 문제지요. 요물은 깊은 산의 바위굴 속에 있으니 오후 서너 시 무렵 그곳에 짚단을 들이밀고 불을 지르세요. 그리고 동굴 밖에 활 잘 쏘는 사람을 대기시키면 반드시 그놈을 잡을 수 있을 거예요."

화고자는 말을 마치자 안생에게 작별을 고했다.

"죽을 때까지 당신을 모실 수 없는 것은 실로 안타깝고 애석한 일이에요. 하지만 당신 때문에 저의 수행은 이미 칠 할(割)이나 망가졌으니 그저 아량으로 헤아려주시길 바랍니다. 달포 전부터 저의 뱃속에서 꿈틀거리는 것은 아마도 당신이 뿌린 씨앗인 듯해요. 아들이든 딸이든 해가 바뀐 뒤 꼭 당신께 데려올게요."

화고자는 눈물을 흘리며 그렇게 떠나갔다.

하룻밤이 지나자 안생의 허리 아래는 완전히 죽어버렸다. 긁고 꼬집고 별별 짓을 다 해도 아무 감각이 없자 그는 화고자의 말을 가족들에게 들려주었다. 하인들은 산으로 가서 화고자가 말한 대로 굴 속에 불을 놓았고 불길을 뚫고 뛰쳐나오는 거대한 흰 뱀을 보게 되었다. 밖에서 대기하고 있던 몇 명의 사수는 일제히 화살을 날려 놈을 쏘아 죽였다. 불길이 잡힌 뒤 동굴 안으로 들어가 보니 크고 작은 뱀 수백 마리가 한꺼번에 타 죽어 악취가 사방에 진동하고 있었다. 하인들은 집으로 돌아와 뱀의 피를 안생에게 바쳤다. 안생은 그것을 복용하고 사흘째부터 두 다리를 조금씩 움직일 수 있었고 반년 뒤에는 완전히 자리를 털고 일어나게 되었다.

훗날 안생은 혼자 산속을 걸어가다가 우연히 장씨네 노파를 만났다. 그녀는 강보에 싸인 아기를 그에게 넘겨주며 이렇게 말했다.

"우리 딸이 당신한테 안부를 전해 달라는구려."

안생이 화고자의 소식을 물어보려는 찰나, 노파는 벌써 사라지고 보이지 않았다. 포대를 펼치고 보니 사내아이였다. 그는 아이를 안고 집으로 돌아왔고 그 뒤 다시는 장가들지 않았다.

이사씨는 말한다.

사람이 짐승과 다른 점이 거의 없다 하나 이는 결코 정확한 말이 아니렷다. 노루는 한번 은혜를 입자 이를 가슴에 새기고 늙어 죽을 때까지도 갚으려는 마음을 버리지 않았으니, 사람들 중에는 짐승에게 부끄러운 자가 분명코 없지 않을 것이다. 화고자는 애당초 천진난만 가운데 총명을 감추더니 종국에 이르러선 무심한 듯한 이별에 깊은 사랑을 남기고 떠났다. 이로써 그녀의 천진함은 총명의 극치였고 무심은 사랑의 절정임을 알 수가 있노라. 선녀로다, 진정 선녀였도다.

西湖主

서호주 — 서호공주

서생 진필교(陳弼敎)의 자는 명윤(明允)으로 연(燕)[1] 땅 사람이었다. 그는 집안이 가난하여 부장군(副將軍) 가관(賈綰)의 수하에서 문서를 담당하는 직분을 맡고 있었다.

한번은 그들이 탄 배가 동정호에 정박했는데 마침 저파룡(猪婆龍)[2] 한 마리가 수면 위로 떠올랐다. 가관은 즉시 화살을 날려 저파룡의 등짝에 명중시켰다. 물고기 한 마리가 저파룡의 꼬리에 매달려 떨어지지 않았으므로 그들은 놈도 함께 잡아서 끌어올렸다. 돛대 옆에 묶었더니 둘 다 헐떡이는 꼴이 숨이 가빠지는 모양이었다. 저파룡은 주둥이를 열었다 닫았다 뻐끔거렸는데 그 모습은 마치 자기를 살려달라고 애원하는 것처럼 보였다. 진필교는 측은한 마음이 들었으므로 가관에게 부탁하여 놈들을 놓아주게 하였다. 또 마침 칼이나 화살에 다쳤을 때 바르는 약을 지니고 있었기 때문에 장난삼아 저파룡의 상처에 약까지 발라주었다. 놈들을 물속에 풀어주었더니 수면 위로 출렁출렁 오르내리기를 반복하다가 한순간 보이지 않게 되었다.

일년여가 지난 뒤 진필교는 북쪽으로 돌아가기 위해 다시 동정호를 건너다가 폭풍을 만났다. 배가 뒤집혔지만 그는 요행으로 대나무상자 하나를 붙잡았고 밤새도록 물 위를 떠다니다 어느 나무토막에 걸려 겨우 떠내려가는 것을 멈출 수 있었다. 바야흐로 기슭으로 올라서려는데 시체 한 구가 떠내려왔다. 다름 아닌 진필교 자신의 동복(童僕)이었다. 그는 있는 힘을 다해 동복을 끌어냈지만 아이는 벌써 숨이 끊어진 다음이었다. 비통한 심정과 아울러 맥이 빠진 그는 시체 곁에 털썩 주저앉아 휴식을 취했다. 앞쪽으로는 야트막한 산이 푸르게 솟아 있었고 갓 싹눈이 돋아난 버들가지는 미풍에 나부끼는데 나다니는 행인이 드물어 길을 물어볼 수도 없었다. 새벽 무렵부터 해가 중천에 뜨도록 그는 어디로 가야 할지 갈피를 잡지 못하고 줄곧 시름에 잠겨 있었다.

그런데 갑자기 동복의 손발이 가늘게 꿈틀거리는 기미가 보였으므로 그는 기쁨에 겨워 아이를 주무르기 시작했다. 잠시 뒤 동복은 몇 말이나 되는 물을 토해 내면서 정신을 차렸다. 그들은 같이 바위에 옷을 널어 물기를 말렸고 정오가 가까워서야 겨우 옷가지를 몸에 걸칠 수가 있었다. 텅 빈 뱃속에서 꼬르륵 소리가 요동을 쳤지만 허기를 달랠 길이라곤 전혀 없었다. 그들은 산을 넘어 앞으로 나아가며 마을이 나타나기만 고대했다.

겨우 산 중턱에 이르렀을 무렵, 갑자기 화살 날아가는 소리가 '쌩' 하고 귓전을 때렸다. 그들이 놀라 귀를 기울이는데 순간 두 명의 아가씨가 준마를 타고 나타나더니 말발굽 소리를 시끄럽게 울리며 달려갔다. 여자들은 각자 붉은 비단으로 이마를 동여매고 틀어올린 머리에는 꿩 깃을 꽂았으며 또 소매가 좁은 자줏빛 옷을 입고 허리춤에는 초록색 비단 허리띠를 두른 차림이었다. 단지 한 명은 활을 들고 다른 한 사람은 어깨에 푸른색의 가죽토시를 낀 점만이 다를 뿐이었다.

고갯마루를 넘자 우거진 풀숲에서 수십 명이나 되는 말 탄 사람들이 사냥을 하고 있었는데 하나같이 아름다운 여자들이고 옷차림마저 똑같았다. 더 이상 앞으로 나아갈 수 없게 된 진필교가 지척거리고 있는데 순간 한 사내가 사냥꾼들 뒤편에서 달려나왔다. 차림새를 보아하니 마부인 것 같기에 그에게 다가가 사정을 물었더니 이렇게 대답하는 것이었다.

"서호(西湖)의 공주님이 수산(首山)으로 사냥을 나오신 거라오."

진필교는 자신의 내력을 설명하고 아울러 굶주림에 시달리는 처지를 하소연했다. 마부는 행낭을 끌러 말린 음식을 그에게 건네주며 당부했다.

"당장 멀리 피하도록 하시오. 공주님의 행차를 방해하면 죽음만이 있을 뿐이오!"

진필교는 겁에 질려 서둘러 산을 내려갔다.

무성하게 자란 수풀 사이로 전각의 그림자가 흐릿하게 나타나자 진필교는 그곳을 절이라고만 생각했다. 하지만 가까이 다가가니 하얗게 칠한 벽으로 둘러싸인 궁전이었다. 주위에는 시냇물이 가로질러 흐르고 있었으며 주홍색 문이 반쯤 열린 사이로 돌다리가 안쪽으로 통하고 있었다. 문짝에 기어올라 안을 들여다보니 구름 위까지 누각이 치솟은 광경이 어쩐지 천자의 정원과도 흡사했으므로 그는 또 여기가 귀한 분의 저택 안에 있는 정원일 거라고만 생각했다.

천천히 안쪽으로 들어서자 무성하게 자란 덩굴이 길을 막았고 꽃향기가 코를 찔렀다. 구불구불한 복도를 몇 번이나 돌아서니 또 다른 뜨락이 나타났다. 그곳에는 수양버들 수십 그루가 자라 바람이 불면 높은 곳의 가지들이 휘날려 붉은색으로 단장된 처마를 가볍게 쓸어내리고 있었다. 산새가 울면 꽃잎들이 일제히 흩날렸고, 정원 깊숙이에서 불어오는 미풍에 느릅나무 씨앗들이 저절로 떨어져 내렸다. 진필교는 눈이 즐겁고 마음이 시원해져 자신이 인간 세상이 아닌 곳에 있다고 느꼈다.

어느 작은 정자를 지나치던 그는 그네 한 대를 발견하게 되었다. 이 그네는 어찌나 높이 걸렸던지 까마득한 구름 위까지 올라가 있었지만 그네 줄은 매달린 그대로 고요하기만 했고 사람의 흔적이라곤 전혀 없었다. 문득 이곳이 규방에 가까운 장소일 거라는 의구심이 들자 그는 더럭 겁이 나 더 이상 안쪽 깊숙이 들어갈 수가 없었다.

별안간 바깥쪽에서 말 달리는 소리가 시끄럽게 울리더니 웃고 떠드는 여자들의 소리가 들리는 것 같았다. 진필교와 동복은 얼른 꽃밭 사이로 몸을 숨겼다. 잠시 뒤 웃음소리가 점차 가까워지면서 한 여자의 낭랑한 음성이 들려왔다.

"오늘 사냥은 재미가 별로더구나. 잡은 짐승이 너무나 적어."

그러자 또 다른 여자가 끼어들어 말참견을 했다.

"공주님이 만약 기러기를 쏘아 떨어뜨리지 않았더라면 저희는 거의 허탕칠 뻔했어요."

얼마 뒤 붉은 옷을 입은 여자 몇 명이 한 아가씨를 에워싸고 나타나더니 정자 위로 올라가 앉았다. 아가씨는 짤막한 소매의 사냥복 차림이었는데 나이는 대략 열네댓 살가량이었다. 머리채는 구름처럼 틀어올렸고 낭창낭창한 허리는 부는 바람도 감당하기 어려울 것처럼 가늘었다. 세상의 그 어떤 향기로운 꽃, 그 어떤 아름다운 보석이라 할지라도 그녀와는 비교도 될 것 같지 않았다. 여러 여자들은 제각기 차를 따르고 향을 사르며 시중을 들었는데, 그들이 걸친 의상이 눈앞에서 겹쳐지자 흡사 비단을 겹겹으로 포개놓은 듯 광택이 눈부셨다.

한참 뒤 아가씨가 일어서더니 계단을 따라 아래로 내려갔다.

"공주님, 말을 타고 달리느라 이미 노곤하실 터인데 그래도 그네를 뛰실 수 있겠어요?"

한 시녀의 만류에도 불구하고 공주는 웃으면서 고개를 끄덕였다. 마침내 어떤 여자가 공주의 어깨를 보듬었고, 어떤 이는 팔뚝을 잡았으며, 또 어떤 이는 공주의 치마를 걷어올렸고, 또 어떤 여자는 신발을 잡아 일제히 그녀를 그네 위로 끌어올렸다. 공주는 백옥처럼 하얀 팔뚝을 드러내고 조그맣고 뾰족한 신발을 신은 채 제비처럼 가볍게 발을 구르더니 창공을 가르며 구름 속까지 날아올랐다. 신명 나게 그네를 탄 공주가 아래로 내려오자 모두들 입을 모아 칭찬을 아끼지 않았다.

"공주님은 정말 선녀님이세요!"

사람들은 까르르 웃음을 터뜨리며 멀어져 갔다. 한동안 그 광경을 바라보던 진필교는 혼백이 다 날아가고 말았다. 사람들 소리가 멀어지고 사방이 잠잠해지자 그는 비로소 그네 아래로 자리를 옮겨 오락가락하면서 몽상에 잠겼다.

문득 울타리 아래 떨어진 붉은 손수건 한 장이 그의 눈에 띄었다. 진필교는 이 물건이 미녀들이 흘린 것임을 알고 기뻐하며 소매 안에 집어넣었다. 정자에 올랐더니 탁자 위에 마침 문방구가 놓여 있었으므로 그는 잘됐다고 생각하며 손수건에 시 한 수를 써내려가기 시작했다.

> 누가 그네를 타고 있나요?
> 어여쁜 사람 금빛 연꽃을 뿌리고 있네요.
> 월궁의 선녀님네, 질투가 나더라도
> 하늘까지 구르지는 않을 테니 걱정 말아요.
> 雅戲何人擬半仙? 分明瓊女散金蓮. 廣寒隊裏恐相妬, 莫信凌波上九天.

쓰기를 마치자 그는 시를 읊조리며 밖으로 나왔다. 하지만 왔던 길을 찾아보니 벌써 대문이 겹겹으로 닫힌 다음이었다. 그는 이러지도 저러지도 못하고 하릴없이 되돌아선 뒤 누각과 정자를 몇 바퀴나 맴돌았다.

느닷없이 한 여자가 안으로 들어오다가 깜짝 놀라며 물었다.

"어떻게 여길 들어왔죠?"

진필교는 고개 숙여 절을 하며 애원했다.

"길 잃은 사람입니다. 부디 저 좀 구해 주십시오."

"빨간 손수건을 줍지는 않으셨나요?"

"한 장 주웠지요. 하지만 제가 이미 더럽혔는데, 이를 어쩌지요?"

진필교가 응수하며 손수건을 꺼내자 여자는 기절초풍하고 말았다.

"당신은 이제 꼼짝없이 죽을 수밖에 없어요! 이 손수건은 공주님이 늘 몸에 지니고 사용하는 물건이랍니다. 이처럼 개발새발 엉망으로 만들어놨으니 내가 무슨 수로 당신을 돕겠어요?"

진필교는 얼굴이 하얗게 질리며 여자에게 처벌만 면하도록 도와달라

사냥 나온 서호의 공주에게 넋을 잃고 마는 진명윤

고 애원했다.

"궁중을 몰래 훔쳐본 죄만 해도 이미 용서받기 어려워요. 당신이 온후한 선비시기에 방금 전에는 저 혼자라도 도와드리려고 마음먹었었지요. 그런데 이런 엄청난 죄를 지었다니, 저 따위에게 무슨 수가 있겠어요?"

말을 마치자 그녀는 손수건을 집어 들고 황급히 돌아갔다. 진필교는 가슴이 떨리고 온몸에 소름이 끼쳤다. 그저 날개 없는 자신이 한스러울 뿐, 목을 빼고 죽음을 기다리는 수밖에 다른 도리는 없는 것 같았다.

한참이 지났을 때, 여자가 다시 나타나더니 목소리를 낮춰 그에게 축하 인사를 건넸다.

"목숨을 구할 가망이 생겼어요! 공주님은 손수건에 적힌 시를 서너 차례나 읽으시더니 빙그레 미소를 지었을 뿐 화난 기색이 전혀 없으셨어요. 어쩌면 당신을 놓아줄지도 모를 일이니 여기서 잠시 참을성 있게 기다리세요. 절대로 나무나 담장 위로 기어올라선 안 됩니다. 만약 발각되면 용서받을 수 없어요."

해는 벌써 서쪽으로 기울고 있었지만 진필교는 자신의 운명이 어떻게 결정될지 가늠할 길이 없었다. 그러는 동안 뱃속에서는 시장기가 불길처럼 끓어올라 당장이라도 그 불에 타 죽을 듯한 지경에 이르렀다.

얼마 뒤 여자가 등불을 받쳐 들고 나타났다. 계집종 한 명도 술병과 찬합을 들고 뒤를 따라와서는 술과 음식을 꺼내 그에게 식사를 하게 했다. 다급하게 그간의 소식을 묻는 진필교에게 여자는 이렇게 대답했다.

"방금 전 제가 틈을 보아 공주님께 '정원 안의 수재를 용서하실 양이면 어서 풀어주세요. 그렇지 않으면 곧 굶어 죽고 말 거예요' 하고 말씀드렸지요. 그러자 공주님은 깊은 생각에 잠기시더니 '밤이 깊었는데 그사람을 어디로 보내겠느냐?' 하고 말씀하시더군요. 그리고 저더러 먹을 것을 가져다주라고 분부하셨답니다. 이것은 분명 나쁜 소식이 아니지요."

진필교는 밤새도록 배회하며 자신의 신변에 닥친 위험을 걱정했다.

아침나절도 거의 다 지났을 무렵, 여자가 또다시 식사를 날라왔다. 진필교가 대신 사정해 달라고 거듭 애원하자, 여자는 이렇게 말했다.

"공주님은 죽이라고도 않으셨지만 풀어주라고도 말씀하지 않으셨어요. 우리 같은 아랫것들이 감히 어떻게 미주알고주알 그분께 따져 물을 수 있겠어요?"

해가 서쪽으로 넘어갈 무렵까지도 진필교는 좋은 소식이 당도하길 애타게 기다렸다. 그런데 별안간 여자가 숨을 헐떡이며 달려오는 모습이 보였다.

"큰일났어요! 어느 말 많은 수다쟁이가 이 일을 왕비님께 일러바쳤답니다. 왕비님은 손수건을 펼쳐보신 뒤 땅바닥에 내던지며 당신을 정신 나간 얼뜨기라고 욕하고 노발대발하시더군요. 곧 큰 화가 들이닥칠 거예요!"

진필교는 소스라치게 놀라 얼굴이 흙빛으로 변하며 꿇어앉아 살려달라고 사정했다. 갑자기 사람들의 말소리가 시끄럽게 들려오자 여자는 손을 내저으며 몸을 피했다. 곧 몇 사람이 포승을 쥐고 기세등등하게 문안으로 밀려들어왔다. 그런데 일행 중의 어떤 시녀가 진필교를 뚫어지게 쳐다보더니 문득 입을 열었다.

"난 또 누구시라고, 진 선생님 아니세요?"

그녀는 포승을 든 사람들을 가로막으면서 말했다.

"잠깐만, 잠깐만요. 왕비님께 아뢰고 올 때까지 기다려주세요."

말을 마치자 그녀는 서둘러 몸을 돌렸고 잠시 후에 되돌아왔다.

"왕비님께서 진 선생님을 들이라 하십니다."

진필교는 부들부들 떨며 그녀의 뒤를 따라갔다. 수십 개의 문을 지나 어느 궁전에 다다르자 은빛 갈고리로 장식된 푸른색 주렴이 나타났다. 미녀들은 바로 주렴을 걷어올리며 목청껏 소리 높여 아뢰었다.

"진 선생이 도착하셨습니다."

위쪽에는 눈부시게 차려입은 한 아름다운 여자가 앉아 있었다. 진필교는 엎드려 머리를 조아리며 애원했다.

"만리타향에 떨어진 외로운 사람이올시다. 제발 목숨만 살려주소서!"

왕비가 급히 몸을 일으키더니 직접 그를 일으켜 세웠다.

"만약 선생이 아니었다면 저의 오늘은 있지 않았을 겝니다! 아랫것들이 사정도 모르고 귀한 손님께 실례를 범했으니, 이 죄를 어떻게 갚는다지요!"

말을 마치자 왕비는 곧 호화로운 잔칫상을 차리게 하고 꽃무늬가 아로새겨진 금술잔에 술을 따랐다. 무슨 영문인지 몰라 어리둥절해하는 진필교에게 왕비가 문득 입을 열었다.

"목숨을 구해 주신 은혜를 보답할 길이 없어 늘 안타까웠던 참이랍니다. 우리 딸이 손수건에 적힌 시를 받는 사랑을 입었다 하니 이는 하늘이 정해 준 연분인 게지요. 오늘 밤 당장 혼례를 올리기로 합시다."

진필교는 너무나 뜻밖의 일이라 정신이 어질거리면서 갈피를 잡을 수가 없었다. 바야흐로 날이 저물자 한 시녀가 앞으로 나서며 아뢰었다.

"공주님의 치장이 모두 끝났습니다."

사람들은 진필교를 인도하여 휘장 앞으로 나아가게 했다. 갑자기 요란한 풍악 소리가 나더니 온 궁정을 가득 메웠고, 계단마다 꽃무늬 양탄자가 깔렸으며, 궁전 안팎 곳곳에는 청사초롱이 휘황찬란한 빛을 발했다. 수십 명의 미희가 공주를 부축하여 진필교와 맞절을 올리게 하자 어디선가 사향과 난초 향기가 흘러나와 온 궁중을 가득 채웠다. 혼례를 마친 두 사람은 손을 맞잡고 신방으로 들어갔다. 부부는 서로를 깊이 사랑했고 환락은 가도 가도 끝이 없었다.

"나 같은 떠돌이가 언제 당신을 만날 수나 있겠소? 손수건을 더럽혔으니 도낏날에 목이 찍히지 않은 것만도 천행인데 이렇게 좋은 인연까지 맺게 되다니, 이는 상상도 못하던 바요."

진필교의 말에 공주가 그간의 사정을 설명해 주었다.

"저희 어머님은 동정호 임금의 왕비이시지만 한편으로 양자강 임금의 따님이기도 하지요. 작년에 친정집을 다니러 간 어머님이 호수에서 노닐다가 우연히 날아온 화살을 맞으셨답니다. 당신은 그분의 목숨을 구해 주셨을뿐더러 또 상처에 약까지 발라주셨다더군요. 우리 온 가족은 그 은혜를 가슴에 새겨 언제까지나 잊지 않기로 했지요. 서방님께서는 부디 저희가 사람이 아니라 하여 혐의를 두지 말아주세요. 저는 용왕님으로부터 불로장생의 비법을 전수받았답니다. 바라건대 낭군님과 함께 그것을 누리고 싶군요.”

진필교는 비로소 그들이 사람이 아니라 신임을 깨달았다.

“시녀가 어떻게 날 알아봤소?”

“그날 동정호의 배 위에서 조그만 물고기 한 마리가 저 파룡의 꼬리에 매달려 있었지요? 그 물고기가 바로 그 시녀랍니다.”

“애당초 나를 죽일 생각이 없었다면 왜 시간을 질질 끌며 나를 풀어주지 않았소?”

거듭되는 진필교의 질문에 공주가 웃으면서 고백했다.

“사실은 당신의 재주를 흠모하게 되었지만 제가 나설 수 있는 일이 아니잖아요. 밤새도록 엎치락뒤치락한 이 심정을 다른 사람은 알지 못할 거예요.”

그 말에 진필교는 탄식하지 않을 수 없었다.

“그대는 진정 나의 포숙아(鮑叔牙)로군. 내게 밥을 날라다준 그 시녀는 누구요?”

“아념(阿念)이라 하는 저의 심복이랍니다.”

“이 은혜를 어떻게 보답한다지?”

공주가 웃으면서 대꾸했다.

“그 아이는 날마다 당신의 시중을 들어야 합니다. 천천히 방법을 생각해도 늦지 않을 거예요.”

“대왕은 어디 계신가?”

“관성제(關聖帝)를 따라 치우(蚩尤)를 토벌하러 가셨는데 아직 돌아오지 않으셨습니다.”[3]

며칠이 지나자 진필교는 자신의 소식을 모르기 때문에 고향집에서 걱정이 대단할 거라는 염려가 들었다. 그는 잘 지낸다는 편지를 써 하인에게 들려 주고 먼저 돌아가게 하였다. 집에서는 동정호에서 배가 전복되었다는 소식을 듣고 그도 필시 물귀신이 되었다고만 여겨 처자식이 상복을 입은 지도 벌써 일년이었다. 하인이 돌아오고 나서야 식구들은 진필교가 아직 죽지 않고 살아 있다는 것을 알게 되었다. 하지만 소식이 계속 두절되었으므로 식구들은 그가 타지를 유랑하느라 돌아오지 못한다는 걱정을 떨칠 수가 없었다.

다시 반년이 지난 어느 날, 진필교가 홀연히 집으로 돌아왔다. 그가 입은 의복이나 타고 온 수레는 화려하기 짝이 없었고 주머니에는 금은 보화가 넘치도록 들어 있어 이때부터 그의 집은 거부가 되었다. 그들 집안이 누리는 음악과 여색은 호화롭기 이를 데 없어 여느 고관대작의 집과는 비교도 되지 않았다. 칠팔 년이 지나는 사이, 진필교는 아들도 다섯이나 낳았다. 연회는 날마다 열렸고 손님들의 숙소나 음식 대접은 그렇게 풍성할 수가 없었다. 누구라도 진필교가 겪었던 일을 물어보면, 그는 아무 숨김 없이 이야기를 들려주곤 하였다.

진필교의 어릴 적 동무로 양자준(梁子俊)이란 이가 있었다. 그가 남방에서 십여 년간 벼슬을 살고 난 뒤 고향에 돌아가기 위해 동정호를 건널 때였다. 그의 눈앞에 별안간 조각한 난간이며 붉게 칠한 창문으로 화려하게 장식된 유람선 한 척이 나타났다. 배는 그윽하고 감미로운 음악이 흐르는 가운데 천천히 안개 자욱한 수면 위를 흘러가는 중이었다.

문득 어떤 미인이 창문을 밀고서 바깥을 내다보았다. 양자준이 목을 빼며 배 안을 주시하니 한 젊은 남자가 관을 쓰지 않은 맨머리 바람으로 책상다리를 하고 앉아 있는 모습이 눈에 띄었다. 곁에는 열댓 살가량의 예쁜 여자가 두 손으로 번갈아 가며 그에게 안마를 해주고 있었다. 양자준은 그가 틀림없이 호북의 양양(襄陽) 땅에 사는 고관일 거라고 생각했지만 시중드는 인원이 너무 적은 것이 마음에 걸렸다. 두 눈을 똑바로 뜨고 뚫어지게 응시했더니 고관일 거라고 생각했던 사람은 다름 아닌 진명윤이었다. 그는 자신도 모르게 난간에 기대며 큰소리로 고함을 질렀다. 진필교는 소리를 듣자 배를 멈추라고 분부한 뒤 뱃머리로 나와 양자준을 그의 배로 옮겨오게 하였다.

배 안에는 먹다 남은 음식들이 탁자에 그득히 차려져 있고 술 냄새가 아직도 진동하는 중이었다. 진필교는 즉시 상을 치우라고 명령했다. 잠시 후 아름다운 시녀 서너 명이 술과 향기로운 차를 들여왔는데 상에 가득한 산해진미는 양자준이 평생토록 구경도 못한 것들뿐이었다.

"십년 동안 얼굴을 보지 못했구먼. 자네가 어쩌다 이런 부자가 되었나?"

놀라서 묻는 양자준에게 진필교는 웃으면서 말했다.

"자네, 나같이 궁벽한 서생은 출세할 수 없을 거라고 깔봤었지?"

"방금 전 자네와 함께 술을 마시던 사람은 누구인가?"

"내 안사람이라네."

양자준은 기이한 느낌이 들어 다시 물었다.

"식솔을 거느리고 어디로 가는데?"

"서쪽으로 가는 중이라네."

양자준은 더 캐묻고 싶었지만 진필교는 어서 노래를 부르고 술을 들이라는 명령을 내렸다. 그 말이 끝나기가 무섭게 징과 북이 귓전에 따갑게 울리면서 노랫소리, 피리소리가 여기저기서 일어나 더 이상 웃거나 떠드는 소리를 들을 수 없게 되었다.

양자준은 눈앞에 가득한 미녀들을 보자 취기를 빌려 큰소리로 떠들었다.

"명윤 공, 나를 진정 쾌락에 젖게 해줄 수는 없겠소?"

그 말에 진필교가 웃으면서 대꾸했다.

"자네 취했군 그래! 하지만 여기 예쁜 첩 한 명 정도는 살 만한 돈이 있으니 옛 친구에게 선사하겠네."

말을 마치자 그는 곧 시녀에게 야광주 한 알을 가져오라고 명령했다.

"녹주(綠珠)⁴⁾ 같은 미인이라도 어렵잖게 사들일 수 있을 걸세. 이것으로 내가 인색하지 않다는 걸 표시하지."

이어서 그는 다급한 모습으로 작별 인사를 고했다.

"급히 처리해야 할 사소한 일이 좀 있다네. 옛 친구와 오래 상봉할 시간이 없구먼 그래."

양자준이 자기 배로 돌아가자마자 그들은 곧 닻줄을 풀고 그대로 떠나갔다.

양자준은 집으로 돌아오자 곧바로 진필교의 집을 방문했다. 그런데 뜻밖에도 진필교가 손님과 더불어 술을 마시고 있었으므로 그의 의구심은 한층 깊어지지 않을 수 없었다.

"어제는 동정호에 있더니만 무슨 수로 이렇게 빨리 돌아왔는가?"

"그런 일 없는데."

진필교의 대답에 양자준은 자신이 보았던 정경을 소상히 들려주었다. 그 자리에 있던 사람들은 모두 놀라 뒤집어졌지만, 진필교만은 태연히 웃으면서 이렇게 말하는 것이었다.

"자네가 잘못 알았네그려. 설마하니 내가 분신술(分身術)이라도 쓴단 말인가?"

사람들은 모두 기이하게 여겼지만 무슨 영문인지는 끝내 알 도리가 없었다.

훗날 진필교는 여든한 살까지 살았다. 그가 죽고 나서 출상을 하는데 이상하게도 관이 너무 가벼웠다. 사람들이 기이하게 여기며 뚜껑을 열었더니 안에 아무것도 들어 있지 않은 빈 관이었다.

이사씨는 말한다.

대나무 상자가 가라앉지 않고 붉은 손수건에 시를 적게 된 것은 모두 귀신의 가호 아래 이루어진 일이다. 요컨대 이 모두는 측은지심(惻隱之

心)이 귀신을 감동시켜서 가능했던 것으로 보인다. 한 사람이 두 곳에다 살림과 부인을 두고 향유했다니, 이 또한 불가사의한 일이 아닐 수 없구나. 예전에도 아름답고 요염한 처첩, 똑똑하면서도 출세한 자손과 아울러 불로장생을 바란 사람들이 적지 않았건만 그들은 겨우 그 절반만을 달성할 수 있었을 뿐이다. 신선들 중에도 곽자의(郭子儀)[5]나 석숭(石崇)[6] 같은 이들이 또한 존재한단 말인가?

伍秋月

오추월 — 아버지의 예언

고우현(高郵縣)에 사는 왕정(王鼎)은 자가 선호(仙湖)였다. 그는 사람
됨이 시원스럽고 쾌활했으며 몸이 건장해서 힘도 좋았다. 또한 친구 사
귀기를 좋아하여 벗들이 사방에 널려 있었다.

왕정이 열여덟 살 무렵, 미처 결혼식도 치르기 전에 약혼녀가 죽었다.
이때부터 그는 늘 타지를 유랑하며 해가 지나도록 집에 돌아오지 않기
가 다반사였다. 그의 형 왕내(王鼐)는 강북(江北)의 명사였는데 형제간
의 우애가 매우 돈독했다. 그는 아우에게 방랑을 그만두라고 타이르는
한편, 그를 위해 좋은 색시감을 찾아주려고 애썼다. 하지만 왕정은 형의
말에 전혀 귀 기울이지 않고 또다시 배를 타고 진강(鎭江)으로 건너가
친구를 방문했다. 그런데 공교롭게도 친구가 마침 외출 중이라 왕정은
여관의 다락방을 빌려 묵게 되었다. 바깥쪽으로는 맑고 푸르른 강물이며
금산(金山)의 풍경이 한눈에 들어왔으므로 왕정의 심정은 흔쾌하기 그
지없었다. 이튿날 친구가 찾아와 자기 집으로 거처를 옮기자고 권유했지
만 왕정은 거절하고 그곳을 떠나지 않았다. 왕정은 반달이 넘도록 그곳
에 머물렀다.

하루는 잠을 자는데 꿈속에 한 여자가 나타났다. 나이는 대략 열네댓
살가량으로 용모가 단정하고 아름다웠으며 거침없이 침대에 올라 그와

255

교합했다. 왕정이 꿈에서 깨어나니 그의 하체에서는 벌써 정액이 흐르고 있었다. 자못 괴이쩍은 느낌이 들었지만 그는 단지 우연한 꿈이려니 치부해 버리며 신경 쓰지 않았다. 그런데 밤이 되자 먼저의 여자가 또 꿈에 나타났다. 이런 일이 사나흘이나 연거푸 계속되자 왕정은 몹시 이상한 느낌이 들었다.

밤이 되어도 왕정은 감히 등불을 끌 수 없었다. 몸은 비록 침상에 누웠다지만 가슴이 두근거리고 불안해서 스스로 정신을 바짝 차리지 않을 수 없었다. 그날도 눈꺼풀을 덮자마자 꿈속의 여자가 또다시 찾아왔다. 바야흐로 그녀를 껴안던 왕정이 별안간 화들짝 놀라며 감았던 눈을 번쩍 떴고 선녀처럼 아리따운 소녀가 정말로 자신의 품에 안겨 있음을 발견했다. 소녀는 왕정이 깨어난 것을 보자 몹시 부끄럽고 겁에 질린 모습이었다. 왕정은 그녀가 사람이 아닌 줄 알면서도 끌리는 심정은 어쩔 수 없었으므로 미처 질문할 겨를도 없이 곧장 그녀를 덮쳤다. 하지만 소녀는 그를 감당할 수 없다는 듯 밀쳐내며 말했다.

"이처럼 난폭하고 제멋대로라니, 제가 사실을 밝히지 않더라도 탓하지 마세요."

왕정은 그제야 소녀에게 정체를 물었다.

"저는 오추월(伍秋月)이라고 해요. 돌아가신 저희 아버님은 유명한 학자이셨는데 특히 『역경』에 정통하셨지요. 평소에 저를 무척이나 귀여워하셨답니다. 하지만 제가 오래 살지 못할 거라고 말씀하시면서 누구에게도 혼인을 허락하지 않으셨지요. 훗날 열다섯 살이 되자 저는 과연 말씀대로 요절하고 말았답니다. 아버님은 서둘러 저를 이 건물의 동쪽에 매장하면서 봉분을 만들지 않고 땅을 평평하게 고르셨지요. 무덤이 있다는 표식조차 남기지 않으시고 다만 관 옆에 '딸 추월을 이곳에 장사 지내면서 무덤을 만들지 않다. 삼십 년 뒤 왕정에게 시집가게 되다'라고 새겨진 돌비석을 함께 묻으셨습니다. 올해가 꼭 삼십 년째 되는 해인데 마침 당신이 오셨더군요. 너무나 기뻐 당신께 다가가고 싶은 마음은 간절했지만 한편 부끄럽고 겁이 나 꿈을 빌릴 수밖에 없었어요."

왕정도 그 말을 듣고 대단히 기뻐했다. 이리하여 다시 그녀와 일을 치르려고 덤벼들었지만, 추월은 허락하지 않았다.

"저는 양기를 좀더 보충받아 인간 세상에 부활하고팠던 까닭에 이런 풍파를 마다하지 않았던 거랍니다. 나중에라도 서로 사랑할 날이야 무수히 많은데 왜 꼭 오늘 밤이라야만 해요?"

말을 마친 그녀는 몸을 일으켜 가버렸다.

이튿날 추월이 다시 찾아왔다. 두 사람은 오랫동안 사귄 친구 사이처럼 서로 마주 앉아 즐겁게 웃고 떠들었다. 이윽고 촛불을 끄고 침상에 올랐는데 추월은 산 사람과 전혀 다름이 없었다. 하지만 그녀가 몸을 일으키자 왕정의 몸에서 흐른 정액이 이부자리를 흥건히 적시고 있었다.

어느 날 밤, 보름달이 맑고 투명한 빛을 흘리는 가운데 두 사람은 정원에서 산책을 하고 있었다. 왕정이 문득 추월에게 물었다.

"저승에도 성곽이 있소?"

"인간 세상과 똑같아요. 저승의 성이나 관청은 이곳에 있지 않고 여기서 삼사 리가량 떨어진 곳에 있답니다. 다만 그곳은 밤을 낮으로 삼지요."

"산 사람도 그곳을 볼 수 있는가?"

"그럼요. 가능하고말고요."

왕정이 자신을 데려가 구경시켜 달라고 부탁하자, 추월도 망설임 없이 선뜻 허락했다. 두 사람은 달빛을 밟으며 길을 걸었다. 추월의 몸놀림은 바람처럼 경쾌했으므로 왕정은 간신히 그녀를 쫓아갔다.

홀연 어떤 장소에 이르자 추월이 입을 열었다.

"이제 멀지 않았습니다."

왕정은 사방을 둘러보았지만 눈에 보이는 것이라곤 전혀 없었다. 추월은 자신의 침을 왕정의 두 눈두덩에 발라주었다. 왕정이 감았던 눈을 뜨니 두 눈이 예전보다 갑절은 밝아져서 어둠 속의 경치가 대낮같이 보였다. 그러자 갑자기 어렴풋한 성곽의 모습이 안개 속으로부터 아득히 눈에 들어왔다. 노상에 오가는 행인들도 구름처럼 많아 주위는 마치 장바닥처럼 시끌벅적한 분위기였다.

잠시 후 두 명의 차역이 서너 명을 포승에 묶어 그들의 앞을 지나쳐 갔다. 끝머리의 한 사람이 이상하게도 왕내의 모습과 흡사하기에 왕정이 쫓아가 살폈더니 과연 형이 틀림없었다.

"형님, 어떻게 여길 오셨소?"

왕정이 놀라며 부르짖자, 형은 아우를 보고 눈물을 주르륵 흘렸다.

"나도 무슨 일인지 모르겠구나. 억지로 잡혀왔어."

왕정은 화가 나서 소리쳤다.

"우리 형님은 예법을 준수하는 군자이신데 왜 이렇게 포승에 묶여야 한단 말인가!"

그는 곧 두 차역에게 다가가 형을 석방시켜 달라고 부탁했다. 하지만 그들은 오만불손한 태도로 그를 거들떠보지도 않는 것이었다. 분노가 치민 왕정이 그들과 다투려 하자 형이 동생을 만류하고 나섰다.

"이는 관가의 명령이니 법도라면 응당 준수해야겠지. 다만 내가 수중에 땡전 한 푼 지닌 것이 없구나. 저들이 뇌물을 달라고 사뭇 괴롭히니 아우는 돌아가서 이 일을 좀 처리해 주어야겠어."

왕정은 형의 팔뚝에 매달리며 자신도 모르게 목 놓아 울었다. 그때 마침 발끈한 차역이 왕내의 목덜미에 감은 새끼줄을 왈칵 잡아당기는 바람에 그는 땅바닥에 힘없이 나동그라졌다. 왕정은 이 광경을 보자 분노의 불길이 터질 듯이 끓어올라 자제할 길이 없었다. 그는 곧 허리춤에 찼던 패도를 빼어 들고 그 자리에서 차역의 목을 베었다. 다른 한 차역이 소리를 지르자 왕정은 또 그놈의 목까지 베었다. 추월은 이 광경을 보고 까무라칠 듯이 놀라며 소리쳤다.

"관부의 차역을 죽였으니 그 죄는 용서받을 수 없어요! 꾸물거리다가는 크나큰 화가 닥칠 겁니다! 빨리 배를 구해 북쪽으로 길을 떠나세요.

집으로 돌아가면 문간에 걸린 제번(提幡)[1]을 뽑지 마시고 대문을 걸어 잠근 뒤 잡인의 출입을 차단하세요. 이레가 지나면 더 이상 걱정할 필요가 없을 거예요."

왕정은 형을 부축한 채 서둘러 도망쳤다. 그는 한밤중에 나룻배를 세내어 부랴부랴 강을 건넌 뒤 북쪽에 배를 댔다. 집으로 돌아와 보니 문상객들이 아직도 문간에 북적대고 있었으므로 왕정은 형의 죽음이 정말임을 깨달았다. 대문을 닫아걸고 자물쇠를 채운 뒤 집안으로 들어서던 그가 문득 뒤돌아보았더니 형은 벌써 자취가 묘연했다. 왕정이 방안에 들어서는 순간, 망자는 이미 되살아나 소리를 지르고 있었다.

"배고파 죽겠다! 빨리 뜨거운 국하고 떡 좀 가져와."

그때는 왕내가 죽은 지 벌써 이틀이나 지난 뒤였기 때문에 식구들은 모두 기절초풍하지 않을 수 없었다. 왕정은 사람들에게 형이 죽었다가 되살아난 곡절을 상세히 들려주었다. 이레가 지난 뒤 대문을 열고 제번을 뽑자 동네 사람들은 그제야 왕내의 부활을 알게 되었다. 친척과 벗들이 구름같이 몰려들어 까닭을 물었지만, 왕정은 그저 적당한 거짓말로 얼버무리고 넘어갔다.

이때쯤부터 왕정은 추월을 회상하게 되었고, 그러자 사무치는 그리움이 가슴속을 마구 휘저으며 파고들었다. 마침내 그는 다시 남쪽으로 내려가 예전의 여관에 짐을 풀었다. 하지만 촛불을 밝히고 아무리 기다려도 추월은 끝내 나타나지 않았다. 그가 어렴풋이 잠에 빠져들려던 순간, 어떤 부인이 나타나더니 이렇게 말했다.

"추월 아가씨가 저더러 서방님께 소식을 전해 달라 하더군요. 일전에 관가의 차역이 피살되고 살인범이 도망치자 아가씨는 체포되어 감옥에 수감되었답니다. 지금 감옥을 지키는 옥졸의 학대가 이루 형언할 수 없어요. 아가씨는 날마다 서방님이 오기만 목이 빠져라 기다리시지요. 응당 꾀를 내어 이 일을 처리해 주십시오."

그 말에 왕정은 분노와 상심이 뒤엉킨 심정이 되어 부인을 따라갔다.

이윽고 한 성곽에 이른 그들은 서쪽으로 난 성문을 통해 안으로 들어갔다. 부인이 어떤 문을 가리키며 말했다.

"아가씨는 임시로 이곳에 갇혀 있습니다."

왕정이 안에 들어서니 방들이 빽빽하게 들어차 있고 갇힌 죄수들도 대단히 많았다. 하지만 추월은 보이지 않았다. 다시 한 작은 문으로 들어서니 손바닥만 한 방안에 등불이 타오르고 있었다. 왕정이 창문 가까이 다가가 안쪽을 훔쳐보자 침상 위에 앉은 추월의 모습이 눈에 들어왔다. 그녀는 소매로 얼굴을 가린 채 소리 죽여 흐느끼는 중이었다. 또 차역 두 명이 곁에 서서 추월의 턱을 쓰다듬고 발을 주물럭거리며 희롱하는 광경도 눈에 띄었다. 추월이 더욱 섧게 흐느끼자, 그중 한 차역이 그녀의 목덜미를 잡아당기며 비아냥거렸다.

"죄수 주제에 아직도 정조를 지킬 셈이냐?"

왕정은 분노가 치밀어 미처 고함을 지를 겨를도 없이 칼을 빼 들자마자 곧장 안으로 뛰어들어갔다. 그가 차역에게 칼을 휘두르자 두 놈 모두 풀처럼 힘없이 고꾸라졌다. 왕정은 추월을 데리고 밖으로 도망쳐 나왔지만 요행히도 그들을 발견한 이는 없었다.

여관에 도착하자마자 왕정은 홀쩍 잠에서 깨어났다. 그는 사나운 꿈자리를 괴이하게 여기며 고개를 들다가 문득 사랑을 담뿍 담은 눈길로 그를 바라보며 서 있는 추월을 발견했다. 깜짝 놀라 몸을 일으킨 왕정이 그녀를 끌어 앉히고 꿈속에서 벌어진 일들을 들려주었더니, 추월이 고쳐 말했다.

"그건 진짜예요. 꿈이 아니랍니다."

"그럼 장차 어쩌면 좋소?"

왕정이 기겁을 하며 놀라자, 추월은 한숨을 쉬며 말을 이었다.

"이는 정해진 운수예요. 저는 본래 이번 달만 넘기면 다시 살아날 수 있었답니다. 하지만 일이 벌써 이렇게까지 진행되었으니 이 긴박한 상황에 어찌 기다릴 수만 있겠어요! 서둘러 제가 묻힌 데를 파헤쳐 저를 수레에 싣고 집으로 돌아간 뒤 날마다 제 이름을 불러주시면 사흘 뒤 다시 살아날 수가 있습니다. 하지만 정해진 기한을 다 채우지 못했으니 뼈마디가 약하고 다리에 힘이 없어 당신을 위해 물을 긷거나 절구질을 하는 가사일은 돌볼 수가 없을 거예요."

말을 마치자 추월은 황급히 밖으로 나가다가 다시 몸을 돌이켰다.

"깜박 잊을 뻔했군요. 저승에서 추적해 오면 어떡하시겠어요? 저의 아버님께서 제게 부적 쓰는 비법을 전수하시면서 삼십 년 뒤 꼭 우리 부부의 몸에 지니라고 말씀하신 적이 있어요."

그녀는 곧 붓을 찾아 날듯이 부적 두 장을 그리고 나서 말했다.

"한 장은 당신이 지니시고 다른 장은 제 등에 붙여주십시오."

왕정은 추월을 배웅하러 나갔다가 그녀가 사라진 곳을 잘 표시해 두었다. 그리고 그 땅을 파기 시작해서 한 자 남짓 파헤치자 이미 다 썩어버린 관이 나타났다. 관곽의 옆에는 조그마한 비석이 놓였는데 새겨진 문구가 추월이 말한 그대로였다. 관 뚜껑을 비틀어 여는 순간 마치 살아 있는 것처럼 고운 얼굴의 추월이 나타났다. 왕정이 그녀를 안고 방안으로 들어가는 동안 그녀가 걸쳤던 저고리와 치마는 바람 따라 먼지로 화해 버렸다. 왕정은 그녀에게 부적을 붙여준 뒤 이불로 단단히 잘 싸서 등에 짊어지고 강가로 나갔다. 그리고 정박한 배를 부른 뒤 누이에게 급살병이 들어 그녀의 집으로 데려가는 길이라고 거짓말을 둘러댔다. 다행히도 남풍이 세게 불어 날 밝을 무렵에는 벌써 고향 마을에 닿을 수가 있었다. 왕정은 추월을 안아다 집안에 잘 누인 뒤에야 형과 형수에게 사실을 고했다. 온 집안 식구가 뜻밖의 이야기에 소스라치게 놀라며 서로의 얼굴을 돌아보았지만 누구도 그가 귀신에 홀렸다고 말하지 않았다.

왕정은 이불을 들추고 목청을 뽑아 추월의 이름을 부르다가 밤이 되면 시체를 껴안고 잠을 잤다. 추월의 몸은 나날이 따뜻해졌다. 그녀는 마침내 사흘 만에 훌쩍 되살아났고 이레째부터는 걸음도 걸을 수 있게 되었다. 그녀가 옷을 갈아입고 왕정의 형수에게 인사를 드리자 그 아름다운 자태는 선녀와 별반 다름이 없었다. 하지만 열 걸음 이상 멀리 걸을 때에는 반드시 다른 사람의 부축을 받아야만 움직일 수 있었다. 그러지 않으면 바람 부는 대로 휘청거리면서 당장이라도 쓰러질 듯 계속 한쪽으로만 기우는 것이었다. 하지만 보는 사람들은 추월의 이런 병이 그녀의 자태를 더욱 아름답게 만든다고만 여겼다.

추월은 왕정에게 늘 이렇게 권유했다.

"당신은 지은 죄가 대단히 많으니 음덕을 쌓고 불경을 낭송하면서 죄를 참회해야 합니다. 그러지 않으면 목숨이 오래가지 못할 거예요."

왕정은 원래 부처를 믿지 않았지만 이때에 이르러선 경건한 마음가짐으로 불법에 귀의하게 되었다. 훗날 왕정은 일생이 순조로웠고 별다른 재앙도 일어나지 않았다.

이사씨는 말한다.

나는 조정에 '무릇 관가의 차역을 살해한 자는 그 죄를 일반 범죄보다 세 등급 감한다'라는 내용의 법률 제정을 건의하고 싶다. 그 무리들 중에서는 죽여선 안 될 자를 찾아볼 수 없다는 생각에서다. 때문에 백성들을 좀먹는 차역을 처단한 이는 바로 공익을 위하고 법을 받드는 사람인 것이다. 설사 그 벌레 같은 놈들에게 약간 가혹하게 굴었다손 치더라도 그것을 반드시 잔인하다고는 말할 수 없겠다. 하물며 저승에는 원래부터 정해진 법률이 없지 않은가? 악당이 있으면 그놈의 코를 베고 도끼로 사지를 찍고 가마솥에 삶는 온갖 형벌을 내리더라도 이를 잔혹하다고 여길 수 없을 것이다. 사람들이 통쾌하게 여기는 것이야말로 염라대왕이 기꺼워하는 바이다. 왕정의 안락한 여생이 어찌 저승의 추적을 받고도 요행으로 도망칠 수 있었기 때문이겠는가?

蓮花公主
연화공주

교주(膠州)에 사는 두욱(竇旭)은 자가 효휘(曉暉)였다. 하루는 낮잠을 자는데 별안간 갈색 옷을 입은 사람이 침상머리에 나타나더니 그에게 할 말이 있는 듯 멈칫거리며 사방을 두리번거렸다. 두욱은 그에게 무슨 일이냐고 물었다.

"저희 상공(相公)께서 당신을 모셔오라 하셨습니다."

"상공이라니, 도대체 누구 말이오?"

"바로 가까운 이웃에 살고 계시지요."

두욱은 그 사람을 따라 대문을 나섰다. 모퉁이를 돌아 담장과 집들을 지나치자 문득 한곳에 다다랐는데 정자와 누각들이 겹겹으로 늘어섰고 집들이 연달아 들어서 있었다. 꼬불꼬불한 길을 따라 한참을 걷는 동안 두욱은 연도에 늘어선 수많은 집과 대문들이 인간 세상과는 판이하게 다르다고 느꼈다. 오가는 궁녀와 여관(女官)들도 무수히 많았는데 그들은 갈색 옷을 입은 사람에게 하나같이 똑같은 질문을 던졌다.

"두랑(竇郎)을 모시고 오셨습니까?"

갈색 옷의 사람은 일일이 그렇다고 대답해 주었다. 잠시 후 한 고관이 나타나더니 대단히 공손한 태도로 두욱을 영접했다. 그를 따라 큰 대청으로 오른 다음에야 두욱은 비로소 궁금했던 것을 물었다.

"평소에 일면식도 없는 데다 한번 찾아뵌 적조차 없습니다. 지금 이렇 듯 과분한 접대를 받고 보니 의구심이 사뭇 가시질 않는군요."

"우리 임금님께서는 선생이 대대로 청렴한 가문의 덕망 있는 분이라 하여 사모의 정을 가슴에 새겨두고 계십니다. 그래서 선생을 한번 뵙기 를 대단히 열망하고 계시지요."

고관의 말에 두욱은 더욱 놀라면서 물었다.

"임금이시라니, 어떤 분입니까?"

"잠시 뒤면 저절로 아시게 될 것입니다."

얼마 후 두 명의 여관이 나타나더니 각자 하나씩 깃발을 들고 앞장서 서 두욱을 인도했다. 겹겹으로 에워싼 문을 통과하여 대전으로 들어서니 어전에 앉은 왕의 모습이 보였다. 왕은 두욱이 들어오는 것을 보자 곧 층계를 내려와 주인의 예로 그를 맞이했다. 인사가 끝나 각자 자리에 앉 은 뒤에는 곧 풍성한 잔칫상이 차려져 나왔다. 두욱이 고개를 들어 어전 을 바라보니 '계부(桂府)'라고 씌어진 액자가 위쪽에 걸려 있었다. 그가 어색하고 난처해서 응대할 말을 찾지 못하고 있을 때, 왕이 입을 열었 다.

"서로 가까운 이웃에 살고 있으니 우리의 연분이 매우 깊소이다. 응당 흉금을 털어놓고 실컷 마시면서 무슨 의심이든 간에 훌훌 털어버리시 지요."

두욱은 고개를 끄덕이며 그러겠다고 대답했다. 술이 몇 순배 돌고 나 자 대전 아래에서는 음악 소리가 울려 퍼졌다. 징과 북 같은 타악기가 섞이지 않아서인지 음악 소리는 그윽하면서도 가냘펐다.

얼마간 시간이 흘렀을 때, 왕이 문득 좌우를 둘러보며 말했다.

"짐이 한마디 읊을 테니 경들이 그 다음을 이어보시오.

재주 있는 선비가 계부에 올랐구나.
才人登桂府."[1]

만좌의 사람들이 바야흐로 생각에 골몰하는 사이, 두욱은 서슴없이 그 다음을 이었다.

군자는 연꽃을 사랑하네.
君子愛蓮花.[2]

왕은 그 말을 듣자 대단히 기뻐하며 소리쳤다.

"정말 기묘하군! 연화는 공주의 이름인데 어쩌면 이렇듯 교묘하게 들어맞는단 말인가? 이 어찌 전생의 인연이 아니리오? 빨리 가서 공주에게 전하라. 밖에 나와 이 군자를 한번 만나지 않을 수 없겠다고 말이다."

한참 뒤 잘랑거리는 패옥 소리가 점차 가까워지더니 난초와 사향의 향기가 짙게 풍겨왔다. 방안에 들어선 공주는 대략 열예닐곱 살 정도였는데 그 아름다운 모습은 누구와도 비길 바가 아니었다. 왕은 두욱을 향해 절을 시키면서 또 이런 설명을 곁들였다.

"이 아이가 바로 내 딸 연화라오."

연화공주는 절을 마치자 곧바로 자리를 떴다. 두욱은 그녀를 보고 난 뒤로는 혼백이 요동을 쳐 나무토막처럼 멍청히 앉았을 뿐이었다. 왕이 술잔을 들어 건배를 제의했지만, 두욱의 눈에는 아무것도 들어오지 않았다. 왕은 그의 심사를 눈치 챈 듯 이렇게 말했다.

"우리 딸아이가 당신의 배필로 어울리기는 하지만 서로 같은 무리가 아닌 게 못내 마음에 걸립니다. 어떻소이까?"

두욱은 여전히 넋이 나가 있었기 때문에 그 소리를 듣지 못했다. 근처에 앉았던 사람이 그의 발을 밟으며 속삭였다.

"대왕께서 술을 권해도 돌아보지 않더니, 이제 말씀을 하시는데 듣지도 않으십니까?"

두욱은 무언가 잃어버린 사람처럼 망연자실해 있다가 그 말을 듣자 몹시 불안해져 자리에서 일어서면서 아뢰었다.

"대왕의 환대를 받다 보니 저도 모르게 과음을 했군요. 예의에서 벗어난 실수가 있었더라도 너그럽게 용서해 주시기 바랍니다. 이제는 날도 저물었고 대왕께서도 피곤하실 듯하니 그만 물러가도록 하겠습니다."

왕도 자리에서 일어나며 응수했다.

"오늘 군자를 만나고 나니 내 마음이 실로 흡족하오. 왜 이리 서둘러 가겠다는 말을 꺼내시오? 하지만 경이 더 이상 머물고 싶지 않다면 과인도 억지로 강요는 않겠소. 다시 만나고 싶으면 그때 가서 재차 모셔오도록 하리다."

왕은 또 내관에게 명령하여 두욱을 바래다주게 하였다. 돌아오는 도중 내관이 두욱에게 말했다.

"아까 대왕께서 어울리는 짝이라고 말씀하신 것은 공주님을 당신과 혼인시키고 싶어 그러신 것 같던데, 왜 아무 말도 하지 않았습니까?"

두욱은 그 말을 듣자 발을 구르며 안타까워했다. 걸음마다 회한을 담아 옮기다 보니 어느덧 자신의 집이었다.

두욱은 화들짝 놀라며 잠에서 깨어났다. 해는 벌써 서산에 저물어 붉은 노을이 사방에 깔린 저녁 어스름이었다. 그는 어두컴컴한 방안에 앉아 명상에 잠겼는데 꿈속에서의 일들이 아직도 또렷한 그대로 눈앞에 어른거렸다. 밤이 되자 두욱은 목욕재계한 뒤 촛불을 끄고 자리에 누우면서 아까의 꿈이 계속 이어지기만 고대했다. 하지만 한단(邯鄲)으로 가는 길[3]은 아득하기만 하니 회한과 탄식만이 남을 뿐이었다.

어느 날 저녁 두욱은 한 친구와 더불어 잠자리에 들었다. 갑자기 전에 왔던 그 내관이 나타나더니 왕이 그를 접견하려 한다는 명령을 전달했다. 두욱은 기뻐하며 그를 따라갔고 왕을 뵙자 엎드려 절을 올렸다. 왕은 황급히 그를 일으켜 세우더니 자기 옆자리에 앉혔다.

"헤어진 뒤 당신의 깊은 정을 알게 되었소. 외람되더라도 우리 딸아이를 맡기고 싶소이다. 당신이 굳이 싫다고 하지는 않을 거라 사료되오."

두욱은 왕의 제안에 얼른 절을 올리며 감사의 뜻을 나타냈다. 곧이어

왕은 연회를 크게 열라 분부하면서 아울러 학사와 대신들에게도 참석을 명령했다. 술이 한창 얼근하게 올랐을 무렵, 한 궁녀가 앞으로 나와 아뢰었다.

"공주님의 단장이 모두 끝났습니다."

잠시 후 수십 명의 궁녀가 공주를 에워싸고 밖으로 나왔다. 커다랗고 붉은 비단보자기를 머리에 쓴 공주의 발걸음은 한없이 나긋나긋했다. 그녀는 궁녀가 이끄는 대로 융단 위에서 두욱과 나란히 절을 올림으로써 부부가 되는 예식을 거행했다. 식이 모두 끝나자 그들은 한 건물로 들여보내졌다. 새로 꾸며진 신방은 따뜻하면서도 청결했고 기이한 향내가 진동하는 중이었다.

"그대가 내 눈앞에 있다니, 너무 기뻐서 웃다가 죽어도 모를 지경이구려. 하지만 오늘의 만남도 한갓 꿈에 불과할 테지."

두욱의 말에 공주는 입을 가리면서 웃었다.

"제가 분명 당신과 함께 있는데 어떻게 꿈일 수 있겠어요?"

이튿날 아침 잠자리에서 일어난 두욱은 장난삼아 공주의 얼굴에 분을 바르고 눈썹을 그려주었다. 화장이 끝난 뒤에도 허리띠로 그녀의 허리 치수를 재기도 했고 또 손가락을 벌려 공주의 발을 가늠해 보기도 하였다. 공주가 방긋 웃으면서 물었다.

"당신, 실성한 거 아니에요?"

"나는 꿈 때문에 여러 차례 실망했던 사람이라오. 그래서 좀더 상세하게 기억해 두고 싶소. 만약 이번 일도 꿈이라면 이렇게 함으로써 그리운 마음을 불러일으킬 수도 있을 게요."

두 사람이 깔깔거리며 장난치는 사이, 궁녀 하나가 황급히 뛰어들며 가쁜 어조로 아뢰었다.

"요괴가 궁전 문으로 침입했고 대왕께서는 이미 편전(偏殿)으로 납시었습니다. 곧 크나큰 화가 들이닥칠 거예요."

두욱은 깜짝 놀라 서둘러 왕을 만나러 갔다. 왕은 그의 손을 붙들고 하염없이 눈물을 흘리며 하소연했다.

"자네가 내 기대를 저버리지 않아 바야흐로 영원한 화합을 도모하던 참에 이런 재난이 하늘에서 떨어질 줄 누가 예상이나 했겠는가? 국운이 다해 곧 나라가 망할 듯하니, 이를 장차 어쩌면 좋단 말인가!"

두욱이 놀라 영문을 묻자, 왕은 탁자 위에 올려둔 상주문을 그에게 건네주었다. 펼쳐서 읽어본 상주문의 내용은 다음과 같았다.

신 함향전(含香殿) 대학사(大學士) 흑익(黑翼) 아뢰나이다. 예사롭지 않은 요물이 나타나 엄청난 재앙을 내리고 있으니 하루빨리 도읍을 옮기시어 강산과 사직을 보존하시옵소서. 내관의 보고에 따르면, 오월 초엿새에 길이가 천 길이나 되는 거대한 구렁이가 나타나 궁전 밖에 또아리를 틀고 안팎의 신민 일만삼천팔백여 명을 삼켜버렸다고 합니다. 또한 그놈이 지나간 자리에 있던 궁전과 누각은 모두 폐허로 변했다는 보고입니다. 등인(等因)[4] 소신이 위험을 무릅쓰고 용감하게 나아가 정탐한 결과 제 눈으로 똑똑히 그 요망한 구렁이를 보았사옵니다. 머리통은 태산만 하고, 두 눈은 강이나 바다와 같았습니다. 머리통을 들어 혓바닥을 널름거리자 온 궁전과 전각들이 일제히 빨려들어갔고, 허리를 펴고 꼬리를 흔드니 누대와 성곽들이 모두 무너져내렸습니다. 진실로 천고 이래 보지 못했던 엄청난 재난이요 만 대 동안 겪어보지 못했던 뜻밖의 환난입니다. 국가와 왕실의 운명이 바람 앞의 등불과 같사오며 위기는 목전에 닥쳤습니다! 엎드려 바라옵건대 황상께서는 서둘러 궁궐 안의 식솔들을 거느리고 속히 편안한 땅으로 옮겨 가시옵소서.

두욱은 상주문을 다 읽고 얼굴이 흙빛으로 변했다. 곧이어 한 내관이 뛰어들어와 보고했다.

"요물이 들이닥쳤습니다!"

삽시간에 온 궁전에 비명이 울리며 아수라장이 되었지만 날마저 어두

컴컴해서 하늘의 해도 보이지 않았다. 왕은 창졸간의 일이라 당황해서 어찌할 바를 모르다가 눈물을 떨어뜨리면서 두욱을 돌아보았다.

"딸아이는 이미 선생네 식구라오. 잘 부탁드리겠소."

두욱은 숨을 헐떡이며 공주에게 되돌아갔다. 연화공주는 시녀들과 함께 머리를 감싸 안고 슬피 울다가 두욱이 돌아온 것을 보자 그의 옷깃에 매달렸다.

"서방님, 저를 어떻게 하실 거예요?"

두욱은 비통함에 목이 메었지만 가까스로 그녀의 손을 마주 잡고 고심 끝에 입을 열었다.

"소생은 가난해서 미인을 들일 만한 화려한 저택은 없소이다. 그저 초가집 서너 칸뿐이지만 잠시 그리로 몸을 피합시다. 그래도 괜찮겠소?"

공주가 눈물을 머금고 대답했다.

"상황이 다급한데 선택의 여지나 있나요? 빨리 저를 데리고 그곳으로 가주세요!"

두욱은 공주를 부축하여 밖으로 나왔고 얼마 뒤에는 집에 당도했다.

"이곳은 정말로 안전한 집이로군요. 예전에 살던 나라보다도 훨씬 좋아요. 하지만 제가 당신을 따라 여기로 왔으니 우리 부모님은 누구한테 의지한다지요? 청컨대 집 한 채를 따로 지어 온 나라가 이곳으로 옮겨올 수 있으면 좋겠습니다."

공주의 부탁에 두욱이 난색을 표명하자 그녀는 통곡하며 큰소리로 울부짖었다.

"다른 사람의 위급함에 도와줄 수 없다면 남편이 있대도 무슨 소용이에요!"

두욱은 좋은 말로 공주를 달래면서 그녀를 데리고 방안으로 들어갔다. 공주는 침상에 엎드려 슬피 통곡할 뿐 아무리 달래도 도무지 그치지 않았다.

두욱은 방도가 없어 노심초사하던 중 화들짝 정신이 들면서 자신이

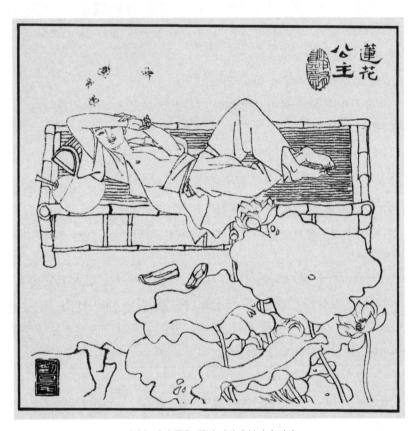

낮잠을 자던 두욱, 꿀벌 나라의 부마가 되다

꿈을 꾼 것임을 깨닫게 되었다. 하지만 귓가에는 여전히 통곡 소리가 맴돌면서 그치지 않는 것이었다. 유심히 귀 기울여보니 뜻밖에도 사람의 소리가 아니라 꿀벌 두세 마리가 베개 옆을 날아다니며 우는 소리였다. 두욱은 별 괴상한 일도 다 있다고 여기며 냅다 큰소리를 질렀다. 그 바람에 친구가 일어나 무슨 일이냐고 물었으므로 그는 꿈속에서의 일을 모두 들려주었다. 이야기를 들은 친구 또한 놀람과 기이함을 이기지 못했다. 두 사람은 자리에서 일어난 뒤 주변을 살펴보았는데 이상하게도 벌들이 그들의 바지며 소맷자락에 달라붙어 아무리 쫓아도 물러가지 않는 것이었다. 벌집을 지어주라는 친구의 권유에 따라 두욱은 일꾼들을 독촉하여 속히 벌통을 만들게 하였다.

흙담 두 개가 막 세워지자마자 담장 밖으로부터 벌떼들이 흡사 파리 떼처럼 줄지어 끊임없이 날아들었다. 벌집의 윗부분은 아직 봉합되지도 않았는데 모여든 벌은 이미 한 말을 넘어서고 있었다. 벌이 날아온 자취를 따라 어디서 왔는가 추적해 보았더니 바로 이웃집 노인의 오래된 채마밭에서 비롯되고 있었다. 그 채마밭에는 원래부터 벌통이 있어 줄곧 왕성하게 번식한 지가 벌써 삼십 년이었다. 어떤 사람이 두욱의 집에서 일어난 일을 노인에게 전해 주었다. 노인이 채마밭에 가서 살펴보니 과연 벌통이 텅텅 비어 있는지라 벌집 옆의 흙담장을 파헤치니 길이가 한 길이 넘는 뱀 한 마리가 그 안에 또아리를 틀고 있는 중이었다. 노인은 뱀을 붙잡아 죽여버렸다. 그리고 비로소 두욱의 꿈에 나타났던 거대한 구렁이는 바로 이 뱀을 가리킨 것임을 깨닫게 되었다. 벌들은 두욱의 집으로 옮겨온 뒤 예전보다 더욱 왕성하게 번식했다. 하지만 다른 이상한 일은 더 이상 일어나지 않았다.

緑衣女
녹의녀

우경(于璟)이란 서생이 있었는데 자가 소송(小宋)이며 익도현(益都縣) 사람이었다. 언젠가 그는 예천사(醴泉寺)에서 글공부를 한 적이 있었다.

어느 날 밤 우경이 책을 펴고 한창 글을 읽는데 갑자기 창문 밖에서 어떤 여자의 칭찬 소리가 들렸다.

"우 상공(于相公)께서는 공부를 참 열심히 하시네요!"

그는 이런 깊은 산속에 느닷없이 웬 여자일까 하고 생각했다. 바야흐로 의혹에 잠긴 사이, 여자는 벌써 방문을 밀치고 웃으며 들어오고 있었다.

"정말 열심이시네요!"

우경은 깜짝 놀라 몸을 일으키면서 그녀를 바라보았다. 여자는 녹색 저고리에 긴 치마를 입고 있었는데 가냘픈 몸매며 미모가 세상 누구와도 견줄 수가 없었다. 우경은 그녀가 사람이 아닌 것을 눈치 채고 굳이 사는 동네를 밝히라고 다그쳤다.

"제가 사람을 깨물거나 잡아먹지 못한다는 건 보셔서 아실 거예요. 그런데도 왜 그리 꼬치꼬치 캐물으시는 거죠?"

우경은 그녀가 너무나 마음에 들었으므로 마침내 한 잠자리에 들었다.

비단옷이 벗겨지면서 드러난 그녀의 허리는 채 한 줌도 되지 않을 만큼 가늘었다. 밤이 다하고 새벽이 가까워지자 여자는 사뿐히 일어나 어디론가 사라졌다. 그리고 이때부터 하루도 빠짐없이 매일 밤 우경을 찾아왔다.

하룻밤은 두 사람이 함께 술을 마시고 있었다. 이야기를 나누는 사이 여자가 음률에 정통하다는 사실을 알게 된 우경이 먼저 말을 꺼냈다.

"당신의 음성은 가늘고 야들야들해서 한 곡조 뽑으면 반드시 사람의 혼을 흐물흐물하게 녹일 수 있을 거야."

"그렇게 말씀하시니 감히 노래를 부르지 못하겠네요. 당신 넋이 녹아버리면 안 될 테니까요."

여자의 웃음 섞인 대꾸에도 불구하고 우경은 거듭해서 노래를 부탁했다.

"제가 목청을 아껴서가 아니라 다른 사람이 듣게 될까 봐 조심스러워 그래요. 당신이 꼭 듣기를 원하신다면 하찮은 재주나마 한 곡조 바치기로 하죠. 그렇지만 목소리를 낮춰 뜻을 표시하는 것에만 그치겠어요."

말을 마치자 여자는 세 치밖에 안 되는 조그만 발로 발받침대를 굴러 박자를 맞추면서 노래를 불렀다.

가지에 앉은 종다리 요란히도 우짖는구나.
날더러 한밤중에 님과 이별하란 말이냐.
수놓인 신발 이슬에 젖는 건 괜찮다마는
낭군 혼자 적적하실까 그것이 걱정이란다.
樹上烏臼鳥, 賺奴中夜散. 不怨繡鞋濕, 袛恐郎無伴.

노랫소리는 마치 파리의 날갯짓처럼 가늘어서 겨우 분간할 수 있을 정도였다. 하지만 귀 기울여 자세히 들어보면 그녀의 간드러지면서도 매끄럽고 폭발적인 음성이 진정 사람의 혼을 빼놓을 만큼 감칠맛이 났다.

노래가 끝나자 여자는 문을 열고 사방을 둘러보며 말했다.

"창밖에 다른 사람이 있나 해서요."

그녀는 또 밖으로 나가 집안을 한바퀴 돌아본 다음에야 되돌아왔다.

"그대는 웬 의심과 겁이 이리도 많소?"

우경의 핀잔에 여자는 웃으면서 대꾸했다.

"속담에 '몰래 살아난 귀신은 언제나 사람을 무서워한다〔偸生鬼子常畏人〕'고 하지 않던가요? 바로 저 같은 사람을 두고 지어낸 말이겠지요."

이윽고 그들은 잠자리에 들었다. 하지만 웬일인지 여자는 줄곧 부들부들 떨기만 할 뿐 결코 즐겁지 않은 기색이었다.

"한평생의 정분이 오늘 밤으로 끝장이던가?"

여자의 느닷없는 선언에 우경이 다급하게 까닭을 물었다.

"저의 맥박이 요동치고 있어요. 아마도 목숨이 다한 듯합니다."

우경은 그녀를 위로했다.

"심장이 뛰고 눈꺼풀이 바르르 떨리는 것은 본디 일상적인 일이오. 왜 갑작스레 불길한 말을 늘어놓는 게요?"

여자는 그제야 약간 마음이 놓이는 듯 다시 우경과 얼크러졌다.

밤이 거의 끝나갈 무렵, 여자는 옷을 걸치고 침상에서 내려섰다. 막 빗장을 풀려던 그녀는 우물쭈물하다가 다시 되돌아서며 말했다.

"무슨 까닭인지 모르겠지만 가슴이 두근거려 견딜 수가 없어요. 저를 대문 밖까지만 바래다주세요."

우경은 그녀의 부탁대로 자리에서 일어나 대문 밖까지 배웅했다.

"당신은 여기 서서 저를 지켜보시다가 제가 담장을 지난 다음에 돌아서세요."

"그러지."

그는 여자가 건물 모퉁이를 돌아설 때까지 지켜보았다. 사방은 고요하기만 했고 더 이상은 보이는 것도 없었다.

녹의녀가 먹물을 묻혀 감사의 글씨를 그리고 있네

그가 막 발길을 돌려 침실로 들어서려는 찰나, 갑자기 찢어지는 듯한 비명과 함께 살려달라는 여자의 고함이 울려왔다. 달려간 우경이 사방을 둘러보았지만 주변에는 아무것도 보이지 않았다. 단지 그 소리가 처마 밑에서 흘러나온다는 것을 확인했을 뿐이었다. 그가 고개를 들어 유심히 살펴보니, 탄알만 한 거미 한 마리가 어떤 조그만 생물을 막 낚아채려 하는데 걸린 녀석은 붙잡히지 않으려 필사적으로 고함을 지르는 중이었다. 그가 거미줄을 걷고 생물을 끌어내린 뒤 여기저기 달라붙은 거미줄을 뜯어주자 가쁜 숨을 몰아쉬며 빈사 상태에 이른 녹색 벌 한 마리가 나타났다. 우경은 벌을 받쳐 들고 방안으로 돌아와 탁자 위에 올려두었다. 벌은 정신을 차리고도 한참이 지나서야 움직이기 시작하더니 천천히 벼루 위로 올라갔다. 그리고 먹물 속에 온몸을 풍덩 담갔다가 다시 책상 위로 기어나와 고맙다는 의미의 '사(謝)' 자를 그려 보였다. 이윽고 벌은 두 날개를 끊임없이 퍼덕이더니 곧바로 창문을 넘어 날아가 버렸다. 이 후로 녹색 옷을 입은 여자는 다시 나타나지 않았다.

荷花三娘子

하화 삼낭자

호주(湖州)에 사는 종상약(宗湘若)은 공부하는 선비였다. 어느 가을 날 그는 들판을 돌아다니다가 벼가 무성히 우거진 논배미 한 귀퉁이가 심하게 흔들리는 것을 발견했다. 의아한 생각에 논두렁을 따라 다가가 살펴보니 남녀가 뒤엉켜 정사를 벌이는 중이었다. 터져나오는 웃음을 참으면서 돌아서려는 찰나, 얼굴이 벌겋게 달아오른 한 남자가 허리띠를 추스르며 황급히 달아나는 모습이 눈에 들어왔다. 여자도 따라서 몸을 일으키기에 유심히 관찰했더니 대단히 예쁘장한 생김새였다. 종상약은 그녀가 마음에 들어 한바탕 어우러지고 싶은 욕망이 솟구쳤지만 한편으론 그런 비열하고 추악한 행동에 대한 자괴감도 없지 않았다. 그는 슬금 슬금 여자에게 다가가 몸에 묻은 흙먼지를 떨어주며 말을 걸었다.

"남몰래 놀아나는 재미가 즐거웁디까?"

여자는 미소 지으며 아무 말도 하지 않았다. 종상약이 자신의 몸을 여자에게 바짝 밀착시키며 그녀의 옷을 벗겨내리는 순간 기름처럼 매끄럽고 뽀얀 살결이 눈앞에 활짝 드러났다. 그가 여자의 몸을 위아래로 몇 번이나 더듬고 만지작거리자, 여자가 웃으면서 입을 열었다.

"이런 썩어 빠질 수재 양반! 하고 싶으면 해버리지 왜 미친놈처럼 이리 더듬고 생난리를 피운담?"

종상약이 그녀에게 이름을 물었더니 이렇게 핀잔을 주었다.

"바람 한번 피우고 나서 각자 제 갈 길로 가면 그만인데 뭘 그리 피곤하게 꼬치꼬치 캐물으세요? 내 이름 알아뒀다가 열녀문이라도 세워줄 작정입니까?"

"들판에서 이슬을 맞으며 관계하는 것은 산간 마을의 돼지치기 노복들이나 하는 짓거리요. 나는 이런 일에 익숙지 않소이다. 당신의 꽃 같은 모습으로야 남몰래 만나는 밀회도 의당 자중해야 하거늘 왜 이리 조급하게 서둔단 말이오?"

여자는 그 말을 듣자 옳다고 맞장구를 치며 매우 반기는 모습이었다.

"내 누추한 서재가 예서 멀지 않으니 그리로 가서 놀아봅시다."

"제가 집 밖에 나온 지가 벌써 한참이나 되어요. 식구들이 의심할지도 모르니 한밤중에 다시 만나는 게 좋겠어요."

여자는 종상약이 사는 집의 대문 방향이며 눈에 띄는 표식들을 상세히 묻고 나서는 비스듬히 난 오솔길로 잽싸게 뛰어들어 빠른 걸음으로 사라져갔다.

일경(一更) 무렵에 여자는 약속대로 종상약의 서재로 찾아왔다. 두 사람은 운우지락에 흠뻑 몰입했고 극도의 쾌락에 젖어들었다. 이런 식으로 달포가 지났지만 그들의 밀회를 눈치 챈 사람은 아무도 없었다.

그 무렵 어느 서역 승려가 그 마을의 절에 여장을 풀었다가 우연히 종상약을 보더니 깜짝 놀라며 말했다.

"당신 몸에 사악한 기운이 감돌고 있소이다. 뭔가 마주친 것이 있었지요?"

"그런 일 없는데요."

며칠이 지난 뒤 종상약은 별다른 증상도 없이 갑자기 병이 들었다. 여자는 매일 밤 맛있는 과일을 가지고 와 그에게 먹여주며 마치 금실 좋은 부부라도 되는 양 정성스럽게 위로하고 어루만져 주었다. 하지만 잠자리에 들었다 하면 기필코 관계가 이뤄지길 사뭇 강요하는 것이었다.

278

종상약은 병든 몸이라 그녀에게 시달리는 것을 견디기 어려웠다. 속으로는 그녀가 사람이 아닐지도 모른다는 의구심이 들었지만 아무리 궁리해도 관계를 끊고 그녀를 떠나가게 할 방도는 떠오르지 않았다. 그는 마침내 여자에게 말했다.

"지난번에 어떤 중이 날더러 요물에게 홀렸다는 말을 하더니, 지금 과연 병이 들고 말았네그려. 그 말이 참 용하기도 하이. 내일은 그 중을 오라고 해서 부적을 그리고 주문을 외워달라고 부탁해야겠구먼."

여자는 돌연 얼굴색이 변하면서 표정이 일그러졌다. 그 모습을 본 종상약의 의구심은 더욱 깊어졌다.

이튿날 종상약은 하인을 보내 자신의 사정을 중에게 설명했다.

"이는 여우올시다. 그놈의 도술은 아직 밑천이 짧아서 쉽게 붙잡을 수 있겠군요."

중은 부적 두 장을 그려주며 아울러 당부했다.

"돌아가거든 깨끗한 항아리 하나를 침상맡에 놓고 이 부적을 항아리 입구에 붙이구려. 여우가 그 안에 빠져들면 얼른 화분으로 항아리를 덮고 또 다른 부적을 화분 위에 붙여야 합니다. 그러고 나서 뜨거운 물이 펄펄 끓는 가마솥에 집어넣고 삶으면 영락없이 금방 뒈질 게요."

하인은 집으로 돌아와 모든 일을 중이 시킨 대로 거행했다.

그날은 밤이 깊어서야 여자가 나타났다. 그녀는 소매 안을 더듬어 가지고 온 금귤을 꺼내는 한편 침상맡으로 다가가 종상약의 안부를 물었다. 그때 항아리 입구에서 별안간 '쐐액쐑' 바람 소리가 일더니 순식간에 여자를 안으로 빨아들였다. 하인은 벌떡 일어나 항아리에 뚜껑을 덮고 부적을 붙이는 한편 곧바로 가마솥에 삶을 채비를 차렸다. 종상약은 금귤이 땅바닥에 흩어져 사방으로 굴러다니는 광경을 보자 옛정이 되살아나면서 처연한 슬픔을 가누지 못했다. 그는 곧 하인에게 명령하여 여자를 놓아주게 하였다. 부적을 뜯어내고 덮개를 치우자 여자가 항아리 안에서 얼굴을 내밀었는데 몹시 당황하고 낭패한 모습이었다. 그녀는 종상약 앞에 무릎을 꿇고 머리를 조아리며 말했다.

"저의 도행(道行)이 곧 완성될 참이었는데 일순간 모두 잿더미가 될 뻔했어요! 당신은 정말 어진 분이십니다. 맹세코 반드시 은혜를 갚겠어요."

말을 마치자 그녀는 곧 사라졌다.

며칠이 지나자 종상약의 병세는 더욱 심각해져 당장이라도 숨이 끊어질 듯 위급한 상황이 되었다. 하인은 시장으로 달려가 그가 죽은 뒤 사용할 관을 사들였다. 돌아오는 도중 그는 한 여자와 마주쳤다.

"당신은 종상약의 집사가 아닌가요?"

여자의 질문에 하인이 대답했다.

"그렇습니다."

"종랑(宗郎)은 내 사촌 오라비예요. 듣자 하니 병세가 위급하다기에 병문안을 가려던 참인데 마침 다른 일이 생겨 갈 수 없게 되었군요. 나에게 영약(靈藥)이 한 봉지 있으니 수고스럽겠지만 그에게 전해 주세요."

하인은 약을 받아 집으로 돌아왔다. 종상약은 내외종을 막론하고 누이는 한 사람도 없었으므로 이것이 여우의 보답임을 알게 되었다. 그녀가 보낸 약을 복용하자 과연 병세는 크게 좋아졌고 열흘 뒤에는 건강을 완전히 회복할 수 있었다. 그는 여우에게 몹시 감격하여 허공을 향해 기도드리며 다시 한번 만나게 되길 기원했다.

어느 날 밤 종상약이 문을 잠그고 혼자 술잔을 기울이고 있는데 별안간 손가락으로 '똑똑' 창문 두드리는 소리가 들려왔다. 문의 빗장을 뽑고 나가서 살펴보니 다름 아닌 호녀(狐女)였다. 그는 너무나 기뻐 여자의 손을 꽉 움켜쥔 채로 감사의 말을 늘어놓았고 또 그녀를 방안에 들여 함께 술을 마시려 하였다.

"헤어진 이래 항상 불안해서 견딜 수가 없었어요. 아무리 생각해도 당신의 높고 두터운 은혜에 보답할 길이 있어야 말이죠. 지금 당신을 위해 좋은 배필감을 하나 찾아냈는데, 이것으로 제 책임을 모면할 수 있지 않을까요?"

"어떤 사람을 찾아냈소?"

"당신이 아는 사람은 아니에요. 내일 아침 일곱시에서 아홉시 무렵 서둘러 배를 타고 남쪽 호수를 건너가세요. 마름을 따는 여자들 중에서 눈처럼 하얀 빛깔의 비단 어깨걸이를 두른 이가 보이면 얼른 배를 저어 그녀를 따라가십시오. 도중에 그녀가 가는 방향을 잃어버리면 즉시 방죽으로 올라가 줄기가 짧은 이파리 밑에 숨어 있는 연꽃을 찾으세요. 그 꽃을 꺾어 집으로 돌아온 뒤 촛불을 켜 꽃자루를 태우면 틀림없이 아름다운 부인을 얻게 될 것이고 부수적으로 목숨도 길어질 거예요."

종상약은 삼가 그녀의 가르침을 받아들였다. 이윽고 여자는 작별을 고했지만 종상약은 한사코 그녀를 붙들었다.

"지난번 액운을 겪고 난 뒤 문득 오묘한 이치를 깨달았어요. 한갓 잠자리 욕구 따위로 남의 원한을 사서는 안 된다는 것이지요"

여자는 엄숙한 얼굴로 작별 인사를 남긴 채 떠나갔다.

이튿날 종상약은 호녀의 말대로 일찌감치 남쪽 호수로 나갔다. 연꽃이 가득 피어난 호수에는 아름다운 여인들이 제법 무리지어 있었는데 그중에서도 머리채를 늘어뜨리고 눈처럼 새하얀 비단을 어깨에 걸친 한 소녀는 세상에 둘도 없는 절세가인이었다. 종상약은 급히 배를 몰아 그녀에게로 다가갔다. 문득 소녀의 자취가 사라지면서 간 곳을 모르게 되자 그는 연꽃 군락을 헤치면서 호녀가 말한 꽃을 찾아 헤맸다. 과연 채 한 자도 되지 않는 짧은 줄기에 매달린 붉은 연꽃 한 떨기가 나타났으므로 종상약은 꽃을 꺾어 들고 집으로 돌아왔다.

집안에 들어선 종상약은 연꽃을 책상 위에 올려놓고 촛불 심지를 잘라 꼭지를 태우려고 준비했다. 그런데 고개를 돌리자 연꽃은 어느 사이 예쁜 여자로 변해 있는 것이었다. 그는 뜻밖의 일에 놀라는 한편 기쁘기도 하여 엎드려 넙죽 절을 올렸다.

"어리석은 사람, 나는 여우가 변한 요물이라고요. 이제 곧 당신을 홀

아름다운 여인, 그대는 연꽃이었네. 꽃을 따는 종상약

려 넣을 빼놓을 거야!"

종상약은 들은 체도 하지 않았다.

"누가 당신더러 이렇게 하라고 가르쳤죠?"

"소생 스스로 당신을 알아본 것이라오. 가르치긴 누가 가르쳤단 말이오?"

종상약이 말하면서 여자의 팔을 끌어당기는 순간, 그녀는 손길 닿는 대로 아래로 떨어져 내리면서 기괴한 모양의 바위가 되었다. 높이는 한 자쯤으로 사면이 모두 영롱하게 빛나는 투명한 바위였다. 그는 바위를 탁자 위에 옮겨놓은 뒤 향을 사르고 두 번 절하면서 축수했다. 밤이 되자 그는 사방의 문에 빗장을 지르고 창문 틈새를 막아 여자가 도망가지 못하도록 만전의 대비를 갖추었다.

이튿날 아침 그가 깨어나자마자 살펴보니 이번에는 또 바위가 아니라 주름진 비단으로 만든 어깨걸이로 변해 있었다. 옷에서 풍겨나오는 향기는 먼 곳에서도 맡을 수 있었고 펼친 뒤 깃고대며 옷섶을 살펴보니 아직도 진한 분 냄새가 배어 있었다. 종상약은 이불을 덮고 어깨걸이를 껴안은 채 드러누웠다.

어느덧 날이 저물었다. 종상약이 일어나 등불을 밝히고 다시 제자리로 돌아오니 머리채를 늘어뜨린 소녀가 침상에 누워 있었다. 그는 기뻐 어쩔 줄을 모르면서도 소녀가 다시 조화를 부릴까 싶어 간절하게 기도한 다음에야 조심조심 그녀의 곁으로 다가들었다. 소녀가 문득 활짝 웃으면서 입을 열었다.

"당신은 정말 애물단지로군요! 누가 주둥이를 놀려 수다를 떨었는지 모르겠네. 이런 정신 나간 바람둥이를 시켜 사람을 말려죽이려 들다니."

하지만 소녀는 더 이상 그를 거절하지 않았다. 두 사람이 한창 몰입해 서로를 탐닉하는 사이, 여자는 그를 감당할 수 없다는 듯 제발 멈추라고 몇 차례나 애걸했다. 종상약이 말을 듣지 않자 여자가 소리쳤다.

"계속 이러면 나는 다른 것으로 변해 버리고 말 테예요!"

종상약은 겁에 질려 동작을 멈췄다. 그리고 이때부터는 두 사람의 감정이 더없이 친밀해졌다.

종상약의 집안에는 금은과 비단이 항상 상자에 꽉꽉 채워져 있었는데 그것이 어디서 난 물건인지는 또한 알 길이 없었다. 여자가 바깥 사람을 만나 그저 우물우물 응대하는 모습은 말을 전혀 할 줄 모르는 사람처럼 보이기도 하였다. 종상약도 그녀의 신기한 행적에 대해서는 말하기를 꺼리면서 떠벌리지 않았다.

여자는 임신하고 열 달이 지나자 손가락을 꼽아가며 해산 날짜를 계산했다. 날짜가 차서 내실로 들어간 여자는 종상약에게 방문을 잠그고 다른 사람의 출입을 막아달라고 당부하더니 스스로 배꼽 아래를 칼로 가르고 태아를 끄집어냈다. 그리고 종상약을 시켜 비단을 찢게 한 다음 상처를 단단히 동여맸는데 하룻밤이 지난 뒤에는 흔적도 없이 완전히 아물어 있었다.

다시 육칠 년이 지난 어느 날, 여자가 종상약에게 뜻밖의 말을 꺼냈다.

"이전의 업보를 보상해야 하는 기한이 벌써 다 찼습니다. 이제는 이별이군요."

종상약은 그 말을 듣고 눈물을 흘리며 여자에게 매달렸다.

"그대가 나한테 시집을 당시, 나는 가난해서 일가를 이룰 처지가 아니었소. 오로지 당신에게 의지하여 그럭저럭 먹고살 만하게 되었는데 어찌 이리 모질게도 날 떠나겠다 말하는 게요? 게다가 당신은 또 의지할 만한 친척도 없는 몸이 아니오? 장래 우리 아들이 제 어미를 모른다면 그 또한 한 맺힐 일이랄밖에."

여자도 슬프고 안타까운 모습이었다.

"만나면 반드시 헤어지는 것이 인간사의 이치랍니다. 아들은 복을 타고난 관상이고 당신은 백 살까지 장수하실 텐데 거기서 뭘 더 바라겠어요? 저의 성은 본래 하씨(何氏)랍니다. 당신의 가슴에 그리움이 사무치면 제가 쓰던 물건을 껴안고 '하화 삼낭자'라고 부르기만 하세요. 그러면 저를 꼭 볼 수 있을 겁니다."

말을 마친 그녀는 살짝 비틀어 종상약의 손에서 몸을 뺐다.

"저는 갑니다."

종상약이 놀라 바라보는 사이, 그녀는 벌써 그의 정수리보다 높이 솟구쳐 날아가고 있었다. 종상약은 펄쩍 뛰어올라 다급히 그녀를 끌어내리려다 신발 한 짝을 붙잡았다. 신발은 벗겨져 땅바닥으로 떨어져 내리더니 돌로 만든 제비로 변했다. 색깔은 주사(硃砂)보다도 새빨갰고 안팎이 모두 수정처럼 투명하면서도 빛이 나는 물건이었다. 그는 돌제비를 주워 잘 간수했다.

상자를 뒤져보니 그녀가 맨 처음 왔을 당시 걸쳤던 어깨걸이가 아직도 보관되어 있었다. 여자가 그립고 보고 싶을 때마다 종상약이 껴안고 '삼낭자' 하고 소리치면 어깨걸이는 완연한 여자의 모습으로 변했는데 활짝 웃는 모습이며 이목구비가 하나같이 예전과 똑같았다. 다만 말을 하지 않을 따름이었다.

金生色
김생색 — 망자의 복수

　김생색(金生色)은 진녕(晉寧) 사람이다. 그는 같은 마을에 사는 목씨 (木氏) 성의 여자에게 장가들어 아들까지 둔 가장이었다. 아들의 돌이 갓 지났을 무렵, 김생색은 홀연 중병에 걸렸다. 스스로 헤아려보니 반드시 죽을 것만 같았으므로 그는 아내를 불러놓고 유언을 남겼다.

　"내가 죽거들랑 자네는 꼭 개가하시오. 수절하며 과부로 늙지 말고!"

　아내는 남편의 말을 듣자 갖은 사탕발림을 두루 섞어 거듭거듭 맹세했다. 자신은 기필코 남편을 따라 순사(殉死)하겠다는 것이었다. 김생색은 손을 내저으며 한편으로 어머니를 불러서 당부했다.

　"제가 죽거들랑 힘드시더라도 아보(阿保)를 좀 맡아서 키워주세요. 저 사람을 수절시키지 마시고요."

　어머니는 아들의 부탁에 통곡으로 대답했다.

　얼마 뒤 김생색은 정말로 죽었다. 처의 친정어머니인 목(木) 노파가 문상을 와 곡을 끝내더니 김생색의 어머니에게 푸념이랍시고 말을 늘어 놓았다.

　"하늘이 무심하사 흉악한 질병을 내리시는 바람에 사위가 별안간 요절하고 말았구려. 우리 딸아이는 너무나 젊소. 장차 어떻게 살아가야 좋단 말이오?"

김생색의 어머니는 비통한 와중에 목 노파의 철없는 말을 듣게 되자 끓어오르는 분노를 억누를 수 없었다. 이리하여 홧김에 대답한 말이 다음과 같았다.

"반드시 수절시켜야지요!"

목 노파는 무안한 나머지 더 이상 혀를 놀리지 않고 입을 다물었다.

한밤중이 되어 딸과 한 잠자리에 든 목 노파는 슬그머니 그녀를 꼬드기고 나섰다.

"남자라면 다 네 서방이 될 수 있어.[1] 너처럼 솜씨 좋은 아이가 어디 마땅한 배필이 없을까 봐 걱정이겠니? 앞날이 창창한 젊은 여자가 서둘러 일가를 이루지 않고 강보에 든 애물단지만 지키고 앉았다면 어찌 바보가 아니라 하겠니? 너를 꼭 수절시키겠다고 우겨대면 이 집 식구들을 좋은 낯으로 대하지 말거라."

그때 마침 김생색의 어머니가 그들이 자는 방 앞을 지나치다가 끄트머리의 말을 약간 엿듣게 되었다. 더욱 화가 치민 그녀는 이튿날 아침 목 노파에게 다음과 같이 선언했다.

"죽은 사람이 남긴 유언에 따라 본래는 며느리를 수절시키지 않을 작정이었소. 그런데 지금 사정을 보아하니 성미가 급해 잠시도 기다릴 수 없는 모양이구려. 그렇다면 나도 반드시 수절을 시켜야만 되겠소!"

목 노파도 화가 나서 집으로 돌아갔다. 그날 밤 김생색의 어머니는 잠을 자던 중 아들이 찾아와 눈물을 흘리며 만류하는 꿈을 꾸었다. 심상치 않은 꿈에 놀란 그녀는 마침내 목씨 집으로 사람을 보내 죽은 사람의 장례가 끝나는 대로 며느리를 개가시키겠다고 약조했다. 하지만 점쟁이에게 물어보니 금년 안에 시체를 안장하면 불길하다고 말하는 것이었다.

며느리는 자신을 과시함으로써 사내를 꼬이려고 생각했으므로 거상 기간임에도 불구하고 분을 바르고 연지를 칠하는 등 화장을 잊지 않았다. 집안에서야 하는 수 없이 소복을 입었지만 일단 친정에만 다니러 가면 때깔 고운 새 옷을 쪽 뽑아 입고 자기의 요염함을 선전하며 돌아다니기도 하였다. 시어머니는 며느리의 그런 행실을 알고 심기가 매우 불편했다. 하지만 어차피 다른 사내의 아내가 될 여자라고 여겼기 때문에 꾹꾹 눌러 참으면서 잔소리라곤 한마디도 늘어놓지 않았다. 이로 말미암아 며느리의 행동은 갈수록 방자해지기만 하였다.

같은 마을에 동귀(董貴)라고 하는 건달이 살고 있었는데 김생색의 아내를 한번 보자마자 당장 좋아하게 되었다. 그는 김씨네 이웃에 사는 노파를 돈으로 매수하여 여자에게 자신의 깊은 연정을 전달해 달라고 부탁했다. 한밤중이 되자 동귀는 노파의 집과 김씨네 사이에 놓인 야트막한 담장을 넘어 며느리의 처소로 들어갔고 곧 그녀와 사통하게 되었다. 이렇게 오가는 일이 십여 일이나 계속되자 그들에 관한 추문이 도처에 떠들썩하게 번져나갔다. 모르는 이는 다만 김생색의 모친 한 사람뿐이었다.

밤이 되면 며느리의 처소에는 나어린 계집종 한 명만이 남았는데 그녀는 며느리의 심복이었다. 어느 날 밤 두 연놈이 한창 엉거붙어 재미를 보고 있을 즈음, 별안간 관 속에서 폭죽이 터지는 듯한 커다란 폭발음이 울려나왔다. 계집종은 바깥쪽 침상에서 잠을 자다가 죽은 사람이 휘장 뒤에서 걸어나와 칼을 들고 침실로 들어가는 것을 보았다. 잠시 후 침실 안으로부터 놀라고 겁먹은 두 사람의 비명이 들려오더니 곧이어 동귀가 벌거벗은 몸으로 바깥쪽으로 달아났다. 또 얼마 뒤에는 김생색이 아내의 머리채를 휘어잡고 밖으로 끌고 나오는 모습이 보였다. 여자가 큰소리로 고함을 지르는 바람에 김생색의 어머니마저 놀라 기겁하며 잠자리에서 일어나게 되었다. 그녀는 며느리가 알몸으로 걸어나가더니 빗장을 열려고 하는 광경을 보았다. 무슨 일인지 물어도 며느리는 대답하지 않았다. 어머니가 문을 열고 쫓아나갔지만 아무리 둘러봐도 사방은 고즈넉하기만 할 뿐 아무런 소리도 들을 수가 없었다. 그녀는 결국 며느리가 간 방향을 잃어버리고 말았다.

김생색의 어머니가 며느리의 침실로 들어갔더니 등불이 여전히 밝게

켜진 그대로였다. 남자의 신발을 발견한 김생색의 어머니가 계집종을 부르자 그녀는 부들부들 떨며 밖으로 나와 자신이 보았던 기이한 일들을 모두 고해바쳤다. 두 사람은 눈앞에서 벌어진 믿기 어려운 사건에 서로 놀라고 괴이하게 여길 따름이었다.

동귀는 이웃집으로 달아난 뒤 담장 모서리에 몸을 웅크리고 숨었다. 한참 시간이 지나 사람 소리가 점차로 잦아들자 그는 비로소 몸을 일으켰다. 몸에는 실오라기 하나 걸치지 않았으므로 춥고 떨려서 견딜 수가 없었다. 그는 노파한테서라도 옷을 빌려야겠다고 작정했다. 바라보니 마당 안쪽에 들어선 방에만 방문 빗장이 시늉으로 걸려 있었으므로 그는 일단 그곳으로 들어섰다. 어둠 속에서 침상 위를 더듬자 여자의 발이 손에 잡혔고 그는 자신이 이 집 며느리의 방에 들어왔음을 깨달았다. 순간 불쑥 치솟는 욕정을 참지 못한 동귀는 여자가 잠자는 틈을 타 살그머니 그녀에게 접근하여 손을 뻗쳤다. 여자가 깨어나면서 졸린 음성으로 물었다.

"당신, 돌아왔어요?"

"음⋯⋯."

동귀는 이렇게 소리로만 응수했다. 여자는 전혀 의심하지 않고 그를 받아들여 흐드러진 정사를 벌였다.

이에 앞서 이웃집의 아들은 일 때문에 북촌(北村)에 가면서 아내에게 빗장을 걸지 말고 자신이 돌아오길 기다리고 있으라고 당부했었다. 그런데 집에 도착했더니 방안에서 이상한 소리가 새어나오고 있었다. 의아한 마음에 귀를 기울였더니 들려오는 소리며 작태가 차마 견딜 수 없을 만큼 추잡했다. 화가 머리끝까지 치솟은 그는 칼을 집어 들자마자 방안으로 침입했다. 동귀는 겁에 질려 급히 침상 아래로 숨었지만 이웃집 아들은 재빨리 그를 붙잡아 마구잡이로 난도질을 하고 말았다. 다음으로 아내를 죽이려고 했더니 그녀는 울면서 자신이 깜빡 속을 수밖에 없었던 상황을 설명했다. 그는 일단 아내를 놓아주었다. 하지만 침상 아래의 죽은 사내가 누군지는 알 수가 없었다. 그는 어머니를 깨워 같이 등불을 비춰본 다음에야 겨우 사내의 정체를 분간하게 되었다. 찬찬히 들여다보니 동귀는 아직도 가는 숨을 몰아쉬는 중이었다. 어떻게 집안에 침입하게 되었는지 추궁하자 그는 사실을 모두 자백했다. 하지만 칼에 맞은 상처 자리가 몇 군데나 되는 데다 피가 멈추지 않고 솟아나와 잠시 후에는 숨이 끊어지고 말았다. 노파는 당황하여 어쩔 줄을 모르다가 아들을 부추기고 나섰다.

"간통 현장을 붙잡아놓고 한 명만 죽였단 말이다. 아들아, 장차 어찌할 셈이냐?"

아들은 방법이 없자 부득이 아내까지 죽이고 말았다.

이날 밤 목 노인은 막 잠자리에 들었다가 문밖에서 뭔가 와글와글하는 소리를 듣게 되었다. 나가서 살펴보니 처마 밑에서 불길이 타오르는데 불을 지른 사람은 아직도 왔다갔다하면서 그 자리를 떠나지 않고 있었다. 목 노인이 고함을 지르자 식구들이 모두 달려나왔다. 다행히도 막 번지기 시작한 참이라서 불길은 금방 잡을 수가 있었다. 목 노인은 사람들에게 칼과 활 같은 병장기를 들고 나와 방화범을 수색하라고 명령했다. 문득 어떤 사람이 원숭이처럼 민첩하게 담장을 넘어갔다. 담장 바깥은 바로 목 노인네 복숭아밭으로 그 과수원은 높고 견고한 담장으로 사방이 둘러쳐져 있었다. 몇 사람이 사다리를 타고 담장으로 올라가 주위를 살펴보니 방화범은 종적이 묘연하고 담장 아래쪽에 무슨 덩어리 비슷한 물체가 꿈틀거리고 있을 뿐이었다. 누구냐고 물어도 응답이 없자 사람들은 물체를 향해 화살을 날렸고 '푹' 소리와 함께 명중했다. 사립문을 열고 쫓아갔더니 한 여자가 발가벗은 몸으로 가로누워 있는데 화살이 머리와 가슴팍에 관통되어 있었다. 불을 비춰 살펴보는 순간, 사람들은 여자가 바로 목 노인의 딸이며 김씨 집안의 며느리임을 확인할 수 있었다. 모두들 깜짝 놀라 주인에게 달려가 보고했다. 목 노인 내외도 놀라고 애통하여 숨이 곧 넘어갈 듯했지만 무슨 영문인지는 도대체 알 수 없었다. 여자는 두 눈을 꽉 감았으며 얼굴색은 완전히 잿빛이었고 숨결이 실오리보다 가늘어 겨우 숨만 붙어 있는 상황이었다. 노인이 사람을 시켜 머리에 박힌 화살을 빼내게 했지만 화살은 뽑히지 않았다. 궁여지책으로 여자의 머리통과 목덜미에 두 발을 단단히 딛고 용을 썼더니 화살은 그제야 뽑혔다. 여자는 고통스러운 신음을 토하다 붉은 피를 콸콸 쏟더니 곧 숨이 끊어졌다. 목 노인은 공포에 질려 어떤 계책도 떠올릴 수 없었다.

날이 밝은 뒤 그는 이 사실을 곧 김생색의 어머니에게 알리며 땅바닥에 무릎을 꿇고 용서를 빌었다. 그러나 김생색의 어머니는 원망이나 노여운 기색을 전혀 떠올리지 않았고 다만 상황을 일러주며 알아서 장사 지내라고 했을 뿐이었다. 김생색에게는 생광(生光)이라는 이름의 사촌형이 한 명 있었다. 그는 이야기를 듣자 노기충천하여 목 노인 집으로 찾아가 그들의 잘못을 일일이 짚어내며 욕설을 퍼부었다. 목 노인은 부끄럽고 낯뜨거워 견딜 수가 없었으므로 그에게 돈을 쥐여주며 더 이상 소란 떨지 말고 돌아가 달라고 부탁했다. 그러나 그들은 김생색의 처가 누구와 간통했는지 여전히 알지 못했다.

얼마 후 이웃집 아들이 간통 현장을 덮쳤다고 관가에 자수한 뒤 가벼운 벌만 받고 풀려나왔다. 그런데 이웃집 며느리의 오라비인 마표(馬彪)는 원래 송사를 좋아하는 사람이었다. 그는 곧 소장을 써서 누이동생의 억울한 사정을 고발했다. 관리가 이웃집 노파를 잡아들여 추궁하자 그녀는 겁에 질린 나머지 사건의 전말을 모두 불어버리고 말았다. 관가에서는 다시 김생색의 어머니를 소환했다. 그녀는 병을 핑계로 본인 대신 김생광을 출석시켰고 그는 대질심문을 통해 사건의 내막을 모두 진술했다. 마침내 모든 상황이 백일하에 드러나자 관가에서는 목 노인 부부까지 출두시켜 앞서의 진상을 철저히 조사했다. 목씨 할멈은 딸에게 개가를 교사하여 방탕을 조장했다는 죄목으로 태형에 처해졌지만 돈으로 대신 죄갚음을 했기 때문에 온 집안의 재산이 깡그리 탕진되었다. 또 이웃집 노파는 음란 행위를 유도했다는 죄목으로 곤장을 맞아 죽음으로써 사건은 종결되었다.

이사씨는 말한다.

김씨의 아들은 아마 신이었던가 보다! 아내에게 개가를 거듭 당부하다니, 이 얼마나 영명한 처사였던가! 한 사람도 죽이지 않고 모든 원한을 한꺼번에 씻어냈으니 그가 어찌 신이 아니라고 말할 수 있을까? 이웃집 노파는 다른 사람의 며느리를 유인하려다 되레 자신의 며느리를 간통시켰고, 목씨 할멈은 딸을 지나치게 사랑하다 결국 그 딸을 죽이고 말았구나.

오호라! '뒷일의 내력이 알고 싶거든 지금 하는 일을 살피라〔欲知後日因, 當前作者是〕'고 하더니, 목씨 집안이 받은 응보는 내생을 기다릴 것도 없이 빨리도 닥쳤구나.

彭海秋

팽해추 — 신선의 뱃놀이

내주(萊州)의 수재 팽호고(彭好古)가 집에서 제법 멀리 떨어진 별장에서 글공부를 하고 있었다. 그는 추석 명절에도 귀가하지 않았기 때문에 홀로 짝 없는 외로움에 젖어들었다. 아무리 생각해도 마을 안에는 함께 이야기를 나눌 만한 이가 없고 있다면 오직 구생(丘生) 한 사람뿐이었다. 그는 고을에서 이름난 선비였지만 평소 자신을 숨기려는 나쁜 버릇이 있어 평소 팽호고의 경멸을 사던 터였다.

달이 떠오르자 외로움은 더욱 절절하게 사무쳐왔다. 그는 하는 수 없이 간단한 초청장을 보내 구생을 불러왔다. 두 사람이 함께 술잔을 기울이는 사이, 누군가 대문을 두드리는 사람이 있었다. 서재에서 심부름하는 아이가 쫓아나갔더니 웬 서생 한 명이 주인 뵙기를 청하는 것이었다. 팽호고는 자리에서 일어나 옷깃을 바로 하며 손님을 맞아들였다. 서로 인사를 나누고 술상 앞에 둘러앉은 다음 팽호고는 손님에게 문벌과 거주지를 물어보았다.

"소생은 광릉(廣陵)[1] 사람입니다. 당신과는 같은 성씨로서 자(字)는 해추(海秋)라고 하지요. 오늘은 마침 중추절이고 달도 밝아 객지를 떠도는 괴로움이 갑절이나 더하더군요. 듣자 하니 소문에 당신은 취미가 고상한 분이라기에 외람되이 찾아와 인사를 드린 것입니다."

팽호고가 그를 찬찬히 뜯어보았더니 비록 무명옷 차림이지만 단정하고 깔끔했으며 웃는 모습이나 언사에도 풍류가 넘치고 있었다. 팽호고는 기쁨을 이기지 못하면서 말했다.

"알고 보니 우리 일가셨구려. 오늘 밤이 무슨 밤이기에 이런 귀한 손님을 모시게 되었을까!"

그는 당장 아이에게 술을 치라고 명령하면서 마치 오래된 친구라도 만난 듯 손님을 살갑게 대접했다. 팽호고가 가만히 손님의 기색을 살폈더니, 그는 구생을 매우 깔보는 것 같았다. 구생이 비위를 맞추려고 애쓰며 친근하게 이야기를 걸어도 손님은 그때마다 오만하게 굴면서 대답조차 잘하지 않는 것이었다. 팽호고는 무안한 나머지 얼굴이 붉어지다가 구생의 말을 가로막고 그들의 대화를 중단시켰다. 그리고 민간의 유행가를 불러 주흥을 돕겠다는 구실로 먼저 노래를 자청했다. 그는 허공에 대고 두어 번 헛기침을 한 뒤 「부풍호사지곡(扶風豪士之曲)」[2]을 우렁차게 불러제꼈다.

노래가 끝나 다 같이 박수를 치며 웃음을 터뜨리는 마당에 손님이 입을 열었다.

"저는 노래를 부를 줄 몰라 당신의 고상한 가곡에 화답할 수 없군요. 다른 사람을 불러와 대신 시켜도 괜찮겠습니까?"

"좋으신 대로 하십시오."

"내주성 안에 유명한 기생은 있습니까?"

"없는데요."

팽호고의 대답에 손님은 한참 동안 생각에 잠기더니 이윽고 시동에게 일렀다.

"방금 전에 내가 한 사람을 문밖에 불러다 놓았으니 네가 나가서 데리고 들어오너라."

시동이 바깥으로 나갔더니 과연 한 여자가 대문 밖에서 오락가락 배회하고 있었다. 아이는 곧 여자를 집안으로 인도했다. 그녀의 나이는 열여섯 어름으로 선녀 같은 자태가 형용하기 어려울 만큼 아름다웠다. 팽호고는 소스라치게 놀라면서도 얼른 그녀를 부축하여 자리에 앉혔다. 여자는 연녹색의 넓다란 장옷을 걸치고 있었는데 몸에서는 기이한 향내가 풍겨나와 온 방안에 가득 흘러넘쳤다. 손님은 여자를 보고 위로하듯 말을 건넸다.

"천 리 먼 길을 오느라 노고가 몹시 컸겠구나!"

여자는 미소를 머금은 채 그저 '예예' 하고 대답할 뿐이었다. 팽호고는 그들의 대화에 이상한 느낌이 들어 손님에게 무슨 영문인지를 물어보았다.

"당신 고장에는 안타깝게도 절세가인이 없더군요. 이 아이는 내가 방금 전에 서호(西湖)에 뜬 배 안에서 불러왔지요."

말을 마치자 손님은 또 여자에게 일렀다.

"조금 아까 네가 배에서 부른 「박행랑(薄倖郎)」 노래가 참으로 좋더구나. 다시 한번 그 노래를 불러주려느냐?"

그 말에 여자는 당장 노래를 부르기 시작했다.

무정한 사내
봄날의 연못에서 말을 씻누나.
사람 소리 멀어지자 말 울음소리도 아득하구나.
강물과 하늘은 높아만 가고 산과 달은 자지러드네.
외면하고 떠난 님 돌아오지 않으니,
이 몸은 정원에서 하얗게 날을 밝히네.
긴 이별은 원망하지 않아요.
다만 짧은 만남이 안타까울 뿐.
어디서 주무시나요?
제발 바람 따라 흩날리는 버들솜만은 되지 마세요.
그까짓 벼슬은 안하셔도 좋아요.

그저 임공으로 가지만 마소서![5]

薄倖郎, 牽馬洗春沼. 人聲遠, 馬聲杳; 江天高, 山月小.

掉頭去不歸, 庭中生白曉. 不怨別離多, 但愁歡會少.

眠何處? 勿作隨風絮. 便是不封侯, 莫向臨邛去!

손님은 버선목에서 옥피리 하나를 끄집어내더니 노래에 맞춰 반주를 넣었다. 노래가 끝나자 피리 소리도 멈췄다. 팽호고는 놀라고 감탄하길 그치지 않다가 손님에게 궁금한 점을 물었다.

"서호에서 예까지 어찌 천릿길뿐이리오! 한숨에 이 여자를 불러왔다니 도저히 믿어지지가 않습니다. 당신은 혹시 신선이 아니십니까?"

"신선이라니, 가당치 않아요. 하지만 나에게는 만릿길도 바로 대문이나 뜨락처럼 가깝게만 보이지요. 오늘 밤의 서호는 풍광과 달빛이 예전보다 훨씬 아름다워 한번 감상하러 가지 않을 수 없군요. 나를 따라 구경하러 가시겠습니까?"

팽호고는 이 신기한 상황을 끝까지 지켜보고 싶은 심정이었으므로 그 자리에서 수락했다.

"그럴 수만 있다면 행운이지요."

"배를 탈까요? 아니면 말을 타고 갈까요?"

손님의 물음에 팽호고는 배 편이 편안할 거라는 생각이 들었다.

"배를 타고 싶습니다."

"이곳에서는 배 띄우는 곳이 상당히 멀어 부르기가 어렵겠군요. 은하수에는 반드시 배를 타고 건너는 사람이 있을 겝니다."

손님은 당장 허공을 향해 손을 흔들며 소리쳤다.

"배야, 오너라. 배야, 이리 오너라! 우리는 서호로 가려 한단다. 뱃삯은 넉넉히 치러주마."

잠시 후 아름답게 장식된 꽃배 한 척이 안개와 구름에 감싸인 채 하늘로부터 떨어져 내렸다. 모두들 배에 오르자 어떤 사람이 짤막한 상앗

대를 잡고 노를 젓는 모습이 보였다. 상앗대의 가장자리에는 새깃이 촘촘히 박혀 있어 흡사 깃털 부채와 같은 모양이었다. 노를 한번 내젓자 맑고 상쾌한 바람이 부드럽게 귓전을 스치며 불어왔다. 배는 점차 구름 속으로 날아오르더니 남쪽을 향해 화살처럼 빠른 속도로 운항하기 시작했다.

한참 지나서 배는 물속으로 떨어져 내렸다. 들리는 것이라곤 다만 현악기의 시끄러운 음색과 귀를 때리는 북과 징 소리뿐이었다. 선실 밖으로 나가 한 바퀴 둘러보니 안개 서린 물결 위에는 달 그림자가 도장처럼 찍혔고 유람선들도 흡사 저자가 열린 듯 무수히 떠다니고 있었다. 노 젓는 사람은 삿대를 거둬들이고 배가 물결 따라 저절로 흘러가도록 내버려두었다. 주변 풍광을 자세히 살펴보니 그곳은 진짜로 서호가 분명했다. 손님이 선실 후미에서 진기한 안주와 오래된 맛있는 술을 꺼내왔으므로 그들은 즐겁게 술판을 벌였다.

얼마 후 망루까지 갖춰진 커다란 배 한 척이 점차 다가오더니 그들이 탄 배를 스쳐지나갔다. 창문 너머로 훔쳐보니 그쪽 배 안에는 두세 명의 사람이 둘러앉아 바둑을 두면서 웃고 떠들고 있었다. 그때 손님이 여자에게 술잔을 건네며 말했다.

"이 잔을 다 비우면 내가 너를 바래다주마."

여자가 술을 마시는 사이에도 팽호고는 그녀에게 쏠리는 마음을 가눌 길이 없었다. 그는 다만 여자가 가버릴까 하는 조바심에 자신의 발로 그녀의 발을 슬쩍 걸어찼다. 여자도 눈매에 연정을 실어 그에게 추파를 던졌다. 팽호고가 설레는 마음을 더욱 주체하지 못하고 나중에 다시 만날 기약을 정하려 들었더니 여자는 이렇게 말하였다.

"당신이 저를 진정 사랑하신다면 그저 연낭(娟娘)이란 이름만 물어보세요. 아마도 모르는 사람이 없을 거예요."

손님은 팽호고의 비단 손수건을 여자에게 쥐어주며 말했다.

"내가 네 대신 삼 년 뒤 다시 만날 약속을 정해 주지."

말을 마치자 그는 자리에서 일어나 여자를 손바닥 위에 올려놓고 소리쳤다.

"선인(仙人)이여, 선인이여!"

곧이어 그는 망루가 있는 배의 창문을 잡아당기더니 여자를 그 안으로 밀어 넣었다. 창문은 둥근 쟁반만 한 크기였지만 여자가 몸을 웅크리자 마치 뱀이 미끄러지듯 그 안으로 빨려들어가 전혀 비좁아 보이지 않았다. 잠시 뒤 이웃 배에서 누군가 말하는 소리가 들렸다.

"연낭이 깨어났구나."

이웃 배는 곧 물결을 타고 흘러갔다. 멀리서 바라보니 그 배는 벌써 육지에 정박하여 배 안에 탔던 사람들이 뿔뿔이 흩어지는 중이었다. 팽호고는 모든 흥취가 일시에 사라지는 것을 느꼈다. 그는 자신도 언덕에 상륙하여 다른 사람들처럼 경치를 구경하고 싶다고 손님에게 말할 작정을 했다.

그가 막 의논의 말을 꺼내자마자 배는 벌써 언덕에 닿아 있었다. 배에서 내린 그가 한가로이 거닐다 보니 이러구러 일 리는 더 돌아다닌 것 같았다. 손님은 뒤미처 말 한 마리를 끌고 와 팽호고에게 고삐를 쥐여주더니 곧바로 되돌아서며 말했다.

"잠시 기다리시면 내가 말 두 마리를 더 빌려 오겠소이다."

그러나 아무리 기다려도 그는 나타나지 않았고 나다니는 행인의 숫자도 갈수록 줄어들었다. 고개를 드니 달은 이미 서쪽으로 기울었고 동녘 하늘에는 어느덧 희끄무레한 여명이 가득 번지고 있었다. 구생도 어디로 갔는지 전혀 알 길이 없었다. 팽호고는 말을 끌고 이리저리 배회하면서 그야말로 진퇴양난이란 생각이 들었다. 말을 타고 아까 배가 정박했던 장소로 되돌아갔지만 사람도 배도 전혀 보이지 않기는 마찬가지였다. 주머니에 한 푼도 없는 빈털터리란 데 생각이 미치자 그는 더욱 당황하고 불안한 심정이었다.

하늘이 완전히 밝았을 때, 그는 금실로 수놓은 작은 주머니가 말 잔등에 매달린 것을 발견했다. 더듬어보니 서너 냥의 은자가 손에 잡혔다. 음식을 사 먹으며 무작정 기다리는 사이 시간은 어느덧 점심녘으로 줄달음치고 있었다. 그는 순간 이렇게 줄창 기다릴 바에야 우선 연낭을 찾는 것이 낫겠다는 생각이 들었다. 그러면 구생의 소식도 천천히 알아볼 수 있을 터였다. 하지만 아무리 뒤져도 인근에선 연낭의 이름을 아는 이가 없었으므로 팽호고의 기대는 완전히 사그라들었다. 이튿날 그는 집을 향해 출발했다. 다행히 말은 길이 잘든 데다 힘도 좋았다. 그는 보름이 지나서야 겨우 집에 당도할 수 있었다.

당초 팽호고와 손님, 구생 세 사람이 배를 타고 하늘로 올라가자 시중들던 아이는 집으로 돌아가 자신이 본 대로 아뢰었다.

"주인님은 벌써 신선이 되어 날아가셨어요."

그 말 한마디에 온 집안 사람들은 슬피 통곡하며 그가 다시는 돌아오지 않을 거라 생각하고 있었다. 팽호고가 집에 도착하여 말을 매어놓고 안으로 들어서자, 식구들은 놀라고 기뻐하며 그를 에워싼 채로 질문을 퍼부었다. 그는 자신이 겪었던 신기한 일들을 모두 들려주었다. 하지만 자기 혼자만 고향에 돌아왔다고 생각하니 구생의 집에서 쫓아와 그의 안부를 물을 일이 걱정이었다. 이리하여 팽호고는 자신이 돌아왔단 소문을 퍼뜨려선 안 된다고 식구들에게 단단히 주의를 주었다.

이야기 도중 팽호고가 말이 생긴 유래를 설명하자, 사람들은 신선이 하사한 말을 구경하려고 마구간으로 우르르 몰려갔다. 그러나 어찌 된 일인지 마구간에 말은 보이지 않고 난데없이 구생이 짚으로 엮은 고삐에 꿰어진 채 말구유 옆에 쓰러져 있었다. 모두들 기절할 듯 놀라며 소리쳐 팽호고를 불러냈다. 팽호고가 나와보니 마구간의 구생은 고개를 아래로 꺾은 채 얼굴색이 죽은 사람이나 다름없는 잿빛이었다. 말을 건네도 뭐라 대답할 줄 모르면서 그저 두 눈만 떴다 감았다 껌뻑거릴 뿐이었다.

팽호고는 이런 광경을 차마 지나칠 수 없어 당장 고삐를 풀고 부축하여 그를 침상에 데려다 뉘었다. 구생은 마치 실성한 사람처럼 보였지만 미음을 떠먹이자 조금씩 삼키기 시작했다. 한밤중이 되어 어느 정도 정신을 차린 구생은 몹시 다급한 기세로 변소를 찾았다. 팽호고가 부축하여 데려다 주었더니, 그는 말똥을 몇 덩어리나 떨어뜨리는 것이었다. 다시 약간의 미음을 마시게 했더니 구생은 비로소 말문을 텄다. 팽호고가 침상맡에 앉아 위로하며 저간의 사정을 묻자, 그는 다음과 같이 대답했다.

"배에서 내린 뒤 팽해추는 나를 데리고 산보하면서 이야기를 나누더군. 그러다 아무도 없는 곳에 이르러 그가 장난스럽게 내 목덜미를 두드리자 나는 그만 정신을 잃고 땅바닥에 고꾸라졌다네. 잠깐 동안 엎드려 있다가 정신을 차려보니 나는 벌써 말로 변해 있더군. 마음속으로야 무슨 일이 벌어졌는지 확실히 알았지만 말을 할 수가 있어야지. 이런 창피스러울 데가 어디 있겠나. 우리 집사람하고 자식에겐 제발 알려지지 않도록 비밀을 지켜주시게!"

팽호고는 그와 약속하고 하인에게 명령하여 구생을 말에 태워 집까지 배웅하게 하였다.

이때부터 팽호고는 연낭에 대한 그리운 정을 가슴에서 삭일 수 없었다. 다시 삼 년이 지났을 때, 그는 마침 양주(揚州)의 통판(通判)으로 부임하게 된 자형에게 인사차 찾아가게 되었다. 그 지방의 유지 양 공자(梁公子)는 원래 팽호고의 집안과 대대로 친분이 두터운 사이였다. 그는 연회를 베풀어 팽호고를 초대했고 그 자리에는 몇 명의 기생도 동석했다. 기생들이 앞으로 나와 공손히 절을 올리는 차례에서 양 공자는 연낭이 왜 보이지 않느냐고 물었다. 하인이 병 때문에 참석하지 못했다고 아뢰자, 공자는 노발대발하면서 꾸지람이 여간 아니었다.

"그년이 제 몸값이 높다고 기고만장했구나. 당장 가서 꽁꽁 묶어 끌고 오너라."

팽호고는 연낭이란 이름을 듣자 깜짝 놀라면서 그녀가 누구냐고 물었다.

"기생년인데 광릉에서 제일 예쁘다고들 하지요. 시답잖은 명성을 좀 떨친다고 이렇듯 방자하고 무례하게 구는군요."

공자의 대답에 팽호고는 우연일지도 모른다고 생각했지만 두근거리는 가슴을 주체하지 못하고 그저 빨리 연낭을 만나게 되기만 학수고대했다.

얼마 후 연낭이 도착하자 공자는 불같이 화를 내며 그녀에게 욕설을 퍼부었다. 팽호고가 뚫어지게 관찰했더니 과연 그해 중추절에 만났던 여자가 틀림없었다.

"이 여자는 저와 오래전부터 정분이 있던 사람입니다. 부디 너그러이 용서해 주십시오."

팽호고의 간청에 연낭도 그를 유심히 바라보더니 흠칫 놀라는 듯한 눈치였다. 공자는 더 이상 캐묻지 않고 연낭에게 팽호고의 술잔에 술을 따르라고 명령했다.

"너는 「박행랑」 곡을 아직도 기억하느냐?"

팽호고의 말에 연낭은 더욱 놀라는 듯하더니 한참 동안 그를 뚫어지게 주시한 다음 노래를 부르기 시작했다. 그녀의 노랫가락은 그해 중추절에 불렀던 곡과 완전히 똑같았다. 술자리가 파하자 공자는 연낭에게 손님의 잠자리 시중을 들라고 명령했다.

"삼 년 뒤에 만나자던 약속이 오늘에야 실현되었구나!"

팽호고가 연낭의 손을 붙잡고 말을 건네자, 그녀는 이렇게 말했다.

"그날 저는 다른 사람을 따라 서호에 유람을 나갔는데 몇 잔 마시지도 않아 갑자기 취해 버리고 말았어요. 정신이 몽롱한 가운데 어떤 사람이 저를 데리고 마을로 들어갔는데 곧 동복이 나타나 저를 집안으로 들이더군요. 술자리에는 손님이 셋이었고 당신은 그중의 한 분이셨습니다. 나중에는 배를 타고 서호로 갔다가 저를 창틀 사이로 밀어 넣어 되돌려 보내더군요. 이별할 때 당신은 저의 손을 잡고 안타까운 사랑을 호소하셨지요. 매번 생각할 때마다 저는 그 일이 환영 속에 보게 된 꿈이려니 여겼습니다. 하지만 비단 손수건이 분명 제 손안에 쥐어져 있는지라 도대체 의문이 풀리지 않았지요. 지금도 손수건을 몇 겹으로 싸서 잘 간수해 두고 있어요."

팽호고는 예전의 일들을 그녀에게 모두 들려주었다. 두 사람은 서로 마주 보면서 그저 놀라고 감탄할 뿐이었다. 연낭은 팽호고의 품으로 무너지듯 안기더니 흐느끼면서 애원했다.

"신선께서 이미 우리의 중매를 서신 것이로군요. 당신은 저를 타락한 여자랍시고 내치시면 안 됩니다. 제발 고해(苦海)에 던져진 이 사람을 버리지 말아주세요!"

"배 안에서 했던 약속을 하루도 잊은 적이 없었소. 그대가 진정 내게 뜻이 있다면 전 재산을 다 팔더라도 무에 아까울 게 있겠소."

이튿날 아침 팽호고는 자신의 사정을 양 공자에게 설명했다. 또 자형에게서 일천 냥의 돈을 빌려 연낭을 기적에서 빼낸 다음 그녀를 데리고 집으로 돌아갔다. 그들은 가끔씩 별장에 들르기도 했는데 연낭은 그때마다 옛날에 술 마시던 장소를 알아보았다.

이사씨는 말한다.

말이 사람이 되었다면 그는 본디 껍데기만 사람이지 실제로는 말이 틀림없을 것이다. 그에게 말 노릇을 시킨 것도 바로 사람 구실 못하는 점이 얄미워서가 아니겠는가? 사자, 코끼리, 학, 붕(鵬)새 같은 동물들은 모두 사람의 채찍질을 받으며 사는데, 이 어찌 신이 그들을 넘치게 사랑하신 때문이 아니라고 하리오? 그렇다면 신선이 연낭에게 삼 년의 기한을 정해 주심도 바로 그녀를 고해에서 벗어나게 하시려는 마음에서였음이리라.

新郎

신랑 — 사라진 신랑

강남(江南)[1]의 효렴 매우장(梅耦長)[2]은 그와 동향 사람인 손공(孫公)이 덕주(德州)의 현령을 지낼 때 심리했던 괴상한 사건을 들려주었다.

사건이 발생하기 전, 마을의 어떤 사람이 아들을 위해 며느리를 맞아들였다. 새 신부가 들어오자 온 동네의 친지와 이웃들이 죄다 몰려와 축하 인사를 전했고 잔치는 초경(初更)이 넘도록 계속되었다. 그런데 신랑이 자리에서 일어나 바깥으로 나오다 보니 신부가 화려하게 단장한 채로 다급하게 집 모퉁이를 돌아서고 있었다. 신랑은 순간 의아한 마음에 그녀의 뒤를 밟았다. 집 뒤켠에는 원래 좁다란 시냇물이 흐르고 자그만 다리가 건너편으로 통하고 있었다. 다리를 건너 곧장 앞으로 나아가는 신부의 모습에 신랑의 의혹은 눈덩이처럼 불어만 갔다. 소리쳐 불러도 그녀는 대답하지 않았다. 그저 멀찌감치서 손을 흔들어 신랑보고 어서 건너오라는 듯한 신호를 보낼 뿐이었다. 신랑은 줄달음쳐서 그녀를 쫓아갔다. 하지만 채 한 자밖에 되지 않을 듯한 거리가 아무리 걸음을 재게 놀려도 도무지 좁혀지지 않는 것이었다. 그렇게 몇 리를 뛰어간 뒤 그들은 어느 마을로 들어서게 되었다. 신부는 비로소 발길을 멈추며 신랑에게 말했다.

"당신네 집은 너무 쓸쓸해서 나 같은 사람은 진득이 눌러 살 수 없더

303

군요. 서방님, 우리 집에서 저랑 같이 며칠만 지내다 나란히 시댁으로 돌아가요."

말을 마치자 그녀는 머리에 꽂았던 비녀를 뽑아 대문을 '똑똑' 두드렸다. '덜컹' 하는 소리와 함께 어린 계집종 아이가 문을 열자 신부가 먼저 안으로 들어갔다. 신랑은 하는 수 없이 그녀의 뒤를 따랐다.

집안에는 장인 장모가 벌써 대청마루에 나와 있는 중이었다. 그들은 새사위를 보더니 부드러운 어조로 달래듯이 말했다.

"우리 딸은 어려서부터 응석받이로 자라난 데다 한시도 슬하에서 떨어진 적이 없었다네. 아무리 혼인 때문이라지만 하루아침에 살던 마을에서 떠나보내자니 심정이 매우 적적하더군. 이제 자네와 함께 돌아온 것을 보니 우리 마음도 적이 위안이 되는구먼. 며칠 지내고 나면 두 사람을 꼭 함께 돌려보내 주겠네."

처갓집 식구들이 방을 치우고 이부자리도 새로 준비해 주었으므로 신랑 신부는 마침내 처가에서 눌러 살게 되었다.

한편 신랑 집에서는 신랑이 나가 오랫동안 돌아오지 않자 손님들까지 가세하여 그를 찾았다. 그런데 어찌 된 일인지 신방에는 달랑 신부 한 사람뿐이고 신랑은 어디로 갔는지 그림자도 보이지 않았다. 이때부터 사람들은 멀고 가깝고를 막론하여 신랑이 갈 만한 곳이라면 어디든 뒤지고 다녔지만 그의 행방은 줄곧 오리무중이었다. 신랑의 부모는 눈물을 흘리며 슬퍼했고 아들이 틀림없이 죽은 거라고 생각했다. 거의 반년이 지났을 때, 딸이 남편도 없이 청상과부로 늙는 것을 애닮게 여긴 신부 집에서는 시아버지에게 며느리를 다른 곳에 개가시키게 해달라는 청을 넣었다. 신랑의 아버지는 뜻밖의 말에 더욱 상심하며 말했다.

"시체고 옷가지고 간에 아무것도 찾지를 못했는데 어떻게 내 아들이 죽었다고 단정 짓소! 설령 진짜 죽었다 치더라도 일년은 넘기고 나서 재가해도 늦지는 않을 텐데, 뭐가 그리 조급해서 이 야단이란 말이오?"

그 말에 신부의 아버지는 앙심을 품고 관청에 소송을 걸었다. 손공은 사건이 너무나 해괴해서 선뜻 결단을 내릴 수가 없었다. 그는 신부에게 삼 년을 기다리라는 판결을 내리고 소장을 신부 집으로 돌려보냈다.

신랑이 신부의 집에서 지내는 동안 식구들은 하나같이 기꺼운 마음으로 그를 환대했다. 하지만 신랑이 집으로 돌아가자는 말만 꺼내면 신부는 언제나 흔쾌히 허락하면서도 꾸물거리기만 할 뿐 도무지 움직이려는 기색이 없었다. 세월은 쌓여 어느덧 반년이나 되는 시간이 흘렀다. 신랑은 갈피를 잡을 수 없었으므로 늘 시름에 젖은 채 안절부절이었다. 혼자 돌아가려는 생각도 없지 않았지만 그때마다 신부가 신랑을 한사코 만류하여 붙들어 세우는 것이었다.

하루는 온 집안 식구들이 놀라고 당황하는 모습이 무슨 큰 재난이라도 닥친 것 같았다. 황망한 가운데 신랑은 장인에게 이런 말을 들었다.

"본래는 이삼 일 더 있다가 너희 부부를 함께 돌려보내려 했단다. 그런데 예물을 미처 준비하기도 전에 뜻밖의 재난을 당하게 되었어. 부득이하지만 자네 먼저 돌아가야만 되겠네."

그는 곧 신랑을 대문 밖으로 내보내더니 서둘러 몸을 돌이켰는데 말이나 행동거지가 모두 대충대충이었다. 신랑이 바야흐로 길을 찾다가 고개를 돌려보니 방금 전까지도 있었던 집이 온데간데없고 높다랗게 솟은 무덤만 눈에 들어올 뿐이었다. 그는 깜짝 놀라 부랴부랴 귀로를 재촉했다.

집에 도착한 그는 사건의 전말을 상세히 설명한 뒤 아버지와 함께 관가에 출두하여 전후 사정을 진술했다. 손공은 신부의 아버지에게 사정을 일러준 뒤 신부를 시댁에 보내게 하였으므로 신랑 신부는 그제야 완전한 혼인을 이루게 되었다.

선인도

왕면(王勉)은 자가 민재(黽齋)이며 영산현(靈山縣) 사람이다. 그는 재
주가 뛰어나 과거 시험장에서 여러 차례 장원을 차지했기 때문에 자부
심과 기세가 자못 드높았다. 하지만 남을 조롱하고 공격하길 좋아해서
사람들을 모욕하는 일이 또한 무척 잦았다.

하루는 왕면이 우연한 기회에 어떤 도사와 자리하게 되었다. 왕면을
뚫어지게 쳐다보던 그가 문득 입을 열어 말했다.

"당신은 매우 출세할 관상을 갖고 있습니다. 하지만 경박한 입놀림 때
문에 복록(福綠)이 거의 다 깎이고 말았군요. 당신의 재주와 총명함으로
방향을 바꿔 도를 닦는다면 신선의 명부에 등재될 수도 있을 게요."

왕면은 도사의 말에 어이가 없어 비웃음을 흘리며 비아냥거렸다.

"앞으로의 부귀영화야 물론 알 수 없겠지요. 하지만 세상천지 어디에
신선이 있답니까!"

"당신은 왜 그렇게 식견이 천박하오? 다른 곳에서 찾을 필요도 없소
이다. 내가 바로 신선이라오."

그 말에 왕면은 더욱 낄낄거리며 그의 허무맹랑함을 마음껏 비웃었다.

"내 어디가 그렇게 이상하시오? 나를 따라가기만 하면 당장 진짜 신
선을 수십 명이라도 볼 수 있으리라."

"그들이 어디에 있습니까?"

"바로 지척이지요."

말을 마치자 도사는 손에 들었던 지팡이를 자신의 두 다리 사이에 끼우고 다른 하나는 왕면에게 주어 자기처럼 가랑이에 끼우게 했다. 도사는 또 그에게 눈을 감으라고 당부하더니 고함을 질렀다.

"날아라!"

왕면은 허벅지 사이의 지팡이가 닷 말들이 푸댓자루처럼 굵어지는 것을 느꼈다. 지팡이는 허공을 가르며 날아오르더니 마치 숨이라도 내쉬는 것처럼 부풀었다 줄었다 하면서 하늘을 날았다. 슬그머니 더듬어보았더니 가지런하게 돋은 비늘 같은 것이 손안에 만져졌다. 그는 두렵고 오금이 저려 더 이상 꼼짝할 수가 없었다.

한참이 지났을 때, 도사가 또다시 고함을 질렀다.

"멈춰라!"

도사가 시키는 대로 지팡이를 잡아 빼고 나니 왕면은 어느 커다란 저택 안에 떨어져 있었다. 누각과 건물들이 즐비하게 늘어선 그곳의 정경은 제왕이 사는 궁전과도 흡사했다. 어떤 곳에 다다르니 한 길도 넘는 높은 축대 위에 세워진 전각이 나타났는데 정면의 기둥이 열한 개나 되었고 그 장려한 경관은 세상 무엇과도 비길 수 없었다. 도사는 왕면을 이끌고 전각 위로 올라가더니 동자에게 즉시 술자리를 마련하고 다른 손님들을 부르라고 명령했다. 당장에 수십 개의 잔칫상이 전각에 죽 진열되었는데 차려진 음식과 그릇들이 너무나 현란해 사람의 눈을 부시게 했다. 도사는 화려한 복장으로 갈아입은 뒤 손님을 기다렸다.

잠시 뒤부터 여러 손님들이 제각기 공중에서 내려오기 시작했다. 어떤 이는 용이나 호랑이를 타고 왔지만 난새나 봉황을 이용한 손님도 있어 모두들 타고 온 동물이 달랐다. 그들은 제각기 또 악기를 하나씩 지니고 있었다. 개중에는 여자도 있고 남자도 있었으며 심지어는 발에 아무것도 걸치지 않아 맨발인 사람조차 있었다. 그런데 유독 눈이 번쩍 뜨이게 예쁜 한 여자가 있었다. 그녀는 오색찬란한 봉황새를 타고 왔는데 궁중의 귀부인 차림새였고 한 시녀가 그녀 대신 악기를 껴안고 있었다. 악기의 길이는 다섯 자 남짓으로 금(琴)도 아니고 슬(瑟)도 아닌 도무지 이름을 알 수 없는 것이었다.

연회가 시작되어 어느새 몇 순배나 술이 돌았다. 상 위에 가득 차려진 진기한 안주는 어느 것이나 달고 향기로웠는데 세상에서 흔히 맛볼 수 있는 산해진미가 아니었다. 왕면은 조용히 앉은 채로 오직 그 예쁜 여자만을 주시했다. 그는 여자를 마음 깊이 사랑하게 되었고 또 그녀의 연주를 들을 수 있길 갈망했으므로 그녀가 끝내 연주하지 않으면 어쩌나 하고 내심 조바심을 쳤다.

주흥이 한창 무르익었을 때, 한 노인이 앞장서서 제안했다.

"최 진인(崔眞人)의 초대에 힘입어 오늘 연회는 참으로 성황이었다고 말할 수 있겠습니다. 물론 즐거움이 다할 때까지 실컷 놀아야겠지요. 모두들 같은 악기들끼리 편을 짠 다음 조별로 한 곡씩 연주하기로 합시다."

손님들이 각자 무리 지어 조를 편성하고 나자 관악기와 현악기 소리가 하늘을 찌를 듯 울려 퍼졌다. 오직 봉황을 타고 온 여자만 짝이 될 만한 악기가 없는 외톨이일 뿐이었다. 다른 이들의 연주가 모두 끝나고 나서야 여자의 시녀는 비로소 수놓인 주머니를 벗기고 악기를 탁자 위에 가로놓았다. 여자는 그제야 백옥같이 하얀 팔을 뻗어 흡사 쟁(箏)을 타는 듯한 연주 자세를 취했는데 악기 소리가 거문고보다 몇 배나 더 우렁찼다. 높은 음을 탈 때는 가슴이 확 뚫리는 것처럼 시원했고, 나직한 음을 부드럽게 켤 때는 마치 혼백이 요동을 치는 것만 같았다. 그녀가 악기를 뜯는 십여 분 동안에는 온 전각 안이 쥐 죽은 듯이 고요했고 잔기침 소리 한번 들리지 않았다. 이윽고 연주가 끝나면서 '쟁' 하는 마지막 울림이 옥으로 된 경쇠 소리처럼 맑게 퍼져나가자 모두들 이구동성으로 칭찬하여 마지않았다.

"운화 부인(雲和夫人)의 연주는 진정 신이 내린 솜씨입니다!"

사람들은 일제히 일어나 작별 인사를 했다. 학의 울음소리며 용의 부르짖음이 한동안 시끄럽게 귓전을 맴돌더니 한순간 다들 제 갈 길로 뿔뿔이 흩어져 갔다.

도사는 보석으로 꾸민 침상에 비단 이부자리를 깔아 왕면의 잠자리를 마련해 주었다. 왕면은 아름다운 여인을 처음 본 순간부터 마음이 설레었는데 연주까지 듣게 되자 그녀가 사무치게 그리워졌다. 자신의 재주를 생각하면 고관대작 높은 벼슬에 오르는 따위야 지푸라기를 줍는 일처럼 손쉽게 느껴졌고, 부귀를 얻고 난 다음이라면 또 무엇을 손에 넣지 못하랴 하는 생각도 들었다. 잠깐 사이 그의 뇌리에는 마치 얼크러진 실타래처럼 뒤죽박죽으로 온갖 생각이 뒤엉켜 떠올랐다. 도사는 벌써 그의 복잡한 심경을 눈치 챈 듯 이런 말을 건넸다.

"당신과 나는 전생에 함께 동문수학하던 사이라오. 그런데 나중에 당신은 의지가 굳세지 못해 그만 인간 세상으로 떨어지고 말았지요. 나는 당신을 타인으로 여기지 않기 때문에 이 사악하고 혼탁한 세상으로부터 정말로 구해 주고 싶소이다. 그런데 뜻밖으로 당신은 깊은 수렁에 빠진 채 도무지 헤어나지 못하고 있구려. 오늘은 당신을 돌려보내야 하지만 우리가 다시 만날 기약이 꼭 없는 것만은 아니오. 어쨌든 당신이 천선(天仙)이 되려면 반드시 오랜 세월 고난을 겪어야만 할 게요."

도사는 섬돌 아래에 놓인 길쭉한 돌을 가리키며 왕면에게 눈을 감고 걸터앉으라 한 뒤 또 절대로 눈을 떠선 안 된다고 신신당부했다. 모든 준비가 완료되어 도사가 채찍으로 돌을 후려치자 돌은 하늘 위로 날아올랐다. 왕면은 단지 귓전을 가르는 바람 소리만 들을 수 있었을 뿐 얼마나 먼 길을 날았는지는 가늠조차 되지 않았다.

그는 문득 아래에 펼쳐진 세계가 어떤 경관인지 궁금한 생각이 들었다. 이리하여 가늘게 실눈을 뜨고 살그머니 밑쪽을 내려다보니 도무지 끝이 보이지 않는 망망대해가 한없이 펼쳐져 있었다. 깜짝 놀라 다시 두 눈을 꼭 감았지만 몸은 벌써 돌과 함께 밑으로 떨어져 내려 갈매기가 자맥질하듯 물속으로 풍덩 곤두박질치고 있었다. 천만다행인 것은 그래도 예전에 바닷가에 살아 헤엄치는 데에 조금은 능숙하다는 사실이었다. 그때 누군가 박수를 치며 깔깔대는 소리가 들려왔다.

"꼴 좋게 떨어졌구나!"

왕면이 바야흐로 위급한 지경에서 헤매고 있을 때, 한 여자가 배를 가까이 대더니 그를 위쪽으로 끌어올렸다.

"길조로군요. 좋은 징조예요. 수재께서 물벼락을 맞으셨네요〔中濕〕."¹⁾

여자는 대략 열예닐곱 살가량으로 얼굴과 자태가 아름답기 그지없었다. 왕면은 물에서 나오자 오한이 들어 온몸이 부들부들 떨려왔으므로 여자에게 불을 피워 옷을 말려달라고 부탁했다.

"저를 따라 집으로 가시면 적당한 조처를 취해 드리죠. 나중에 형편이 좋아지면 저를 잊지나 마세요."

여자의 말에 왕면은 펄쩍 뛰며 응수했다.

"그 무슨 말씀이시오? 나는 중원(中原)에서 재주 많기로 유명한 사람이라오. 어쩌다 낭패한 지경에 처하기는 했어도 이번 위기만 극복하면 내 온 생명을 바쳐 보답할 것이오. 어찌 잊지 않기만 하겠소이까?"

여자가 노를 젓기 시작하자 배는 폭풍우가 휘몰아치듯 빠르게 나아가 눈 깜짝할 새 해안에 당도했다. 그녀는 자기가 딴 한 움큼의 연꽃을 선실에서 들고 나오더니 앞장서서 왕면을 인도했다. 반 리 남짓 길을 가자 마을로 들어서게 되었고 남쪽을 향해 활짝 열린 붉은 대문이 보였다. 몇 겹이나 거듭되는 문을 통과하고 난 뒤 여자는 먼저 안으로 들어가 손님이 도착했음을 통보했다.

얼마 후 마흔 살가량의 한 남자가 밖으로 나와 왕면을 맞아들이더니 그를 데리고 계단을 올랐다. 남자는 하인에게 의관이며 버선, 신발까지 의복 일습을 가져오라고 명령하여 왕면에게 옷을 갈아입게 하였다. 왕면이 옷차림을 추스르고 나자 주인은 그에게 문벌과 가세를 물었다.

"감추는 것 없이 사실을 말씀드린다면 저의 재주와 명성은 널리 알려

310

져서 모르는 사람이 없을 정도입니다. 최 진인은 저를 끔찍이도 아끼고 좋아하시는지라 불러올려 천궁(天宮)의 빈자리를 채우려 하셨지요. 하지만 저 자신은 공명을 얻는 것이 손바닥 뒤집기보다 쉬운 일임을 헤아리고 은거하기를 원치 않았습니다."

왕면의 허풍에 주인은 몸을 일으키며 경의를 표했다.

"이곳은 선인도(仙人島)라고 불리며 인간 세상과는 완전히 동떨어져 있지요. 저는 성이 환(桓)이고 이름은 문약(文若)이라 하는데 대대로 이 조용하고 궁벽진 땅에서 살아왔습니다. 당신 같은 저명인사를 가까이서 뵙게 되다니, 이 얼마나 영광스런 일인지 모르겠군요."

주인은 곧 술자리를 마련하여 정성스럽게 왕면을 대접하다가 또 은근한 어조로 운을 뗐다.

"저에게는 딸자식이 둘 있지요. 큰 아이 방운(芳雲)은 나이가 열여섯이나 되지만 아직까지 좋은 배필을 만나지 못하고 있습니다. 삼가 귀하신 분을 받들게 하고 싶습니다만, 의향이 어떠신지요?"

왕면은 틀림없이 연꽃을 따던 그 여인일 거라 지레짐작하고는 냉큼 자리에서 일어나 감사 인사를 드렸다. 환문약은 즉시 이웃의 친지들 중에서 연세가 많고 덕망이 높은 어른 두세 분만 모셔오라고 하인에게 명령을 내렸다. 또 좌우를 둘러보며 당장 큰딸을 대령시키라고 분부했다.

얼마 후 기이한 향기가 짙게 풍기는 가운데 십여 명의 아름다운 여자들이 방운을 에워싸고 밖으로 나왔다. 그녀의 환한 얼굴과 수려한 자태는 마치 아침 햇살을 받으며 활짝 피어난 연꽃에 버금갈 정도였다. 절을 마치자 방운도 자리에 앉았고 여러 미녀들은 그녀의 뒤에 한 줄로 늘어섰다. 왕면이 바라보니 연꽃을 따던 여자도 그 안에 끼어 있었다. 술이 몇 순배 돌았을 때 댕기 머리를 늘어뜨린 한 소녀가 내실에서 걸어나왔다. 나이는 이제 갓 열 살이 넘었을 뿐이지만 자태만은 대단히 빼어난 절세미인이었다. 소녀는 웃음을 터뜨리며 방운의 팔꿈치 아래 기대어 응석을 부리더니 가을 물처럼 영롱한 눈매를 아래위로 굴리며 사람을 훑어보았다.

"계집애가 규방에 얌전히 있질 않고, 무슨 볼일이 있다고 예까지 나왔니?"

환문약은 나무라면서도 새로 온 손님에게 그녀를 소개했다.

"이 아이는 녹운(綠雲)인데 바로 제 막내딸입니다. 제법 영리해서 고서(古書)를 두루 섭렵했지요."

아버지가 손님 앞에서 시를 읊어보라고 명하자 녹운은 곧 「죽지사(竹枝詞)」[2] 세 편을 암송했는데 목청이 맑고 간드러져 매우 듣기가 좋았다. 낭송이 끝나자 환문약은 언니 옆의 구석 자리에 녹운을 앉히더니 또 이렇게 말했다.

"우리 왕 서방은 하늘이 낸 천재요. 예전에 지은 습작도 분명 엄청난 양일 테니 이 하찮은 사람에게도 가르침을 좀 베풀어주시겠소?"

왕면은 곧 흔쾌하게 근체시(近體詩)[3] 한 수를 읊었고, 낭송이 끝나자 자신이 무슨 대단한 존재라도 되는 양 뻐기는 태도로 좌중을 둘러보았다. 그가 읊은 시에는 다음과 같은 두 구절이 들어 있었다.

사나이 한 몸에 눈썹과 수염만 휘날리고,
홀짝홀짝 들이켠 술은 가슴속의 응어리를 녹여주네.
一身剩有鬚眉在, 小飮能令塊磊消.[4]

초청된 노인들이 두세 번이나 반복해서 이 구절을 읊조리자, 방운은 목소리를 낮춰 아버지에게 속삭였다.

"위 구절은 손행자(孫行者)가 화운동(火雲洞)을 떠날 때 얘기고, 아래 구절은 저팔계(猪八戒)가 자모하(子母河)를 지나던 내용이로군요."[5]

자리에 있던 사람들은 모두 손뼉을 치면서 큰소리로 웃었다. 환문약이 다른 작품을 읊어달라고 부탁했으므로 왕면은 다시 물새에 관해 묘사한 시를 읊조리기 시작했다.

방죽 머리에 짹짹 울리는 새소리……

瀦頭鳴格磔……

갑자기 다음 구절이 생각나지 않아 왕면이 잠시 생각에 몰두한 사이
방운은 여동생의 귓전에 뭐라고 소곤소곤 귓속말을 한 뒤 입을 가리며
웃음을 참았다. 녹운이 아버지에게 얼른 그 말을 일러바쳤다.

"언니가 형부 대신 다음 구절을 연결해 보겠대요.

강아지 볼기짝에서 뿡 소리 요란하네.

狗腚響彌巴.

라고 하네요."

합석한 사람들은 누구랄 것 없이 떠들썩하게 웃어제꼈다. 왕면이 무
안한 기색을 드러내자 환문약은 방운을 돌아보며 성난 눈길로 노려보았
다. 이윽고 왕면의 기색이 어느 정도 가라앉은 모습을 본 환문약은 다시
그에게 과거 때 적어낸 문장을 들려달라고 부탁했다. 왕면은 세상 밖의
사람들은 필시 팔고문(八股文)을 모를 거라 짐작하고 장원에 뽑혔던 작
품을 자랑스럽게 읊기 시작했다. 제목은 '효자로다, 민자건이여〔孝哉 閔
子騫〕'[6]라는 두 구절이었고 그 첫머리는 다음과 같았다.

성인께서 대현의 효성을 찬미하시도다……

聖人贊大賢之孝……

녹운이 아버지를 돌아보며 말했다.

"자건은 자(字)고 이름이 아닌데 성인께서 자기 학생의 자를 부르실
리가 만무하죠. '효자로다'라는 이 한 구절은 또 보통 사람의 말투이지
성인의 어조가 아닌데요."

왕면은 그 말을 듣자 모든 흥취가 일시에 사라지고 말았다. 환문약은 웃으면서 녹운을 가볍게 나무랐다.

"어린아이가 뭘 안다고 참견이더냐! 문장의 좋고 나쁨은 이런 소소한 구석에 있는 것이 아니란다. 전체 문장을 놓고 평가해야지."

왕면은 그 말에 힘을 얻어 다시 읊조리기 시작했다. 몇 구절이 지날 때마다 자매는 반드시 귓속말을 주고받았는데 둘이 문장의 옳고 그름을 품평하는 모양이었다. 하지만 말소리가 너무 작아 무슨 말을 하는지는 분간할 수 없었다. 왕면은 스스로 가장 잘 됐다고 생각하는 부분을 읊조리고 난 뒤 시험관의 평어도 아울러 곁들여 읊었다.

글자마다 뜻이 깊고 간절하구나.
字字痛切.

녹운이 아버지에게 말했다.

"언니가 '절(切)' 자는 응당 빼야 한다고 얘기하네요."

사람들은 그 말이 무슨 뜻인지 이해할 수 없었다. 환문약은 그녀가 또 버릇없이 입을 놀릴 것이 걱정스러웠던지 그 말이 무슨 뜻이냐고 캐묻지 않았다. 왕면은 낭송을 마친 뒤 또 시험관의 총평을 곁들였는데, 그 중에는 다음과 같은 구절도 들어 있었다.

북소리 한번 울리니 무수한 꽃송이가 어지럽게 흩날리네.
羯鼓日課, 則萬花齊落.⁷⁾

방운은 그 말을 듣자 또 입을 가리고 동생에게 뭔가 속삭였는데 두 사람 모두 깔깔거리며 웃느라고 허리를 펴지 못할 정도였다. 녹운이 또 아버지에게 일러바쳤다.

"언니가 북은 네 번을 쳐야 맞는대요."

사람들은 또 무슨 말인지 어리둥절했다. 녹운이 입을 열어 조잘대려 하자 방운이 웃음을 참으면서 동생을 나무랐다.

"이 계집애, 주둥이만 놀려봐라. 패 죽이고 말거야!"

그 말에 사람들의 의혹은 더욱 커져 서로 추측의 말들이 난무했다. 녹운은 더 이상 참지 못하고 사람들에게 털어놓고 말았다.

"'절(切)' 자를 빼면 '통(痛)' 자만 남는데, 이는 바로 '막혔다〔不通〕'는 뜻[8]이잖아요. 북을 네 번 두드리면 그 소리는 '막히고 또 막혔구나〔不通又不通〕'라고 울리게 되지요."

그 말에 사람들은 배꼽을 잡으며 박장대소했다. 환문약은 화가 치밀어 딸을 야단쳤고 또 스스로 몸을 일으켜 왕면의 잔에 술을 채우며 사죄하기에 바빴다. 왕면은 애당초 자신의 글재주에 대한 자부심이 대단해서 어느 누구도 안중에 없었지만 사태가 여기에 이르자 주눅이 들고 기가 꺾여 그저 식은땀만 줄줄 흐를 따름이었다. 환문약은 그의 비위를 맞추면서 위로하다가 또 이런 말을 꺼냈다.

"내가 마침 한 구절을 생각해 냈는데 좌중의 손님들께서 그 다음을 이어보시구려.

왕 선생 몸에 점 하나가 없어서 옥처럼 되지 못하는가.
王子身邊, 無有一點不似玉."

사람들이 미처 생각을 가다듬을 겨를도 없이 녹운이 재빠르게 입에서 흘러나오는 대로 응수했다.

맹꽁이 영감 대가리에 '석(夕)' 자 절반만 붙이면 거북이가 되네.
黽翁頭上, 再着半夕便成龜.[9]

방운은 쓴웃음을 짓다가 동생을 나무라는 한편 손을 뻗어 그녀의 겨드랑이를 몇 차례나 꼬집었다. 녹운은 재빨리 몸을 빼 달아나다가 고개를 돌려 언니에게 빈정거렸다.

"누가 언니 일에 끼어들겠대? 자기는 몇 번이나 욕하고도 잘못이라 여기지 않으면서 남이 고작 한마디한 걸 봐넘기지 못한단 말야?"

환문약이 꾸지람을 내리고 나서야 녹운은 웃으며 자리를 떴다. 곧이어 이웃 노인들도 작별 인사를 고했다.

시녀들은 신랑 신부를 인도하여 침실에 들였다. 방안에는 등불이 휘황하게 밝혀졌고 병풍이며 침상 따위의 가구들도 빠짐없이 제자리에 잘 정돈되어 있었다. 왕면이 다시 신방 안을 둘러보니 서가에는 책이 빼곡하게 쌓여 온갖 종류의 서적들이 망라되어 있었다. 방운에게 평소 어렵게 느꼈던 문제를 몇 개 질문했더니 마치 메아리가 울리듯 신속하게 답변이 나와 전혀 막힘이 없었다. 왕면은 여기에 이르러서야 비로소 자신의 좁은 식견을 깨닫고 부끄러움을 느끼게 되었다. 방운이,

"명당(明璫)아."

하고 부르자 연꽃을 꺾던 그 여자가 쫓아나와 대답했다. 왕면은 그제야 자신을 구해 준 여자의 이름을 알 수 있었다.

왕면은 이미 누차에 걸쳐 조롱과 모욕을 당하고 난 뒤라 아내의 존경을 받지 못할까 봐 내심 걱정이 여간 아니었다. 그런데 지나면서 보니 방운의 언사는 비록 날카롭고 혹독해도 침실 안에서 나누는 부부애만큼은 줄곧 변함이 없었다. 왕면은 한가로운 생활에 무료함을 느끼게 되자 다시 틈틈이 시를 읊조리기 시작했다.

"제가 충고를 하면 당신이 받아들이실지 모르겠군요?"

방운의 말에 왕면이 되물었다.

"무슨 말이오?"

"이담부터 다시는 시를 짓지 마세요. 그것도 자기 못난 구석을 감추는 한 방편이랍니다."

왕면은 무안하고 창피한 나머지 그만 붓을 꺾어 절필하고 말았다.

세월이 흐르면서 왕면은 명당과도 차츰 친숙해져 방운에게 이런 당부까지 하게 되었다.

"명당은 나를 구해 준 생명의 은인이오. 부디 당신이 부드러운 말과 얼굴로 그 애를 대해 줬으면 좋겠소."

방운은 즉시 그 부탁을 수락했다. 부부가 안방에서 유희를 벌일 때는 늘 명당도 불러 함께 놀았으므로 왕면과 명당의 정은 갈수록 깊어만 갔다. 왕면이 수시로 그녀에게 눈길을 보내고 손짓을 하며 자신의 감정을 드러내는 바람에 방운도 어느 정도 눈치를 채고 그를 거듭 나무랐다. 그러나 왕면은 억지 주장으로 자신에 대한 변명이나 늘어놓을 따름이었다.

어느 날 밤 부부는 마주 앉아 술을 마시고 있었다. 왕면은 분위기가 썰렁함을 느끼고 명당을 불러오자 했지만 방운은 그 말에 따르려 하지 않았다.

"당신처럼 안 읽은 책이 없는 사람이 어찌하여 「독악락(獨樂樂),」[10] 몇 구절은 기억하지 못하시오?"

왕면의 항변에 방운이 되받아쳤다.

"제가 당신의 독서는 앞뒤가 꽉 막혔다고 말했었는데 이제 보니 그 말을 더욱 실감하겠군요. 당신은 어떻게 아직까지 구두점조차 찍을 줄 모르세요?

자기가 불러오고 싶으니까, 다른 사람도 그러길 바라는군요.
어찌해야 즐거운지 물으셨는데, 누가 불러오길 원한단 말예요?
나는 '아닙니다'라고 말하렵니다.
獨要, 乃樂于人要; 問樂, 孰要乎? 曰: 不."[11]

내외는 한바탕 배꼽을 잡고 술자리를 파했다.

어느 날 방운 자매는 이웃집 여자의 초대를 받아 외출하게 되었다. 왕면은 절호의 기회를 잡자 얼른 명당을 끌어들인 뒤 그녀와 뒤엉켜 정사를 벌였다. 그날 밤 왕면은 아랫배가 살살 아파오는 것을 느꼈다. 그런데 아픔이 가라앉고 나니 이번에는 음부가 퉁퉁 부어오르는 것이었다. 잔뜩 겁에 질린 왕면이 방운에게 고통을 호소하자, 그녀는 실실거리며 빈정거렸다.

"기어코 명당의 은혜에 보답을 했군요."

왕면은 더 이상 사실을 감출 수가 없어 명당과의 관계를 이실직고했다.

"스스로 불러들인 재앙이라 치료할 수 있는 방법도 별로 없네요. 기왕에 아프지도 가렵지도 않다니 그냥 내버려두는 것이 좋겠습니다."

그로부터 며칠이 지나도록 병세는 전혀 호전되지 않았다. 왕면은 초조하고 걱정스러워 어떤 낙도 즐길 수가 없었다. 방운은 그의 심정을 알면서도 짐짓 내버려둔 채 안부조차 묻지 않았다. 다만 가을 호수처럼 맑은 눈길로 그를 응시할 뿐이었다. 왕면은 아내의 샛별처럼 맑게 빛나는 눈동자에 그만 감탄하고 말았다.

"'심성이 곧고 바르면 눈동자도 빛난다〔胸中正, 則眸子瞭焉〕'[12]더니, 당신이란 사람은 책에 씌어진 말 그대로구려."

왕면의 아첨에 방운이 웃으면서 대꾸했다.

"당신은 '심성이 바르지 못해 그 물건이 없어졌군요〔胸中不正, 則瞭子眸焉〕.'"[13]

원래 '없다〔沒有〕'는 뜻을 나타내는 '몰(沒)' 자는 눈동자를 의미하는 '모(眸)' 자와 비슷하게 읽히기 때문에 방운은 이를 빌려 왕면을 조롱한 것이었다. 왕면은 그 말을 듣자 자신도 모르게 실소하다가 치료제를 구해 달라고 방운에게 매달렸다.

"당신은 제 충고를 들으려고 하지 않았어요. 저번의 일을 두고 당신은 제가 투기한다고 속으로 단정지었겠죠. 당신은 명당이란 아이가 원래 가까이해선 안 되는 계집인 줄 모르셨을 겁니다. 지난번 제가 당신더러 그 애에게 접근하지 말라고 이른 것은 당신을 사랑해서였지만, 당신이란 사람은 마이동풍격으로 흘려듣고 말더군요. 그래서 당신을 깔보고 불쌍하게 여기지도 않았던 거랍니다. 이제는 달리 방법이 없으니 치료를 해드리죠. 하지만 의사는 반드시 병든 부위를 살펴봐야 하는 법이랍니다."

그녀는 왕면의 바지 안으로 손을 뻗더니 부어오른 부분을 주물럭거리며 입속으로 주문을 외웠다.

"노랑 새야, 노랑 새야, 아픈 곳에는 내려앉지 말려무나[黃鳥黃鳥, 無止于楚]!"[14]

왕면은 터져나오는 웃음을 참을 수가 없었다. 가까스로 웃음을 거두고 나니 그의 병은 어느덧 씻은 듯이 사라져 있었다.

몇 달이 지나자 왕면은 늙으신 부모님과 어린 자식 생각이 났고, 그럴 때마다 그들이 보고 싶어 견딜 수가 없었다. 그가 자신의 심정을 방운에게 토로하자, 그녀는 이렇게 응수했다.

"당신이 돌아가고 싶다면 그건 어렵지 않아요. 하지만 우리 부부가 다시 만난다는 기약이 없군요."

왕면은 눈물 범벅이 되어 방운에게 함께 고향으로 돌아가자고 애원했다. 방운은 오랫동안 심사숙고를 거듭하더니 마침내 그의 부탁을 들어주기로 결정했다. 환 노인이 그들을 환송하기 위해 마련한 술자리에서 녹운은 대바구니 하나를 들고 나와 선물하며 말했다.

"언니가 먼 길을 떠나 헤어지게 된다니 내가 뭐 드릴 게 있어야 말이죠. 언니가 해남(海南)에 도착한 뒤 쉴 만한 안식처가 없을지도 몰라 밤낮을 서둘러 집을 만들었어요. 급하게 짓는 바람에 엉성한 곳이 있더라도 너무 허물하지 마세요."

방운은 그녀에게 고맙다는 말을 하고 바구니를 받아 들었다. 왕면이 가까이서 찬찬히 뜯어보니 가는 풀을 엮어 만든 누각들이 바구니 안에 가득 들어 있었다. 누각은 큰 것이 유자만 했고 작은 것은 감귤만 한 크기였다. 대략 이십여 채쯤 되는 건물들 하나하나가 대들보나 처마에 닿은 서까래 끝을 일일이 셀 수 있을 정도로 정교했고 집안에는 또 삼씨만 한 크기의 휘장이나 침상까지도 놓여 있었다. 왕면은 아이들 장난으로 여기면서도 그 교묘한 솜씨에는 속으로 감탄을 금치 못했다.

떠나기에 앞서 방운은 왕면에게 당부했다.

"당신께 사실을 말씀드리죠. 우리는 모두 지선(地仙)[15]이랍니다. 당신과는 전생에서부터 연분이 있던 까닭에 급기야 이곳에 모시고 시중을 들었던 것입니다. 저는 본래 인간 세상을 다시 밟지 않으려 했지만 당신의 연로하신 아버님을 생각하면 차마 뜻을 거스르기 어렵군요. 아버님이 천수를 누리시고 나면 꼭 다시 이곳으로 돌아와야 합니다."

왕면은 경건한 태도로 응낙했다. 방운의 아버지 환 노인이 사위에게 물었다.

"육로로 가겠나? 아니면 뱃길로 가겠나?"

왕면은 물길에 바람과 파도의 위험이 있음을 생각하고 육로를 선택했다. 바깥으로 나서자 수레와 말이 벌써 대문 밖에서 기다리고 있었다. 그들은 환 노인에게 작별을 고한 뒤 곧바로 출발했다.

말은 바람처럼 빠르게 달려 어느덧 해안가에 이르렀다. 왕면은 더 이상 길이 보이지 않자 내심 걱정이 태산이었다. 하지만 방운이 흰 비단을 한 필 꺼내 남쪽으로 힘껏 내던지자 그것은 삽시간에 길게 뻗은 제방으로 변했다. 제방의 너비는 한 길도 넘어 매우 널찍했으므로 수레는 그 길을 따라 앞으로 달렸다. 순식간에 바다를 지났고 그들이 지나간 자리는 점차 말려들어 도로 비단이 되었다.

한 장소에 이르자 조수가 밀려드는데 사방이 끝간 데 없이 아득하게 펼쳐져 있었다. 방운은 말을 멈추고 더 이상 앞으로 나아가는 것을 제지시키더니 수레에서 내려 바구니에 든 풀로 엮은 장난감들을 꺼냈다. 그리고 명당 등과 더불어 법도에 맞춰 땅바닥에 배열하자 장난감들은 눈 깜짝할 새 거대한 저택으로 변했다. 모두들 안으로 들어가 여장을 풀었는데 그들이 선인도에서 살던 집과 조금도 차이가 나지 않았고 심지어 내실의 탁자며 침상까지도 완전히 똑같았다. 이때는 날이 벌써 저물어 있었으므로 사람들은 그곳에서 하룻밤을 지냈다.

이튿날 아침 방운은 왕면에게 아버님을 새로 마련한 집으로 모셔와 봉양하자고 제안했다. 그가 말을 타고 서둘러 고향으로 돌아갔더니 원래 살던 집은 벌써 남의 손에 넘어가 있었다. 동네 사람들에게 사정을 물어 본 다음에야 그는 비로소 어머니와 아내가 벌써 저 세상 사람이 되었으며 늙은 아버지만 아직 생존해 계신다는 사실을 알게 되었다. 왕면의 아들이 노름을 좋아해 땅과 가산을 모두 탕진하는 바람에 그들 조손(祖孫) 간은 몸 둘 데가 없어 서촌(西村)에 방을 빌려 살고 있다는 것이었다. 애당초 갓 귀향했을 무렵에는 왕면도 공명에 대한 욕망이 아직 남아 있어 수시로 그것을 떠올리곤 하였다. 그런데 집안이 완전히 풍비박산한 상황을 전해 듣게 되자 애통한 마음을 누르지 못하다가 부귀영화가 설사 손아귀에 든다 해도 허깨비꽃과 무엇이 다르랴 싶은 생각이 저절로 들었다.

그는 말을 달려 서촌으로 간 뒤 아버지를 찾았다. 그의 부친은 더러운 누더기를 걸치고 얼굴은 쭈글쭈글하게 갈라진 처량한 노인으로 변해 있었다. 아버지와 아들은 서로 얼굴을 마주 대하자 제각기 울음을 삼켰다. 왕면이 불초한 자식에 관해 물었더니, 노름하러 나가서 아직 돌아오지 않았다는 대답이었다. 그는 아버지를 수레에 태워 집으로 돌아왔다.

방운은 시아버님께 절을 올리고 나자 곧 물을 뜨겁게 데워 목욕을 시키고 비단옷을 꺼내 입힌 뒤 향기가 감도는 방에서 잠을 재웠다. 또 멀리서부터 아버님의 옛날 친구들을 불러들여 유쾌하게 담소할 수 있는 자리를 마련해 드리는 한편 어느 부잣집보다도 깍듯한 봉양으로 호강을 누리게 하였다.

하루는 왕면의 아들이 물어물어 아버지를 찾아왔다. 왕면은 그와의 대면을 거절하고 집안에 들이지 않았다. 다만 스무 냥의 돈과 함께 사람을 시켜 이런 말을 전했을 뿐이었다.

"이 돈을 갖고 가서 마누라를 사고 생업을 도모하거라. 다시 이곳을 찾아오면 그 자리에서 채찍으로 때려죽이고 말 테다!"

아들은 울면서 그곳을 떠났다.

왕면은 고향으로 돌아온 이래 다른 사람과의 왕래를 별로 즐기지 않았다. 하지만 옛날 친구가 우연히 들른다거나 하면 반드시 반갑게 맞아들여 며칠씩 머물게 하면서 평소보다 더욱 겸손한 태도로 대접해 주었다. 그와 예전에 동문수학했던 황자개(黃子介)라는 친구도 상당히 이름을 날리는 명사였지만 전도가 순조롭지 못해 역시 뜻을 펴지 못하고 있었다. 왕면은 유독 그 사람을 오랫동안 머무르게 하면서 수시로 심중의 은밀한 말들을 주고받았고 떠날 때는 풍성한 예물을 선사했다.

삼사 년이 지나는 사이 왕 노인이 세상을 떴다. 왕면은 막대한 돈을 들여 좋은 묏자리를 잡았고 극진한 예절로 성대한 장례식을 치렀다. 당시에는 그의 아들도 이미 장가를 들었는데 아내의 남편 단속이 엄해 아들이 도박하는 횟수도 매우 줄어들어 있었다. 이날 왕 노인의 장례식에서 며느리는 비로소 시부모께 인사를 드릴 수 있었다. 방운은 며느리를 보자마자 그녀가 살림을 잘한다고 입에 침이 마르게 칭찬하더니 재산 마련에 보태쓰라며 삼백 냥의 돈까지 하사했다.

이튿날 황자개와 왕면의 아들이 인사차 나란히 그들을 찾아갔다. 하지만 집이 있던 자리는 완전히 허허벌판이었고 사람들도 어디로 갔는지 전혀 보이지 않았다.

이사씨는 말한다.

미인이 사는 곳이라면 사람들은 지옥 끝이라도 기어코 쫓아갈 것이다. 하물며 불로장생과 무궁한 행복이 보장된 땅임에랴? 지선(地仙)이 미인을 데려가도록 허락했으니, 신선의 궁궐은 텅텅 비어 지키는 이가 없겠구나. 경박한 주둥이를 함부로 놀릴 때 복록이 깎이는 것이야 너무나 당연한 이치인데 선인은 어찌하여 왕면 같은 이를 끝까지 돌보시며 내치지 않으셨을까? 또 저 방운이란 여인의 말은 어쩌면 그리도 신랄했던지!

胡四娘

호사낭 — 구박데기 사위

　정효사(程孝思)는 검남(劍南) 사람이다. 그는 어려서부터 총명하고
문장에 능했지만 부모가 일찍 세상을 뜬 데다 집안까지 씻은 듯이 가난
했다. 먹고살 길이 막막하자 그는 호 은대(胡銀台)를 찾아가 자신에게
문서나 편지 따위의 일을 맡겨달라고 부탁했다. 호공은 시험 삼아 글을
지어보게 하더니 몹시 흡족한 어조로 칭찬했다.

　"이 사람은 언제까지나 가난하게 살 사람이 아니다. 딸을 주어 사위로
삼을 만하구나."

　호 은대에게는 삼남사녀의 자녀가 있었는데 모두 강보에 싸여 있을
때부터 명문대가와 정혼을 마친 상태였다. 오직 막내딸 사낭(四娘)만이
첩의 소생인 데다 어머니마저 일찍 세상을 뜨는 바람에 혼기가 꽉 차도
록 배우자를 정하지 못하고 있었다. 호 은대는 마침내 정효사를 데릴사
위로 들이기로 작정했다. 늙어서 망령이 났기 때문에 그런 결정을 내렸
다고 비웃는 사람도 있었지만 호공은 전혀 상관하지 않았다. 그는 집안
을 치우고 정효사를 눌러 살게 하면서 필요한 물품 일체를 넉넉하게 대
주었다.

　호씨 가문의 여러 공자(公子)들은 모두 정효사를 얕보면서 그와 식사
조차 같이하지 않았으므로 집안의 노복들 중에도 그를 조롱하고 비웃는

자가 속출했다. 정효사는 묵묵히 참고 견딜 뿐 그들과 시비를 따지지 않았으며 그저 각고의 노력으로 책이나 들여다볼 따름이었다. 공부하는 곁에서 사람들이 성가시게 야유를 퍼부어도 정효사는 한시도 책을 덮지 않았다. 그들이 또 징을 울리고 꽹과리를 두드려가며 곁에서 귓전을 시끄럽게 하자 정효사는 책을 들고 규방으로 옮겨 가 계속 글을 읽었다.

애당초 사낭이 아직 정혼하지 않았을 때, 사람의 운명을 귀신처럼 맞힌다는 족집게 무당이 식구들의 관상을 보아준 적이 있었다. 그는 아무에게도 듣기 좋은 말을 하지 않다가 사낭 차례가 되자 비로소 입을 열었다.

"이분이야말로 진짜 귀인(貴人)이십니다."

급기야 정효사가 데릴사위로 들어오게 되자 여러 언니들은 모두 그녀를 '귀인'이라고 부르며 놀려댔다. 하지만 사낭은 단정하고 침착한 태도로 말을 아끼며 무슨 소리도 듣지 못한 듯 전혀 내색하지 않았다. 그러자 계집종과 할멈들까지도 점차 주인들을 따라 사낭을 귀인이란 별명으로 부르게 되었다.

사낭에게는 계아(桂兒)라는 이름의 계집종이 한 명 있었다. 그녀는 모두가 자기 주인을 놀리는 것에 몹시 분개하다가 큰소리로 떠들었다.

"우리 댁 서방님이 고관이 되지 못할 거라고 어떻게 알아?"

사낭의 둘째 언니 이낭(二娘)이 그 말을 듣고 서슴없이 비아냥거렸다.

"정 서방이 고관대작이 된다면 내 눈알을 파 가거라!"

계아는 화가 치밀어 악을 썼다.

"그때가 되면 아마 눈알이 아까워지실걸요!"

이낭의 계집종 춘향(春香)이가 끼어들어 주둥이를 놀렸다.

"둘째 아씨가 약속을 지키지 않으시면 대신 내 두 눈동자를 바치마!"

계아는 더욱 분통이 터져 춘향과 함께 손뼉을 맞받아 치면서 맹세했다.

"두 사람 모두 장님을 만들고야 말 테니 두고 봐!"

이낭은 계아의 무례한 말투에 화가 치밀어 그녀의 뺨을 냅다 호된 기

세로 후려갈겼다. 그 바람에 계아가 울며불며 큰소리로 소란을 피우는데
도 이 일을 전해 들은 안방마님은 가타부타 내색도 없이 희미한 미소만
지을 뿐이었다. 계아는 사낭에게 달려가 울며불며 자신이 당한 억울한
사정을 호소했다. 사낭은 마침 물레를 돌려 실을 잣고 있었는데 그 말을
듣고도 화를 내기는커녕 입도 뻥끗하지 않았다. 그저 태연자약하게 실잣
기만 계속했을 뿐이었다.

한번은 호공의 생신날이었다. 여러 사위들이 모두 처갓집을 찾아왔고
그들이 가져온 예물이 마당 아래에 가득 쌓였다. 큰며느리가 사낭에게
빈정거리며 물었다.

"아가씨네선 무슨 선물을 가져오셨어요?"

둘째 며느리가 얼른 그 말을 받았다.

"양 어깨에 입 하나 달랑 받쳐 들고 왔겠죠!"

사낭은 그런 말을 듣고도 개의치 않았으며 부끄러워하는 기색도 전혀
찾아볼 수 없었다. 사람들은 매사에 백치처럼 처신하는 사낭을 보고 더
욱 거리낌없이 주둥이를 놀렸다. 오직 호공의 애첩이며 삼낭(三娘)의 생
모인 이씨(李氏)만이 사낭을 늘 예의로 대하며 수시로 살림을 돌봐 줄
뿐이었다. 그녀는 언제나 삼낭에게 이렇게 말하곤 하였다.

"사낭이 겉으로는 무던해 보여도 내면은 몹시 총명한 아이란다. 워낙
똑똑하기 때문에 어수룩한 체하면서 자신을 드러내지 않는 거야. 너희들
자매는 모두 그 아이의 너그러운 포용력에 길들어 있으면서도 스스로는
그것을 모른단 말이다. 게다가 정 서방이 밤낮을 가리지 않고 저렇듯 열
심히 공부하니, 그가 어찌 언제까지나 남의 밑에 있을 사람이겠니? 너는
다른 여자들의 짓거리를 절대 본받아선 안 된다. 사낭을 잘 대우하면 언
젠가 서로 좋은 낯으로 대할 날이 있을 게다."

이로 말미암아 삼낭은 부모님을 뵈러 친정에 돌아올 때마다 늘 관심
을 갖고 사낭에게 잘해 주려 애썼다.

그해에 정효사는 호 은대의 힘을 빌려 무난히 수재에 합격하고 고을

의 학교에 들어갔다. 이듬해 학사가 내려와 과시(科試)가 치러지고 있을 때 호공이 별안간 세상을 떴다. 정효사는 상복을 입고 아들들과 똑같이 거상했기 때문에 시험에 참가할 수가 없었다. 이윽고 탈상이 되자 사낭은 남편에게 돈을 내밀며 서둘러 보궐 시험에 참석하여 유재(遺才)[1]의 명단에 들길 권했고 아울러 이런 당부도 곁들였다.

"여태까지 이곳에 붙어살면서 쫓겨나지 않을 수 있었던 것은 오직 연로하신 아버님이 건재하셨기 때문이에요. 이제는 그것이 완전히 불가능한 일이 되고 말았습니다. 당신이 시험장에서 기염을 토해 합격의 영광을 누리게 된다면 돌아온 뒤에도 이곳은 여전히 당신의 집이랄 수 있겠지요."

정효사가 먼 길을 떠나게 되자 이씨와 삼낭도 노잣돈을 넉넉히 보내왔다.

시험장에 들어선 정효사는 뜻을 모으고 정신을 집중시키며 기필코 합격을 다짐했다. 얼마 후 방문이 나붙었는데 뜻밖에도 그는 낙방이었다. 기대했던 바가 어그러지자 그는 가슴이 답답해졌고 고향에 돌아갈 면목도 없다고 생각했다. 다행히 노잣돈이 그런대로 여유가 있었으므로 그는 책보따리를 짊어지고 내처 서울로 올라갔다.

당시에는 많은 처가붙이가 서울에서 벼슬을 살고 있었다. 정효사는 그들의 비웃음을 살 일이 염려스러워 이름을 바꾸고 고향을 가짜로 둘러대면서 자신의 몸을 의탁할 수 있는 권문세가를 찾아나섰다. 때마침 동해(東海) 출신으로 이씨 성을 가진 어사 한 사람이 그를 보더니 재주를 높이 평가하여 자신의 막료로 거둬주었다. 이 어사는 정효사의 생활비를 보조해 주고 또 납공(納貢)[2]까지 대신 치러 그가 수도의 향시에 응시할 수 있도록 배려해 주었다. 정효사는 승승장구로 시험에 합격해 마침내 서길사(庶吉士)[3]에 제수되었다. 이때를 당해서야 그는 비로소 이 어사에게 자신이 변성명한 이유를 실토했다. 이 어사는 그에게 천 냥의 돈을 빌려주고 자신의 집사를 먼저 검남으로 파견하여 집을 마련하도록 지시했다. 당시 호 은대의 큰아들은 아버지의 사망으로 말미암아 집안의 돈이 바닥난 까닭에 화려하게 꾸며놓은 별장을 팔려고 내놓은 참이었다. 집사는 그 집을 사들이고 정리가 끝나자 수레와 말을 빌려 사낭을 모셔 왔다.

이에 앞서 정효사가 과거에 합격한 뒤 이 소식을 파발로 알려온 사람이 있었다. 하지만 온 집안 식구들은 이를 잘못 전해진 것이라고 생각했고 또 명단을 보니 이름이 틀렸으므로 전령에게 한바탕 야단을 쳐 내쫓아버리고 말았다. 그때는 마침 셋째 아들인 삼랑(三郞)의 혼인이 막 끝난 뒤여서 온 일가친척이 신부 집에서 보내온 이바지 음식으로 잔치를 하느라 올케와 사낭의 언니들도 모두 한자리에 모여 있었다. 오직 사낭만이 오빠와 올케에게 초청받지 못해 빠졌을 뿐이었다.

별안간 어떤 사람이 달려들어와 정효사가 사낭에게 보낸 편지를 바쳤다. 편지를 뜯어보고 난 형제들은 서로를 돌아보며 얼굴이 새파랗게 질렸고, 그 자리에 있던 친척들은 그제야 사낭을 부르러 사람을 보냈다. 자매들은 바들바들 떨면서 사낭이 앙심을 품고 나타나지 않을 거라며 걱정했지만, 사낭은 얼마 뒤 경쾌한 걸음걸이로 그 자리에 나타났다. 순간 대청은 축하 인사를 늘어놓는 사람이며 끌어당겨 자리에 앉히는 사람, 다정하게 안부 인사를 묻는 사람들로 장바닥처럼 소란스러워졌다. 들리는 것이라곤 온통 사낭의 이야기였고 누구나 사낭만 바라볼 뿐이었다. 여기저기서 사낭을 찬양하는 소리가 드높았지만 그녀의 태도는 여전히 침착하고 무게가 있었다. 사람들은 사낭에게서 시비장단을 따지는 언사가 전혀 나오지 않자 차츰 마음을 놓기 시작했고 다투어 술잔을 채우며 그녀에게 축하 인사를 건넸다. 모두들 즐겁게 웃으면서 술을 마시고 있는데 갑자기 문밖에서 다급한 비명과 함께 곡성이 터져나왔다. 사람들이 괴이하게 여기며 까닭을 묻는 사이, 얼굴에 온통 피칠갑을 한 춘향이가 안으로 뛰어들었다. 다 같이 영문을 물었지만 그녀는 꺼이꺼이 울기만 할 뿐 대답하지 못하다가 이낭(二娘)의 호통을 들은 다음에야 가까스로 입을 열었다.

"계아가 제 눈알을 달라고 덤벼들었어요. 제가 몸을 빼 도망 나오지 않았더라면 아마 눈을 다 후벼 파고 말았을 거예요!"

이낭은 너무나 부끄럽고 무안해서 얼굴에 칠한 분가루가 식은땀과 뒤섞여 같이 흘러내렸다. 하지만 사낭이 아무 말도 못 들은 척 냉담한 기색이었으므로 좌중은 찬물을 끼얹은 듯 얼어붙어 있다가 마침내 하나둘 일어나 작별 인사를 고했다. 사낭은 화려하게 성장한 채 오직 이씨 부인과 삼낭에게만 절을 하더니 문밖으로 나가 수레를 타고 떠났다. 사람들은 그제야 별장을 사들인 이가 바로 정효사임을 알게 되었다.

당시 사낭은 막 별장으로 거처를 옮겼기 때문에 무슨 물건이든 다 부족한 상태였다. 부인과 호씨 형제들은 제각기 남녀 하인들과 살림들을 챙겨 보냈지만 사낭은 모두 되돌려보내고 아무것도 받지 않았다. 오직 이 부인이 보낸 계집종 하나만을 받아들였을 뿐이었다.

얼마 뒤 정효사가 휴가를 내어 집으로 돌아왔다. 그는 도착하자마자 조상의 무덤을 찾아 성묘부터 했는데 수행하는 말과 수레, 호종꾼들이 마치 구름처럼 장관을 이루었다. 그는 처갓집에 도착하자 곧 호공의 영구 앞에서 예를 갖췄고 곧이어 이씨 부인을 찾아가 인사했다. 호씨 집안의 여러 형제들이 의관을 차리고 몰려나왔을 때는 그가 벌써 가마를 타고 떠나버린 다음이었다.

호공이 죽은 이래 여러 형제들은 날마다 재산 싸움에만 골몰하여 영구를 돌아보지 않았으므로 관은 몇 년이 지나도록 그냥 방치된 채였다. 결국은 관곽이 썩어 안의 내용물이 새어나올 지경이었고 화려하게 꾸민 집안은 무덤처럼 을씨년스런 폐가로 보이는 판국이었다. 정효사는 이런 광경을 목도하자 울컥 치미는 슬픔을 감내할 수 없어 마침내는 호씨 형제들과 한마디 상의도 없이 날짜를 잡은 뒤 호공을 안장시켰다. 그는 또 장례 절차에도 신경을 써 법도에 소홀하지 않도록 조심했다. 출상하는 날이 되자 장례를 참관하러 온 벼슬아치들이 줄을 이었고, 이를 본 마을 사람들은 누구 하나 정효사를 칭찬하지 않는 사람이 없었다.

정효사는 십여 년 동안의 벼슬살이에서 줄곧 일은 번잡하지 않으면서도 권세가 막강한 요직만을 거쳤다. 그는 고향 사람 중에 어려움을 당한 이가 있으면 늘 물불을 가리지 않고 나서서 힘을 써주곤 하였다. 한번은 호공의 둘째 아들 호이랑(胡二郎)이 살인 사건에 연루되어 옥에 갇히게 되었다. 그런데 사건을 조사하기 위해 조정에서 명을 받고 파견된 직지사(直指使)는 공교롭게도 정효사와 같은 해에 합격한 동기로서 법을 몹시 엄격하게 집행하는 사람이었다. 호대랑(胡大郎)은 장인인 왕 관찰(王觀察)에게 편지를 보내 구명을 부탁했지만 전혀 응답이 없었다. 그는 겁에 질려 비로소 누이동생에게 부탁할 마음을 먹게 되었다. 하지만 스스로는 그녀를 볼 낯이 없다고 여겼으므로 이씨 부인의 편지를 지닌 채 고향을 출발했다.

수도에 도착한 뒤에도 그는 무턱대고 들이닥칠 수가 없어 정효사가 입궐하길 기다렸다가 누이동생의 집을 찾아갔다. 그는 사냥이 형제간의 정리에만 눈을 두고 예전의 불쾌했던 알력은 다 잊었기를 바라 마지않았다. 문지기가 안으로 소식을 통보하자 곧 낯익은 할멈이 나와서 그를 응접실로 인도해 들였다. 손님 대접을 위해 차려낸 술과 음식은 조촐하기 그지없어 반기는 기색이라곤 전혀 보이지 않았고 무엇이든 대강대강이었다.

식사가 끝나자 활짝 갠 안색의 사낭이 그를 만나기 위해 밖으로 나왔다.

"큰오빠는 일이 몹시 바쁘실 터인데 무슨 틈에 먼 길을 마다 않고 저를 보러 오셨나요?"

대랑이 머리를 땅바닥에 짓찧고 울부짖으며 자신이 찾아온 까닭을 설명하자, 사냥은 웃으면서 그를 부축해 일으켰다.

"큰오빠 같은 대장부가 그게 무슨 대단한 일이라고 요런 꼬락서니세요? 저는 한낱 아녀자에 불과하지만 언제 볼썽사납게 남들 앞에서 꺽꺽

거리며 우는 모습을 보인 적이 있나요?"

대랑은 그제야 이 부인의 편지를 꺼내 그녀에게 보여주었다.

"여러 오라버니의 마나님들은 하나같이 하늘이 낸 인물들이 아니던가요? 제각기 그분들의 친정아버님께 부탁하면 끝날 일인데 뭐하러 여기까지 달려오셨대요?"

대랑은 순간 할 말이 없었지만 그녀를 애타게 바라보며 사정하기를 그치지 않았다. 사낭은 순간 정색을 하며 꾸짖었다.

"저는 당초 오빠가 누이동생을 만나러 먼 길을 오신 줄 알았어요. 그런데 이제 보니 엄청난 송사를 벌여놓고 '귀인'에게 애원하러 온 것이었네요!"

말을 마치자 사낭은 매몰차게 옷소매를 뿌리치며 횡하니 안으로 들어가고 말았다. 대랑은 부끄럽기도 하고 화도 치밀어 밖으로 뛰쳐나왔다. 집으로 돌아온 그는 자신이 받은 푸대접을 식구들에게 자세히 들려주었다. 온 집안 식구들이 위아래를 가리지 않고 사낭을 욕했고 심지어는 이 부인마저도 그녀가 모질다고 이야기했다.

며칠이 지나 이랑이 석방되어 집으로 돌아오자 사람들은 다들 기뻐 어쩔 줄을 몰랐다. 바야흐로 사낭이 공연히 원망을 사고 욕을 먹은 것에 대해 사람들이 한창 비웃음을 날리고 있을 무렵이었다. 때마침 사낭이 보낸 하인 한 명이 이 부인을 찾아왔다. 이 부인이 하인을 불러들이자 그는 약간의 돈을 바치며 이렇게 아뢰는 것이었다.

"저희 댁 마님은 둘째 외숙부님 건으로 사람을 파견하고 처리하는 일들이 대단히 바빠 편지를 보낼 경황이 아니십니다. 우선은 약간의 성의를 보내 편지를 대신한다고 말씀하시더군요."

사람들은 그제야 이랑이 돌아올 수 있었던 것은 순전히 정효사의 힘덕분임을 깨달았다. 훗날 삼낭의 집안이 기울게 되자 정효사는 보통의 인정을 뛰어넘는 파격적인 예우로 그녀에게 보답했다. 또 이 부인에게 아들이 없었으므로 그녀를 모셔와 친어머니처럼 봉양했다.

僧術

승술 ― 저승에 뇌물 먹이기

황생(黃生)은 뼈대 있는 가문의 자식이었다. 그는 재주가 자못 뛰어났을 뿐 아니라 출세 영달에 대한 꿈도 남달리 원대했다.

마을 밖에 위치한 절에 사는 아무개 중은 평소 황생과 교분이 두터운 사이였다. 훗날 중은 여러 곳을 떠돌아다니다가 십여 년이 지나서야 마을로 되돌아왔다. 그는 황생을 보자마자 이런 탄식을 늘어놓았다.

"당신은 벌써 오래전에 과거에 합격했을 줄 알았는데 아직까지도 포의(布衣) 신세란 말이오? 보아하니 당신은 타고난 복이 너무 박하군요. 내가 당신을 위해 저승에서 인간 세상의 복록을 주관하는 분께 뇌물을 써드리지요. 일만 전의 돈을 마련할 수 있겠습니까?"

"불가능합니다."

황생의 대답에 중이 다시 부추겼다.

"당신은 절반만 마련해 보도록 하시오. 나머지는 내가 당신에게 빌려드리리다. 정해진 기한은 사흘입니다."

황생은 응낙하고 가재도구를 전당 잡히는 등 온갖 수단을 다해 겨우 약속한 액수를 채웠다.

사흘 뒤 중은 약속대로 오천 전의 돈을 가져와 황생에게 건넸다. 황생의 집에는 오래된 우물이 있었는데 여태까지 한번도 물이 마른 적이 없

는 신기한 샘이었다. 전하는 말로 이 우물은 강과 바다로까지 통한다고
하였다. 중은 돈을 단단하게 꾸려 우물 옆에 놓으라고 명령하더니 이렇
게 당부했다.

"내가 절에 도착했을 무렵이 되면 당신은 돈을 우물에 던져 넣으시오.
반 식경쯤 지나고 나면 동전 하나가 위로 떠오를 텐데, 그러면 우물에
대고 꼭 절을 해야 하오."

말을 마치자 그는 곧 되돌아갔다.

황생은 도대체 무슨 수작인지 알 수가 없었다. 한편 생각하니 꼭 효과
가 나타난다는 보장도 없는데 일만 전이나 되는 돈을 우물 속에 던지다
니 너무 아깝다는 생각도 들었다. 이리하여 그는 구천 전은 숨기고 겨우
일천 전의 돈만 우물 안에 던져 넣었다.

잠시 후 우물 안에서 별안간 엄청나게 큰 물방울이 솟아나더니 곧이
어 '쟁' 하는 소리와 함께 거품이 꺼졌다. 곧이어 동전 하나가 수면 위로
떠올랐는데 크기가 수레바퀴만큼이나 엄청났다. 황생은 깜짝 놀라 엎드
리는 즉시 절을 하고 또 사천 전의 돈을 우물 안에 던져 넣었다. 하지만
돈은 부딪치는 소리만 날 뿐 우물에 뜬 동전에 가로막혀 아래로 가라앉
지 못했다.

날이 저물자 중이 찾아와서 황생을 마구 나무랐다.

"어째서 돈을 모두 던지지 않았소?"

"벌써 다 던져 넣었습니다."

"저승의 사자가 겨우 일천 전만 받았다 하던데 왜 거짓말을 하는 거
요?"

그 말에 황생이 더 이상 속이지 못하고 이실직고하자, 중은 땅이 꺼질
듯 한숨을 내쉬었다.

"비열하고 인색한 자는 절대로 큰 그릇이 될 수 없지. 이것이 바로 당
신이 공생(貢生)으로 일생을 마치는 까닭이라오. 그렇게 인색하지만 않
았다면 진사 합격이 바로 코앞에 닥쳤을 것을."

황생이 그 말을 듣고 몹시 후회하며 다시 한번 도술을 부려달라고 애원했지만 중은 한사코 사양하며 그 자리를 떠났다.

황생이 다시 한번 우물 안을 들여다보았더니 자기가 던진 돈이 그때까지도 수면 위에 그대로 떠 있었다. 그가 두레박을 이용하여 돈을 건져 올리자 수레바퀴처럼 큰 동전도 천천히 가라앉기 시작했다. 그 해의 과거에서 황생은 부방(副榜)에 들어 공생이 되었고 죽을 때까지 중이 말한 신세를 모면할 수 없었다.

이사씨는 말한다.

저승에서도 돈을 받고 공명을 판단 말인가? 일만 전에 진사 급제라면 너무나 저렴한 가격이다. 하지만 일천 전에 겨우 공생이라면 이는 또 바가지 씌운 값이 아닌가! 공생으로 끝날 뿐 더 이상 급제하지 못한다면 일전인들 어찌 아깝지 않으리오!

柳生

유생 — 혼인의 연(緣)

주생(周生)은 순천부(順天府)의 명문가 자손으로 유생(柳生)과는 대단히 막역한 사이였다. 유생은 어느 기인으로부터 비결을 전수받아 사람의 관상 보는 능력이 남달리 탁월했다. 언젠가 그는 주생에게 이런 말을 한 적이 있었다.

"자네는 공명과 인연이 없네만 억만의 재산을 모으는 일은 그래도 힘껏 노력하면 가능하지. 하지만 자네 부인은 박복한 관상이라 자네의 성공을 도와주지 못할 걸세."

오래지 않아 주생의 부인이 과연 세상을 떠났다. 집안이 썰렁하고 적막해지자 주생은 마음 기댈 데가 없었으므로 다시 한번 유생을 찾아가 자신의 혼인을 점쳐 달라고 부탁했다. 그는 사랑방에 앉아 한참을 기다렸지만 한번 안으로 들어간 유생은 도무지 나올 줄을 몰랐다. 주생이 몇 번을 부르고 나서야 유생은 비로소 바깥채에 나타나더니 이렇게 말했다.

"내가 날마다 자네를 위해 좋은 배우자감을 물색하다가 이제서야 찾아냈다네. 방금 전 안채에서 약간의 도술을 부려 월하노인(月下老人)[1]께 붉은 실로 두 사람을 연결해 달라고 부탁드렸지."

주생은 기뻐 어쩔 줄 모르며 그 사람이 누구냐고 물었다.

"조금 아까 어떤 사람이 동냥자루를 메고 밖으로 나갔을 텐데, 자네 그 사람과 마주치지 않았던가?"

"그랬지. 옷차림이 남루한 게 영락없는 거지던걸."

"그 사람이 바로 자네 장인이라네. 마땅히 경의를 표했어야지."

그 말에 주생은 더럭 화를 내고 말았다.

"자네와 나는 줄곧 절친한 사이였네. 그래서 심중의 비밀까지 털어놓으면서 자네와 상의를 한 것인데 어찌 이다지도 심한 농담으로 사람을 놀린단 말인가! 내가 아무리 형편이 초라하다지만 그래도 명색이 번듯한 양반가의 후예란 말일세. 아직은 시정의 거렁뱅이와 혼인할 만큼 밑바닥으로 떨어지진 않았단 말야."

"그렇지 않아. 밭이나 갈던 하찮은 소에게서도 희생(犧牲)으로 쓰일 송아지가 나올 수 있는 법이라고. 자식이 훌륭하다면 그 아비가 무슨 상관이겠는가?"

"자네는 그럼 그 딸을 본 적이 있는가?"

"없지. 나도 그 사람과는 평소 내왕이 없었으니까. 그 사람 이름도 물어보고 나서야 겨우 알았는걸."

주생은 껄껄 너털웃음을 터뜨리며 말했다.

"어미소도 아직 잘 모르는 주제에 어떻게 그 새끼를 알겠는가?"

"나는 운명에 근거하여 내 점의 결과를 믿는 것일세. 그 사람은 흉악하고 비천했지만 분명 복 많은 딸을 낳을 관상이었어. 하지만 억지로 연결하려 든다면 반드시 크나큰 액운이 닥칠 거야. 내가 다시 액막이를 해 줌세."

주생은 집으로 돌아온 뒤에도 유생의 말이 도무지 믿기지 않아 사방으로 혼처를 물색했다. 하지만 어찌 된 일인지 자신과 짝이 될 만한 여자는 전혀 발견할 수가 없었다.

하루는 유생이 갑자기 그를 찾아왔다.

"손님이 한 분 오실 걸세. 내가 벌써 자네 대신 초청장을 보냈지."

"누군데?"

"우선은 묻지 말게나. 자네는 어서 식사 준비나 서두르게."

주생은 무슨 까닭인지 알 수 없었지만 유생이 분부한 대로 술과 음식을 준비했다. 얼마 후 찾아온 손님은 다름 아닌 군영에서 병졸 노릇을 하는 부(傅) 아무개란 자였다. 주생은 내심 마땅치가 않아 겉으로만 건성건성 인사를 나눴지만, 유생은 그를 깍듯이 공경하며 극진하게 대접했다. 잠시 뒤 술과 안주가 상 위에 차려졌는데 형편없는 음식들이 섞여나오자 유생은 자리에서 일어나 손님에게 사죄하여 마지않았다.

"주 공자가 당신을 흠모한 지도 벌써 오래되었습니다. 저를 보고 늘 대신 안부를 전해 달라 했지만 저 자신도 지난 저녁에야 겨우 당신을 뵐 수 있었단 말이죠. 또 듣자 하니 수일 내로 원정(遠征)을 나가신다 하기에 당장 자리를 마련하고 모시게 되었습니다. 이 집주인에겐 너무 급작스런 일이라 미처 음식 장만할 겨를이 없었겠지요."

술잔이 오가는 사이 부씨는 말이 병들어 먼 길 갈 일이 걱정이라는 소리를 늘어놓았다. 유생도 고개를 숙이고 그를 위해 궁리하는 눈치였다. 이윽고 손님이 자리를 뜨자 유생은 주생에게 한바탕 잔소리를 늘어놓았다.

"이런 친구는 천금을 주고도 살 수가 없는 법이야. 어찌 그리 쌀쌀맞게 손님 대접을 한단 말인가?"

말을 마친 그는 주생의 말을 빌려 타고서 돌아갔다. 하지만 그는 곧 부씨를 찾아가 주생의 분부라고 거짓말을 한 뒤 말을 선사하고 말았다. 주생은 사정을 알게 되자 불쾌한 심정을 가눌 수 없었지만 이미 엎질러진 물이라 어쩔 도리가 없었다.

해가 바뀐 뒤 주생은 강서(江西)에 가서 안찰사(按察使)의 막료가 되기로 작정했다. 떠나기에 앞서 그는 또 유생을 찾아가 앞으로의 운수를 점쳐달라고 부탁했다.

"대길(大吉)이구먼! 굉장히 좋아!"

유생의 점괘에 주생은 웃으면서 말했다.

"나는 다른 뜻은 없어. 그저 돈이나 약간 벌어 예쁘장한 마누라를 사들이고 싶을 뿐이야. 요행으로 자네 예언이 영험하지 않았음을 증명할 수 있으면 좋겠고. 그럴 수 있겠는가?"

"모든 것이 자네가 원하는 대로 될 거야."

주생이 강서에 이르렀을 때 마침 엄청난 숫자의 비적(匪賊)들이 반란을 일으켜 그는 삼 년 동안이나 집에 돌아올 수 없었다. 어느 정도 난리가 가라앉자 그는 길일을 가려 고향으로 출발했다. 오던 도중 그는 강도에게 걸려들어 노략질을 당하게 되었다. 같이 난을 만난 일고여덟 사람은 모두 돈만 빼앗기고 풀려났지만 주생만은 혼자 포로로 잡혀 도적의 소굴까지 끌려갔다. 강도떼의 두목은 그의 문벌을 꼬치꼬치 캐묻더니 다짜고짜 선언했다.

"나에게 딸이 하나 있는데 너한테 시집보내고 싶으니 고맙게 받아들이거라. 잔말은 허용하지 않겠다."

주생이 묵묵부답하며 가만히 있자 두목은 버럭 화를 내며 당장 그를 끌어내 목을 치라고 명령했다. 주생은 겁에 질려 당면한 상황을 따져보았다. 일단은 두목의 요구에 따랐다가 나중에 국면이 조용해지면 그때 가서 여자를 내치는 것이 낫겠다는 생각이 들자 그는 얼른 두목에게 아뢰었다.

"소생이 주저했던 것은 나약한 서생에 불과한 제가 종군하게 되면 공연히 장인어른의 부담만 늘어날까 걱정이 되어서였습니다. 만약 저희 부부로 하여금 함께 떠나게 해주신다면 그보다 더한 은혜가 없겠습니다."

"내가 바로 이 딸년이 짐스러워 걱정하던 참이었다. 그런 제안이라면 따르지 못할 이유가 어디 있겠는가?"

두목은 곧 주생을 데리고 안으로 들어가더니 딸을 곱게 단장시켜 그와 인사를 나누게 하였다. 여자의 나이는 열여덟아홉쯤이었는데 가히 선녀에나 비길 만한 아름다운 아가씨였다.

그날 밤 당장 혼례가 치러졌다. 주생은 바라던 바에 훨씬 넘치는 미인을 얻게 되자 몹시 흐뭇한 심정이었다. 그는 여자의 성씨를 자세히 캐물었고 비로소 그녀의 아버지가 바로 동냥자루를 걸머졌던 왕년의 그 거렁뱅이였음을 알게 되었다. 그는 유생의 예언을 아내에게 들려주면서 자신들의 혼인에 얽힌 기이한 운명에 대해 감탄하고 탄식하여 마지않았다.

사나흘이 지나서 부부가 막 출발하려던 찰나, 갑자기 엄청난 숫자의 군대가 몰려오더니 온 가족을 생포했다. 세 명의 장군이 그들을 감시하는 가운데 주생의 장인은 벌써 목이 달아났고 이어 주생의 차례가 되었다. 주생이 목숨을 구할 가망이 전혀 없다고 혼자 생각하고 있을 때, 장군 중의 한 명이 그를 유심히 보다가 입을 열었다.

"이분은 주 선생이 아니신가?"

까닭을 알고 보니 병졸이었던 부씨는 이미 군공을 세워 부장군(副將軍)으로까지 승진한 참이었다. 그는 부하들에게 선언했다.

"이분은 우리 고향에서도 명문가의 이름난 인사이시다. 어찌 도적이 될 리 있겠는가?"

그가 포박을 풀어주면서 그동안의 행적을 묻자, 주생은 거짓말로 둘러댔다.

"얼마 전까지 강서에서 안찰사의 막부에 있다가 아내를 얻어 돌아가는 길이었습니다. 뜻밖으로 중도에 도적놈들 소굴로 떨어졌지만 천만다행으로 장군님의 구명을 입었으니 그 은혜 백골난망이군요! 다만 집사람과 이산가족이 되고 말았으니, 당신의 하늘 같은 위엄을 빌려 저희들이 다시 상봉할 수 있도록 도와주시기를 간청합니다."

부씨는 곧 모든 포로들을 도열시키고 주생에게 확인을 시켰다. 그가 아내를 찾아내자 부씨는 술과 음식을 차려 그들을 대접하고 또 여비까지 보태주었다.

"예전에 말을 보내주신 은혜 밤낮으로 새겨 잊지 않고 있었습니다. 하지만 시국이 혼란해서 미처 답례할 겨를을 찾지 못했지요. 이제 말 두 마리와 오십 냥의 돈으로 당신이 북쪽으로 돌아가는 길을 돕겠습니다."

그는 또 신표를 지닌 기병 두 명을 딸려 보내 여행길 내내 그들을 호위하게 하였다.

도중에 도적의 딸이 주생에게 말했다.

"어리석은 아비가 충고를 듣지 않아 어머니도 그 때문에 돌아가셨지요. 저는 이런 날이 반드시 도래할 줄 진작부터 알고 있었습니다. 구차하게 목숨을 부지하면서 그래도 살려고 했던 것은 소싯적에 어떤 관상쟁이가 저의 혼인을 정해 주었기 때문이고 또 언젠가는 부모님의 유골을 거둬 제대로 매장할 수 있기를 바라서였지요. 제가 거액의 돈이 묻힌 땅굴의 위치를 알고 있어요. 그 돈이면 아버지의 시신을 되찾을 수 있을 겁니다. 나머지도 챙겨갖고 돌아가면 집안을 일으킬 자금으로 충분할 거예요."

두 사람은 기병들을 길에서 기다리게 한 뒤 원래 살던 장소로 돌아갔다. 집들은 모두 불에 타 폐허가 되어 있었다. 주생이 잿더미 속에서 칼을 빼 들고 한 자가 넘도록 땅을 파들어가자 정말로 돈이 나타났다. 그는 돈을 모두 자루 안에 쏟아 넣고 왔던 길을 되돌아간 뒤 기병들에게 각기 백 냥씩을 나눠주며 장인의 시체를 묻어달라고 부탁했다. 그는 또 아내를 데리고 장모의 무덤을 참배하고 나서야 다시 귀로에 올랐다. 하북성의 경계에 이르렀을 때, 그는 병사들에게 후한 사례금을 주고 그들을 돌려보냈다.

주생이 오랫동안 돌아오지 않자 집안의 하인들은 그가 벌써 죽었다고 생각하여 제멋대로 재물에 손을 대고 있었다. 그 바람에 집안에는 곡식이고 비단이고 그릇이고 간에 온전하게 남은 물건이 없는 상태였는데, 그러다 주인이 돌아온다는 소식을 듣게 되자 하인들은 죄다 겁에 질려 순식간에 줄행랑을 놓고 말았다. 남은 사람은 할멈 한 명과 계집종 하나, 늙은 종 한 사람뿐이었다. 주생은 사지에서 살아 돌아온 처지였으므로 굳이 그들을 추적하지 않았다. 유생을 찾아가 보았더니 그는 이미 종적을 감춰 행방을 알 수 없었다.

주생의 아내는 집안을 다스리는 능력이 남자보다도 훨씬 월등했다. 그녀는 충직하고 성실한 사람들만 골라 일정한 자금을 대주고 장사를 시킨 뒤 벌어들인 이익을 반분했다. 처마 아래서 장사치들이 계산을 할 때마다 그녀는 주렴을 내리고 안에서 이야기를 들었는데 주판알 하나가 잘못 튕겨진 착오까지도 일일이 지적해 낼 정도였다. 때문에 안팎의 사람들은 누구도 감히 그녀를 속일 엄두를 내지 못했다. 몇 년이 지나는 사이 그녀에게 자본을 얻어 장사하는 사람이 백 명이 넘게 불어났고 집안의 재산은 수십만 냥을 헤아리게 되었다. 이때가 되자 여자는 사람을 보내 양친의 유골을 모셔왔고 성대하게 장례를 치렀다.

이사씨는 말한다.

월하노인에게도 뇌물을 먹이고 청탁을 할 수 있다니, 일반 중매쟁이들이 시정의 거간꾼과 다를 바 없는 것도 전혀 탓할 일은 아니라 하겠다. 그런데 어쩌다 도적놈한테서 그런 훌륭한 딸이 나왔더란 말인가? 야트막한 언덕에는 송백(松栢)이 자라나지 못한다 했지만 이는 모두 식견 없는 자들의 어처구니없는 논단일 뿐이다. 부인네나 아가씨의 경우에도 오차가 있으니 천하를 호령할 영웅의 관상이야 두말할 필요가 없겠다.

聶政

섭정

회경(懷慶)을 통치하는 노왕(潞王)[1]은 황음무도하기 짝이 없었다. 그는 민정을 살핀다는 핑계로 수시로 나돌아다니다가 예쁜 여자가 눈에 띄기만 하면 번번이 강제로 탈취하곤 하였다.

왕생이란 젊은이의 처도 노왕의 눈길을 끌었다. 왕은 즉시 수레와 말을 왕생의 집으로 보내 여자를 데려오게 하였다. 여자는 울며불며 저항했지만 사람들은 그녀를 억지로 수레에 태우고 집 밖으로 나섰다. 왕생은 도망쳐서 섭정(聶政)[2]의 무덤가에 몸을 숨겼는데 아내가 그곳을 지나쳐갈 때 멀리서나마 바라보고 이별하려는 생각에서였다.

얼마 뒤 처가 그 장소에 당도했다. 처는 남편이 눈에 띄자 통곡하면서 땅바닥으로 뛰어내려 나뒹굴었다. 왕생은 그 광경에 가슴이 미어지는 듯하여 자신도 모르게 마구 울음이 새어나왔다. 따라오던 사람들은 그가 왕생인 줄 알자 포박하여 몰매를 가할 태세를 갖췄다.

그때 별안간 무덤 속에서 하얗게 날이 선 단도를 손에 쥔 대장부 한 명이 나타났다. 기상이 하늘을 찌를 듯 위엄 있고 용맹스러운 그는 쩌렁쩌렁 울리는 소리로 호통쳤다.

"나는 섭정이다! 양가의 부녀자를 어찌 강제로 차지할 수 있단 말이냐! 너희들이 멋대로 저지른 짓이 아님을 고려하여 일단은 용서하고 놓아주겠노라. 하지만 너희들의 그 황음무도한 왕에게 전하거라. 만일 행

341

실을 고치지 않으면 수일 내로 그놈의 목을 따버리겠다고 말이다!"

사람들이 무서움에 떨며 수레를 버리고 일제히 도망치자 그 장부도 무덤 속으로 사라졌다. 왕생 부부는 섭정의 무덤을 향해 절을 하고 집으로 돌아왔다. 하지만 마음 한구석에는 여전히 왕의 명령이 언제 또 들이닥칠지 모른다는 두려움이 남아 있었다. 십여 일이 지나도록 아무 낌새도 나타나지 않자 그들은 비로소 마음 놓고 살게 되었다. 노왕은 이때부터 예전의 사납던 기세가 많이 줄어들었다고 한다.

이사씨는 말한다.

나는 「자객전(刺客傳)」[3]을 읽을 때마다 유독 지성(軹城)의 심정리(深井里)에서 출생한 섭정에게 탄복을 금할 수 없었다. 선뜻 목숨을 바쳐 자신을 알아준 지기(知己)에게 보답했으니, 그에게는 예양(豫讓)[4]과 같은 의리가 있었다. 백주 대낮에 한나라 왕의 숙부인 협루를 찔러 죽인 것은 진정 전제(專諸)[5]의 용맹함이었다. 스스로 얼굴을 긋고 자살하여 가족들이 연루되지 않도록 배려한 것은 조말(曹沫)[6]의 지혜가 아니면 또 무엇이겠는가!

형가(荊軻)[7]로 말하자면 진시황을 살해할 능력도 없는 주제에 너무 성급하게 떠나가 멸망을 자초한 감이 없지 않다. 진시황을 죽인다는 구실로 번오기(樊於期)의 머리를 함부로 베었는데, 언제라야 그 원한을 설욕할 수 있단 말인가? 결국 천추의 한을 남긴 것에 그쳤으니 섭정의 비웃음을 받더라도 할 말이 없을 것이다.

어느 날 야사(野史)에는 형가의 무덤이 양각애(羊角哀)와 좌백도(左伯桃) 귀신에 의해 파헤쳐졌다는 이야기가 전한다고 한다.[8] 그 전설이 과연 사실이라면, 형가는 살아서 공명을 이루지 못했고 죽어서도 의리에 벗어난 짓을 저질렀던 것이다. 섭정이 의분을 느껴 음란한 왕을 징계한 일과 비교하면 그 인품의 차이가 너무나 뚜렷하지 않은가. 아아! 섭정의 어진 품성을 위의 이야기에서 더욱 확신하게 되었다.

二商
이상 — 두 형제

거현(莒縣)에 상씨(商氏) 성의 두 형제가 살았다. 형 대상(大商)은 부자였고 동생인 이상(二商)은 가난했는데 두 사람은 담장 하나를 사이에 두고 이웃하여 살고 있었다.

강희(康熙) 연간에 큰 흉년이 들자 이상은 조석 끼니도 때우지 못할 형편이 되었다. 어느 날 해가 중천에 떴지만 그때까지도 아침을 먹지 못한 이상은 고픈 배를 움켜쥐고 집안에서 오락가락 서성이고 있었다. 뾰족한 대책이 도무지 생각나지 않는 판국이었으므로 그의 처는 형님에게 가서 사정을 이야기해 보라고 권유했다.

"소용없어. 만약 형이 우리의 가난한 처지를 딱하게 여겼다면 벌써 예전에 도와줬을 게요."

이상의 만류에도 불구하고 그의 처는 고집을 꺾지 않으며 한사코 남편을 들볶았다. 이상은 하는 수 없이 아들을 대신 내보냈다.

얼마 후 아들이 빈손으로 돌아오자 이상이 보란 듯이 말했다.

"어떠냐! 내 말이 맞았지?"

처는 아들에게 큰아버지가 무슨 말씀을 하시더냐고 캐물었다.

"큰아버지는 주저하는 눈빛으로 큰어머니를 바라봤어요. 하지만 큰어머니는 저한테 이러시더군요. '형제가 분가하면 각자 자기 양식을 먹게 마련이다. 누가 또 누구를 돌봐 준단 말이냐'라고요."

부부는 더 이상 할 말을 찾지 못했다. 그들은 임시방편으로 깨진 동이나 부서진 침대 따위의 가구를 내다 팔아 약간의 밀기울과 바꿔 연명해 나갔다.

동네의 악소패 서너 명이 대상에게 돈이 많다는 사실을 탐지하고 어느 날 밤 그 집 담장을 뛰어넘었다. 대상 부부는 낯선 기척에 놀라 잠에서 깨어났고 세숫대야를 두드리며 목청껏 고함을 질렀다. 이웃 사람들은 평소 그들 부부를 모두 미워하고 있었으므로 누구 하나 나와서 도와주는 사람이 없었다. 상황이 다급해지자 대상 부부는 하는 수 없이 이상의 이름을 부르며 도와달라고 고함을 질렀다. 이상이 형수의 비명을 듣고 달려가려 하자, 그의 처는 남편을 가로막으며 큰동서에게 들으란 듯 소리쳤다.

"형제가 분가했으면 재난도 각자 감당해야 하는 법, 누가 또 누구를 돌봐 준단 말이오!"

이윽고 강도들은 방문을 깨뜨리고 대상과 그의 처를 붙잡은 뒤 인두를 달궈 살을 지졌다. 그들 부부가 내지르는 비명 소리는 처참하기 이를 데 없었다.

"그들은 물론 몰인정하고 우애가 없소. 하지만 어찌 형이 죽는 것을 좌시하며 도와주지 않을 수 있단 말이오!"

이상은 말을 마치자 아들을 데리고 담장을 넘으면서 벼락같이 소리를 질렀다. 그들 부자는 원래 힘이 세고 무예가 뛰어나 다른 사람들에겐 두려움의 대상으로 치부되던 터였다. 게다가 그가 고함까지 지르자 이웃 사람들마저 원조하러 달려올 것이 걱정된 강도들은 꽁지가 빠지게 줄행랑을 놓고 말았다. 이상이 형과 형수를 살펴보니 둘 다 넓적다리에 불지짐을 당해 화상을 입고 있었다. 이상은 대상 내외를 부축하여 침상에 누이고 하인들을 불러 모아 간병을 시킨 다음에야 집으로 돌아왔다.

대상은 비록 화상을 입긴 했지만 돈과 재물은 전혀 잃은 것이 없었으므로 아내에게 상의했다.

"지금 남아 있는 재물은 모두 아우에게서 받은 거나 진배없으니 의당 절반만 떼어 그 아이에게 나눠줍시다."

"당신한테 좋은 형제가 있었더라면 우리가 이런 고초를 당하지도 않았을 거예요!"

아내가 반대하자 대상은 입을 다물어버리고 더 이상 말을 하지 않았다.

이상의 집에서는 또 양식이 떨어지자 형에게서 분명 무슨 보답이 있을 거라며 기대감에 잔뜩 목을 빼고 있었다. 하지만 아무리 시간이 흘러도 대상에게서는 전혀 도와줄 낌새가 보이지 않았다. 처가 더 이상 기다리지 못하고 아들에게 자루를 들려 큰집으로 보냈더니 겨우 좁쌀 한 말을 얻어 돌아오는 것이었다. 이상의 처는 양이 너무 적은 데 분개하여 되돌려보내려 했지만, 이상은 부인을 제지시켰다.

두 달이 지나자 형편은 더욱 어려워졌다. 도저히 굶주림을 감당하지 못할 지경에 이르자 이상이 먼저 제안하고 나섰다.

"이제는 살아갈 방법이 없으니 차라리 형님에게 집을 파는 것이 낫겠소. 형님은 우리가 다른 데로 떠나는 걸 두려워하니 혹시라도 집문서를 받지 않고 그냥 도와줄지 또 어떻게 알겠소. 설사 그렇지 않다 하더라도 집값으로 받게 될 십여 냥의 돈만 있으면 우리가 그것에 의지해 목숨을 부지할 수 있을 게요."

처도 그렇다고 여겨 아들에게 집문서를 들려 대상에게 보냈다. 대상은 이 일을 아내에게 알림과 동시에 이렇게 의논했다.

"아우가 설사 어질지는 않을지라도 나의 수족과 같은 친동기요. 그 애가 가버리면 나 홀로 외로운 처지가 된단 말이오. 차라리 집문서는 돌려주고 그 애를 좀 도와줍시다."

"그렇지 않아요. 그이가 떠나겠다고 말하는 것은 우리를 협박하는 거예요. 당신 말대로 하다가는 바로 그의 올가미에 걸려드는 격이라고요.

세상에 형제 없는 사람들은 당장에 다 죽어야 할 팔자랍니까? 우리가 담장을 더 높이 쌓으면 그것으로 재산은 충분히 지켜낼 수 있어요. 그 사람네 집문서를 받고 가고 싶은 데로 가라고 하세요. 그러면 우리도 집을 좀더 넓힐 수 있잖아요."

계획이 정해지자 그들은 이상을 불러 집문서 말미에 수결을 시키고 값을 치러주었다. 이렇게 해서 이상은 결국 이웃 마을로 옮겨 가게 되었다.

동네의 불량배들은 이상이 이사갔다는 소문을 듣자 다시 대상의 집으로 쳐들어갔다. 그들은 또 대상을 사로잡아 몽둥이며 채찍을 가리지 않고 마구잡이로 내리치며 혹독한 매질을 가했다. 대상은 결국 가진 돈을 몽땅 털어 목숨과 맞바꾸지 않을 수 없었다. 강도들은 떠나기에 앞서 곳간의 문을 활짝 열고 마을의 빈민들을 부른 뒤 마음대로 가져가게 하였다. 곳간은 순식간에 바닥이 났다.

이튿날이 되어서야 이상은 뒤늦게 소문을 듣고 형에게로 달려갔다. 하지만 형은 이미 인사불성이 되어 말도 하지 못하는 지경이었다. 가까스로 눈을 뜬 그는 아우가 온 것을 보더니 손으로 삿자리만 쥐어뜯다가 얼마 후 세상을 떠났다. 이상은 분을 참지 못하고 현령에게 달려가 소송을 냈다. 그러나 도적의 괴수는 벌써 달아나 잡을 수 없었고 또 곡식을 훔친 십여 명은 모두 마을의 빈민들이라 관리도 어찌할 도리가 없었다.

대상에게는 이제 겨우 다섯 살 난 어린 아들이 하나 있었다. 집안이 곤궁해지자 아이는 늘 숙부의 집으로 쪼르르 달려와 며칠이 지나도 되돌아갈 생각을 하지 않았다. 돌려보내려 하면 또 울음을 그치지 않았으므로 숙모는 조카에 대해 줄곧 곱지 않은 시선을 날려보냈다.

"그 애 아버지가 의롭지 않은 것이지 아들에게 무슨 죄가 있겠소?"

이상은 이렇게 말하며 찐빵 몇 개를 사준 뒤 자신이 직접 아이를 데려다 주었다. 며칠이 지난 뒤에는 또 아내의 눈을 피해 좁쌀 한 말을 몰래 짊어지고 가 형수가 그 곡식으로 아이를 기르게 하였다. 이런 일은 사뭇 계속되어 일상사가 되다시피 하였다. 다시 몇 년이 지나는 사이 형수는 땅과 집을 팔아 목돈을 마련했고 다시 살림 형편이 좋아지게 되었다. 이상은 그제서야 양식을 날라다주는 일을 그만두었다.

훗날 또다시 큰 기근이 들어 길에는 굶어 죽은 시체가 즐비하게 늘어서게 되었다. 그때는 이상네도 식구가 더욱 불어나 다른 사람을 도와줄 겨를이 아니었다. 당시 조카의 나이는 열다섯 살이었는데 몸이 허약해 힘든 일은 할 수 없었다. 이상은 조카에게 바구니를 들고 사촌형을 따라다니며 호떡을 팔게 하였다.

어느 날 밤 이상의 꿈에 대상이 나타나더니 참담한 표정으로 이렇게 말했다.

"내가 마누라의 말에 홀려 형제간의 정리를 잃어버리고 말았구나. 그런데도 아우는 나의 허물을 괘념치 않으니 이것이 나를 더욱 진땀 나게 한단다. 팔아버린 옛날 집은 아직도 비어 있으니 네가 그 집을 세내 살거라. 집 뒤꼍 명아주가 다발로 우거진 아래에 돈이 묻혀 있단다. 파내어 쓰면 형편이 많이 좋아질 게다. 내 아들녀석은 네가 좀 데리고 있으면서 보살펴주되, 저 말 많은 여편네는 가증스러워 치가 떨리니 돌아보지 말거라."

이상은 잠에서 깨어난 뒤 이상한 느낌이 들었다. 그는 곧 집주인에게 후한 값을 치르고 옛집으로 들어갔다. 형이 말한 장소를 파헤쳤더니 과연 오백 냥의 돈이 나왔으므로 이때부터는 더 이상 천업에 종사하지 않고 아들과 조카에게도 시장에 가게를 차려주었다. 조카는 대단히 총명하여 장부 정리나 계산에 조금도 틀림이 없었다. 게다가 사람됨이 성실해 돈의 출납에 있어서는 아무리 푼돈이라도 반드시 숙부에게 보고한 뒤 처리했으므로 이상은 그를 더욱 아끼고 미더워하게 되었다.

하루는 조카가 울면서 그의 어머니에게 양식을 보태달라고 부탁해 왔다. 이상의 처는 주지 않으려고 했지만 이상은 조카의 효성을 생각하여 매달 일정량의 곡식을 형수에게 보내주었다. 몇 년이 지나는 사이 집안은 더욱 부자가 되었다. 대상의 처가 병들어 죽고 이상도 나이가 들자 그는 재산을 갈라 조카에게 절반을 떼어주고 분가시켰다.

이사씨는 말한다.

한 푼의 돈도 함부로 취급하지 않은 대상의 처신으로 말하자면 그 또한 강직하고 자중하는 사람이었다. 하지만 멍청하게 마누라의 말만 듣고 자신의 의견은 한마디도 내세우지 못하는 줏대 없는 인간이기도 했다. 결국 혈육의 정을 외면하다가 그 인색함으로 말미암아 끝내 죽음에 이르렀으니, 오호라! 그가 누구를 탓할 수 있으리오!

이상은 애당초 찢어지게 가난했지만 엄청난 부호가 되어 인생을 마감하였다. 그의 사람됨에 무슨 특별한 구석이 있었던가? 단지 마누라의 가르침을 맹목으로 따르지 않았던 것뿐이다. 오호라! 상씨 형제는 고작 한 가지 행실이 달랐을 뿐이지만 그 결과 나타난 인품은 너무나도 큰 차이가 있구나.

祿數

녹수 — 저승이 준 수명

평소 못된 짓을 많이 저지르는 어떤 세도가가 있었다. 그의 부인은 언제나 인과응보를 말하며 남편에게 행실을 고치라고 권유했지만, 그는 무슨 말도 전혀 귀담아듣지 않았다.

마침 사람의 수명을 귀신같이 맞힌다는 어떤 관상쟁이가 그가 사는 마을에 나타났다. 찾아가 자신의 남은 수명을 말해 달라고 부탁하자, 관상쟁이는 세도가의 얼굴을 샅샅이 훑어보고 나서 이렇게 예언했다.

"당신은 앞으로 쌀 스무 섬과 밀가루 사십 섬을 먹은 다음 하늘이 주신 목숨을 마치게 될 게요."

그는 돌아와서 부인에게 그 말을 전했다. 한 사람이 한 해에 겨우 밀가루 두 섬을 먹어치우니 자신에게는 아직도 이십여 년의 수명이 남아 있다는 계산이 나오자 그는 설마하니 나쁜 짓을 한다고 당장 죽기라도 하랴는 배짱까지 생겨 전처럼 만행을 일삼았다.

해가 바뀐 뒤 그는 느닷없이 당뇨병에 걸렸다. 먹어도 먹어도 배가 고팠고 돌아서면 곧 배가 꺼져 그는 하루에도 열댓 번이나 밥을 먹게 되었다. 일년도 채 지나지 않아 그는 죽고 말았다.

雲羅公主
운라공주

안대업(安大業)은 노룡(盧龍) 사람인데 기이하게도 나면서부터 말을 할 줄 알았다. 그의 어머니가 이를 불길하게 여기고 개의 피를 마시게 하자 이때부터는 그런 증상이 사라졌다. 안생이 성장하면서는 수려한 용모가 누구와도 비길 수 없는 데다 총명하여 공부까지 잘했으므로 그 지방의 세가(世家)들은 서로 딸을 주겠다며 다투어 그의 집에 매파를 보냈다. 그런데 그의 어머니는 꿈에서 신이 나타나 예언하는 말을 들은 적이 있었다.

"네 아들은 공주를 아내로 맞으리라."

어머니는 이 말을 굳게 믿었으므로 모든 혼담을 거절했다. 하지만 아들이 열대여섯 살이나 되도록 꿈에 부합하는 징조가 나타나지 않았으므로 차츰 후회하는 마음이 생겨나기 시작했다.

하루는 안생이 혼자 앉아 있는데 어디선가 기이한 향기가 풍겨왔다. 잠시 후 한 아름다운 시녀가 달려오더니 그에게 말했다.

"공주님께서 당도하셨습니다."

이어 기다란 양탄자가 대문 밖에서부터 방안의 좌탑(坐榻)에 이르기까지 바닥에 쭉 깔리는 광경이 보였다. 그가 바야흐로 놀라움과 의혹에 잠겨 있는 사이, 한 여자가 시녀들의 부축을 받으며 안으로 들어왔다.

그녀의 옷차림과 용모가 어찌나 화려하고 눈부신지 사방 벽에 어른어른 비칠 정도였다. 시녀는 곧 수놓인 방석을 좌탑 위에 깔고 여자를 부축하여 그곳에 앉혔다. 안생은 너무나 뜻밖의 일에 당황하여 어쩔 줄을 모르다가 허리를 굽혀 인사하며 물었다.

"어느 곳의 선녀님이신데 이렇게 귀한 걸음을 하셨습니까?"

여자는 다만 소맷자락으로 입을 가리며 미소 지을 뿐이었고 시녀가 그녀를 대신하여 대답했다.

"이분은 성후부(聖后府)의 운라공주(雲蘿公主)님이십니다. 성후께서는 도련님을 좋게 보시고 장차 공주님과 결혼시켜려 하세요. 그래서 본인더러 먼저 살 곳을 둘러보라고 하셨답니다."

안생은 놀랍고 기뻐 무슨 말을 해야 할지 몰랐고 여자도 고개를 수그리고만 있어 두 사람 사이에는 정적이 감돌았다. 안생은 본래 바둑을 좋아하여 바둑판을 늘 곁에 끼고 사는 사람이었다. 한 시녀가 붉은 비단수건으로 바둑판의 먼지를 떨더니 탁자 위로 옮기면서 말했다.

"우리 공주님께선 이 놀이를 매우 즐기십니다. 분후(粉侯)¹⁾와 겨루신다면 누가 이길지 모르겠네요?"

안생이 의자를 옮겨 탁자 가까이 다가앉자 공주도 웃으면서 그가 하는 대로 따랐다. 하지만 고작 삼십여 수를 놓았을 때, 시녀는 잽싸게 바둑알을 흩뜨리면서 종알거렸다.

"부마님이 지셨습니다!"

그녀는 또 바둑알을 상자에 쓸어 담으면서 말을 이었다.

"부마께서는 인간 세상의 고수임에 틀림없으세요. 공주님께서 겨우 여섯 집만을 이기셨군요."

시녀는 여섯 개의 검은 알을 바둑판 위에 올려놓았고 공주도 그녀를 내버려두었다. 공주가 앉았을 때는 언제나 시녀가 그 아래 엎드려 등으로 공주의 발을 받쳐주었다. 그러다 공주가 왼발을 땅바닥에 디디면 또 그때마다 다른 시녀가 오른편에 엎드려 있다가 얼른 그 발을 받았다. 또

안대업과 결혼하기 위해 하강하는 운라공주

다른 두 명의 어린 계집종은 양 옆구리에서 시중을 들었는데 안생이 무슨 수를 놓을까 생각에 잠기기만 하면 그때마다 공주가 팔을 괼 수 있도록 엎드려 자신들의 어깨를 받쳤다. 오랜 시간이 흘렀지만 승부는 좀처럼 가려지지 않았다. 문득 어린 계집종이 웃으면서 입빠르게 참견을 했다.

"부마께서 한 집을 지셨네요."

그녀는 앞으로 나서며 또 이렇게 아뢰었다.

"공주님께서 피곤하십니다. 물러가 쉬셔야겠어요."

그때 운라공주가 몸을 갸웃하면서 시녀에게 뭐라고 귓속말을 했다. 시녀는 방에서 나갔다가 잠시 후 되돌아오더니 천 냥의 돈을 좌탑 위에 내려놓았다.

"방금 전에 공주님께서 거처가 너무 누추하고 협소하다고 말씀하셨습니다. 부마께서는 이 돈으로 집을 약간 손보시지요. 수리가 끝나는 대로 다시 오겠습니다."

이어 또 다른 시녀가 말했다.

"이번 달은 천형(天刑)[2]을 범하고 있으니 공사를 시작하기에는 마땅치 않습니다. 달이 바뀌고 나서 집을 짓는 것이 좋겠습니다."

공주가 일어서자 안생은 그녀의 앞을 가로막으며 방문을 잠가버렸다. 시녀가 풀무처럼 생긴 가죽부대 하나를 꺼내 땅바닥에 대고 바람을 일으키니 별안간 구름이 자욱하게 일어나면서 사방이 순식간에 깜깜해졌다. 아무것도 볼 수 없는 와중에서도 안생은 더듬더듬 공주를 찾았지만 그녀는 이미 사라지고 없었다. 그의 모친은 아들의 이야기를 듣자 공주가 요물일지도 모른다는 의심이 들었다. 하지만 안생은 공주에게 완전히 마음을 뺏겨버려 한시도 그녀를 생각하지 않을 때가 없었다. 그는 낙성에 급급하여 시녀가 말한 금기를 돌아보지 않았고 오직 날짜를 세어가며 밤낮으로 공사를 독촉했다. 오래지 않아 집은 완전히 새로운 모습으로 웅장하게 다시 지어졌다.

이에 앞서 난주(灤州) 출신의 원대용(袁大用)이란 서생이 옆 골목으로 세를 얻어 이사 온 일이 있었다. 그는 정리가 끝나자마자 곧 이웃집을 찾아와 명함을 들이밀었다. 안생은 본디 교제를 좋아하지 않았기 때문에 외출했다는 구실로 그를 돌려보내고 만나지 않았다. 나중에 그는 또 원생이 집에 없다는 사실을 미리 알아내고 그 틈을 타 답방을 갔다.

그로부터 달포쯤 지난 뒤 안생은 집 앞에서 우연히 원생과 마주쳤다. 그는 스무 살가량의 젊은이로 얇은 홑겹의 비단옷을 입고 비단 허리띠에 검은 신발을 신고 있었는데 몹시 의젓하면서도 우아한 풍채였다. 간략하게 몇 마디 나누는 사이 안생은 그가 지극히 온화하고 신중한 사람임을 알게 되었다. 호감을 느낀 안생은 인사를 차린 뒤 그를 데리고 집 안으로 들어왔다. 바둑을 청해 겨뤄보았더니 서로가 막상막하인 호적수였다. 이리하여 안생은 술상을 차려 손님을 대접하면서 몹시 흔쾌한 기분으로 담소를 나누었다.

이튿날에는 원생이 자기 집으로 안생을 초대했다. 상에는 온갖 산해진미가 즐비하게 차려졌으며 대접에도 전혀 소홀한 구석이 없었다. 열두어 살가량의 어린 동자 하나는 박판(拍板)을 두드리며 노래를 불러 주흥을 돋웠고 땅재주를 구르며 묘기를 선보이기도 하였다. 안생이 만취하여 도저히 혼자 힘으로 걷지 못하자 원생은 소년에게 그를 업어다주라고 명령했다. 안생은 소년이 왜소하고 연약해 보여 자신을 감당할 수 없을 거라고 염려했지만, 원생은 고집을 거두지 않았다. 그런데 놀랍게도 소년은 가뿐하게 그를 업었을 뿐 아니라 그러고도 힘이 남아 한달음에 그를 집으로 데려갔다. 안생은 소년의 힘에 대해 놀라움을 금할 수 없었다. 다음날 그는 소년에게 돈을 보내 수고를 치하했다. 소년은 거듭 사양하다가 한참 만에야 받아 들었다.

이때부터 안생과 원생의 친분은 나날이 두터워져 사나흘에 한번씩은 꼭 오가는 사이가 되었다. 원생은 사람됨이 성실하고 과묵했으며 씀씀이가 시원스러워 어려운 사람 돕기를 마다하지 않았다. 시장의 어떤 사람이 빚더미에 몰려 딸을 팔려고 하자 원생은 자기 주머니를 끌러 빚을 대신 갚아주었는데 전혀 아까운 기색이 없었다. 안생은 이로 인해 그를 더욱 존중하게 되었다.

며칠 뒤 원생은 안생을 찾아와 작별 인사를 하면서 상아 젓가락과 침향목을 깎아 만든 염주 등 십여 가지 물건을 선사했다. 아울러 오백 냥의 돈까지 건축 공사에 보태 쓰라고 보내왔다. 안생은 돈은 돌려보내고 예물만을 받아들이며 답례로 비단을 보냈다.

그로부터 또 달포가량 시간이 흘렀다. 그 지방에는 악정현(樂亭縣)에서 벼슬을 살다 갓 돌아온 자가 있었는데 이삿짐이며 재물이 굉장히 많았다. 어느 날 한밤중에 강도떼가 그 집에 침입하여 주인을 붙잡아 불에 달군 쇠집게로 살을 지진 뒤 온 집안의 재물을 싹쓸이해 가버렸다. 그 집의 하인 하나가 강도들 중에서 원생의 얼굴을 알아보았으므로 관가에서는 곧 공문을 띄워 그들을 추격했다.

안생의 이웃에 도씨(屠氏) 성을 가진 사람이 살았는데 안생 집안과는 줄곧 사이가 좋지 않은 터였다. 이 사람은 안씨네가 토목 공사를 크게 일으키자 은근히 의구심을 품고 그들을 시기하고 있었다. 마침 안씨 집의 어린 종놈 하나가 상아 젓가락을 훔쳐내 그의 집에 팔았는데 도씨는 그 물건이 원생이 선물한 것임을 알자 안생과 원생 사이에 모종의 관계가 있다고 관가에 밀고했다. 현령은 즉시 군사들을 파견하여 안생의 집을 포위했다. 그런데 마침 안생은 하인을 거느리고 다른 지방에 출타 중이었으므로 병사들은 대신 그의 어머니를 체포하여 끌고 갔다. 안생의 어머니는 늙어 기력이 쇠약한 데다 갑작스런 충격을 받게 되자 겨우 숨만 붙어 있을 뿐 이삼 일 동안 음식을 넘기지 못했다. 현령도 하는 수 없이 그녀를 석방했다. 안생이 어머니의 소식을 듣고 급히 달려와 보니 그녀는 이미 병세가 위독한 상태였고 마침내는 그날 밤을 넘기면서 숨을 거두었다. 안생이 어머니의 시신을 막 수습하자마자 다시 포졸들이 들이닥치더니 그를 잡아갔다. 현령은 안생의 젊고 온화한 모습을 보자 그가 무고를 당했을지도 모른다는 의구심이 들었다. 그가 짐짓 호통을 치며 으름장을 놓자, 안생은 자신이 어떻게 해서 원생과 사귀게 되었는지 그 내력을 사실대로 설명했다.

"어떻게 해서 갑자기 부자가 되었느냐?"

현령의 추궁에 안생은 이렇게 대답했다.

"어머니께서 모아놓은 돈이 있었습니다. 제가 곧 결혼하게 되었기 때문에 새로 신방을 꾸몄을 뿐이지요."

현령은 그 말을 믿고 증명을 첨부하여 그를 군(郡)으로 압송시켰다. 도씨는 안생이 무사하다는 것을 알게 되자 호송하는 차인에게 값비싼 뇌물을 먹이고 중도에 그를 살해하도록 사주했다. 그들은 깊은 산속을 지나갈 때 깎아지른 듯한 낭떠러지로 안생을 데려가 밀어 떨어뜨리기로 모의했다. 시시각각으로 위험이 닥쳐와 바야흐로 안생이 위급한 상황으로 몰리고 있을 때, 갑자기 수풀 속에서 호랑이가 한 마리 나타나 두 차역을 씹어 죽이더니 안생을 입에 물고 앞으로 달렸다.

이윽고 다다른 곳은 누각과 집들이 굽이굽이 늘어선 어떤 굉장한 저택이었다. 호랑이가 안으로 들어가 안생을 땅에 내려놓는 순간, 저만치서 운라공주가 시녀의 부축을 받으며 바깥으로 나오는 광경이 보였다. 공주는 서글픈 음성으로 그를 위로했다.

"저는 당신을 이곳에 머물게 하고 싶지만 어머님의 장례가 아직 끝나지 않았으니 그럴 수도 없겠군요. 당신이 이 문서를 지니고 군으로 가서 자수하시면 아무 일도 없을 거라 장담해요."

이어 그녀는 안생의 앞가슴에 매달린 상장(喪章)을 떼어 열댓 번이나 매듭을 짓고 나더니 이렇게 당부했다.

"관리를 만나게 되면 이 상장을 비비면서 하나씩 매듭을 푸세요. 그러면 재앙이 소멸될 것입니다."

안생은 그녀의 말대로 군으로 가서 자수했다. 태수는 그의 성실하고 신의 있는 모습에 큰 감명을 받았다. 또 문서를 살펴보니 그가 억울한 누명을 쓴 것이 확실했으므로 사건 자체를 무효화하고 석방시켜 집으로 돌려보냈다.

도중에 안생은 우연히 원생과 마주쳤다. 그는 말에서 내려 원생의 손을 잡으며 그동안 자신이 당했던 일들을 자세히 들려주었다. 원생은 분노에 떨며 얼굴빛까지 완전히 변했지만 입만은 꼭 봉한 채 전혀 말문을 열지 않았다.

"당신처럼 대단한 풍채를 지닌 분이 왜 그런 일을 해서 스스로를 더럽히십니까?"

안생의 질문에 그는 이렇게 대답했다.

"제가 죽인 놈들은 모두 죽어 마땅한 의리 없는 작자들뿐입니다. 내가 취한 재물들도 역시 그들이 불법으로 빼앗은 것들이고요. 그런 경우가 아니라면 설사 길가에 떨어진 돈이라 하더라도 절대 줍지 않습니다. 당신의 말씀도 물론 일리는 있습니다. 하지만 당신네 이웃이란 녀석을 어찌 인간 세상에 살려두어 다른 사람을 해치는 꼴을 눈뜨고 볼 수가 있겠습니까!"

말을 마치자 그는 말 잔등으로 훌쩍 뛰어오르더니 그대로 달려갔다. 안생은 집으로 돌아와 어머니를 안장시키고 나자 대문을 걸어 잠그고 일체의 손님을 사절했다.

어느 날 밤 이웃집에 강도가 들이닥쳐 아버지와 아들 등 십여 명의 식구를 모조리 도륙하고 오직 계집종 한 명만을 살려놓았다. 강도는 온 집안의 재물을 샅샅이 훑어내 동자 한 명과 나눠 짊어지더니 떠나기에 앞서 등불을 계집종에게 들이대고 말했다.

"너, 자세히 보아라. 살인자는 바로 나고 다른 사람과는 무관하니라."

말을 마치자 그는 대문을 열지 않고 처마 위로 날아올라 담장을 넘어갔다.

이튿날 계집종은 강도가 든 사실을 관가에 신고했다. 관리는 안생이 사건의 내막을 알지도 모른다고 의심하며 또다시 그를 잡아들였다. 현령이 엄숙한 표정과 위엄 있는 말투로 심문하는 동안, 안생은 그저 변명하며 한편으로 앞자락에 달린 매듭을 풀었다. 현령은 더 이상 추궁하지 않고 그를 석방시켰다.

집으로 돌아온 안생은 세상과의 접촉을 피하려는 마음이 더욱 굳어져 매일 책만 읽으면서 대문 밖으로 나오지 않았다. 집안에는 절름발이 노파 한 사람만 두고 밥이나 짓게 할 따름이었다. 거상 기간이 끝나자 그는 날마다 계단과 정원을 청소하며 운라공주에게서 좋은 소식이 당도하기만 기다렸다.

어느 날 기이한 향내가 온 집안에 진동했다. 안생이 누각에 올라 바라보려니 안팎의 가구 등속이 모두 새것으로 바뀌어 있었다. 살그머니 그림이 그려진 휘장을 들췄더니 공주가 날아갈 듯 성장을 하고 어느새 그 안에 앉아 있는 중이었다. 안생이 순간적으로 절을 올리자 공주는 그의 손을 붙잡아 일으켜 세웠다.

"당신이 천명을 믿지 않고 토목 공사를 일으킨 것이 재앙이 되었습니다. 그 바람에 어머님을 여의는 슬픔을 겪게 되었고 또 우리의 혼인도 삼 년이나 늦춰지게 되었지요. 너무 서두르다 보면 도리어 늦춰지는 경우가 생길 수 있는데 대부분의 세상사가 그렇답니다."

안생이 돈을 꺼내며 술상을 차리려 하자 공주가 만류했다.

"그럴 필요 없어요."

시녀는 궤짝을 뒤져 방금 솥에서 꺼낸 듯 김이 펄펄 오르는 요리와 국을 끄집어냈다. 술도 향기롭고 맛이 강렬한 상등품이었다. 그들이 술을 마시는 동안 해도 어느덧 서녘으로 넘어갔고 공주의 다리를 받치던 시녀들도 하나둘 물러갔다. 공주는 사지가 나른한 듯 손발을 뻗으면서 어디 기댈 곳이 없나 하는 듯한 표정이었다. 안생은 와락 공주를 껴안았다.

"잠깐 손을 놓으시죠. 지금 두 갈래 길이 있는데 당신은 그중 한 가지를 선택하셔야 해요."

공주의 말에 안생은 그녀의 목덜미를 쓰다듬으면서 무슨 뜻인지 물었다.

"우리가 만약 함께 술 마시고 바둑이나 두는 친구에 그친다면 삼십 년을 함께 지낼 수 있어요. 그렇지만 여느 부부들처럼 잠자리에서 환락을 구한다면 겨우 육 년의 인연에 그칠 뿐이지요. 당신은 어느 쪽을 택하시렵니까?"

"육 년 뒤에 다시 상의합시다."

안생이 대뜸 이렇게 결정하자 공주는 더 이상 아무 말도 하지 않았다. 두 사람은 마침내 함께 쾌락 속으로 몰입하게 되었다.

"저는 당신이 세속의 관념에서 벗어나지 못할 줄 진작에 알고 있었어요. 이것도 정해진 운명이겠지요."

공주는 이렇게 말하며 안생의 뜻에 순종했다.

함께 살게 된 이래 공주는 안생에게 적지 않은 숫자의 시녀와 할멈들을 부리게 했는데, 그들은 모두 남쪽 집에 기거하면서 밥 짓고 바느질하는 따위의 일상적인 가사 노동에 종사했다. 북쪽 집에서는 결코 연기가 올라가는 법이 없었으며 집안에는 오직 바둑판과 술 마시는 도구 등이 놓여 있을 뿐이었다. 두 집을 연결하는 문은 항상 닫혀 있었다. 문은 오직 한 사람, 안생이 밀어야만 저절로 스르륵 열렸고 그 외의 다른 사람은 북쪽 집으로 들어갈 수 없었다. 하지만 남쪽 집에서 일하는 하인들의 일거수일투족을 공주는 하나도 빠짐없이 알고 있었다. 그녀는 언제나 안생을 시켜 하인들을 독촉하고 꾸짖었는데 지적이 틀린 적이 없었으므로 누구 하나 꾸중에 승복하지 않는 이가 없었다.

공주는 말수가 적었고 소리 내어 웃는 일도 없었다. 함께 이야기를 나눌 때에도 그녀는 다만 고개를 숙인 채 은은한 미소만 지을 뿐이었다. 두 사람이 나란히 앉아 있을 때면 공주는 언제나 안생의 몸에 비스듬히 기대길 좋아했다. 안생이 그녀를 안아 자신의 무릎에 앉히면 마치 갓 태어난 어린아이를 안은 것처럼 무게가 전혀 느껴지지 않았다.

"당신 몸이 이처럼 가벼우니 손바닥 위에서 춤도 출 수 있겠구려?"

안생의 질문에 공주가 대답했다.

"그것이 무에 어려운 일이겠어요. 하지만 이는 시녀아이들이나 하는 짓거리라서 제가 경멸하는 바랍니다. 비연(飛燕)이는 원래 아홉째 언니가 부리던 시녀였는데 여러 번 촐랑거리다가 죄를 얻어 인간 세상으로 유배되고 말았지요. 귀양 간 다음에까지도 여자의 정조를 지키지 않아 지금은 깊숙한 장소에 유폐되어 있답니다."[3]

공주가 거처하는 전각 안에는 두툼한 비단방석과 양탄자가 바닥에 두루 깔려 있었는데, 그 덕에 겨울에는 춥지 않았고 여름에도 덥지 않았다. 공주는 한겨울에도 얇은 비단옷만 걸치고 있었기 때문에 안생은 그녀를 위해 아름다운 새 옷을 지어 억지로 입혀주었다. 한 시각쯤 지난 뒤 공주는 옷을 벗어던지면서 투덜거렸다.

"세속의 더러운 물건이 뼈를 눌러 병이 날 지경이에요!"

하루는 안생이 공주를 껴안아 무릎 위에 올려놓았는데 별안간 이전보다 몸이 무거워진 것 같았다. 그가 의아한 표정을 짓자, 공주는 웃으면서 자신의 배를 가리켰다.

"여기에 속세의 종자가 들었어요."

며칠이 지난 뒤부터 그녀는 얼굴을 찡그리며 음식을 입에 대지 않았다.

"요사이 입덧이 심해 아무것도 입에 넘길 수가 없어요. 웬일인지 불에 익힌 인간의 음식이 먹고 싶네요."

안생은 당장 공주를 위해 맛있는 음식들을 차리게 하였다. 이때부터 그녀는 먹고 마시는 것이 보통 사람과 다르지 않게 되었다.

하루는 공주가 안생에게 말했다.

"저는 체질이 약해 출산의 노고를 감당할 수 없어요. 계집종 번영(樊英)은 몸이 건강하니 그 애더러 대신 아이를 낳으라고 해야겠어요."

공주는 곧 속옷을 벗어 번영에게 입히고 그녀를 방안에 가뒀다. 얼마 후 어린아이 울음소리가 들려오기에 문을 열었더니 번영은 벌써 사내아이를 낳아놓고 있었다. 공주가 기뻐하면서 말했다.

"이 아이는 복이 넘치는 관상이로군요. 큰 그릇감이네요."

이리하여 아이 이름은 '대기(大器)'라고 짓게 되었다. 공주는 아이를 강보에 싸서 안생의 품으로 넘기더니 유모에게 데려가 남쪽 집에서 키우게 하였다. 그녀는 분만하고 나자 허리가 아이를 낳기 전과 똑같이 날씬해졌고 또 이전과 마찬가지로 인간의 음식을 입에 대지 않게 되었다.

어느 날 그녀는 느닷없이 작별 인사를 하면서 잠시 친정에 다녀오겠다고 말했다. 안생이 언제 돌아오느냐고 물었더니,

"사흘 뒤에는 돌아와요."

하는 대답이었다. 다시 예전처럼 가죽 풀무를 돌려 바람을 일으키자 공주의 모습은 문득 보이지 않게 되었다. 하지만 약속한 사흘이 지나도 그녀는 돌아오지 않았다. 일년이 넘도록 소식을 전혀 알 수 없자 안생은 절망하지 않을 수 없었다. 그는 문을 걸어 닫고 공부만 했고 그 결과 향시에 합격하는 영광도 맛보았다. 하지만 안생은 굳게 공주를 기다리며 끝끝내 새장가를 들지 않았다. 그는 언제나 혼자 북쪽 집에서 잠을 자며 공주가 남긴 향기에 젖어들곤 하였다.

어느 날 밤 그가 침상에서 엎치락뒤치락 잠을 이루지 못하는데 별안간 창문 사이로 불빛이 비쳐들었다. 그러자 문 또한 저절로 열리더니 여러 시녀들이 공주를 옹위하여 안으로 들어왔다. 안생이 기뻐 어쩔 줄 모르며 공주에게 약속을 어긴 이유를 추궁했더니,

"제가 날짜를 어긴 것이 아니에요. 천상에서는 겨우 이틀 반이 지나갔을 뿐인걸요."

하는 대답이었다. 안생은 의기양양하게 자신이 향시에 합격하여 거인이 되었다고 보고하면서 공주도 틀림없이 기뻐할 거라고 넘겨짚었다. 하지만 공주는 눈살을 찌푸리고 얼굴빛이 흐려지면서 도리어 그를 나무라는 것이었다.

"왜 그런 쓸데없는 짓을 하셨어요! 자랑스러울 것 하나도 없어요. 괜히 사람의 목숨만 깎았을 뿐이죠. 고작 사흘 못 본 사이 세속의 구렁텅이에 한층 더 깊이 빠져들고 말았군요."

안생은 이때부터 더 이상 공명을 추구하지 않게 되었다.

몇 달이 지난 뒤 공주는 또다시 친정에 다녀오겠다고 말했다. 낙심한 안생이 망설이는 태도를 보이자, 공주는 이렇게 그를 달랬다.

"이번 걸음은 일찌감치 돌아올 테니 애타게 기다릴 필요 없어요. 더구나 인생의 만남과 이별은 모두 정해진 운명이랍니다. 절제하면 만남이 오래가겠지만 방종하게 살면 조속한 이별을 모면할 수 없지요."

공주는 떠났다가 달포가 좀 지나서 돌아왔다. 그리고 이때부터는 일년 반마다 한번씩 친정을 다녀왔는데 늘 몇 달이 지나서야 되돌아오곤 하였다. 안생도 습관이 되어 그녀를 더 이상 탓하지 않았다.

나중에 공주는 또 아들 하나를 낳았는데 이번에는 아이를 들어올리며 한숨을 쉬었다.

"이 녀석은 승냥이나 늑대 같은 놈이에요!"

그녀는 아이를 당장 갖다 버리라고 명령했다. 하지만 안생은 차마 그럴 수 없었으므로 아이를 거둬 키우면서 이름은 '가기(可棄)'라고 지었다. 아이가 겨우 한 돌이 지난 무렵부터 공주는 아들의 혼처를 구하기에 바빴다. 여러 명의 매파가 문턱이 닳도록 들락거렸지만 상대방의 생일을 물어보면 언제나 궁합이 맞지 않는다는 것이었다. 공주가 말했다.

"나는 승냥이새끼에게 단단한 우리를 만들어주고 싶었지만 결국 성사가 안 되는군요. 이놈이 육칠 년 동안 집안을 말아먹게 되는 것도 역시 운수소관입니다."

그녀는 또 안생에게 이렇게 당부했다.

"잘 기억해 두세요. 사 년 뒤 후씨(侯氏) 성을 가진 사람에게서 딸 하나가 태어나는데 왼쪽 겨드랑이에 조그만 혹이 있어요. 그 아이가 바로 가기의 아내로 마땅하니 반드시 혼인을 시켜야 합니다. 절대로 그 집의

362

문벌을 따져서는 안 됩니다."

그녀는 안생에게 글까지 써주며 잘 보관하게 하였다. 나중에 그녀는 또 친정에 다니러 가더니 이번에는 아주 돌아오지 않았다.

안생은 공주가 당부했던 말을 늘 친구들에게 들려주었다. 그리고 마침내 태어나면서부터 겨드랑이에 혹이 달렸다는 후씨의 딸에 관한 소문을 듣게 되었다. 후씨는 신분이 미천한 데다 품행까지 나빠 누구나 입에 올리기도 꺼려하는 자였지만 안생은 이에 아랑곳하지 않고 매파를 보내 혼인을 정했다. 대기는 열일곱 살에 진사에 급제했고 운씨(雲氏)를 부인으로 맞아들였다. 부부가 모두 효성스럽고 우애가 깊었으므로 아버지 역시 그들을 몹시 아끼고 사랑했다. 하지만 가기는 점차 자라나면서 글공부를 싫어하고 언제나 건달들과 어울려 몰래 도박이나 했으며 집안의 물건을 훔쳐내 노름빚을 갚았다. 화가 난 아버지가 매질을 가해도 그의 행실은 좀처럼 고쳐지지 않았다. 결국 식구들은 서로 주의를 주고 방비하여 가기가 물건 훔칠 기회를 갖지 못하게 하자고 결의하기에 이르렀다. 그러자 가기는 한밤중에 집을 빠져나와 남의 집 담장을 넘고 도둑질을 하다가 주인에게 발각되어 관부로 압송되는 처지가 되었다. 현령은 가기의 이름과 집안 내력을 유심히 살피더니 자신의 명함과 함께 그를 집으로 돌려보냈다. 아버지는 그를 묶어둔 채 사정없이 매질을 했고 가기는 숨이 거의 끊어질 지경에 이르렀다. 형이 아우를 대신하여 아버지에게 용서를 빈 다음에야 가기는 겨우 매질에서 벗어날 수 있었다. 아버지의 분노는 극에 달했고 이로 말미암아 병까지 얻으면서 식욕이 급격히 줄어들었다. 그는 두 아들을 위해 재산을 가르는 문서를 작성한 뒤 집과 비옥한 땅은 모두 대기에게 돌렸다. 가기는 원망과 분노에 치를 떨다가 한밤중에 칼을 들고 내실로 침입했다. 본래는 형을 살해하려는 의도였지만 잘못하여 형수를 찌르게 되었다.

이에 앞서 일찍이 공주가 집을 떠날 때 그녀는 바지 한 벌을 남기고 갔다. 이 바지는 대단히 가볍고 부드러운 천으로 만들어져 있어 운씨는 우연히 그것을 발견한 뒤 잠옷으로 사용하고 있었다. 가기의 칼이 바지에 부딪히자 순간 불꽃이 사방으로 튀었고 깜짝 놀란 그는 밖으로 달아났다. 아버지는 이 소식을 듣자 병세가 더욱 심각해져 몇 달 만에 세상을 떠났다. 가기는 아버지의 부음을 듣고 나서야 집으로 돌아왔다. 형은 아우를 극진히 대우했지만 가기의 행실은 갈수록 빗나가기만 할 뿐이었다.

일년여가 지나는 사이 상속받은 재산을 모두 탕진한 가기는 관가로 달려가 형을 대상으로 소송을 걸었다. 관리는 가기가 어떤 인간인지 너무나 잘 알았으므로 호통을 치며 그를 바깥으로 내쫓았다. 이로부터 형제간의 우애는 완전히 단절되었다.

다시 해가 바뀌자 가기는 어언 스물세 살의 성년이 되었고 후씨의 딸도 열다섯 살이 되었다. 형은 어머니의 말씀을 기억하고 있었으므로 동생의 혼사를 서둘렀다. 그는 가기를 집으로 불러들이고 좋은 건물을 치워 가기가 거기 살게 하면서 신부를 맞게 하였다. 또 아버지가 물려주신 좋은 전답을 남김없이 장부에 기재하여 신부에게 넘겨주면서 이렇게 말했다.

"얼마 안 되는 땅이지만 제수씨를 위해 목숨을 걸고 지켜왔는데 이제는 모두 넘겨드리겠습니다. 제 아우는 행실이 좋지 않아 풀 한 포기를 주더라도 모두 날려버릴 사람이니 이후로 우리 집안의 흥망은 한마디로 제수씨의 손안에 달려 있다 하겠습니다. 제수씨가 저놈의 행실을 고칠 수만 있다면 춥고 배고픈 것은 걱정하지 않아도 되겠지요. 그렇지 못하면 설사 형이라 하더라도 저 밑바닥 없는 동굴 같은 욕심을 채워줄 수는 없는 노릇입니다."

후씨는 보잘것없는 집안의 딸이었지만 본래 총명하고 아름다운 여자였다. 가기는 그녀를 몹시 무서워하면서도 한편으론 사랑이 각별해서 아내의 말이라면 언제나 꼼짝을 못했다. 남편이 외출할 때마다 후씨는 그가 언제 돌아와야 할지 시간을 정해 주었는데 만약 그 시각을 초과하면

늘 호된 꾸지람과 함께 밥을 주지 않는 벌을 내렸다. 가기는 이로 인해 예전의 기세가 상당히 움츠러들었다.

일년여가 지나 아들 하나를 낳게 되자 후씨는 이렇게 선언했다.

"나는 이제부터 아무에게도 도움을 바라지 않을 작정이에요. 기름진 밭 몇 마지기만 있으면 우리 두 모자가 어찌 배부르고 따뜻하지 못할까 봐 걱정이겠소? 남편 따윈 없어도 충분히 살아갈 수 있소."

그 무렵 가기가 마침 양식을 훔쳐 노름을 하러 나갔다. 후씨는 이 일을 알자 대문간에서 활을 당기고 서서 그를 기다렸다. 가기는 그 광경을 보고 겁에 질려 도망갔다가 아내가 문간에서 사라지고 나서야 슬금슬금 집안으로 기어들었다. 후씨는 그를 발견하자마자 칼을 손에 잡으며 벌떡 몸을 일으켰다. 가기는 방향을 바꿔 도망쳤지만 후씨는 악착같이 뒤쫓아 와 기어이 칼을 휘둘렀다. 가기는 옷자락이 찢겨져 나가면서 엉덩이에 상처를 입었고 그 상처에서 피가 흘러 버선과 신발을 적셨다. 화가 머리 꼭대기까지 치민 가기는 형에게 달려가 하소연했지만 그는 동생을 거들떠보지도 않았다. 가기는 원통하기도 하고 부끄럽기도 하였으므로 그대로 물러서고 말았다.

하룻밤이 지나 다시 나타난 가기는 이번에는 형수 앞에 무릎을 꿇고 울면서 자신의 원통함을 호소했다. 그가 형수를 꼬드겨 사정을 봐달라고 부탁하는데도 후씨는 결단코 남편을 받아들이지 않겠다는 태도였다. 잔뜩 독이 오른 가기는 아내를 죽이러 가겠다고 별렀지만 형은 여전히 본체만체 말이 없었다. 가기가 분기탱천하여 창을 들고 곧장 뛰쳐나가자 형수는 깜짝 놀라 그를 말리려고 하였다. 형은 눈짓으로 그녀를 가로막고 가기가 나가기를 기다린 다음 비로소 입을 뗐다.

"일부러 그러는 거야. 사실은 저놈이 배짱 좋게 집안에 들어설 수 없어 그러는 거라고."

그리고 사람을 보내 몰래 염탐을 시켰더니 가기는 벌써 대문 안에 들어섰다는 보고였다. 형이 바야흐로 안색이 변해 싸움을 말리려고 건너가려 할 즈음, 가기가 숨을 헐떡이며 다시 집안으로 뛰어들었다.

알고 보니 가기가 집안에 들어섰을 때, 후씨는 마침 아이를 어르는 중이었다. 그녀는 가기를 보자마자 아이를 침상 위에 내팽개치고 식칼을 찾아들었다. 가기는 또 겁이 나서 창을 끌며 도망쳤고, 후씨는 대문 밖까지 쫓아나왔다가 겨우 돌아섰다는 것이었다. 형은 사정을 모두 눈치 챘으면서도 시치미를 떼고 일부러 무슨 일이냐고 동생을 추궁했다. 가기는 아무 말도 못하고 담장 모퉁이에서 눈두덩이 퉁퉁 붓도록 울기만 했다. 형은 가엾은 생각이 들어 자신이 직접 아우를 데려다주었고 후씨도 그제서야 남편을 받아들였다. 그녀는 시아주버니가 나가기를 기다렸다가 남편의 무릎을 꿇려 다시는 그러지 않겠다는 맹세를 받아낸 뒤에야 화분에 먹을 것을 담아 주었다. 이로부터 가기는 행실을 고치고 착한 사람이 되었다. 이재에 밝은 후씨 덕분에 집안이 나날이 풍요로워지니 가기는 그저 주는 대로 받아먹으며 그 결실을 향유할 따름이었다. 훗날 나이가 칠순에 이르러 자손들이 집안에 그득한데도 후씨는 여전히 남편의 허연 수염을 쥐어뜯고 무릎을 꿇려 기는 벌을 내리곤 하였다.

이사씨는 말한다.

사납고 질투심 강한 아내란 흡사 뼛속에 난 종기와 같아 죽고 난 다음에야 겨우 그 고통에서 벗어나게 되니, 어찌 악독하다 아니하리오! 그러나 비상(砒霜)이나 부자(附子) 등속은 세상에서 가장 독한 약이지만 용도에 맞게 처방하면 고치기 어려운 중병도 낫게 할 수 있으니 그 효능은 인삼과 복령(茯苓) 따위의 보약에 댈 바가 아닌 것이다. 만약 사람의 본성까지 꿰뚫는 선인의 통찰력이 아니었다면 또 어떻게 감히 독약을 자기 자손에게 내려줄 수 있었겠는가?

장구현(章丘縣)의 효렴 이선천(李善遷)은 젊어서 풍류를 즐기고 성격이 호탕해 무엇에도 구애 받지 않는 사람이었다. 그는 각종 악기의 연주는 말할 것도 없고 작시며 작곡까지도 능통했다. 훗날 두 형이 나란히 회시에 급제하자 그의 생활은 더욱 방탕해졌다.

그는 결혼 뒤 부인 사씨(謝氏)가 이것저것 잔소리를 해대자 집을 나가 삼 년 동안이나 돌아오지 않았다. 식구들이 사방을 찾아 헤맸지만 어디서도 보이지 않더니 나중에 임청현(臨淸縣)의 한 기생방에서 그를 발견하게 되었다. 하인이 안으로 들어가니 그는 남쪽을 향해 앉아 있고 어린 여자 열댓 명이 좌우로 늘어서 있었다. 알고 보니 여자들은 모두 그를 스승으로 모시며 음악을 배우는 학생들이었다. 그가 떠날 때 행장에는 옷을 담은 상자가 여러 개나 되었는데 모두 기생들이 선사한 것이었다.

이선천이 집으로 돌아오자 부인은 남편을 방안에 가두고 책상 가득 책들만 던져 넣었다. 그리고 기다란 새끼줄을 침대 다리에 매어 그 한 끝을 창문 너머로 통하게 한 다음 커다란 방울 하나를 매달고 부엌까지 닿게 하였다. 이선천이 뭔가 필요하다고 느낄 때면 그저 새끼줄만 밟으면 그만이었다. 줄이 움직여 방울이 울리면 무엇이든 원하는 것을 다 안으로 디밀어주었던 것이다.

부인은 직접 전당포를 열어 장사를 했다. 그녀는 주렴을 늘어뜨린 안쪽에 앉아서 저당 잡히는 물건을 받아들여 값을 계산했는데 왼손으로는 주판알을 튕기고 오른손으로는 붓을 들어 장부 정리를 했다. 늙은 하인은 곁에서 그저 시키는 대로 바쁘게 오락가락하면 그뿐이었다.

그렇게 세월이 흐르자 차츰 재산이 쌓여 부자 소리를 듣게 되었지만 부인은 항시 위의 두 동서들처럼 귀한 몸이 되지 못한 자신을 부끄러워했다. 감금된 지 삼 년 만에 이선천은 마침내 거인에 합격했다. 사씨는 기뻐 날뛰며 이런 말로 남편을 치하했다.

"계란 세 개 중에서 두 개만 부화하기에 나는 당신이 곯은 달걀인 줄로만 알았어요. 이제 보니 당신도 썩은 것은 아니었구려?"

다시 진사 경숭생(耿崧生)의 이야기를 덧붙이겠는데, 그도 역시 장구현 사람이었다. 그의 부인은 언제나 실을 잣기 위해 켜놓은 등불로 공부를 시켰으므로 실 잣는 이가 손을 멈추지 않으면 글 읽는 사람도 감히 쉴 수가 없었다.

때로 친구가 찾아오면 부인은 항상 그들이 하는 말을 엿들었다. 남편과 친구가 학문에 관해 담론하고 있으면 부인은 곧 차를 끓이고 밥을 지어 대접했지만, 만약 음탕한 농지거리나 주고받으면 당장 욕설을 퍼부으며 손님을 내쫓았다. 그녀는 또 남편의 시험 성적이 보통에 그치면 자기 방에 들이지 않다가 다시 우등을 해야만 비로소 웃으면서 받아들였다.

나중에 경숭생은 글방을 차려 훈장 노릇을 하게 되었다. 그는 학생에게 받은 수업료는 모두 부인에게 바치면서 한 푼의 돈도 감히 빼돌리거나 속이지 못했다. 그래서 학부형이 수업료를 보내오면 언제나 부인의 면전에서 일일이 셈을 따지곤 하였다. 어떤 사람은 이 일을 두고 그를 비웃기도 했지만 기실 그 계산이 얼마나 맞추기 어려운지 몰라서 하는 소리였다.

훗날 그는 장인의 부탁을 받고 손아래 처남을 가르치게 되었다. 바로 그해에 처남이 수재가 되어 현학에 들어가자 장인은 사례금 조로 열 냥을 보내왔다. 경숭생은 돈을 담았던 상자만 받고 알맹이는 그대로 돌려보냈는데, 부인이 그 일을 알고 달려들었다.

"그는 분명 가장 가까운 친척이죠. 하지만 당신이 나가서 혓바닥 농사〔舌耕〕[4]를 짓는 것은 도대체 무엇 때문입니까?"

그녀는 곧 뒤쫓아가 돈을 도로 받아냈다. 경숭생은 부인과 감히 언쟁을 벌일 수는 없었지만 내심 부끄러운 마음을 떨쳐낼 수 없어 자신이 장인에게 돈을 갚겠다고 다짐했다. 이리하여 그는 매년 가르치고 받은 돈에서 약간씩을 쪼개고 나서야 부인에게 액수를 보고했다. 그렇게 이 년여가 흐르자 돈이 어느 정도 모이게 되었다.

어느 날 밤 꿈에 문득 한 사람이 나타나더니 이렇게 말했다.

"내일 높은 곳에 올라가면 모자라는 금액을 채울 수 있을 것이다."

이튿날 그가 시험 삼아 산에 올라 사방을 둘러보았더니 과연 누군가가 흘린 돈이 떨어져 있는데 공교롭게도 모자라는 금액에 딱 들어맞는 액수였다. 이렇게 해서 그는 장인에게 돈을 되돌려줄 수가 있었다.

훗날 그는 진사가 되었다. 하지만 그의 부인은 그때까지도 여전히 남편을 야단치고 꾸짖는 일이 다반사였다.

"나도 이제는 관리가 되었소. 어째서 아직까지 이런 꼴을 당해야 하오?"

참다못한 경승생이 한마디 항변하자, 부인은 의기양양하게 대꾸했다.

"속담에 이르길, '물이 불면 배도 수위가 올라간다〔水長則船亦高〕'고 했어요. 당신이 설사 재상이 된다 한들 나보다 대단하단 말예요?"

견후 — 유정(劉偵)의 사랑

낙양(洛陽)의 유중감(劉仲堪)은 젊었을 때 자질은 둔했지만 고서적에 매우 탐닉했다. 그는 항상 두문불출로 열심히 책을 읽느라 바깥세상과 왕래가 없었다.

하루는 바야흐로 독서에 열중해 있는데 갑자기 방안 가득 기이한 향기가 흘러넘쳤다. 잠시 후 요란하게 울리는 패옥 소리에 놀란 그가 뒤돌아보니 어떤 미인이 안으로 들어오고 있었다. 미인의 머리채에 꽂힌 비녀나 귀고리 따위의 장신구가 눈부시게 번쩍거렸고 뒤따르는 사람들의 복장은 모두 궁중의 차림새였다. 유중감이 깜짝 놀라 땅바닥에 엎드리자, 미인은 그를 부축해 일으키며 말했다.

"당신, 예전에는 그리도 오만하더니 지금은 왜 이렇게 공손해지셨나요?"

유중감은 더욱 황공해하며 아뢰었다.

"어디서 오신 선녀님이신지요? 일찍이 뵈온 일이 없는 듯합니다만, 예전 언제 당신을 모욕했다는 말씀이십니까?"

미인이 웃으면서 대꾸했다.

"이별한 지 얼마나 됐다고 벌써 이 지경으로 까마득히 잊어버리셨어요! 허리 펴고 꼿꼿이 앉은 채 돌을 갈던 이가 바로 당신 아니었던

가요?"[1)]

말을 마치자 그녀는 비단보료를 펼치고 그윽한 향기 감도는 술병을 늘어놓더니 유중감을 붙잡아 앉히고 대작하기 시작했다. 두 사람은 고금의 일들에 관해 대화를 나누었는데 미인의 견식은 뜻밖에도 대단히 해박했다. 유중감이 망연자실하여 어떻게 응대하면 좋을지 머뭇거리고 있을 때, 미인이 또다시 입을 열었다.

"저는 요지(瑤池)의 연회에 겨우 한번 다녀왔을 뿐이지만 당신은 나고 죽는 일을 몇 번이나 거듭하셨죠. 그 총명하던 자질이 모두 사라진 것도 이상한 일은 아니랄밖에요!"

그녀는 곧 시녀에게 수정 고약을 뜨거운 물에 개어 바치라는 명령을 내렸다. 유중감이 그것을 받아 마셨더니 문득 심신이 개운해지고 머리가 맑아지는 느낌이 들었다. 이윽고 날이 저물자 시중들던 사람들은 모두 물러갔다. 두 사람은 촛불을 끄고 옷을 벗은 뒤 끝없는 환락에 몰입하기 시작했다.

날이 채 밝지도 않아서부터 여러 시녀들은 이미 운집해 대령하고 있었다. 미인도 침상에서 일어났는데 화장은 어젯밤과 같았고 머리채도 전혀 흐트러지지 않은 그대로여서 다시 빗질을 할 필요가 없었다. 유중감은 미인에게 바짝 기대면서 한사코 이름을 캐고 들었다.

"말씀드려도 무방하지만 공연히 당신의 의구심만 더하지 않을까 싶군요. 저는 견씨(甄氏)[2)]이고 당신은 유공간(劉公幹)[3)]의 후신이에요. 그 옛날 당신이 저 때문에 죄를 입은 것이 못내 마음에 걸렸더랬지요. 오늘의 만남 또한 잠깐일망정 당신의 치정에 보답하고 싶어서랍니다."

미인의 대답에 유중감이 다시 물었다.

"위(魏)나라 문제(文帝)는 어디 있는데?"

"조비(曹丕)는 역적 아비의 용렬한 자식에 불과해요. 제가 어쩌다 그자와 함께 몇 년간 부귀영화를 누리긴 했지만 그 기간이 지난 뒤로는 더 이상 마음에 담아두지 않았답니다. 그자는 지난날 아만(阿瞞)[4)]에게 연루되어 벌써 지옥에 구금된 지가 오래인데 요사이에는 소식을 전혀 듣지 못했어요. 반면에 진사(陳思)[5]는 옥황상제의 문서 담당 관리가 되어 가끔 한번씩 얼굴을 본답니다."

잠시 뒤 용여(龍興)[6] 한 대가 마당 한가운데로 내려서는 모습이 보였다. 견후(甄后)가 옥으로 만든 연지함을 유중감에게 선물하고 수레에 올라 작별 인사를 고하자 수레는 구름에 휘감긴 채 멀어져 갔다.

유중감은 이때부터 글 짓는 실력이 크게 향상되어 진보를 거듭하게 되었다. 하지만 견후를 끝내 잊을 수 없어 하루 종일 넋을 잃고 멍청히 앉아 있을 때가 많았다. 이런 날들이 몇 달이나 계속되자 유중감은 피골이 상접할 지경으로 말라만 갔고 그의 어머니는 까닭을 알 수 없어 걱정이 태산이었다.

유씨 집안에서 부리는 할멈 하나가 어느 날 넌지시 유중감에게 운을 뗐다.

"보아하니 서방님께서는 누군가를 무척 마음에 두고 계시는군요?"

유중감은 할멈의 말이 정곡을 찔렀으므로 사실을 고백하지 않을 수 없었다. 할멈이 다시 말을 이었다.

"서방님이 편지 한 통을 써주신다면 제가 전달해 드리겠습니다."

유중감은 놀라는 한편 기뻐 어쩔 줄을 몰랐다.

"자네에게 그런 능력이 있었다니, 지난날에는 실로 인물을 알아보지 못했네그려. 정말 편지가 전달될 수 있다면 그 은혜는 결코 잊지 않겠네."

그는 편지를 써서 잘 봉한 뒤 할멈에게 주어 내보냈다. 한밤중이 되자 그녀는 다시 돌아와 보고했다.

"다행히도 서방님 일을 그르치지는 않았사와요. 처음 문간에 도착했을 때는 문지기가 저를 요괴라고 여기며 포승을 지으려들더군요. 제가 서방님의 편지를 내보이니까 그제서야 저를 보내주던걸요. 잠시 뒤 안으로 불려들어갔는데 부인께서도 편지를 읽고 흐느끼시데요. 그리고 다시는 만날 수 없다고 말씀하더니 답장을 쓰려고 하시기에 제가 이렇게 말했지요. '서방님의 몸이 말도 못하게 축이 났어요. 그까짓 편지 한 장으로는 병을 낫게 할 수가 없습니다.' 그러자 부인께서는 한참을 생각하다가 붓을 놓고 말씀하시더군요. '수고스럽겠지만 유 서방님께 먼저 아뢰거라. 내가 곧 아름다운 부인 하나를 보내드리겠다고 말야.' 떠나기에 앞서 또 이렇게도 당부하시던걸요. '방금 내가 한 말은 바로 유 서방님을 위해 꾸민 백년대계일세. 하지만 절대로 입을 다물어야 하네. 비밀만 새나가지 않으면 언제까지나 사랑이 지켜질 것이니' 하고 말입쇼"

유중감은 그 말을 듣고 뛸 듯이 기뻐하며 소식이 오기만 기다렸다.

이튿날 과연 한 노파가 딸을 데리고 유중감의 어머니 처소에 나타났는데, 아가씨의 용모와 자태는 가히 천하무쌍이었다. 노파는 자신을 이렇게 소개했다.

"저는 진씨(陳氏)입니다. 이 아이는 제 딸년인데 이름은 사향(司香)이라 합지요. 원컨대 이 댁 며느리로 들이고 싶습니다."

어머니도 아가씨가 사랑스러웠기 때문에 그 자리에서 당장 납채(納采)에 관한 의논을 시작했다. 노파는 아무것도 필요 없다고 예물을 사양하더니 혼례가 끝나기를 기다렸다가 그대로 가버리고 말았다. 이 혼사가 어쩐지 수상쩍다는 걸 알고 있는 사람은 오직 유중감 한 사람뿐이었다. 그는 은근슬쩍 사향에게 궁금했던 점을 물어보았다.

"견 부인은 당신에게 어떤 사람이지?"

"저는 원래 동작대(銅雀臺)[7]에서 조조의 임종을 지켜보았던 첩들 중의 하나예요."

유중감은 사향이 귀신일지도 모른다고 의심했지만, 그녀는 이를 정면으로 부인했다.

"아니에요. 저와 견 부인은 모두 신선의 명부에 올라 있답니다. 어쩌다 죄를 짓는 바람에 인간 세상으로 귀양 왔을 뿐이지요. 부인은 벌써 옛날의 지위를 회복하셨지만 저는 아직 벌 받는 기한이 다 차지 않았어요. 부인께서 저를 잠시 당신의 시녀로 부리겠다고 하늘의 조정에 청탁을 넣었기 때문에 제가 가고 머무는 것은 오로지 부인의 뜻에 달려 있답니다. 덕분에 당신을 항상 침석에서 모실 수 있게 되었지요."

하루는 어느 장님 노파가 황구 한 마리를 끌고 그의 집으로 밥을 빌러 와서는 박판(拍板)을 두드리며 민요를 불렀다. 사향도 떠들썩한 소리에 이끌려 밖으로 나와 구경을 했다. 그런데 그녀가 미처 자리를 잡기도 전에 황구는 이빨로 목줄을 씹어 끊더니 사향을 물려고 달려들었다. 사향은 혼비백산해서 달아났지만 비단 옷자락은 벌써 뜯겨져 나간 다음이었다. 유중감은 황급히 몽둥이를 손에 쥐고 개를 두들겨 팼다. 하지만 개는 여전히 사나운 기세로 으르렁거리며 사향의 옷자락을 물어뜯어 순식간에 삼베 누더기처럼 갈기갈기 찢어놓고 말았다. 장님 노파는 개의 목덜미를 움켜쥐고 목을 묶어 밖으로 끌고 나갔다.

유중감이 안으로 들어와 사향을 보았더니, 그녀의 놀란 표정은 그때까지도 진정되지 않고 있었다.

"당신은 선인(仙人)이라면서 왜 그렇게 개를 무서워하오?"

유중감의 질문에 사향이 대답했다.

"당신은 물론 알 턱이 없지요. 그 개는 바로 늙은 아만의 변신이랍니다. 제가 분향매리(分香賣履)[8]의 유언을 지키지 않은 것에 화가 나 덤벼들었던 거지요."

유중감이 개를 사들여 몽둥이로 때려죽이려 하자 사향은 그를 만류하고 나섰다.

"옥황상제께서 벌을 내려 그놈을 개로 변하게 하셨으니 어찌 함부로 죽일 수 있겠습니까?"

사향이 유중감과 결혼한 지도 어언 이 년이란 세월이 흘렀다. 사향을 본 사람은 누구나 그 미모에 놀라면서 그녀의 내력을 캐묻곤 했지만 아무도 확실한 답변은 들을 수 없었다. 그 바람에 사람들은 제각기 그녀가 요물일 거라고 의심하게 되었다. 유중감의 어머니가 아들에게 어떻게 된 일이냐고 꼬치꼬치 파고들자, 그도 사향의 심상치 않은 내력을 대강이나마 누설하지 않을 수 없었다. 아들의 말에 덜컥 겁이 난 어머니는 며느리를 내쫓으라고 종용했지만, 그는 전혀 귀담아듣지 않았다. 그러자 어머니는 은밀하게 술사를 불러 마당 안에 제단을 차려놓고 요괴를 쫓아내는 도술을 부리게 하였다. 바야흐로 위치를 설정하고 제단을 쌓으려는 순간, 사향이 침통한 모습으로 나타나 말했다.

"본래는 당신과 함께 백년해로하기를 희망했더랬어요. 하지만 이제 늙으신 어머님의 의심을 사고 말았으니 우리 부부의 정분은 다 끝났다고 생각합니다. 사실 저를 여기서 떠나게 하는 것은 별반 어려운 일도 아니에요. 그렇지만 무당의 주술 따위로는 저를 쫓아보낼 수 없을걸요!"

말을 마치자 그녀는 장작 한 묶음에 불을 당겨 섬돌 아래로 휙 하고 내던졌다. 집안은 순식간에 연기로 꽉 들어차서 바로 코앞에 있는 사람의 얼굴도 분간하지 못할 지경이 되었다. 갑자기 우레와 같은 소리가 요란하게 울려 퍼졌다. 이윽고 연기가 걷히고 나니 술사가 눈, 코, 입 할 것 없이 온갖 구멍에서 피를 쏟으며 널브러져 있는 광경이 눈에 들어왔다. 유중감이 집안으로 들어갔더니 사향은 이미 자취가 묘연했다. 이유를 물어보려고 편지를 전달했던 할멈을 서둘러 찾았지만 그녀 역시 어디로 사라졌는지 간 곳을 알 수 없었다. 유중감은 그제서야 어머니에게 아뢰었다.

"그 할멈은 아마도 여우였던가 봅니다."

이사씨는 말한다.

견후는 애당초 원소의 며느리였다가 나중에는 조비에게 새로 시집을 갔고 마지막에는 유공간과 눈을 맞추었는데, 선인이라면 응당 그러지 말았어야 했다. 하지만 냉정하게 생각하면 간사한 아만의 역적 자식에게 정숙한 부인이라니, 이 무슨 얼토당토않은 소리이란 말인가? 개가 예전의 첩을 보았으면 분향매리의 어리석음을 대오각성해야 마땅하련만 여전히 사납게 짖어대며 질투를 하다니, 그건 또 어인 말인지? 오호라! 간웅(奸雄)은 스스로 개탄할 겨를이 없었건만 후인이 그 때문에 비감에 젖는구나.

宦娘

환낭 — 거문고 가락에 맺은 인연

온여춘(溫如春)은 섬서 지방에서 이름난 가문의 자손이었다. 그는 어려서부터 거문고에 열광하여 설사 여행 중이라 하더라도 잠시도 손에서 떼어놓지 않았다.

언젠가 그는 산서로 여행을 갔다가 한 오래된 사찰을 지나치게 되었다. 그는 잠시 쉬어갈 요량에 말을 문밖에 매어놓고 안으로 들어갔다. 절 안에는 무명 장삼을 걸친 도사 한 명이 가부좌를 틀고 낭하에 앉아 있었는데, 벽 쪽으로 비스듬히 세워진 죽장이며 꽃무늬 천의 자루에 든 거문고도 눈에 띄었다. 온여춘은 자신의 기호품을 만나게 되자 그만 마음이 동해 얼른 질문부터 던졌다.

"스님께서도 거문고를 탈 줄 아십니까?"

"잘 탄다고 볼 수는 없지요. 고수를 만나 한번 제대로 배우기를 바랄 따름입니다."

도사는 말을 마치자 자루를 벗기고 거문고를 꺼내더니 온여춘에게 건네주었다. 거문고의 몸통에 새겨진 무늬는 절묘하기 짝이 없었다. 게다가 슬쩍 한번 줄을 퉁기자 희한하게 맑고 청아한 음색이 사방으로 울려 퍼지는 것이었다. 온여춘은 기쁨을 이기지 못하면서 짤막한 곡조를 하나 연주했다. 그때 도사가 문득 빙그레 미소 지었다. 그 모습이 마치 자신

377

의 기예가 신통치 않음을 비웃는 듯이 보였으므로 온여춘은 안간힘을 다해 자신의 온 기량을 있는 대로 펼쳐 보였다. 도사는 여전히 웃음을 거두지 않은 채 그를 평가했다.

"좋아요. 그런대로 괜찮군요! 하지만 빈도(貧道)의 스승으로 모시기엔 아직 부족합니다."

온여춘은 그가 허풍을 떤다고 생각했으므로 거문고를 돌려주며 한 가락 들려줄 것을 부탁했다. 도사가 거문고를 받아 무릎 위에 올려놓고 겨우 한번 퉁기자마자 곧 시원한 바람이 저절로 불어오는 듯하더니 잠시 뒤에는 각양각색의 새들이 모여들어 절 안의 나뭇가지를 가득 메웠다. 온여춘은 기겁하여 절을 하면서 아울러 도사에게 자신을 학생으로 받아달라고 애원했다. 도사는 이어 서너 곡을 연거푸 연주했다. 정신을 바짝 차리고 집중해서 귀를 기울이는 사이 온여춘은 어느 정도 연주의 비법을 터득할 수 있었다. 도사는 그에게 거문고를 타게 하고 엉성한 구석을 일일이 지적하더니 이렇게 말했다.

"그 정도라면 인간 세상에서는 이미 상대할 적수가 없을 게요."

온여춘은 이때부터 온 정성을 거문고 연마에 쏟았고 마침내는 명연주가로 이름을 떨치게 되었다.

나중에 그가 귀로에 올라 고향집을 겨우 몇십 리 남겨놓았을 때였다. 해는 이미 서산에 떨어졌는데 갑자기 폭우가 쏟아지는 바람에 머물 곳을 찾을 수가 없었다. 길가에 자그마한 동네가 나타나자 온여춘은 서둘러 그리로 뛰어갔다. 그는 어느 집으로 들어갈까 고를 겨를도 없이 인가를 보자마자 황급히 안으로 뛰어들었다. 그가 집안에 들어섰지만 사방은 고요하기만 할 뿐 사람은 기척도 없었다.

잠시 뒤 한 아가씨가 그의 눈앞에 나타났다. 나이는 열일고여덟쯤인데 선녀처럼 아름다운 자태가 실로 눈이 부실 지경이었다. 고개를 들다 낯선 손님을 발견한 그녀는 깜짝 놀라 안으로 달음박질쳤다. 온여춘은 그 당시 아직 장가를 들지 않은 총각이었기 때문에 아가씨를 보자 첫눈에 넋을 잃고 말았다. 이어 노파 한 명이 나타나더니 손님에게 말을 걸었다. 온여춘은 자신의 이름을 말하면서 아울러 하룻밤 묵어가길 청했다.

"재워주는 것이야 어렵지 않소만 침상이 부족하다오. 대접이 소홀해도 괘념치 않겠다면 짚이야 깔아드릴 수 있지요."

얼마 후 노파는 촛불을 밝혀 들고 안으로 들어와 맨바닥에 짚단을 깔아주었다. 그녀의 태도가 은근하면서도 정성스러웠으므로 온여춘은 용기를 내어 노파에게 그 집 성씨를 물어보았다.

"조씨(趙氏) 성이라오."

"방금 전의 그 아가씨는 누구입니까?"

"그 아이는 환낭(宦娘)이라 하는데 이 늙은이의 조카딸이지요."

"미천한 제 주제를 헤아리지 않고 감히 청혼을 여쭙고 싶은데 그래도 될는지요?"

노파는 눈살을 찌푸리며 쌀쌀하게 대꾸했다.

"그런 일이라면 내가 감히 받들 수 있는 바가 아니라오."

온여춘이 까닭을 캐물었지만 노파는 그저 어렵다고만 말할 뿐이었다. 온여춘도 심정이 서글퍼져 더 이상 매달리지 않았다. 노파가 물러가자 그는 잠을 청했지만 바닥에 깐 짚단은 썩어서 습기가 눅눅하게 밴 것이었다. 온여춘은 잠자는 일을 포기하고 똑바로 앉아 거문고를 뜯으며 긴 긴 밤을 새울 작정을 했다. 이윽고 빗줄기가 잦아들자 그는 어둠을 무릅쓰고 그대로 귀로에 올랐다.

온여춘이 사는 고을에 조정의 요직을 지내고 퇴역한 갈공(葛公)이란 사람이 있었다. 그는 평소 글 잘하는 선비와의 교제를 즐기는 편이었다. 한번은 온여춘이 갈공을 방문했다가 부탁을 받고 거문고를 뜯게 되었다. 방에 걸린 휘장 안쪽에서는 온여춘의 연주를 엿듣는 그 댁 안식구의 모습이 희미하게 비쳐나왔다. 문득 바람이 휘몰아치며 휘장이 열리는 순간, 이제 막 소녀티를 벗은 한 여인의 모습이 드러났다. 여인은 누구와도 비길 수 없이 아름다웠다.

원래 갈공에게는 아명을 양공(良工)이라 부르는 딸이 하나 있었는데, 사(詞)나 부(賦)도 잘 지었고 미모까지 뛰어나 원근에 명성을 떨치는 중이었다. 온여춘은 그녀의 아리따운 모습에 가슴이 설레었으므로 집으로 돌아오자마자 어머니에게 자신의 심정을 고백하고 당장 매파를 보내게 하였다. 하지만 갈공은 온씨 집안의 보잘것없는 가세가 마음에 걸려 청혼을 수락하지 않았다.

한편 양공은 온여춘의 거문고 연주를 들은 이래 그를 간절히 사모하게 되었고 언제라도 그의 뛰어난 연주를 다시 들을 수 있길 희망했다. 그러나 혼사가 이뤄지지 않아 내심 실망한 온여춘은 갈공의 집에 발길을 끊고 다시는 찾아가지 않았다.

하루는 정원을 거닐던 양공이 낡은 종이 한 장을 줍게 되었는데 거기에는 「석여춘(惜餘春)」이란 사(詞) 한 대목이 적혀 있었다.

봄빛에 심사 어지럽다가 격정 치솟아요.
시름 떨치지 못하고 가없는 그리움만 더해 갑니다.
날마다 님을 그리며 엎치락뒤치락 잠 못 이루었죠.
해당화는 취한 듯 홍조를 머금었고
수양버들도 봄날을 잃어요.
똑같이 그리운 이 가슴에 품었기 때문일까요?
새 시름이 묵은 시름에 겹쳐지면서
베어내도 풀처럼 자꾸만 자라납니다.
당신이 떠나간 이래
어쩔 수 없이 그저 세월만 흘려보냈습니다.
어둠이 물러가면 다시 여명이 오듯이.
아름답던 아미도 이제는 수심에 이지러졌고
끝없는 기다림에 맑던 눈은 움푹 파였답니다.
당신은 벌써 저를 버리셨군요?

당신 냄새가 밴 이부자리는 꿈자리만 사납게 하고

시간을 알리는 물시계 소리에도 혼백이 달아납니다.

어찌해야 잠을 이룰 수 있나요?

긴 밤은 일년처럼 길다지만 다 헛말이에요.

한 시각보다 짧은 것이 일년이랍니다.

몇 시간 보내는 일이 삼 년 세월보다 고통스러워요.

이런 나날에 누군들 쉬이 늙지 않을까요?

因恨成癡, 轉思作想, 日日爲情顚倒.

海堂帶醉, 楊柳傷春, 同是一般懷抱.

甚得新愁舊愁, 划盡還生, 便如靑草.

自別離, 只在奈何天裏, 度將昏曉.

今日皆魘損春山, 望穿秋水, 道棄已拚棄了!

芳衾妬夢, 玉漏驚魂, 要睡何能睡好?

漫說長宵似年, 儂視一年, 比更猶少;

過三更已是三年, 更有何人不老!

　양공은 몇 번이나 노래를 읊어보다가 내용이 몹시 마음에 들어 가슴
에 품고 방으로 돌아왔다. 그녀는 질 좋은 종이를 꺼내 단정한 글씨로
가사를 얌전하게 베낀 뒤 책상 위에 올려두었다. 한참이 지나 양공이 그
것을 찾았을 때는 이미 온데간데없었다. 그녀는 바람에 날아갔는가 보다
생각하며 그 일을 곧 잊어버리고 말았다.
　그런데 공교롭게도 갈공이 규수의 방 앞을 지나가다 노래가 적힌 종
이를 줍게 되었다. 그는 단번에 양공의 글씨임을 알아보았다. 하지만 음
탕한 가사 내용이 마음에 들지 않았으므로 종이를 불살라 버리고 양공
에게는 아무 언질도 주지 않았다. 다만 어서 빨리 딸을 시집보내야겠다
고 마음먹을 뿐이었다.
　임읍현(臨邑縣)에 사는 유 방백(劉方伯)[1]의 아들이 마침 양공에게 청

혼을 해왔다. 갈공은 내심 잘됐다고 생각했지만 그래도 도령을 한번 직접 보고 난 뒤 혼인을 결정하려고 마음먹었다. 유 도령은 정장으로 잘 차려입고 갈공을 찾아왔는데 과연 풍채며 의표가 시원스럽게 잘생긴 인물이었다. 갈공은 몹시 기뻐하며 그를 융숭하게 대접했다.

이윽고 유 도령이 작별 인사를 하고 떠났는데 그가 앉았던 자리에서 여자의 신발 한 짝이 발견되었다. 갈공은 도령의 경박한 행실에 순간 정나미가 떨어져 매파를 불러 청혼을 거절하는 한편 그 까닭을 설명해 주었다. 도령은 뭔가 오해가 있을 거라며 극구 변명하고 나섰지만, 갈공은 끝끝내 귀 기울이지 않고 그대로 혼사를 물려버렸다.

원래 갈공의 집에는 푸른 꽃이 피는 희귀한 국화 품종이 있었다. 그는 꽃을 애지중지하며 남들에게 분갈이해 준 적이 없었는데 양공도 규방 안뜰에서 이 꽃을 키우는 중이었다. 그런데 온여춘의 정원에 핀 국화 한두 그루가 하룻밤 새 푸른색으로 변해 버린 사건이 생겼다. 국화를 사랑하는 동호인들은 소식을 듣자 모두 그의 집을 찾아와 꽃을 감상했다. 온여춘도 꽃을 보물처럼 아끼며 돌보았다.

어느 날 신새벽 정원을 거닐던 온여춘은 국화밭 두렁에서 「석여춘」이란 사가 씌어진 종이 한 장을 줍게 되었다. 그는 거듭 반복해서 가사를 읽었지만 그것이 어디서 날아온 것인지 알 수는 없었다. 하지만 제목의 '춘(春)' 자가 바로 자신의 이름자였기 때문에 더한층 가사에 빠져들어 마침내는 책상 앞에 바로 앉아 시에 대한 자신의 감상을 구절구절 적어 보기에 이르렀다. 그런데 그 평어(評語)의 내용이란 사뭇 외설스럽고 경박한 것이었다.

마침 갈공까지도 온여춘의 국화가 푸른색으로 변했다는 소문을 듣게 되었다. 그는 이 일을 몹시 의아하게 여기다가 온여춘의 서재를 몸소 방문했는데 공교롭게도 책상 위에 놓인 사를 발견하고 손에 집어 들었다. 온여춘은 자신이 쓴 평어가 몹시 외설스런 내용이었기 때문에 황급히 종이를 빼앗아 마구 구겨버리고 말았다. 갈공은 겨우 한두 구절 언뜻 읽었을 뿐이지만 그것이 딸의 방 앞에서 주웠던 사인 것을 알아보았다. 그의 의심은 더욱 깊어만 갔다. 게다가 푸른 국화의 일까지 곁들여 생각하니 꽃도 양공이 빼돌린 것이란 의구심마저 들었다.

갈공은 집으로 돌아와 부인에게 그런 사정을 들려주면서 아울러 딸을 추궁토록 하였다. 양공은 그저 통곡하며 죽고 싶다고만 말할 뿐이었는데 아무도 그 일을 목격한 이가 없었으므로 무엇이 진실인지 캐낼 도리가 없었다. 부인은 소문이 퍼져나가면 걷잡을 수 없을 거라는 우려가 들었고 그럴 바에야 차라리 딸을 온여춘에게 시집보내는 편이 낫겠다고 생각하기에 이르렀다. 갈공도 그럴 수밖에 없겠다고 여겨 결국 사람을 보내 온여춘에게 자신의 뜻을 전달했다. 온여춘은 너무나 뜻밖의 소식에 놀라면서도 기쁨을 감추지 못했다.

그날 온여춘은 대대적으로 손님들을 초청하여 푸른 국화를 위한 잔치를 벌였고 아울러 향을 사르면서 사람들에게 거문고 연주를 들려주었다. 손님들은 밤이 깊어서야 흩어져 집으로 돌아갔다.

온여춘이 침실로 돌아와 곯아떨어졌을 때, 서재를 지키던 동자는 저절로 울리는 거문고 소리를 들었다. 처음에는 하인 중의 누군가가 장난치는 것이라고 여기다가 나중에 사람이 없는 줄 알게 되자 동자는 이 일을 주인에게 보고했다. 온여춘이 달려와 확인했더니 과연 틀림없는 사실이었다. 거문고 소리는 꽉 막힌 듯 답답하면서도 서툴러서 마치 온여춘을 흉내 내고 싶지만 미처 그 기량을 다 배우지 못한 솜씨처럼 들렸다. 온여춘이 등불을 밝히고 방안으로 불쑥 들어서자 사방은 고요하기만 할 뿐 눈에 띄는 것이라곤 전혀 없었다. 그가 거문고를 지니고 자리를 떠나자 그곳에는 밤새도록 정적만이 감돌았다.

온여춘은 여우의 장난일 거라고 추측하다가 틀림없이 자신을 스승으로 모시고 싶은 놈일 거라는 확신이 생겼다. 이리하여 그는 매일 밤 한 곡조씩 연주하는 동시에 학생을 가르치는 선생처럼 거문고를 상대방의 자리에 두고 연습을 시켰다. 그리고 자신은 밤마다 바깥에 숨어 몰래 귀를 기울였다. 예닐곱 밤이 지나자 거문고 소리는 곡조가 살아나 제법 들을 만한 연주가 되었다.

온여춘은 마침내 양공을 맞아 집으로 데려왔다. 그들은 서로 지난번의 「석여춘」 사에 관해 이야기를 나누다가 비로소 두 사람이 결합할 수 있었던 곡절을 확실히 깨닫게 되었다. 하지만 그 사가 어디서 유래한 것인지는 끝내 알 길이 없었다. 양공은 거문고가 저절로 울린다는 신기한 이야기를 접하자 직접 현장으로 가 연주를 듣고 난 뒤 이렇게 말했다.

"이건 여우가 아닌데요. 곡조가 처량하고도 구슬프니 귀신이 내는 소리입니다."

온여춘이 그 말을 곧이듣지 않자 양공은 친정집의 오래된 거울이 귀신을 비출 수 있다는 이야기를 꺼냈다. 이튿날 그녀는 사람을 보내 거울을 가져오게 한 뒤 거문고 소리가 나길 기다렸다가 방안에 뛰어들었다. 등불을 비추자 과연 한 여자가 방구석에서 몸을 숨기지 못해 당황하는 모습이 눈에 들어왔다. 온여춘이 자세히 살피니 여자는 바로 조씨 집에서 보았던 환낭이었다. 그가 놀라움을 감추지 못하며 까닭을 추궁하자, 환낭은 처연히 눈물을 흘리면서 말했다.

"제가 당신들을 위해 중매를 섰으니 공덕이 없다고는 말할 수 없습니다. 그런데 어찌 이다지도 핍박이 심한지요?"

온여춘이 거울을 거두더라도 숨지 않겠다는 다짐을 요구하자 환낭도 그러겠다고 약속했다. 거울을 주머니에 집어넣고 나니 환낭은 멀찌감치 떨어진 곳에 앉아 사정을 설명하기 시작했다.

"저는 태수(太守)의 딸이고 죽은 지 벌써 백년이 지났습니다. 어려서부터 거문고와 고쟁(古箏)을 좋아했지요. 고쟁은 그런대로 능숙하게 탈수가 있는데 유독 거문고만은 좋은 선생님을 만나지 못한 것이 구천에서도 줄곧 한이 되었습니다. 지난번 당신이 저희 집에서 비를 피할 때 그 뛰어난 연주에 마음이 흠뻑 쏠려버렸지요. 제가 이미 귀신이어서 가까이 받들 수 없는 것이 얼마나 한이 되던지요. 그래서 암암리에 좋은 배우자를 물색해 드림으로써 당신이 제게 보여준 사랑과 관심에 보답하려 한 것입니다. 유 도령이 여자 신발을 떨어뜨린 것이나 「석여춘」이란 속된 사로 장난을 친 것은 모두 제가 한 짓이에요. 스승께 그런 식으로 보답했다지만 이도 수고가 아니랄 수는 없겠지요."

그녀의 말에 온여춘 부부는 나란히 절을 올리며 감사하여 마지않았다.

"저는 선생님의 기예를 거지반 깨쳤어요. 하지만 아직도 거문고의 신묘한 이치를 터득하지는 못하고 있답니다. 부디 저를 위해 다시 한번 연주를 들려주실 순 없는지요?"

온여춘은 그녀의 부탁대로 연주를 하면서 또 그 기법을 상세히 설명해 주었다. 환낭은 더없이 기뻐하며 말했다.

"이제는 모든 것을 알 수 있겠어요!"

말을 마치자 그녀는 곧 몸을 일으키며 작별을 고했다. 양공은 본래 고쟁을 잘 탔기 때문에 환낭이 그 악기에 능숙하단 말을 듣자 당장 한 곡조 들려달라고 졸랐다. 환낭도 사양하지 않고 연주를 시작했는데 가락이며 곡조가 모두 인간 세상에서는 들어보지 못한 것들이었다. 양공은 박자를 맞춰가며 귀를 기울이다가 다시 입장을 바꿔 환낭에게 가르침을 청했다. 환낭은 붓으로 열여덟 장이나 되는 악보를 그려주고 나서야 일어나 작별 인사를 청했다. 부부가 한사코 가지 말라고 만류하자, 환낭이 처량한 음성으로 말했다.

"당신들 부부는 금슬도 좋은 데다 서로가 음악을 이해하는 지음(知音)입니다. 저처럼 박명한 사람이 어찌 그런 복을 누릴 수 있겠어요? 만약 인연이 닿으면 다음 세상에서 또 만나게 되겠지요."

떠나기에 앞서 환낭은 두루마리 족자 하나를 온여춘에게 건네주었다.

"이것은 저의 초상화입니다. 만약 중매쟁이를 잊지 않으시겠다면 침실 벽에 걸어두시고 즐겁고 흥이 날 때마다 향 한 자루를 사르며 그 앞에서 연주나 한 가락씩 들려주세요. 그러면 저도 그 음악을 즐기게 되겠지요."

말을 마친 그녀는 문밖으로 나서 순식간에 사라져버렸다.

阿繡
아수 ─ 잡화점집 딸

해주(海州) 사람 유자고(劉子固)가 열다섯 살일 때 개주(蓋州)에 사는 외삼촌을 찾아갔다.

어느 날 한 잡화점 앞을 지나쳐가던 그는 빼어나게 아름다운 소녀 하나를 보게 되었다. 유자고는 소녀에 대한 연모의 정이 불같이 일어나자 슬그머니 가게 안으로 미끄러져 들어갔다. 그가 부채를 사고 싶다고 에둘러 말했더니 소녀는 곧 아버지를 소리쳐 불렀다. 소녀의 부친이 나타나자 유자고는 흥이 깨져 일부러 값을 깎는 것처럼 흥정을 하다 도로 물러나오고 말았다.

그는 멀찌감치 떨어진 곳에서 소녀의 부친이 다른 곳으로 사라지길 기다렸다 다시 가게 안으로 들어섰다. 소녀가 또 아버지를 부르려 하자 유자고는 얼른 그녀를 제지했다.

"그럴 필요 없소. 그저 가격만 말하면 부채값이 얼마든 간에 아깝다 않고 값을 치르리다."

그 말에 소녀는 일부러 터무니없이 높은 값을 불렀다. 유자고는 전혀 따지지 않고 돈 꿰미를 풀어 값을 치른 뒤 그 자리를 떠났다.

이튿날 그는 또 잡화점을 찾아가 어제와 똑같은 방식으로 부채를 샀다. 그가 발길을 돌려 몇 걸음쯤 옮겼을 때, 소녀가 뒤쫓아오며 다급하

386

게 그를 불러 세웠다.

"돌아오세요! 좀 전에는 제가 거짓말을 했어요. 가격을 너무 높이 불렀다고요."

소녀는 받았던 돈의 절반을 그에게 돌려주었다. 유자고는 소녀의 성실성에 더욱 감동하여 그때부터는 시간 날 때마다 가게로 그녀를 찾아갔다. 이렇게 해서 두 사람은 나날이 친숙한 사이가 되었다.

한번은 소녀가 그에게 물었다.

"도련님은 댁이 어디십니까?"

유자고는 사실대로 말해 준 뒤 질문을 바꿔 던졌다.

"저는 성이 요(姚)가랍니다."

유자고가 가게를 떠나려 하자 소녀는 그가 산 물건들을 종이로 잘 싼 다음 혀끝으로 침을 발라 얌전하게 포장해 주었다. 유자고는 물건을 고이 감싸 안아 운반했고 돌아온 다음에도 소녀가 남긴 혓자국을 엉망으로 만들까 봐 감히 들추거나 펼쳐볼 수 없었다.

반달쯤 지났을 때 유자고의 하인은 주인의 동태가 뭔가 심상치 않음을 눈치 채게 되었다. 그는 유자고의 외삼촌에게 은밀히 이 일을 고해바치며 조카를 이제 그만 귀향시키라고 사주했다. 유자고는 결국 우울한 기분으로 개주를 떠나올 수밖에 없었다. 그는 집으로 돌아오자 개주에서 산 향수며 손수건, 연지와 분첩 따위들을 조그만 대나무상자에 은밀히 숨겨놓고는 주변에 사람이 없을 때마다 방문을 잠그고 혼자 꺼내 들여다보곤 하였다. 물건들을 대할 때마다 그의 그리움은 더욱 깊어만 갔다.

그 이듬해 유자고는 다시 개주에 갔고 여장을 풀자마자 즉시 소녀의 집으로 달려갔다. 하지만 잡화점은 문이 굳게 닫혀 있어 실망을 안고 돌아서지 않을 수 없었다. 그래도 그는 잡화점 식구들이 외출했다 아직 돌아오지 않은 거라는 희망을 버리지 않았다. 이튿날은 이른 아침부터 그곳을 찾아갔지만 가게 문은 여전히 굳게 닫힌 그대로였다. 이웃 사람들에게 사정을 탐문하고 나서야 유자고는 비로소 요씨네가 원래는 광녕(廣

寧) 사람인데 장사를 해도 큰돈을 벌지 못하자 잠시 휴업하고 고향으로 돌아갔다는 사실을 알게 되었다. 게다가 그들이 언제 돌아올지는 제대로 아는 사람조차 없었다. 유자고는 몹시 낙담했다. 개주에서 며칠을 보낸 그는 괴로운 심정을 안고 하릴없이 고향으로 발길을 돌렸다.

유자고의 어머니는 아들과 몇 번이나 혼사를 논의했지만 그때마다 번번이 거절당하자 괴이쩍은 한편으로 몹시 화가 났다. 하인이 개주에서 있었던 일을 남몰래 고해바치는 바람에 어머니의 감시와 경계는 더욱 철통같이 굳어져 유자고가 개주로 갈 수 있는 길은 완전히 차단되었다. 유자고는 이때부터 넋 나간 사람이 되어 잠자고 밥 먹는 일에까지도 의욕을 상실하고 말았다. 어머니는 근심스러웠지만 달리 어쩔 도리가 없었으므로 차라리 아들의 뜻에 따르는 것이 낫겠다고 생각하기에 이르렀다. 그녀는 날짜를 잡고 행장을 꾸려 아들을 개주로 보내는 한편, 외삼촌에게 편지를 써서 중매를 부탁했다. 외삼촌은 명을 받들어 요씨의 집을 찾아갔다. 그리고 한참 만에야 되돌아와 조카에게 말했다.

"일이 성사되지 못했다! 아수(阿繡)는 벌써 광녕 사람과 정혼을 했다더구나."

유자고는 그 말을 듣자 고개가 아래로 꺾이면서 온몸의 기운이 쑥 빠져나가는 것 같았다. 마음은 조각조각 갈라져 잿더미가 되었고 살아갈 어떤 희망도 느낄 수가 없었다.

집으로 돌아온 유자고는 아수네 가게에게 산 물건이 든 대나무상자를 껴안고 철철 눈물을 흘렸다. 방황하고 고민하는 와중에서도 그가 바란 것은 오직 이 세상에 아수와 비슷한 여자라도 있었으면 하는 것이었다.

그 무렵 마침 매파가 찾아와 복주(復州)에 사는 황씨(黃氏)의 딸이 예쁘다는 칭찬을 입에 침이 마르게 늘어놓았다. 유자고는 그 말이 미덥지 않았으므로 사실을 확인하기 위해 수레를 준비시켜 복주로 향했다.

복주의 서문(西門)에 다다랐을 때, 그는 북향으로 들어선 어떤 집의 양쪽 사립문이 반쯤 열려진 것을 보게 되었다. 그런데 설핏 눈에 들어온 안쪽의 여자 모습이 아수와 매우 흡사했다. 그는 눈을 부릅뜨고 뚫어지게 여자를 쳐다보다가 설레는 심정을 안고 주춤주춤 안으로 들어섰다. 여자는 과연 아수가 틀림없었다.

유자고는 두근거리는 가슴을 억누르며 당장 여자의 집 동쪽 주택에 방을 한 칸 세 들었다. 그리고 자세히 탐문했더니 그 여자의 집은 성이 이씨(李氏)라는 것이었다. 그는 곱씹어 생각해 보았지만 세상에 어찌 그리 똑같은 사람이 있을 수 있는지 도무지 이해가 되지 않았다. 며칠이 지나도록 유자고는 여자에게 접근할 기회를 잡을 수가 없었다. 그는 날마다 이씨의 집 대문 앞을 두 눈 부릅뜨고 지키면서 여자가 다시 바깥으로 나오기만 기다렸다.

어느 날 해가 바야흐로 서쪽으로 기울 무렵, 아가씨가 밖으로 나왔다. 그녀는 별안간 나타난 유자고를 보자 곧 몸을 돌려 안쪽으로 달아났다. 하지만 그 와중에도 아가씨는 손가락으로 자기 뒤쪽을 가리키고 또 손바닥으로 이마를 가리는 시늉을 하면서 사라지는 것이었다. 유자고는 기뻐서 숨까지 막힐 지경이었지만 그 손짓이 무슨 뜻인지 전혀 가늠이 되지 않았다. 한참을 골똘히 생각에 잠겨 있던 그는 발길 가는 대로 걸음을 옮겨 이씨의 집 뒤편으로 걸어갔다. 그러자 황량하기 짝이 없는 정원이 눈에 들어왔는데 그 서쪽은 높이가 겨우 어깨에 닿을락말락하게 야트막한 담장이었다. 그는 비로소 손짓의 의미가 확실하게 짚혀 이슬 맺힌 풀숲에 쭈그리고 앉았다.

한참 시간이 흐르자 담장 위에서 누군가 불쑥 머리를 내밀며 속삭였다.

"오셨어요?"

유자고는 대답하고 일어나 다시 한번 그녀를 세심히 관찰했다. 그리고 틀림없는 아수인 것을 확인하자 북받쳐오르는 슬픔을 이기지 못하고 삼실처럼 굵은 눈물을 줄줄 떨어뜨렸다. 여자는 담장을 사이에 둔 채 상체를 앞으로 내밀어 수건으로 눈물을 닦아주더니 다정한 어조로 그를 살뜰히 위로했다.

"백방으로 꾀를 내도 소원을 이룰 수 없기에 금생에는 더 이상 당신을 보지 못하는 줄 알았소. 내 어찌 오늘 같은 날이 있길 기대나마 했으리오? 그런데 당신은 어쩌다 여기까지 오게 되었소?"

"이씨란 분은 제 아버님의 이종 사촌이세요."

유자고가 담을 넘게 해달라고 부탁했지만, 이수는 그를 만류했다.

"일단은 돌아가신 뒤 시중드는 하인을 다른 곳으로 내보내 재우세요. 그러면 제가 알아서 찾아가죠."

유자고는 시킨 대로 조처한 뒤 앉아서 그녀가 오기만 기다렸다.

얼마 뒤 이수가 살그머니 방안으로 들어섰다. 그녀의 화장이나 장식품은 그다지 화려하지 않았고 몸에 걸친 의상도 예전에 잡화점을 지킬 때 입던 옷가지 그대로였다. 유자고는 그녀를 끌어 앉히고 그동안의 괴로웠던 심정을 모두 고백한 뒤 궁금한 점을 물어보았다.

"당신은 벌써 다른 사람과 정혼했다고 하던데, 어찌하여 여태 출가하지 않았소?"

"제가 다른 사람과 정혼했단 말은 거짓말이었어요. 저의 아버님은 당신 사는 동네가 너무 멀리 떨어져 있기 때문에 당신과의 결혼을 바라지 않으셨답니다. 그 말은 아마 당신의 바람을 꺾으려고 외삼촌이 지어낸 거짓말일 거예요."

이윽고 두 사람은 잠자리에 들었다. 서로를 껴안고 뒤척이며 갖은 작태가 연출되는 사이, 그들의 열락은 차마 형용할 말이 없을 정도였다. 사경(四更)이 되자 이수는 황급히 일어나 담장을 넘어 되돌아갔다. 이로부터 유자고는 황씨의 딸을 찾아갈 마음이 씻은 듯이 사라졌다. 그는 복주에 눌러 살며 아예 고향을 잊었고 한 달이 넘도록 돌아가지 않았다.

어느 날 밤 하인이 말에게 먹이를 주기 위해 밖으로 나왔다가 그때까지 주인의 방에 켜진 등불을 보게 되었다. 몰래 안쪽을 엿보던 그는 이수를 발견하고 기절할 듯이 놀랐다. 하지만 주인에게 감히 따지거나 참견할 수는 없는 노릇이었다. 이튿날 아침 그는 저잣거리로 나가 내막을 탐문하고 되돌아와 유자고에게 따지고 들었다.

"도련님과 한밤중에 내왕하던 그 여자가 도대체 누굽니까?"

처음에 유자고는 답변을 회피하며 입을 열려 하지 않았지만 하인은 아랑곳하지 않고 추궁을 계속했다.

"그 집은 썰렁하고 적막해서 귀신이나 여우가 자주 출몰한다고 합니다. 도련님께서는 의당 자중자애하셔야죠. 저 요가네 아가씨는 도대체 무슨 일로 이 지방에 왔답니까?"

유자고는 그제야 얼굴을 붉히면서 변명했다.

"서쪽 집이 바로 그녀의 작은아버지 댁이라던데, 여기에 무슨 의심하고 움츠러들 구석이 있는가?"

"제가 벌써 자세하게 알아봤습니다. 동쪽 집에는 혈혈단신 외로운 노파가 살고 있고 서쪽 집에는 아직 어린 아들 하나만 두었을 뿐이랍니다. 그 밖에 다른 가까운 친척은 전혀 없다지요. 도련님이 만난 것은 귀신이 분명해요. 그렇지 않다면 어떻게 몇 년이나 지난 옷을 아직까지 바꿔 입지 않을 수 있겠습니까? 게다가 그 여자 얼굴은 지나치게 창백하더군요. 두 뺨도 약간 홀쭉하고 웃을 때에도 보조개가 패지 않아 아수만큼 예쁘려면 어림없던걸요."

유자고는 생각을 거듭하다가 그제야 공포에 떨며 물었다.

"그러면 이제 어쩐다지?"

하인은 여자가 오기를 기다렸다가 자신이 칼을 들고 뛰어들면 그때 두 사람이 함께 덮치자고 꾀를 냈다.

날이 저물자 여자가 찾아오더니 방안에 들어서자마자 대뜸 유자고에게 쏘아붙였다.

"당신에게 의심 산 거 다 알아요. 저도 다른 뜻은 없지만 우리들의 연분은 이제 완전히 끝나고 말았군요."

말이 채 끝내기도 전에 하인이 문을 밀치며 뛰어들자 여자가 호통을 쳤다.

"흉기를 버려라! 어서 빨리 술상을 봐오고. 내가 너희 주인님하고 작별을 해야겠다."

그러자 하인은 누군가에게 탈취라도 당한 듯 스스로 칼을 내던졌다. 유자고는 더한층 무서워졌지만 어쩔 수 없이 술상을 차려오게 하였다. 여자는 평소와 다름없이 웃고 떠들다가 유자고를 향해 두 손을 올리며 말했다.

"당신 마음이야 제가 가장 잘 알지요. 그래서 막 당신을 위한 약간의 수고를 생각하던 참인데 어쩌자고 흉기를 든 하인을 매복시키셨어요? 제가 비록 아수는 아니지만 스스로는 그만 못하지 않다고 자부하는 터랍니다. 당신 보기에 저는 예전의 아수와 똑같지 않은가요?"

유자고는 머리카락이 쭈뼛 솟구치는 것 같았고 입은 얼어붙어 아무 말도 나오지 않았다. 여자는 삼경(三更)을 알리는 종소리가 들려오자 술잔을 한 모금 비우더니 몸을 일으켰다.

"일단은 물러가겠어요. 당신이 화촉을 밝히면 그때 다시 새신부와 누가 더 예쁜지 우열을 가리기로 하지요."

그녀는 몸을 돌이키자 곧 보이지 않게 되었다.

유자고는 여우의 말을 믿고 바로 개주로 출발했다. 그는 외삼촌이 자신을 속인 것이 원망스러워 개주에 도착해서도 그 집에는 들르지 않고 요씨의 집 근처에 방을 얻었다. 그리고 매파에게 부탁하여 자신이 직접 통혼에 나서는 한편 적지 않은 재물을 뿌려 그 집 식구들의 환심을 사려고 애썼다. 요씨의 부인이 그제서야 입을 열어 사정을 설명했다.

"아수의 삼촌이 광녕에 사윗감을 구해 놨다 하기에 그 애 아버지가 광녕에 갔소. 일의 성사 여부는 아직 모르겠으니 그들이 돌아오길 기다렸다 다시 얘기하기로 합시다."

유자고는 이야기를 듣자 불안하기 이를 데 없었다. 하지만 어찌해야 좋을지 스스로는 갈피를 잡을 수 없었으므로 그저 아수가 돌아오기만 손꼽아 기다릴 따름이었다.

십여 일이 지났을 때 홀연 병란이 일어났다는 소식이 바람결에 들려왔다. 처음에는 내용이 확실치 않아 혹 잘못된 풍문이 아닐까 하는 의구심도 들었지만 시간이 지날수록 상황은 더욱 긴박해져 마침내는 행장을 꾸려 피난길에 오르지 않을 수 없었다. 도중에 그들은 난리가 일어난 현장과 맞부닥쳤고 결국은 주인과 하인이 서로를 잃어버려 유자고가 척후병에게 사로잡히는 일까지 생겨났다. 그러나 유자고가 문약한 서생임을 깔본 병사들이 감시를 소홀히 하는 바람에 그는 말을 훔쳐 도망칠 수가 있었다.

해주(海州)의 경계에 다다랐을 때, 그는 앞서가는 한 여자를 보게 되었다. 그녀는 쑥대처럼 흐트러진 머리에 때가 덕지덕지 낀 얼굴로 당장이라도 고꾸라질 듯 위험한 걸음을 옮기고 있어 모습이 매우 힘들어 보였다. 유자고가 막 그녀를 지나쳐갈 무렵, 갑자기 여자가 고함을 질렀다.

"말 위에 계신 분은 유 도령님 아니십니까?"

유자고는 고삐를 잡아당겨 말을 멈추고 여자를 빤히 쳐다보았다. 다름 아닌 이수였다. 하지만 그녀가 여우일지도 모른다는 의구심이 여전히 남아 있었으므로 그는 우선 확인부터 했다.

"당신이 진짜 이수요?"

"왜 그런 말씀을 하시나요? 제가 이수가 아니라뇨?"

유자고는 일전에 여우를 만났던 일을 그녀에게 자세히 들려주었다.

"저는 진짜 이수입니다. 아버님이 저를 데리고 광녕에서 돌아오던 중 난리를 만나 포로로 사로잡히셨지요. 사람들이 제게는 말을 주며 타도록 했지만 자꾸 떨어지기만 했어요. 그런데 갑자기 한 여자가 제 팔목을 낚아채더니 군사들을 뚫고 달아날 길을 찾는데 누구냐고 물어볼 겨를도 없었습니다. 그 여자는 걸음걸이가 얼마나 씩씩한지 마치 날으는 새매 같아서 저는 아무리 애써도 따라가기가 어려웠어요. 백 걸음을 걸으면 신발이 열댓 번은 벗겨지는 판국이었죠. 한참 시간이 흘러 사람 소리며 말 울음소리가 점차로 멀어지자 여자는 비로소 제 팔을 놓아주며 말하더군요. '이젠 헤어집시다. 앞쪽은 탄탄대로니 천천히 걸어가도록 해요. 당신을 사랑한다는 사람이 곧 당도할 것이니 그 사람과 함께 가면 됩니다' 하고 말예요."

유자고는 곧 여우가 한 짓임을 깨닫고 감격하여 마지않았다. 이리하여 자신이 개주에 머물렀던 까닭을 설명했더니 아수도 숙부가 방씨(方氏) 성의 혼처를 골라두었지만 미처 정혼도 하기 전에 난리가 일어났다는 저간의 사정을 모두 들려주었다. 유자고는 그제야 외삼촌의 말이 거짓이 아니었음을 알게 되었다. 그는 곧 아수를 말 위로 끌어올려 함께 타고 고향으로 돌아갔다.

고향 집 대문 안에 들어선 그는 늙은 어머님이 무사한 것을 확인하고 한량없이 기뻐했다. 말을 매어놓고 집안으로 들어가 그동안의 경과를 모두 말씀드리자 그의 어머니도 몹시 반가워했다. 그녀는 몸소 세숫물을 떠다 아수의 얼굴을 직접 씻겨주었다. 단장을 마친 아수가 전혀 딴사람인 양 눈부신 미인이 되자 어머니는 손뼉을 치면서 감탄을 연발했다.

"저 멍청한 녀석이 꿈속에서도 너를 잊지 못하더니, 그것이 전혀 탓할 일만은 아니었구나!"

어머니는 곧 이부자리를 준비시켜 아수를 자신의 거처에서 재웠다. 또 사람을 개주에 보내 서신을 전하게 하니 채 며칠이 지나지 않아 요씨 부부가 급하게 달려왔다. 그들은 길일을 골라 딸의 혼례를 치러준 뒤 다시 길을 떠났다.

유자고가 예전의 대나무상자를 꺼냈더니 봉함도 뜯지 않은 그대로 잘 보관되어 있었다. 그가 수집품들 중에서 분갑 하나를 열자 웬일인지 분 가루가 죄다 붉은 흙으로 변해 있는 것이었다. 유자고가 이상하다는 표정을 짓자, 아수는 입을 가리고 웃으면서 설명했다.

"몇 년 전의 도둑질이 이제야 들통났군요. 그 당시 당신은 제가 포장하는 대로 내버려두고 물건의 진위에는 전혀 신경 쓰지 않으셨지요. 그래서 일부러 장난을 좀 쳤답니다."

두 사람이 낄낄거리며 웃고 있을 즈음, 한 사람이 주렴을 걷으면서 안으로 들어왔다.

"이처럼 기분이 좋다니, 응당 중매쟁이에게 감사해야 하지 않아요?"

유자고가 쳐다보니 또 다른 아수가 눈앞에 서 있었다. 그는 서둘러 어머니를 불렀다. 어머니와 다른 집안 식구들이 모두 모여들었지만 누가 진짜 아수인지 알아보는 사람이 없었다. 유자고 역시 잠깐 눈을 돌리면 눈앞이 아득해져 누가 누군지 도무지 분별이 되지 않았다. 그는 한동안 두 아수를 주시한 뒤 가까스로 가짜 아수에게 공손히 절을 하며 감사의 인사를 드렸다. 가짜로 지목된 여자는 거울을 찾아 들고 스스로를 비춰보더니 부끄러움에 새빨갛게 달아오른 얼굴로 달음질쳐 나갔다. 뒤쫓아 나가 찾았지만 그녀의 행방은 이미 묘연했다. 유자고 부부는 여우의 의리에 감동하여 그녀의 위패를 방안에 모시고 제사를 드리며 공경을 게을리 하지 않았다.

어느 날 저녁 유자고는 술이 얼근하게 올라 집으로 돌아왔다. 방안은 깜깜했고 아무도 없었다. 바야흐로 등불을 밝히고 있는데 아수가 들어왔으므로 유자고는 그녀의 손을 잡아당기며 물었다.

"당신, 어딜 갔더랬소?"

아수는 웃으면서 대꾸했다.

"아유, 이 술 냄새, 정말 못 견디겠네요. 뭘 그렇게 꼬치꼬치 알려고 하세요? 제가 어디 나가 바람이라도 피웠단 말이에요?"

유자고는 웃음을 터뜨리는 한편 그녀의 두 뺨을 어루만졌다.

"서방님이 보시기에 저와 여우 언니 중에 누가 더 예쁜가요?"

"물론 당신이 더 예쁘지. 하지만 외양만 보는 사람들은 분간해 내지 못할 거야."

말을 마친 유자고는 곧 방문을 걸어 잠그고 정사에 몰입했다.

얼마간 시간이 흘렀을 때 누군가 방문을 두드렸다. 여자는 몸을 일으

누가 진짜 아수일까? 헷갈리는 유자고

키더니 웃으면서 말했다.

"당신도 외양만 볼 줄 아는 사람이에요."

유자고는 그 말이 무슨 뜻인지 몰라 순간 어리둥절했다. 서둘러 방문을 열고 보니 아수가 방안에 들어서는 것이었다. 그는 소스라치게 놀라며 그제야 방금 전에 자신과 이야기한 사람이 바로 여우란 것을 깨달았다. 어둠 속에서 그녀의 웃음소리가 또 한번 허공을 가르며 울려 퍼졌다. 유자고 부부가 허공을 향해 기도드리며 모습을 보여달라고 간청하자, 여우는 이렇게 대답했다.

"나는 아수를 만나고 싶지 않아요."

"왜 다른 모습으로 변하지 않고 꼭 아수의 모습을 고집하십니까?"

"나는 그럴 수가 없습니다."

"왜 그럴 수가 없단 말씀이세요?"

"아수는 본래 내 여동생입니다. 전생에 불행히도 요절했지요. 살아 있던 당시 저와 함께 어머니를 따라 천궁(天宮)으로 올라가 서왕모를 뵌 적이 있습니다. 우리는 그때 뵌 왕모님의 자태를 몹시 흠모하고 부러워하다가 집으로 돌아온 뒤부터 각고하여 그분을 흉내 내기 시작했지요. 동생은 저보다 총명해서 한 달 만에 거의 흡사한 경지에 이르렀지만 저는 석 달을 연마하고 나서야 겨우 뜻을 이룰 수 있었어요. 하지만 끝내 동생을 따라잡지는 못했답니다. 지금에 이르러선 한 세상을 걸렀으니 내가 동생보다 나아졌을 거라고 자위했더랬는데 뜻밖으로 예전과 달라진 것이 없군요. 나는 당신들 두 사람의 정성스런 마음에 감격했어요. 그래서 수시로 찾아와 볼 생각이지만 오늘은 그만 물러가겠습니다."

그리고는 더 이상 아무 말도 들려오지 않았다.

그때부터 여우는 사나흘에 한번씩 들러 집안의 어려운 문제는 도맡아 해결해 주곤 하였다. 아수가 친정집을 다니러 가면 며칠씩 머무르는 경우도 있었다. 집안 식구들은 하나같이 그녀를 무서워하며 피해 다니기에만 바빴다. 집안에서 물건이 없어질 때마다 여우는 늘 화려한 복장에 길이가 몇 치나 되는 대모(玳瑁) 비녀를 꽂고 단정한 자세로 앉은 뒤 식구들을 불러 모아 엄숙한 어조로 타일렀다.

"훔쳐간 물건은 밤중에 아무아무 장소로 갖다 놓아라. 그렇지 않으면 머리가 부서질 듯 아플 터인데 그때 가선 후회해도 소용없느니."

그리고 날이 밝은 뒤 말했던 장소를 확인하면 늘 잃어버린 물건을 찾을 수가 있었다.

삼 년 뒤부터 여우는 발길을 끊고 더 이상 찾아오지 않았다. 가끔씩 돈이나 비단이 없어지는 일이 생기면 이수는 여우와 똑같이 차려입고 하인들에게 으름장을 놓았는데 종종 효과가 나타나곤 하였다.

小翠
소취 — 바보 신랑

왕 태상(王太常)[1]은 절강(浙江) 사람이다. 떠꺼머리총각 시절이던 어
느 날, 그는 침상에 누워 낮잠을 즐기고 있었다. 별안간 날이 꾸물꾸물
흐려지면서 엄청난 굉음과 함께 벼락이 떨어졌다. 그때 고양이보다 약간
큼직한 어떤 동물이 달려오더니 잽싸게 그의 몸뚱이 아래로 기어들었다.
그는 엎치락뒤치락하며 동물을 떼어내려 했지만 놈은 꼼짝도 하지 않았
다. 한참 있다 날이 개자 동물은 다시 쏜살같이 밖으로 달아났다. 그제
야 정신이 든 왕 태상이 달아나는 놈을 자세히 훑어보았더니 확실히 고
양이는 아니었다. 그는 무서운 생각에 건넌방에 있던 형을 소리쳐 불렀
다. 형은 이야기를 듣자 흡족한 표정으로 이렇게 단정 지었다.

"아우는 이다음에 틀림없이 고관이 될 거야. 그 여우는 벼락 맞을 액
운을 피하려고 달려든 것이 분명해."

훗날 왕 태상은 과연 소년의 몸으로 진사에 등과하더니 현령을 거쳐
조정의 어사(御使)로 입조하는 등 벼슬길이 승승장구였다.

왕 태상에게는 원풍(元豐)이라는 아들이 하나 있었는데 거의 절망적
인 백치였다. 하다못해 나이가 열여섯 살이나 먹도록 암수조차 구분하지
못할 정도였으므로 향리에서는 그에게 딸을 주려는 사람이 아무도 없었
다. 왕 태상은 아들 때문에 근심 걱정이 태산이었다.

어느 날 한 부인이 소녀를 데리고 왕 태상의 집을 찾아와 딸을 며느리로 드리겠다고 자청했다. 딸의 자태를 살펴보니 방긋이 미소 짓는 모습이 진정 하늘의 선녀라 해도 과언이 아니었다. 왕 태상 내외가 기쁨을 이기지 못하며 성명을 묻자, 부인은 자신을 이렇게 소개했다.

"제 성은 우(虞)가입니다. 딸은 소취(小翠)라고 부르는데 나이가 열여섯 살이지요."

의논 중에 딸을 데려오는 대가로 얼마를 지불하면 되겠느냐고 물었더니, 우씨의 대답은 전혀 뜻밖이었다.

"딸아이가 저와 함께 살면 잡곡밥이나 겨죽도 배부르게 먹을 수 없습니다. 일단 댁으로 시집만 오게 되면 고대광실 좋은 집에 몸을 의탁하고 사내종과 계집종을 마음대로 부리며 산해진미를 물리도록 먹을 수 있을 테지요. 저 아이만 행복하게 살 수 있다면 제게 그보다 더 큰 위안은 없습니다. 어찌 시장의 야채 장수와 매한가지로 딸을 팔아 돈을 벌 수 있겠습니까?"

왕 부인은 그 말을 듣자 너무나 기뻐 우씨 모녀를 융숭하게 대접했다. 우씨는 딸을 불러 왕 태상과 부인에게 절을 시키더니 이렇게 당부했다.

"이분들이 바로 네 시부모님이시니 삼가 조심스럽게 받들도록 하여라. 나는 일이 바빠 잠시 돌아갔다가 사나흘 뒤에 다시 오겠다."

왕 태상이 하인에게 말을 끌고 와 그녀를 배웅하라고 명령했더니, 우씨는 한사코 사양했다.

"동네가 멀지 않으니 번거롭게 그러실 필요 없습니다."

그녀는 곧 대문을 나서 혼자서 돌아갔다. 소취는 슬프거나 아쉬운 기색도 전혀 없이 장롱에서 갖가지 수본(繡本)들을 꺼내더니 이리저리 뒤집어보며 놀았다. 부인도 그런 그녀가 몹시 사랑스러웠다.

며칠이 지나도록 우씨는 찾아오지 않았다. 소취에게 살던 동네를 물었지만 그녀는 애매하게 웃기만 할 뿐 자신이 어디에서 살았는지 도대체 입을 열지 않았다. 왕씨 집안에서는 하는 수 없이 그들끼리 혼례를 치르기로 하고 별채를 치워 살림집을 꾸민 뒤 원풍과 소취의 결혼식을 거행했다. 여러 친척들은 왕씨 일가가 어디서 가난한 집 딸을 데려와 며느리로 삼았다는 소문이 들리자 모두들 왕 태상을 비웃고 나섰다. 하지만 일단 소취의 모습을 본 사람들은 다들 깜짝 놀라 어안이 벙벙해졌고 들끓던 여론도 잠잠히 가라앉았다.

소취는 또 대단히 총명해서 시부모의 심정을 헤아릴 줄 알았으므로 왕 태상 부부의 며느리 사랑은 보통의 정도를 훨씬 뛰어넘는 것이었다. 그래도 그들은 며느리가 바보 아들을 미워하게 될지도 모른다는 걱정에 사뭇 조마조마한 심경이었고 한시라도 마음을 놓지 못했다. 그러나 소취는 언제나 즐거운 듯 웃음 지으며 조금도 원풍을 싫어하는 내색을 보이지 않았다. 다만 장난치는 것을 좋아하는 것이 작은 흠이라면 흠이었다. 그녀는 헝겊으로 공을 만들더니 늘 그것을 차고 깔깔거리며 하루해를 보냈다. 소취가 조그만 가죽신발을 신고 수십 걸음 밖으로 공을 날려 보낸 뒤 어서 주워오라고 얼러대면, 원풍과 계집종들은 땀을 뻘뻘 흘리며 줄줄이 공을 따라 달려가곤 하였다.

하루는 왕 태상이 우연히 그곳을 지나다가 갑자기 날아온 공에 정통으로 얼굴을 맞았다. 소취와 계집종들은 모두 숨어버렸지만 원풍은 여전히 펄쩍펄쩍 뛰면서 공을 주우러 달려갔다. 화가 치민 왕 태상이 돌멩이를 주워 아들에게 던지자 원풍은 비로소 땅바닥에 웅크리며 울음을 터뜨리는 것이었다. 왕 태상은 이 일을 부인에게 말했고 이야기를 들은 그녀는 또 며느리에게 달려가 호되게 야단을 쳤다. 소취는 고개를 숙인 채 은은히 미소 지으며 손으로 침상의 가장자리만 쥐어뜯을 뿐이었다. 그녀는 부인이 자리를 떠난 뒤에도 여전히 백치처럼 뛰어놀았고 도무지 행실을 고치려들지 않았다.

그때부터 소취는 또 분과 연지로 원풍의 얼굴에 울긋불긋 귀신처럼 화장을 시키며 놀았다. 부인이 그 광경을 보고 노발대발하다가 소취를 불러 또 한바탕 호된 꾸지람을 내리는데도 그녀는 여전히 탁자에 기댄 채 허리띠만 만지작거릴 뿐 전혀 겁을 내는 기색이 아니었고 또 변명도 하지 않았다. 부인도 달리 방도가 없자 몽둥이로 아들을 두들겨 패기 시작했다. 원풍이 갑작스런 매질에 큰소리로 울음을 터뜨리자 소취는 그제야 얼굴색이 변하며 무릎을 꿇고 잘못을 빌었다. 부인의 노여움은 순식간에 가라앉아 손에서 매를 놓고 그 자리를 떠났다. 소취는 웃는 낯으로 원풍을 방안으로 데리고 간 뒤 옷에 묻은 흙먼지를 떨어주고 눈물을 닦아주었다. 또 매 맞은 자국을 쓰다듬어주면서 대추와 왕밤을 먹여 달래니 원풍도 그제서야 눈물을 거두고 다시 웃는 낯이 되었다.

그런 다음에도 소취는 또 방문을 잠그고 원풍을 초 패왕(楚覇王) 항우(項羽)로 분장시켰고 또 사막에 사는 선우(單于)로도 꾸며주었다. 그리고 자신은 화려한 옷을 입고 허리는 가늘게 졸라맨 우희(虞姬)가 되어 장막 아래서 너울너울 춤을 추었고 때로는 머리에 꿩깃을 꽂은 왕소군(王昭君)이 되어 비파를 뜯기도 하였다. 비파 소리가 우렁차게 때론 간드러지게 울려 퍼지면 웃고 떠드는 소리가 온 집안에 가득히 채워지곤 하였다. 그들은 날마다 이런 놀이에 열중하며 세월을 보냈다. 왕 태상은 아들이 백치였기 때문에 차마 며느리에게 심한 책망을 하기가 어려웠다. 때문에 어쩌다 시끄러운 소리가 들리더라도 대체로 그냥 넘겨버리면서 무슨 일인지 따지지 않았다.

같은 골목에 사는 왕 급간(王給諫)[2]의 집은 왕 태상의 집에서 겨우 십여 호가 떨어진 가까운 거리에 있었다. 그러나 왕 태상과 왕 급간은 평소 서로 화합하지 못해 으르렁대는 견원지간이었다. 그즈음 대계(大計)[3] 기간이 돌아왔는데 왕 급간은 왕 태상이 하남도(河南道)의 감찰어사(監察御史)를 제수받은 것이 배가 아파 그를 모략하려고 궁리하고 있었다. 왕 태상은 그의 음모를 알고 걱정이 태산 같았지만 달리 대처할 방도가 있는 것도 아니었다.

어느 날 저녁 왕 태상이 일찌감치 잠자리에 들자 소취는 관을 쓰고 요대를 둘러 이부상서(吏部尙書)의 모습으로 변장했다. 그녀는 하얀 비

바보 신랑 원풍과 연극을 하며 노는 소취

단실을 잘라 무성하게 수염까지 붙이더니 또 두 명의 계집종에게 푸른 옷을 입혀 호위무사로 가장시켰다. 그리고 몰래 마구간에서 말을 빼어 잔등에 올라타더니 장난스럽게 소리쳤다.

"왕 선생을 뵈러 갈 테다."

그들은 말을 달려 왕 급간의 집 앞에 이르렀다. 하지만 소취는 곧 말 채찍으로 시종을 때리면서 큰소리로 호통을 쳤다.

"내가 찾은 이는 시어(侍御) 벼슬하는 왕씨야. 내가 왕 급간을 만날 일이 무에 있겠느냐!"

말을 마치자 그녀는 곧 말고삐를 되돌려 집으로 향했다. 그들 일행이 집 앞에 이르자 문지기는 소취를 진짜 이부상서로 알고 헐레벌떡 달려 가 주인에게 아뢰었다. 왕 태상이 황급히 달려와 맞아들이고 보니 다름 아닌 며느리의 장난질이었다. 화가 머리끝까지 뻗친 그는 부인에게 호통 을 쳤다.

"사람들이 바야흐로 내 허물을 들추려고 혈안이 된 판국에 소취란 년 은 도리어 규방의 추태를 남의 집까지 찾아가서 일러주고 왔구려. 내게 재앙이 닥칠 날도 멀지 않았소!"

그 말에 부인도 노발대발하다가 소취의 방으로 달려가 한바탕 난리굿 을 벌였다. 그러나 소취는 그저 바보처럼 웃기나 할 뿐 한마디도 변명이 없었다. 때려주자니 차마 할 짓이 아니고 그렇다고 내쫓자니 집도 없 는 며느리였다. 왕 태상 부부는 고민과 노여움에 온밤을 꼬박 새우고 말았다.

당시의 이부상서 아무개 공은 권세가 이만저만한 것이 아니었다. 그 의 풍채와 용모, 복장이며 시종에 이르기까지 소취의 변장은 감쪽같아 눈 밝은 왕 급간마저도 가짜에 깜박 속아 진짜라고 여기지 않을 수 없 었다. 그는 몇 차례나 왕 태상의 집 문전으로 염탐꾼을 보냈지만 한밤중 이 되도록 손님이 나오는 기적은 없었다. 왕 급간은 이부상서와 왕 태상 사이에 모종의 야합이 있을지도 모른다는 의구심이 생겼다.

이튿날 아침 조회에서 왕 태상을 만난 왕 급간은 대뜸 이렇게 물었다.

"지난밤 상서 어른이 당신 집에 가셨습니까?"

왕 태상은 그가 자신을 우롱한다고 생각했으므로 부끄러움에 얼굴을 빨갛게 물들인 채 우물쭈물하며 확실한 대답을 하지 않았다. 왕 급간의 의심은 더욱 짙어져 마침내는 왕 태상을 모략하려던 생각을 버리고 말았다. 그리고 이때부터는 그의 환심을 사는 데 각별하게 마음을 기울였다. 왕 태상은 그 내막을 탐지하자 속으로 몹시 기뻐하면서도 며느리가 행실을 고치도록 잘 타이르라고 부인에게 은밀히 당부했다. 소취는 웃으면서 순순히 분부에 응했다.

해가 바뀐 뒤 앞서의 이부상서는 면직되었다. 그런데 마침 왕 태상에게 가는 사적인 편지가 잘못해서 왕 급간에게 배달되는 사고가 생겼다. 왕 급간은 뛸 듯이 기뻐하며 우선 왕 태상과 절친한 사람을 보내 그에게 일만 냥의 돈을 빌려달라는 청탁을 넣었다. 왕 태상이 거절하자 이번에는 왕 급간 자신이 직접 그의 집을 방문했다. 왕 태상은 손님이 오셨다는 전갈을 받자 서둘러 관복을 찾았지만 어디에 두었는지 도무지 알수가 없었다. 왕 급간은 한참을 기다리다 왕 태상의 굼뜬 행동에 화가 치밀어 그대로 발길을 돌리려고 하였다.

그때 왕 급간은 곤룡포에 면류관을 쓴 왕 태상의 아들이 어떤 여자에게 떠밀려 문 바깥쪽으로 쫓겨나는 광경을 보게 되었다. 순간 소스라치게 놀라며 숨을 죽이던 그는 이윽고 웃음을 터뜨리며 원풍을 쓰다듬은 뒤 그가 입은 옷과 관을 벗겨서 그대로 돌아갔다. 왕 태상이 허겁지겁 쫓아나왔을 때는 손님이 벌써 멀리 가버린 다음이었다. 그사이 무슨 일이 있었는지 이야기를 들은 왕 태상은 놀라 얼굴이 흙빛이 되면서 목놓아 울었다.

"소취년이야말로 화근덩어리로구나! 우리 온 가족이 몰살당할 날도 멀지 않았다!"

왕 태상은 부인과 함께 몽둥이를 꼬나들고 소취에게 달려갔지만 그녀는 벌써 낌새를 눈치 채고 문을 걸어잠근 다음이었다. 소취는 시부모가 바깥에서 아무리 욕을 하고 꾸지람을 해도 아랑곳하지 않았다. 왕 태상이 더 이상 참지 못하고 도끼로 문을 부수려 하자, 소취가 안쪽에서 웃으면서 말했다.

"아버님, 노여움을 가라앉히세요! 제가 살아 있는 한 아무리 가혹한 형벌이라도 저 혼자 감당하지 절대로 두 분 시부모님께 누를 끼치지는 않겠어요. 아버님이 이러시는 것은 저를 죽여 입막음을 하려는 의도이신가요?"

왕 태상은 그제야 손을 내려놓았다.

왕 급간은 집으로 돌아간 뒤 과연 황제에게 상소를 올려 왕 태상의 법도에 어긋난 행위를 폭로하며 곤룡포와 면류관을 증거물로 제시했다. 깜짝 놀란 황제가 증거를 확인했더니, 면류관이란 것은 수수깡을 잘라 만들었고 곤룡포는 다 해어진 누런 보자기에 불과했다. 황제는 왕 급간이 억울한 사람을 무고한 것에 대해 화를 내며 한편으로 원풍을 소환시켰다. 그리고 바보티가 질질 흐르는 원풍의 모습을 보고 웃으면서 말했다.

"이 아이가 천자 노릇을 할 수 있단 말이냐?"

황제는 마침내 사건을 법사(法司)[4]로 내려보내며 처리를 명령했다. 그러자 왕 급간은 또다시 왕 태상의 집안에 요물이 있다고 고발하고 나섰다. 법사에서는 남녀 노비들을 잡아들여 엄중히 심문했지만 그들이 하는 말은 하나같이 정신 나간 며느리와 바보 아들이 하루 종일 낄낄거리며 장난치는 것에 불과하다는 진술뿐이었다. 이웃 사람들을 심문해도 다른 이야기가 나오지 않기는 매한가지였으므로 사건은 그대로 확정되었다. 왕 급간은 운남군(雲南軍)으로 충원되어 유배의 길에 올랐다.

이때부터 왕 태상은 소취가 보통 사람이 아닌 것을 깨닫게 되었다. 또 그녀의 어머니는 딸을 시집보낸 뒤 한번도 찾아오지 않았으므로 어쩌면 사람이 아닐지도 모른다는 추측마저 들었다. 그는 부인을 시켜 어찌 된 영문인지 자세히 물어보게 했지만, 소취는 그저 웃기만 할 뿐 대답하지 않았다. 그래도 부인이 거듭 추궁하고 들자, 소취는 입매를 가리고 웃으면서 말했다.

"저는 옥황상제의 딸인데, 어머님 아직도 모르셨어요?"

얼마 뒤 왕 태상은 경경(京卿)[5]으로 발탁되었다. 그는 나이가 오십줄이 넘어서도 슬하에 손자가 없는 것이 늘 걱정이었다. 소취가 며느리로 들어온 지도 벌써 삼 년이 지났건만 원풍과는 밤마다 딴 침상에서 잠을 자니 부부 관계가 있는 것 같지도 않았다. 부인은 일꾼들을 시켜 침상 하나를 들어내면서 아들에게는 소취와 같이 잠을 자라고 당부했다. 며칠이 지난 뒤 원풍은 어머니에게 투덜거리며 응석을 부렸다.

"침대를 빌려간다더니 왜 안 돌려주는 거야! 소취가 밤마다 다리통을 내 배 위에 올려놓는 통에 숨도 쉴 수가 없단 말야. 게다가 걔는 내 허벅지 꼬집는 걸 좋아해."

계집종들이며 할멈들은 그 말을 듣고 웃음을 터뜨리지 않는 이가 없었다. 부인은 아들을 호통치고 구슬리기도 하여 겨우 되돌려보냈다.

하루는 소취가 방안에서 목욕을 하는데 원풍이 그 광경을 보고 자신도 함께 씻기를 원했다. 소취는 웃으면서 그를 제지하더니 잠시만 기다리라고 얼렀다. 목욕통 밖에 나온 그녀는 다시 펄펄 끓는 뜨거운 물을 통 안에 가득 들이붓고 원풍의 옷을 벗긴 뒤 계집종과 함께 그를 부축하여 안으로 들이밀었다. 순간 뜨거운 김이 확 끼치면서 숨이 막히자 원풍은 비명을 지르며 빠져나오려 했지만 소취는 그를 놔주지 않고 그의 머리에 이불을 뒤집어씌웠다. 얼마간 시간이 흐른 뒤 소리가 없이 잠잠하기에 이불을 들춰보았더니 원풍은 이미 숨이 끊어져 있었다. 소취는 그 광경을 보고도 태연자약한 모습으로 빙그레 웃기까지 하며 전혀 놀라는 기색이 없었다. 그녀는 원풍을 끌어다 침상에 눕힌 뒤 온몸을 깨끗이 닦아주고 다시 몇 겹이나 되는 이불을 덮었다.

부인은 아들이 죽었다는 소식을 듣자 울며불며 달려와 소취에게 욕설을 퍼부었다.

"이 미친년아, 왜 내 아들을 죽였느냐!"

소취는 그래도 여전히 웃는 모습이었다.

"이런 바보 아들은 차라리 없는 게 나아요."

부인은 더욱 기가 막혀 자신의 머리로 소취를 들이받았다. 여러 계집종들이 다투어 뜯어말리느라 악머구리 끓듯 시끌시끌한 가운데 한 계집종이 소리를 질렀다.

"도련님이 신음을 하세요!"

부인은 눈물을 거두고 아들을 어루만졌다. 원풍은 숨을 헐떡거리다가 땀을 비 오듯 쏟아내며 이부자리를 흠씬 적시고 있었다. 한 식경쯤 지난 뒤부터 원풍은 더 이상 땀을 흘리지 않더니 별안간 두 눈을 번쩍 뜨고 사방을 두리번거렸다. 그는 식구들을 둘러보면서 그들을 전혀 알아보지 못하겠다는 듯 어리둥절한 모습으로 입을 열었다.

"이제 지난날을 회상해 보니 모두 꿈속의 일만 같습니다. 도대체 어찌 된 일이지요?"

부인은 그의 말투가 전혀 바보스럽지 않았으므로 몹시 기이한 느낌이 들었다. 이리하여 아들을 데려가 아버지에게 보이면서 여러 차례 시험을 했더니 과연 바보티가 싹 가셔 있는 것이었다. 일가족은 마치 진귀한 보물이라도 얻은 것처럼 기뻐하여 마지않았다.

저녁이 되자 부인은 원풍의 침상을 원래의 자리에 갖다 놓으면서 따로 이부자리를 깔게 하고 동정을 살폈다. 원풍은 방안에 들어서자 계집종들을 모두 바깥으로 내보냈다. 이튿날 아침 일찌감치 달려가 정탐했더니 원풍의 침상은 어제 저녁 자리를 깔았던 그대로 비어 있었다. 이때부터 어린 부부는 바보스럽거나 정신 나간 짓을 다시는 되풀이하지 않았다. 그들의 금실은 너무나 좋아 마치 서로의 그림자이기라도 한 양 잠시도 떨어지려 들지 않았다.

다시 일년여의 세월이 흘렀다. 왕 태상은 왕 급간 일당의 탄핵을 받아

관직에서 밀려나게 되었는데 그가 뒤집어쓴 허물은 그리 대단한 것이 아니었다. 그의 집에는 원래 광서(廣西) 순무가 선사한 옥화병이 하나 있었는데 천금의 값어치가 나가는 물건이었다. 왕 태상은 이 물건을 요로에 있는 사람에게 뇌물로 바치려고 작정했다. 그런데 소취가 화병을 보고 몹시 마음에 들어 감상하는 사이 그만 손바닥에서 미끄러지고 말았다. 화병은 땅바닥에 떨어져 산산조각이 났다. 소취는 어쩔 줄 모르다가 시부모에게 먼저 자수하고 잘못을 빌었다. 왕 태상 부부는 그즈음 면직당한 일로 몹시 우울한 참이었으므로 화병을 깨뜨렸다는 보고를 접하자 서로 번갈아 가며 욕설을 퍼붓고 야단을 쳤다. 소취는 발끈하여 밖으로 나오더니 원풍에게 말했다.

"내가 당신 집에 있으면서 보전하지 못한 것은 옥화병 한 개에 불과해요. 어째서 제 체면은 조금도 세워주지 않는 거죠? 당신에게 사실대로 말하자면 저는 사람이 아니랍니다. 우리 어머니가 벼락 맞을 액운에 처했을 때 당신 아버지의 비호로 모면한 적이 있어요. 또 우리 두 사람은 오 년간의 연분이 닿아 있는지라 저는 예전의 은혜에 보답도 하고 우리의 인연도 매듭지을 겸 해서 찾아왔던 거랍니다. 제가 당신 집에서 받은 모욕과 수모는 셀래야 셀 수도 없을 지경이에요. 그래도 즉시 떠나가지 않았던 까닭은 연분이 닿은 오 년의 기한이 아직 다 차지 않았기 때문이었지요. 하지만 지금 같은 모욕을 받고서야 어찌 잠시나마 머무를 수 있겠어요!"

말을 마친 그녀는 화가 머리끝까지 치밀어 그대로 뛰쳐나갔다. 원풍이 서둘러 쫓아갔지만 그녀는 벌써 자취가 묘연했다. 왕 태상은 뭔가를 잃어버린 듯 멍한 기분이었지만 후회해도 이미 엎질러진 물이었다. 원풍은 방안으로 들어와 소취가 남긴 화장품이며 신발 따위를 보더니 당장 죽기라도 할 것처럼 통곡하기 시작했다. 그는 침식에조차 흥미를 잃게 되었고 나날이 살이 빠져 초췌한 모습으로 변해 갔다. 아들을 몹시 걱정하던 왕 태상은 서둘러 새로운 짝을 맞아 소취를 잊게 하려 했지만 원풍은 전혀 기꺼워하지 않았다. 다만 솜씨 좋은 화공을 찾아 소취의 초상화를 그리게 하더니 밤낮으로 그 아래 엎드려 술을 뿌리며 기도할 따름이었다. 이런 세월이 이 년 가까이나 흘러갔다.

한번은 원풍이 일 때문에 다른 동네를 다녀오게 되었다. 그날은 마침 달이 밝아 휘영청 밝은 달빛이 사방에 흐뭇하게 뿌려지고 있었다. 마을 밖에는 원래 왕 태상 일가의 별장이 한 채 있었는데 통과하는 길 중간이었다. 원풍이 말을 타고 담장 밖을 지나치는데 누군가 안에서 웃고 떠드는 소리가 들려왔다. 그가 말고삐를 멈추고 마부에게 재갈을 잡게 한 다음 안장 위로 올라가 안쪽을 들여다보니 여자 두 명이 그 안에서 장난치며 놀고 있었다. 마침 구름이 달빛을 가려 또렷하게 분간되지는 않았지만 푸른 옷을 입은 어떤 여자가 이렇게 말하는 소리는 들을 수가 있었다.

"이년아, 너는 쫓겨나도 마땅해!"

그 말에 붉은 옷을 입은 여자가 응수했다.

"우리 집 별장에서 도리어 누굴 쫓아낸다고?"

"부끄러운 줄도 모르는 년! 며느리 노릇 잘 못한다고 쫓겨난 주제에 그래도 집주인 행세를 하려들어?"

"어쨌든 아직까지 시집도 못 간 노처녀 주제보단 훨씬 낫지!"

원풍이 붉은 옷을 입은 여자의 목소리를 듣자 하니 이상하게도 소취와 흡사했다. 그가 큰소리로 그녀의 이름을 부르자 푸른 옷을 입은 여자가 자리를 비키면서 종알거렸다.

"일단은 너랑 다투지 않을란다. 네 서방이란 작자가 왔구나."

이윽고 붉은 옷을 입은 여자가 원풍에게로 다가왔는데 과연 틀림없는 소취였다. 뛸 듯이 기뻐하는 원풍에게 소취는 담을 넘도록 지시했고 부축하여 아래로 내려서게 하더니 이렇게 말했다.

"고작 이 년을 떨어져 있었을 뿐인데 그사이 비쩍 말라 한 줌 뼈다귀만 남았네요!"

원풍은 소취의 손을 꼬옥 붙들고 눈물을 흘리며 그동안의 애타던 심정을 낱낱이 하소연했다.

"저도 당신 마음은 잘 알아요. 하지만 다시 돌아가 식구들을 볼 낯은 없군요. 방금 전에는 큰언니와 장난치며 놀았더랬는데 그러다 당신을 만나게 되었으니 전생의 인연이란 내 맘대로 도망칠 수 있는 것이 아님을 확실히 알겠네요."

원풍은 소취에게 자신과 함께 집으로 돌아가자고 매달렸지만 그녀는 도리질만 칠 뿐이었다. 그러면 이 별장에라도 계속 머물러달라고 하자 이번에는 그녀도 거절하지 않았다. 원풍은 하인을 집으로 돌려보내 어머니께 이 일을 아뢰도록 하였다. 왕 부인은 소식을 듣자 깜짝 놀라 자리에서 벌떡 일어서더니 즉시 가마를 타고 달려와 열쇠로 문을 따고 정원으로 들어섰다. 소취가 황급히 쫓아나와 어머니를 맞아들이고 절을 올리자 부인은 그녀의 팔을 부여잡고 눈물을 흘렸다. 그리고 지난날의 잘못을 정성껏 사과하며 줄곧 몸 둘 바를 몰랐다.

"네가 만약 예전의 서운함을 잊어버릴 수 있다면 우리랑 함께 돌아가자꾸나. 그래서 내 늘그막을 좀 위로해 주렴."

소취는 그럴 수 없노라고 굳이 사양했다. 변두리의 별장이 황량하고 적막하다고 여긴 부인이 더 많은 사람을 보내 시중을 들게 하려고 생각하자, 소취는 다음과 같은 말로 사양했다.

"저는 어느 누구도 보고 싶지 않아요. 다만 예전에 데리고 있던 두 명의 계집종은 아침저녁으로 어울렸던지라 그리운 마음이 없지 않으니 그 애들을 불러왔으면 해요. 그 밖에는 늙은 노복 한 사람이 문을 지켜주면 될 테고 나머지는 전혀 필요 없습니다."

부인은 그녀의 요구를 모두 들어주었다. 그리고 원풍이 별장에서 요양할 수 있도록 소취에게 맡긴 뒤 날마다 음식물을 날라다주었다.

소취는 원풍을 다시 만난 이래 늘 다른 여자와의 혼인을 권유했다. 하지만 원풍은 소취의 말에 따르지 않았다. 일년여가 지나면서부터 소취의 얼굴과 음성이 예전과는 차츰 달라지기 시작했다. 원풍이 초상화를 꺼내 지금의 모습과 대조했더니 완전 딴판인 다른 사람으로 변모해 있었다. 괴이해서 그 까닭을 묻는 원풍에게 그녀는 이렇게 반문했다.

"당신이 보시기에 제 지금 모습과 예전을 비교해 어느 편이 더 예쁜 가요?"

"당신은 아직도 매우 아름답소. 하지만 옛날과 비교하면 그래도 그때 만은 못하지."

"아마도 제가 늙었나 봐요!"

"당신은 이제 겨우 스무 살을 넘겼을 뿐이야. 사람이 어찌 그리 빠르 게 늙을 수가 있겠어!"

소취는 웃으면서 초상화에 불을 당겼다. 원풍이 얼른 빼앗으려 했지 만 그림은 벌써 잿가루가 된 다음이었다.

하루는 소취가 원풍에게 말했다.

"예전에 당신 집에 살고 있을 때, 아버님은 절더러 죽을 때까지 애도 못 낳을 년이라고 욕하신 적이 있어요. 이제 시부모님 두 분은 연로하셨 고 당신은 형제도 없는 외로운 몸이에요. 저는 확실히 아이를 낳을 수 없으니 당신네 후사를 그르칠까 봐 걱정이 됩니다. 부디 집으로 돌아가 신 뒤 다른 부인을 맞이하시고 그 사람으로 하여금 조석으로 시부모님 을 봉양하게 하시죠. 당신이 두 군데를 왕래하더라도 크게 불편한 일은 없을 테니까요."

원풍도 그럴듯하게 여겨져 종 태사(鍾太史)의 딸을 맞아들이기로 하 고 예물을 보냈다. 혼인 날짜가 다가오자 소취는 신부를 위한 의복과 신 발을 지어 시어머니에게 보냈다. 그런데 새로 들어온 신부는 말하는 모 습이며 행동거지가 예전의 소취와 그야말로 쌍둥이처럼 꼭 닮아 조금도 다르지 않았다. 때문에 그녀를 본 사람은 누구도 신기해하지 않는 이가 없었다.

원풍이 혼인을 마치고 다시금 별장을 찾았더니 소취는 어디로 갔는지 보이지 않았다. 계집종에게 행방을 묻자, 그녀는 붉은 손수건을 내밀며 아뢰었다.

"아씨는 잠시 친정에 다니러 가셨어요. 떠나기 전에 이것을 서방님께 드리라 하시더군요."

원풍이 수건을 펼치자 옥결(玉玦)[6] 하나가 그 안에 들어 있었다. 그는 소취가 다시는 돌아오지 않을 작정인 것을 깨닫고 계집종들을 인솔하여 본가로 돌아갔다. 수시로 소취가 생각나지 않는 것은 아니었으나 다행히도 신부를 대하면 옛날의 소취를 보는 것과 똑같아서 마음의 위안을 얻을 수가 있었다. 그때가 되어서야 원풍은 소취가 종씨와의 혼인을 사전에 알고 있었음을 깨달았다. 자신이 먼저 똑같은 모습이 되어 눈에 익게 함으로써 훗날 남편의 그리운 심정을 위로하려는 마음이었던 것이다.

이사씨는 말한다.

여우 한 마리도 누군가 무심결에 베푼 은덕을 가슴에 새기고 보답을 하는데 그까짓 화병 한 개 깼다고 두 번이나 목숨을 구해 준 은인에게 언성을 높이고 이성을 잃었으니, 이 얼마나 비루한 처사란 말인가! 달이 기울었다가도 때가 되면 다시 차듯 부부가 헤어졌다가 재회하더니 또다시 조용하게 떠나갔구나. 아아, 이제야 알겠다, 선인(仙人)의 정은 세속의 부박한 인정보다 훨씬 깊고 두텁다는 것을!

細柳

세류 — 계모의 자식 교육

　세류 아가씨는 중도(中都)에 사는 글 읽는 선비의 딸이었다. 어떤 사람이 그녀의 하늘하늘한 허리를 보고 사랑스럽게 여겨 '버들허리〔細柳〕'라고 놀리는 바람에 세류는 그녀의 별명이 되었다. 이 유씨(柳氏) 성의 아가씨는 어려서부터 총명하여 일찌감치 글자를 깨쳤는데 또 사람의 관상에 대한 책을 즐겨 읽었다. 하지만 사람됨이 과묵해서 평소 다른 이의 잘잘못이나 이해득실을 따지는 말은 입 밖에 낸 적이 없었다. 그녀는 누구라도 혼삿말을 꺼내오면 반드시 자신이 직접 당사자를 암암리 살펴봐야 직성이 풀렸다. 이렇게 해서 관상을 본 사람은 수없이 많았지만 누구도 그녀의 성에 차지는 않았다. 시간이 흘러 어느덧 열아홉 살의 과년한 나이가 되자 부모는 화를 내며 딸을 꾸짖었다.

　"그래 이 세상에 좋은 배필이 한 사람도 없단 말이냐? 너는 일평생 노처녀로 살다가 죽을래?"

　그러자 세류가 대답했다.

　"저는 본래 사람이 노력만 하면 정해진 천명을 극복할 수 있을 거라고 생각했더랬어요. 하지만 세월이 아무리 흘러도 그런 일은 일어나지 않으니 이 또한 제 팔자겠지요. 오늘 이후로는 부모님의 뜻에 순종하겠습니다."

그즈음 고씨(高氏) 성을 가진 한 양반가의 명사가 세류의 명성을 듣더니 매파를 보내 청혼을 넣었다. 세류는 그와 혼례를 올렸고 이후로 부부의 금실도 대단히 좋았다.

고생에게는 죽은 전처가 남긴 자식이 하나 있었다. 이름은 장복(長福)이었고 당시 나이는 다섯 살이었다. 세류는 친자식이나 진배없이 아이를 빈틈없이 돌보며 아껴주었다. 간혹 세류가 친정에라도 다니러 가면 장복은 그때마다 발버둥을 치며 따라가겠다고 울어댔는데 아무리 야단치고 쫓아 보내도 아이를 말릴 재간이 없었다.

해가 바뀐 뒤 세류도 아들 하나를 낳아 이름을 장호(長怙)라고 지었다. 고생이 왜 그런 이름을 붙였는지 까닭을 물었더니, 세류의 대답은 이러했다.

"다른 뜻은 없어요. 그저 부모 슬하에서 오래오래 살기를 바라는 마음 밖에는요."[1]

세류는 바느질 따위에는 관심이 없어 그런 일은 늘 대충대충 때워 넘기기에 급급했다. 하지만 농사일이나 세금의 액수 같은 문제는 늘 장부에 꼼꼼히 기록하고 궁금한 것은 질문을 하면서 하나라도 빠뜨릴까 봐 조바심을 치곤 하였다. 그렇게 한참 세월이 지난 어느 날, 세류가 고생에게 말했다.

"당신은 집안일들에 손을 놓으시고 불필요한 일에 대해선 더 이상 묻지 마세요. 제가 다 알아서 처리할 테니까요. 제가 이 집안의 살림을 감당할 수 있는지 한번 시험해 보고 싶군요."

고생은 그녀가 원하는 대로 들어주었다. 반년이 지나는 사이 집안은 가지런하게 정리가 되었고 일마다 모두 순조롭게 처리되었다. 고생도 아내의 능력에 대해 몹시 감탄하는 마음이 들었다.

하루는 고생이 이웃 마을에 술을 마시러 갔는데 마침 세금을 독촉하는 관가의 차역이 찾아와 대문을 부수며 마구 욕설을 퍼부어댔다. 세류는 하인을 내보내 차역을 달랬지만 그는 도무지 물러서지 않았다. 세류

버들가지처럼 날씬한 허리, 세류 아가씨!

는 마지못해 동복을 보내 서둘러 고생을 불러오게 하였다. 차역이 돌아가고 나자 고생이 웃으면서 말했다.

"세류, 오늘에야 똑똑한 여자라도 우둔한 사내 하나만 못하다는 걸 알겠지?"

세류는 그 말을 듣더니 고개를 숙이고 울음을 터뜨렸다. 고생은 놀라서 그녀를 끌어안고 달랬지만 그녀의 기분은 시종 나아지지 않았다. 고생은 차마 집안일로 세류를 힘들게 할 수가 없어 예전처럼 자신이 살림을 관장하겠다고 제의했지만 그녀는 동의하지 않았다.

이때부터 세류는 새벽에 일어나고 한밤중에 잠자리에 들면서 더욱 부지런히 집안일을 관리했다. 언제나 한 해 전에 다음 해의 세금을 비축해 두었으므로 그 후로는 일년 내내 세금을 독촉하는 차역이 집에 찾아오는 일도 없어졌다. 그녀는 또 똑같은 방식으로 일년 동안 쓸 의복과 양식을 미리 준비해 두었으므로 집안의 경제 사정은 나날이 윤택해져 갔다. 형편이 이렇게 돌아가자 고생의 기쁨은 말할 나위가 없었다. 한번은 그가 세류를 놀리느라 다음과 같이 읊었다.

세류여, 무엇이 가늘지?
눈썹 가늘고, 허리 가늘고, 발걸음이 가늘다네.
게다가 흐뭇하게도 마음씨는 더욱 섬세하구나.
細柳何細哉: 眉細, 腰細, 凌波細, 且喜心思更細.

세류도 그 말에 응수하여 이렇게 읊었다.

고 서방님, 정말 높으시군요.
인품 높고, 뜻이 높고, 학식도 높으시네요.
그중에서 수명만은 더욱 높길 바라나이다.
高郎誠高矣: 品高, 志高, 文字高, 但願壽數尤高.

마을의 어떤 사람이 좋은 목재를 팔려고 내놓았는데 세류는 비싼 값에도 아랑곳 않고 그것을 사들였다. 수중의 돈이 모자라자 그녀는 또 친척과 이웃들에게 백방으로 사정하여 모자라는 액수를 채웠다. 고생은 목재가 당장 소용되는 물건이 아니었기 때문에 거듭 만류했으나 그녀는 끝끝내 고집을 꺾지 않았다. 집안에 목재를 놔둔 지 일년여가 지났을 때 어느 부잣집에 초상이 나 원래보다 두 배의 값으로 목재를 사겠다고 제의해 왔다. 고생은 한밑천 잡을 수 있겠다고 생각하여 팔려고 했지만, 세류는 허락하지 않았다. 고생이 도대체 왜 그러느냐고 까닭을 물어도 그녀는 대답하지 않았다. 거듭 추궁하고 들어가자, 그녀는 눈자위가 붉어지며 눈물이 가득 고이더니 당장이라도 울음을 터뜨릴 것처럼 보였다. 고생은 내심 이상한 생각이 들면서도 아내의 뜻을 거스를 수 없어 목재를 팔려던 생각을 단념하고 말았다.

다시 한 해가 지나 고생의 나이 스물다섯이 되었다. 세류는 그에게 멀리 나가지 않도록 늘 주의를 주었고 조금이라도 늦게 돌아오면 주인을 부르러 가는 하인들의 행렬이 길에 꼬리를 물었기 때문에 고생의 친구들은 그가 아내를 무서워한다고 놀려대기 일쑤였다.

어느 날 고생은 친구 집에서 술을 마시다가 몸이 찌뿌둥한 것을 느끼고 집으로 출발했다. 돌아오는 도중 그는 말에서 떨어졌고 그 자리에서 즉사했다. 당시는 바야흐로 한여름 염천의 날씨였지만 다행히도 수의며 관이 모두 준비되어 있었기 때문에 장례 준비를 허둥지둥 할 필요가 없었다. 마을 사람들은 하나같이 세류의 선견지명에 탄복했다.

장복은 열 살이 되어서야 겨우 글을 배우기 시작했다. 그는 아버지가 돌아가시자 꾀를 피우며 공부하기를 싫어하더니 늘 살금살금 도망쳐 나가 목동들과 어울려 놀았다. 세류가 엄하게 훈계해도 아이의 행실은 고쳐지지 않았다. 뒤이어 회초리를 들었지만 장복이 하는 짓거리는 여전했고 반성의 빛도 전혀 보이지 않았다. 어머니도 손쓸 방도가 없자 그를 불러다 놓고 이렇게 선언했다.

"그렇게 공부가 하기 싫다는데 내 어찌 너에게 강요할 수 있겠느냐? 그렇지만 가난한 집에는 놀고먹는 사람이 없는 법, 나가서 옷을 갈아입고 노복들과 함께 일을 하거라. 안 그러면 몽둥이가 날아갈 테니 그때 가서 후회나 하지 말고!"

이렇게 해서 장복은 다 떨어진 헌 옷을 입고 나가 돼지를 치게 되었다. 집에 돌아와서도 그는 스스로 질그릇을 들고 여러 하인들 틈에 섞여 끼니를 때워야 했다. 며칠이 지나자 장복은 고달파서 견딜 수 없었다. 그는 마당 아래 꿇어앉아 울면서 공부하게 해달라고 빌었지만, 어머니는 벽 쪽으로 몸을 돌리고 들은 척도 하지 않았다. 장복은 하는 수 없이 돼지 모는 채찍을 손에 쥔 채 울면서 밖으로 나왔다.

가을이 저물어 가도록 횃대에는 옷 한 벌이 걸리지 않았고 발에는 신발조차 신을 수가 없었다. 차가운 비가 축축이 스며들자 그는 추위를 견디지 못해 거지처럼 온몸을 움츠리며 부들부들 떨었다. 마을 사람들은 그 광경을 보고 모두들 장복을 가여워했다. 후처를 들이려던 사람들은 하나같이 세류의 행실을 두고 경계의 빛을 감추지 못했으며, 등 뒤에서 그녀를 헐뜯는 언사들이 온 동네에 들끓었다. 세류도 그런 소문들을 들어 어느 정도는 알고 있었지만 조금도 개의하는 모습이 아니었다. 장복은 고생을 참을 수가 없어 마침내 돼지들을 버려둔 채 멀리 도망치고 말았다. 세류는 그대로 내버려둔 채 전혀 소식을 뒤좇지 않았다.

몇 달이 지난 뒤 장복은 얻어먹을 곳조차 없어 초췌해진 모습으로 제 발로 돌아왔다. 그는 곧장 집으로 들어갈 수 없었으므로 먼저 이웃 할머니를 찾아가 어머니에게 사정 얘기를 해달라고 애원했다. 세류는 아들이 돌아왔다는 소식을 듣자 이렇게 말했다.

"만약 곤장 백 대를 맞겠다면 나를 만나도 좋아. 하지만 그럴 수 없다면 일찌감치 도로 떠나라고 해요."

장복은 그 말을 듣자마자 쫓아오더니 통곡을 하며 곤장을 때려달라고 애원했다. 어머니가 말했다.

"네가 이제는 잘못을 뉘우치고 행실을 고치겠느냐?"

"잘못했어요."

"기왕 후회하고 있다면 매는 맞을 필요 없다. 가서 본분을 지키면서 돼지를 치거라. 또 한번만 실수하면 그때는 결단코 용서하지 않을 것이 니!"

그 말에 장복은 큰소리로 통곡하며 울부짖었다.

"차라리 곤장 백 대를 맞고 다시 공부하게 해주세요."

세류는 그 말에 대꾸도 않다가 이웃집 노파가 곁에서 마음을 돌리라고 간곡히 권유하자 마지못한 듯 장복의 청을 들어주었다. 그녀는 장복에게 목욕을 시키고 옷을 갈아입힌 뒤 아우인 장호와 함께 선생에게 글을 배우게 하였다. 이때부터 장복은 매우 분발하여 각고의 노력을 하게 되었고 예전과는 크게 다른 모습을 보이더니 삼 년 만에 현학에 들어갔다. 그 지방의 중승(中丞) 양공(楊公)은 장복의 글을 보고 그 재주를 아껴 달마다 일정량의 양식을 지급하면서 글을 읽을 때 밝히는 기름 값에 보태라고 일렀다.

장호는 성질이 몹시 굼뜨고 우둔해서 몇 년이나 글을 배웠지만 제 이름자조차 제대로 쓰지 못할 정도였다. 어머니는 그에게 공부를 그만두고 농사를 배우게 하였다. 하지만 장호가 게으름만 피우면서 고생스런 농사일을 기피하자, 그녀는 노발대발하며 호통쳤다.

"사농공상(士農工商)은 각자 본업이 있는 법이다. 너는 글도 못 읽는 주제에 농사도 짓기 싫다니, 장차 굶어 죽어 산골짝에 내버려질 셈이냐?"

말을 마치자마자 세류는 아들에게 매를 내리쳤다. 그리고 이때부터는 노복들을 따라 농사를 짓게 하면서 하루라도 늦게 일어나면 곧 쫓아와서 욕을 하고 꾸지람을 퍼부었다. 또 옷이며 음식물 따위도 세류는 언제나 장복에게만 좋은 것을 주었다. 장호는 감히 입을 놀리지는 못했지만 마음이 편치 않아 불평불만이 가득했다.

가을걷이가 끝나자 세류는 그해에 벌어들인 돈을 장호에게 주면서 조그맣게나마 장사를 해보라고 일렀다. 장호는 원래 도박에 미쳐 있었으므로 수중에 돈이 들어오자 얼마 안 가 밑천을 홀랑 들어먹었다. 그가 강도에게 돈을 몽땅 털렸다며 속이려 하자, 세류는 즉시 아들의 거짓말을 알아차리고 거의 초죽음이 될 때까지 몽둥이찜을 가했다. 장복이 꿇어앉아 동생 대신 매를 맞겠다고 애걸한 다음에야 어머니의 노여움도 차츰 가라앉았다. 이때부터 그녀는 장호가 대문 밖에 나서기만 하면 늘 사람을 시켜 아들의 동태를 감시했다. 장호의 행실도 약간은 조심스러워졌지만 그래도 마음속에서 우러나온 처신은 아니었다.

하루는 장호가 어머니에게 다른 상인 패거리를 따라 낙양(洛陽)에 가보고 싶다는 청을 넣었다. 그는 이 기회를 빌려 답답한 가슴을 풀어보자는 속셈이었으므로 어머니가 자신의 부탁을 거절할까 봐 조마조마한 심정이었다. 그러나 어머니는 그 말을 듣자마자 웬일인지 의심스런 기색은 전혀 드러내지 않고 부스러기 은전 서른 냥을 꺼내주고 행장까지 꾸려주었다. 또 커다란 은덩어리 한 개를 따로 내주면서 이렇게 당부했다.

"이 돈은 네 할아버님이 벼슬을 하실 적에 남기신 유물이라 써버릴 수가 없었다. 이제 만일의 사태에 대비한 비상금으로 물려줄 테니 급한 용도에만 쓰거라. 게다가 너는 이제 처음 먼 곳으로 떠나 장사를 배우는 처지가 아니더냐? 많은 이익은 바라지도 않으니 그저 이 돈 서른 냥을 축내지만 않으면 그것으로 족하다."

길을 떠나기에 앞서 세류는 또 아들에게 신신당부를 했다. 장호는 시원스럽게 대답한 뒤 출발했는데 속으로는 의기양양 우쭐거림이 대단했다.

낙양에 도착한 장호는 곧 여러 상인들과 작별하고 이름난 기생 이희(李姬)의 집을 찾아갔다. 십여 일을 묵는 동안 그는 부스러기 돈을 남김없이 탕진하고 말았다. 하지만 거금이 아직 전대 속에 남아 있었으므로 주머니가 빈 줄 알면서도 별로 걱정은 하지 않았다. 마침내 돈이 다 떨어진 그가 은덩어리를 쓰려고 꺼내어 쪼갰더니 웬걸 돈은 터무니없는 가짜였다. 장호는 순간 소스라치게 놀라며 얼굴이 새파랗게 질렸고, 이 씨 노파는 그 모습을 보고 싸늘한 어조로 비아냥을 던졌다. 장호는 불안 해서 어쩔 줄 모르면서도 텅 빈 주머니 사정상 당장 갈 데도 없었으므 로 이희가 앞서의 정분을 보아 내쫓지 않기만을 바랐다.

얼마 후 두 사람이 포승을 손에 쥐고 안에 들어오더니 장호의 목에 새끼줄을 걸었다. 장호는 기절할 듯 놀라면서도 무슨 영문인지 까닭을 알려달라고 애원했다. 사정을 알고 보니 이희는 벌써 그의 가짜 돈을 훔 쳐내 관가에 고발해 놓고 있었다. 관청에 도착한 장호는 변명도 못하고 죽도록 고문만 당한 뒤 감옥에 수감되었다. 그는 용돈이 없어 옥리에게 뇌물을 뿌리지 못했으므로 계속해서 심한 학대를 받아야 했다. 이렇게 해서 장호는 다른 죄수들에게 밥을 빌어먹으며 구차한 목숨을 부지해 나갔다.

애당초 장호가 길을 떠났을 때, 어머니는 장복을 불러들여 이렇게 말 했다.

"기억해 둬라. 스무 날 뒤에 네가 낙양에 한번 다녀와야겠다. 나는 일 들이 바빠 혹시라도 깜빡 잊어버릴라."

장복은 무엇 때문에 낙양을 다녀오란 것인지 까닭을 물었다. 그러나 어머니의 안색이 어둡기만 하고 한없이 슬퍼 보였으므로 그도 더 이상 캐묻지 못하고 하릴없이 물러나왔다. 이십 일이 지난 뒤 다시 어머니에 게 까닭을 물었더니, 그녀는 한숨을 내쉬며 다음과 같이 말하는 것이었 다.

"네 아우의 지금 방탕한 모습은 네가 예전에 공부하기 싫어했던 것과 똑같구나. 만약 내가 못된 계모라는 오명을 뒤집어쓸 작정을 하지 않았 다면 너에게 어찌 오늘이 있었겠느냐? 사람들마다 나를 잔인하다고 손 가락질했지만 내가 베개맡에서 흘린 눈물을 그들은 알지 못하였다!"

말하는 사이에도 눈물은 쉴 새 없이 흘러내렸다. 장복은 한켠에 서서 숙연한 심정으로 어머니 말씀에 귀를 기울이며 다음 이야기가 떨어지기만 기다렸다. 이윽고 눈물을 그친 세류는 계속해서 말을 이었다.

"네 아우의 방탕한 마음이 도무지 죽지 않기에 내가 일부러 가짜 돈을 내주고 혼이 나도록 하였느니라. 추측건대 지금쯤은 감옥 안에 들어가 있을 것이다. 중승께서는 너를 각별하게 대하시니 네가 찾아가 사정 말씀을 드리면 그놈을 죽을 고비에서 건져낼 수 있겠지. 그러면 그놈에게도 회개하는 마음이 생겨날 게야."

장복은 이야기를 들은 즉시 출발했다. 낙양에 들어가 알아보니 동생이 옥에 갇힌 지도 벌써 사흘이 지나 있었다. 장복은 감옥으로 찾아가 그를 면회했다. 귀신처럼 초췌해진 모습의 장호는 형을 보자 눈물을 흘리며 고개를 들지 못했고, 장복 또한 목 놓아 울었다.

그 당시 장복은 중승의 각별한 총애를 받고 있었으므로 원근 각지에서 그의 이름을 모르는 사람이 없었다. 현령도 그가 장호의 형인 줄 알자 서둘러 장호를 석방했다.

장호는 집으로 돌아온 뒤 어머니의 노여움이 두려워 무릎걸음으로 그녀의 앞에 나아갔다. 어머니가 그를 돌아보며 말했다.

"네 소원이 다 이루어졌느냐?"

장호는 눈물만 흘릴 뿐 한마디도 말문을 열지 못했다. 장복까지도 꿇어앉아 용서를 빌자 어머니도 비로소 장호에게 일어서라고 호통을 쳤다.

이때부터 장호는 지난 일들을 후회하며 완전히 행실을 고쳤고 집안의 잡다한 일들도 민첩하게 처리했다. 가끔씩 그가 게으름을 피울 때도 있었지만 어머니 역시 그를 야단치거나 들볶지 않았다. 이런 식으로 몇 달이 지나가도록 어머니는 결코 장사에 관한 이야기를 꺼내지 않았다. 장호는 다시 장사를 하고 싶었지만 스스로는 말을 꺼낼 용기가 없었으므로 자신의 의사를 형에게 먼저 설명했다. 어머니는 그 말을 듣자 몹시 기뻐하면서 사방에서 돈을 변통하여 밑천을 대주었다. 장호는 장사에 수완을 보여 반년 뒤에는 원금을 갑절로 늘릴 수 있었다. 이해에 장복은 거인이 되었고 다시 삼 년 뒤에는 진사에 등과했다. 당시 아우는 벌써 수만 냥의 거금을 벌어놓은 갑부가 되어 있었다.

우리 고을 출신으로 장사일 때문에 낙양에 살던 어떤 사람이 일찍이 태부인(太夫人) 세류낭을 훔쳐본 적이 있었다. 그녀는 당시 나이가 이미 마흔이 넘었는데 모습은 겨우 서른 살 남짓에 불과했다. 그러나 옷차림과 화장이 수수해서 여염집의 보통 아낙과 전혀 다를 바가 없었다고 한다.

이사씨는 말한다.

『흑심부(黑心符)』[2] 같은 책이 출현하고 계모가 들어오자 전실 자식이 갈대꽃을 입었다는〔蘆花變生〕[3] 이야기를 보면, 고금을 통틀어 계모의 학대는 모두 매한가지였다. 이 얼마나 가슴 아픈 일인가! 혹자는 사람들의 비난을 피하기에만 급급하다 때로는 그것이 지나쳐서 아들딸의 방종을 가만히 보기만 하며 한마디의 간섭도 하지 않는다. 이런 태도는 전처의 자식을 학대하는 것과 무엇이 다르겠는가? 자신의 소생은 날마다 때리더라도 사람들이 매질하는 이를 난폭하다 여기지 않지만, 이복 자식을 때리면 당장 손가락질하며 험담을 쏟아 붓는다. 저 세류낭은 결코 전실 자식에게만 잔인하지 않았다. 만약 그녀가 친자식만 감싸고 돌았다면 또 어떻게 자신의 잔인한 처사가 자식을 위해서였다고 세상 사람들에게 해명할 수 있었겠는가? 그녀는 오해도 피하지 않고 사람들의 험담도 겁내지 않음으로써 마침내 두 아들을, 하나는 귀하게 다른 하나는 부자로 키워낸 뒤 세상 사람들 앞에 당당히 섰다. 이런 배포를 지녔으니 그녀야말로 규방은 물론이려니와 사내들과 비교하여도 보기 드물게 뛰어난 인재가 아닌가!

夢狼
몽랑 — 아버지의 꿈

백씨(白氏) 성을 가진 노인이 있었는데 하북(河北) 사람이었다. 그의 큰아들 갑(甲)은 남방에서 벼슬을 살았는데, 이태 동안이나 소식을 보내오지 않았다.

하루는 정씨(丁氏) 성을 가진 먼 친척 한 사람이 백 노인을 방문했다. 귀한 손님을 맞은 노인은 반가워하며 환대했는데, 이 정씨는 평소 저승을 들락거리며 심부름을 하는 사자였다. 환담을 나누는 사이 저승의 일들을 물어보았더니, 정씨의 대답은 말마다 허황스럽기 짝이 없었다. 노인은 그의 이야기가 별로 미덥지 않았으므로 귓등으로 넘겨들으며 미소나 띨 따름이었다.

손님이 돌아가고 며칠이 지난 어느 날, 노인이 잠을 자려 막 자리에 누웠는데 때마침 정씨가 다시 찾아왔다. 함께 구경 나가자는 그의 권유에 노인은 집을 나섰고 걷다 보니 어느덧 어떤 성안으로 들어가게 되었다. 다시 한참을 걸은 뒤 정씨가 어느 대문을 손가락으로 가리켰다.

"이곳에 당신 생질이 살고 있습니다."

당시 노인의 누님 아들은 산서(山西)에서 현령을 지내고 있었으므로 그는 의아한 어조로 반문했다.

"어떻게 여기 있다는 말이오?"

"만약 믿지 못하겠거든 들어가 보십시오. 그러면 알 일 아니겠어요?"

노인이 안으로 들어가자 과연 선관(蟬冠)[1]을 쓰고 해태가 수놓인 관복을 입은 채 대청 위에 앉아 있는 조카의 모습이 눈에 들어왔다. 창과 깃발을 치켜든 의장대들이 나란히 정렬하여 삼엄한 경비를 펴고 있었지만 노인의 도착을 안으로 통보하는 사람은 없었다. 정씨는 노인을 잡아당겨 밖으로 나오더니 또 이렇게 말했다.

"큰아드님이 계신 관아가 예서 멀지 않습니다. 한번 만나보고 싶지 않으십니까?"

노인은 고개를 끄덕이며 동의했다. 잠시 뒤 그들은 어떤 저택에 당도했다.

"들어가십시오."

정씨의 말에 노인이 대문 안쪽을 살짝 들여다보니 커다란 이리 한 마리가 안으로 통하는 길을 가로막고 있었다. 그가 겁에 질려 감히 걸음을 내딛지 못하자 정씨가 다시 권유했다.

"들어가세요!"

또 하나의 문을 지나치는 사이 보이는 것이라곤 대청 위건 아래건 할 것 없이 사방에 우글거리는 이리떼뿐이었다. 놈들은 눕거나 앉은 채 제멋대로 편한 자세를 취하고 있었는데, 다시 섬돌 위를 쳐다보니 하얀 해골이 산더미처럼 쌓여 있었다. 더한층 공포에 질린 노인이 몸을 부들부들 떨자 정씨는 자신의 몸으로 그를 가리며 함께 앞으로 나아갔다. 노인의 큰아들 갑은 막 안채에서 나오다가 아버지와 정씨가 온 것을 보더니 기뻐 어쩔 줄 몰랐다. 그들이 잠시 앉아서 쉬는 동안 갑은 시중드는 사람을 불러 술과 안주를 차려오라고 분부했다. 문득 거대한 이리 한 마리가 죽은 사람을 입에 물고 안으로 들어왔다. 노인은 오들오들 떨다가 벌떡 몸을 일으키며 물었다.

"이것이 대체 어찌 된 일이냐?"

갑이 대답했다.

백 노인의 꿈에 호랑이로 변한 아들이 저승의 벌을 받다

"주방에 넘겨 삶아 먹어야지요."

노인은 황급히 아들을 제지했다. 가슴이 뛰고 살이 떨려 좌불안석이던 그가 아들과 작별하고 밖으로 나가려 했더니 수많은 이리가 길을 가로막았다. 나갈 수도 없고 그렇다고 물러설 수도 없어 노인이 갈피를 잡지 못하고 있을 무렵, 갑자기 이리떼가 비명을 지르며 사방으로 뿔뿔이 흩어졌다. 어떤 놈은 침상 아래로 기어들었고 어떤 놈은 탁자 밑에 웅크리며 숨는 등 제각기 숨을 곳을 찾아 헤매는 광경에 노인은 어리둥절했지만 놈들이 왜 그러는지 까닭을 알 수 없었다.

잠시 뒤 금빛 갑옷을 입은 용맹한 무사 두 사람이 눈을 부릅뜨고 안으로 들어오더니 시커먼 포승줄을 꺼내 갑을 결박 지었다. 순간 갑은 땅바닥에 고꾸라지면서 송곳처럼 날카로운 이빨이 돋은 호랑이로 변신했다. 한 사람이 날이 시퍼렇게 선 칼을 꺼내 그의 목을 베려 하자 다른 한 사람이 그를 제지시켰다.

"잠깐만! 잠깐만 기다려! 이는 내년 사월에나 벌어질 일이야. 우선은 이빨이나 부러뜨리고 물러가는 것이 낫겠어."

그는 곧 커다란 망치를 꺼내어 호랑이의 이빨을 향해 힘껏 내리쳤다. 이빨은 산산이 부서져 땅바닥으로 떨어져 내렸다. 아픔을 견디지 못한 호랑이의 울부짖음은 초목이 떨리고 산천이 진동할 정도로 요란했다. 노인은 잔뜩 겁에 질려 있다 홀연히 깨어나면서 비로소 꿈을 꾸었다는 것을 알게 되었다.

노인은 자신의 꿈이 예사롭지 않다는 느낌이 들었다. 이리하여 당장 정씨를 부르러 사람을 보냈더니 그는 핑계를 대면서 오지 않았다. 노인은 꿈에서 본 일들을 자세히 적은 뒤 갑에게 직접 전해지도록 작은아들을 출발시켰다. 아들을 훈계하는 편지의 내용은 몹시 애통하면서도 간절했다.

동생이 남방에 도착하여 형을 만났더니 그는 앞니가 모두 떨어져 나가 하나도 남은 것이 없었다. 깜짝 놀라 경위를 묻자 취중에 말을 탔다가 떨어지는 바람에 이빨을 부러뜨렸다는 설명이었다. 날짜를 맞춰보니 바로 아버지가 꿈을 꾸었다는 그날이었다. 동생은 더한층 기겁하며 아버지의 편지를 꺼내 형에게 보여주었다. 갑은 편지를 읽으면서 순간 얼굴색이 변했지만 잠깐 사이를 띄운 뒤 태연하게 입을 열었다.

"그따위 허황스런 꿈은 우연히 들어맞은 경우에 불과해. 도대체 이 무슨 호들갑이란 말이냐!"

당시 그는 요로에 있는 실권자에게 뇌물을 주고 승진 대기자 명단에 첫번째로 올라 있던 참이었다. 그래서 아버지의 꿈을 요사스럽다고만 여기고 그다지 마음에 두지 않았다.

동생은 형의 관아에서 며칠을 머무르는 동안, 백성을 등치는 벌레 같은 아전들이 득실거리는 관아의 상황과 뇌물을 바치고 인정을 쓰려는 자들이 한밤중에도 끊임없이 들락거리는 광경을 낱낱이 목격할 수 있었다. 동생은 눈물을 흘리면서 형에게 선정을 펴달라고 간곡히 사정했지만, 갑은 도리어 이렇게 말할 따름이었다.

"너는 시골에서만 살았으니 벼슬하는 요령을 알 턱이 없겠지. 승진과 좌천에 대한 권한은 상사의 손아귀에 놓여 있을 뿐 백성들의 수중에 있는 것이 아니란다. 상사가 기뻐하면 그것이 좋은 관리인 게야. 백성을 사랑하다 보면 무슨 수로 상사를 기쁘게 할 수 있겠니?"

동생은 형을 깨우칠 수 없음을 알고 마침내 집으로 돌아와 자신이 본 그대로 아버지께 보고했다. 노인은 이야기를 듣고 큰소리로 목 놓아 울었다. 하지만 달리 방도가 없었으므로 그저 집안의 재산을 털어 가난한 사람들을 구제하고 날마다 신에게 기도나 드릴 따름이었다. 기도의 내용은 오직 불효자에게 떨어질 보응이 처자식에게는 미치지 말게 해달라는 것이었다.

그 이듬해 갑이 천거를 받아 이부(吏部)로 영전했다는 소식이 전해지자 축하 인사를 하는 사람들이 줄지어 대문간을 가득 메웠다. 그러나 노인은 흐느끼며 탄식이나 할 뿐 병을 핑계 삼아 자리보전한 채 밖으로 나오지도 않았다. 그로부터 얼마 뒤 큰아들이 귀향하던 도중 강도를 만나 주인과 하인들이 모두 살해당했다는 소식이 들려왔다. 노인은 그제야 자리를 털고 일어나더니 사람들에게 말했다.

"귀신의 분노가 그놈 한 사람에게만 그치고 우리 온 가문이 몰살당하는 지경에는 미치지 않았구나. 이 은혜가 결코 작다고는 말할 수 없겠지."

그는 곧 향을 사르면서 천지신명께 감사의 기도를 올렸다. 노인을 위로하는 사람들은 하나같이 먼 길에 소식이 와전되었을지도 모른다고 말했지만, 노인은 큰아들의 죽음을 굳건히 믿어 의심하지 않았다. 그는 부랴부랴 아들의 장지를 마련하는 일을 서둘렀다. 하지만 그때 갑은 아직 죽은 것이 아니었다.

사월 어름, 큰아들이 맡고 있던 직책에서 물러나 다스리던 고을의 경계를 막 벗어났을 무렵이었다. 갑자기 강도떼를 만난 갑은 수중의 재물을 몽땅 털어 그들에게 바쳤다. 하지만 도적들은 이에 아랑곳 않고 입을 모아 떠들었다.

"우리의 목적은 온 고을 백성들의 원수를 갚아 설욕하려는 데 있다. 어찌 이따위 피비린내 나는 돈만을 위해서 왔겠느냐!"

마침내 그들은 갑의 목을 베고 나더니 다시 하인들에게 물었다.

"너희들 중에 사대성(司大成)이란 자가 어느 놈이냐?"

사대성은 원래 갑의 심복으로 평소 나쁜 짓만 도맡아서 하던 자였다. 하인들이 그를 지목하자 도적들은 그의 목도 내려쳤다. 그 밖에 갑을 대신하여 백성들의 고혈을 쥐어짜던 차역 네 명도 갑을 따라 서울로 가던 길이었는데 그들 역시 여지없이 색출해 모조리 목이 잘리고 말았다. 처단이 끝나자 도적들은 각자 재물을 나눠 한 등분씩 자루에 넣고 말을 달려 바람같이 사라졌다.

갑의 혼백은 죽자마자 흩어지진 않고 길가에 엎드려 있었다. 문득 관리 복장을 한 어떤 사람이 지나가다가 그를 보고 물었다.

"살해된 자가 누구인가?"

앞서 가던 사람이 대답했다.

"아무개 현의 백 지현(白知縣)입니다."

"그는 백 아무개의 아들이다. 노인네에게 차마 이런 끔찍한 꼴을 보일 수는 없으니 어서 그 목을 붙여주어라."

어떤 사람이 즉시 갑의 머리를 주워 목 위에 붙여주자 관리가 계속해서 말했다.

"이런 사악한 놈은 제자리에 바로 붙여줘선 안 되겠지. 어깨 위에 턱 주가리나 매다는 것이 좋겠다."

말을 마치자 그는 곧 어디론가 사라졌다.

한참이 지난 뒤 갑은 다시 정신이 들었다. 그의 아내는 사고 현장에 달려와 시체를 수습하던 중 아직 숨이 붙어 있는 갑을 발견하여 수레에 싣고 그 자리를 떠났다. 천천히 국물을 흘려 떠먹여 주니 갑은 그것을 받아 넘겼다. 하지만 돈이 없어 여관에나 겨우 머물렀을 뿐 고향으로 돌아갈 방도가 없었다. 반년이나 지나고 나서야 노인은 확실한 소식을 듣고 둘째 아들을 보내 그들을 데려오게 하였다. 갑은 비록 다시 살아나긴 했지만 고개가 비뚤어져 눈이 자기 등짝을 내려다보는, 더 이상은 사람으로 칠 수도 없는 병신이 되고 말았다. 노인의 생질은 정치적 명망이 대단히 높더니 그해에 정말로 어사가 되었다. 모든 상황이 노인의 꿈과 완전히 들어맞은 것이다.

이사씨는 말한다.

천하의 관리는 모두 호랑이고 아전은 다 이리라는 탄식이 절로 나오는구나. 설사 관리가 호랑이 짓을 그만둔다 하더라도 아전놈들이 또 굶주린 이리떼처럼 굴 수도 있는 것 아닌가? 더군다나 그놈들은 탐욕스런 관리보다 더 흉악하기가 일쑤이니!

사람들은 항상 자신의 뒷모습을 스스로 돌아보지 못함을 한탄한다.

하지만 귀신은 죽은 이를 다시 소생시켜 자신의 등을 내려다보게 하였으니, 그 가르침이 참으로 의미심장하구나!

산동성 추평현(鄒平縣)의 진사 이광구(李匡九)는 벼슬에 있을 때 대단히 청렴결백했다. 한번은 어떤 부자가 애꿎은 모함을 받고 관아로 연행되어 오자 아전은 그를 협박하며 이렇게 을러댔다.

"관장께서 네게 이백 냥의 돈을 바치랍시니 속히 준비하거라. 그러지 않으면 너는 살아날 방도가 없게 된단 말이다!"

부자는 겁에 질려 그 자리에서 당장 액수의 절반을 바치겠다고 약속했다. 그러나 아전은 손을 가로저으며 안 된다고만 할 뿐이었다. 부자가 한사코 애원하자, 아전은 마지못해 입을 뗐다.

"나는 어떻게든 돕고 싶지만 영감께서 허락하지 않으실 걸세. 우선은 심문하길 기다렸다가 그때 가서 내가 자넬 위해 말씀드리는 광경을 직접 보도록 하게나. 허락이 떨어지든 않든 내게 다른 뜻이 없는 줄 자네도 알게 될 터이니."

얼마 뒤 이광구가 이 사건을 심문하게 되었다. 아전은 그가 담배를 끊었다는 사실을 잘 알고 있었으므로 가까이 다가가 물었다.

"담배를 태우시겠습니까?"

이광구가 고개를 가로젓자 아전은 곧 아래로 쫓아와 말했다.

"방금 전에 그 액수를 말씀드렸더니 관장 어른께서 고개를 흔들며 허락하지 않으시더군. 자네도 보았지?"

부자는 그 말을 믿고 두려움에 떨다가 요구한 액수를 모두 바치겠다고 약속했다. 아전은 이광구가 차를 몹시 즐긴다는 사실도 익히 알았기 때문에 다시 접근하여 물었다.

"차를 드시겠습니까?"

이광구는 고개를 끄덕였다. 아전은 차를 끓여오겠다는 핑계를 대고 아래로 내려와 다시 말했다.

"됐네! 방금 전 영감께서 고개를 끄덕이신 것을 자네도 똑똑히 보았겠지?"

이윽고 심문이 끝나 그 부자는 무죄 판결을 받고 즉시 석방되었다. 아전은 곧 그 부자에게서 뇌물 보따리를 받아 챙겼고 한술 더 떠 사례금까지 뜯어냈다.

오호라! 관리는 자신이 청렴하다 여기고 있건만 그의 탐욕을 욕하는 사람이 큰길을 가득 메우고 있으니, 이는 또 이리를 놓아 먹이면서도 스스로는 멍청하여 깨닫지 못하는 부류라고 하겠다. 세상에는 이와 같은 유형의 관리가 넘치도록 많으니 벼슬아치 된 자들의 한 귀감으로 삼을지언저!

또 양공(楊公)이란 어떤 현령의 이야기이다. 이 사람은 성격이 벼락같고 직설적이라 누구라도 그의 노여움을 타면 죽음을 면할 길이 없었다. 양공은 특히 수하의 아전배나 하인들을 몹시 미워해서 조금이라도 잘못을 저지르면 절대로 용서하는 법이 없었다. 때문에 그가 삼엄한 표정으로 공당에 오르면 높든 낮든 모든 구실아치들이 감히 잔기침조차 하지 못할 정도였다. 양공은 또 이들 아전 중에서 누구라도 공무를 아뢰면 반드시 그 반대로만 처리하는 괴상한 습성을 지니고 있었다.

한번은 성안에 사는 어떤 사람이 무거운 죄를 범하고 사형당할까 봐 벌벌 떠는 신세가 되었다. 한 아전이 그에게 고액의 뇌물을 요구하며 대신 그를 위해 사정해 보겠노라 장담했다. 죄를 지은 사람은 그의 말이 미덥지 않았지만 이렇게 말할 수밖에 없었다.

"만약 당신 말대로 관대한 처분을 받을 수만 있다면 제아무리 많은 액수인들 내 어찌 아까워하리까?"

이리하여 그들은 서로 조건을 내세우고 합의를 보았다.

얼마 뒤 양공이 이 사건을 심리하게 되었다. 죄인이 자신의 죄를 수긍하지 않자, 그 아전이 곁에서 버럭 소리를 질렀다.

"빨리 사실대로 실토하지 못할까? 안 그러면 나리께서 네놈의 주리를 틀어 죽이실 게다!"

그 말을 들은 양공은 노발대발하며 외쳤다.

"내가 저 사람 주리를 틀 줄 네가 어찌 아느냐? 보아하니 저 사람의 뇌물이 아직 네놈 손아귀에 떨어지지 않은 모양이구나."

그는 마침내 아전에게 벌을 내리고 죄인을 석방시켰다. 일이 완전히 해결된 다음 사건의 당사자는 백 냥의 돈으로 아전에게 후사했다.

사람은 모름지기 이리나 승냥이가 얼마나 교활하고 꾀가 많은지 알아야 한다. 이런 무리들은 우리의 음덕을 파괴하고 심지어는 우리 가족과 생명마저 위협하는 존재들이다. 관리들은 도대체 무슨 심보를 가졌기에 하는 짓마다 불쌍한 백성들을 마호(痲胡)[2]의 먹이로 만들려는 것일까!

주(註)

전칠랑 — 사나이 의리

1) 형가(荊軻): 전국 시대 연(燕)의 협객(俠客). 진왕(秦王)에게 복수하기 위해 자객(刺客)이 되었으나 뜻을 이루지 못하고 죽임을 당했다. 출전은 『사기』「자객열전(刺客列傳)」.

나찰해시

1) 「익양곡(弋陽曲)」: 명청 시대에 강서성의 익양에서 유행하던 악곡의 일종. 『고곡주담(顧曲塵談)』에는 익양강이 속강(俗腔)이고 곤산강(昆山腔)은 아악(雅樂)이라고 설명한다. 마기가 속강을 불렀지만 나찰국 사람들은 도리어 아악이라고 여기는 대목에서 나찰국의 아속(雅俗)이 전도되어 있음을 알 수가 있다.

2) 교인(鮫人): 신화나 전설에 나오는 바닷속에 사는 인어(人魚). 이들은 교초(鮫綃)라고 하는 얇은 옷감을 잘 짠다고 하며, 눈물을 흘리면 응고되어 진주가 된다고 한다.

3) 대모(玳瑁): 거북과에 속하는 동물의 등껍질. 광택이 아름답기 때문에 장식품에 많이 쓰인다.

4) 규룡(虯龍): 상상의 동물로서 뿔이 난 작은 용.

5) 기가지벽(嗜痂之癖): 남송 사람 유옹(劉邕)은 남의 상처딱지를 떼어 먹으면서 그 맛이 마치 전복 같다고 말하며 좋아했다. 이로 말미암아 괴상한 취미를 '기가(嗜痂)'라고 일컫게 되었는데, 이 글에서는 미추(美醜)가 뒤바뀌고 아부를 일삼는 괴벽을 비유하여 쓰였다.

6) 능양(陵陽)의 바보는 춘추 시대 초나라 사람인 변화(卞和)를 지칭한다. 그가 일찍이 능양후(陵陽侯)에 봉해진 적이 있기 때문에 그런 호칭으로 부른 것이다. 변화는 초산(楚山)에서 박옥을 발견하여 여왕(厲王)과 무왕(武王)에게 바쳤지만 모두 돌멩이라고 하면서 각기 그의 발뒤꿈치를 잘라버리고 말았다. 문왕(文王)이 즉위하자 그는 박옥을 안고 형산(荊山) 아래에서 슬피 울었다. 문왕이 왜 우느냐고 묻자, 그는 보옥을 돌로 보고 정직한 선비를 사기꾼으로 모는 세태가 슬퍼서 운다고 대답했다. 문왕은 박옥을 쪼개어 보옥을 얻었고, 이를 '화씨벽(和氏璧)'

이라고 부르게 하였다. 연성옥(連城玉)은 성과 바꿀 만한 가치가 나가는 보물로서 화씨벽을 가리키는 말이다.

7) 신루해시(蜃樓海市): 환상의 세계. 신(蜃)은 교룡의 일종인데 숨을 내쉬면 누각이 만들어진다고 한다. 이런 현상을 '신루(蜃樓)'라고 부르며 또 다른 말로는 '해시(海市)'라고 한다. 실제로는 빛의 반사 작용에 의해 나타나는 허상으로서 바다 위나 사막에서 주로 나타난다.

공손구낭

1) 우칠(于七)의 난: 우칠은 이름이 낙오(樂吾), 자가 맹회(孟熹)이며 항렬이 일곱번째였다. 명나라 숭정 연간에 무과에 급제한 거인(擧人)으로 산동의 누하현(樓霞縣) 사람이다. 청나라 순치(順治) 5년(1648)에 내양과 서하 등을 거점으로 하여 반청의 기치를 들고 반란을 일으켰고, 강희(康熙) 원년(1662)에 진압되었다. 청나라 정부는 반란 지역 사람들에 대해 대대적인 학살을 자행했는데, 서하와 내양 두 현의 피해가 가장 극심했다.

2) 모함을 당해도 억울한 사정을 호소할 데가 없다는 뜻. 진나라의 헌공은 여희(驪姬)를 총애하다가 그녀의 말만 듣고서 태자 신생을 죽이려고 그로 하여금 동산(東山)의 고락씨(皐落氏)를 토벌하게 하였다. 태자가 울면서 떠나갈 때, 헌공은 이가 빠진 둥근 옥고리를 주어 부자지간의 의를 끊는다는 뜻을 나타냈다고 한다. 출전은 『좌전(左傳)』「민공(閔公)」 2년조.

호련 ― 여우의 대련

1) 남조(南朝)의 저언회(楮彦回)가 산음공주(山陰公主)를 물리친 고사를 인용해서 비꼰 말. 성격이 음탕한 산음공주는 저언회를 훔쳐보고 그를 좋아하게 되었다. 그녀는 황제에게 부탁하여 그를 서상각(西上閣)에서 열흘 동안 머물게 한 다음 한밤중에 찾아가 온갖 수단을 다해 동침을 강요하였다. 하지만 언회가 꼿꼿이 선 채로 새벽까지 버티면서 뜻을 굽히지 않자, 공주는 "당신의 구레나룻은 마치 창날처럼 뻣뻣하군요. 어찌 이리도 사나이의 기백이 없을까〔君鬚髥如戟, 何無丈夫氣〕!"라고 말했다고 한다. 『남사(南史)』「저언회전(楮彦回傳)」 출전.

2) 하원절(下元節): 음력 시월 보름. 보통 수신(水神)의 제사를 지내던 명절이었다.

3) 기사연종(己巳連踪)은 육십갑자에서 기(己)와 사(巳) 두 글자가 함께 출현하는 상황. 족하(足下)는 겉으로는 글자의 마지막 필획을 가리키지만, 원래는 '당신'이란 의미로서 초생을 지칭하는 말이다. 쌍도(雙挑)는 표면상으로 마지막 획을 위에서 내려긋는 것을 말하지만 사실은 그들 두 여자를 가리킨다. 다시 해석하면, '당신은 어찌하여 우리 둘 다 모른 체하시나요?'라고 풀이할 수 있다.

편편 ― 구름옷 짓는 선녀

1) 국자좌상(國子左廂): 국자감 좨주(祭酒)의 별칭. 국자감은 명청 시대의 최고 학부로서 그 장관을 좨주라고 불렀다. 국자감 건물의 동쪽 상방(廂房, 왼쪽 집)이 좨주가 일하고 휴식하는 공간이기 때문에 그런 이름이 붙었다고 한다.

2) 『시경(詩經)』「소아(小雅)·사간(斯干)」 편에, "아들을 낳으면 구슬로 장난감 삼고, 딸을 낳으면 기와를 주어

놀게 하지〔乃生男子, 載弄之璋. 乃生女子, 載弄之瓦〕"란 구절이 있다. 여기서 유래하여 딸을 낳으면 '농와(弄瓦)'라 하고, 딸만 낳는 여자를 두고 '기와가마〔瓦窯〕'라 하는 말이 생겨났다.

3) 동한(東漢) 영평(永平) 연간, 섬현(剡縣)에 사는 유신과 완조가 천태산(天台山)으로 약초를 캐러 들어갔다가 길을 잃고 헤매게 되었다. 그들은 두 선녀를 만나 집까지 초대되어 융숭한 대접을 받고 반년가량 그곳에 머물렀다. 유신과 완조가 고향을 그리워하자 두 선녀는 그들에게 길을 가리켜주며 배웅했는데 집에 돌아오니 시간은 벌써 칠 대(代)나 지나 있었다. 훗날 그들은 다시 천태산으로 선녀를 찾아갔지만 가는 길을 찾을 수 없어 되돌아오고 말았다. 남조(南朝) 송(宋)의 유의경(劉義慶)이 편찬한 『유명록(幽明錄)』에 실린 이야기이다.

촉직 — 귀뚜라미 싸움

1) 이정(里正) : 이장(里長). 명대에는 서로 이웃한 일백 가구를 합쳐 일 리(一里)로 규정한 뒤 그중에서 식구가 많고 재산이 많은 열 가구가 돌아가며 이장직을 맡도록 하였다. 이장은 세금과 부역을 독촉하거나 나눠 맡기는 역할을 수행했는데, 나중에 그 부담이 무거워지자 부자들은 관가에 뇌물을 주고 고충에서 벗어나는 한편 중하층 가구에 그 일을 떠넘겼다. 이들 중하층 인사들은 세력 있는 토호들을 독촉하지 못해 그들의 부담을 대신 물어주기 일쑤였기 때문에 재산을 탕진하는 사람까지 있었다.

2) 동생(童生) : 동자시(童子試)를 준비하는 학생. 합격하면 수재가 된다.

3) 청마두(靑麻頭) : 상등의 귀뚜라미 품종. 귀뚜라미는 보통 푸른 빛깔을 띠고 있어야 상품으로 친다. 아래에 나오는 호접(蝴蝶), 당랑(螳螂), 유리달(油利撻), 청사액(靑絲額) 등은 모두 귀뚜라미의 품종 명칭이다.

4) 연성지벽(連城之璧) : 여러 개의 성과 바꿀 만큼 가치가 높은 구슬. 전국 시대에 조(趙)나라가 화씨벽(和氏璧)을 얻자 진(秦)이 열다섯 개의 성과 바꾸길 원했다는 고사에서 유래한 성어로서 『사기(史記)』 「염파인상여열전(廉頗藺相如列傳)」에 보인다.

5) 명청 시대에는 삼 년마다 관리들의 근무고과를 매겨 성적을 평가했는데, 그중에서도 외관(外官)의 성적은 대계(大計)라고 하였다. 대계의 가장 좋은 성적은 '탁이(卓異)'로서 재능이 탁월하고 우수하다는 뜻이다.

6) 한(漢)나라 회남왕(淮南王) 유안(劉安)은 도를 닦다가 선약(仙藥)을 복용하고 신선이 되어 날아갔는데, 그 뒤 마당의 그릇에 남은 약을 핥아먹은 그 집의 가축들까지도 모두 하늘로 올라갔다고 한다. 『열선전(列仙傳)』에 실린 이야기로 여기서는 귀뚜라미가 받은 총애 덕분에 다른 관리들까지 덕을 본 상황을 풍자하고 있다.

향고 — 복수의 집념

1) 서형(庶兄) : 아버지의 첩이 낳은 의붓형을 가리킨다.

2) 할비지맹(割臂之盟) : 남녀간에 비밀로 맺은 결혼 약속. 춘추 시대 노(魯)나라 장공(莊公)은 대부(大夫) 당씨(黨氏)의 딸 맹임(孟任)에게 구애하면서 그녀를 정실부인으로 맞아들이겠다고 약속했다. 맹임이 이를 거절하자 장공은 팔뚝을 베어 피를 마시고 맹세했다고 한다. 『좌전』 「장공(莊公)」 32년조

에 보이는 이야기.

합이 — 비둘기 애호가

1) 땡땡이북[鼗鼓]: 발랑고(撥浪鼓)라고
도 한다. 자루가 긴 자그만 북으로 끈
을 달아 거기에 구슬을 매달았다. 자
루를 잡고 좌우로 돌리면 구슬이 북을
두드리게 되는 장난감의 일종.

2) 섭공은 용을 좋아해서 집안의 어느
물건에나 용을 새겨놓았다. 하늘의 용
이 그 사실을 알고 지상으로 내려와
집안에 들어서자 섭공은 기겁을 해 달
아나기에만 바빴다. 이로부터 생겨난
'섭공호룡(葉公好龍)'이란 말은 겉으로
만 좋아하는 척하는 사이비를 가리키
게 되었는데, 이 글에서는 뭔가를 애
타게 구하면 반드시 그 물건을 손에
넣을 수 있다는 뜻으로 인용하고 있다.
『신서(新序)』「잡사(雜事)」에 나오는
이야기이다.

3) 아도(阿堵): 돈. 왕이보(王夷甫)란
사람은 스스로 청고(淸高)를 자부하며
돈이란 말은 절대 입에 올리지 않았다.
한번은 그의 부인이 밤중에 침대 주변
에 돈을 가득 쌓아놓고 그를 시험하려
들었다. 왕이보는 아침에 일어나 돈이
자신이 나갈 길을 방해하는 줄 알게
되자 계집종을 불러 "이것들을 치우거
라[擧却阿堵物]" 하고 말하며 절대로
'돈'이란 단어를 입 밖에 내지 않았다.
'아도'는 육조(六朝) 시대의 구어로서
'이것'이란 뜻이다. 『세설신어(世說新
語)』「규잠(規箴)」편에 나오는 이야
기이다.

4) 손우년(孫禹年): 치천(淄川) 사람으
로 이름은 염령(琰齡)이다. 순치(順治)
연간 병부상서를 지냈던 손지해(孫之
獬)의 아들로서 『치천현지(淄川縣志)』
에 사적이 실려 있다.

강성 — 악처

1) 흑제사(黑帝祀): 도교의 사당. 흑제
는 도교에서 말하는 현천상제(玄天上
帝), 줄여서 현제(玄帝)라고도 하며 북
방을 주관하는 신이다.

2) 파두(巴豆): 파촉(巴蜀) 지방에서 생
산되는 약초. 콩과 닮았다고 하여 파
두라는 이름이 붙었다. 파숙(巴菽)이라
고도 하며 열매를 말려 약으로 쓰는데
구토나 설사를 일으키는 작용이 있다.

3) 학정이 각 성의 부학(府學)이나 주학
(州學), 현학(縣學)에 내려와 치르는 시
험을 세시(歲試)라 했는데 그 성적은
여섯 등급으로 나누었다. 여기서 우등
을 하면 수당을 더 지급받을 수 있었지
만, 오 등급이나 육 등급을 맞으면 옷
빛깔이 푸른색으로 바뀌고 공명을 박탈
당하는 불이익을 감수해야만 했다. 『명
사(明史)』「선거지(選擧志)」참조.

팔대왕 — 자라대왕

1) 초(楚)나라가 제(齊)나라를 침략하자
제의 위왕(威王)은 순우곤(淳于髡)을
조(趙)나라로 파견하여 구원을 청하게
했다. 초가 퇴각한 뒤 위왕이 술자리
를 벌여놓고 순우곤을 대접하며 주량
이 얼마나 되는지 물었더니, 그는 "신
은 한 말에도 취하고 한 섬에도 취합
니다[臣飮一斗亦醉, 一石亦醉]" 하고
대답하였다. 그리고 나서 설명한 이유
는 바로 위왕이 '밤새도록 통음하는
[罷長夜之飮]' 술버릇을 풍간하는 내
용이었다. 출전은 「사기」「골계열전
(滑稽列傳)」.

2) 유영(劉伶)의 자는 백륜(伯倫). 죽림
칠현의 한 사람인데 술을 마시는 데
있어 절제할 줄을 몰랐다. 그의 처가
술을 끊으라고 권유하자, 유영은 귀신
에게 맹세한 다음 술을 끊겠다면서 제

상을 차리게 하였다. 그리고 꿇어앉아 축수하길, "하늘이 저 유영을 내신 것은 술로 이름나게 하기 위함입니다. 한번 마셨다 하면 열 말을 들이켜고 다섯 말의 술로 해장을 합니다. 부인네의 말 따위는 삼가 들어주지 마옵소서〔天生劉伶, 以酒爲名. 一飮一斛, 五斗解醒. 婦人之言, 愼不可聽〕" 하면서 진탕 마시고 만취해 버렸다. 출전은 『세설신어』 「임탄(任誕)」 편.

3) 진(晉)대의 맹가(孟嘉)는 자가 만년(萬年)인데 정서장군(征西將軍) 환온(桓溫)의 참군(參軍)을 지냈다. 어느 구월 구일 환온이 용산(龍山)에서 개최한 연회에서 맹가는 바람에 모자를 날리고도 전혀 깨닫지를 못했다. 환온은 손성(孫盛)을 시켜 이를 조롱하는 문장을 짓게 했는데, 그는 태연히 거기에 응수하여 좌중을 ¯감탄시켰다. 『진서』 「맹가전」에 나온다.

4) 유영은 진(晉)에서 건위참군(建威參軍)을 지낼 때 항상 녹거(鹿車)라는 작은 수레를 타고 술 한 병을 끼고 다녔다. 하인에게는 삽 한 자루를 둘러메고 뒤따르게 하면서 "죽는 즉시 나를 파묻어라〔死便埋我〕" 하고 이르곤 하였다. 『진서』 「유영전」에 나온다.

5) 산간(山簡)은 자가 계륜(季倫)으로 죽림칠현의 일원인 산도(山濤)의 아들이다. 그는 형주자사(荊州刺史)를 지낼 때 언제나 밖에 나가 만취해서야 돌아오곤 했으므로 당시 사람들은 이런 노래를 지어 불렀다. "산공은 때때로 취했다 하면 곧장 고양지로 행차하시네. 날이 저물면 거꾸로 실려 돌아오는데 흠뻑 취해서 아무것도 모르지. 다시 준마는 탈 수 있지만 하얀 두건은 거꾸로 썼구나. 손들어 부하 갈강에게 묻는 말이 '나를 병주 남아와 비교하여 어떤가?'라네.〔山公時一醉, 徑造高陽池. 日莫倒載歸, 茗ㅜ無所知. 復能乘駿馬, 倒著白接䍦. 擧手問葛彊, 何如幷州兒?〕" 『세설신어』 「임탄」 편.

6) 도연명(陶淵明)은 동진(東晉)의 시인으로 자가 원량(元亮)이다. 이름은 잠(潛)이고 일찍이 강주좨주(江州祭酒), 진군참군(鎭軍參軍), 팽택령(彭澤令) 등의 벼슬을 지냈다. 시에서 음주를 묘사한 대목이 많아 호주가로 이름이 높다. 『송서(宋書)』 「본전(本傳)」의 기재에 따르면, 도연명은 집에 있을 때 늘 갈포(葛布)로 만든 두건으로 술을 거르곤 하였다. 이웃 사람이 초대한 술자리에서도 술병에 술지게미가 남은 것을 보면 언제나 두건을 벗어 술을 거르고 나서야 다시 뒤집어썼다.

7) 완적(阮籍)은 죽림칠현의 일원으로 위(魏)와 진(晉)의 교체기에 살았는데, 사마씨(司馬氏)의 박해를 피하기 위해 항상 술에 취해 살면서 예법을 무시하곤 하였다. 그의 이웃집에 주막을 하는 매우 아름다운 여자가 살고 있었다. 완적은 늘 그곳에 가서 술을 마시고 취하면 그녀의 곁에 쓰러져 자곤 했는데, 여자의 남편이 둘의 관계를 의심하여 몰래 관찰했지만 끝내 아무 기미도 발견할 수 없었다고 한다. 『세설신어』 「임탄」 편.

8) 당(唐)대의 유명한 서예가 장욱(張旭)은 초서를 잘 써 '초성(草聖)'이란 별명이 있었다. 술을 좋아해 취한 다음이면 먹물에 머리를 적시고 붓을 찾아 휘두르는 모양이 마치 신의 도우심이 있는 것처럼 보였다. 출전은 『당국사보(唐國史補)』.

9) 하지장(夏知章)은 당(唐)대의 시인으로 술을 좋아하고 거칠 것 없는 성격이었다. 두보(杜甫)는 「음중팔선가(飮

中八仙歌)」라는 시에서 그의 취한 모습과 호방한 성격을 다음과 같이 묘사하였다. "하지장은 배를 타듯 흔들흔들 말을 타지. 눈앞이 어찔거려 우물에 떨어지고도 달게 잠을 잔다네〔知章騎馬似乘船, 眼花落井水底眠〕."

10) 진(晉)대의 필탁(畢卓)은 이부랑(吏部郞)을 지낼 때 늘 술을 마시며 업무를 돌보지 않았다. 한번은 이웃집의 술이 익자 필탁은 한밤중에 그곳으로 가 술을 훔쳐 마시다 주인에게 들키고 말았다. 주인은 필탁인 줄 알자 결박을 풀어주었지만, 그는 도리어 주인을 술독 옆에 앉히고 진탕 마신 뒤 취해서야 돌아갔다. 『진중흥서(晉中興書)』에 나온다.

11) 장순민(張巡民)은 『화만록(畵墁錄)』에서 별음(鼈飮)과 수음(囚飮)에 관해 설명하고 있다. 멍석으로 온몸을 말고 머리만 삐쭉 내놓은 채 술을 마신 뒤 얼른 고개를 안으로 움츠리는 것을 '별음'이라 하고, 맨발을 드러낸 채 차꼬를 차고 마시는 방법은 '수음'이라 불렀다.

12) 청상곡(淸商曲) : 고대의 민간 악곡. 『통전(通典)』「청악(淸樂)」의 설명에 따르면 사용하는 악기에 따라 청조(淸調), 평조(平調), 금조(琴調)의 세 종류 악곡이 있다고 한다. 여기서는 청아하고 유장한 민간 음악을 가리킨다.

13) 이하(李賀)는 당(唐)대 중엽의 시인으로 자가 장길(長吉)이다. 이상은(李商隱)은 『이장길소전(李長吉小傳)』에서 그를 다음과 같이 묘사하였다. "장길은 마르고 수척했으며 눈썹이 서로 맞닿아 있고 손톱을 길게 길렀다. 시는 몹시 고심하며 지었지만 글씨는 매우 빠르게 쓸 수 있었다〔長吉細瘦, 通眉, 長指爪. 能苦吟疾書〕."

14) 소진(蘇秦)은 전국 시대의 저명한 종횡가로 진(秦)나라에 대응하기 위한 합종(合縱)을 주장하였다. 한때 여섯 나라의 재상인(宰相印)을 허리춤에 차기도 했지만 연(燕)에서 제(齊)나라로 들어간 뒤 '다섯 마리 소에 사지가 찢기는〔五牛分尸〕' 형벌을 받고 죽었다. 『사기』「소진열전」에 상세한 기록이 보인다.

15) 오도자(吳道子)는 당나라의 화가인데, 소식(蘇軾)은 「제오도자화후(題吳道子畵後)」에서 그의 뛰어난 솜씨를 이렇게 묘사하였다. "도자는 인물화를 그림에 있어 등불에 비친 그림자처럼 정확했다. 보내고 맞이함, 측면 묘사, 가로 세로의 붓놀림, 서로 더하고 빼는 것까지도 너무나 자연스러워 한 치의 오차도 없었으니, 고금에 걸쳐 그림의 제일인자라 하겠다〔道子畵人物, 如以燈取影, 送往順來, 旁見側出, 橫寫平直, 各相乘除, 得自然之數, 不差毫末, 古今一人而已〕."

소구낭 — 첩살이

1) 빙감서(氷鑒書) : 관상(觀相)에 대한 책. '빙감'은 얼음에 모습을 비춘다는 뜻으로서 얼굴 생김새에 근거하여 사람의 길흉화복을 판단하는 방법을 적은 책이다.

2) 소양원은 소양전(昭陽殿)으로 한나라의 궁전 명칭. 성제(成帝) 때 미모로 유명하던 조비연과 그녀의 여동생 합덕(合德)이 기거하던 곳으로 주로 황궁의 내원(內苑)을 가리키는 말이다.

3) 맹광거안(孟光擧案) : 어려운 처지에 놓인 남편을 아내가 잘 받드는 모습을 말한다. 한나라 때 양홍(梁鴻)은 매우 지조 있는 선비였지만 한때 곤경에 처해 남의 집 쌀을 빻아주며 생활했다. 그가 집으로 돌아오면 아내 맹광은 식사 때마다 밥상을 눈썹 높이까지 들어올림으로

써 남편에 대한 공경의 뜻을 나타냈다
한다. 출전은 『후한서(後漢書)』 「양홍전
(梁鴻傳)」이다.
4) 화타(華陀): 한말(漢末)의 명의. 자
는 원화(原化)로서 처방약, 뜸과 침술
및 외과 수술에 정통했다. 처음으로 마
비산(麻沸散: 마약의 한 종류)과 오금
희(五禽戱)를 창제했고 조조(曹操)의
만성두통을 치료한 것으로 유명하다.
훗날 여러 번 부름을 받고도 가지 않
다가 결국 조조에게 피살되고 말았다.

공선 — 소맷자락 안의 세상

1) 『요지연(瑤池宴)』: 요지는 곤륜산(崑
崙山)에 있다는 연못 이름으로서 서왕
모(西王母)가 산다는 곳이다. 요지의
반도복숭아가 열매를 맺으면 서왕모가
자신의 수연(壽宴)을 열고 여러 신선
들의 축하를 받는다는 내용의 연극이
바로 『반도회(蟠桃會)』나 『팔선경수(八
仙慶壽)』 같은 명대의 전기(傳奇)들이다.
2) 조장(弔場): 희곡 용어. 중국 전통극
에서 가장 정채롭거나 관객들이 좋아
하는 한 막만을 따서 독립적으로 연출
하는 극을 일러 절자희(折子戱)라 한
다. 이 절자희의 첫머리에서 한두 명
의 조연급 인물들이 무대에 올라 극의
전반부를 설명함으로써 관중들이 후반
부의 공연을 쉽게 이해할 수 있도록
도와주는 것을 말한다.
3) 새홍(塞鴻): 새상홍안(塞上鴻雁)의
준말. 한나라의 소무(蘇武)가 흉노에게
붙잡혀 있을 때, 한의 사절이 흉노에
게 그를 내줄 것을 요구하며 천자가
상림(上林)에서 기러기 한 마리를 잡
았는데 그 발에 소무의 편지가 매달려
있더라고 거짓말을 한 데서 비롯되었
다. 당대의 전기 『무쌍전(無雙傳)』에서
남녀 주인공들의 편지를 전해 주는 하

인의 이름도 역시 새홍이었다. 대체로
남의 편지를 전달하는 심부름꾼을 일
컫는 말로 통용된다.
4) 소랑(蕭郞): 옛날 시사(詩詞)에 자주
등장하는 어휘로, 사랑하는 남자를 가
리키는 말이다. 본래는 황제가 되기
이전의 양 무제(梁武帝) 소연(蕭衍)을
일컫는 호칭이었다고 한다.

매녀 — 이승과 저승 사이

1) 전사(典史): 관직 이름. 지현(知縣)
의 속관으로서 죄인들의 체포나 옥사
장 일을 맡았다.
2) 쌍륙(雙陸): 규중의 아녀자들이 즐기
던 바둑 비슷한 놀이. 판 메우는 수를
'말[馬]'이라고 불렀기 때문에 타마(打
馬)라는 명칭도 있다.
3) 청루(靑樓): 기생방의 다른 이름.
4) 강희 23년으로 1684년에 해당한다.
5) 패구(貝丘): 옛날 지명. 지금의 산동
성 박흥현(博興縣)을 말한다.
6) 원보(元寶): 말굽은[馬蹄銀]. 역대
왕조에 통용되던 화폐의 일종이다.

아영 — 앵무새의 보은

1) 사리(司李): 각 주(州)의 감옥과 소송
을 관장하던 관리. 사리(司理)라고도
불렀는데 명대의 추관(推官)에 해당한다.
2) 진길료(秦吉了): 구관조의 다른 이
름. 생김새는 앵무새와 비슷하며 역시
사람의 말을 지껄일 줄 아는 새이다.

청아 — 신기한 호미

1) 현위(縣尉): 현(縣)의 형사 사건과
범인 체포 등을 관장하던 관리. 명대
부터는 현위를 폐지하고 전사(典史)에
게 동일한 업무를 맡겼기 때문에 전사
의 이칭(異稱)으로 쓰인다.
2) 평사(評事): 관직 이름. 형옥(刑獄)

을 심리하는 직분을 맡았다.

3) 하선고(何仙姑): 도교에서 말하는 팔선(八仙)의 하나. 당나라 때 광동의 증성(曾城) 출신으로 운모계(雲母溪)에 살았는데 열네댓 살 무렵 운모(雲母) 가루를 먹고 신선이 되었다. 혹은 여동빈(呂洞賓)에게 구원받은 조선고(趙仙姑)의 다른 이름이라고도 한다.

4) 상방(廂房): 본채 양옆으로 지은 집. 곧 곁채.

5) 발공(拔貢): 추천으로 국자감에 들어온 생원의 일종. 청대 초기에는 육 년에 한 번씩 각 성의 학정이 학업과 품행이 모두 우수한 학생을 선발하여 수도로 보내 발공이 되게 하였다.

6) 동호생(同號生): 시험장에서 같은 방을 쓰는 학생. 향시를 치르는 공원(貢院)은 안쪽이 약간의 항사(巷舍)로 나누어져 있는데『천자문(千字文)』의 배열에 따라 방 호수가 매겨졌다. 각각의 항사는 몇십 칸의 작은 방으로 꾸며져 있고 시험생 한 명이 한 칸씩을 차지하여 그 안에서 시험을 치렀다.

아두―기생이 된 여우

1) 제생(諸生): 유생(儒生)의 다른 말. 명청 시대에는 보통 생원을 일컬어 제생이라 하였다.

2) 육영당(育嬰堂): 버려진 아이들을 데려다 키우던 기관. 오늘날의 고아원과 같은 개념이다.

3) 위징은 당 태종 시절의 간의대부(諫議大夫)인데 사람됨이 바르고 정직해서 황제에게도 곧잘 직언을 올렸다. 누군가 그의 거동이 태만하다고 비난하자, 태종은 그를 두둔하면서 "나한테는 예쁘게만 보이는구나[我但覺嫵媚]" 하고 말했다 한다. 출전은『당서(唐書)』「위징전(魏徵傳)」이다.

여덕―용궁의 물독

1) 납일(臘日): 한대(漢代)에는 음력 섣달 초여드레에 여러 신들에게 그해의 마지막 제사를 지내는 풍속이 있었다. 이를 납제(臘祭)라 하고, 이날은 납일이라 불렀다.

봉삼낭―규방 동무

1) 상원일(上元日): 당나라 때부터 음력 정월, 칠월, 시월 보름을 상원(上元), 중원(中元), 하원(下元)이라고 불렀으므로 정월 대보름을 가리키는 말이지만 우란분회를 거행했다는 본문으로 보아 이 글에서는 중원일을 가리키는 듯하다.

2) 우란분회(盂蘭盆會): 불교의 명절로 중원절(中元節) 혹은 귀절(鬼節)이라고 한다. '우란분'은 범어의 음역으로 곤경에서 벗어난다는 뜻이다. 석가모니의 제자 목련(目連)이 지옥에서 고통받는 어머니를 보고 부처에게 구원을 청했더니, 석가는 칠월 십오일에 백 가지 맛의 음식을 차려놓고 십만 승려에게 재를 올리면 어머니가 해탈할 수 있다고 하였다.『우란분경(盂蘭盆經)』에 기재된 이 신화에 근거하여 훗날 우란분회가 생겨났는데 중국에서는 양(梁)나라 무제(武帝) 때부터 시작되었다. 이 기간 동안은 승려에게 시주를 하는 것 외에 독경법회나 수륙도량(水陸道場) 등의 종교 행사가 거행된다.

3) 모수(毛遂)는 전국 시대 조(趙)나라 사람으로 평원군(平原君) 문하의 식객이었다. 스스로를 천거하여 초(楚)나라에 사신으로 파견되었고 위엄과 달변으로 상대방을 제압하는 공을 세웠다. 조구생(曹丘生)은 한(漢)나라 사람으로 어딜 가나 계포(季布)를 찬양하는

바람에 계포가 힘들이지 않고 명성을 널리 퍼뜨릴 수 있었다고 한다. 두 사람 모두 『사기』에 「열전」이 있다.

4) 오금도(五禽圖): 동한의 명의 화타가 창시한 수련 자세. 호랑이〔虎〕, 사슴〔鹿〕, 곰〔熊〕, 원숭이〔猿〕, 새〔鳥〕 등 다섯 가지 동물의 자세를 흉내 내는데 손발은 뻗고 고개를 들며 몸은 숙인 채 활동하는 따위를 가리킨다.

5) 제일천(第一天): 도가에서는 신선이 사는 곳을 '하늘〔天〕'이라 부르는데, 모두 서른여섯 개의 하늘이 존재한다고 믿는다. 제일천은 수련을 쌓아 도달할 수 있는 최고의 경지를 가리킨다.

호몽 ― 꿈속의 여우

1) 「청봉전(靑鳳傳)」: 『요재지이』 제1권에 실린 「청봉」을 가리킨다.

2) 요재(聊齋): 이 글을 지은 포송령의 서재. 곧 작자 자신을 지칭하는 말이다.

3) 서왕모(西王母): 신화 속의 인물. 『산해경(山海經)』에서는 그녀를 호랑이 이빨에 쑥대머리, 휘파람을 잘 부는 괴물로 그려놓고 있지만, 이후의 신화나 전설에서는 차츰 절세미인의 여신으로 변모했다. 소설이나 희곡에서는 보통 '요지금모(瑤池金母)'로 호칭된다. 반도복숭아가 익을 때면 크게 수연을 여는데 그때마다 여러 신선들이 찾아와 그녀의 장수를 빌기 때문에 불로장생의 상징적 인물로 받들어지기도 한다.

4) 화조사(花鳥使): 『천중기(天中記)』의 기록에 따르면, 당대 천보(天寶) 연간에 풍류를 아는 아름다운 궁녀들을 뽑아 연회를 돌보게 하면서 '화조사'라는 명칭을 붙여주었다 한다. 여기서는 서왕모의 수연에서 시중을 드는 선녀를 가리킨다.

장아단 ― 귀신의 죽음

1) 약왕전(藥王殿): 약왕보살이 계신 전각. '약왕'은 중생의 몸과 마음을 양약으로 치료해 주는 불교의 한 보살이다.

2) 적(聻): 귀신이 죽어 변한다는 전설적 존재. 『오음집운(五音集韻)』에 다음과 같은 기록이 있다. "사람이 죽으면 귀신이 되니, 누구나 귀신을 보면 무서워한다. 귀신이 죽으면 적이 되는데, 귀신도 적을 보면 두려워한다. 만약 전서체로 '적' 자를 써서 문에 붙여놓으면 모든 귀신들이 천 리 밖으로 멀리 달아난다〔人死作鬼, 人見懼之; 鬼死作聻, 鬼見怕之. 若篆書此字帖于門上, 一切鬼祟, 遠離千里〕."

화고자 ― 향기로운 연인

1) 발공(拔貢): 명대의 선공(選貢)과 같은 용어. 청대에 이르러는 순치(順治) 연간에 늠선생원(廩膳生員) 중에서 처음으로 선발되었다.

2) 자고(紫姑): 민간에서 모시는 여신의 일종. 이름은 하미(何媚)이고 당나라 때 수양자사(壽陽刺史) 이경(李景)의 첩이었다고 한다. 정월 대보름날 본부인에 의해 변소에서 피살당했는데, 옥황상제의 동정을 사 '변소의 신〔厠神〕'으로 봉해졌다고 한다. 이날이 되면 변소 혹은 돼지우리 옆에서 그녀를 맞아들여 농잠이나 길흉화복을 점치는 행사가 당나라 때부터 비롯되었다 하며 『형초세시기(荊楚歲時記)』나 『현이록(顯異錄)』 등의 서적에 두루 소개되어 있다.

3) 주정(主政): 벼슬 이름. 명청 시대에는 중앙 각 부의 주사(主事)를 '주정'이라고 호칭했다.

서호주 ― 서호공주

1) 연(燕): 옛날 연나라가 있던 땅. 지금

의 하북성과 그 이북 지역을 가리킨다.

2) 저파룡(猪婆龍): 양자강 악어〔揚子鰐〕의 별칭. 길이가 2미터쯤 되며 몸에는 비늘이 돋아 있다.

3) 송나라 때 해주(解州) 염전의 생산량이 감소하는 일이 생겼는데, 전하는 말로는 치우의 장난이라 하였다. 조정에서는 장천사(張天師)에게 영을 내려 관우(關羽)의 신통력으로 치우를 정벌토록 하였다. 출전은 팽종고(彭宗古)의 『관제실록(關帝實錄)』. 치우는 상고 시대의 부족 추장으로 황제(黃帝) 헌원씨(軒轅氏)에게 피살당한 인물이며, 관성제는 삼국 시대 촉나라의 장수 관우를 말한다.

4) 녹주(綠珠): 진(晉)나라 석숭(石崇)의 애첩으로 구슬 삼십 말을 주고 사들였다는 여자. 여기서는 몸값이 대단히 높은 미녀를 가리킨다.

5) 곽자의(郭子儀): 당나라 숙종(肅宗) 때 사람으로 분양군왕(汾陽郡王)에 봉해졌다. 부귀와 장수, 자손 복이 넘치는 사람을 표현할 때 흔히 인용되는 인물이다.

6) 석숭(石崇): 진(晉)나라 사람으로 호는 계륜(季倫). 엄청난 부자로 이름이 높았다.

오추월

1) 제번(提旛): 옛날 상갓집의 대문에 내걸던 흰색 깃발. 가경(嘉慶) 4년(1799)의 『수광현지(壽光縣志)』에는 다음과 같은 대목이 기록되어 있다. "염습을 마치면 여덟 자짜리 천으로 죽은 사람의 이름을 써서 대문 옆에 세워놓는다. 종이로 그렇게 하는 경우도 있다〔旣殮後, 以布八尺書死者姓氏樹立門側, 亦有以楮爲之者〕."

연화공주

1) 계부(桂府)는 계수나무가 있다는 월궁(月宮)을 말하지만 이 글에서는 두 가지 뜻을 내포하는 쌍관어(雙關語)이다. 사실상 연화공주가 사는 계부를 지칭하는데 한편으론 '과거에 급제했다〔蟾宮折桂〕'는 뜻도 함유되어 있다.

2) 주돈이(周敦頤)의 「애련설(愛蓮說)」에 "나는 유난히 연꽃을 사랑한다. 진흙탕에서 피어나면서도 더러움에 물들지 않고 맑은 물결에 몸을 씻으면서도 요염한 자태가 없기 때문이다. 가운데는 텅 비었고 외관은 곧으며 넝쿨이 없고 곁가지도 치지 않는다. 향기는 멀리 갈수록 더욱 맑아지고, 고결한 모습으로 곧게 서며, 멀리서 볼 수는 있어도 가까이 다가가 희롱하기는 어렵다〔予獨愛蓮之出汚泥而不染, 濯淸漣而不妖, 中通外直, 不蔓不枝, 香遠益淸, 亭亭淨植, 可遠觀而不可褻翫焉〕" 하는 대목이 있다. 두욱은 우연히 「애련설」의 의미를 차용했지만 그것이 공교롭게도 연화공주의 이름과 암암리에 합치되었다.

3) 당나라 심기제(沈旣濟)의 전기 소설 『침중기(枕中記)』를 인용한 대목. 노생(盧生)이 한단의 주막에서 도사 여옹(呂翁)을 만나 자신의 빈궁한 신세를 한탄하자, 여옹은 그에게 베개를 내주며 꿈속으로 인도한 뒤 온갖 부귀영화를 맛보게 한다는 이야기이다. 훗날 이 소설은 『한단기(邯鄲記)』라는 희곡으로 각색되기도 하였다.

4) 등인(等因): 옛날 공문서에 쓰이던 상투어. 인용한 문구 다음에 써서 끝을 알리고 그 다음부터는 글쓴이의 의견을 진술한다.

김생색 — 망자의 복수

1) 『좌전(左傳)』「환공(桓公)」 15년조에 다음과 같은 이야기가 나온다. "옹희가 그녀의 어머니에게 물었다. '아버지와 남편 중에서 누가 더 가까운 분입니까?' 그러자 어머니가 대답했다. '사내라면 모두 지아비가 될 수 있지만 아버지는 오직 한 분뿐이시다. 어떻게 비교할 수 있겠느냐?〔雍姬謂其母曰 : '父與夫孰親?' 其母曰 : '人盡夫也, 父一而已, 胡可比也.'〕"

팽해추 — 신선의 뱃놀이

1) 광릉(廣陵) : 옛날 지명. 지금의 강소성 양주시(揚州市)에 해당한다.
2) 「부풍호사지곡(扶風豪士之曲)」 : 당대 시인 이백(李白)의 「부풍호사가(扶風豪士歌)」. 시인이 부풍의 호걸과 서로 의기투합하여 깊은 우의를 나누게 되었다는 내용의 시이다. 부풍은 옛날 지명으로 지금의 섬서성 봉상현(鳳翔縣) 일대를 말한다.
3) 새로운 애인을 찾지 말아달라는 당부의 뜻이다. 임공은 지금의 사천성 공래현(邛崍縣)을 가리키는 지명으로 한나라 때 탁왕손(卓王孫)의 딸 탁문군(卓文君)이 살던 고장이다. 사마상여(司馬相如)는 이곳에서 탁문군을 처음 만났고 둘은 야반도주하여 부부가 되었다.

신랑 — 사라진 신랑

1) 강남(江南) : 청대 순치(順治) 2년 (1645), 명대에 남직예(南直隷)로 불리던 지방을 강남성으로 개칭했는데 관할 구역이 지금의 강소(江蘇)와 안휘(安徽) 두 성이었다. 그 뒤 강희 6년에 강소와 안휘로 분할했지만 지금까지도 습관적으로 이 두 지역을 강남이라 부른다.

2) 매우장(梅耦長) : 이름은 경(庚), 자가 우장이며 안휘성 선성(宣城) 사람이다. 강희 연간의 거인으로 여러 번 진사 시험을 보았지만 급제하지는 못했고 절강 태순현(泰順縣)의 지현(知縣)을 지내기도 하였다. 시와 서예에 능통했고 그림에도 일가견이 있었으며 왕사진(王士禛)과 매우 절친한 사이였다고 한다. 『천일각집(天逸閣集)』이란 문집이 있으며, 『청사고(淸史稿)』 「문원전(文苑傳)」에 전기가 보인다.

선인도

1) 중국어로 물벼락 맞았다는 의미의 '중습(中濕)'과 과거에 급제했다는 뜻의 '중식(中式)'은 같은 발음이므로 조롱하는 뜻에서 그렇게 말한 것이다.
2) 「죽지사(竹枝詞)」 : 「죽지(竹枝)」라는 민가를 모방한 시. 「죽지」는 사천성 중경(重慶) 일대의 민요로서, 주로 남녀간의 애정을 노래하고 있다.
3) 근체시(近體詩) : 시가 체제의 한 종류. 금체시(今體詩)라고도 부르는 격률시를 일컬으며 형식은 5언과 7언으로 율시(律詩), 절구(絶句), 배율(排律)이 있다. 배율이 구절 수를 제한하지 않는 것 외에는 시의 구절 수, 글자 수, 평측(平側), 대장(對仗), 용운(用韻) 등을 엄격히 따져 짓는다.
4) 이 시는 위아래 뜻이 연결되지 않으며 각각의 구절 또한 의미가 성립되지 않는다. 위의 구절은 본래 꺾이지 않는 사나이의 기상을 노래하려는 의도였지만 온몸을 통틀어 남은 것이라곤 눈썹과 수염뿐이라는 뜻이 되었다. 아래 구절은 술을 통해 울분을 씻어낸다는 내용이므로 응당 '통음(痛飮)'이라고 말해야 할 것을 깔짝대며 마신다는

'소음(小飮)'이라고 잘못 묘사하고 있다. 수염과 눈썹은 본디 남성미의 상징으로 보통 남자를 지칭하는 의미로 쓰인다.

5) 『서유기(西遊記)』 41회를 보면, 손오공이 산속의 화운동을 지나다가 홍해아(紅孩兒)라는 요귀의 공격을 받아 온몸의 털이 홀랑 타버리는 대목이 있다. 또 53회에는 저팔계가 서쪽 양녀국(梁女國)의 자모하를 지나다가 강물을 마시고 임신하는 바람에 뱃속에 핏덩어리가 엉켜 배가 풍선처럼 부풀어 오르지만 나중에 낙태천(落胎泉)의 샘물을 마시고 태기를 없앴다는 이야기가 나온다. 방운은 이 두 대목을 빌려 왕면의 시가 어불성설임을 비꼰 것이다.

6) 『논어』 「선진(先進)」 편에 나오는 한 대목이다. "공자께서 말씀하셨다. '효자로다 민자건이여, 사람들도 그 부모와 형제가 그를 칭찬하는 말에 이의가 없구나'〔子曰: '孝哉閔子騫, 人不間於其父母昆弟之言'〕."

7) 뜻이 높고 심원하며 문채가 찬란하다는 뜻. 갈고(羯鼓)는 고대의 갈족(羯族)이 쓰던 북으로 옻칠한 통처럼 생겼으며 양면을 두드릴 수 있다. 소리가 빠르고 급하며 음정이 높고 맑다고 한다.

8) 한의학에서 사람의 '아픈 곳〔痛〕'은 혈맥(血脈)이 '통하지 않기〔不通〕' 때문에 생긴다고 인식한다. 여기서는 문장의 뜻이 통하지 않는 것을 풍자하기 위한 의도로 차용하고 있다.

9) 왕면의 자가 민재(畢齋)임을 떠올려서 한 말이다.

10) 『맹자』 「양혜왕(梁惠王)」 하편에 다음과 같은 대목이 나온다. "맹자가 '혼자 음악을 즐기는 것과 다른 사람과 함께 음악을 듣는 것, 어느 편이 더 즐겁겠습니까?' 하고 묻자, 양혜왕은 '다른 사람과 함께 즐기는 게 낫겠지요' 하고 대답했다〔孟子曰: 獨樂樂, 與人樂樂, 孰樂? 曰: 不若與人〕."

11) 왕면은 본래 『맹자』를 인용하여 함께 즐긴다는 의미를 강조할 작정이었지만, 방운은 원문에 글자를 첨삭하고 일부러 틀리게 읽음으로써 그런 쾌락을 원하지 않는다고 해학적으로 표현하고 있다.

12) 『맹자』 「이루(離婁)」 상편에서 맹자가 한 말. 원문은 다음과 같다. "사람의 선악을 관찰하기에 그 사람의 눈동자만큼 좋은 것이 없으니, 눈동자는 그의 악한 생각을 감추지 못하기 때문이다. 마음이 바르면 눈동자가 빛이 나고, 마음이 바르지 않으면 눈빛이 흐리다. 그 사람의 말을 듣고 또 그 눈빛을 살핀다면 그의 마음 됨됨이를 어떻게 감출 수 있겠는가〔存乎人者, 莫良於眸子. 眸子不能掩其惡. 胸中正, 則眸子瞭焉; 胸中不正, 則眸子眊焉. 聽其言也, 觀其眸子, 人焉廋哉〕?"

13) 산동의 방언으로 '요자(瞭子)'는 남성의 생식기와 같은 발음이다.

14) '황조(黃鳥)'는 남성의 생식기를 비유하는 말. '초(楚)'는 원래 나무 이름이지만 여기서는 고통을 나타내는 '통초(痛楚)'의 의미로 쓰였다.

15) 지선(地仙): 인간 세상에 사는 선인(仙人). 갈홍(葛洪)의 『포박자(抱朴子)』 「논선(論仙)」 편에 다음과 같은 내용이 수록되어 있다. "『선경』에 기재된 바에 따르면, 훌륭한 선비가 형체 그대로 하늘로 올라가면 이는 천선이 되었다 말하고, 명산에 노니는 중간 선비는 지선이라 부르며, 죽은 뒤에야 허물을 벗는 품계가 가장 낮은 선비는 시해했다고 일컫는다〔按『仙經』云: 上士

舉形升虛,　謂之天仙;　中士游于名山,
謂之地仙; 下士先死後蛻, 謂之尸解].”

호사낭 — 구박데기 사위

1) 유재(遺才): 수재에게는 향시(鄕試)
   에 앞서 과시(科試)를 치러야만 향시
   에 참석할 수 있는 자격이 주어졌다.
   미처 과시를 보지 못한 수재들은 성도
   (省都)에 모여 다시 보궐 시험을 치렀
   는데, 이 시험을 일컬어 '녹과(錄科)'
   혹은 '유재시(遺才試)'라 하였다. 시험
   에 합격하면 명단이 상부로 올라가 향
   시에 참석할 수 있게 된다.

2) 납공(納貢): 명청 시대에는 국가에
   돈을 헌납하면 국자감 감생(監生)의
   자격을 취득할 수 있었다. 보통 신분
   으로 돈을 내고 감생이 되면 '예감(例
   監)'이라 부르고, 생원이 돈을 내면 납
   공이라 했는데 납공한 사람에겐 향시
   에 참가할 수 있는 자격이 주어졌다.

3) 서길사(庶吉士): 관직 명칭. 명대 초
   기 영락(永樂) 연간에는 한림원(翰林
   院)에 예속시켜 진사 중에서도 문장과
   글씨에 능한 사람만으로 충당했다. 청
   대에는 한림원에 서상관(庶常館)을 두
   고 전시가 끝난 뒤 진사들 중에서도
   시험 성적이 우수한 사람만을 골라 서
   길사로 임명했는데, 삼 년이 지나면
   다시 시험을 치러 성적에 따라 관직을
   수여했다.

유생 — 혼인의 연(緣)

1) 월하노인(月下老人): 남녀의 혼인을
   주관한다는 전설상의 신. 그가 붉은
   실로 부부가 될 남녀의 발을 묶으면
   이역만리 떨어진 곳의 원수 집안끼리
   라도 반드시 혼인이 이뤄진다고 한다.

섭정

1) 노왕(潞王): 명나라 목종(穆宗)의 넷
   째 아들 주익유(朱翊鏐). 위휘(衛輝)를
   봉토로 하사받았다. 회경은 그 지경
   내의 지명으로 지금의 하남성 심양현
   (沁陽縣)이다.

2) 섭정(聶政): 전국 시대의 자객. 지
   (軹)의 심정리(深井里) 사람으로 돼지
   백정이었다. 엄중자(嚴仲子)의 부탁을
   받고 한(韓)의 재상 협루(俠累)를 살
   해했는데 가족들이 이 일에 연루될 것
   을 걱정하여 스스로 얼굴을 훼손하고
   배를 갈라 죽었다고 한다. 『사기(史
   記)』「자객열전(刺客列傳)」에 보인다.

3) 「자객전(刺客傳)」: 『사기』「자객열전」
   을 지칭하며 춘추전국 시대의 자객 다
   섯 명, 즉 노(魯)의 조말(曹沫), 오(吳)
   의 전제(鱄諸), 진(晉)의 예양(豫讓),
   위(魏)의 섭정, 연(燕)의 형가(荊軻)의
   전기를 수록했다.

4) 예양(豫讓): 춘추 시대 말엽의 자객.
   그가 섬기던 지백(智伯)이 조양자(趙
   襄子)에게 피살당하자 복수를 맹세한
   뒤 온몸에 옻칠을 해 문둥이로 가장하
   고 숯을 삼켜 목소리까지 변하게 만들
   었다. 다리 밑에 숨어 있다가 조양자
   를 암살하려던 계획이 실패하고 체포되
   자 조양자에게 부탁하여 그의 옷을 칼
   로 갈기갈기 찢은 뒤 자살했다고 한다.

5) 전제(鱄諸): 전제(專諸)라고도 하며
   춘추 시대 오나라의 자객이다. 초(楚)
   의 오자서(伍子胥)는 오나라로 피난하
   여 공자(公子) 광(光)을 섬겼는데, 그
   가 오왕 요(僚)를 죽이고 왕이 되려
   하자 오자서는 전제를 자객으로 추천
   했다. 공자 광은 연회를 벌여 요를 초
   대했고 요리사로 가장한 전제는 물고
   기 뱃속에 비수를 숨기고 접근하여 요
   를 찔러 죽인 뒤 자신도 그 자리에서

목숨을 잃었다.

6) 조말(曹沫): 춘추 시대에 노(魯)의 장공(莊公)을 모시던 자객. 『좌전(左傳)』에는 조귀(曹劌)라는 이름으로 나오지만 같은 사람이다. 당시 노나라가 제(齊)와 전쟁을 하다가 많은 땅을 잃게 되자 장공은 영토를 할양하며 화친을 청했고, 제 환공(桓公)은 이를 받아들여 가(柯)에서 조약을 맺게 되었다. 회담 도중 조말은 느닷없이 환공에게 비수를 들이대며 땅을 돌려달라고 협박했다. 환공이 어쩔 수 없이 이에 응하자 조말은 비수를 거둬들이고 자기 자리로 되돌아가 태연한 기색으로 이야기를 계속했다고 한다.

7) 형가(荊軻): 전국 시대 말기 연나라의 자객인 형경(荊卿). 본래는 위(衛)나라 사람이지만 연으로 가서 태자 단(丹)의 사랑을 받았다. 진에서 투항한 번오기 장군의 수급(首級)과 독항(督亢) 땅의 지도를 바친다는 구실로 진시황을 찾아간 뒤 암살을 시도했다. 하지만 지도 속에 감춘 비수를 꺼내는 순간, 놀란 진시황이 재빨리 몸을 피하는 바람에 암살은 실패했고 형가는 그 자리에서 목숨을 잃었다.

8) 양각애와 좌백도는 전국 시대 사람으로 친구 사이였다. 초왕이 어진 사람을 구한다는 소문을 듣고 두 사람은 함께 초나라로 떠났다. 도중에 폭설을 만났는데 옷도 얇고 식량마저 떨어져 둘 다 살기 어려운 지경에 이르자 좌백도는 자신의 옷을 벗어 양각애의 몸을 녹여주고 스스로는 수풀 속에서 꽁꽁 언 채 굶어 죽었다. 초에 닿은 양각애는 상경(上卿)이 되었고, 초왕은 또 상경의 예로 좌백도의 장례를 후하게 치러주었다. 그런데 양각애의 꿈에 좌백도가 나타나 형가의 무덤이 바로

근처에 있고 그가 자신을 괴롭힌다고 말하자, 양각애는 스스로 목숨을 끊어 친구의 무덤 옆에 묻혔다. 그날 밤 폭풍우가 일어나고 뇌성벽력이 치는 가운데 결투하는 소리가 멀리까지 울려 퍼졌다. 날이 밝은 뒤 사람들이 살펴보니 형가의 무덤이 온통 파헤쳐진 채 뼈가 여기저기 어지럽게 흩어져 있었다. 본래는 『후한서(後漢書)』 「신도강전(申屠剛傳)」의 주석에 인용된 『열사전(烈士傳)』에 나온 이야기였으나, 명대의 풍몽룡(馮蒙龍)이 「양각애가 목숨을 버려 우정을 완성하다[羊角哀命全交]」라는 연의소설로 각색하여 『고금소설(古今小說)』 7권에 실어놓았다.

운라공주

1) 분후(粉侯): 제왕의 사위에 대한 미칭. 삼국 시대 위(魏)나라의 하안(何晏)은 얼굴이 분을 바른 것처럼 희었는데 공주의 남편이 되어 열후(列侯)의 봉작을 하사받았다. 이때부터 '분후'는 황제의 사위를 지칭하는 말이 되었다.

2) 천형(天刑): 천벌(天罰)과 동의어. 역술가들이 택일을 할 때 흉조를 나타내는 뜻으로 흔히 사용하는 용어이다.

3) 한나라 성제(成帝)의 황후인 조비연은 몸이 가벼워 손바닥 위에서도 춤을 출 수 있었는데 나중에는 궁중 노비인 적봉(赤鳳)과 사통했다고 한다. 『조비연외전(趙飛燕外傳)』에 나오는 사실(史實)이다.

4) 설경(舌耕): 학생을 가르쳐서 생계를 꾸리는 일. 출전은 왕가(王嘉)의 『습유기(拾遺記)』 「후한(後漢)」 편. 가규(賈逵)란 사람은 학생이 매우 많아 그들이 보내온 곡식이 창고에 가득 들어찰 정도였다. 세상 사람들은 가규가 힘들여 농사짓지 않고도 먹고살 수 있는

것은 경전을 암송하고 책을 읽어주기 때문이라며 이를 '설경'이라 불렀다.

견후 — 유정(劉楨)의 사랑

1) 『세설신어(世說新語)』「언어(言語)」편 '유효표주(劉孝標注)'에서 인용한 『문사전(文士傳)』에 의하면, 유정(劉楨)은 달변인 데다 성격이 민첩해서 무슨 말이든 곧 그 자리에서 응답하곤 하였다. 한번은 조조(曹操)가 상방(向方: 황제가 사용하는 칼이나 완구를 제조하는 곳)을 순시하다 돌을 갈고 있는 유정을 만나 그 일이 어떤지 물었는데, 그는 즉각 무릎을 꿇고 자신의 처지에 비유하여 이렇게 대답했다. "돌은 형산의 낭떠러지 끝에서 나는데 밖으로는 오색의 무늬가 나타나고 안으로는 화씨지벽의 진귀한 성질을 내포하고 있습니다. 갈아도 빛이 더하지 않고 조각을 해도 무늬가 증가하지 않으며 품수된 기상이 꿋꿋하고 정결하니, 이는 자연으로부터 유래된 성질입니다. 그 결을 돌아보면 구불구불하지만 바로 펼 수도 없는 노릇입니다[石出荊山懸崖之顚, 外有五色之章, 內含卞氏之珍. 磨之不加瑩, 雕之不增文, 稟氣堅貞, 受之自然. 顧其理枉屈紆繞而不得申]." 조조는 그 말을 듣자 좌우를 둘러보며 껄껄 소리 내어 웃고 그날로 유정을 사면시켰다.

2) 견씨(甄氏): 중산(中山)의 무극(無極) 사람. 건안 연간에 원소(袁紹)의 둘째 아들 희(熙)의 부인이 되었다가 조조가 기주(冀州)을 평정한 뒤 다시 조비에게 시집을 갔다. 조비가 황제가 되고 나서 황초(黃初) 2년(222)에 사사(賜死)당했고, 명제(明帝, 曹叡)가 즉위한 뒤 문소황후(文昭皇后)로 추존되었다.

3) 유공간(劉公幹): 건안칠자(建安七子)의 한 사람인 유정(劉楨)으로 자가 공간(公幹)이다. 건안 16년에 조비에게 발탁되어 오관중랑장(五官中郎將)을 제수받았는데 문학에 출중하여 곧 조비의 가까운 친구가 되었다. 한번은 술이 거나하게 취한 조비가 부인 견씨를 불러내자 모두들 엎드려 부복했지만 유정만은 똑바로 앉아 그녀를 정시했다고 한다. 나중에 조조(曹操)가 이 이야기를 듣고 유정을 수감시킨 뒤 상방의 인부로 강등시켰다. 『세설신어』「언어」편 '유효표주(劉孝標注)'에서 인용한 『전략(前略)』에 자세한 전기가 보인다.

4) 아만(阿瞞): 조조(曹操)의 어릴 때 이름. 『삼국지』「위지(魏志)·무제기(武帝記)」에서 인용한 배송지(裴松之)의 『조만전(曹瞞傳)』에서 확인할 수 있다.

5) 진사(陳思): 조식(曹植)을 말한다. 위나라 명제(明帝) 태화(太和) 6년(232) 진왕(陳王)에 봉해졌고 죽은 뒤에는 '사(思)'라는 시호가 내려 흔히 '진사왕'으로 불린다.

6) 용여(龍輿): 황제나 황후가 타는 수레. 멍에 부분이 용머리처럼 꾸며져 있고 수레채 끝의 횡목에는 난새와 봉황이 새겨져 있다.

7) 동작대(銅雀臺): 건안 15년(210) 조조가 세운 누각 이름. 지금의 하남성 임장현(臨漳縣) 서남쪽에 있다. 조조는 임종시 여러 첩들을 이 건물에 모아놓고 수절을 당부했다고 한다.

8) 분향매리(分香賣履): 남편이 죽으면서 아내에게 정조를 지켜달라고 남긴 유언. 자세한 것은 제1권 「축융」 참조.

환낭 — 거문고 가락에 맺은 인연

1) 방백(方伯): 한 지역을 다스리는 관

장. 옛날에는 제후를 방백이라고 불렀지만, 명청 시대에는 포정사도 같은 명칭으로 불렸다.

소취 ─ 바보 신랑

1) 태상(太常): 관직 이름. 한대(漢代)에는 구경(九卿)의 하나로 일컬어진 벼슬로서 역대 왕조마다 태상사(太常寺)의 소관이었다. 궁중의 제례와 예악 등의 업무를 관장했다.

2) 급간(給諫): 관직 이름. 급사중(給事中)의 별칭이다. 명대에는 급사중을 이(吏), 호(戶), 예(禮), 병(兵), 형(刑), 공(工)의 6과로 나누어 이들 부서의 비리를 감시하고 탄핵하는 역할을 하였다. 청대에는 도찰원(都察院) 소속으로 돌렸다.

3) 대계(大計): 명청 시대에는 삼 년에 한번씩 관리들의 고과성적을 매겼는데 외직에 있는 사람의 성적은 '대계'라 불렀고, 수도에 근무하는 관리의 것은 '경찰(京察)'이라 하였다.

4) 법사(法司): 명청 시대에는 형부(刑部), 도찰원(都察院), 대리사(大理寺)를 삼법사(三法司)라고 불렀는데 중대한 안건은 모두 이곳에서 심리했다.

5) 경경(京卿): 3품이나 4품의 경관(京官)에 대한 존칭. 경당(京堂)이라고도 부른다. 여기서는 시어(侍御)에서 태상사경(太常寺卿)으로의 승진을 가리킨다.

6) 옥결(玉玦): 한 끝이 빠진 둥그런 모양의 옥장식품. 옛날에는 이것을 다른 사람에게 보내 결별의 의미를 나타냈다.

세류 ─ 계모의 자식 교육

1) 『시경(詩經)』 「소아(小雅)·요아(蓼莪)」 편에 "아버지 아니시면 어디에 의지하며, 어머니 아니시면 무얼 믿는가〔無父何怙, 無母何恃〕?"라는 대목이

나온다. '호(怙)'와 '시(恃)'는 모두 의지한다는 뜻으로서 여기에서 연유하여 부친의 죽음을 '실호(失怙)', 모친의 죽음을 '실시(失恃)'라고 불렀다. 곧 '장호'라는 이름은 아이 아버지가 장수하기를 바라는 마음에서 붙인 이름임을 알 수가 있다.

2) 『흑심부(黑心符)』: 당대(唐代)의 내주장사(萊州長史) 우의방(于義方)이 지은 책 이름. 당시 사람들이 후처를 맞았다가 당하게 된 폐해를 기록하여 자손들을 훈계한 내용인데, 나중에는 잔인무도한 계모를 일컫는 말이 되었다.

3) 노화변생(蘆花變生): 민자건(閔子騫)의 아버지가 후처를 들였다. 겨울이 되자 계모는 자기 자식에게만 솜옷을 입히고 민자건에게는 갈대를 잔뜩 쑤셔 넣어 겉보기에는 두툼해도 전혀 따뜻하지 않은 옷을 입혔다. 훗날 아버지가 이 사실을 알고 계모를 내쫓으려 하자 민자건은 울면서 "어머님이 계시면 저 하나 추운 것에 불과하지만, 쫓겨나가면 세 아이가 모두 춥게 됩니다" 하며 아버지를 만류했고, 이에 계모는 자신의 행실을 고치게 되었다. 이른바 변생(變生)이란 위와 같은 비정상적인 학대가 발생하는 것을 말한다.

몽랑 ─ 아버지의 꿈

1) 선관(蟬冠): 담비 꼬리와 매미 문양으로 장식한 관으로 고관들만이 착용했다. 해태는 시비와 선악을 가릴 줄 안다는 상상의 동물로 사자와 비슷하지만 머리 한가운데 뿔 하나가 솟아 있다. 이 동물은 공평무사의 상징으로 고대에는 어사(御史)나 사법관리들이 이 도안을 수놓은 관복을 입었다.

2) 마호(廐胡): 전설에 나오는 반인반수(半人半獸)의 도깨비.

요재지이

聊
齋
志
異

3권

1판 1쇄 펴냄 2002년 8월 5일
1판 6쇄 펴냄 2017년 3월 29일

지은이 포송령
옮긴이 김혜경
발행인 박근섭, 박상준
펴낸곳 (주)민음사

출판등록 1966. 5. 19. (제16-490호)
서울특별시 강남구 도산대로1길 62(신사동)
강남출판문화센터 5층(우편번호 06027)
대표전화 515-2000 / 팩시밀리 515-2007
www.minumsa.com

ISBN 978-89-374-1173-1 04820
ISBN 978-89-374-1170-0 (전6권)